KEITH STUART

Tage mit Sam

GOLDMANN
Lesen erleben

Buch

Alex ist Anfang dreißig, verheiratet und Vater des kleinen Sam. Er liebt seine Frau Jody, aber hat vergessen, wie man das zeigt. Er liebt seinen Sohn Sam, aber er versteht ihn nicht. Es muss sich etwas ändern. Angefangen bei Alex selbst.

Sam ist acht Jahre, clever, liebenswert, aber auch unberechenbar. Denn Sam ist Autist. Die Welt ist für ihn ein Rätsel, das er allein nicht lösen kann.

Jody war überglücklich, als sie vor neun Jahren mit Sam schwanger wurde. Doch das Leben mit einem autistischen Kind steckt voller Probleme, mit denen sich Jody seit Langem alleingelassen fühlt. Ihre kleine Familie steckt in einer gewaltigen Krise, und Jody fürchtet, dass sie alles verlieren könnte.

Manchmal muss erst alles auseinanderbrechen, bevor man etwas Wunderbares aufbauen kann.

Autor

Keith Stuarts Debütroman »Tage mit Sam« wurde in Großbritannien zum Bestseller und war von der Beziehung des Autors zu seinem autistischen Sohn inspiriert. Inzwischen liegt mit »Das ganze Leben auf einmal« ein weiterer berührender Roman des Autors vor. Keith Stuart lebt mit seiner Familie in Somerset.

Keith Stuart

Tage mit Sam

Roman

Aus dem Englischen von
Heike Reissig

GOLDMANN

Die Originalausgabe erschien 2016 unter dem Titel
»A Boy Made of Blocks«
bei Sphere, an imprint of Little, Brown Book Group, London
An Hachette Company.,

Dieses Buch ist auch als E-Book erhältlich

MIX
Papier aus verantwortungsvollen Quellen
FSC® C014496
FSC www.fsc.org

Verlagsgruppe Random House FSC® N001967

1. Auflage
Taschenbuchausgabe Januar 2020

Umschlaggestaltung: UNO Werbeagentur, München
Umschlagmotiv: Stocksy, Rob and Julia Campbell;
FinePic®, München
Redaktion: Regina Carstensen
AB · Herstellung: kw
Satz: Uhl + Massopust, Aalen
Druck und Bindung: GGP Media GmbH, Pößneck
Printed in Germany
ISBN: 978-3-442-48995-4
www.goldmann-verlag.de

Besuchen Sie den Goldmann Verlag im Netz

Für Morag, Zac und Albie, für alles

Kapitel 1

Ich bin getrennt.

Das ist mein erster Gedanke, als ich aus dem Haus gehe, die Straße überquere und in unseren alten Kombi steige. Eigentlich müsste es heißen, *wir* sind getrennt, aber dass es überhaupt so weit gekommen ist, liegt wohl größtenteils an mir. Ich schaue in den Rückspiegel und sehe Jody, meine Frau, an der Tür stehen, das lange Haar ganz zerzaust. Sam, unser achtjähriger Sohn, vergräbt den Kopf in ihrer Kleidung. Gleichzeitig versucht er, sich Augen und Ohren zuzuhalten. Aber nicht, weil er dagegen ist, dass ich wegfahre. Sondern weil er weiß, dass gleich der Motor anspringt und er die Lautstärke nicht aushält.

Ich mache eine dämliche Entschuldigungsgeste, als hätte ich gerade jemandem aus Versehen die Vorfahrt genommen. Dann drehe ich den Zündschlüssel. Der Wagen rollt schon, da klopft Jody plötzlich an die Scheibe. Ich kurbele sie herunter.

»Pass auf dich auf, Alex«, sagt sie. »Bitte, setz dich endlich damit auseinander. Das hättest du schon vor Jahren machen sollen, als wir noch glücklich waren. Wenn du es damals getan hättest… wer weiß. Vielleicht wären wir dann noch immer glücklich.«

Eine Träne läuft ihr über die Wange. Wütend wischt sie sie weg. Als sie mich wieder anschaut, wird ihr Blick plötzlich weicher. Vielleicht liegt es an meiner schuldbewussten, bekümmerten Miene.

»Erinnerst du dich noch an unseren Campingurlaub in Cumbria?«, fragt sie. »Als die Ziegen unser Zelt auffraßen und dir vor Kälte fast die Füße abgestorben sind? Das war viel schlimmer als das hier.«

Ich nicke wortlos. Dann lege ich den Gang ein und fahre los. Als ich das nächste Mal in den Rückspiegel schaue, sind Jody und Sam nicht mehr zu sehen. Die Haustür ist zu.

Das war's dann wohl. Neun Jahre waren wir zusammen, aber jetzt ist anscheinend Schluss. Und ich sitze in unserer Schrottkarre und habe nicht die geringste Ahnung, wo ich hinfahren soll.

Sam war ein schönes Baby. Er war von Anfang an schön. Schon bei seiner Geburt hatte er dichtes braunes Haar und einen großen Schmollmund. Er sah aus wie ein winziger windeltragender Mick Jagger.

Von Anfang an war er aber auch schwierig. Er wollte nichts zu sich nehmen, er wollte nicht schlafen. Er schrie die ganze Zeit, er schrie, wenn er bei Jody war, und er schrie, wenn er ihr weggenommen wurde. Er schien zutiefst empört darüber, auf der Welt zu sein. Es dauerte einen ganzen Tag, bis er sich endlich stillen ließ. Als Jody ihn an der Brust hielt, heulte sie vor Erleichterung, so fertig und verzweifelt war sie. Und ich schaute verstört und verwirrt zu, klammerte mich an eine Sainsbury's-Tüte mit Schokoriegeln und Zeitschriften, lauter sinnlose Mitbringsel für die frischgebackene Mutter. Ich begriff sehr schnell, dass ich ihr nichts geben konnte, was es irgendwie leichter machen würde. So war es also. Unser neues Leben. Die reinste Achterbahnfahrt.

»Du kannst so lange bleiben, wie du willst, Alter«, sagt Dan, als ich dreiundzwanzig Minuten später bei ihm klingele. Ich war mir sicher, dass ich auf Dan zählen konnte – oder zumindest war ich mir sicher, dass er sonntagnachmittags zu Hause sein würde, weil er sich dann normalerweise von einer Cluberöffnung, einem One-Night-Stand oder einer aufregenden Mischung aus beidem erholt.

»Du kannst im Gästezimmer pennen«, sagt er, als wir in den Aufzug steigen. »Irgendwo hab ich 'ne Luftmatratze. Kann aber sein, dass die undicht ist. Aber das sind die ja immer, oder? Hast du schon mal auf 'ner Luftmatratze gepennt, die nicht undicht war? O Mann, tut mir leid, du hast gerade andere Sorgen. Hab's kapiert.«

Dann stehe ich wie betäubt in seiner Wohnungstür, in der Hand die Nike-Sporttasche mit Klamotten, meinem Notebook, ein paar CDs (warum nur?), Waschzeug und einem Foto von Jody und Sam, das ich vor vier Jahren beim Urlaub in Devon aufgenommen habe. Darauf sitzen beide am Strand und lächeln, aber das war bloß eine Farce. Die ganze Woche damals war der reinste Albtraum, weil Sam nicht in dem komischen neuen Bett mit der ungewohnt schweren Decke schlafen konnte, ganz abgesehen davon, dass er furchtbare Angst vor Möwen hatte. Also schlief er bei uns, aber er war total unruhig und wachte dauernd auf – und irgendwann waren wir schließlich alle so erschöpft, dass wir es kaum noch schafften, den Wohnwagen zu verlassen. Danach waren wir im Grunde nie wieder im Urlaub.

»Willst du rausgehen und dich besaufen?«, fragt Dan.

»Ich … ist es okay, wenn ich meinen Kram ins Zimmer bringe und mich ein Weilchen hinsetze?«

»Klar. Ich mach uns 'nen Tee. Ich glaub, es sind auch noch Kekse da. Bin mir sogar ziemlich sicher.«

Dan geht in die Küche, und ich trotte ins Gästezimmer, schmeiße meine Tasche auf den Boden und sinke auf den Bürostuhl vor Dans Computer. Einen Moment lang überlege ich, den Computer einzuschalten und Jody eine E-Mail zu schicken, aber dann schaue ich doch nur aus dem Fenster. Was soll ich denn schreiben? »Hi Jody, tut mir leid, dass ich unsere Ehe verbockt habe. Können wir die letzten fünf Jahre nicht einfach vergessen? LOL.«

Ehrlich gesagt weiß ich inzwischen gar nicht mehr, wie ich überhaupt noch mit ihr reden kann, geschweige denn, was ich ihr schreiben soll. Wir haben nämlich unsere gesamte Ehe eigentlich nur damit verbracht, uns um Sam zu sorgen. Entweder hatte er Wutanfälle und brüllte uns an, oder aber er schwieg beharrlich, verkroch sich in sein Bett und verweigerte jeden Kontakt mit uns. Und während wir tagelang, ja monatelang damit beschäftigt waren, uns für den nächsten Super-GAU zu wappnen, ging das, was uns als Paar verband, allmählich immer mehr verloren. Und jetzt fühlt es sich auf einmal ganz seltsam an, nicht mehr bei Sam zu sein. Die Anspannung ist weg, aber stattdessen bin ich nur noch traurig. Der Zustand emotionaler Leere ist von der Natur anscheinend nicht vorgesehen.

Von Dans Wohnung im siebten Stock einer schicken neuen Anlage am Stadtrand hat man einen Blick auf ganz Bristol; ein Pflasterstein-Panorama aus viktorianischen Reihenhäusern, Kirchtürmen und Bürogebäuden aus den Sechzigern, die sich wie hektische Pendler aneinanderdrängen. Da draußen gibt es Tausende von Häusern, in denen Familien leben – Familien, die nicht gerade eben erst auseinandergebrochen sind.

Vielleicht sollte ich mich doch besaufen? Plötzlich sind meine Augen ganz verschwommen. Ich brauche ein paar Sekunden, um zu kapieren, warum. Oh. Okay. Ich heule. Und dann laufen mir die Tränen auf einmal wie Sturzbäche über die Wangen, meine Nase fängt an zu laufen, und ich zittere.

»Tee ist fertig«, ruft Dan aus dem Flur. »Ich dachte, ich hätte noch Schoko-Hobnobs, aber ich hab nur noch diese Packung Rich Tea. Ist das auch okay?«

Dann sieht er, dass ich schluchzend neben seinem Bürostuhl auf dem Boden sitze.

»Okay«, sagt er und stellt sanft den Tee auf den Schreibtisch. »Ich schau mal nach, ob ich nicht doch ein paar Hobnobs finde.«

Wir beschließen, uns nicht zu besaufen.

Nachts träume ich, dass ich in einem schrecklichen schwarzen Sumpf versinke, aus dem es kein Entrinnen gibt. Ich schrecke hoch und ringe nach Luft. Ein Alptraum, kein Wunder bei meinem desolaten Gemütszustand. Erst ein paar Sekunden später bemerke ich, dass Luft aus der Matratze entweicht und ich buchstäblich einsinke. Aha. So viel zum Unterbewusstsein.

Wie bin ich bloß hierhergeraten? Jetzt fängt die Matratze auch noch an, wie ein Welpe vor sich hin zu furzen. So ist das eben, wenn man morgens um drei sein Leben analysiert: Wenn die Luft langsam rausgeht, bleiben nur noch die Fehler übrig, die man begangen hat, die vielen Momente des Scheiterns – die Löcher. Man kann im Dunkeln sogar hören, wo die Löcher sind. Oder wenigstens glaubt man das. Aber dann stellt man fest, dass sie doch ganz woanders sind. Wie bei einer Luftmatratze eben. Die altgriechischen Philosophen hatten ja diesen Spruch, »Erkenne dich selbst«. Ich weiß noch, was ich an der Uni über Ödipus gelernt habe: Sein großer Fehler bestand darin, nicht zu wissen, dass er nach der Geburt von seinen Eltern getrennt worden war und deshalb besser darauf verzichtet hätte, unterwegs wildfremde Typen zu töten oder Frauen zu vögeln, die doppelt so alt waren wie er. Aber wer erkennt sich schon selbst? Damit will ich natürlich nicht sagen, dass wir alle in unserem Leben die gleichen Fehler wie Ödipus machen werden, das wäre ja idiotisch. Aber wer kennt denn wirklich die Gründe unseres Handelns? Ich stecke in diesem Scheißjob fest, mache dauernd Überstunden, stapfe im Dunkeln nach Hause und rede mir ein, dass ich es tun *muss*, weil wir das Geld und die Sicherheit brauchen. Sam bekommt Sprachtherapie, und Jody kann nicht arbeiten gehen, weil Sam ständig auf sie angewiesen ist. Jedes Mal, wenn ihm sein eigenes Verhalten Angst macht, läuft er zu ihr. Und ich stehe dann besorgt und dämlich im Hintergrund herum und biete nutzlose Hilfe an. Wie kann ich es nur hinkriegen, dass alles wieder gut wird?

Irgendwann gegen vier falle ich in ein Halbkoma, das ich jetzt mal großzügig Schlaf nenne. Aber nur gefühlte Minuten später dringt Licht durch die Jalousien, und es ist Montagmorgen. Dan steht in eng anliegenden schwarzen Calvin-Klein-Boxershorts in der Tür und schaufelt hungrig Frosties aus einer Schüssel.

»Gehst du zur Arbeit?«, fragt er. »Ich kann dir 'nen Schlüssel dalassen. Ich muss in zehn Minuten los. Ich helfe gerade Craig mit seiner Website für dieses Musiklabel in Stokes Croft. Nimm dir Kaffee und Müsli. Bist du okay? Du siehst schon etwas besser aus. Ich meine, du siehst echt scheiße aus, aber wenigstens heulst du nicht mehr.«

Er verschwindet im Bad. Ich checke mein Handy: zwei SMS. Aber nicht von Jody, sondern von meinem Arbeitskollegen Daryl. Nummer eins: *Schieb deinen Arsch hierher, ich hab zwei neue Opfer für dich.* Nummer zwei: *Sorry, ich meine Kunden.* Ich lösche alle beide.

Irgendwann mache ich mich fertig, gehe raus und trotte Richtung Stadt. Die Sonne steht niedrig über den Wohnblöcken, ihre Strahlen werden von Glas und gleißendem Beton reflektiert. Vor zwanzig Jahren standen hier verfallende Fabriken und leer stehende Gebäude, alles war zugemüllt, dazwischen wucherndes Unkraut. Dann boomte die Wirtschaft – und zack, auf einmal ist hier eine futuristische Siedlung entstanden, eine gigantische Platine aus Wohnblöcken im Pseudo-Brutalismus, vollgestopft mit Wohnkapseln für junge, aufstrebende Professionals.

Ich kenne viele von ihnen. Ich habe ihnen nämlich geholfen hierherzuziehen. Einer meiner zahlreichen Fehler ist, dass ich Hypothekenberater bin. Mein Job besteht darin, die Hoffnungen und Träume unserer Kunden mit ihren Ersparnissen und dem Immobilienmarkt abzugleichen. Anders ausgedrückt: Ich bringe die Leute dazu, alles, was sie jemals verdienen werden, in eine winzige Eigentumswohnung zu investieren, in der sie noch nicht einmal das Katzenfoto aufhängen können, das sie sich aufs Smartphone runtergeladen haben. Ich bin für die Typen so eine Art Vaterfigur: Lassen Sie uns mal schauen, was Sie überhaupt haben und was Sie sich leisten können. Wir sollten nicht zu großzügig kalkulieren, wir müssen schließlich realistisch bleiben. Wie viel Eigenkapital haben Sie denn? Haben Sie reiche Verwandte? Schauen wir uns Ihr Budget doch mal gemeinsam an. Junge

Paare, die gerade erst geheiratet haben und bei denen vielleicht ein Baby unterwegs ist, kratzen ihr ganzes Geld zusammen und sehen mich mit hoffnungsvollen Kulleraugen an. Reicht das? Oft reicht es nicht. Besser, Sie zahlen noch ein paar Jahre lang Miete und sparen weiter. So läuft das jeden Tag. Ein desolates System. Ich kenne ganze Stadtviertel, wo junge Leute nicht den Hauch einer Chance haben, jemals eine Wohnung oder ein Haus zu kaufen. Stattdessen ziehen sie wer weiß wohin, weit weg von ihren Familien.

Ich bin seit acht Jahren hier. Nach Boom und Rezession erlebe ich jetzt den beginnenden Wiederaufschwung. Die Stelle sollte nur eine Übergangslösung sein; ein Bürojob, um die Rechnungen zu bezahlen, bis sich etwas Besseres ergeben würde. Aber dann habe ich den Absprung nicht mehr geschafft. Und ich bin gut in meinem Job. Ich habe Mitgefühl für die Armen, helfe den Reichen und bin sehr geduldig mit Kunden, die keine Ahnung haben, wovon sie reden – eine Fähigkeit aus den drei Jahren, als ich mit Nietzsche-Fans über Philosophie diskutieren musste. Wenn die Finanzierung glatt geht, kann ich den Vertrag abschließen, wenn nicht, gebe ich dem Kunden eine freundliche Absage. Aber die Probleme, die es zu Hause gibt, kann ich leider nicht mit einem Computer und Immobilien-Knowhow lösen.

Leider kann ich nicht alles lösen.

Ein kurzer Fußweg über den Avon, dann die Hafenpromenade entlang und ich bin im Büro. Ich arbeite bei einem kleinen unabhängigen Immobilienmakler namens Stonewicks. Unser Büro liegt eingepfercht zwischen einem Pub und einem Sandwichladen in einer öden Gegend im Stadtzentrum. Daryl sitzt am sonnigen Fensterplatz, sein billiger Topman-Anzug schreit Polyester, seine Gel-gestylte Stachelfrisur kollabiert allmählich.

»Na, alles im Lack?«, begrüßt er mich, den Blick auf den Computer geheftet. Daryl ist Anfang zwanzig und versprüht einstudierte Entschlossenheit in Kombination mit widerwärtiger Munterkeit. Wahrscheinlich wurde er schon als Immobilienmakler geboren, ein anderer Job ist bei ihm überhaupt nicht vorstellbar. Irgendwo auf seinem Computer hat er eine Tabelle mit seinen Umsatzzielen für die nächsten dreißig Jahre, und jedes Mal, wenn er einen Vertrag abschließt, lässt er eine verdammte Fahrradhupe tröten. Es ist fast schon tragisch, dass Daryl nicht Ende der Sechziger, sondern erst in den Neunzigern geboren wurde. An ihm ist ein junger Thatcherist verloren gegangen, der einen fetten Filofax und einen Golf GTI verdient hätte. Stattdessen muss er sich mit Smartphone und Corsa begnügen. Das muss echt hart für ihn sein.

Ich murmele eine Antwort und gehe die knarzende Holztreppe hoch in mein Büro. Dort rufe ich Jody an.

»Hallo, ich bin's.«

»Hallo.«

»Geht's dir gut? Wie geht's Sam?«

»Dem geht's gut. Er ist jetzt in der Schule. Auf dem Weg dahin hat er die ganze Zeit geheult, sogar meine *Toy-Story*-Parodien haben nichts gebracht. Bei Buzz Lightyear hat er mir auf den Mund gehauen. Na ja, ist auch nicht meine beste Nummer. Mrs Anson hat gesagt, dass sie sich um ihn kümmert.«

»Und wie geht's dir?«

Jody schweigt. Jeanette, die Sekretärin, schaut zur Tür herein und fragt mich gestikulierend, ob ich einen Tee will. Ich nicke und gebe ihr das Daumen-hoch-Zeichen.

Das Büro ist karg. Ein zerschlissener bordeauxroter Teppich, ein schmutziges Fenster mit Blick auf den kleinen Parkplatz hinterm Haus. Früher hing eine viktorianische Stadtansicht von Bristol an der Wand, aber ich habe sie gegen ein Foto von Le Corbusiers Villa Savoye ausgetauscht, nur um mich smart zu fühlen und die anderen zu ärgern. Auf dem Aktenschrank sind einige Dankeskarten von jungen Paaren, die mit riesigen Schuldenbergen glücklich in die Zukunft starten.

»Also, was machen wir jetzt?«, fragt Jody.

»Keine Ahnung. Ich bin noch nie von zu Hause weggelaufen. Tut mir leid, ich muss jetzt aufhören, das nächste Paar wartet schon.«

Als ich den Hörer aufknalle, kommt Jeanette mit dem Tee. Sie ist drauf und dran, was zu sagen, aber dann stellt sie nur wortlos die Tasse auf den Schreibtisch, schaut mich mitfühlend an und geht wieder. Sie hat alles gehört. In spätestens zehn Minuten weiß das ganze Büro, dass ich gerade meine Frau und meinen autistischen Sohn verlassen habe.

Meine Hoffnung, dem häuslichen Elend wenigstens für eine Weile entkommen zu sein, zerschlägt sich schon bald. In der Mittagspause gehe ich in den kleinen Sandwichladen, wo Jody und ich früher oft mit Sam waren. Im mittäglichen Gewühl entdecke ich Jody, die mit ihrer Freundin Clare an einem Tisch sitzt, konspirativ über zwei Medium Latte gebeugt. Ich drängele mich an jungen Müttern und Studenten vorbei in ihre Richtung. Sie haben mich noch nicht bemerkt.

»Er ist immer auf Abstand«, sagt Jody. »Ich kann mich zu

Hause überhaupt nicht auf ihn verlassen. Er findet ständig irgendwelche Ausreden.«

»Hat er schon mal überlegt, zu einem Therapeuten oder so was zu gehen?«, fragt Clare. »Ich meine, hat er das, was ihm passiert ist, überhaupt jemals verarbeitet?«

Das war ja klar, dass Jody ihr alles bis ins kleinste Detail erzählt. Natürlich sitzen die beiden in der Mittagspause hier und nehmen unsere Beziehung auseinander. Sie haben eben diese nonchalante, sorglose Offenheit, die Männern abgeht: »Probier mal den Zitronenkuchen, der ist einfach köstlich. Also, wie ist das denn jetzt mit der tragischen Zerrüttung eurer neunjährigen Ehe?«

»Hallo«, sage ich lahm.

Jody und Clare schauen leicht geschockt auf.

»Oh! Hallo Alex«, sagt Clare. »Wir haben gerade von dir gesprochen.«

»Das war nicht zu überhören«, sage ich. »Kann ich mal kurz mit Jody sprechen?«

»Klar, ich wollte sowieso gerade gehen. Jody, wir sehen uns später, okay?«

Jody nickt wortlos. Ich setze mich. Sie spielt mit dem leeren Zuckertütchen neben ihrer Tasse.

»Clare weiß also über alles Bescheid?«, sage ich.

»Ja, mir ging's nicht gut, und ich muss dann eben mit meinen Freundinnen reden. Wir beide reden ja nie! Alex, wir können so nicht weitermachen. Ich bin es leid. Ich bin das alles so leid.«

»Ich weiß, ich weiß. Ich muss nun mal so viel arbeiten, wir stehen wahnsinnig unter Druck. Es tut mir wirklich leid, dass ich nicht für dich und Sam da bin; es tut mir leid, dass ich so selten auf ihn aufpasse. Es ist einfach so …«

»Schwer?« Jody beendet den Satz für mich. »Ja, das stimmt, Alex. Es ist verdammt schwer. Aber Sam braucht dich.«

»Weißt du, wie manchmal Wochen vergehen und er richtig gut drauf ist? Alles läuft super. Und dann ist plötzlich alles wieder vorbei. Das ist das Schlimmste. Ich denke immer, jetzt sind wir endlich über den Berg, aber dann … und dazu dann noch die Arbeit …«

»Ach Alex, es liegt nicht an der Arbeit, es liegt an dir.«

»Ich weiß.«

»Siehst du, Alex, genau deshalb brauche ich eine Auszeit. Es tut Sam nicht gut, dass wir dauernd streiten. Mum hat angeboten zu helfen, und Clare ist auch da. Du musst dich endlich mit deinen Problemen auseinandersetzen.«

»Und was ist mit Sam und seiner Schule? Wir haben nur noch ein paar Monate, um zu entscheiden, ob wir es versuchen und ihn woanders unterbringen.«

Was ist mit Sam? Diese Frage beherrscht unser Leben. Sam ist der Planet der Besorgnis und Verwirrung, um den fast unsere gesamte Beziehung kreist. Letztes Jahr erklärte uns die Kinderärztin nach monatelangen Tests und Gesprächen, dass Sam eine Autismus-Spektrum-Störung hat. Er ist ein hochfunktionaler Autist. Also einer von der leichten Sorte. Er hat Sprachschwierigkeiten und Angst vor sozialen Situationen, er hasst Lärm und reagiert in Bezug auf bestimmte Dinge zwanghaft, vor allem wenn Situationen ihn verwirren oder ängstigen. Aber die zugrunde liegende Botschaft lautete: Im Vergleich zu anderen Eltern haben Sie es wirklich leicht.

Dennoch war die Diagnose auch eine Erleichterung. Endlich ein Etikett. Wenn er auf dem Weg zur Schule kreischt und kämpft, wenn er sich im Restaurant unter dem Tisch versteckt, wenn er sich weigert, Verwandte oder Freunde zu umarmen, geschweige denn zu begrüßen, ausgenommen Jody: Das liegt am Autismus! Der Autismus ist schuld. Ich fing an, den Autismus als eine Art Dämon oder Poltergeist zu betrachten. An manchen Tagen ist es wirklich so wie in dem Film *Der Exorzist*, und ich wäre nicht im Geringsten überrascht, wenn Sam plötzlich mit wild rotierendem Kopf grüne Kotze durchs Zimmer schleudern würde. Dann könnte ich wenigstens sagen: »Ist schon in Ordnung, das ist nur der Autismus, und die grüne Kotze kriegen wir schnell wieder rausgewaschen.« Das Dumme ist nur, dass Etiketten gar nichts bringen. Sie helfen nicht gegen Schlaflosigkeit oder gegen die Wut, wenn man beworfen wird oder etwas kaputtgeht. Sie helfen nicht, wenn man über das eigene Kind und dessen Zukunft in zehn, zwanzig, dreißig Jahren grübelt. Wegen Autismus gibt es kein »Jody und ich«, sondern nur »Jody, ich und das Problem namens Sam«.

So fühlt es sich jedenfalls an. Aber das darf ich nicht sagen.

Ich darf es nicht einmal denken.

»Hör mal, mit Sam und allem …« Ich bringe den Satz nicht zu Ende, aber das ist auch gar nicht nötig.

»Ich weiß. Alex, du brauchst Hilfe! Und du musst endlich anfangen, Verantwortung zu übernehmen. Wie wär's, wenn du Sam am Samstag besuchst? Du könntest doch was mit ihm unternehmen.«

Ich fummele mit meinem Handy herum. Vor meinem geistigen Auge sehe ich Sam im Park, wie er weint und wegläuft, wie er durch das Tor auf die Straße rennt.

»Das könnte schwierig werden, ich muss wahrscheinlich arbeiten.«

Jetzt wird Jodys Blick stahlhart. Trotz des Lärms um uns herum kann ich ihre stille Wut spüren.

»Gut, ich komme«, sage ich.

»Dann können wir auch über Schulen reden.«

»Ja. Das tun wir.«

»Mach's gut, Alex. Pass auf dich auf.«

»Du auch. Tut mir leid. Tut mir wirklich leid.«

Kapitel 2

Ich schrecke aus dem Schlaf hoch. Ich habe gerade wieder von meinem Bruder George geträumt. Schweißgebadet schnappe ich nach Luft. Ich versuche, die Hand nach Jody auszustrecken, aber dann registriere ich, dass ich auf einer fast platten Luftmatratze liege. Mein Arm fühlt sich ganz taub an. Panisch setze ich mich auf und schüttele ihn, schlage die nutzlose Gliedmaße gegen die Wand und gegen Dans Schreibtischbein. Es dauert eine Weile, bis das Gefühl wieder zurückkehrt und mir klar wird, dass ich ja gar nicht zu Hause bin. Ich bin bei Dan, allein in seinem Gästezimmer. Die Matratze gibt ein leises »Pffffff« von sich. Wahrscheinlich macht sie sich lustig über mich.

Es ist Dienstagmorgen. Im Badezimmer singt Dan »Shake It Off« von Taylor Swift. Ich stelle mir lieber nicht vor, was er dabei alles macht. Langsam setze ich mich auf, durchwühle meine Tasche nach Klamotten und gehe ins Wohnzimmer mit den bodentiefen Fenstern, die auf den winzigen Balkon führen. Irgendwie hat Dan es geschafft, zwei Liegestühle dorthin zu quetschen. In der Ecke ist eine Miniküche mit Herd, Kühlschrank, Waschmaschine und Spülbecken, alles weiß und blitzblank. Dan benutzt sie kaum. Der Rest des Wohnzimmers ist ein Durcheinander aus Ikea-Möbeln, Comics, Gamecontrollern und Soundsystemen. Der 52-Zoll-

LED-Fernseher nimmt den Großteil der Wand ein. Auf dem Bildschirm sieht man *Grand Theft Auto V* eingefroren im Pausenmodus, mitten in einer Schießerei. Wenn die Leute, die diesen Wohnblock konzipiert haben, Dan sehen könnten und wie er lebt, würden sie sich garantiert High fives geben. Genau diese Sorte von Bewohnern hatten sie im Sinn. Stylische junge Typen, denen es egal ist, dass man Kühlschrank und Herd aus Platzgründen nicht gleichzeitig aufmachen kann. Das Spülbecken ist auch winzig, aber das macht nichts, weil Dan sowieso nur Tassen spült. Zu Hause isst er nämlich höchstens coole japanische Bechernudeln oder Bechersuppen. Es ist mir ein Rätsel, was er an dieser Junggesellentraumbude so toll findet. Ich finde es irgendwie erschreckend, wie er lebt, ziellos von Projekt zu Projekt treibt und dabei ständig über den Abgrund der modernen Wirtschaft springt. Ich könnte das nicht. Jedenfalls jetzt nicht. Nach George – nach dem, was George passiert ist – habe ich meine eigenen Ziele aus den Augen verloren. Alles wurde dunkel, und die Möglichkeiten, die sich mir eröffneten, engten mich plötzlich ein wie eine Gefängniszelle. Ich schleppte mich wie ein Schlafwandler zur Uni, und danach taumelte ich von einer sicheren, öden Stelle zur nächsten. Dan dagegen hatte schon immer viele Kumpel bei irgendwelchen Kreativagenturen, die ihn fragen, ob er ihnen bei einem Website-Launch, einer Cluberöffnung oder einer Ladeneinrichtung helfen kann. Ich weiß gar nicht genau, was er da eigentlich macht. Aber anscheinend versprüht er so viel Charme, dass sie ihn wieder und wieder anrufen. In Bristol wird ständig etwas Neues aus dem Boden gestampft, Kunsthallen genauso wie Shopping-Center aus Schiffscontainern. Dan scheint alle zu kennen, die damit zu tun haben, er ist stets mittendrin.

Natürlich bin ich total neidisch auf ihn, aber so war das schon immer – seit ich als Siebenjähriger sah, wie er mit seiner Familie in einem kobaltblauen BMW 5er die Auffahrt hochfuhr, um neben uns einzuziehen. Dan sprang heraus, ein strahlender, cleverer Fünfjähriger in roten Jeans und gelbem Lacoste-Poloshirt. Emma, George und ich schauten unseren glorreichen neuen Nachbarn vom Vorgarten aus zu, und Dan schlenderte zu uns herüber.

»Hallo, ich bin Dan«, grinste er. »Was spielt ihr denn gerade? Kann ich mitspielen?«

Er nahm uns sofort für sich ein, so wie er alle Menschen für sich einnimmt. Er hat das einfach drauf – im Gegensatz zu mir. Wen kenne ich überhaupt? Ich kenne Jodys Freundin Clare und ihren Mann Matt, die fast pausenlos mit ihren vier Kindern beschäftigt sind. Ich kenne Immobilienmakler und Hypothekenberater. Und Jody und Sam. Das war's. Warum habe ich es nicht geschafft, mehr Menschen kennenzulernen? Was zum Teufel ist passiert?

Sam. Sam ist passiert.

Als ich auf der Arbeit meine E-Mails checke, sehe ich, dass das gesamte Büro zum gemeinsamen Mittagessen um eins im Pub verdonnert wurde. Ich, Daryl, Jeanette, die anderen Makler Paul und Katie, und Charles, der Zweigstellenleiter. Paul und Katie sind Ende dreißig und benehmen sich, als wären sie seit dreihundert Jahren verheiratet. Sie sind wie aus einem Guss. Kinder haben sie keine. Häuser sind ihre Kinder. Ich glaube, das haben sie sogar irgendwann mal gesagt, ich erinnere mich nicht mehr genau. Wenn sie miteinander reden, klingt es, als wäre ihre Beziehung so eine Art Dauer-Immobilientransaktion. Manchmal ertappe ich mich dabei, sie mir beim Sex vorzustellen; Paul ist oben und schreit: »Die Liegenschaft geht gleich über, die Liegenschaft geht gleich über, die Liegenschaft IST ÜBERGEGANGEN!« Ich kann den beiden gar nicht mehr in die Augen schauen. Charles ist Mitte vierzig und so was wie der Loser der örtlichen Immobilienszene. Eigentlich müsste er längst Regionalleiter einer großen landesweiten Kette sein. Aber er ist nicht aufgestiegen und quält sich weiterhin durch Verkaufsabschlüsse, während sein Haar immer schütterer und seine Haut immer schlaffer wird. In seiner Schreibtischschublade bewahrt er eine kleine Flasche Whiskey auf, das hat Jeanette uns allen gesteckt. Seine Entspannungsmethode, wenn ein Deal nicht klappt. Bitte, lieber Gott, lass mich nicht auch so enden.

Das Mittagessen findet im King's Head statt, einem schönen Pub im Tudorstil an einer Pflasterstraße am Hafen. Innen sieht er allerdings wie ein ganz gewöhnlicher britischer Pub aus. Ein schiefer, von übergelaufenem Bier feuchter Holztresen, in der Ecke ein flimmernder Spielautomat, dazu der durchdringende Gestank der Beckensteine in den Urinalen der Herrentoilette. Für Parfumhersteller, die den typischen Duft eines britischen Ausgehabends in einen Flakon füllen wollen, wäre Beckenstein die perfekte Lösung. Ich bin mir allerdings nicht sicher, ob Eau de Herrenklo sich gut verkaufen würde. Aber immerhin bringt mich das auf andere Gedanken, während ich innerlich den Countdown zähle, bis Daryl mit seinem Gelaber anfängt.

Im Pub ist es fast leer, also nehmen wir den Tisch am Fenster und schnappen uns die laminierten Speisekarten mit dem typisch britischen Pub-Fraß, also aufgetautes Tiefkühlzeug, das vom Küchenpersonal erst in die Mikrowelle gestellt und dann auf den Teller geschlabbert wird, je nach

Laune vielleicht sogar mit einer kleinen Petersilienzweig-Deko. Manchmal scheint alles in Großbritannien so abzulaufen, automatisch und achtlos. Das ist kein echter Pub und kein echtes Pub-Essen, sondern eine gruselige Simulation davon, was Menschen glauben, haben zu wollen.

O Mann – kein Wunder, dass ich aus meinem eigenen Haus geworfen wurde.

»Ich nehme Fish & Chips«, verkündet Daryl. »Ich muss mich aber beeilen, denn um zwei kommt ein Käufer für das Clifton-Objekt.«

O Gott, es geht los. Ich vergrabe mein Gesicht in der Speisekarte und überlege, ob ich die hausgemachte Lasagne mit Mozzarella nehmen oder lieber gleich in den Avon springen soll. Das Flusswasser ist garantiert frischer.

Als ich abends in Dans Wohnung zurückkehre, bin ich erschöpft und angespannt. Meine Gedanken kreisen nur noch darum, dass ich morgen mit Sam einen Ausflug machen muss, vermutlich erst in den Park und dann ins Café. Und davor graut mir. Ich liebe Sam über alles, aber er ist eben sehr schwierig. Und ich kann damit überhaupt nicht umgehen. Jedes Mal, wenn ich mitbekomme, dass er sich wieder aufregt – zum Beispiel weil er nicht fernsehen darf oder weil ihm beim Aufwachen klar wird, dass er gleich wieder zur Schule muss, oder weil unsere Wochenendpläne ihn verwirren –, rege ich mich auch auf. Ich verspanne, werde immer frustrierter, und plötzlich geht es nur noch darum, wer von uns beiden wohl als Erster explodieren wird. Nur Jody schafft es, Sam zu beruhigen.

Heute Nachmittag kam eine Familie mit Kleinkind wegen einer Hypothek für ein kleines Reihenhaus in Totterdown vorbei. »Er redet *pausenlos*«, japsten die Eltern. »Den ganzen Tag geht das so.« Sie jammerten und taten recht bescheiden, aber im Grunde wollten sie damit prahlen, wie schlau ihr Sohn ist und wie gut er sich entwickelt. Der Kleine durchwühlte meinen Papierkorb und trällerte dabei Disney-Songs. Ich konnte mir gerade noch verkneifen, ihnen zu erzählen, wie mein Sohn in diesem Alter war. Er konnte vielleicht drei Wörter sagen oder vier, wenn man »schlur« mitzählt – ein Wort, das er häufig sagte, aber wir sind nie dahintergekommen, was es bedeuten sollte. Damals hörten wir von Freunden oft den Spruch: »Ach, jedes Kind entwickelt sich ganz individuell, er wird schon noch aufholen.« Und dann nickten wir jedes Mal und taten so, als ob es uns nichts ausmachte. Aber abends checkten wir Elternratgeber im Internet. »Da steht, dass er als Zweijähriger fünfzig Wörter kennen sollte.« Davon war er allerdings weit entfernt. Ich fürchte, daran hat sich bis heute nicht viel geändert – und inzwischen ist er acht.

Armer Sam. Mein armer Junge.

Dan geht aus.

»Willst du mitkommen? Mein Kumpel veranstaltet 'ne neue Clubnight im Creation.«

Dan geht ständig zu Clubnights, die ständig von seinem Kumpel veranstaltet werden. Wieder einmal frage ich mich: Wie schafft er das bloß? Okay, er ist zwei Jahre jünger als ich, aber nur daran kann es nicht liegen. Sein Leben läuft irgendwie ganz von selbst, ihm fliegt einfach alles zu. Als sein Onkel, den er ewig nicht gesehen hatte, vor drei Jahren starb, stellte sich heraus, dass er Dan sein Auto hinterlassen hatte: einen Porsche 911 in Hellblau, das Urmodell.

Dan fährt ihn kaum, der Wagen steht bloß in der Tiefgarage und wird dabei jeden Tag wertvoller. Dan führt ein sorgenfreies Leben, er trägt keine wirkliche Verantwortung, abgesehen vielleicht von all den neuen Musiklabels in Stokes Croft, die seine Hilfe brauchen. Dan ist eben Dan. Das war schon so, als wir zusammen aufwuchsen, zur selben Schule gingen, dieselben Freunde hatten und von denselben Typen schikaniert wurden. Dan war immer Dan. Er rettete mich bei Schlägereien und beschützte Emma vor dummen Anmachen in der Jugendclubdisco. Inzwischen bin ich Vater, stecke in einem Alptraum fest und muss mich damit arrangieren, diesen Scheißjob zu machen, damit ich meine dysfunktionale Familie ernähren kann. Und Dan? Groovt weiter durchs Leben, cool wie immer.

Ich war auch mal cool. Ungefähr vier Jahre lang. An der Uni hatte ich mal ein Alternative-Projekt namens Oblivion laufen, wir spielten Post-Rock und schräge elektronische Tanzmusik für eine Handvoll pseudointellektueller Musikfreaks. Manchmal veranstalteten wir Liveshows in miesen Pubs. Ich habe sogar mal ein Musikfestival auf einem stillgelegten Industriegelände organisiert, das vom Reporter der Lokalzeitung als »kaum anhörbar« bezeichnet wurde. Dieses Zitat nutzten wir sofort für unsere Flyer, bestimmt zwei Jahre lang. Als Dan in Bristol Design studierte, tauchte er oft bei mir auf, um Poster für uns zu machen. Er bastelte uns sogar eine Website. Er macht noch das Gleiche wie früher. Ich nicht. Mir kam das Leben dazwischen.

»Ich glaub, ich bleib lieber hier, Dan. Aber trotzdem danke.«

»Kein Problem, Alter.«

Ich starre auf den leeren Fernsehbildschirm. Dabei gibt es zig Entertainment-Optionen bei Dan. Er hat vierhundert Kabelsender und eine Festplatte mit so vielen Filmen und TV-Serien, dass ein Menschenleben gar nicht ausreicht, um sich alles anzusehen. Aber die Auswahl erschlägt mich geradezu. Wie soll man heutzutage bloß entscheiden, was man sich anschaut? Was, wenn man die falsche Serie wählt und es gibt eine bessere, aber man hat schon Stunden seines Lebens für die andere geopfert? Manche Leute nennen so etwas »Jammerei auf hohem Niveau« – Leute, die ungefragt die Facebook- und Twitter-Postings von anderen Menschen kommentieren und ihnen vorhalten, sich über banales Zeug aufzuregen. Als Vater eines manchmal sehr unruhigen Kindes habe ich eines jedenfalls schnell gelernt: Die Leute lieben es, andere zu verurteilen. Aus der Überlegenheit ihres scheinbar perfekten Lebens heraus werfen sie einem höhnische Bemerkungen zu. Aber lassen wir das. Ich muss irgendwas finden, das mich davon ablenkt, an Sam und an morgen zu denken. Aber was? Ich will mich jetzt auf nichts konzentrieren. Ich kann nicht. Jody meint ja, dass ich Hilfe brauche. Vielleicht stimmt das sogar. In meinem Kopf brodelt es, mein Schädel ist ein Whirlpool aus Ängsten und Sorgen, ich kann überhaupt nicht mehr klar denken.

Okay, tief einatmen. So sieht es aus: Ich musste weg von Jody und Sam, weil wir ständig gestritten haben und nur noch gestresst waren. Ich muss unbedingt einen Weg finden, damit das endlich aufhört. Ich muss irgendwie lernen, mit dem Druck umzugehen. Ich muss das Licht am Ende dieses Tunnels finden.

Okay. Das ist vielleicht doch keine so gute Stimmung, um endlich mit *Breaking Bad* anzufangen.

Kapitel 3

Als ich am nächsten Morgen da bin, wartet Sam schon an der Tür. Er hat sich die Kapuze von seinem Shirt aufgesetzt. Darunter trägt er eins seiner Spezial-T-Shirts mit außen liegenden Nähten und Säumen, damit er sie nicht auf der Haut spürt. Ganze Websites beschäftigen sich mit solcher Kleidung. Wenn man verzweifelt nach Lösungen für unerklärliche Marotten und Phobien sucht, stößt man irgendwann ganz automatisch darauf. Es gibt sogar Unternehmen mit speziellen Angeboten für Kinder, die sich in unserer Welt nicht wohlfühlen.

»Daddy, gehen wir in den Park? Gehen wir ins Café? Daddy, kommst du rein?«

»Ja, ich komme kurz rein.«

Das Wohnzimmer ist ein schmerzlich vertrauter Bombenkrater; Kleidung, Bücher und Spielzeug sind wie Trümmer auf dem Boden verstreut. Überall stapeln sich Sachen: Wischtücher, ungeöffnete Post, Zeitungen. Das zerschlissene Sofa ist mit Müsliflecken übersät, der Fernsehbildschirm mit Fingerabdrücken verschmiert, die Bücherregale sind mit dem Schutt des Elterndaseins überladen: halbfertige Lego-Modelle, Playmobil-Motorräder, Actionfiguren mit fehlenden Gliedmaßen. Meine CDs und DVDs sind achtlos in einer Ecke gestapelt, die Gardinenstange hat sich halb von der Wand gelöst, und die Gardine flattert nutzlos in der Brise, die durch das offene Fenster hereinweht.

Das ist zu Hause. Plötzlich habe ich einen dicken Kloß im Hals.

Jody kommt herunter, ein Handtuch um das lange rotbraune Haar gewickelt, ein paar nasse Strähnen im Gesicht. Sie trägt Jeans und Schlabbershirt. Sie sieht müde aus. Und misstrauisch.

»Hallo Alex.«

»Hallo. Wie geht's?«

»Daddy, gehen wir in den Park? Kann ich meinen Ball mitnehmen? Daddy, brauche ich eine Tasche für meinen Ball?«

»Ich bin mir nicht sicher, ob wir den Ball mitnehmen können, wir gehen ja danach ins Café und …«

»UHHHH«, sagt Sam, und im nächsten Moment weint er.

»Hier war heute Morgen schon *einiges* los«, raunt Jody mir mit gezwungenem Lächeln zu. Sie geht zu Sam und nimmt ihn in die Arme. Ihre Augen sprechen Bände. Wahrscheinlich ist er schon seit fünf oder noch früher auf. Er hat vermutlich den Fernseher angemacht, und als Jody schlaftrunken hereinkam, um ihn wieder auszuschalten, hat er das erste Mal geweint. Dann hat er bestimmt angefangen, Frühstück zu machen, dabei überall Milch verschüttet und wieder geweint. Anschließend hat er Jody vermutlich aufgeweckt, um sie zu fragen, ob er fernsehen darf, und dabei so lange geweint, bis sie Ja gesagt hat. Die vertrauten Muster.

»Was ist denn passiert?«, frage ich.

»Tja, *X-Men* lief nicht im Fernsehen, also hat er mir die Fernbedienung an den Kopf geworfen«, sagt Jody. Der blaue Fleck ist deutlich zu sehen. Als Sam drei war, schlug er mir mit einem Lego-Duplo-Eimer einen Vorderzahn aus. Er war wie Joe Pesci in *Good Fellas*: ein kleiner Witzbold, dessen Verhalten jederzeit in extreme, rasende Gewalt umschlagen konnte.

Meine Anspannung steigt. Wenn Sam gut drauf ist, bedeutet das eine Herausforderung. Aber wenn Sam schlecht drauf ist, wird sein Verhalten unvorhersehbar und furchteinflößend. Mein Magen krampft sich zusammen. Was, wenn er wegläuft? Was, wenn etwas passiert und ich ihn nicht beschützen kann? Schreckensvisionen von dem, was passieren könnte, wenn er davonstürmt, jagen mir durch den Kopf. Mir bricht der Schweiß aus.

»Sollen wir vielleicht was anderes unternehmen?«, schlage ich zaghaft vor. »Wenn er schlecht drauf ist…«

Jody schaut mich vorwurfsvoll an. Der vertraute Blick.

»Wir waren uns doch einig, Alex!«, zischt sie. »Und ich hab es schon auf seinem Stundenplan notiert.« Jeden Morgen malt Jody einen Comic-Stundenplan für Sam, damit er sehen kann, wann er sich anziehen soll, wann Essenszeit ist und was er sonst noch alles machen wird, bis er wieder ins Bett geht. An den Wochenenden nimmt er den Plan mit, um regelmäßig draufzuschauen. Und wenn etwas auf dem Plan steht, dann *muss* es getan werden. Jody schaut zu Sam herüber, der gerade damit beschäftigt ist, die Klettbänder seiner Schuhe stramm zu ziehen. Noch so eine Sache: Sam hasst Schnürsenkel. Und die Klettbänder müssen so stramm gezogen sein, dass ich immer Angst habe, sie schneiden ihm die Blutzufuhr zu den Füßen ab. Alles muss ganz fest sein. Nichts darf nachgeben.

»Ich weiß«, zische ich zurück. »Aber wenn er schlecht drauf ist? Auf den Straßen am Park ist viel Verkehr. Ich mache mir nur Sorgen, dass…«

»Es wird schon nichts passieren«, fällt Jody mir ins Wort. »Du kannst dich nicht immer vor solchen Sachen drücken, und vor deinem eigenen Sohn erst recht nicht! Alex, es sollte gar nicht nötig sein, dass ich dich überreden muss, heute Vormittag was mit Sam zu unternehmen und für lächerliche drei Stunden die Verantwortung für ihn zu übernehmen.«

Ich setze an, etwas zu erwidern, aber sie schneidet mir schon wieder das Wort ab.

»Und ich will nicht hören, wie viel Stress du auf der Arbeit hast«, wütet sie weiter. »Sei doch mal zu Hause, wenn die Schule wieder anruft, weil Sam jemanden getreten hat oder selbst geschlagen wurde oder den ganzen Morgen nach seiner Mutter schreit. Versuch doch mal, ihm sein Essen zu machen und es während der ganzen Zeit, die er zum Essen braucht, auf genau der richtigen Temperatur zu halten. Versuch es mal! Ich bin völlig fertig, und du hilfst mir überhaupt nicht! Genau da stehen wir gerade!«

Für einen Moment herrscht Stille. Wir stehen da wie zwei Western-Gegner bei einem emotionalen Showdown.

»Daddy, ich bin fertig«, sagt Sam. »Wir können jetzt in den Park. Nehmen wir den Ball mit?«

»Okay«, sage ich und versuche, ruhig zu atmen. »Wir nehmen den Ball mit und lassen Mummy hier. Sie braucht ein bisschen Zeit für sich.«

»Gehen wir in den Park?«

»Ja.«

»Und danach ins Café?«

»Ja, Sam.«

»Kann ich geschäumte Milch haben?«

»Ja.«

»Aber wir gehen zuerst in den Park, ja?«

»Ja, zuerst in den Park und danach ins Café.«

Ich nicke Jody zu, bringe es aber kaum fertig, ihr in die

Augen zu schauen. In diesem Moment bin ich nur froh, endlich die Flucht ergreifen zu können.

»Daddy, nehmen wir den Ball mit?«

Der Park liegt auf einer Anhöhe zwischen Bedminster und Totterdown, ein grüner Klacks inmitten einer Ansammlung aus viktorianischen Reihenhäusern mit Straßen, die sich wie Fäden eines riesigen Spinnennetzes in alle Richtungen ausdehnen. An den Rändern sind bröckelnde Wege, auf denen Jogger wie schwitzende Roboter aneinander vorbeistolpern. Es gibt einen kleinen Platz mit Schaukeln und Rutschen, die irgendwann Anfang der Neunziger aufgestellt und dann ihrem Schicksal überlassen wurden. Die Schaukeln haben gar keine Sitze mehr, die rostigen Metallrahmen mit den nutzlos schlenkernden Ketten erinnern eher an eine Open-Air-Spielwiese für Sadomaso-Fans. Die Rutschen sind mit Graffitis und anatomischen Zeichnungen übersät, die alles andere als jugendfrei sind. Der Stadtrat sollte sie entweder abmontieren oder für den Turner-Preis nominieren.

Sam hält den Ball umschlungen. Ab und zu kicken wir ihn uns gegenseitig zu, dann hält er ihn wieder fest. Ich lasse den Blick wandern, um abzuchecken, was ihn aufregen könnte.

Spielplatz-Super-GAU: Wie stehen die Chancen?
Vorbeikommender Erwachsener, der ein Gespräch anfangen will: 10 zu 1
Bellender Hund: 8 zu 1
Andere Kinder, die gern Fußball spielen wollen: 5 zu 2
Brennnesseln: 5 zu 1
Wespen: 8 zu 3

Schwangerschaftskursteilnehmerinnen, die hinter dem Torpfosten meditieren (das ist tatsächlich mal passiert, und Sam fand es furchtbar): 100 zu 1
Eiswagen nicht da: 50 zu 50

Heute sind nur ein paar Kinder da, die alle auf der Sadomaso-Wiese spielen; das dürfte also kein Problem werden. Die Leute, die ihre Hunde ausführen, sind so weit weg, dass ich genug Zeit habe, Sam zu warnen. Der Eiswagen steht an seinem üblichen Platz, um vom spätsommerlichen Wetter zu profitieren. Alles gut. Ich atme erleichtert auf.

Eine wichtige Lektion über Autismus habe ich ziemlich früh gelernt: Der Film *Rain Man* mit Tom Cruise und Dustin Hoffman von 1988 ist KEIN Dokumentarfilm. Nicht alle autistischen Kinder haben Superkräfte. Wenn ich Sam ins Casino von Bristol mitnehmen würde, wäre er jedenfalls nicht in der Lage, uns durch Kartenzählen einen saftigen Gewinn zu verschaffen. Vielmehr würde der Lärm dort ihn so ängstigen, dass er sich unter dem Roulettetisch verkriecht, bis die Sicherheitskräfte mich abführen, weil ich ein Kind ins Casino geschleppt habe.

Sam hat eine sehr eigene Art, die Welt wahrzunehmen. Und jedes Mal, wenn der Stress eskaliert, versuche ich auch, mir das ins Gedächtnis zu rufen – etwa, wenn ich ihn dazu dränge, sich die falsche Jacke anzuziehen, oder wenn die Spaghetti, die Jody ihm gemacht hat, zwei Grad zu warm sind. Für Sam ist die Welt eine riesige Maschine, die auf eine ganz bestimmte Weise mit vorhersehbaren Handlungen funktionieren muss, denn nur dann fühlt er sich sicher. Nur wenn er den kompletten Zeitplan und alle geplanten Handlungen kennt und die Aus-Taste immer in Reichweite hat, kann er sich entspannen.

Ich schaue ihm zu, wie er zu dem Baumstamm-Arrangement rennt. Er spielt gern dort, und ich weiß schon jetzt genau, wie das Ganze ablaufen wird. Zuerst klettert er auf einen bestimmten Baumstamm und balanciert darauf entlang, und kurz bevor er das andere Ende erreicht, vergewissert er sich, dass ich ihm zusehe. Dann überlegt er, auf den nächsten Baumstamm zu springen, entscheidet sich aber dafür, erst runter- und schließlich wieder raufzusteigen. Wenn ein anderes Kind dort spielt, schubst er es weg – aber nicht, weil er es schikanieren will, sondern weil dort ja die Baumstamm-Maschine ist, die auf eine typische Weise funktionieren muss. Für ihn ist ein anderes Kind wie ein Systemfehler, und wenn er es wegdrängt, ist das so, als ließe er ein Virenschutzprogramm laufen: »KIND ENTDECKT. WEGSCHUBS-SEQUENZ AKTIVIERT. KIND ELIMINIERT. WARNUNG: KIND RENNT WEINEND ZU ELTERN.«

Ich könnte natürlich zusammen mit ihm über die nassen Baumstämme klettern, aber das mache ich nicht. Das mache ich nie. Ich schubse Schaukeln an und kicke Bälle zurück, aber Herumtoben ist definitiv nicht mein Ding. Ich bin keiner von diesen Vätern in Converse Chucks und Batman-T-Shirts, die unbedingt beweisen wollen, dass sie wie ihr Nachwuchs sind, voll lustig und die besten Freunde ihrer Kinder. Diese Väter tollen herum, als wollten sie Tom Hanks' Rolle in *Big* nachspielen, und sie beäugen mich misstrauisch, wenn ich im Hintergrund stehen bleibe und die Gegend nach potenziellen Gefahren abscanne. Spielen fällt mir nicht gerade leicht. Im Gegenteil. Ich finde es schwer, in die richtige Stimmung zu kommen und loszulassen.

Als ich Sam dabei beobachte, wie er über die feuchten Stämme kraxelt, muss ich auf einmal daran denken, wie George und ich uns als Kinder gegenseitig anstachelten, im Park nebenan auf die Spitze des Klettergerüsts zu steigen. George war zwei Jahre älter und mutiger, nicht so vorsichtig wie ich. »Jetzt komm hoch. Komm schon, Alex!« Die Erinnerung daran macht mir bewusst, dass ich langsam vergesse, wie seine Stimme geklungen hat. Plötzlich möchte ich Sam hochheben und umarmen und dann zurück zu Jody bringen. Ich möchte sagen: Pass auf ihn auf, Jody, pass auf ihn auf.

Plötzlich sehe ich, wie ein großer Hund, anscheinend ein Labrador, hinter einem Gebüsch auftaucht und direkt auf uns zuläuft. Er ist etwa fünfzig Meter entfernt, aber er hat Sams Fußball entdeckt. Der Hund will spielen. Verdammt. Ich gehe auf Sam zu, erst langsam, dann schneller. Jetzt muss ich behutsam vorgehen.

»Sam, hab keine Angst, da kommt ein Hund, willst du mir den Ball geben?«

Sam dreht sich um, schlittert dabei fast vom Baumstamm und schnappt vor Schreck nach Luft. Der Hund ist nicht angeleint und stürmt bellend auf uns zu. Sam dreht sich panisch zu mir, dann lässt er den Ball fallen und rennt in meine Richtung – großer Fehler. Der Hund wedelt wild mit dem Schwanz und überlegt, ob er lieber dem Ball oder dem fliehenden Jungen nachrennen soll. Der Junge verspricht mehr Spaß.

»Sam, er will nur spielen.«

Jetzt renne ich, packe Sam und schleudere ihn herum, sodass ich zwischen ihm und dem Hund bin. Er zittert vor Angst. »Nein, nein, nein, nein«, schluchzt er.

»Er tut dir nichts«, sage ich.

Der Hund bellt und springt an uns hoch. Ich schiebe ihn weg und schaue mich suchend nach seinem Besitzer um. Eine ältere Frau taucht auf, sie hält eine Leine und einen Ball in den Händen. Sie hat den Mund zu diesem Hundebesitzerlächeln verzogen, das sagen will: »Ich liebe Hunde, jeder liebt Hunde, wer um Himmels willen könnte meinem Hund etwas Böses zutrauen?«

»Er will nur spielen! Er liebt Kinder«, sagt sie.

»Würden Sie ihn zu sich rufen?«, frage ich so höflich wie möglich, kann meine Wut aber nicht ganz unterdrücken.

Jetzt lächelt sie nicht mehr. »Er ist ein lieber Hund, er würde keinem etwas tun.«

Sam wühlt sich schluchzend in meine Arme. »Tsss«, sagt die Frau, packt den Hund am Halsband und zieht ihn weg.

»Komm, Timmy, lass uns da drüben spielen.«

Ich schaue ihr hinterher. Sie merkt gar nicht, welche Angst ihr blöder Köter ausgelöst hat. Es kommt ihr gar nicht in den Sinn, dass es hier vielleicht um mehr geht als bloß um ein Kind, das keine Hunde mag.

»Hey! Sie!«, rufe ich. »Hier müssen Hunde angeleint werden. Können Sie keine Schilder lesen, verdammt noch mal?«

Sie dreht sich um, völlig verblüfft über meine Wut.

»Komm«, sage ich leise zu Sam und streiche ihm das Haar aus dem Gesicht. Er wimmert und umarmt sich selbst so fest, dass seine Knöchel ganz weiß sind. »Komm, mein Sohn. Lass uns ins Café gehen.«

Als wir losziehen, nehme ich eine Gruppe von Kindern wahr, die Frisbee spielen. Sie sind glücklich und haben Spaß miteinander; ihre Eltern sitzen entspannt auf einer Bank und unterhalten sich. Ich spüre einen Stich. Neid. Wie leicht das Leben dieser Eltern sein muss.

»Daddy, gehen wir jetzt ins Café?«

»Ja, wir gehen jetzt ins Café.«

»Kann ich geschäumte Milch haben?«

»Ja.«

»Der Hund hat mir Angst gemacht. Ich mochte den Hund nicht.«

»Ich weiß.«

Das war unser Ausflug in den Park.

Kapitel 4

Im Café ist es vergleichsweise ruhig. Es liegt in einer kleinen Ladenzeile und zählt zu den hipperen Locations der Gegend, maßgeschneidert für Mittelschicht-Mamis, die mit *Friends* aufwuchsen und sich das Central Park Café aus der Serie herbeisehnen. Die Inneneinrichtung strotzt vor Retro. In der Ecke steht eine alte Rowe AMI Jukebox, an den Wänden reihen sich kitschige Sechziger-Poster mit sinnlichen Schönheiten und melancholisch dreinblickenden Jungs. Sam ist ganz fasziniert von ihnen. Wir sitzen hinten an unserem Stammplatz, auf einem großen Sofa vor einem Holzbeistelltisch mit alten Comics und Zeitschriften.

»Daddy, warum hat diese Frau ein grünes Gesicht?«

»Daddy, warum haben die den Kindern so große Köpfe gezeichnet?«

Ich antworte ihm, dass ich es nicht weiß und dass die Sechziger halt eine verrückte Zeit waren.

Dann bestelle ich einen Cappuccino. Auf der Kreidetafel draußen steht, dass er der Beste im Westen ist, dazu ein Zitat von T. S. Eliot, »Ich vertat mein Leben kaffeelöffelweis«, in betont schwungvoller Schrift. Der Barista, natürlich mit dem Schnurrbart eines Zwanzigerjahre-Filmschurken und einem knallengen Vintage-T-Shirt, bringt den Cappuccino und macht großes Aufhebens darum, Sam seine heiße Milch zu servieren: »Sehr wohl, Sir, unsere beste geschäumte Milch, von den besten Geschäumte-Milch-Kühen aus ganz Somerset.«

Sam kichert entzückt. Der Barista ist sein Held. Eigentlich fallen Sam soziale Kontakte ja schwer, aber charismatische und selbstbewusste junge Leute findet er super. Vor ihnen hat er überhaupt keine Angst, er lässt sogar Augenkontakt zu – was selten vorkommt, sogar bei mir. Als er noch klein war, nahm Jody ihn immer zum Mittagessen in die Uni-Mensa mit. Er war von den vielen Studenten so fasziniert, dass Jody ein paar ruhige Minuten für sich genießen konnte. Skurril ist es schon, aber irgendwie auch liebenswert. Ist mir egal, dass ich gerade vier Pfund für einen Fingerhut Koffein gelöhnt habe – das war es wert.

Jetzt, wo wir hier sitzen, wäre es toll, wenn ich Sam einfach fragen könnte, wie es in der Schule und zu Hause mit seiner Mum läuft. Aber so funktioniert Sam nicht. Reden ist nicht sein Ding. Auf direkte Fragen antwortet er bestenfalls mit einem Nicken oder Kopfschütteln. Wahrscheinlicher ist, dass er von mir wegrückt und gereizt reagiert. Diese Momente zwischen uns sind sehr zerbrechlich. Ich weiß nicht, wie ich mehr aus ihnen herausholen kann, ohne dabei einen Scherbenhaufen anzurichten. Also gebe ich Sam stattdessen wortlos mein iPhone und schnappe mir eine Zeitschrift. Sam entspannt sich und ruft direkt seine Lieblings-App auf, Flight Track; sie zeigt die aktuellen Positionen von Linienmaschinen, die gerade um die Welt düsen. Wenn man auf eines der kleinen Flugzeug-Symbole tippt, öffnet sich eine Infobox, in der steht, von wo das Flugzeug gestartet ist und wo es hinfliegt. Sam ist ganz besessen davon. Er kennt inzwischen alle großen Fluggesellschaften, die Hauptrouten und die Entfernungen zwischen den wichtigsten Flughafenstädten. Mit diesem Spleen ist er *Rain Man* wohl am nächsten. Die Außenwelt macht ihm die meiste Zeit Angst, denn es ist eine große Herausforderung für ihn, mit der schier endlosen Flut unvorhersehbarer Sinnesreize klarzukommen. Flight Track ist für ihn eine Methode, etwas auf sichere Art zu erforschen. Er geht ganz darin auf dazusitzen, auf das Display zu tippen und mir die Infoboxen vorzulesen. Manchmal zeige ich ihm, wo Emma, seine Tante, gerade ist. Meine Schwester, die Globetrotterin. Zwei Tage nach ihrem achtzehnten Geburtstag stieg sie in ein Flugzeug und ward seither nicht mehr gesehen. Das interessiert Sam zwar nicht besonders, aber es ist zumindest mein Versuch, das Ganze menschlicher zu gestalten. Ich zeige ihm Toronto auf dem Display. Letzte Woche hat Emma ein paar Fotos der Stadt auf Facebook hochgeladen. Darauf posiert sie mit zwei anderen Frauen, die ich nicht kenne, auf einem Touristenboot, mit dem CN Tower im Hintergrund. Sie sieht aus wie auf all ihren Facebook-Fotos: wie jemand, der glücklich und sorglos im Hier und Jetzt lebt. Aber so ganz kaufe ich ihr das nicht ab. In ihrem Blick ist etwas verborgen, das ich von früher kenne.

»Wenn sie nach London Heathrow fliegen würde, bräuchte sie sieben Stunden und fünfzehn Minuten«, sagt Sam. »Sie könnte von Toronto Pearson fliegen. Sie könnte mit British Airways oder mit Air Canada fliegen. Warum kommt sie nicht zurück?«

»Sie reist eben gern«, sage ich. »Sie mag es, neue Sachen anzugucken.«

Ganz so einfach ist es natürlich nicht. Sie reist zwar wirklich gern, aber ich vermute, sie hat Angst davor zurückzukehren. Ihre sporadischen E-Mails geben allerdings nichts in dieser Richtung preis.

»Ich kann hier auch neue Sachen angucken«, sagt Sam. »Und wir haben Google Maps. Auf Google Maps kann ich auch neue Sachen angucken.«

»Ich weiß, aber das ist ja nicht ganz dasselbe, oder? Da hast du nicht die ganzen Leute, die Geräusche, die Gerüche ...«

»Das mag ich sowieso alles nicht. Ich habe doch Autismus«, sagt Sam.

Wir lachen beide über seinen Moment der Selbsterkenntnis. Ich betrachte seine Störung ja als böswilliges Phantom, aber Sam hat kein Problem damit, sich zu ihr zu bekennen, vor allem, wenn er damit einen Lacher ernten oder sich aus der Bredouille befreien kann. Andere Kinder schieben die Schuld für einen zerbrochenen Teller, Filzstiftspuren auf dem Sofa oder leere Keksdosen ihren jüngeren Geschwistern in die Schuhe. Sam sagt: »Das war der Autismus« und wischt damit lässig jede Verantwortung beiseite. Rückblickend hätten wir ihm Autismus vielleicht besser doch nicht durch den Vergleich mit dem unglaublichen Hulk erklären sollen (»Weißt du, Sam, Bruce Banner kann gar nichts dafür, die *Gammastrahlen* sind schuld.«).

Wir sitzen eine Weile still da. Plötzlich sagt Sam:

»Mummy hat mir eine Xbox gekauft.«

»Oh«, sage ich. »Okay.«

Aber finde ich das wirklich okay? Sam ist oft genug allein. Sollen wir ihm jetzt noch einen Grund mehr liefern, sich zurückzuziehen? Er spielt die meiste Zeit allein, sogar in der Schule; das ist eben Teil seiner Störung oder Erkrankung oder wie auch immer man das nennen soll. Er *kann* mit anderen Kindern spielen, aber nur dann, wenn sie ihn nicht von seinen Vorhaben abbringen und nicht zu viel mit ihm reden. Seine Definition von Freundschaft lautet wahrscheinlich: »Leute, die ich gerade noch ertragen kann.« Was an sich ja gar nicht so verkehrt ist. Haben wir nicht alle solche Beziehungen? Wenn man soziale Systeme mal genauer unter die Lupe nimmt, sieht man, dass sie zu einem Großteil auf Gewohnheiten basieren. Man pflegt Interaktionsrituale, fragt das Gegenüber, wie sein Tag war, lacht über dessen miese Witze und sagt: »Wir sollten uns mal öfter treffen.« Doch unter der Oberfläche ist man sich oft stillschweigend einig, dass das alles nur Bullshit ist. Das Ganze ist ein Tanz, eine Reihe von sozialen Tics, die sich ständig wiederholen. Kein Wunder, dass Sam das alles so verwirrend findet. Wenn ich es richtig verstanden habe, bedeutet Autismus im Grunde, dass man auf der Welt ist, ohne die Spielregeln zu kennen. Für Sam ist es so, als ob alle ein gigantisches Spiel spielen, bei dem er mitspielen muss, dessen Regeln er aber nur Schritt für Schritt herausfinden kann. Das ist sehr anstrengend für ihn, aber auch für Jody und mich, denn wir sind diejenigen, die ihm die Spielregeln beibringen müssen. Wir müssen ihm alles immer wieder aufs Neue erklären, und einige dieser Regeln werden niemals einen Sinn für ihn ergeben. Zum Beispiel die, dass er nicht unbedingt alles sagen sollte, was ihm gerade durch den Kopf geht. Allein letzten Monat hatten wir folgende Unterhaltungs-Super-GAUs:

(Zu Jodys Mutter wegen ihrer Krampfadern) »Warum hast du Rohre an den Beinen?«

(Zu unserer etwas dicklichen Nachbarin) »Dein Gesicht ist ja wie Wackelpudding.«

(Zu seinem Klassenlehrer beim Eltern-Kind-Abend) »Daddy sagt, diese Schule ist ein Drecksloch.«

Deshalb denke ich, dass es nicht unbedingt der beste Einfall ist, ihm eine Spielkonsole zu geben, die ihm eine weitere Fluchtmöglichkeit bietet. Ich lasse ihn zwar auf meinem iPhone spielen, aber das ist etwas anderes: Flug-Apps und Google Earth haben ja wenigstens etwas mit der Realität zu tun. Aber bei Games steht immer der Spieler im Mittelpunkt, alles dreht sich nur um ihn. Und das ist eher das Gegenteil von dem, was Sam über das Leben lernen muss. Aber ich bin Jody nicht böse. Bestimmt hat sie nur nach einer Möglichkeit gesucht, Sams ständigen Fragen und seinen plötzlichen Wutanfällen für eine Weile zu entkommen.

»Lass uns mal mit Mummy über die Xbox reden«, sage ich.

»Flug VO 226 von London nach New York befindet sich in einer Flughöhe von 37 000 Fuß«, sagt Sam.

Um kurz nach drei sind wir wieder bei ihnen zu Hause (ich weiß nicht, ob es noch mein Zuhause ist). Jody hat aufgeräumt und sieht erfrischt aus, fast entspannt. Sie hat ihr widerspenstiges Lockenhaar zu einem Knoten gebändigt, liegt auf dem Sofa und liest Zeitung. Als wir hereinkommen, springt sie auf und nimmt Sam in die Arme.

»Da bist du ja, mein Schatz! Ich hab dich schon vermisst.«

»Es ist gut gelaufen«, sage ich. »Nur im Park gab es ein kleines Hundeproblem, aber er hat sich gut gehalten.«

»Der Hund ist hinter mir hergerannt«, sagt Sam. »Wir waren im Café und haben geschäumte Milch getrunken. Ich habe Flight Track gespielt. Daddy hat ›verdammt noch mal‹ zu der Frau mit dem Hund gesagt. Ich habe Hunger.«

Noch so eine Sache: Man darf in Sams Nähe nicht fluchen. Er merkt sich nämlich alles und erzählt es dann brühwarm weiter.

Als ich erklärt habe, was passiert ist, macht Jody ihm ein

Sandwich, genauer gesagt, das einzige Sandwich, das er überhaupt akzeptiert: Cheddarkäse mit Senfpickles. Dann stürzt er hinaus, um mit seiner neuen Xbox zu spielen.

Hier sind die Regeln in Bezug darauf, was Sam isst. Es gibt vier akzeptable Mahlzeiten, die einander abwechseln:

Sandwiches mit Cheddarkäse und Senfpickles (Weißbrot ohne Kruste und ohne gelbe Senfpickles-Flecken auf den Brotkanten).

Fischstäbchen und Pommes (Fischstäbchen entweder von Iglo oder Marks & Spencer – um Gottes willen nicht die von Lidl).

Nudelringe auf Toast (Buchstabennudeln werden manchmal auch akzeptiert, wobei aber nie genau klar ist, wann – also besser kein Risiko eingehen).

Käsemakkaroni (aber nur, wenn sie exakt nach Jodys Rezept gemacht werden. Wenn ich sie zubereite, enden sie meist als Küchenwand-Deko. Aber gut, bei meinem Kochtalent habe ich das wohl auch verdient).

Ergänzt wird das Ganze mit Müsli, Joghurt und exakt gewürfeltem Obst. Die Betonung liegt auf EXAKT GEWÜRFELT. Und morgens um fünf einen Apfel in Würfel zu schneiden, die genau einen Zentimeter breit sind, ist wirklich schwer – vor allem wenn der Gourmettester selbst den größten Choleriker wie ein sanftes Lamm aussehen lässt.

»Er hat jetzt also eine Spielkonsole?«

»Ja, der Sohn einer Freundin wollte seine nicht mehr haben. Ist ein altes Modell. Ich dachte, das könnte ab und zu besser als Fernsehen sein.«

»Aber wird ihn das nicht erst recht dazu bringen, sich zurückzuziehen? Wir versuchen doch, seine sozialen Fähigkeiten zu stärken.«

»Entschuldige, sagtest du gerade *wir*?«

»Du weißt, was ich meine.«

»Ja, ich weiß, was du meinst. Aber vielleicht ist es gar nicht so schlecht, wenn er auch mal etwas mit anderen Kindern gemeinsam hat. In seiner Schule haben alle eine Spielkonsole.«

»Gut, okay. Entschuldige. Aber kein *Grand Theft Auto*, okay?«

»Nein, keine Sorge, das ist nur für Mummy. Tut mir nämlich richtig gut, durch die Stadt zu brettern und dabei rumzuballern.«

Ein friedlicher, zerbrechlicher Moment. Jody fängt an, Zeitschriften und Malbücher vom Tisch und Fußboden einzusammeln.

»Und wie geht's dir so?«, fragt sie.

»Es geht. Ich vermisse dich.«

Sie hält kurz beim Aufräumen inne.

»Ich vermisse dich auch«, sagt sie leise, dann macht sie weiter, als wollte sie den Moment abschütteln. »Und was machst du so?«

»Na ja, was schon. Arbeiten natürlich. Vor Dans Riesenfernseher sitzen.«

»Zieh dir bloß nicht die neue *Homeland*-Staffel rein, die ist so was von furchtbar.«

»Verdammt, ich fass es nicht, dass du sie ohne mich schaust!«

»Damit tu ich dir wirklich einen *Riesen*gefallen.«

»Wenn ich wieder zurück bin, können wir ja mit einer von diesen skandinavischen Krimiserien anfangen, die vor fünf Jahren angesagt waren.«

Ungemütliche Stille. Das war wohl etwas vorschnell.

»Ich weiß nicht, wann das sein wird, Alex«, sagt sie dann. »Ich komme momentan nicht klar, wenn du hier bist.«

»Ich weiß. Es tut mir leid. Ich kriege das hin. Aber es wäre schon toll zurückzukommen. Allein aus dem Grund, um dich davon abzuhalten, dass du dir beschissene Serien ansiehst.«

Jody zwingt sich zu einem Lächeln.

»Du bist immer so in Gedanken, so unerreichbar«, sagt sie dann. »Und wenn wir mal reden, dann streiten wir uns nur. Aber dadurch wird alles nur noch schlimmer. Weißt du noch, wie wir mal zu deiner Mutter fuhren, als Sam noch klein war? Wir hatten eine Panne, und er hat die ganze Zeit auf dem Rücksitz geschrien und geweint, es war dunkel und regnete in Strömen, und wir haben einfach …«

»Wir haben einfach alle Lieder aus *Arielle, die Meerjungfrau* gesungen, in der richtigen Reihenfolge. Ich hab ›Unter dem Meer‹ gesungen und dabei den Reifen gewechselt.«

»Damals sind wir doch klargekommen, oder? Wir sind klargekommen. Wir haben etwas Lustiges daraus gemacht. Aber jetzt ist gar nichts mehr lustig. Im Gegenteil.«

»Ich bin halt total fertig. Die Arbeit, kein Schlaf …«

Das hätte ich nicht sagen sollen.

»Meine Güte, jetzt geht *das* wieder los. Andauernd sagst du, dass es auf der Arbeit leichter wird, aber von wegen. Du kommst gestresst nach Hause, am Wochenende bist du auch nur gestresst und dann gehst du wieder gestresst zur Arbeit. Ich kann nicht gleichzeitig *damit und mit Sam* klarkommen. Akzeptier das endlich!«

»Ich weiß, ich weiß, aber …«

»Nein, Alex, kein Aber! Du musst was *unternehmen*, sonst

kannst du nicht zurückkommen! Ich mein es ernst!« Sie versucht, die Tränen zurückzuhalten, aber ich kann sie in ihrer Stimme hören und in ihren Augen sehen, in diesen großen braunen Augen, in denen ich mich vor zehn Jahren verloren habe. Sie verbergen nichts, die Pupillen sind so groß und dunkel wie Galaxien. Und ich kann es nicht ertragen. Ich kann nicht ertragen, was als Nächstes kommen wird.

»Du musst was wegen deiner Arbeit unternehmen, du musst was wegen DIR unternehmen, aber vor allem musst du was wegen GEORGE unternehmen. Begreifst du das?«

Denn mir werden jetzt auch gleich die Tränen kommen. Weil ich diesen qualvollen, furchtbaren Schmerz spüre, der zwar schwächer ist als früher, aber noch immer wie eine gewaltige tektonische Platte unter der Oberfläche bebt. Und plötzlich bin ich froh, dass Sam eine Xbox zum Spielen hat, damit er das nicht noch einmal mitansehen muss.

Später bin ich mit Dan im Old Ship Inn, dem kleinen Pub bei ihm um die Ecke. Ein einsames Relikt aus Bristols industrieller Vergangenheit, dessen bröckelnde rote Backsteinfassade eine Beleidigung für die neuen Glas-, Stahl- und Betonbauten der Gegend ist. Drinnen sitzen ein paar alte Freaks auf Barhockern, mit Hunden zu ihren Füßen. Einige von ihnen kennen wir inzwischen. Frank und Tony haben in den Sechzigern in den Docks geschuftet und Ladungen von den Schiffen zu den riesigen Lagerhäusern geschleppt. Sie hängen gern an der Bar ab und geben Geschichten über schreckliche Arbeitsunfälle zum Besten. Dann ist da noch Alfie, der sonntags ab und zu die Rock-'n'-Roll-Disco veranstaltet; er trägt immer noch die blauen Wildlederschuhe, die er sich 1957 gekauft hat (und die inzwischen genauso abgewetzt sind wie er). In der Ecke spielt der alte Sid Schach mit sich selbst, ein halbes Pint Guinness neben dem Brett. Viele ahnungslose Gäste sind schon zu Sid herübergeschlendert, um ihm auf die Schulter zu klopfen und ihn zu einer Partie aufzufordern, aber er hat sie alle laut fluchend wieder verjagt. »Herrjeh«, sagt der Barkeeper dann. »Lasst Sid bloß in Ruhe, wenn er Schach spielt.« Man munkelt, dass er gegen den Geist seiner toten Frau spielt. Aber vielleicht will er nur etwas Ruhe und Frieden haben.

Wie seine Stammgäste ist der Pub ein schäbiges Überbleibsel, aber im Gegensatz zu den Reihenhäusern, für deren Bewohner er einst erbaut wurde, genießt er Denkmalschutz. Nun steht er allein da, und die einzigen Gäste, die sich noch hierher verirren, gehören zu der schwindenden Rentnerpopulation, die sich noch an die guten alten Zeiten erinnert. Mit Ausnahme von Dan und mir. Wir kommen wegen dem billigen Bier und weil man hier noch richtige Chips kaufen kann. In den großen Kettenkneipen und -bistros am Hafen kriegt man keine Chips mehr, nur winzige Olivenschalen für einen Fünfer. Vielen Dank, Europa, das haben wir dir zu verdanken.

»Und, was hast du heute so gemacht?«, frage ich und schlürfe mein Glas leer.

»Auf dem Mac rumgebastelt«, sagt Dan. Er hat den allerneuesten Apple Mac mit einem gigantischen Monitor. Den braucht er für sein Webdesign oder für Musikproduktionen. Oder für was auch immer.

»Triffst du dich gerade mit jemandem?«, frage ich.

»Nee, eigentlich nicht. Ich war ’ne Weile mit Nikki zusammen, aber das hat irgendwie nicht so gepasst.«

Nikki arbeitet in einem kleinen Designbüro, für das Dan

manchmal freiberuflich was macht. Außer ihr sind fast nur Typen Anfang zwanzig dort, die ihre Klamotten bei Hollister und Urban Outfitters kaufen – nur nicht die kultigen Vintage-T-Shirts, dafür zahlen sie lieber viel Geld bei eBay. Sie sind alle in Nikki verknallt, weil sie drei Jahre älter, schön und eine tolle Photoshop-Designerin ist. Alle hatten heimlich versucht, sich mit ihr zu verabreden, aber dann begingen sie den großen Fehler, Dan für das Design einer Social-Media-Werbekampagne ins Büro zu holen. Die armen Schweine hatten keine Chance.

Dan sieht nicht übel aus. Er hat kurzes dunkles Haar, ein gebräuntes Gesicht, braune Augen und ein angeborenes Gespür für Stil, das über die Enge-Jeans-enges-Shirt-enge-Kappe-Uniformen seiner Kollegen hinausgeht. Jetzt trägt er gerade Strickpulli mit Hemd, dazu schwarze Chinos. Farben, Stoffe, Sitz – alles ist so perfekt wie bei einem Fotoshooting. Aber das Attraktivste an Dan ist sein überwältigender, elektrisierender Charme.

»Danke, dass ich bei dir wohnen kann, Dan. Das alles ist… na ja, schon ziemlich heftig.«

»Kein Problem, Alter. Ich find's cool, dass du da bist. Erinnert mich an gute Zeiten. Heute hab ich Luke mit 'nem Podcast geholfen. Weißt du noch, wie wir früher unsere eigenen Radioshows auf dem alten PC von meinem Dad aufgenommen haben?«

»Radio Shogun – die beste West-Coast-Hip-Hop-Radiostation von Somerset.«

»Wir bringen Wu-Tang in jedes Westküstenkaff.«

»Ehrlich gesagt fand ich West-Coast-Hip-Hop immer scheiße.«

»Schon klar, Alex. Schon klar.«

Wir schweigen.

»Und wie geht's Sam so?«, fragt Dan nach einer Weile.

»Dem geht's gut. Du weißt ja. Sam eben.«

»Habt ihr noch vor, ihn von dieser Schule zu nehmen?«

Ich bin ganz verblüfft, dass Dan sich überhaupt daran erinnert, zugleich fühlt es sich aber irgendwie komisch an, mit ihm darüber zu reden. In all den Jahren, in denen wir uns kennen, haben wir nur über Filme und Musik geredet, egal, was passiert war. Alles lief durch diesen Filter. Es tut weh, wenn etwas Dunkleres an die Oberfläche schwappt.

»Weiß nicht, wir reden drüber. Und wie geht's dir so? Ich meine, auf der Arbeit und so?«

»Na ja, manchmal läuft's etwas planlos, aber wenn man die richtigen Sachen für die richtigen Leute macht, kommt schon was zusammen. Die holen mich meistens, wenn irgendwas schiefgelaufen ist und irgendein fetter Kunde ihnen Stress macht. Aber du kennst mich ja, ich sag dann immer *Okay, los geht's!*«

Okay, los geht's!, ist Dans Leitspruch. Wenn er sich selbst motivieren muss, murmelt er ihn einfach vor sich hin, und dann zieht er sein Ding durch, egal ob er das Design für ein millionenschweres Marken-Rebranding übernimmt oder vom Clevedon Pier ins Meer springt. Er kann gar nicht anders.

»O Mann, Dan, ich kapier nicht, wie du so leben kannst«, sage ich, und es klingt bitterer als beabsichtigt. »Ich fühle mich, als ob ständig ein Abgrund unter mir gähnt, aber du … Wie schaffst du es bloß, so entspannt zu sein? Warum machst du dir nicht die ganze Zeit vor Angst in die Hose?«

Dan lächelt und starrt in sein Bier. Aus den knisternden Pub-Lautsprechern erklingt Otis Redding mit »These Arms

Of Mine«. Sid schiebt Figuren über das Brett. Autoscheinwerfer blitzen durch die mottenzerfressenen Vorhänge und senden zackige Lichtstreifen über die nikotinbraune Tapete.

»Na ja«, sagt er schließlich. »Ich hab eben nicht mit echten Sachen und echten Menschen zu tun, so wie du.« Er schaut weg. Einen Moment scheint er drauf und dran zu sein, noch etwas hinzuzufügen, doch er entscheidet sich dagegen. Stattdessen fragt er: »Kannst du dir etwa vorstellen, dass *ich* Hypotheken verkaufe?«

»Nein! Aber vor ein paar Jahren konnte ich mir auch noch nicht vorstellen, dass ich Hypotheken verkaufe. Und jetzt schau mich an.«

Wir lachen, beide bemüht, die Stimmung aufzulockern.

»Wenn es dir keinen Spaß macht, musst du damit aufhören.«

»Geht nicht, ich muss noch meine eigene Hypothek abbezahlen. Außerdem braucht Sam Sprachtherapie, die ist schweineteuer. Und Jody arbeitet ja nicht …«

»Alex, ganz im Ernst: Wenn es dir keinen Spaß macht, dann *musst* du damit aufhören.«

Ich seufze und schlürfe mein Glas leer. »Warum weiß eigentlich jeder, was das Beste für mich ist?«

»Denk mal drüber nach«, sagt er. Er steht auf und rubbelt mir den Kopf. Wenn ein anderer das täte, würde ich sofort ausflippen. Dann geht er zur Bar, bestellt noch eine Runde Bier und setzt sich wieder zu mir.

»Hör mal«, sagt er. »Weißt du noch, wie wir uns früher *Battlestar Galactica* angeschaut haben, also die neue Serie, nicht die alte?« Krasser Themenwechsel. Wie kommt er denn jetzt darauf?

»Jaaaaa«, sage ich.

»Ich hab damals gesagt, dass es darin im Grunde nicht um Killerroboter geht, sondern um den Irakkrieg.«

»Jaaaaa.«

»Und was hast du gesagt?«

»Ich hab gesagt: Schwachsinn, Dan, natürlich geht's um Killerroboter.«

»Genau das ist das Problem«, sagt Dan und stellt sein Glas zur Betonung so heftig auf den Tisch, dass es überschwappt. »Du bist der verkopfteste Typ, den ich kenne. Du analysierst alles und konstruierst dann deine Theorien. Aber sobald du eine hast, lässt du dich ums Verrecken nicht mehr davon abbringen. Ist dir schon mal in den Sinn gekommen, dass du die Dinge vielleicht falsch siehst?«

Ich nehme einen langen, nachdenklichen Schluck aus meinem Glas und setze es vorsichtig wieder ab.

»Dan. Ich weiß wirklich zu schätzen, was du mir sagen willst, ehrlich. Aber die Lage ist nun mal kompliziert, ich kann nicht einfach alles hinschmeißen. Und bei *Battlestar Galactica* ging es wirklich um Killerroboter, nur haben viele Leute damals eine andere Bedeutung hineininterpretiert, um sich weniger mies vorzukommen, weil sie sich lieber eine Serie über Killerroboter ansahen als die neuesten Nachrichten über den Irakkrieg.«

»Wahrnehmung ist Wirklichkeit«, sagt Dan und verzieht den Mund zu diesem unwiderstehlichen Grinsen, mit dem er vermutlich schon Dutzende von Freelancer-Aufträgen eingesackt hat.

»Nee, Dan, bitte nicht heute Abend«, stöhne ich. »Jetzt hol mir noch ein paar Chips, und dann lass uns das Thema wechseln. Ich hab wirklich keinen Bock, weiter über die Arbeit oder mein Leben oder Killerroboter zu reden.«

Eine Stunde später bin ich zurück in Dans Wohnung, allerdings allein, weil Dan zu einer Clubnight namens Wicked Glitch gegangen ist, auf der nur übel verzerrte Soundtracks von Arcade-Spielen der Achtziger laufen. So was hab ich mir als Student angehört, als ich noch im dreijährigen Paradies der Unbeschwertheit schwelgte. O Mann, sogar Kant hat damals Spaß gemacht. Manchmal frage ich mich: War das der wahre Alex oder nur ein Aufschneider?

Ich vollziehe das Ritual des Luftmatratzenaufpumpens, dann checke ich meine E-Mails auf Dans gigantischem Mac. Eine ist von Jody. Sie hat mir einen Termin bei einer Schule weitergeleitet, die einen guten Ruf bei der Unterstützung autistischer Kinder hat. Die andere ist von Emma. Sie überlegt, nach England zurückzukommen. Das glaube ich erst, wenn ich es sehe.

Irgendwann werde ich davon wach, dass Dan mit einer Frau in die Wohnung stolpert. Sie kichern beide und flüstern dauernd »Pssst!«; es wird still, dann kracht es laut. Als ich nachschaue, finde ich sie im engen Flur aneinander gequetscht, die gebräunten Gliedmaßen ineinander verkeilt, als hätten sie einen autoerotischen Unfall gehabt.

»Wir stecken fest«, lallt Dan. »Wir haben uns geküsst, und jetzt stecken wir fest.«

»Hallo, ich heiße Donna«, sagt Donna. »Ich wurde nach Donna von Elastica benannt. Kannst du uns aufhelfen?«

Wie alt mag Donna angesichts des Musikgeschmacks ihrer Eltern wohl sein? Ich schalte das Licht an. Donna ist mit dem Rücken an der Wand, Dan hängt mit verdrehten Knien über ihr, die Hände neben Donnas Kopf auf dem Boden, und versucht das Gleichgewicht zu halten. Eins von

Donnas Beinen ist zwischen Dans Beinen eingequetscht, das andere zappelt in der Luft. Sie trägt ein sehr kurzes silbernes Paillettenkleid, das in jeder anderen Lage vermutlich atemberaubend ausgesehen hätte.

»Klar«, sage ich. »Pass auf, Dan, ich muss dich jetzt hochheben und dann irgendwie beiseiteschieben.«

»Na gut«, sagt Dan. »Gib mir ’ne Sekunde. Okay, los geht’s!«

Ich packe Dan an den Hüften, ziehe ihn hoch und zerre an Donnas Bein, bis es freikommt. Dabei fällt einer ihrer glitzernden Pumps zu Boden. Mit Dans Hilfe gelingt es mir, ihn vorwärtszuschieben, bis er lachend neben Donna zu Boden fällt. Donna schiebt sich die Wand hoch.

»Mein Kopf kribbelt«, sagt sie.

»Trinken wir noch was?«, fragt Dan. »Ist doch ein Superabend, oder?«

»Ich geh lieber wieder ins Bett«, sage ich. »Hab ’nen langen Tag vor mir. Mann, schon halb sechs. Viel Spaß noch, ihr Deppen. Aber denkt dran: immer schön hintereinander im Flur.«

Dan schaltet seine Hi-Fi-Anlage ein, spielt leise einen Track von Hot Chip, und ich denke über meinen alten Freund und unsere gemeinsamen Erlebnisse nach und über die unglaubliche Lebensfreude, die er versprüht – wie meine Schwester Emma. Wie machen die beiden das bloß?

Ich lege mich wieder hin und lausche dem leisen Dröhnen eines Jets, der am Morgenhimmel zum Flughafen Bristol schwebt. Das Geräusch vermischt sich hypnotisierend mit dem Röcheln der Matratze, als mein Rücken seinen eigenen Sinkflug zum harten Boden antritt.

Kapitel 5

Als wir Sam am Tag nach seiner Geburt nach Hause brachten, waren wir ganz berauscht vor lauter Glück, Adrenalin und Schlafentzug. Sam dagegen weinte nur. Er schrie, kreischte, brüllte und ruderte dabei zornig mit seinen winzigen Armen und Beinen. Abends fuhr ich ihn meistens im Kinderwagen durch die leeren Vorstadtstraßen spazieren. Ich sang ihm etwas vor und erzählte ihm Geschichten, bis er sich beruhigt hatte, und dann brachte ich ihn wieder nach Hause, um ihn zu füttern. Und er war immer hungrig. Wir versuchten, ihm die Flasche zu geben, damit Jody wenigstens ab und zu mal Luft holen konnte, aber das kam für ihn überhaupt nicht in Frage. Er war schon damals ausgesprochen wählerisch, was sein Essen anging. Ich weiß noch, wie ich einmal versuchte, ihm Milchnahrung in den Mund zu spritzen: Er schien sie zu tolerieren, aber als ich ihn dann im Arm hielt, kotzte er sich die halbverdaute Pampe in die Augen. Eine spaßige Erinnerung an elterliche Schuldgefühle, die unvergesslich bleibt.

Als er endlich feste Nahrung zu sich nahm, entwickelte er ziemlich schnell sehr spezielle Essensvorlieben. Es gab nur eine Sorte einer ganz bestimmten Marke organischer Babynahrung, die er freiwillig zu sich nahm, und wir hatten solche Angst, dass die Sorte eingestellt werden könnte, dass wir zweihundert Gläser davon im Gartenschuppen lagerten.

Damals wurden wir ständig mit wohlmeinenden, aber wahnsinnig nervigen Ratschlägen überflutet:

»Habt ihr schon mal versucht, das Gemüse in Stäbchen zu schneiden?«

»Habt ihr schon mal versucht, ihm das Essen in einer Schale statt auf dem Teller zu geben?«

»Habt ihr schon mal versucht, das Essen *lustig* aussehen zu lassen? «

Wir lächelten dann immer und bedankten uns für die tollen Ratschläge, die wir längst zigmal ausprobiert hatten. Einmal hatte ich zum Beispiel eine Scheibe Schinken, zwei Oliven und rote Paprikastreifen zu einem Kunstwerk angerichtet, das eine täuschende Ähnlichkeit mit Peppa Wutz besaß. Leider wurde die arme Peppa wutentbrannt durch die Küche geschleudert. Vielleicht hätten wir schon bei diesen aufschlussreichen Vorfällen erkennen müssen, dass mit Sam etwas nicht stimmte. Aber damals redeten Jody und ich nicht über Sams psychologische Entwicklung. Stattdessen waren wir damit beschäftigt, Aufgaben und Zuständigkeiten unter uns zu verteilen. Wir wurden Geschäftspartner, und unser Geschäftsmodell bestand darin, den Tag zu überstehen, ohne auf der Toilette oder vor dem Windelsortiment im Supermarkt einzuschlafen. Aber wir waren zusammen, wir wollten es schaffen, und wir waren fest davon überzeugt, dass es uns gelingen würde, weil wir uns liebten.

All das geht mir durch den Kopf, während ich mit Jody vor dem Sekretariat der St. Peter's Primary School in einer ruhigen Gegend am äußersten Stadtrand sitze. Es ist die dritte Schule, die wir uns anschauen, seit wir beschlossen haben, Sam aus seinem derzeitigen Höllenloch herauszuholen. Sie hat eine hervorragende Bewertung vom Amt für Bildungsstandards, wir gehören gerade noch zu ihrem Schulbezirk, aber das Beste ist, dass Sam hier jemanden kennt, nämlich Olivia. Sie war mit ihm zusammen im Kindergarten, und Jody ist mit ihrer Mutter in Kontakt geblieben – ein erstaunlicher Erfolg bei einer Luxusklasse-Familie, die in einer riesigen denkmalgeschützten Villa in Southville wohnt, inklusive schallisoliertem Heimkino im Keller. Aber irgendwie hat Olivia sich immer gut mit Sam verstanden, sogar als er mal versuchte, sie im Sandkasten zu begraben.

Heute Morgen, ich hatte dafür extra vier Stunden freigenommen, habe ich Jody abgeholt. Auf der Fahrt durch Bristols Vororte sprachen wir kaum ein Wort miteinander. Wir wissen, was auf dem Spiel steht. Sam hat Probleme in der Schule. Nicht in erster Linie Lernprobleme; die hat er auch, aber das größte Problem ist, dass er mit den anderen Kindern nicht klarkommt. Jedenfalls nicht so, wie es von ihm erwartet wird. Er ist nicht in der Lage, einfach mitzuspielen, ohne zu weinen, den Fußball an sich zu reißen oder jemanden zu treten, und das macht ihn zum Außenseiter. Noch schlimmer, es macht ihn zur Zielscheibe. Die Kinder wissen, dass sie sofort eine Reaktion bei ihm provozieren können, und das nutzen sie schamlos aus. Sie sind wie Piranhas: Wenn sie Blut riechen, verfallen sie in einen Fressrausch. Es ist einfach so; ihnen ist gar nicht bewusst, dass sie ihn schikanieren. Vielleicht folgen sie nur dem Instinkt, die Schwächsten auszusondern, um die übrigen Gruppenmitglieder zu schützen. Jedenfalls spielt Sam nicht mit den anderen Kindern. Und wir glauben, dass er in einer freundlicheren Schule, die nicht mitten in der Stadt liegt und keine überfüllten Klassen mit lauter Jungs hat, die alle Alpha-Männchen sein wollen, bestimmt besser dran sein wird. Es ist einen Versuch wert. Es muss einen Versuch wert sein.

»Sie können jetzt hereingehen«, sagt die Sekretärin mit gütiger Stimme. Sie sieht sehr alt aus. Wahrscheinlich war sie, als die Schule Anfang des 19. Jahrhunderts eröffnet wurde, sogar selbst als Schülerin dabei. Ich bin so darin vertieft, mir vorzustellen, wie sie damals mit ihrem adretten Spitzenhäubchen das Einmaleins an die Tafel schrieb, dass Jody mir einen Rippenstoß versetzen muss, damit ich endlich aufstehe. Wir werden in ein kleines Büro geführt, das von einem wuchtigen Holzschreibtisch dominiert wird, auf dem sich Papiere und Aktenordner stapeln. Hinten ist ein altes Schiebefenster, das von einer Tasse mit der Aufschrift »Ruhe bewahren und weiter unterrichten« offengehalten wird. Hm. Das bringt der Schule den ersten Eintrag in mein mentales Klassenbuch ein. Die Wände aus rissigem Putz verstecken sich hinter Dutzenden von Kinderbildern und -zeichnungen, darunter viele farbenfrohe Darstellungen einfacher Häuser und glücklicher Familien, aber auch eine, auf der zwei Männer in schwarzen Umhängen anscheinend eine Kuh abschlachten.

»Hallo, ich bin Miss Denton, schön, Sie kennenzulernen«, ertönt eine sanfte, angenehme Stimme hinter einem billigen PC-Bildschirm, der neben einem schiefen Heftstapel auf dem Schreibtisch herausragt. Miss Denton steht auf und reicht uns die Hand. Sie ist Anfang dreißig, eine kleine Person mit großem Charisma. Sie trägt ein leuchtendes Blumenkleid, das kurz geschnittene blonde Haar wird von einem Plastikreif zurückgehalten, der Lippenstift ist knallrot. Sie wirkt freundlich und engagiert, ganz im Gegensatz zu diesem gleichgültig-distanzierten Lehrerpack, das uns an Sams aktueller Scheißschule von Anfang an immer nur pflichtschuldig beschwichtigt hat.

»Ich bin Jody, das ist Sams Vater, Alex.«

Aha. Jetzt werde ich also von »mein Mann Alex« zum biologischen Vater herabgestuft.

Ich erwidere Miss Dentons Händedruck und bemühe mich, begeistert zu wirken. Das Ganze kommt mir wie ein Bewerbungsgespräch oder eine Prüfung vor. Keine Ahnung. Ich weiß nur, dass ich nicht durchfallen will.

»Wie ich gehört habe, hat Sam Anpassungsschwierigkeiten?«, fragt Miss Denton. »Letztes Jahr wurde bei ihm Autismus diagnostiziert, richtig?«

»Ja«, sagt Jody. »Er ist …«

Sie hält inne. Bestimmt denkt sie: Tja, wie kann ich acht schwierige Jahre in einem Satz zusammenfassen, ohne dass es so klingt, als wollte ich einem Verlag eine von diesen Jammerbiografien andrehen?

»Er war immer etwas langsamer, was das Sprechen angeht«, sagt sie schließlich. »Und er war schon immer ängstlich. Zuerst dachten wir, dass er vielleicht schlecht hört, aber wie die Untersuchung zeigte, ist mit seinem Gehör alles in Ordnung. Wir waren oft bei der Kinderärztin, aber die hat uns ständig nur gesagt, dass wir das weiter beobachten sollen. Aber *was* weiter beobachten? Als Sam in den Kindergarten kam, war denen schnell klar, dass irgendwas mit ihm nicht stimmte, aber viel helfen konnten sie dort auch nicht. Die Erste, die das Wort Autismus überhaupt erwähnte, war die Koordinatorin für sonderpädagogischen Förderbedarf an Sams Vorschule, aber … was hat die noch mal gesagt, Alex?«

»Dass er nicht ›schlecht‹ genug dran wäre, um individuelle Unterstützung zu bekommen. Deshalb würden sie nicht die erforderlichen Mittel erhalten. Aber er war jeden Morgen total unglücklich. Ich musste ihn zur Vorschule tragen. So ging das jeden Tag, verstehen Sie? Wir mussten ihn regelrecht zwingen, sich anzuziehen und zur Vorschule zu gehen, und dann haben wir uns den ganzen Tag Sorgen um ihn gemacht. In der Grundschule ist es dann etwas besser geworden. Aber …«

»Er ist noch immer unglücklich«, sagt Jody. Sie schaut mich an, dann schaut sie schnell weg. »Er ist ganz allein.«

Sie holt ein Taschentuch aus ihrem Mantel hervor und wischt sich vorsichtig die Augen.

Miss Denton lächelt mitfühlend. Danach beginnt sie, uns in einem heiteren Ton von ihrer Schule zu erzählen. Mit vierhundert Kindern ist es eine große, aber trotzdem familiäre Schule, sagt sie. Sie spricht von einer »betont unterstützenden und motivierenden Umgebung«. Einige Lehrer haben Erfahrung mit Autismus. Es klingt zwar alles gut einstudiert, aber trotzdem ehrlich. Ich spüre einen Funken Hoffnung aufglimmen, nicht nur bei mir, auch bei Jody. Die Schule hat normalerweise viel zu viele Anmeldungen, aber ganz in der Nähe hat eine neue Steiner-Schule eröffnet, und einige Kinder werden demnächst dorthin wechseln. Deshalb wäre für Sam ein Platz frei. Wenn wir ihn denn brauchen. Aber wir müssen uns schnell entscheiden.

»Denken Sie in Ruhe darüber nach«, sagt Miss Denton. »Sie würden dann morgens länger fahren müssen. Aber wir würden unser Bestes tun, damit er sich wohlfühlt. Vielleicht möchten Sie ihn einmal vorbeibringen, damit er sich umschauen kann? Dann kann er die anderen Kinder und unser Team kennenlernen. Ich kann ihm zwar nur ein begrenztes Maß an sonderpädagogischer Unterstützung bieten, aber zumindest kann ich Ihnen eines versprechen: An unserer Schule haben wir das Ziel, dass die Kinder glücklich sind.«

Eine Schule, an der die Kinder *glücklich* sind. Was für ein seltsames Verkaufsargument. Sollten nicht alle Schulen den Ehrgeiz haben, dass die Kinder dort glücklich sind? Aber irgendwie finde ich Miss Dentons Eingeständnis, dass es nicht so ist, beruhigend. Es ist keine Selbstverständlichkeit, dass Kinder an Schulen glücklich sind. Glück kann man nicht auf Bildungsplänen, Geschäftsplänen oder Excel-Tabellen festhalten, und es lässt sich auch nicht durch staatliche Zuschüsse garantieren. Es ist auch nicht über ein billiges Sky-Monats-Abo erhältlich. (Was mich daran erinnert, dass in Bristol gerade superschnelles Breitband-Internet getestet wird, 200 MBits, Glasfaserkabel, direkt nebenan... Mist, ich komme vom Thema ab). Wenn Glück so einfach wäre, wären wir alle glücklich. Wir würden uns online für Glück anmelden und die Glücks-App installieren. Die Kosten würden keine Rolle spielen. Wir wären bereit, jeden Preis dafür zu bezahlen.

Die Sekretärin führt uns wieder hinaus. Schweigend gehen wir zu dem kleinen Parkplatz. Vögel zwitschern in den Weißdornhecken, die den Spielplatz umrahmen. Wir steigen ins Auto und sitzen für eine Weile einfach nur da.

»Die Schule gefällt mir«, sagt Jody.

»Mir auch.«

Wir können nicht anders. Trotz allem, trotz der dunklen Wolken, die unsere Beziehung überschatten, sitzen wir hier zusammen und lächeln. So war es auch, als wir herausfanden, dass Jody schwanger war. Das passierte viel zu früh in unserer Beziehung. Wir waren ja selbst noch Kinder... na gut, ich war vierundzwanzig, aber im 21. Jahrhundert gilt das ja fast noch als pubertär. Wir starrten auf den Test, diese kleine blaue Linie, die »positiv« anzeigte, und grinsten uns stundenlang selig an.

»Sollen wir Sam hierherbringen?«, frage ich.

»Kannst du denn noch mal freinehmen?«

»Klar. Das ist schließlich wichtig.«

»Gut. Danke.«

»Bist du bei diesem Idioten Dan untergekommen?«

»Ja.«

»Hast du herausgefunden, womit er eigentlich sein Geld verdient?«

»Leider nicht. Irgendwas mit Design. Ich glaube, das weiß keiner so genau.«

»In zehn Jahren ist er bestimmt Vorstandsvorsitzender von irgend so 'nem komischen Social-Media-Unternehmen. Dann ist er im weißen Rollkragenpulli auf der Titelseite von *Wired* abgebildet. Und im Interview erzählt er, was er sich von seiner ersten Milliarde alles gekauft hat.«

Ich starte den Motor und fahre zurück Richtung Stadtzentrum. Zurück in unsere beiden Leben. Die jetzt getrennt sind. Und obwohl der Vormittag so positiv verlaufen ist: Als Jody aus dem Auto steigt und zu unserer Haustür geht, fühle ich mich so weit von ihr entfernt wie nie zuvor.

Kapitel 6

Um zwei bin ich im Büro. Daryl ist im Nadelstreifenanzug mit Klemmbrett und Laser-Entfernungsmesser unterwegs, um ein paar Immobilien zu evaluieren und sich dabei nachdenklich das Kinn zu kratzen. Paul und Katie füßeln beim Erledigen von Papierkram. Ich habe zwei Hypothekengespräche: mit einem Möchtegern-Bauunternehmer, der eine alte Kirche an der Gloucester Road kaufen will, und mit einem älteren Ehepaar, das sein riesiges Haus gegen eine schicke Wohnung in Clifton eintauschen will. Das letzte ihrer drei Kinder ist ausgezogen und das Haus ist jetzt zu groß für sie. Sie wollen etwas Kapital lockermachen, für eine Weltreise. »Das Haus ist jetzt so leer«, sagt die Frau mit nüchtern klingender Verzweiflung. Ich schaue ihren Mann an, der mitfühlend nickt. Aber in seinen Augen meine ich Erleichterung zu sehen.

Drei Stunden später stehe ich wieder vorm Haus, um ein paar Klamotten und Bücher von dort mitzunehmen. Die Bücher fehlen mir. Als wir vor acht Jahren hierherzogen, machte ich aus dem Flur im oberen Stock eine Art Minibibliothek und stellte mehrere Bücherregale dort auf, die ich dann mit Taschenbüchern, Comics und altem Universitätskram vollstopfte. Als Sam noch klein war, ging er morgens immer dort entlang und holte systematisch so viele Bücher aus dem Regal heraus, wie er nur konnte, um sie vor unserer Schlafzimmertür zu stapeln. Ich stand dann schlaftrunken auf, um herauszufinden, was da so raschelte. Dabei stolperte ich jedes Mal über einen Stapel Penguin-Klassiker. Irgendwann wurde uns das aber langweilig, und wir verstauten die meisten Bücher in Kisten auf dem Dachboden.

Jody lässt mich rein, und ich latsche über den Wohnzimmerteppich, der mit zerfledderten Comics und Pokémon-Sammelkarten übersät ist. »Meine Güte, Jody, du musst endlich mal anfangen, hier aufzuräumen«, witzele ich zaghaft. Als ich mich genauer umsehe, fällt mir allerdings auf, dass es nicht das übliche Chaos ist. Auf dem Boden und den Lautsprecherboxen stehen schmutzige Teller. Auf dem Teppich ist ein dunkler Fleck, als wäre etwas verschüttet worden. Sams Hausaufgaben liegen vollgekrümelt und mit Senfpickles verschmiert auf dem Sofa. Ich schaue Jody an. Das Flimmerlicht des Fernsehers wirft Schatten auf ihr Gesicht. Sie lächelt schwach, aber sie sieht erschöpft aus.

»Geh ruhig und hol deine Sachen. Sam ist in seinem Zimmer und spielt Xbox.«

Ich bleibe kurz stehen und sehe mich noch einmal um. Mir ist, als ob gleich alles einstürzt.

»Vielleicht sollte ich einfach hochschleichen, ohne ihn zu stören? Ich will ihn nicht aufregen.«

Jody zuckt die Achseln und seufzt tief auf. Eigentlich wollte ich ihr damit zu verstehen geben, dass ich mich um ihn sorge, aber sie hat meine Ausrede wie üblich sofort durchschaut.

»Mach doch, was du willst, Alex.«

Ich gehe hoch. Aus Sams Zimmer dringt das vertraute Klicken eines Gamecontrollers, der gerade benutzt wird.

Zu meiner Überraschung höre ich aber auch Klaviermusik. Sie klingt sanft und langsam, fast ein wenig rührselig, und scheint das Spiel zu untermalen, mit dem Sam gerade beschäftigt ist. Na, wenigstens ist es nicht *Call of Duty*. Ich klopfe an die Tür und öffne sie. Sam sitzt im Schneidersitz auf dem Bett. Auf dem winzigen Ikea-Schreibtisch gegenüber stehen ein kleiner LCD-Bildschirm und die Xbox 360 eng aneinandergequetscht. Darüber hängt die große Weltkarte, die ich letztes Jahr gekauft habe und irgendwann an die Wand nageln musste, weil sie nachts immer herunterfiel und Sam eine Heidenangst einjagte. Ansonsten herrscht das übliche Kinderzimmerchaos, ein Gewirr aus Klamotten, Spielzeug, Süßigkeitenverpackungen und verrenkten Actionfiguren.

»Hallo Sam, was spielst du denn?«, frage ich. Klingt fast wie ein *Casablanca*-Witz, aber an einem Achtjährigen geht das natürlich vorbei.

»*Minecraft, Minecraft*«, antwortet Sam, die Augen weiter auf den Bildschirm geheftet.

Von *Minecraft* habe ich zwar schon gehört, aber gespielt habe ich es noch nie. Auf dem Bildschirm sehe ich eine weitläufige blockartige Landschaft mit Gras, Felsen und vereinzelten Bäumen. Sam ist gerade dabei, einen davon mit einer klobig gezeichneten Axt zu fällen. Die melancholische Klaviermusik im Hintergrund erzeugt eine seltsam beruhigende Atmosphäre. Sie ist fast schon hypnotisierend.

»Und, macht es Spaß?«, frage ich fröhlich.

»Ich baue gerade eine Hütte. Eine große Hütte mit zwei Stockwerken und einem Schlafzimmer. Setz dich, Daddy. Setz dich und schau zu.«

»Hattest du einen guten Tag in der Schule?«

»Ich muss die Bäume fällen, um die Hütte zu bauen.«

»Das ist toll. Aber wie war es denn in der Schule, war es schön oder nicht so schön? Sam?«

»Ja. Daddy, schau mal die Schweine, die sind lustig.«

Ich starre auf den Bildschirm. Die Schweine sind aus rosafarbenen Blöcken zusammengesetzt und könnten aus einem schrägen Kindercomic stammen. Ich weiß nicht, was ich jetzt sagen soll oder welche Rolle die Schweine in dem Spiel haben. Stille herrscht, während Sam weiterspielt, auf dem Bildschirm herumläuft und Bäume fällt. Meine Hand liegt auf der Türklinke, ich bin halb in seinem Zimmer, halb draußen und habe nicht die geringste Ahnung, wie ich jetzt mit ihm kommunizieren soll. Nach einer Weile wird es mir so unangenehm, dass ich vorgebe, auf die Uhr zu schauen, obwohl Sam mich gar nicht ansieht und in Dans Wohnung nur der videospielende Dan in Unterhose auf mich wartet.

»Sam, ich muss wieder los.«

»Nein! Schau mal, Daddy, ich kann Sachen bauen.«

Was ist überhaupt der Sinn dieses Spiels? Als ich noch ein Kind war, konnte man Bösewichte erschießen und Highscores übertreffen. Es gab keine kistenförmigen Schweine, die man zusammentreiben musste.

»Das ist aber nichts für Erwachsene«, murmele ich schließlich. »Daddys spielen keine Videospiele.«

»Uhhh«, sagt Sam. »Ich will aber, dass du mir zuschaust!« Da dieser weinerliche Tonfall oft einem Wutausbruch vorausgeht, verspanne ich mich sofort. Aber diesmal blickt er nur vom Spiel auf und sieht mich an, fast ein wenig, als wäre er enttäuscht. Ich bin jetzt nervös und ungeduldig. Ich werde zwar später ein schlechtes Gewissen haben, weil ich ihn allein lasse, doch ich will lieber gehen, bevor ich etwas

Falsches sage und ihn aufrege. Aber in Wahrheit will ich nur verschwinden. Und zwar sofort.

»Ich muss wieder los«, wiederhole ich.

Sam schlägt mit der freien Hand aufs Bett, und einen Augenblick lang habe ich Angst, dass er mir gleich den Controller an den Kopf wirft.

»Gemein!«, schreit er. Doch im nächsten Moment ist er wieder in das Spiel vertieft.

Während ich mich langsam davonmache, beobachte ich sein Gesicht, seine leicht verwunderte Miene, die Farben, die auf seiner zarten Haut reflektieren. Er sitzt dicht vor dem Bildschirm und ist so stark auf das Spiel konzentriert, dass es einen Moment lang so aussieht, als wäre er selbst ein Teil dieser Landschaft.

Ich ziehe die Tür hinter mir zu und begebe mich in unser Schlafzimmer. Das Bett ist nicht gemacht, die Bettwäsche türmt sich zerknäult in der Mitte, garniert mit einigen hoffnungslos zerknitterten Kleidern. Der Wäschekorb quillt über, wie immer. Ich will nicht nachdenken, nicht innehalten, nicht alle herzzerreißenden Einzelheiten dieses Zimmers aufsaugen, sondern gehe direkt zu unserem großen Kleiderschrank, um Unterwäsche und Hemden in meine Reisetasche zu stopfen. Ich komme mir wie ein Einbrecher vor. Dann schnappe ich mir schnell ein paar Bücher, die neben dem Bett liegen: eine Biografie von Isambard Kingdom Brunel (in Bristol kommen Brunel-Anekdoten immer gut an), eine Kurzgeschichtensammlung von Raymond Carver, ein paar Krimis. Und dann stürme ich wieder hinaus, die Treppe hinunter wie ein Kind, das Angst vor Gespenstern hat.

Kapitel 7

Es ist Dienstagabend, und ich bin auf dem Weg zu Matts und Clares Riesenhütte in einer neuen, teuren Wohngegend am nordöstlichen Rand der Stadt. Klassisches Mittelschicht-Territorium für die mittlere Führungsebene, ein sorgfältig geplantes Arrangement von Protzhäusern, die alle so gestaltet wurden, dass sie sich durch kleine Unterschiede von der beigefarbenen Einheitlichkeit abheben. Einige sind dreigeschossige Villen, andere sind kleiner und haben Erker, ein hirnrissiges Tribut an die typischen Doppelhaushälften der Dreißigerjahre. Das Ganze soll wohl die architektonische Vielfalt des traditionellen britischen Vororts simulieren, aber die Häuser mitsamt ihren Doppelgaragen und hohen Holzzäunen wirken alle brandneu. Eine Stadt für Menschen, die Angst vor Städten haben.

Matt hat mich zu sich eingeladen, um das Champions-League-Spiel von Barcelona gegen Juventus anzuschauen. Genauer gesagt hat er mich angebettelt zu kommen. Er schaut Fußball am liebsten in Ruhe, aber das klappt normalerweise nie, weil er und Clare vier Kinder zwischen eins und acht haben, sodass jeder Abend eine aufreibende Schicht mit Windelwechseln, Baden und Gute-Nacht-Geschichten ist. Da Clare aber wissen will, wie es mir geht – wahrscheinlich will sie mich in Jodys Auftrag ausspionieren –, ist es Matt gelungen, etwas Zeit nur für sich, mich und zweiundzwanzig Weltklasse-Fußballspieler herauszuschinden.

Clare ist mit Jody aufgewachsen. Als Kinder waren sie fast wie Schwestern, und später zogen sie beide ungefähr zur gleichen Zeit nach Bristol. Während die meisten ihrer Freundinnen damals weiter Party machten, musste Jody sich um Sam kümmern; doch Clare brachte nur ein Jahr später Tabitha zur Welt. Sie machten Witze darüber, unzertrennliche Teenager-Mamas zu sein. Dann bekam Clare Archie, gab ihren Job als Geschäftsführerin eines Restaurants auf und bildete mit Jody ein kleines Eltern-Hilfsnetzwerk. Beide begriffen schnell, wie wichtig es war, eine freundschaftliche Beziehung zwischen Matt und mir zu fördern, weil sie sich dann nämlich öfter sehen konnten – so viel zur Psychodynamik von Erwachsenenfreundschaften. Als Sam noch klein war und Matt und Clare die Zwillinge noch nicht hatten, konnten Matt und ich oft Quality Time in Pubs verbringen. Dort saßen wir dann, beide dermaßen übermüdet, dass wir uns kaum noch auf den Barhockern halten konnten, und versuchten heimlich, uns gegenseitig über unser Familienchaos auszuhorchen – meistens mithilfe der Weltsprache Macker-Bullshit.

Beispiel:

»Liverpool hat's diese Saison wohl wieder verbockt.«

»Ja, die brauchen mindestens zwei neue Abwehrspieler und einen Mittelstürmer.«

»Apropos Mittelstürmer, ich hab seit drei Nächten kein Auge zugemacht und weiß nicht mehr, wo ich wohne.«

»Äh … dieser Satz ergibt irgendwie keinen Sinn.«

»Verdammt.«

So was halt. Matt und ich sind allerdings ziemlich verschieden. Er hat einiges auf den Rippen, ein liebenswerter Typ mit einem lauten, herzhaften Lachen, der dauernd Fußball-T-Shirts trägt. Er arbeitet als Business Software Consultant und verdient massig Geld, das nur für die Kinder draufgeht: anfangs für organische Babynahrung und noble Kinderwagen von der Sorte, die TV-Stars in Hochglanzmagazinen durch die Gegend rollen, inzwischen für Klavierstunden, teure Lego-Sets und einmal jährlich Disneyland Paris. Matt ist der klassische Mittelschicht-Dad. Der Ultra-Dad. Er schnallt sich eine Babytrage um, ohne weiter darüber nachzudenken. Ehrlich gesagt weiß ich gar nicht, was in seinem Kopf vorgeht. Er und Clare lesen nie Zeitungen, sehen nie fern, gehen kaum aus. Für sie ist die reale Welt etwas, das anderen Menschen passiert, während sie in einer hermetisch verschlossenen Elternblase leben, einem Prisma, das alles andere absorbiert und eliminiert. Das schwarze Loch der Häuslichkeit. Aber sie sind ziemlich gut darin. Matt kann zwei Windeln gleichzeitig wechseln und dabei ganz locker eine Skype-Konferenz mit einem Softwareentwickler in Bangalore abhalten.

Das Beruhigende ist, dass in ihrem Haus genauso viel Unordnung herrscht wie bei uns. Es sieht sogar noch schlimmer aus. Matt lässt mich herein, und schon die Eingangshalle ist entmilitarisierte ToysRUs-Zone. Halb entkleidete Barbie- und Ken-Puppen liegen mit ihren Teenie-Klamotten auf dem Boden verstreut wie am Morgen nach einer Party im Fisher-Price Playboy Mansion, auf der es besonders hoch herging. Ein *Star-Wars*-AT-AT-Walker aus Lego ist auf der Treppe kollabiert und kotzt Steine auf einen Barbie-Sportwagen in leuchtendem Pink. Hunderte von kleinen Plastiksoldaten formieren sich zu einer Bataillon, die eine ernsthafte

Bedrohung für jeden barfuß laufenden Menschen darstellt. Beany Babys haben das riesige Habitat-Sofa im Wohnzimmer erobert; das Bücherregal biegt sich unter einer Invasion von Disney-DVDs. Daneben steht eine kleine Spielküche, winzige Metalltöpfe und Plastikgemüse liegen versprengt herum, als wären dem Fünf-Sterne-Feldkoch bei dieser verrückten Schlacht die Sicherungen durchgeknallt.

»Schön, dass du für mich aufgeräumt hast«, sage ich.

»Aber gerne doch«, sagt Matt.

Unordnung fasziniert mich. Sie verrät uns so viel. Um Tolstoi zu paraphrasieren (sorry): Alle ordentlichen Häuser sind einander ähnlich, aber jedes unordentliche Haus ist auf seine Weise unordentlich. In unserem Haus sind Jody und ich diejenigen, die ihre Sachen überall herumliegen lassen; Sam steuert höchstens einen Farbtupfer zum Chaos bei. Aber im Haus von Matt und Clare haben die Kinder mit ihrer Unordnung alles im Griff. Eine feindliche Übernahme sozusagen.

Während ich darüber nachdenke und mich nach einem Sitzplatz umsehe, der nicht mit Spielzeug übersät oder Marmelade vollgeschmiert ist, platzt Matts Tochter Tabitha mit mindestens vier Freundinnen lachend und kreischend herein; sie sind alle wie Figuren aus *Die Eiskönigin* verkleidet. Matts Sohn Archie im beeindruckend detailgetreuen Stormtrooper-Kostüm ist ihnen dicht auf den Fersen und feuert mit seiner Waffe eine ganze Kanonade ohrenbetäubender Lasergeräusche ab. Wie ein Irrer wirbelt er um seine Opfer herum und veranlasst sie zu fürchterlichem Geheul, bis alle schreiend auf dem Sofa herumhüpfen und dann endlich durchs Esszimmer in die Küche weitergaloppieren.

»Heilige Scheiße«, sage ich. »Was war das denn?«

»Tja«, sagt Matt. »So sieht mein Leben aus.« Dann grinst er breit. Er ist so vorbehaltlos glücklich mit seinen Kindern, dass ich ihn am liebsten umarmen und nie wieder loslassen würde.

Wir räumen das Sofa frei, legen das Batman-Kostüm, das über dem Fernseher hängt, beiseite und setzen uns. Clare kommt in Karohemd und Jeans herein, ihrer üblichen Uniform. Vor zwei Jahren ließ sie sich die Haare kurz schneiden, weil sie es leid war, dass ihre achtzehn Monate alten Zwillinge ständig daran zogen. Sie hat zwei Dosen Stella Artois dabei. Herrlich.

»Hallo Alex«, sagt sie mit warmer Stimme. Ich stehe auf, und wie es sich für die Mittelschicht gehört, begrüßen wir uns mit einer höflich-steifen Um-Gottes-willen-bloß-kein-Körperkontakt-Umarmung. »Wie geht es dir?«

»Na ja. Ganz gut so weit.«

»Hier, nimm ein Bier«, sagt sie. »Wohnst du bei Dan?«

»Ja, fürs Erste jedenfalls.«

»Fürs Erste?«

»Ich weiß es auch nicht, Clare. Hat Jody denn nichts erzählt?«

Als Clare Matt das andere Bier gibt, treffen sich ihre Blicke ganz kurz. Aha. Ich werde kein Wort erfahren.

»Nicht viel, Alex. Sie ist ziemlich sauer, aber … sie braucht etwas Zeit und Raum für sich.«

»Aha.«

»Aber dir geht's gut?«

»Okay, ich bin nicht gerade super drauf, aber ich komm schon irgendwie klar.«

Am liebsten würde ich fragen, wie die Chancen stehen, dass ich bald wieder zurück nach Hause kann. Ich würde gern herausfinden, wo wir stehen und ob es irgendetwas gibt, das ich unbedingt tun muss, damit Jody mich wieder einziehen lässt. Aber ich bringe es nicht fertig, diese Frage zu stellen. Von der Antwort hängt zu viel ab.

»Na dann«, sagt sie. »Viel Spaß beim Spiel. Ich bring jetzt die Zwillinge ins Bett.«

Bevor sie geht, wirft sie Matt noch einen »Rede-DU-mit ihm«-Blick zu. Aber ich kann cool bleiben, denn ich weiß, dass er das nicht tun wird. Jedenfalls nicht so richtig.

»Also«, sagt Matt. »Wie geht's Sam?« Wow. Ein ganz schön kühner Eröffnungszug für seine Verhältnisse.

»Ganz gut. Aber ehrlich gesagt weiß ich gar nicht, wie viel er überhaupt mitbekommt. Schwer zu sagen, was in seinem Kopf vorgeht. Ich weiß, wann wir ihm das falsche Essen oder den falschen Pulli gegeben haben, oder wann ich ihm die Schuhe zu locker zugemacht habe. Aber ich habe keine Ahnung, ob er mich vermisst. Ich weiß nicht, ob er begreift ...« Ich höre auf zu sprechen.

Pause. Wir starren auf den Fernseher und tun so, als würden wir über die Analyse vor dem Spiel nachgrübeln.

»Barcelona ist momentan unschlagbar«, sagt Matt schließlich.

»Stimmt«, sage ich. »Einfach unschlagbar.«

»Juventus hat zwar eine gute Abwehr, aber ich bin nicht sicher, ob sie stark genug für einen Gegenangriff ist.«

Ich nehme einen Schluck Bier. Matt tippt stirnrunzelnd auf seinem Smartphone herum. Als ich versuche, einen Blick auf das Display zu erhaschen, dreht er es fast unmerklich weg von mir. Aber seine Geheimnisse interessieren mich sowieso nicht, im Gegensatz zur Abwehrreihe von Juventus.

»Manchmal gibt es eben keinen Ausweg«, sage ich. »Manchmal kann man nichts weiter tun, als den Druck auszuhalten und auf ein Wunder zu hoffen.«

»Im Fußball gibt es ja immer wieder Wunder«, sagt Matt.

»Ja. Im Fußball schon.«

Barcelona gewinnt 3:0.

Kapitel 8

Am nächsten Morgen trommelt Charles uns auf der Arbeit zusammen. Alle versammeln sich. Daryl setzt sich rücklings auf seinen Stuhl und checkt sein Smartphone wie ein Sextaner, die Arme auf die Lehne gestützt. Charles sieht uns mit steinerner Miene an, seine Augen sind gerötet und glänzen. Entweder ist er betrunken oder er hat schlechte Neuigkeiten.

»Wie ihr wisst, hatten wir dieses Jahr Probleme, trotz Marktaufschwung unser Soll zu erreichen«, lallt Charles. Oh-oh. Betrunken und schlechte Neuigkeiten obendrein. »Das trifft nicht nur auf unsere Zweigstelle zu, die anderen hatten auch ziemlich zu kämpfen.« Er lässt das kurz sacken, dann fährt er fort. »Ihr braucht euch aber keine Sorgen zu machen, wir alle kennen ja das Geschäft, manchmal gibt es Flauten, die man einfach nicht erklären kann. Wir arbeiten alle sehr hart, wir haben gute Immobilien an der Hand und engagieren uns sehr für unsere Kunden. Aber es gibt einige sehr aggressive und innovative Mitbewerber, gegen die wir uns durchsetzen müssen.« Noch eine Kunstpause. Will er einen Oscar gewinnen oder muss er gleich kotzen? »Wo wir gerade von Mitbewerbern sprechen: Einer von ihnen, Urban Chic, ist daran interessiert, unser Geschäft zu übernehmen.«

Jemand schnappt laut nach Luft. Daryl schaut endlich von seinem Smartphone auf.

»Wir stehen damit noch ganz am Anfang, ihr braucht euch

gar keine Sorgen zu machen«, sagt Charles und wedelt dabei mit den Armen. Mit dieser Geste will er uns wohl beruhigen, aber er sieht aus wie jemand, der am Abgrund steht und das Gleichgewicht zu verlieren droht. »Ich möchte euch nur vorwarnen. Es könnte ein paar Veränderungen geben.«

Veränderungen. Anders ausgedrückt: Stellenabbau. Gesundschrumpfen. Einige von uns werden also die Keule kriegen. Niemand wirkt überrascht. Wir haben gut zu tun, aber nicht gut genug, obwohl der Immobilienmarkt gerade boomt. Alle schleichen an ihre Schreibtische zurück. Ich verziehe mich in mein Büro und schließe die Tür hinter mir. Als ich gerade den PC hochfahren will, kommt eine SMS. Von Jody.

Kannst du heute Abend rüberkommen und auf Sam aufpassen? Clare will sich mit mir treffen. Ich kann keinen Babysitter finden.

Ich zögere kurz, spüre die vertraute Anspannung in mir aufsteigen. Ich fange an, eine Entschuldigung zu tippen – und lösche sie wieder. Dann fange ich eine neue an, doch die lösche ich auch.

Schließlich schicke ich Jody folgende SMS:

Klar, kein Problem. Ich komme direkt nach der Arbeit.

Um 18:37 Uhr stehe ich mit einem Comic, einem neuen Malbuch, einer Lego-Minifigur und ein paar Fußball-Stickern vor der Tür. Und weil Jody erwähnte, dass Sams Klasse gerade ein Projekt über London macht, habe ich auch noch einen Bildband über die Stadt besorgt. Ich bin also gut gerüstet. Unter meine übliche Anspannung und Nervosität mischt sich jedoch auch etwas anderes: Mir wird bewusst, dass ich Sam vermisse. Jody öffnet die Tür. Sie sieht toll aus. Sie trägt ein fließendes hellblaues Kleid, das ich noch nie gesehen, und ein Parfüm, das ich noch nie gerochen habe, ist unauffällig, aber perfekt geschminkt. Ihr Haar fällt in glänzenden Locken auf die Schultern herab. Mir stockt der Atem, ich stehe wie angewurzelt da und starre sie dümmlich an. Seltsam, wenn jemand, dessen Anwesenheit so selbstverständlich geworden ist, plötzlich nicht mehr ständig da ist und dadurch wieder zu einem Menschen voller Geheimnisse wird.

»Hallo, komm rein«, sagt sie. Sie klingt freundlich und entspannt. »Sam, Daddy ist da! Tut mir leid, ich muss direkt los, ich hab Clare versprochen, dass ich um halb acht da bin. Im Kühlschrank ist Wein, wenn du welchen trinken willst. Danke, Alex!«

Und schon ist sie weg. Vorsichtig spähe ich ins Wohnzimmer. Welcher Version von Sam werde ich jetzt begegnen? Er sitzt im Pyjama auf dem Sofa und schaut sich eine Zeichentrickserie an, umgeben von seinen Lieblings-Actionfiguren, die er sorgfältig so platziert hat, dass sie auch auf den Bildschirm schauen können. Erleichtert atme ich auf und setze mich neben ihn. Wie lange darf er eigentlich fernsehen? Da kommt auch schon die SMS: *Lass ihn nur noch diese Folge zu Ende schauen.* Wenigstens was die Schlafenszeit-Regeln angeht, funktioniert unser elterlicher Zusammenhalt noch telepathisch. Ich warte auf das Ende der Folge, bevor ich einen Kommunikationsversuch starte.

»Na, wie war dein Tag?«

»Gut. Daddy, du sitzt auf Spider-Man.«

»Oh, entschuldige.«

Ich ziehe die große Plastikfigur unter mir hervor und platziere sie neben Batman aufs Kissen. Die meisten dieser Figuren haben wir vor ein paar Jahren in einem Wohlfahrtsladen gekauft. Damals zeigte Sam auf einmal großes Interesse für Superhelden, also taten wir alles, um ihn dabei zu unterstützen, besorgten Comics, Figuren, DVDs – alles, was seine Fantasie nähren konnte. Er stellte die Figuren sehr gern auf und trug sie auch gern mit sich herum, aber spielen wollte er nicht mit ihnen, jedenfalls nicht so wie Matts Kinder, die mit ihren Spielsachen wilde Fantasiewelten erschaffen – ein weiterer Hinweis darauf, dass etwas an ihm anders war. Die nächste halbe Stunde versuche ich, ihn mit den Sachen zu unterhalten, die ich mitgebracht habe. Er füllt das Malbuch mit ein paar grünen Klecksen, reißt die Sticker-Packung auf, verstreut die Sticker auf dem Boden und baut schließlich die Minifigur zusammen – für kurze Zeit ist er völlig darin versunken. Doch dann langweilt er sich wieder. Wir lesen den Comic zusammen. Er versucht stotternd, ein paar Sprechblasen auf den ersten Seiten vorzulesen, wird aber sauer auf mich, als ich ihn dazu dränge, sich noch mehr anzustrengen. Die Schule sagt, dass er Fortschritte macht. Das Wort hören wir oft. Fortschritte. Eine winzige Bewegung nach vorn, auch wenn sie im Schneckentempo abläuft, ist anscheinend das Beste, worauf wir hoffen können. Wenn Sam liest, klingt es holprig und mühselig. Matts älteste Tochter dagegen, die ein Jahr jünger als Sam ist, hat schon fast alle *Harry-Potter*-Romane durch. Wir könnten die Schule natürlich fragen, ob Sam jemals aufholen wird, aber ich glaube, wir haben beide Angst vor der Antwort. Und die Schule gibt sich ja ohnehin nicht viel Mühe. Zum Schluss zeige ich Sam den Bildband von London und lese ihm ein paar Bildunterschriften vor. Wir gehen die Hochglanzfotos von Big Ben, dem Gherkin-

Hochhaus und dem Lloyds-Gebäude durch. Beim Tower of London hält Sam an und wirkt interessiert, also lese ich ihm etwas über dessen Geschichte vor, aber er scheint gar nicht zuzuhören; noch bevor ich zu Ende gelesen habe, blättert er zur nächsten Seite.

»Okay, wir haben den Comic gelesen, die Minifigur gebaut, die Sticker-Packung geöffnet und London besucht. Was sollen wir als Nächstes machen?«, frage ich ihn.

»Hast du noch was anderes gekauft?«

»Nein, das war's für heute. Sollen wir mit den Actionfiguren spielen?«

Ich setze mich auf den Boden und winke Sam zu mir herunter. Dann improvisiere ich wild, schnappe mir Batman und Spider-Man und stecke sie in den *Action-Man*-Panzer, der unter dem Beistelltisch liegt. Den Joker setze ich in einen leeren Karton, zusammen mit Sams Plüschkätzchen, das er natürlich (ist ja auch logisch) auf den Namen Kätzchen getauft hat.

»Oh nein, der Joker hat Kätzchen entführt!«, rufe ich so dramatisch wie ein alter Zeichentricksprecher. »Nur das ungewöhnliche Duo Batman und Spider-Man kann die Katze retten!«

Ich drehe Batmans Kopf, damit es so aussieht, als ob er reden würde. »Los, Spider-Man! Lass uns vergessen, dass wir die Galionsfiguren von zwei rivalisierenden Comicverlagen sind! Wir müssen uns zusammentun, um Kätzchen zu retten!«

»Ja, du hast recht! Unser Bündnis wird sich garantiert auszahlen!«

Erst als ich wieder hochschaue, kriege ich mit, dass Sam auf das Sofa zurückgewichen ist und mich von dort aus fasziniert anstarrt.

»Ich schaue zu«, sagt er.

»Aber ich bin doch kein Zeichentrickfilm, Sam!«, protestiere ich.

Da greift Sam kichernd nach der Fernbedienung und drückt auf den Aus-Knopf. Ich lasse die Figuren fallen, sinke zu Boden und bleibe regungslos liegen. Sam lacht begeistert und drückt wieder auf den Knopf. Ich schieße wieder hoch. Das wiederholen wir ungefähr siebenundzwanzigmal, bis es nicht mehr lustig ist. Dann wissen wir nicht so recht, was wir als Nächstes machen sollen. Ich setze mich zurück aufs Sofa. Das drückende Schweigen kehrt zurück. Diese Momente fürchte ich am meisten: Übergänge. Denn Übergänge bedeuten nichts Gutes. Solche Momente kommen normalerweise, wenn der Fernseher ausgeschaltet wird, wenn wir uns zum Weggehen fertig machen oder wenn es Zeit wird, dass er mit dem Essen aufhört oder aus der Wanne steigt – jeder Gangwechsel birgt die Gefahr in sich, dass plötzlich alles kippen könnte. Aber haben wir nicht alle Angst vor Übergängen? Wenn man eine neue Stelle anfängt, eine neue Beziehung beginnt oder eine alte beendet – das sind ja auch Übergänge. Doch Sam scheint schon die kleinste Veränderung jedes Mal Todesangst einzujagen. Deshalb ist Schweigen normalerweise ein schlechtes Zeichen.

»Kann ich dir was zeigen?«, fragt Sam auf einmal ganz aufgeregt. »Es ist aber auf der Xbox!«

Ich bin so überrascht, dass ich unwillkürlich nicke – und schon nimmt er meine Hand und zieht mich vom Sofa Richtung Treppe. Als wir nach oben stolpern und dabei den auf den Stufen verstreuten Spielsachen und Klamotten ausweichen, sagt er atemlos:

»Es hat eine Vordertür. Nein, keine Vordertür, sondern

eine Seitentür und eine Hintertür. Sie gehen auf und zu. Und es gibt acht Fenster, vier kleine und vier große.«

Er stürmt in sein Zimmer. Auf dem Tisch steht die Xbox mit dem Controller, und auf dem Bildschirm ist ein Spiel im Pausenmodus.

»Weiß Mummy, dass du das Spiel laufen lässt?«, frage ich. Wieder denke ich, was für eine schlechte Idee es doch war, ihm eine Konsole in seinem Zimmer zu erlauben, aber da flackert auch schon der Bildschirm auf.

Minecraft, was sonst.

Wir stehen offenbar auf einem Plateau mit Blick auf ein lang gezogenes Tal. Die Spiellandschaft besteht aus grob gepixelten Blöcken, die ihr ein kantiges, zerklüftetes Aussehen verleihen. Überall ragen quadratische Felsen durch das Pixelgras.

Sams Spielfigur erscheint nicht auf dem Bildschirm, stattdessen wird gezeigt, was sie sieht, als würden wir alles mit ihren Augen erblicken wie durch eine Kamera. Als Sam den Controller-Stick drückt, neigt sich die Kamera nach oben zu den weißen Wolkenblöcken am leuchtend blauen Himmel. Dann schaut seine Figur geradeaus und geht auf den Abgrund zu.

»Da unten ist es«, sagt er.

Einige hundert Meter vor uns, am Fuße einer stufenartigen Schlucht, steht ein großes Gebäude, das wohl teils aus Holz, teils aus grau gekörntem Gestein erbaut sein soll. Es ist rechteckig, abgesehen von einem großen Turm, der in das Flachdach eingebaut ist, und ein paar einzelnen Blöcken, die aus den Seiten hervorragen. Das Gebäude ist größtenteils von einem Holzzaun umgeben, und dazwischen liegt eine Art Garten, der hier und da mit grellen Blumenklecksen dekoriert ist. Das Ganze sieht aus wie ein skurriles kleines Einfamilienhaus inmitten der digitalen Einöde.

»Das ist ein Haus«, sagt Sam. »Ich habe es gebaut.«

»Du hast das gebaut?«, frage ich. »Ganz allein?«

Er steuert auf eine Tür an der Seite des Hauses zu und geht hinein.

»Auf dieser Werkbank kann man Sachen herstellen, und hier ist ein Ofen, wo man Sachen schmelzen kann. Ich habe alle meine Sachen in diesem Zimmer hergestellt.«

Ich starre eine Weile schweigend auf den Bildschirm und versuche, das alles zu begreifen. Dann sage ich:

»Okay, das ist wirklich sehr beeindruckend, Sam, aber du musst jetzt ins Bett.«

»Kann ich dir noch was zeigen?«

»Nächstes Mal, Sam, ja?«

»Das geht wirklich schnell. Das ist eine Leiter nach oben zu ...«

Aber ich will ihn jetzt nur ins Bett bringen, nach unten gehen und meine Ruhe haben. Ich habe wirklich schon genug gemacht. Also unterbreche ich ihn.

»Nein, Sam, jetzt ist Schlafenszeit, du musst das jetzt ausschalten.«

»Aber ich will noch nicht schlafen!«, schreit er. Und schon haben wir wieder die übliche Konfrontation. Er hasst es, schlafen zu gehen. Er hasst den Kontrollverlust, der damit verbunden ist. Aber vor allem hasst er es, wochentags schlafen zu gehen, denn das bedeutet, dass er, wenn er am nächsten Morgen aufwacht, wieder zur Schule muss. So war das schon immer: Die Weigerung, ins Bett zu gehen, ist seine Methode, sich ein bisschen Autonomie zu erkämpfen und das Unvermeidliche hinauszuzögern – und augenblicklich verschärft sich der Konflikt. Ich sehe es kommen, meine Gedanken galoppieren unaufhaltsam in Richtung Gebrüll und Geheul. Und wie jedes Mal explodiere ich als Erster.

»Sam, jetzt mach das aus!«, schreie ich.

Doch er wendet sich von mir ab, den Controller in den Fäusten, und starrt trotzig auf den Bildschirm. Jetzt reicht es mir. Ohne zu überlegen, schnelle ich vorwärts, drücke zornentbrannt auf den Aus-Schalter der Xbox. Der Bildschirm wird schwarz. Sam brüllt auf und schleudert den Controller zu Boden.

»Ich hab das nicht gespeichert, ich hab das nicht gespeichert!«, schreit er. Dann lässt er sich zu Boden gleiten, legt die Arme um den Kopf und fängt an, nach mir zu treten, damit ich von ihm wegbleibe; er zittert vor lauter Wut und Kummer. Sofort fühle ich mich schuldig, oder besser gesagt: der winzige Teil meines Hirns, der noch in der Lage ist, nicht auf Autopilot zu wechseln, wenn die Stimmung hochkocht. Aber ich bin schon viel zu sehr in Rage, um auf diesen winzigen Teil zu hören; ich kann nicht anders, auch diesmal kann ich mich einfach nicht beherrschen.

»Sam, das ist mir egal, ich hab dir gesagt, dass du das ausmachen sollst, jetzt geh ins Bett!«

Ich stürme hinaus in den Flur, schnappe mir seine Zahnbürste aus dem Bad und halte sie ihm aufgebracht hin. Er sieht wie ein Häufchen Elend aus, wie er da schluchzend und schreiend in seinem hochgerutschten Superheld-Pyjama auf dem Boden liegt, ganz mager und entkräftet, die schlaksigen Arme um den Kopf geschlungen. Ich hieve ihn aufs Bett, nur noch von der wilden Entschlossenheit angetrieben, endlich hier wegzukommen. Das Adrenalin der Angst und Erschöpfung.

»Ich hab mein Haus nicht gespeichert!«, schreit er immer wieder.

»Was ist hier los?«, fragt Jody.

Plötzlich steht sie direkt hinter uns. Ich habe sie gar nicht kommen hören. Meine Wut verwandelt sich sofort in Verlegenheit. Ich fühle mich ertappt.

»Er wollte die Konsole nicht ausschalten, also hab ich es gemacht. Jetzt heult er.«

»Er hat sie ausgeschaltet, Mummy, und ich hatte es nicht gespeichert! Die Schweine werden jetzt alle weglaufen!«

Sie starrt mich vorwurfsvoll an.

»Kümmer du dich drum«, sage ich.

Dann stürme ich heraus, die Treppe hinunter ins Wohnzimmer. Während ich dort vollgepumpt mit Adrenalin und Scham hin und her laufe, höre ich Jody reden. Ein paar Minuten später kommt auch sie nach unten.

»Warum hast du ihn nicht das Spiel speichern lassen?«, zischt sie mich an.

»Du warst nicht da, ich hab ihm immer wieder gesagt, er soll es ausmachen!«

»Du hättest den Controller nehmen und es selbst machen können!«

»Ich weiß aber nicht wie! Und davon ganz abgesehen, wenn ich ihm sage, er soll es ausschalten, dann hat er das gefälligst auch zu tun!«

»Meine Güte, jetzt lass ihn in Ruhe! Das ist doch das Einzige, was ihn momentan überhaupt noch glücklich macht!«

»Ach ja, und ist das vielleicht meine Schuld?«

»Alex, jetzt hack nicht auch noch auf *mir* herum! Ich hatte einen schönen Abend, ich will nicht nach Hause kommen und mir wieder ein Schreiduell liefern.«

Ihre Worte hängen einige Sekunden in der Luft, bevor uns beiden klar wird, was sie da eben gesagt hat. Genau deshalb wohne ich gerade bei Dan. Genau deshalb ist alles zusammengestürzt. Aber sich etwas einzugestehen ist weitaus leichter, als es zu ändern. Hinter all der Anspannung und Erschöpfung weiß ich genau, dass ich alles falsch mache, aber ich kann es nicht ändern. Ich kann einfach nicht damit aufhören. Also mache ich weiter.

»Ich dachte doch nur, wenn ich ihn dazu bringe, die Konsole auszuschalten, geht er ohne Theater ins Bett! Aber anscheinend habe ich mal wieder versagt. Ich hab's schon wieder vergeigt! Tut mir leid.«

»Alex, es geht hier nicht um dich, es geht um Sam, um *seine* Bedürfnisse! Du hast immer ganz genaue Vorstellungen davon, wie unser Leben ablaufen soll, aber du kannst unmöglich *alles* kontrollieren. Du musst irgendwie lernen, damit klarzukommen, hörst du? Ich hab es so dermaßen satt, Alex. Jetzt geh bitte hoch zu ihm und sag ihm Gute Nacht, und sei nett zu ihm. Lass ihn über dieses blöde Spiel reden, wenn ihm danach ist. Und dann geh.«

Diese Ansage macht mich so fassungslos, dass ich nur noch nicken und wieder nach oben gehen kann. Sam ist schon eingeschlafen, aber seine Bettdecke liegt zerknäult auf dem Boden. Als ich sie aufhebe, um ihn zuzudecken, sehe ich, dass der London-Bildband, den ich ihm mitgebracht habe, unter einem Stapel Malbücher und leeren Lego-Kisten gelandet ist. Ich decke Sam behutsam zu. Seine Augen gehen kurz auf und sein Kopf schnellt hoch, aber dann liegt er wieder ganz ruhig da und schläft weiter. Als er noch kleiner war, sind wir nach einem Tag voller Wutanfälle und Streitereien abends, als er längst eingeschlafen war, oft in sein Zimmer geschlichen – einfach nur, um uns an der friedlichen Atmosphäre zu laben. Dann sprachen wir darüber, dass wir morgen besser klarkommen würden und darüber, was wir alles anders machen wollten. Und dann nahmen wir uns in die Arme und versprachen uns, in Zukunft nicht mehr die Beherrschung zu verlieren, denn schau dir diesen wunderbaren, süßen, perfekten Jungen an. Und am nächsten Tag lief alles wieder wie gehabt.

Als ich wieder unten bin, hat sich Jody gerade ein Glas Wasser aus der Küche geholt. Sie sieht strahlend aus, ist immer noch von Sommerduft umhüllt. Ich sehne mich so sehr danach, dass sie »Komm zurück« sagt. Aber das ist jetzt utopisch geworden. Vielleicht kann ich die Stimmung wenigstens ein bisschen reparieren, sonst liege ich die ganze Nacht grübelnd wach.

»Wie geht es Clare?«, bringe ich heraus.

»Gut. Sie macht sich Sorgen wegen Matt. Ich bin mir nicht sicher warum, er ist wohl etwas distanziert. Ist dir vielleicht was aufgefallen?«

Ich schüttele den Kopf. Uns fällt nichts ein, worüber wir noch reden könnten.

Ich starte einen weiteren Versuch. »Hat Sam dir schon gezeigt, was er in *Minecraft* alles macht?«

Dass ich wieder auf Sam zu sprechen komme, scheint Jody ein wenig aufzuheitern.

»Oh ja. Mummy, ich hab ein Haus gebaut, Mummy, ich hab einen Zaun gebaut, Mummy, meine Kühe werden von einem Wolf gefressen …«

»Ich finde es aber nicht so ideal, dass die Konsole in seinem Zimmer steht.«

Sie seufzt. Das war wohl doch nicht der geeignete Zeitpunkt, dieses heikle Thema anzuschneiden. Unsere Beziehung gleicht gerade einem Eiertanz, bei dem ich Doc Martens mit Stahlkappen trage.

»Tja, vielleicht kannst du mir demnächst ja mal helfen, Platz im Esszimmer zu schaffen – und dann stellen wir sie dorthin. Dann muss ich wenigstens nicht jedes Mal die Treppe hoch, wenn er mir was zeigen will.«

»Es scheint ihm aber ganz gut zu gehen, oder?«, sage ich.

»Lass uns abwarten, wie er morgen früh drauf ist, wenn er zur Schule muss«, sagt Jody. Dann fällt ihr ein, dass ich morgen früh nicht da sein werde. Und schon ist die Stimmung wieder gekippt.

»Ich mach mich jetzt besser auf den Weg«, sage ich. Jody unternimmt keine Anstalten, mich aufzuhalten.

Als ich mich zum Gehen wende, kicke ich aus Versehen Batman unters Sofa. Sein Bündnis mit Spider-Man ist schon wieder vorbei.

Kapitel 9

Ein Unwetter zieht auf. Es ist acht Uhr morgens, und ich gehe die Baldwin Street entlang. Es ist noch ruhig, die Geschäfte sind zu, die Türen der Pubs verriegelt. Der Straßenrand ist mit stinkenden Müllsäcken gesäumt, der Bürgersteig mit glitschigen Dönerresten gepflastert. Über den Bürogebäuden der Stadt hängt der Himmel wie ein gigantisches schmutzig graues Laken. Schon fängt es an zu nieseln. Gleich wird es schütten.

Ich schaffe es gerade noch rechtzeitig ins Büro. Kaum bin ich drinnen, prasselt es heftig gegen die Scheiben. Als ich mich umdrehe, um die anderen zu begrüßen, blicke ich in bleiche Gesichter. Oh-oh. Daryl bringt es kaum über sich, mich anzuschauen, Paul und Katie zappeln nervös. Nur Charles schafft es, meinem Blick standzuhalten, in seinem Teiggesicht glänzen dic Augen wie Kiesel, die im nassen Sand eingesunken sind. Man braucht kein Genie zu sein, um zu kapieren, was hier los ist. Die Zeiten sind hart, Ballast muss über Bord geworfen werden, und wie es aussieht, bin ich der Ballast.

»Kann ich mal kurz mit dir reden, Alex«, sagt Charles mit erstickter Stimme. Sein Versuch, jovial und locker zu klingen, geht gründlich in die Hose. Er läuft so rot an, dass der ganze Raum leuchtet.

»Klar«, sage ich.

Langsam gehen wir in mein Büro. Charles zieht die Tür

hinter uns zu. Ich setze mich auf meinen abgenutzten Drehstuhl, er nimmt auf der anderen Seite des Schreibtischs Platz, dort, wo normalerweise meine Kunden sitzen, die Kontoauszüge an sich gedrückt. Der Regen rinnt das kleine Fenster hinunter; ich kann hören, wie er sich draußen in den rostigen Gully ergießt. Charles räuspert sich, dann beginnt er mit der Amtsenthebung.

»Tja, wie du weißt, will Urban Chic uns übernehmen. Sie haben uns ein gutes Angebot gemacht, das uns retten wird. Aber leider wollen sie auf einen Hypothekenberater verzichten. Sie nehmen lieber einen unabhängigen Makler. Tja, so ist das nun mal. Das bedeutet leider, dass wir in Zukunft auf dich verzichten müssen.«

Obwohl ich das ja eigentlich erwartet habe, überkommt mich plötzlich eine Wahnsinnsangst. Mir wird übel. Sam. Sams Sprachtherapie. Das Haus. Die Hypothek. Jody. Meine Verantwortlichkeiten wirbeln wie die Symbole eines Spielautomaten vor meinen Augen. Ich will etwas sagen, aber mein Hals ist wie zugeschnürt. Charles redet weiter.

»Das hat wirklich nichts mit dir oder deiner Arbeit zu tun. Du bist seit deinem ersten Tag hier ein Gewinn für dieses Unternehmen gewesen. Aber so ist nun mal der Markt. Es tut mir sehr, sehr leid.«

Und das sagt er nicht nur so daher, das muss ich ihm zugutehalten. Er lässt die Schultern hängen und weiß gar nicht wohin mit seinen Händen. Er scheint sogar fast zu Tränen gerührt.

»Du bekommst auf jeden Fall eine großzügige Abfindung. Drei Monate volles Gehalt, danach drei Monate halbes Gehalt. Und deinen Rentenfonds nimmst du mit. Du bist ab sofort freigestellt. Es geht leider alles ziemlich schnell.«

»Das kann man wohl sagen«, bringe ich heraus.

»Es tut mir leid. Es tut uns allen leid.«

»Dann soll ich jetzt einfach verschwinden?«

»Natürlich müssen wir noch ein paar Formalitäten erledigen und deinen aktuellen Kunden müssen wir auch noch Bescheid geben, aber Jeanette wird bei allem helfen. Das alles muss leider möglichst rasch passieren.«

Aha. Das ist jetzt also aus mir geworden. Etwas, das möglichst rasch entsorgt werden muss.

Die nächsten zwei Stunden vergehen wie eine düstere Prozession aus Anrufen und Formularkram. Ich bin wie betäubt. Alle kommen vorbei und sagen, wie leid es ihnen tut, und dann schweben sie an ihre Schreibtische zurück, an denen sie weiter arbeiten dürfen. Jeanette kocht mir eine Tasse Tee nach der anderen und bringt ihr Mitgefühl auf die einzige Art zum Ausdruck, die wir Briten in solchen Momenten verstehen. Mehr und mehr leere Tassen stapeln sich auf meinem Schreibtisch. Ich nehme den Corbusier-Druck von der Wand und packe den unnützen Büroschnickschnack, der sich in den vergangenen acht Jahren angesammelt hat, langsam in eine Plastiktüte. Auf meinem Schreibtisch stehen zwei gerahmte Fotos, eines zeigt Jody und Sam beim Picknick im Dyrham Park in Bath, auf dem anderen stehe ich als Zehnjähriger neben George vor einem Londoner Café. Ich stecke beide in die Tüte, dann logge ich mich aus und fahre den PC herunter. Der Bildschirm flackert, dann wird er schwarz.

Ich gehe aus meinem Büro und verabschiede mich verkrampft von den anderen. Daryl steht auf, als wollte er mich umarmen, aber dann reicht er mir doch nur förmlich die Hand, als würde er einen eher enttäuschenden Deal abschließen. An der Tür gibt Charles mir einen Klaps auf den Rücken:

»Du bekommst natürlich Referenzen von uns. Und wenn ich höre, dass irgendwo was frei wird, gebe ich dir sofort Bescheid. Du findest bestimmt ganz schnell eine neue Stelle. Und wenn du noch irgendetwas brauchst, kannst du jederzeit vorbeischauen, Alex. Jederzeit, wirklich.«

»Mach ich. Danke, Charles.«

Und dann bin ich draußen. Die Tür geht hinter mir zu, und als ich mich umdrehe, kann ich meine alten Kollegen hinter den Immobilienangeboten im Schaufenster kaum noch erkennen. Der Regen ist jetzt schwächer geworden, aber es fließt weiterhin ein Rinnsal die Bordsteinkante entlang zu den Gullys. Ein Pärchen auf der anderen Straßenseite geht händchenhaltend in ein Restaurant, eine Mutter stapft mit ihrem Kleinkind durch die Pfützen, zwei Männer in Anzügen lachen laut im Vorbeigehen, beide halten Papiertüten vom teuren Feinkostladen um die Ecke in den Händen. Alles ist so wie immer.

Fast alles.

Ich bin gerade zum zweiten Mal in diesem Monat rausgeworfen worden. Ich fühle mich schwerelos, als würde ich hilflos auf einen Strudel zutreiben. Ich wollte diese Stelle nie haben, ich hatte sie damals bloß angenommen, weil wir Stabilität und Geld brauchten, und weil wir ein Baby bekamen. Und dann blieb ich dort hängen, weil ich keine Ahnung hatte, was ich wirklich wollte. Das weiß ich auch jetzt noch nicht. Der Job verschaffte uns Sicherheit. Aber im Grunde gibt es gar keine richtige Sicherheit. Ich hätte es wissen sollen, immerhin habe ich mal Philosophie studiert. Das hat mir ja wahnsinnig viel gebracht. Wer steht schon arbeitslos und panisch vor seiner alten Firma und denkt: Was würde Karl Popper jetzt machen? Am liebsten würde ich sofort Dan anrufen und mich besaufen, aber er ist gerade in Bath, wegen irgendeines Designprojekts. Und es gibt ohnehin nur einen einzigen Menschen, mit dem ich in solch einer Situation überhaupt sprechen will. Also nehme ich mein Handy und tippe die Nummer ein.

Als ich Jody zum ersten Mal begegnete, war ich schon nach fünfunddreißig Sekunden in sie verliebt. Ich hatte die Uni mit dem gleichen Karriereziel wie die meisten Humanwissenschaftler verlassen, nämlich gar keinem, abgesehen vielleicht von dem vagen Vorhaben, ein Volontariat beim *New Statesman* zu machen. Deshalb griff ich auf die übliche befristete Joblösung für junge Männer zurück, die sich allein, gelangweilt und pleite in Somerset wiederfinden: Äpfel pflücken. Ich kannte einen Hof, wo ich als Schüler oft in den Ferien ausgeholfen hatte, und man war gern bereit, mich wieder für ein paar Wochen zu beschäftigen. Als ich an einem warmen Septembermorgen vor zehn Jahren dort auftauchte, stand Jody mit einem Korb im Hof, zusammen mit ein paar anderen gelangweilten Hilfskräften. Wir wurden derselben Baumreihe zugeordnet. Es war ein wunderschöner Tag, und die Apfelplantage leuchtete in der spätsommerlichen Wärme.

»Sollen wir zusammen am selben Baum arbeiten, oder sollen wir uns abwechseln?«, fragte ich.

Sie sah mich belustigt an.

»Ach, brauchen wir eine Strategie dafür? Okay, du bist hier der Experte. Wie sollen wir vorgehen?«

Sie war schön, selbstbewusst und einschüchternd, mit langem rotbraunem Haar, das in großen wilden Locken über ihre Schultern fiel. Sie trug ein Nirvana-T-Shirt und Jeans-Shorts, die so kurz waren, dass ihre Pobacken hervorlugten. Als sie beim Apfelpflücken oben auf der Leiter stand, gab ich mir wirklich Mühe, woanders hinzusehen. Aber ständig sagte sie: »Hör auf, mir auf den Hintern zu starren.«

In jenem Herbst verbrachten Jody und ich sechs Wochen zusammen. Tagsüber pflückten wir Äpfel, abends tranken wir Cider im örtlichen Pub; der perfekte Existenzkreislauf. Wir führten endlose Gespräche. Ich fand heraus, dass sie nur acht Kilometer von meinem früheren Zuhause entfernt auf eine Mädchenschule gegangen war, Industriedesign studiert hatte und nun die Zeit überbrückte, bevor ihr MA-Studium in Kunstmanagement begann. Sie war gerade von einer archäologischen Ausgrabung in Kasachstan zurückgekehrt; ich hatte gerade zwei Wochen lang mit Dan und zwei Kumpels, an die ich mich kaum noch erinnere, in einem Wohnwagenpark am Strand von Brean abgehangen. »Wahnsinn, wie ähnlich wir uns sind!«, witzelten wir. Sie erzählte mir, wie Smartphones designt werden. Ich erzählte ihr von meinem nutzlosen Hochschulabschluss, meiner Familie und der schrecklichen Sache, die uns zehn Jahre vorher passiert war. Manchmal nahmen wir abends den Zug ins Stadtzentrum und schauten uns abgefahrene Experimentalfilme im Watershed an oder torkelten betrunken im Arnolfini herum, um lautstark über krasse Kunst zu lallen. An den Wochenenden kauften wir uns oft ein Tagesticket, um mit dem Wassertaxi vom Bahnhof Temple Meads bis zur *SS Great Britain* und wieder zurück zu fahren. Das Boot tuckerte asthmatisch den Avon entlang, und jedes Mal, wenn wir an den riesigen Kränen vorbeikamen, die in den alten Docks vor sich hin rosten, erzählte ich Jody, dass die AT-ATs in *Das Imperium schlägt zurück* von ähnlichen Bauten im Hafen von San Francisco inspiriert waren. Und jedes Mal nickte Jody nachsichtig.

Als das etwa zwei Wochen so gegangen war, fuhren wir eines Abends mit dem Rad zum Haus ihrer Eltern. Der Mond schien sanft auf unsere verschwitzten Gesichter.

»Also dann, gute Nacht«, sagte ich linkisch.

»Willst du mich denn nicht küssen?«, fragte sie.

Da nahm ich meinen ganzen Mut zusammen, lehnte mich wortlos über unsere beiden Fahrräder zu ihr rüber, nahm ihr Gesicht in meine Hände und gab ihr einen sehr langen Kuss. Ich neige nicht zu romantischen Übertreibungen, aber als wir schließlich auseinandergingen, hätte es mich nicht gewundert, ein Feuerwerk am Nachthimmel zu sehen.

Jodys Stimme ertönt am anderen Ende der Leitung und holt mich ins Bristol der Gegenwart zurück. In die Stadt, wo alles schiefläuft.

»Hallo Alex. Alles okay?«

»Nein, ehrlich gesagt nicht. Jody, ich bin gerade entlassen worden.«

»Was? Ach du Scheiße! Etwa fristlos?«

»Es hat schon seit Wochen gebrodelt, die Firma soll übernommen werden, und deshalb wird kein Hypothekenberater mehr gebraucht … tut mir leid.«

»*Dir* tut es leid? Wieso das denn?«

»Das Haus, Sam … ich muss doch für euch sorgen.«

Schweigen am anderen Ende der Leitung. Wahrscheinlich begreift Jody gerade, wie ernst die Lage ist.

»Hör mal, mach dir deswegen jetzt keinen Kopf«, sagt sie dann. »Ist Dan da? Kannst du mit ihm reden?«

»Er arbeitet gerade. Bist du …«

»Alex, tut mir leid, aber ich muss jetzt zu einem dringenden Termin.«

»Ach so. Verstehe.«

»Wir sehen uns diese Woche, dann reden wir, okay?«

»Okay.«

»Alex, mach's gut. Es war bloß ein Job. Das haben wir doch immer gesagt, oder? Du findest bestimmt einen neuen.«

Ich treibe hilflos im Meer.

»Bestimmt. Tschüss.«

Als Dan später nach Hause kommt, hocke ich vor dem Fernseher und spiele *Grand Theft Auto V*. Ich fahre in einem total zerbeulten Muscle-Car durch die überfüllten Straßen der Stadt und ballere wild auf Fußgänger.

»Was geht denn hier ab, bin ich etwa in der falschen Wohnung?«, sagt er. Dann: »Moment mal. Es ist was passiert. Wieso sitzt du da und spielst?«

»Ich bin entlassen worden«, seufze ich. »Wie kann ich den Raketenwerfer abfeuern?«

»Leg den Controller hin. Wir gehen uns jetzt besaufen.«

Diesmal lasse ich mich sofort überreden.

Sicherheit ist eine Illusion. Dieser Gedanke geht mir um zwei Uhr morgens durch den Kopf, als ich mich auf die Luftmatratze in Dans Gästezimmer fallen lasse. Ich mache mir gar nicht erst die Mühe, sie vorher aufzupumpen. Zuerst sind Dan und ich durch die hippen Bars der Gloucester Road und Cheltenham Road gezogen und anschließend in einem karibischen Imbiss gelandet, die klassische Bristol-Sauftour. Wir haben kein einziges Wort über die Ereignisse der letzten Wochen verloren, auch nicht darüber, wie es mir geht und was ich jetzt tun könnte. Wir haben nur unsere Drinks gekippt und dabei über Musik und Filme und all den anderen unverfänglichen Mist gelabert, auf den man immer dann kommt, wenn das Leben so beschissen läuft, dass man einfach nichts anderes ertragen kann. Aber jetzt bin ich betrunken und wieder allein, und in der überlauten Stille der Wohnung steigt alles wieder hoch. Was soll ich bloß machen? Wie soll ich es nur schaffen, mich um Jody und Sam zu kümmern? Wie soll ich nur einen Weg finden, meinem kleinen Jungen zu helfen, der so in seiner eigenen Welt verloren ist? Aber vielleicht ist Autismus ja gar keine Störung oder Krankheit, sondern eine Entwicklungsstufe, eine dem Selbstschutz dienende Distanzierung vom Universum und von der grausamen Ungewissheit, die es verkörpert. O Mann, ich hätte besser doch auf den letzten Flying Hirsch verzichtet.

Die nächste Woche verbringe ich damit, zu schlafen, in Dans Wohnung Trübsal zu blasen und noch mehr zu schlafen. Ich arbeite mich lustlos durch diverse DVD-Box-Sets, esse massenweise Bechernudeln und trinke literweise Tee. Auf ein paar Websites suche ich halbherzig nach einem neuen Job, dabei habe ich weiterhin keine Ahnung, was ich eigentlich will. Wenn ich nicht auf dem Sofa liege und an die Decke starre, helfe ich Dan, seine Vinylplattensammlung neu zu ordnen, räume seine Küche auf oder kümmere mich um unsere Wäsche. Paradoxerweise wird die Wohnung immer ordentlicher, je mehr mein inneres Chaos zunimmt. Eines Abends fragt Jody per SMS, ob ich auf Sam aufpassen kann, aber ich sage ab. Ich habe zwar große Schuldgefühle deswegen, aber ich kann Sam in dieser Verfassung nicht gegenübertreten, ich bin nicht in der Lage, auf seine Bedürfnisse einzugehen, habe weder die Kraft noch die Geduld dazu. Glücklicherweise fährt Jody übers Wochenende mit Sam zu ihren Eltern, sodass mir der übliche Samstagmorgen im Park erspart bleibt. Am Sonntag lädt Matt mich ein, zusammen Fußball zu schauen, aber ihm sage ich ebenfalls ab. Ich glaube, sein Chaoshaus mit der Kinderarmee würde mir jetzt den Rest geben. In der ganzen Woche verlasse ich die Wohnung nur ein einziges Mal, um mir einen Vorrat an Snacks und Milch zu besorgen. Die Frau hinter der Ladentheke schaut mich mitleidig, aber auch etwas ängstlich an. Erst als ich wieder bei Dan bin, fällt mir auf, dass ich eine karierte Pyjamahose, ein zerknittertes Marks & Spencer-T-Shirt und zwei verschiedene Schuhe trage. Und dass ich mich seit fünf Tagen nicht rasiert habe. Ich bin zu einem schlurfenden Jammerlappen mutiert.

Aber Dan ist klasse. Wenn er abends nach Hause kommt, tut er immer so, als wäre alles in Ordnung, aber nicht auf die unbeholfene männliche »Ich-komm-mit-dieser-emotionalen-Krise-nicht-klar«-Schiene, sondern auf eine Art, die vermittelt: Nimm dir Zeit, Mann, du kannst in meiner Wohnung ruhig zusammenbrechen. Er schnüffelt nicht rum, er fragt nicht, wie ich meine Zeit verbringe oder warum ich wie Jack Nicholson am Ende von *Shining* aussehe. Er macht einfach so weiter wie immer. Obwohl, mir ist aufgefallen, dass er seit ein paar Tagen keine Frauen mehr mit nach Hause gebracht hat. Verdammt, jetzt bin ich schon die Verrückte in seiner Dachkammer. Oder besser gesagt, der traurige Typ im Gästezimmer, der zwei verschiedene Schuhe und ein T-Shirt trägt, das mit Bechersuppe bekleckert ist.

Eines Abends schlägt er vor, mit Emma zu skypen, nur

so zum Spaß. Also rasiere ich mich schnell, was allerdings dermaßen ziept, dass es mir die Tränen in die Augen treibt. Dann setzen wir uns vor seinen Mac und rufen sie an. Aber sie antwortet nicht. Dan ist sogar noch enttäuschter als ich. Ich erinnere mich vage, dass sie mal kurz zusammen waren, als wir noch Tür an Tür wohnten. Aber was auch immer da gelaufen sein mag, es endete jedenfalls abrupt, als Emma eines Tages in ein Flugzeug nach Neuseeland stieg und nicht mehr zurückkam. Eigentlich war das eine ziemlich gute Idee von ihr. Nicht zum ersten Mal beneide ich sie um ihre Freiheit. Später schaue ich auf einer Reise-Website nach Langstreckenflügen, nur so zum Spaß. »Tut mir leid, Jody, heute Abend kann ich nicht auf Sam aufpassen, bin gerade in Kuala Lumpur.«

Als ich am Dienstagnachmittag auf dem Sofa liege und mir die siebte Folge von *Arrested Development* reinziehe, ruft Jody an.

»Hi Alex, wie geht's dir?«

»Ach, geht so. Bin momentan etwas neben der Spur.«

»Hast dir schon Gedanken gemacht, was du tun willst?«

»Nein. Noch nicht. Das sackt noch. Im Moment sackt alles noch. Und wie geht's dir so? Wie läuft's mit deinen Eltern? Und wie geht's Sam?«

»Ganz gut. Ähm …« Sie zögert kurz. »Hör zu, es hat sich da was ergeben. Eine der Mütter an Sams Schule arbeitet in einer Galerie in der Stadt, und sie suchen gerade eine assistierende Kuratorin. Ich hatte letzte Woche ein Gespräch mit ihnen, und sie haben mir die Stelle angeboten. Es sind nur zwei Tage die Woche, aber ich will das unbedingt machen, Alex. Tut mir leid, ich weiß, das passt jetzt gerade gar nicht, aber …«

»Mach es«, sage ich ganz spontan. »Das war doch immer dein Traum.«

»Aber Sam …«

»Wir regeln das schon irgendwie.«

»Alex, das würde aber bedeuten, dass du Sam von der Schule abholen müsstest.«

Plötzlich verzerrt und verlangsamt sich die Zeit. Ich spüre einen furchtbaren Druck in der Brust, die Ränder meines Blickfelds verschwimmen wie bei einem alten Fernseher, und mir bricht der Schweiß aus. Auf einmal bin ich in Zeit und Raum gefangen, und es fühlt sich an wie der Vorhof zur Hölle.

Und dann werde ich zwanzig Jahre zurückgeschleudert.

Mein älterer Bruder George und ich rennen aus der Schule auf das Tor zu. Es ist Montagnachmittag, der Unterricht ist vorbei und wir wollen endlich nach Hause, uns vor den Fernseher fläzen. Wir balgen und tollen herum. Ich versuche, George ein Bein zu stellen. »Hör auf!«, schreit er. »Hör auf, Alex!« Aber mir macht es gerade einen Riesenspaß, meinen Bruder zu ärgern, denn sonst ist es immer anders herum. Weiter vorne am Tor laufen Kinder herum, Eltern warten auf die Kleineren. Es ist Ende Februar, und es wird schon dunkel. Ein kalter Wind zieht auf. George läuft jetzt schneller, und ich eifere ihm lachend nach, versuche ihn einzuholen.

»Alex, lass mich endlich in Ruhe!«, brüllt er.

Jetzt fängt er an zu sprinten, er erreicht das Tor, läuft im Zickzack durch das Gewühl, auf den Bürgersteig und dann über die Straße, um weiter nach Hause zu rennen. Aber es kommt anders.

Die wartenden Eltern versperren mir die Sicht, als ich das

Quietschen der Reifen höre. Für einen Sekundenbruchteil sehe ich jemanden durch die Luft wirbeln. Ich weiß, dass es George ist, ich muss sogar fast lachen, weil es so komisch aussieht. Ich laufe weiter, bestimmt steht er gleich wieder auf, um zu heulen oder mich anzuschreien. Aber als ich die Menge erreiche, höre ich einen Schrei und dann noch einen. Eine der Mütter erkennt mich. »Bleib hier, Alex, bleib hier, Schatz.« Sie legt ihre Hände um meinen Kopf, sie riechen nach Spülmittel. Dann höre ich eine Autotür.

»O Gott! Nein!«

»Sie sind viel zu schnell gefahren!«

»Ruf den Notarzt, Lindsay!«

»Wo ist Alex? Wo ist sein Bruder?«

»Mum«, sage ich leise. Dann wiederhole ich es, immer lauter. »Mum. Mummy.«

Von überall dringt jetzt Lärm und Geschrei, die Erwachsenen scheinen miteinander zu ringen, als sie auf die Straße drängen. Ich fühle meine Beine wegknicken, die Frau fängt mich auf. Aus weiter Entfernung höre ich ein Martinshorn, dessen gellender Klang sich mit dem Schluchzen fremder Leute vermischt. Ich schließe meine Augen so fest ich kann und halte mir die Ohren zu. Langsam werde ich von der Welt eingekesselt.

»Er darf das nicht sehen. Er darf das nicht sehen.«

George wurde sofort ins Krankenhaus gebracht, aber schon kurz nach seiner Ankunft für tot erklärt. Er hatte schwerste Kopfverletzungen. Als ich eine Woche später das erste Mal wieder zur Schule ging, nahm ich einen Umweg und benutzte den Sporthalleneingang auf der Rückseite. Ich bin nie wieder vorn durch das Tor gegangen.

»Ich weiß, das ist schwer«, sagt Jody. Ich habe keine

Ahnung, wie lange es her ist, dass jemand was gesagt hat. »Soll ich vielleicht stattdessen meine Mutter fragen? Alex, bist du okay? Bist noch da?«

»Ja. Kein Problem. Ich mache das. Es ist schließlich eine andere Schule. Kein Problem. Wirklich.« Aber Jody weiß genau, dass ich Umwege in Kauf nehme, sogar die Straßenseite wechsele, um bloß nicht direkt an einem Schultor vorbeizugehen. Egal bei welcher Schule.

»Es ist wirklich in Ordnung«, sage ich wieder. Wir verabschieden uns, und ich lege das Handy hin. Dann sitze ich da, den Kopf zwischen den Händen, und hole tief Luft. Eins steht fest: Ich selbst bin überhaupt nicht in Ordnung, und zwar seit langer Zeit nicht mehr.

Kapitel 10

Heute ist »Großer Quizabend« im Old Ship Inn. Zehn Gäste sind gekommen, also sechs mehr als sonst. Dan und ich sind dazu gedrängt worden, mitzumachen. Die meisten Fragen drehen sich um Musik und Fernsehserien der Siebziger, wir rechnen uns also keine großen Chancen aus. Inmitten der Kneipenhektik sitzt der alte Sid wie immer allein vor seinem Schachbrett, ein kaum angerührtes halbes Pint Stout neben sich. Jedes Mal, wenn jemand an seinem Tisch vorbeigeht, hebt er abwehrend den Arm.

»Und?«, sagt Dan. »Geht's diese Woche besser?«

»Na ja«, sage ich. »Ich hab Sam zweimal von der Schule abgeholt.«

»Und wie lief es?«

»Ganz gut.«

So lief es tatsächlich: Donnerstag wartete ich nicht direkt vor dem Schultor, sondern ein Stück die Straße runter. Als Sam mit seinem zerschlissenen Rucksack und zwei Bildern im Gewühl auftauchte, musste ich nach ihm rufen.

»Wo ist Mummy?«, fragte er.

»Sie ist auf der Arbeit. Das hat sie dir doch erzählt, oder?«

»Wann kommt sie denn wieder?«

»Sie ist um halb sechs zurück, also in zwei Stunden. Komm, ich bring dich nach Hause.«

»Ist Mummy denn zu Hause?«

»Nein, sie ist auf der Arbeit.«

»Warum ist sie denn auf der Arbeit?«

»Komm, wir gehen jetzt nach Hause, ja?«

»Aber ist Mummy da?«

So ging das den ganzen Heimweg. Ich fragte Sam mehrmals, wie sein Tag gewesen war, aber darauf reagierte er wie üblich: Entweder ging er gar nicht darauf ein oder er sagte »Gut«, oder er antwortete mit einer Gegenfrage. Dann versuchte ich, ihm zu erzählen, wie mein Tag gewesen war (»Daddy hat sich fünfzehn Folgen *Die Simpsons* angeschaut«), doch das Zahnrad in seinem Kopf ratterte immer wieder zu seiner größten Sorge zurück.

»Aber wo ist Mummy?«

Zu Hause angekommen stürmte er sofort zu seiner Konsole hoch. Jody hatte gesagt, dass er eine Stunde lang spielen dürfte, also setzte ich mich vor den Fernseher und zappte träge von Sender zu Sender. Als ich später nach oben ging, um ihm zu sagen, dass seine Spielzeit um war, schmiss er den Controller auf den Boden.

»Wo ist Mummy?!«

Am nächsten Tag schlich ich am Zaun entlang zum Tor und hielt mich dabei an ihm fest, als müsste ich einen gefährlichen Abgrund entlanghangeln. Einige Mütter beäugten mich argwöhnisch; eine von ihnen sah wie eine Freundin von Jody aus, aber ich war mir nicht sicher. Ich lächelte ihr trotzdem zu, doch sie drehte sich schnell zu einer anderen Mutter. Als die Schulglocke läutete, strömten die Kinder allmählich heraus, manche lachten ausgelassen, andere liefen mit gesenkten Köpfen schnell zu ihren Eltern.

Sam kam mit einem Lehrer heraus, einem jungen Mann

in einem billigen Anzug, der meinen Sohn sanft Richtung Tor stupste. Sam ging los. Ich wollte ihm gerade zuwinken, da rannte ein anderer Junge auf ihn zu und schlug ihm auf den Hinterkopf. Sam zuckte zusammen. Wütend machte ich einen Schritt auf das Tor zu, blieb dann aber wie angewurzelt stehen, hin- und hergerissen zwischen dem starken Drang, Sam zu beschützen, und der schrecklichen Erinnerung an George, wie er durch die Menge auf die Straße lief. Als Sam mich sah, kam er langsam zu mir herüber. Ich versuchte, mich zusammenzureißen.

»Wer war dieser Junge? Warum hat er dich geschlagen? Was ist los?«

Sam sah mich verwirrt an, meine Flut von Fragen überforderte ihn.

»Ich weiß nicht. Wo ist Mummy?«

»Soll ich mit dem Lehrer sprechen?«

»Nein, Daddy, nein.«

»Warum hat er dich geschlagen?«

»Ich will nach Hause! Wo ist Mummy? Ich will *Minecraft* spielen!«

Und dann weinte er bitterlich. Ich versuchte, ihn in die Arme zu nehmen, aber er wollte nicht. Wie üblich hatte ich keine Ahnung, wie ich ihn beruhigen konnte. Ich ließ ihn vorauslaufen, und als wir zu Hause ankamen, rannte er sofort die Treppe hinauf und in sein Zimmer. Ich lief im Wohnzimmer auf und ab, konnte mich gar nicht hinsetzen, so wütend und geschockt war ich. Fast hätte ich wegen des Vorfalls bei der Schule angerufen, aber dann beschloss ich, besser erst mit Jody zu sprechen, sie wusste sicher mehr als ich. Von oben drangen die Klänge von *Minecraft* hinunter, die sanfte, hypnotisierende Klaviermusik.

»Es lief so gut wie erwartet«, sage ich zu Dan.

»So schlecht?«, entgegnet er.

Wir schlagen uns erstaunlich gut im Quiz. Dan punktet mit überraschend guten Prog-Rock-Kenntnissen und ich habe mir inzwischen so viele Retro-Fernsehserien reingezogen, dass ich zwei Fragen über *Die Füchse* richtig beantworte und den Schauspieler Fulton Mackay in der Bilderrunde richtig identifiziere.

Am Ende machen wir sogar den zweiten Platz und gewinnen eine Flasche Sherry.

»Was ist Sherry überhaupt?«, fragt Dan.

Nach dem vierten Pint fangen wir schließlich an zu reden. Zu meiner Überraschung liefert Dan den Auftakt.

»Also, Alter, wie lautet dein Plan?«

»Mein was?«

»Dein *Plan*. Was hast du vor?«

»Keine Ahnung. Ich schau mir Stellenanzeigen an, aber da ist nichts Interessantes dabei. Wenn ich bloß wüsste, worauf ich Lust habe oder worin ich überhaupt gut bin. Willst du, dass ich wieder ausziehe? Kein Problem.«

»Nein! Aber du musst langsam mal anfangen, dir über die Zukunft Gedanken zu machen, Mann. Du steckst schon viel zu lange in der Vergangenheit fest.«

»Ich hab keine Ahnung, wie die Zukunft aussieht. Ich hab 'ne beschissene Vergangenheit und 'ne beschissene Gegenwart, da ist kein Platz mehr für was anderes. Ich bin bloß ein Spielball des Schicksals. Verstehst du, was ich meine?«

»Dann unternimm was! Dreh den Spieß um! Übernimm die Kontrolle!«

Jetzt werde ich langsam ärgerlich. Ich habe keine Lust auf weitere Vorhaltungen, schon gar nicht von Dan.

»Ach, du meinst, Kontrolle übernehmen, so wie du?« Es ist mir rausgerutscht.

»Was willst du denn jetzt damit sagen?«

»Ich will damit sagen, dass du dich von einem Freelancer-Job zum nächsten treiben lässt, ohne Plan, ohne Ehrgeiz, und wenn ich mich nicht irre, hattest du auch noch nie eine Beziehung, die länger als einen Monat gehalten hat. Soll ich dich etwa als Vorbild nehmen? Du bist doch genauso scheiße wie ich.«

»Nein, bin ich nicht«, sagt Dan. Seine Stimme klingt ruhig und kontrolliert. »Ich bin anders, denn ich lasse meinen Scheiß nicht an anderen Menschen aus.«

Ich bin so baff, dass es mir die Sprache verschlägt. Die Jukebox fängt an, einen Song von den Everly Brothers zu spielen. Ich weiß nicht, ob ich jetzt wütend auf Dan oder beeindruckt darüber sein soll, dass er so verdammt direkt den Finger in die Wunde legt. Also beschließe ich, das Ganze wie ein intelligenter, reifer Mann zu regeln und einfach abzuhauen.

»Danke für die Aufmunterung, ich hol mir jetzt woanders 'nen Absacker.«

Ich stehe auf, aber Dan packt mich am Arm und drückt mich zurück auf den Stuhl.

»Alex, jetzt hör mal gut zu. Ich liebe dich wie einen Bruder, und das sage ich jetzt nicht, weil ich ein paar Bier intus habe! Aber wo in deinem verfluchten Sturschädel steckt der witzige, tolle und smarte Alex, den ich mal gekannt habe? Kannst du den bitte zurückholen?«

Ich bin völlig geschockt – Dan hat mich vorher noch nie so attackiert, das ist neu. Und er hat noch nie so ehrlich mit mir geredet. Das ist unerforschtes Terrain.

»Ich weiß aber nicht wie«, sage ich schließlich. »Ich muss erst mal einen neuen Job finden …«

»Nein, hör zu, du *hast* schon einen neuen Job«, sagt Dan eindringlich. »Und zwar einen verdammt wichtigen, Alex. Dein Job besteht darin, endlich deinen Sohn kennenzulernen! Vergiss alles andere, vergiss die Arbeit, vergiss George, wenigstens für eine Weile. Verdammt noch mal, du musst endlich Zugang zu Sam finden!«

Ich nehme einen Schluck Bier und schaue zum alten Sid hinüber, der allein in der Ecke sitzt und seine eigene traurige Geschichte bestimmt so tief in sich vergraben hat, dass er sie nie wieder ausbuddeln, geschweige denn ihr eine neue Wendung geben kann.

»Und wo soll ich deiner Meinung nach anfangen zu suchen?«, frage ich. »Ich bin mit meiner Weisheit nämlich total am Ende.«

»O Mann, Alter«, sagt Dan. »Mir fällt jetzt auch nichts mehr ein. So ein tiefschürfendes Gespräch hab ich seit zehn Jahren nicht mehr gehabt. Ich bin völlig am Ende. Komm, wir gehen jetzt nach Hause, trinken Sherry, was auch immer das für ein Zeug ist, und reden über das neue Chvrches-Album.«

Kapitel 11

Am nächsten Morgen stehe ich im Blackwell-Buchladen in der Park Street und durchforste die Gesundheitsabteilung, bis ich auf ein paar Sachen über Autismus stoße. Ich habe nämlich beschlossen, ein Buch zu lesen. Also, es wirklich zu lesen. Wir haben ein paar zu Hause, die meisten waren verzweifelte Online-Käufe nach einem langen Tag voller Super-GAUs. Manche kommen pädagogisch oberschlau daher und behandeln Autismus wie eine besonders schwierige Du-schaffst-das-schon-Herausforderung, andere sind wie Hippie-Lifestyle-Handbücher, die einem das Gefühl geben, dass das Problem letztendlich bei einem selbst liegt, weil man Autismus gegenüber eine zu negative Einstellung hat. Bisher habe ich jedenfalls höchstens ein oder zwei Kapitel geschafft, bevor ich es wieder drangab. Für mich waren solche Bücher nur eine weitere Sorte dieser herablassenden Ratschläge, die unseren Alltag beherrschen, seit Sam laufen lernte. Vielleicht gilt das ja für alle Eltern, keine Ahnung, aber Eltern autistischer Kinder reagieren total allergisch auf die Frage: »Haben Sie schon mal versucht …?« Es ist ja schlimm genug, wenn Freunde sie stellen (ich sage nur Peppa Wutz), aber wenn man solche Ratschläge von wildfremden Leuten hört, die gerade an einem vorbeispazieren, will man nur noch schreien. Beispiele:

»Haben Sie schon mal eine andere Strecke versucht?«

Ratschlag, als Sam vor einem Spielzeugladen einen lautstarken Wutanfall bekam, weil wir nicht mit ihm reingehen wollten.

»Haben Sie schon mal versucht, ihn sein Essen mit seinen eigenen Fingern entdecken zu lassen?«

Ratschlag, als Sam im Restaurant kotzen musste, weil wir ihn mit einem übersehenen Maiskorn vergiften wollten.

»Haben Sie schon mal versucht, ihm wirklich zuzuhören? Kinder teilen uns mehr mit, als wir denken.«

Ratschlag, als Sam den ganzen Tag schluchzend am Strand verbrachte, ohne dass wir herausfinden konnten, was ihn störte oder was wir falsch machten.

Das letzte Beispiel ist mein absoluter Favorit. Wir hatten einen Ausflug nach Salcombe gewagt. Jody musste mich davon abhalten, Sam hochzuheben und ihn der besorgten Frau auf dem Liegestuhl neben uns mit den Worten »Hier, Sie können ihn gern haben« zu überreichen. (Wir wissen bis heute nicht, was ihn damals so aufregte; vermutlich lag es daran, dass er Sand in der Hose hatte.)

Mit diesen schönen Erinnerungen im Hinterkopf entscheide ich mich schließlich für ein paar Bücher, die irgendwo zwischen »Keine Sorge, Sie können Ihr kaputtes Kind reparieren« und »Hey, das wahre Problem ist die Gesellschaft« angesiedelt sind. Auf dem Weg zur Kasse komme ich an einem großen Display mit *Minecraft*-Büchern vorbei, die in hohen Stapeln rings um einen Pappaufsteller angeordnet sind, der ein Blockmännchen mit Spitzhacke zeigt. Spontan schnappe ich mir den vollständigen Spiel-Guide.

»Sind Ihre Kinder auch so verrückt nach *Minecraft*?« Der Kassierer starrt mich neugierig an, als er die Bücher in eine Plastiktüte stopft.

»Mein Sohn hat gerade erst damit angefangen. Aber ja, es scheint ihm zu gefallen.«

»Meine Kinder reden über gar nichts anderes mehr. *Minecraft* hier, *Minecraft* da. Meine Tochter war das ganze Wochenende damit beschäftigt, den Taj Mahal zu bauen.«

»Aha...«

»Und mein Sohn hat gerade mit dem Stadium von Manchester United angefangen. Gestern Abend hab ich zwei Stunden lang Bilder von der Westkurve gegoogelt und ausgedruckt. Warum konnte er sich nicht das Stadium von Bristol City aussuchen? Das können wir wenigstens von unserem Haus aus sehen.«

»Na ja, immerhin ist das etwas, auf das Sie sich freuen können.«

»Stimmt, und es ist besser als viele andere Konsolenspiele, wo man Leuten ins Gesicht schießt, ihnen die Köpfe mit Schwertern abschlägt, Prostituierte aufschlitzt und so weiter.«

»Auf jeden Fall. Vielen Dank.«

Unbeeindruckt von diesem leicht bizarren Gespräch halte ich auf dem Rückweg zu Dan noch bei einem Game-Shop, um mir *Minecraft* selbst zu kaufen. Das letzte Mal war ich vor einer gefühlten Ewigkeit in so einem Laden, um mir *FIFA Football* für die Sega Mega Drive zu holen. Plötzlich fühle ich mich seltsam befreit. Ich bin nicht technophob, schließlich habe ich ein Smartphone und weiß, wie man einen Computer benutzt. Aber etwas auf einem Bildschirm zu spielen, nur so zum Spaß, ist einfach nicht mein Ding. Da schaue ich mir lieber Filme an oder lese Bücher – es gibt ganze Stapel, die ich mir vorgenommen habe, ich bin noch immer nicht mit der Literaturliste durch, die uns zu Beginn des Studiums empfohlen wurde. Wenn ich etwas Neues sehe, vergleiche ich es sofort mit Dickens oder Derrida, ganz automatisch. Dieser Laden hat mit solchen Ansprüchen allerdings gar nichts am Hut. Die Regale stehen voll mit leuchtenden Boxen, die muskelbepackte Superkämpfer und wütende Soldaten auf den Covern haben; ein riesiges LCD-Display an der Wand zeigt einen Präsentations-Stream mit grafisch erstaunlich ausgefeilten Games. Nach einigem Suchen finde ich *Minecraft* und schnappe mir eine Box. Jetzt bin ich also auch einer von diesen Typen, die Computerspiele kaufen. Zwar werde ich bestimmt Dans Hilfe beim Installieren brauchen, aber hey, ich habe mir *Minecraft* gekauft! Als ich aus dem Laden gehe, macht sich ein ganz ungewohnter Optimismus in mir breit. Ich habe zwar keine Ahnung, was ich wegen mir und Jody machen soll, aber ich werde einen Zugang zu Sam finden, jawohl! Autismus oder *Minecraft* – eins von beiden werde ich enträtseln.

Als Dan nach Hause kommt, sitze ich im Schneidersitz vor seinem Fernseher, den Xbox-Controller in der einen, den *Minecraft*-Guide in der anderen Hand.

»Was geht denn hier ab?«, fragt er. »Bist du wieder fünfzehn, oder was?«

Auf dem Bildschirm ist die allmählich vertraute Blocklandschaft mit ihren klobigen Wiesen zu sehen, übersät mit grob gepixelten Blumen. Ich habe herausgefunden, dass jedes Mal, wenn man ein neues Spiel beginnt, eine unberührte Landschaft erscheint – als könnte man sein eigenes Paradies erschaffen, aber ohne das heikle Problem mit dem Baum der Erkenntnis (und selbst wenn, könnte man ihn wahrscheinlich einfach fällen und eine Hütte daraus bauen). Das Spiel würde bestimmt viel Spaß machen, wenn ich nur wüsste, was ich tun soll. Ich spiele im Überlebensmodus, was anscheinend bedeutet, dass ich bis Anbruch der Nacht eine Hütte gebaut haben muss, wenn ich nicht von Zombies und Riesenspinnen attackiert werden will. Das ist irgendwie spannend. Mithilfe des Guides gelingt es mir, ein paar Bäume zu fällen, um mit den Holzblöcken ein sehr rudimentäres Haus zu errichten. Es sieht aus wie eine Ikea-Pfadfinderhütte. Als der Pixelhimmel sich verdunkelt, dämmert mir allerdings, dass ich keine Tür eingeplant habe, also gar nicht herein kann. Also schlage ich schnell ein Loch in eine der Wände, suche mir im Crafting-Menü eine Tür aus und stopfe sie in die Lücke. Sie geht auf und schnappt dann hinter mir zu. Ein sehr beruhigender Klang. Ich bin in Sicherheit! Ist Sam etwa damit seit Wochen beschäftigt?

»Weißt du, was ich als Nächstes machen muss?«, frage ich Dan.

»Wo sind die Waffen?«, fragt er.

»Ich glaube, hier gibt's keine Waffen.«

»Sorry, dann bin ich raus.«

Ich öffne das Pausenmenü und drücke auf Speichern, damit meine Welt nicht für immer verloren geht, dann schalte ich die Konsole aus.

»Ich kapiere das 21. Jahrhundert nicht«, sage ich.

Später checke ich meine E-Mails, weil ich mir wegen Emma Sorgen mache; sie hat sich seit Wochen nicht mehr gemeldet. Nichts. Ich schaue auf Facebook und Instagram nach, aber auch dort sind keine Neuigkeiten. Dann lasse ich mich mit dem *Minecraft*-Guide und den Autismus-Büchern auf der Matratze nieder und schmökere eine Weile in allen herum. Beim Grübeln über bewaffnete Skelette und gesellschaftliche Barrieren schlafe ich ein.

Dann kommt der Samstag, Sams Tag. Der Wecker klingelt früh an diesem Morgen. Wie üblich bin ich unruhig und angespannt. Es herrscht britisches Schlechtwetter, Dauernieselregen, also können wir den Park vielleicht ausfallen lassen. Schwimmbad vielleicht? Nein, das wäre auch nur ein Alptraum. Habe ich das richtige Handtuch dabei? Ist die richtige Umkleidekabine frei? Wird ein anderes Kind Sam vielleicht nass spritzen und dadurch einen Super-GAU auslösen? Muss ich das dann dem Bademeister erklären, der ins Wasser springen will, weil er glaubt, dass Sam gerade ertrinkt? Vielleicht kann ich Sam ja dazu bringen, mit dem Bus in die Stadt zu fahren. Dann können wir ins Café gehen, den ganzen Tag Kuchen essen und Flugzeuge auf der Flight-Track-App anschauen. Aber dadurch bekäme er nur ein Zucker-High und wäre völlig aufgedreht, wenn ich ihn wieder bei Jody abliefere. Auch keine gute Idee.

Als ich parke, sehe ich, dass Jody drinnen aufräumt. Ich setze mir die Anorakkapuze auf und sprinte zum Haus. Sie sieht mich und winkt.

»Hallo Daddy, ich hab eine Burg gebaut«, sagt Sam, als er mir die Tür öffnet.

»Klasse. *Minecraft*, oder?«, sage ich.

Doch Sam stürmt schon wieder nach oben in sein Zimmer. Ich stehe vor Jody und weiß nicht, was ich sagen soll.

»Hallo.«

»Hallo Alex.«

Eine CD läuft, die ich nicht kenne, irgendwas mit abgehackten, verzerrten Gitarren und einer Röchelstimme. Jody trägt Röhrenjeans und ein enges schwarzes Joy-Division-T-Shirt. Sie schaut zehn Jahre jünger aus als ich.

»Du siehst gut aus«, sage ich.

»Ich hab zur Abwechslung mal durchgeschlafen.«

»Wie läuft's auf der Arbeit?«

»Super! Etwas komisch, nach so langer Zeit wieder einzusteigen, aber wir haben bald ein paar richtig interessante Ausstellungen – neue Künstler, vieles ist neu, ich muss noch eine Menge lernen.«

Plötzlich merkt sie, wie begeistert sie ist und blickt mich schuldbewusst an. Irgendetwas hat sich verändert, ich weiß nicht was, aber zwischen uns ist eine Kluft, und zum ersten Mal habe ich die schreckliche Vermutung, dass sie sich nie wieder schließen lässt.

»Und wie geht's dir? Willst du 'nen Kaffee? Ich hab gerade welchen gemacht.«

Von oben dringt Gelächter zu uns. Verblüfft registriere ich, dass es Sams Lachen ist – er ist allein und hat Spaß. Wir setzen uns, trinken Kaffee und hören unserem Sohn, der normalerweise fast ständig Kontakt zu Jody sucht, dabei zu, wie er sich ganz ohne uns in einer anderen Welt amüsiert. Wir halten etwas Small Talk, sie erzählt noch ein wenig von ihrem neuen Job, ich von den neuen Büchern über Autismus und von meinem Plan, endlich Zugang zu Sam zu finden.

»Toll!«, sagt Jody. »Es bietet sich sogar schon bald die Gelegenheit, deinen Plan umzusetzen.«

»Wie meinst du das?«

»Gemma, eine Studienfreundin von mir, feiert nächsten Monat ihre Hochzeit in Norfolk. Könntest du vielleicht das ganze Wochenende auf Sam aufpassen, also von Samstagmorgen bis Sonntagabend? Am zweiten Oktoberwochenende? Ginge das?«

Oh-oh. Darauf war ich jetzt nicht vorbereitet. Ein ganzes Wochenende! Panik steigt in mir auf. So lange habe ich noch nie auf Sam aufgepasst, noch nicht einmal, als Jody und ich noch zusammen waren. Wie soll ich das denn schaffen, ihn zwei Tage lang bei Laune zu halten und zu beschützen? Es könnte so viel schieflaufen. Vielleicht rennt er mitten durchs Elterngewühl auf die Straße und wird dann durch die Luft gewirbelt.

»Verdammt, ich glaube, an dem Samstag hab ich so 'ne Art Abschiedstreffen mit den Kollegen in der Kneipe, du weißt schon. Tut mir leid.«

Jody starrt mich ziemlich lange an.

»Alles klar, Alex«, sagt sie dann. »Ich dachte nur, dass es gut für euch beide wäre, aber du bist offenbar anderer Meinung.«

Jetzt fühle ich mich in die Ecke getrieben. Meine Angst verwandelt sich in Wut.

»Jody, was soll das jetzt? Seit zwei Monaten setzt du mich unter Druck. Ich kann meinen Plan noch nicht umsetzen. Ich weiß doch noch gar nicht, was ich machen soll.«

Ein verzweifelter, aber dämlicher Schachzug mit denkbar schlechtem Timing. Großer Fehler. Jody seufzt und schaut aus dem Fenster.

»Tja, Alex, das weiß ich eigentlich auch nie. Ich versuche aber wenigstens, es herauszufinden. Weißt du, bei mir dreht sich seit acht Jahren beinahe alles nur noch um Sam, ich kümmere und sorge mich um ihn, rund um die Uhr. Und ehrlich: Im Grunde hatte ich noch nie das Gefühl, dass ich dabei voll und ganz auf dich zählen kann. Ja, ich weiß, du musstest arbeiten. Aber es lag nicht nur an der Arbeit. Du hast dich aus *allem* herausgehalten. Ich kann so nicht weitermachen, Alex. Wir bewegen uns nur noch im Kreis.«

»Ich habe doch nur getan, was ich tun musste, um für euch beide zu sorgen.«

»Aber für uns *war* doch gesorgt! Und es hat uns überhaupt nicht geholfen, dass du dich die ganze Zeit in deine Arbeit geflüchtet hast.«

Wir schweigen uns an. Die Stille wird nur durch das dumpfe Grollen eines Flugzeugs durchbrochen. Es klingt bedrohlich, wie Donner. Ich sehe mich um und habe das Gefühl, im Haus einer Fremden zu stehen.

»Sam geht es gut heute«, sagt Jody. Sie klingt ruhig und überlegt. »Er spielt in seinem Zimmer und hat Spaß. Ich glaube, du gehst jetzt besser.«

»Wir müssen darüber reden«, sage ich.

»Nein, nicht heute. Nicht jetzt. Wir haben Montagmorgen einen Termin, um Sam die neue Schule zu zeigen. Schaffst du das wenigstens?«

»Ja sicher.«

»Gut, dann sehen wir uns Montagmorgen.«

Als ich mich umdrehe, um die Tür zu öffnen, schiebt sie nach:

»Ach übrigens, deine Mutter hat angerufen. Ich habe ihr nicht gesagt, was los ist. Du solltest dich vielleicht mal bei ihr melden.«

Ich halte inne und nicke.

»Hör mal, Alex«, sagt sie dann noch. »Ich bin dir wirklich sehr dankbar, dass du Sam von der Schule abholst. Glaub mir, ich weiß, wie schwer dir das fallen muss. Aber hol dir endlich Hilfe, Alex. Du schlafwandelst nur noch durchs Leben. Es wird Zeit, dass du endlich aufwachst.«

Kapitel 12

Als George starb, brach unsere Welt zusammen. Mum, Emma und ich existierten nur noch in einem winzigen Lichtfleck. Eine Zeit lang kamen Verwandte, Freunde und Nachbarn vorbei, schwirrten geschäftig herum, um zu helfen – und anfangs gelang ihnen das sogar. Die Leute kamen, um zu kochen und zu putzen, ich weiß gar nicht mehr, wer. Einige Nachbarn schickten ihre Kinder mit Spielzeug und Süßigkeiten vorbei, die wir gierig annahmen. Aber wir waren trotzdem allein im Epizentrum, abgeschnitten, durch Schock und Fassungslosigkeit isoliert. Und dann ließ die großzügige Unterstützung allmählich nach. Verwandte, die wir seit Jahren nicht gesehen hatten, kehrten zu ihrem eigenen Leben zurück; Mums Freundinnen reagierten zunehmend irritiert darüber, dass Mum nicht so trauerte, wie sie es von ihr erwarteten. Mum ist eine zähe, stolze Frau, die mit vier Brüdern in einem winzigen Reihenhaus in Redruth aufwuchs, als es mit dem Kupferbergbau langsam bergab ging. In ihrer Kindheit gab es kaum Platz für Gefühle oder Kummer, und so kam es, dass sie in den Wochen nach Georges Tod eine eiserne Entschlossenheit ausstrahlte, die viele als Kälte missverstanden. Wie Trauertouristen standen sie da und warteten darauf, dass Mum endlich zusammenbrach, aber den Gefallen tat sie ihnen nicht, also wandten sie sich gegen sie oder von ihr ab. Und schließlich waren nur noch wir drei übrig, eng aneinandergekauert wie die Überlebenden eines schweren Erdbebens.

Doch Mum drängte uns ins Leben zurück. Ihr blieb auch gar nichts anderes übrig. Dad war schon lange weg, wobei »Dad« nicht die richtige Bezeichnung für diesen Mann ist, an den sich keiner von uns erinnert. Meine Onkel nannten ihn einen verdammten Nichtsnutz, in ihren Augen war er der totale Loser. Aber immerhin gelang es ihm, Mum, die wohl verzweifelt nach einer Fluchtmöglichkeit suchte, zu überreden, ihm nach Somerset zu folgen; er hatte dort eine Stelle in einer Druckerei in Bath gefunden, die er allerdings bald verlor. Er verließ Mum noch vor Emmas Geburt, und Mum hat ihn nie wieder gesehen und nie wieder von ihm gesprochen. Wir wussten, dass wir besser keine Fragen stellten. Und auch, als sie uns eine Woche nach Georges Tod zurück zur Schule schickte, stellten wir keine Fragen, wir machten es einfach. Ich war alt genug, um zu begreifen, dass das Geschehene endgültig war und dass George nie mehr zurückkam, aber Emma wollte es nicht glauben. Irgendwie war es dann meine Aufgabe, es ihr begreiflich zu machen. Und tief in mir hatte ich schreckliche Schuldgefühle, die einfach nicht weggingen, obwohl alle versuchten, sie mir auszureden.

»Alex, lass mich endlich in Ruhe!«

Diese Worte verfolgten mich, sie hingen wie eine schwarze Wolke dicht über mir.

Mit der Zeit schaffte ich es aber, mich auch an etwas anderes zu erinnern: an ein Erlebnis am Tag vor Georges Tod. Mum hatte mit uns einen Ausflug nach London unternommen, um das Science Museum und das Natural History Museum zu besuchen. Es war ein ungewöhnlich warmer Tag, der erste Vorbote des nahenden Frühlings. Wir verbrachten den Vormittag damit, von einem Exponat zum nächsten zu laufen, auf Knöpfe zu drücken, Dinosaurierskelette und die Apollo-Landekapsel zu erforschen, und danach gingen wir in ein altes Café ganz in der Nähe mit leuchtend roter Markise und kleinen Holztischen draußen. Wir setzten uns in die Sonne, schleckten Eis, alberten herum und schauten uns die Souvenirs an, die wir gekauft hatten: kleine Kristalle, Postkarten und einen Flummi. Emma warf ihn über die Straße und dachte schon, er wäre verloren gegangen, aber George fing ihn wieder ein. Auf dem Rückweg zur U-Bahn-Station legten George und ich uns gegenseitig den Arm um die Schulter. Mum musste lachen. »Schaut euch zwei an«, sagte sie. »Meine kleinen Männer.«

Die Erinnerung benutzte ich gegen die Dunkelheit. Monatelang zwang ich mich jede Nacht dazu, mich an jedes winzige Detail zu entsinnen, damit es nicht verschwand. Und seit ein paar Jahren besitze ich das Foto von George und mir, wie wir draußen vor dem Café stehen. Als Mum es fand, gab sie es mir. Ich habe mehrere Kopien davon, auch digitale auf der Festplatte, für alle Fälle. Wenn man jemanden verliert, kommt die Trauer zu einem zurück wie eine Sturzflut, die alle mühsam errichteten Schutzwälle mit sich reißt. Man kann nur versuchen, sein Möglichstes zu tun, um das durchzustehen.

Es ist ein frischer, klarer Morgen, als ich abermals vor unserem Haus parke, in der kleinen Straße mit den viktorianischen Reihenhäusern, die alle gleich aussehen. Wir wollen Sam die St. Peter's School zeigen. Jody hat gesagt, dass sie ihn seit Tagen darauf vorbereitet. Sam braucht solche Vorankündigungen von Ereignissen, die ihn aus seinem üblichen

Alltag reißen. Wenn er einen Tag lang nicht zu seiner gewohnten Schule geht, um sich stattdessen eine andere anzuschauen, verwirrt ihn das. Das Ganze wird also kein Spaß werden. Jody kommt mit ernster Miene aus dem Haus, die Bluse nachlässig in den Rock gesteckt. Sie hält Sams Handgelenk umfasst, schließt die Tür ab und zieht ihn mit zum Auto. Sams Miene ist düster.

»Hallo«, sagt Jody müde.

»Hallo. Alles okay?«

»Frag nicht.«

Sam setzt sich nach hinten, schnallt sich an und vergräbt das Gesicht in den Händen.

»Hallo Sam«, sage ich heiter.

»Sei still!«

»Okay«, sage ich und werfe Jody einen Blick zu.

»Keine Crunchy Nut Cornflakes«, flüstert sie mir zu. »Und seine Hose ist zu lang.«

Ich nicke grimmig.

Auf der Fahrt reden wir kaum. Als ich anfange, Sam von der Schule zu erzählen, von der mit Bäumen gesäumten Auffahrt, den kleinen Klassenzimmern und freundlichen Lehrern, steckt er sich die Finger in die Ohren.

»Ich will nicht zu der Schule!«

Er tritt von hinten gegen meinen Sitz, immer wieder, immer heftiger. Schweigend verstelle ich meinen Sitz weiter nach vorn.

»Siehst du, was du verpasst?«, sagt Jody.

»Das war *deine* Entscheidung«, entgegne ich.

Die Atmosphäre im Wagen wird immer angespannter. Endlich kommen wir an der Schule an. Doch als ich den Wagen geparkt habe, rührt sich keiner, als wären wir alle in gegenseitiger Feindseligkeit erstarrt. Sam kauert hinten auf seinem Sitz, Jody schaut aus dem Fenster.

»Na gut«, sage ich schließlich. »Dann lasst uns mal zur Rektorin gehen.«

Ich steige aus, Jody ebenfalls. Doch als ich Sams Tür öffnen will, hält er sie von innen zu.

»NEIN!«, schreit er. »Keine neue Schule!«

»Sam«, sage ich. »Jetzt komm. Sie wird dir gefallen.«

»Nein!«

Es gelingt mir, die Tür einen Spalt zu öffnen, aber Sam knallt sie wieder zu, dann legt er sich auf die Rückbank und tritt gegen das Fenster.

»Hör auf, Sam, die Scheibe geht sonst kaputt«, sagt Jody.

Dann reißt sie plötzlich die Tür auf, packt Sam am Fußknöchel und fängt an, ihn herauszuzerren. Einen Moment lang bin ich vor Schreck wie gelähmt. Wie soll ich eingreifen? Auf einmal werde ich von Erinnerungen an unzählige ähnliche Situationen überflutet: Sam, wie er sich weigerte, aus dem Einkaufswagen zu steigen; Sam, wie er sich in der Spielgruppe unter dem Basteltisch versteckte, die anderen Kinder trat und ihnen solche Angst einjagte, dass wir ihn abholen mussten; Sam, wie ich ihn zur Schule trug, während er sich schreiend mit aller Kraft wehrte, bis ihm ganz schlecht wurde. Manchmal kommt es mir so vor, als hätten wir die letzten acht Jahre einzig und allein damit verbracht, unseren wunderbaren kleinen Jungen von einem Drama zum nächsten zu schleifen.

»Kannst du mir mal helfen?«, schreit Jody, als Sam sich an den Sitz krallt und nach Jody tritt.

Plötzlich wir mir klar, dass wir direkt vor der Schule stehen, in Sichtweite eines Klassenzimmers und des Anmeldebereichs.

»Hör auf, du tust ihm noch *weh*«, zische ich wütend, während ich die Schulfenster nach Lehrern abscanne. Aber als Jody mich verzweifelt anschaut, habe ich sofort ein schlechtes Gewissen. Früher haben wir solche Momente zusammen bewältigt, wir haben gemeinsam darum gerungen, ihn in seine Schuluniform zu stecken oder ihn zum Essen zu bringen. Jetzt, wo wir getrennt sind, fällt es natürlich leicht, sich gegenseitig Vorwürfe zu machen.

»Hör mal, das funktioniert so nicht«, sage ich. »Wir können ihn so nicht da reinbringen.«

»Verdammt noch mal!«, schreit Jody. Dann lässt sie Sams Bein los. Er kriecht schluchzend ins Auto zurück. Jetzt bricht auch sie in Tränen aus.

Als ich gerade fieberhaft überlege, wie ich die Lage entschärfen kann, fängt mein Handy an zu vibrieren. O nein, wahrscheinlich ruft gerade jemand von der Schule an und will wissen, was zum Teufel auf dem Parkplatz los ist. Ich hole das Handy aus der Tasche und schaue aufs Display.

»Ach du Scheiße«, entfährt es mir, als ich den Namen sehe.

Ich vergesse kurz das Chaos um mich herum und drücke auf »Anruf annehmen«.

»Hallo?«

»Hi Alex, ich bin's«, sagt Emma mit einer Fröhlichkeit, die gerade völlig unpassend wirkt.

»Emma? Wo bist du?«, frage ich.

Jody wischt sich die Augen mit einem Taschentuch, dann steigt sie zurück ins Auto und schlägt die Tür zu. Sam setzt sich sofort wieder auf und schnallt sich an. Seine Miene hellt sich auf, denn er rechnet natürlich damit, dass wir gleich wieder zurückfahren.

»Mir geht's gut, Alex. Ich bin wieder da.«

»Was?«

»Ich bin wieder in der alten Heimat!«

»Was? Seit wann?«

»Seit gerade eben. Ich bin auf dem Weg nach Bristol. Hör mal, kann ich ein paar Tage bei euch bleiben?«

Plötzlich kommt es mir vor, als ob mein Leben vorwärts gespult wird und alles in einem Wahnsinnstempo auf mich zufliegt.

»Du bist was?«, bringe ich hervor.

Dann ist das Gespräch auf einmal unterbrochen. Ich starre dümmlich auf das Handy, dann stecke ich es weg und steige ebenfalls ins Auto.

»Emma ist wieder da«, sage ich.

»Ich hab's gehört«, sagt Jody.

»Sorry. Tut mir leid, dass ich dir nicht geholfen habe. Wir bringen ihn nächste Woche noch mal hierher. Wenn er besser drauf ist.«

Jody nickt nur und schaut weg.

Das Schweigen auf der Rückfahrt nach Bristol wird nur durch Sams muntere Fragen unterbrochen. »Ist das eine Kirche? Was ist eine Kirche? Warum ist das Haus so hoch? Wie viele Leute wohnen in diesem Haus? Ich werde dieses Haus in *Minecraft* bauen. Daddy, weißt du, dass man Treppen in *Minecraft* bauen kann? Und Zäune? Ich habe eine Leiter gebaut, die ganz hoch geht.«

Ich stelle das Radio an.

Als wir zu Hause ankommen, steht dort ein Taxi. Emma steigt aus. Sie hat einen Rucksack dabei, der so riesig ist, dass glatt jemand hineinpassen würde. Sie ist braun gebrannt und trägt das blonde Haar ganz kurz. Sie stopft dem Taxifahrer Geld in die Hand, sagt etwas zu ihm und zerrt dann einen weiteren riesigen Rucksack aus dem Kofferraum. Wir sitzen im Auto und schauen ihr verblüfft zu.

»Was zum…«, sagt Jody.

»Typisch Emma«, sage ich nur.

Ich steige aus.

»Brauchst du Hilfe damit?«, frage ich.

»Alex!«, kreischt sie und umarmt mich. Ich erwidere ihre Umarmung, noch immer wie betäubt von dieser überraschenden Entwicklung. Ich habe Emma vor über einem Jahr das letzte Mal gesehen, aber nur für ein paar Stunden, als sie kurz zur glamourösen Geburtstagsparty einer Freundin in Babington House eingeflogen war. So läuft das seit fast zehn Jahren – ab und zu ein kurzes Hallo irgendwo.

»Geht's dir gut?«, frage ich. »Ist was passiert?«

»Typisch Alex«, lacht sie und schaut zu Jody herüber, die inzwischen ebenfalls aus dem Auto gestiegen ist. Und auch Sam steht jetzt da und beäugt Emma mit vorsichtigem Interesse.

»Ist das Sam?«, kreischt Emma. »Meine Güte, ist der groß geworden!«

Sie geht zu ihm herüber, aber sie ist klug genug, ihn nicht zu umarmen, sondern ihm die Hand zu reichen. Er schaut Emma zwar nicht an, aber er drückt ihre Hand einen Moment lang, bevor er sich wieder wegwendet.

»Schön, dich zu sehen, Sam. Ich bin Emma, deine Tante. Du magst Flugzeuge, oder? Ich bin schon ganz oft geflogen.«

Dann wendet sie sich Jody zu. Die beiden kennen sich kaum. Emma war nicht da, als Jody und ich zusammenkamen, und sie war auch nicht auf unserer kleinen Hochzeit, aber sie schickte uns eine Videobotschaft aus Vietnam. Und als Sam geboren wurde, war sie ebenfalls nicht da. Jody und

Emma kennen sich eigentlich nur über Skype. Sie umarmen sich vorsichtig.

»Ich hoffe, es ist okay für euch, dass ich hier einfach so auftauche«, sagt Emma.

»Jody«, sage ich. »Willst du mit Sam schon mal reingehen? Vielleicht sollte ich mal kurz allein mit Emma reden.«

Jody starrt mich an, sie versucht anscheinend, mir etwas mitzuteilen, aber ich habe keine Ahnung, was. Dann nimmt sie Sam bei der Hand und geht mit ihm ins Haus.

»Was ist denn?«, fragt Emma.

»Das ist ziemlich kompliziert. Warum hast du mir denn nicht geschrieben, dass du nach Bristol zurückkehrst?«

»Das war eine spontane Entscheidung. Was ist denn los?«

»Hör zu, wir haben … wir sind gerade vorübergehend getrennt. Trennung auf Probe heißt das doch, oder? Es war ziemlich schwer in letzter Zeit, mit Sam, auf der Arbeit, überhaupt alles …«

»Scheiße. Soll ich wieder gehen?«

»Nein«, antworte ich zögernd, doch dann korrigiere ich mich sofort: »Nein! Auf gar keinen Fall! Aber … verdammt, das ist jetzt gerade ein bisschen viel. Hättest du nicht wenigstens vorher anrufen können? Wir haben uns seit über einem Jahr nicht mehr gesehen.«

Emma zuckt nur die Achseln. Dann fängt sie an, auf ihrem Handy herumzutippen.

»Okay, hör zu, am besten fahren wir zu Dan und stellen deine Sachen dort ab.«

»Wohnst du etwa gerade bei Dan?«

»Ja, er hat 'ne neue Wohnung in Redcliffe.«

»Cool. Von mir aus.«

Dann versuche ich, Jody zu erklären, was los ist, aber da

ich es ja selbst noch nicht weiß, stammele ich nur wirres Zeug. Jody winkt mich weg und schließt die Tür.

»Mist«, sagt Emma. »Das war ja peinlich.«

Ich überlege, ob ich Emma erzählen soll, was in den letzten Monaten alles passiert ist: die Streitereien, der ganze Stress wegen Sam, meine vielen Überstunden, der schreckliche Sonntagnachmittag, als Jody »Wir brauchen eine Auszeit von dir« sagte, und dann noch meine Entlassung. Aber ich bin zu geschockt, und außerdem wäre das auch ein bisschen heftig für jemanden, der gerade erst vom anderen Ende der Welt angereist ist.

»Ach, Emma«, sage ich nur kopfschüttelnd.

»Willst du, dass ich wieder gehe?«, fragt Emma. Sie klingt bockig, was mich mit einem Schlag zehn Jahre in die Vergangenheit zurückbefördert.

»Hier liegt im Moment einfach zu viel Ballast herum.«

»Das Problem kenn ich, ich hab noch zwei Koffer am Bahnhof.«

Sie sieht mich an und wartet auf einen Lacher von mir. Als keiner kommt, wendet sie sich wieder ihrem Handy zu.

Wir steigen ins Auto. Auf der kurzen Fahrt zu Dan sind wir beide still, Emma vertieft sich in ihr Handy. Erst als wir vor dem Wohnblock an der Sicherheitsschranke warten müssen, breche ich das Schweigen.

»Ich ruf Dan an. Es ist bestimmt okay für ihn, wenn du bleibst.«

»Ist auch nur für ein paar Tage. Ich kenn ja noch andere Leute in Bristol. Ich bin bald wieder weg.«

»Klar«, sage ich. »Was sonst.«

Das ist gemein von mir, aber es scheint an ihr abzuprallen. Ob sie sich in den letzten zehn Jahren wohl verändert hat?

Als wir zu Dan durchkommen, ist er seltsam erfreut über Emmas Rückkehr und hat überhaupt nichts dagegen, dass sie bleibt. Wir beschließen, dass sie ein paar Tage im Gästezimmer schläft, bis sie sich wieder akklimatisiert hat, und ich solange auf die Wohnzimmercouch ausweiche. Das bin ich ja gewohnt, Platz für Emma zu machen. Als Teenager war sie ziemlich verwöhnt und egoistisch, aber auch fröhlich, kontaktfreudig und beliebt – das komplette Gegenteil von mir. Ihre Freunde nannten sie albern, aber auf warmherzige, liebevolle Art. Alle anderen trugen schwarze T-Shirts, Düstermiene und dicken schwarzen Kajal, aber Emma war die strahlende Supernova der bunten Klamotten und pinkfarbenen Doc Martens. Damals dachte ich oft, dass sie überkompensierte und allen etwas vorspielte, ganz besonders Mum. Doch wenn es tatsächlich so war, ließ sie die Maske nie fallen. Und dann war sie plötzlich weg.

»Wie geht's *dir* denn so?«, frage ich schließlich, als wir aussteigen.

»Gut«, sagt sie. »Ich wollte mal wieder nach Hause, um alle zu sehen.«

»Hast du vor, in Bristol zu bleiben?«

»Weiß ich noch nicht.«

Ich seufze.

»Alex, ich hab 'nen massiven Jetlag, können wir das Thema vielleicht vertagen?«

Als wir die Wohnung betreten, stürmt sie an Dan vorbei ins Gästezimmer und lässt sich theatralisch auf die Luftmatratze fallen.

»Das Ding ist ja scheiße«, sagt sie.

Dann kickt sie die Tür zu. Wortlos stelle ich ihr Gepäck im Flur ab, gehe ins Wohnzimmer und sinke aufs Sofa.

»Was zum Teufel war das denn gerade?«, fragt Dan.

»Gewöhn dich besser dran«, sage ich.

Später muss Dan los. Ich beschließe, eine Runde *Minecraft* zu spielen. Es wird mir bestimmt guttun, mich eine Weile aus meinem munter zusammenbrechenden Leben zu stehlen. Inzwischen habe ich das Spiel ein paarmal ausprobiert; ich bin hauptsächlich durch die Landschaft gelaufen und habe kleine Hütten gebaut, bevor es dunkel wurde. Aber jetzt will ich versuchen, ein richtiges Haus zu errichten, nicht schon wieder so einen klapprigen Holzschuppen wie aus einem Horrorfilm, wo geile Teenager von einem Psychopathen mit Kettensäge verfolgt werden. Wenn ich ein ganzes Wochenende mit Sam verbringen soll, muss ich ein bisschen mehr draufhaben. Also mache ich mich auf die Suche nach dem Foto von Corbusiers Villa Savoye, das in meinem Büro hing. Das Gebäude sieht aus wie ein weißes Rechteck, das auf schlanken viereckigen Stützen steht – das kriege ich bestimmt hin. Zwei Stunden später habe ich einen riesigen Schuhkarton zustande gebracht, der schief auf ein paar klotzigen Stummelstelzen hängt. Der Maßstab ist völlig danebengegangen. Das Ganze sieht eher wie eine 3D-Kinderkrakelei aus.

Ich bin gerade im *Minecraft*-Guide vertieft, als Dan mit einer Flasche Wein und drei Dosen Pringles zurückkommt.

»Wo steckt sie denn?«, fragt er.

»Hallo gleichfalls, Dan«, antworte ich. »Sie schläft noch.«

Erst am nächsten Mittag taucht sie wieder auf.

Abends fahre ich mit Emma zu Jody und Sam herüber. In all dem Chaos ist mir nämlich klar geworden, dass ich Sam vermisse und dass ich nicht will, dass dieser kleine Mensch, den Jody und ich erschaffen haben, in Zukunft ohne mich aufwächst. Ich will unbedingt einen Zugang zu ihm finden, bevor es zu spät ist.

Zuerst ist er Emma gegenüber schüchtern, er versteckt sich hinter Jody und klammert sich an ihrem Rock fest. Doch dann reicht Emma ihm eine Tüte mit kleinen Spielflugzeugen, die sie in den letzten fünf Jahren von fast allen Airlines gesammelt hat, mit denen sie geflogen ist. Darüber ist er so entzückt, dass er seine Schüchternheit vergisst und sich die Tüte nimmt. Und als Emma daraufhin ein Knuddeln von ihm einfordert, knuddelt er sie sogar kurz.

»Willst du mit Daddy nicht nach oben gehen und ihm zeigen, was du in deinem Spiel gemacht hast?«, sagt Jody.

»Ja«, sagt Sam. »Es ist aber nicht so gut geworden.«

Ich gehe mit Sam hoch, damit Jody und Emma sich in Ruhe beschnuppern können. Sam schaltet die Xbox an und startet *Minecraft*. Wir sitzen nebeneinander, aber er rückt ein Stück von mir weg, näher an den LCD-Bildschirm heran, und klickt schnell durch die Menüs, um dann eine gespeicherte Datei namens »Sams Buhrg« zu laden.

Dann stehen wir vor einem Gebäude, das hauptsächlich aus grauschwarz gepixeltem Bruchstein besteht. An den Ecken sind stumpfartige Türme, und das Dach ist mit unregelmäßigen Zinnen gesäumt. Das Ganze sieht aus wie eine viktorianische Klo-Ruine, aber diese Bemerkung verkneife ich mir lieber.

»Das ist meine Burg. Ich hab sie aus Steinen gebaut. Da sollte eigentlich noch …«

Er unterbricht sich selbst, ist schon in seine Spielwelt vertieft. Er betritt das Gebäude durch eine Doppeltür. Drinnen hat er einen Holzboden ausgelegt und eine Steintreppe konstruiert, die zum Dach führt.

»Ich könnte ein Schlafzimmer bauen. Ein Schlafzimmer wäre gut«, sagt er. »Ich könnte auch ein Buchzimmer bauen. Aber ich habe noch keine Bücher gemacht. Da ist nur für den Fall, dass …«

Er redet leise mit sich selbst, in abgehackten, gestelzt klingenden Sätzen, aber hier und da streut er neue Begriffe ein: Verzauberung, Biom, Portal. Anscheinend benutzt er die Fantasiesprache, die seine Sprachtherapeutin erwähnt hatte und auf die wir achten sollen. Das ist ein Fortschritt. Ein richtiger Fortschritt! Jetzt müsste ich ihn dabei unterstützen, ein Gespräch daraus machen, aber mir fehlen die Worte, ich weiß einfach noch nicht genug über das Spiel. Dann sehe ich ein aufgeschlagenes Buch neben Sam – auf der Seite ist ein Foto vom Tower of London. Das ist ja das Buch, das ich ihm letztens mitgebracht habe! Das Buch, das er so achtlos beiseite geworfen hat. Oder jedenfalls dachte ich das.

»Baust du so eine Burg?«, frage ich und zeige auf das Foto.

»Ich hab es versucht«, seufzt er. »Aber ich hab es nicht geschafft. Sie ist zu groß. Es hat nicht geklappt, und dann hab ich mich geärgert.«

»Das kann ich verstehen«, sage ich. »Sie ist ja auch wirklich sehr groß und hat auch noch Türme an den Ecken. Das muss schwer sein.«

Da hellt seine Miene sich auf und er dreht den Bildschirm etwas herum, damit ich besser sehen kann.

»Schau mal, ich hab die Türme versucht«, sagt er. »Ich hab's versucht, aber die Blöcke sind quadratisch. Zuerst hab ich einen großen Turm gebaut, aber dann bin ich runtergefallen und gestorben. Jetzt hab ich vier kleine Türme. Eins, zwei, drei, vier.«

»Hör mal, Sam, das hast du sehr gut gemacht, aber wir

müssen das Spiel jetzt ausmachen. Kannst du mir zeigen, wie man es speichert? Ich weiß gar nicht, wie das geht.«

»Das ist doch ganz einfach«, sagt er. Und zu meiner Überraschung drückt er bereitwillig auf »Pause«, ruft das Speichermenü auf und erklärt mir die Knöpfe auf dem Controller. »*Jetzt* ist es gespeichert und man kann es ohne Probleme ausmachen«, sagt er in einem fast väterlich klingenden Ton.

Ich helfe ihm, sich fürs Schlafengehen fertig zu machen. Dann gehe ich mit ihm herunter, damit er Gute Nacht sagen kann. Emma und Jody scheinen sich gut zu unterhalten, die großen Weißweingläser haben dabei bestimmt geholfen. Jody erzählt gerade von ihrer Arbeit in der Galerie. Sie bereitet gerade die Ausstellung eines Digitalkünstlers vor und muss dafür riesige LCD-Displays installieren. Es ist gar nicht so leicht, das auf die Beine zu stellen, aber Jody hat totalen Spaß daran. Wieder wird mir bewusst, dass ich jetzt nicht mehr in diesem Haus wohne. Ich bin jetzt bloß noch zu Gast hier, genau wie meine Schwester.

Eine Stunde später verabschieden wir uns. Die Nacht ist kühl und klar, morgen früh gibt es vielleicht sogar Frost. Der Herbst ist endgültig da. Auf dem Weg zum Auto schlottert Emma theatralisch in ihrer Strickjacke.

»Was ist eigentlich los, Alex? Und was machst du jetzt?«

»Keine Ahnung. Hat sie nichts gesagt?«

»Nicht viel. Nur dass sie glaubt, dass du Hilfe brauchst, wegen George und allem.«

»Aha.«

Als wir am Auto sind, steigt Emma nicht sofort ein.

»Jody liebt dich noch immer, das liegt auf der Hand«, sagt sie. »Keine Ahnung wieso, du Mistkerl.«

Dan ist zu Hause und öffnet uns die Tür.

»Emma, du Schlampe!«

»Dan, du Arsch!«

Sie fallen sich in die Arme. Emma scheint froh darüber zu sein, endlich auf jemanden zu treffen, der nicht zu ihrer traumatisierten Verwandtschaft gehört und Lust hat, das beliebte britische Gesellschaftsspiel »Tun wir so, als wäre alles ganz toll« mit ihr zu spielen.

»Wir sollten sofort einen trinken gehen«, sagt Dan. Aha. Das andere britische Gesellschaftsspiel zur Vermeidung schwieriger Situationen.

»Du hast dich überhaupt nicht verändert«, sagt Emma.

Also gehen wir ins Old Ship. Dort ist Fish & Chips Night. Mit anderen Worten: Die üblichen vier Stammgäste hocken dort und futtern Fish & Chips.

»Wo ist Sid?«, frage ich, als ich unsere Drinks bestelle.

»Der kommt nie, wenn Fish & Chips Night ist«, sagt Maureen, die Barfrau, die LOVE auf den Fingerknöcheln der linken Hand tätowiert hat und heute ein schwarzes T-Shirt mit Delfinbild trägt. »Fred isst seinen Fisch immer mit Soleiern, aber Sid kann den Geruch nicht ausstehen. Wer könnte es ihm verübeln.«

Ich nicke grimmig, als Fred auf dem Hocker neben mir einen Bissen von dem riesigen Essigmonster auf seinem Teller nimmt und die Bar in tränentreibenden Schwefelgestank hüllt. Schnell bringe ich die Drinks zu unserem Tisch rüber. Emma und Dan lachen und foppen sich gegenseitig. So läuft das den ganzen Abend. Sie erzählt ihm von ihren Globetrotter-Abenteuern, er füttert sie mit Storys von Clubnächten und Musikfestivals, und ich sitze still daneben, schlürfe mein Bier und versuche vergeblich, an den passenden Stellen zu lachen und mich auf ihre Wellenlänge einzutunen. Ein paar Pints später gehe ich aufs Klo. Als ich wieder zurückkomme, ist Dan gerade dabei, Emma auszuquetschen.

»Nein, sag doch mal, warum bist du damals *wirklich* weg?«

»Ja, das wüsste ich auch gern«, sage ich, bemüht, genauso lässig zu klingen.

»O Gott, die große Frage«, sagt Emma. Sie nimmt einen Schluck Bier und wischt sich theatralisch den Mund ab. »Ich brauchte einfach *Platz*! Zu Hause hielt ich es nicht mehr aus – meine Freunde behandelten mich, als müssten sie mich mit Samthandschuhen anfassen. Alex war ständig mies drauf, Mum tat immer so, als wäre überhaupt nichts passiert... Und du, Dan, versteh mich nicht falsch, du warst wahnsinnig süß, aber du warst dauernd unterwegs und hattest diesen Girlie-Fanclub, der dir überallhin gefolgt ist, als wärst du der Justin Timberlake von Bristol. Ich konnte dich einfach nicht ernst nehmen. Sorry!«

Dan lacht, aber er zuckt fast unmerklich zusammen. Emma hat es auch bemerkt. Ein langes Schweigen folgt. Ich nutze es dazu, fast ein halbes Pint runterzukippen.

»Weißt du, wie ich die Sache sehe?«, sage ich schließlich. Der Alkohol macht mich mutig. »Bevor George starb, warst du das Nesthäkchen der Familie, alle verwöhnten dich. Du warst immer im Mittelpunkt. Aber nach Georges Unfall mussten wir uns alle umstellen. Die Dynamik hat sich verändert. Und du hast dich plötzlich verloren gefühlt. Es gibt ja dieses Gedicht von Philip Larkin über junge Mütter im Park: ›Etwas schiebt sie an die Seite ihres eigenen Lebens.‹ So hast du dich all die Jahre gefühlt, bis du dann abgehauen bist – als wärest du von der Trauer und allem an die Seite geschoben worden. Du fühltest dich ungerecht behandelt.«

Ich hebe mein Glas und nehme den letzten Schluck. »Vielleicht bist du ja nur abgehauen, weil du eine neue Bühne gesucht hast, auf der du dich im Rampenlicht sonnen konntest.«

Emma stößt ein bitteres Lachen aus, danach steht sie auf.

»Du Arschloch«, sagt sie. Und dann rauscht meine kleine Schwester, die ich seit Jahren kaum gesehen habe, aus dem Pub und knallt die alte Holztür hinter sich zu.

Dan schaut mich an, aber ich kann seinen Blick nicht lesen.

»Wir schließen jetzt«, ruft Maureen hinter der Bar. »Ich hoffe, ihr geht alle genauso schnell wie sie.«

Die Kälte draußen ernüchtert mich etwas. Dan bekommt eine SMS von Emma. Sie schreibt, dass sie heute bei einer Freundin übernachtet.

»Was war *das* denn jetzt?«, fragt Dan.

Ich zucke die Achseln. Schweigend gehen wir zurück zu seiner Wohnung. Ich denke an Jody und daran, wie allein sie mit allem ist, genauso wie ich damals; sie kann nirgendwohin fliehen. Als ich sie kennenlernte, war sie eine Studentin, die die Welt erobern wollte. Sie stand kurz davor, ihr MA-Studium zu beginnen, und später wollte sie Kuratorin für die tollsten Kunstaustellungen werden. Und dann lief alles ganz anders als beabsichtigt. Ein Jahr nach unserer ersten Begegnung passten wir bei einem billigen Pauschalurlaub in Spanien in einer bierseligen Nacht nicht auf, und neun Monate später kam Sam zur Welt – von Anfang an geliebt, aber nicht geplant. Eigentlich hat sie viel mehr geopfert als ich.

»Scheiße«, sage ich schließlich. »Ich war nicht nett zu Jody.«

»Jody?«, sagt Dan. »Was ist mit Emma?«

»Ach, *die* kriegt sich schon wieder ein.«

Als wir zurück in der Wohnung sind, falle ich aufs Sofa und hole mein Handy heraus. Ich tippe auf meine Liste mit den Kontakten, meine Augen gleiten über zwei Namen, bleiben an dem von Jody hängen. Ich beschließe, ihr eine SMS zu schicken: Ich habe an dem Oktoberwochenende jetzt doch Zeit, sie kann also wegfahren, nein, sie soll es *unbedingt* machen. *Sam und ich kriegen das schon hin.*

Und ich glaube es sogar – ich muss wirklich betrunken sein.

Am nächsten Morgen werde ich davon wach, dass Dan sich für die Arbeit fertig macht. Ich setze mich auf und checke mein Handy. Jody hat mir eine SMS geschickt: *Danke! Ich verlass mich auf dich.* Verdammt, jetzt sitze ich in der Falle. Dann höre ich die Türklingel. Dan geht in den Flur und checkt auf dem kleinen LCD-Screen neben der Gegensprechanlage, wer zu ihm will.

»Hallo Emma«, sagt er in neckendem Ton.

»Kann ich reinkommen?« Emma klingt fröhlich, aber auch eine Spur argwöhnisch.

»Klar.«

Ich stehe auf und schlendere in Jogginghose und einem von Dans alten Massive-Attack-T-Shirts in den Flur.

»Es ist deine Schwester.«

»Ich weiß.«

»Das ist meine Wohnung, also sei nett, du Arsch.«

»Na gut.«

Es klopft an der Tür. Dan lässt Emma herein. Ihre Miene erinnert mich sofort an unsere Teenie-Zeit, als sie nach einer Verabredung oder Party frühmorgens mit trotzigem, aber auch schuldbewusstem Blick heimkam. Anscheinend hat sie den Kleiderschrank ihrer Freundin geplündert; sie trägt einen riesigen lilafarbenen Mohairpulli und einen Stone-Washed-Jeansrock.

»Meine Güte«, sage ich. »Hast du in den Achtzigern übernachtet?«

Dan wirft mir einen durchdringenden Blick zu, also sage ich:

»Hör mal, tut mir leid, was ich gesagt habe. Also gestern Abend, meine ich. Das war ziemlich daneben.«

»Na gut«, sagt sie und zieht die Augenbraue hoch. »Ich geb mir nämlich wirklich Mühe.«

»Ich mir auch«, sage ich. »Aber du siehst trotzdem peinlich aus.«

Dann frühstücken wir, zusammen mit Dan, essen Müsli und beschränken uns dabei auf Small Talk, um unser Friedensabkommen nicht zu gefährden. Als wir fast fertig sind, fliegt ein Flugzeug über uns hinweg. Emmas Blick wandert zum Fenster; sie schaut dem Flieger nach, bis er in den fernen Wolken verschwindet. Erst als ihr Blick wieder zurückwandert, merkt sie, dass ich sie beobachte.

»Schon wieder Fernweh?«, frage ich.

Sie schaut mich finster an und schleudert mir mit dem Löffel nasse Cornflakes ins Gesicht.

Als ich mir das Gesicht abwische, erhalte ich eine SMS von Jody. Sie teilt mir mit, dass wir in einer Woche einen weiteren Besuchstermin bei einer Schule für autistische Kinder haben. Die Schule ist zwar eine Dreiviertelstunde entfernt, was eine irrsinnige Hin- und Herpendelei bedeuten würde, aber wir dachten, es könnte wenigstens einen Versuch wert sein. Das war eine der letzten Sachen, auf die wir uns einigen konnten, bevor Jody mich rauswarf. Schließlich machen Dan und Emma sich auf den Weg, er zur Arbeit, sie zu einem Stadtbummel mit einer ihrer Reisefreundinnen. Und ich bin wieder allein.

Ich verbringe ein paar einsame Tage damit, meinen spärlichen Lebenslauf zu aktualisieren und Stellenanzeigen zu durchforsten. Wie sich herausstellt, gibt es leider kaum Angebote für frustrierte Philosophieabsolventen mit überflüssiger Erfahrung in Hypothekenberatung. Irgendwann verziehe ich mich aufs Sofa und schmökere in meinem wachsenden Bestand an Autismus-Büchern (Langeweile, Angst und Internet-Shopping sind wirklich eine gefährliche Kombination). Der September geht vorüber, der Oktober kommt. Wenn Dan nicht gerade damit beschäftigt ist, das Logo für ein Plattenlabel zu designen, vertieft er sich in ein neues Drachentöter-Videogame. Emma schwirrt immer wieder ziellos vorbei.

Eines Nachmittags schlage ich mir ein weiteres Mal die Zeit tot, bis ich losfahren muss, um Sam von der Schule abzuholen. Ich lese gerade ein Kapitel über Super-GAUs und deren Auslöser, als mein Handy klingelt. Sams Lehrer ist dran.

»Machen Sie sich keine Sorgen«, sagt er. Offenbar hat er noch nie darüber nachgedacht, dass ein unerwarteter Lehreranruf, der mit diesem Spruch beginnt, das genaue Gegenteil bewirkt. »Wir mussten Sam vorhin aus der Klasse nehmen, weil er einen anderen Jungen geschlagen hat. Er ist seitdem mit einem Lehrassistenten in der Bibliothek, aber es wird immer schwieriger, ihn zu bändigen. Könnten Sie ihn wohl abholen?«

Das passiert nicht zum ersten Mal. Jody wird regelmäßig zur Schule zitiert – manchmal, weil Sam sich unter einem Tisch oder im Spielhaus versteckt und den anderen Kindern mit seinem Geschrei und Geheul Angst macht, aber meistens, weil er sich »geprügelt« hat. Allerdings erfahren wir nie, wie diese Streitereien angefangen haben; Sam selbst kann es uns nicht erzählen, und der Lehrer bleibt jedes Mal vage, vermutlich, weil noch fünfunddreißig andere Kinder im Klassenzimmer sind. Normalerweise holt Jody Sam dann ab und entschuldigt sich, und wir akzeptieren artig, dass es Sams Schuld war. Aber seit ich am Schultor gesehen habe, wie dieser Junge angerannt kam und Sam auf den Hinterkopf schlug, habe ich große Zweifel, ob das stimmt. Also schnappe ich mir die Autoschlüssel und mache mich sofort auf den Weg.

Es ist ruhig vor der Schule, als ich ein Stück vom Schultor entfernt parke. Die Eltern sind noch nicht da, um ihre Kinder abzuholen. In dem hässlichen Siebzigerjahre-Bau sehe ich die Kinder in den Klassenzimmern sitzen, wie sie mit ernsten Gesichtern schreiben oder malen. Vor dem Schultor bleibe ich stehen, um mich vor der Erinnerung zu wappnen, die auch diesmal wieder in mir hochsteigt.

Alex, lass mich endlich in Ruhe!

Manchmal gelingt es mir, Elemente herauszuschneiden, aber der düstere Schluss bleibt immer unzensiert.

Ich gehe durch das Tor, den Weg entlang, durch die Eingangstür zum Anmeldebereich. Die Sekretärin sitzt hinter einer Glasscheibe wie die Kassiererin einer Bank – eine ziemlich unpassend wirkende Sicherheitsmaßnahme für eine Grundschule.

»Hallo, ich bin der Vater von Sam Rowe, ich soll ihn abholen.«

»O ja, warten Sie bitte, ich lasse ihn holen.«

Ich setze mich auf einen kleinen Plastikstuhl und schaue zu dem leeren Flur herüber. Seine Wände sind mit bunten Fingermalereien dekoriert. Wenn ich versuche, an meine eigene Schule zurückzudenken, gleiten die Erinnerungen verschwommen an mir vorbei, als hätte ich sie mir von jemand anderem geborgt. Sie sind wohl zu sehr mit dem verknüpft, was später geschah; ihre Farben sind ausgewaschen, wie bei Billigklamotten.

Schließlich sehe ich, wie Sam von seinem Lehrer Mr Strachan in den Flur geführt wird, einem gebeugten, dünnen Mann mit roter Brille um die fünfzig, der aber älter aussieht und schon ziemlich geschrumpft ist. Matt hat erzählt, dass er schon seit den Achtzigern unterrichtet; Matts Bruder war damals Schüler hier. Damals war Mr Strachan noch bemüht, wie ein lustiger Kinderprogramm-Moderator rüberzukommen. Jetzt sieht er so aus, als hätte er die Nebenrolle des Verdächtigen in einer Krimiserie übernommen.

»Hallo, Mr Rowe«, sagt er mit gezwungener Heiterkeit. Ich stehe auf und schaue zu Sam herunter, der niedergeschlagen vor sich hin starrt. »Sam hat uns heute ganz schön auf Trab gehalten«, sagt Mr Strachan.

»Hallo Sam, was ist denn passiert?«, frage ich, obwohl mir klar ist, dass er nicht antworten wird. Er dreht sich sofort weg. Also wende ich mich wieder Mr Strachan zu, damit er es mir verrät.

»Tja, er fing an, sich mit dem Jungen, der neben ihm sitzt, zu streiten, und wir mussten ihn aus der Klasse nehmen. Normalerweise geben wir den Schülern dann eine Auszeit in der Bibliothek, aber Sam konnte sich einfach nicht beruhigen. Und da momentan unser Anbau renoviert wird und deswegen auch Unterricht in der Bibliothek stattfindet, dachten wir, es wäre am besten, wenn Sie ihn abholen.«

»Was ist mit dem anderen Jungen?«, frage ich.

»Wie bitte?«

»Was ist mit dem anderen Jungen? Mit dem Jungen, mit dem Sam sich gestritten hat? Haben Sie den ebenfalls in die Bibliothek gebracht?«

»Nein, das erschien uns nicht notwendig. Sam hatte schon in der Pause ein Problem mit ein paar anderen Jungs. Er hat heute anscheinend einen schlechten Tag.«

»Aber wer hat angefangen? Wissen Sie das?«

»Na ja, das kann man bei diesen Jungs nie genau sagen.«

Ich merke, wie ich langsam die Beherrschung verliere. Da greift er wieder, der Urinstinkt des mentalen Gangwechsels von »seltsamer sozialer Interaktion« zu »potenzieller Bedrohung«. Wenn man jung ist, geht es bei diesem Kampf-oder-Flucht-Mechanismus nur um die eigene Sicherheit, aber wenn man Familie hat, ebenso um die eigenen Kinder. Egal ob man in einem Dönerladen von einem Rowdy bedroht wird oder in einem Schulflur mit einem Lehrer über das Verhalten seines Sohnes diskutieren muss – irgendwie läuft es immer auf dasselbe hinaus.

»Das kann man bei diesen Jungs nie genau sagen?«, frage ich ungläubig. »Wenn mehrere gegen einen sind? Dann kann man das nicht genau sagen? Meine Güte, das darf ja wohl nicht wahr sein.«

»Hören Sie, Mr Rowe …«

»Hatten wir nicht die Vereinbarung getroffen, dass Sam in der Klasse einen Unterrichtsbegleiter bekommt? Sie kennen doch seine Diagnose, er ist Autist! Und das bedeutet, dass er in bestimmten sozialen Situationen nicht zurechtkommt, beispielsweise wenn er auf dem Spielplatz auf eine Jungs-Gang trifft!«

»Natürlich sind wir mit Sams Diagnose vertraut.«

»Und trotzdem greifen Sie auf Klischees zurück, wenn es darum geht, wie solche Streitereien anfangen, und erzählen mir, ›bei diesen Jungs kann man das nie genau sagen‹. Obwohl Sie genau wissen, dass einer von diesen Jungs ein Autist ist, dem die Schule eine Heidenangst einjagt.«

»Mr Rowe …«

»Nein, Sie hören mir jetzt mal zu! Ich fordere ein Gespräch darüber, wie Ihre Schule mit Sam umgeht. Und ich will mit dem Rektor sprechen, nicht mit Ihnen. Ich will wissen, welches Konzept Ihre Schule im Umgang mit autistischen Kindern hat, und ich will mich darauf verlassen können, dass Ihre Schule meinen Sohn beschützt. Ich will mir nicht anhören, dass meine Frage, wer hinter diesem anscheinend systematischen Schülermobbing steckt, mit Sprüchen wie ›Bei diesen Jungs kann man das nie genau sagen‹ abgetan wird! Komm, Sam, wir gehen!«

Ich nehme Sam bei der Hand, drehe mich um und verlasse mit ihm das Gebäude. Auf dem Weg zum Auto starte ich den üblichen halbherzigen Versuch, Sams Version der Geschichte zu hören.

»Sam, was ist passiert? Was ist heute passiert?«

Er schaut auf seine Füße.

»Ich weiß nicht. Wo ist Mummy?«

»Mummy arbeitet. Was ist passiert, Sam?«

»Ich weiß nicht!«, schreit er. »Ich weiß nicht!« Dann bricht er in Tränen aus.

Als wir am Auto sind, versuche ich, ihn in die Arme zu nehmen, aber er schubst mich weg.

»Sam, ich will doch bloß herausfinden …«

Aber er hält sich weinend die Ohren zu und schlägt dabei immer wieder sacht mit dem Kopf gegen die Scheibe.

»Ich will dir doch nur helfen, Sam«, sage ich. Als ich ihm die Autotür aufmache, klettert er schnell hinein und schlägt sie laut hinter sich zu.

»Nein, Daddy!«, brüllt er von drinnen. »Keine Hilfe!«

Die begrenzten Kommunikationsmöglichkeiten sind erschöpft. Schweigend fahren wir nach Hause. Ich lasse ihn fernsehen, während ich ihm sein Abendessen zubereite, und als Jody heimkehrt, erkläre ich ihr, was passiert ist.

»Du hast Mr Strachan angeschrien?«, fragt sie.

»Nein, das nicht gerade …«

»Verdammt noch mal, Alex. Ich versuche, die Schule dazu zu bringen, sich mehr um Sam zu kümmern, und dann platzt du herein und wirfst Mr Strachan Inkompetenz vor.«

»Er war aber nun mal inkompetent. Ich habe diese Schule so satt, ehrlich. Je eher wir ihn von dort wegnehmen, desto besser.«

Jody setzt sich an den Küchentisch. Sie hält sich den Kopf. Ich bin ganz nah bei ihr, doch es fühlt sich so an, als wären wir eine Million Lichtjahre voneinander entfernt.

»Geh einfach«, sagt sie dann. Plötzlich fällt mir ein, wie wir früher mit solchen Situationen umgegangen sind, als Sam im Kindergarten ein Mädchen vom Dreirad schubste oder als er in der Schule eine Dose Farbe in den Hamsterkäfig schüttete, weil man ihm gesagt hatte, dass er nicht an der Reihe war, Minty und Monty zu füttern. Jody musste damals mithelfen, die Hamster mit Spüli zu waschen; sie sahen aus, als wären sie einer Mini-Ölpest zum Opfer gefallen. Damals lachten wir darüber. Aber die Zeiten, wo wir schwierige

Situationen gemeinsam mit Humor meistern konnten, sind vorbei.

Bevor ich gehe, frage ich: »Bleibt es denn bei diesem Hochzeitswochenende im Oktober?«

»Ja«, seufzt sie. »Ich hab schon alles organisiert.«

Als ich wieder draußen bin, schaue ich zu Sams Zimmer hoch. Er steht hinterm Fenster und starrt mich an. Dann macht er das Fenster auf.

»Du hast Mr Strachan angeschrien«, sagt er, als wollte er mich foppen. Und dann reckt er plötzlich trotzig den Daumen hoch. Ich erwidere seine Geste, ganz unwillkürlich. Vielleicht wäre jetzt der richtige Moment, um mit ihm darüber zu reden, was in der Schule passiert ist. Aber leider ist das nicht möglich, weil ich ja gehen soll. Die Gelegenheiten, mit ihm zu kommunizieren, werden seltener. Ich muss unbedingt dafür sorgen, dass mir der Zugang zu ihm nicht für immer versperrt wird.

Kapitel 13

Die Tage vergehen wie im Nebel. Dann ist auf einmal das Hochzeitswochenende da, an dem ich achtundvierzig Stunden lang auf Sam aufpassen soll – das Wochenende, von dem alles abhängt. Morgens um acht verlasse ich Dans Wohnung, werfe meine Reisetasche auf den Rücksitz und fahre zum Haus. Unterwegs gehe ich alles noch mal durch – ich muss geduldig sein, rechtzeitig die Warnsignale eines Trotzanfalls erkennen, mich zurückhalten, wenn er gereizt reagiert, sein Mittag- und Abendessen genau richtig zubereiten. Ich habe drei mögliche Stundenpläne auswendig gelernt, je nachdem, in welcher Stimmung er ist: Gute Laune, Egal-Laune und Um-Gottes-willen-der-Super-GAU-ist-da. Die dritte Variante beinhaltet Fernsehen bis zum Umfallen. Als ich parke und aufs Haus zugehe, sehe ich Jody und Sam im Wohnzimmer; die Haustür steht offen. Nach unserer kleinen Diskussion über Mr Strachan rechne ich allerdings mit einem kühlen Empfang. Bingo. Jodys Überraschung darüber, dass ich tatsächlich aufgetaucht bin, weicht schnell einem verächtlichen Blick.

»Ach, du bist es«, sagt sie. »Ich mache gerade eine Liste mit Sachen, an die du denken musst. Gut, dass Sam nicht zur Schule muss, dann kann ich mir den Punkt ›Auf keinen Fall Sams Lehrer bedrohen‹ ja sparen.«

»Die Sache tut mir *wahnsinnig* leid.«

Jody sitzt vor ein paar DIN-A4-Bögen mit ordentlich geschriebenen und nummerierten Anweisungen. Sie denkt, dass ich es sonst nicht schaffe, aber ich verkneife mir eine Bemerkung darüber, weil ich nicht kurz vor ihrer Abfahrt einen neuen Streit vom Zaun brechen will. Im Flur steht ein großer Koffer. Das Wohnzimmer ist aufgeräumt – es sieht auf einmal richtig wohnlich aus, nicht mehr wie ein Ramschladen, der erst von einem Tornado heimgesucht und dann von einem Torpedo getroffen wurde. Sam kniet am Beistelltisch und kritzelt das Einmaleins auf ein kariertes Blatt. Er nimmt kaum Notiz von mir.

»Er ist sauer, weil er jetzt seine Hausaufgaben machen muss«, sagt Jody, während sie die Schlussworte ihres »Wie du auf deinen eigenen Sohn aufpasst«-Leitfadens aufschreibt. Sie schaut zu ihm rüber. »Danach kannst du mit Daddy spielen.«

Sie ist kurz angebunden, was sicher mit unserem letzten Krach zu tun hat, aber vermutlich auch damit, dass sie sich Sorgen macht. Keine Ahnung, ob sie besorgt ist, weil Sam zwei Tage ohne sie auskommen muss, oder weil sie ihn mir überlässt. Egal, ich will einfach nur, dass sie verschwindet, damit wir endlich anfangen können.

»Also«, sagt sie schließlich. »Hier ist alles, was du brauchst – Essenszeiten, Regeln, aktuelle Schlafenszeit-Routine. Ruf mich an, wenn du Hilfe brauchst.«

»Es wird bestimmt gut gehen, aber trotzdem danke.«

»Bist du sicher?«

»Klar. Jetzt fahr endlich. Viel Spaß.«

Irgendwie hellt dieser kurze Wortwechsel die Stimmung auf. So was kann bei Langzeitpaaren sogar dann passieren, wenn ihre Beziehung gerade total den Bach runtergeht.

»Ich hab die alle seit Ewigkeiten nicht mehr gesehen, das wird bestimmt voll peinlich«, lacht sie nervös.

»Nein, überhaupt nicht, das wird super«, sage ich.

Dann stehen wir schweigend da. Spannung liegt jetzt wieder spürbar in der Luft.

»Mein Schatz«, sagt sie zu Sam und beugt sich herunter, um ihn zu umarmen. Er lässt es geschehen. »Ich werde dich so vermissen. Sei ein braver Junge. Pass auf Daddy auf.«

Sie wartet auf eine Antwort, aber es kommt keine. Er hat den Stift im Mund und scheint ganz in Gedanken versunken; wahrscheinlich begreift er gar nicht, was gerade geschieht.

»Sag tschüss zu Mummy«, fordere ich ihn auf.

»Tschüss, Mummy«, sagt er, ohne aufzuschauen.

Ich zucke die Achseln, als ihr Blick zwischen ihm und mir hin und her wandert. Ob sie mich genauso verwirrend findet wie unseren Sohn?

»Jetzt fahr«, sage ich und versuche, meine wachsende Ungeduld dadurch zu verbergen, dass ich ihr Mut zuspreche. »Das wird gut, sicher.«

Ich nehme den Koffer und bringe ihn heraus. Sie folgt mir zögernd. Wir reden kein weiteres Wort. Und wir geben uns keine Umarmung zum Abschied. Diese Art von Kontakt ist momentan völlig undenkbar – eine niederschmetternde Erkenntnis. Sie steigt ins Auto, schaut mich noch einmal kurz an. Dann fährt sie weg. Jetzt bin ich allein mit Sam. Achtundvierzig Stunden lang.

Als ich reingehe, vernehme ich die unvermeidliche Frage:

»Wo ist Mummy?«

»Sie ist weg«, sage ich einfach. »Wir haben das ganze Wochenende nur für uns.«

Es soll wie eine Belohnung klingen, aber es hört sich eher so an, als würde ich ihn zu zehn Jahren Knast verdonnern.

»Ich will Mummy«, wimmert er.

Schon kommt der erste Anflug von Panik – das Gefühl, dass die Situation beim kleinsten Fehler kippen wird. Ich muss unbedingt dafür sorgen, dass wir uns an den Zeitplan halten.

»So, du machst nun deine Hausaufgaben fertig, und anschließend unternehmen wir was Schönes«, sage ich.

»Ich will Mummy«, wiederholt er, steht auf und lässt sich aufs Sofa fallen.

»Also, wie ich schon gesagt habe …« Ich will ihm noch einmal ganz langsam erklären, dass Mummy übers Wochenende weggefahren ist. Aber so funktioniert das nicht.

»NEIN, SEI STILL. WO IST MUMMY?«

Er wirft den Bleistift durchs Zimmer. Der Stift landet klackernd auf dem Boden. Ich hebe ihn auf und knalle ihn auf den Beistelltisch.

»Sam, beruhig dich, Mummy ist übers Wochenende weggefahren.«

»Ich will Mummy! Sofort!« Er fängt zu weinen an. Na toll. Wahrscheinlich geht das jetzt den ganzen Tag so weiter, und ich kann den tollen Plan in die Tonne treten.

»Da können wir leider gar nichts machen, wir müssen beide damit klarkommen«, sage ich.

Ich weiß, dass es gemein von mir ist, das zu sagen und es so klingen zu lassen, als wäre es mir lästig. Aber so läuft es leider: Wenn man erst mal in diesem Hamsterrad der Erschöpfung und Angst gefangen ist, kann es in null Komma nichts passieren, dass man den Trotzanfall nicht verhindert, sondern ihm den roten Teppich ausrollt und auch noch eine Ehrengarde danebenstellt.

»Geh weg!«, ruft Sam. »Du wohnst ja nicht mal hier!«

Dann springt er vom Sofa auf und attackiert mich mit den Fäusten. Ich strecke die Arme aus, versuche seine Hände zu packen, damit er aufhört, und denke verzweifelt darüber nach, wie ich diesen Kampf, den ich selbst angezettelt habe, in den Griff kriegen kann. Ihn zu beenden ist gar nicht so entscheidend, es geht vor allem um Schadensbegrenzung.

»Komm schon, Sam«, sage ich so ruhig wie möglich. »Alles ist gut. Vielleicht können wir *Minecraft* spielen, wenn …«

»*Minecraft*!«, schreit er.

Und schon stürmt er die Treppe hoch in sein Zimmer; ich kann hören, wie er die Konsole einschaltet. Eigentlich wollte ich ja sagen, dass wir später spielen können, wenn er seine Hausaufgaben gemacht hat und wir im Park waren. Ich checke Jodys Pläne. Da steht keine Anweisung wie »Lass ihn auf keinen Fall direkt, wenn ich weg bin, *Minecraft* spielen«. Wenn ich jetzt nach oben gehe und ihm sage, dass wir zuerst in den Park müssen, würde das garantiert einen Super-GAU nach sich ziehen. Hier sind wir wenigstens vor wild gewordenen Hunden sicher. Vielleicht ist das ja die Strategie, um dieses Wochenende zu überstehen? Plötzlich höre ich ihn oben an der Treppe.

»Komm schon, Daddy!«, ruft er. Und mit einem Mal werden all meine Zweifel von Sams Begeisterung verscheucht: Er will unbedingt mit dem Spiel loslegen – und er will mich sogar dabeihaben!

Also stapfe ich die Treppe hoch und trete vorsichtig in sein Zimmer. Er hat zwei brandneue *Minecraft*-Poster an der Wand: das eine mit der Hauptfigur Steve, die fröhlich eine Spitzhacke schwingt, das andere mit einer Auflistung der Blöcke, die es in dem Spiel gibt. Sam sitzt kerzengerade auf dem Bett, zerknitterte *Minecraft*-Zeitschriften neben sich. Er ist ganz in das Spiel vertieft und starrt auf den Bildschirm.

»Was bauen wir denn diesmal?«, frage ich.

»Eine Burg!«, sagt Sam. »Diese Burg!« Er greift nach dem London-Buch und zeigt auf das Bild vom Tower of London.

Der inzwischen vertraute Titelbildschirm erscheint. Ich sage Sam, dass ich auch schon ein bisschen gespielt habe, aber er will mir trotzdem alles erklären. Er will die Kontrolle übernehmen.

»Du kannst im Überlebensmodus oder im Kreativmodus spielen. Im Überlebensmodus gibt es Monster, und du musst drinnen sein, wenn es dunkel wird, sonst schnappen sie dich. Aber ich weiß was. Wenn du die Einstellung auf ›Friedlich‹ änderst, kommen die Monster nicht. Du kannst graben, dann findest du Gold und Diamanten und Eisen. Dann kannst du Sachen herstellen und alles ist gut.«

So viel auf einmal hat Sam noch nie gesagt. Es strömt aus ihm heraus, ganz unbefangen, ohne Stottern, ohne Pausen. Ich versuche, mir nichts anmerken zu lassen, aber das ist eine Offenbarung. Das Seltsame am Autismus ist diese ständige Achterbahnfahrt zwischen Hochs und Tiefs. Eben noch hat er mich wütend im Wohnzimmer attackiert, jetzt redet er völlig begeistert mit mir. Es gibt kein Dazwischen. Wie bei Max in *Parenthood* auf höchster Lautstärke.

»Wie bist du denn darauf gekommen, den Tower of London zu bauen?«, frage ich, um das Gespräch am Laufen zu halten, während das Spiel noch lädt.

»Mummy hat gesagt, dass Könige und Königinnen darin leben. Sie fangen böse Leute und schlagen ihnen den Kopf ab. Stimmt das?«

»Ja, aber das war vor sehr langer Zeit. Heute dürfen sie

keinem mehr den Kopf abschlagen. Selbst wenn es sehr böse Leute sind, zum Beispiel Räuber oder Immobilienmakler.«

»Kann ich da mal hin?«

»Zum Tower of London? Eines Tages vielleicht.«

»Ist das weit weg?«

»Ungefähr zwei Stunden mit dem Zug.«

»Kann ich mit dem Zug hinfahren?«

»Züge sind ganz schön laut, Sam. Und London ist eine sehr große und laute Stadt.«

»Ich hab doch jetzt meine Ohrenschützer.«

Er sucht auf dem Boden herum und fischt sie zwischen Lego-Modellen und Comics hervor. Bauarbeiter tragen solche Dinger, wenn sie mit einem Presslufthammer zugange sind. Sams Exemplare sind knallblau und mit Roboter-Aufklebern bedeckt. Jody muss sie erst vor Kurzem gekauft haben, bestimmt als Reaktion auf einen weiteren, durch Lärm ausgelösten Super-GAU. Sam setzt die Ohrenschützer auf.

»Mummy sagt, ich sehe wie ein Astronaut aus.«

»Na gut, dann kannst du vielleicht tatsächlich mit dem Zug nach London fahren. Wir schauen mal.«

»Fährst du mit mir?«

»Wir schauen mal, Sam. Also, wie sollen wir unsere neue Welt denn nennen?«

»Sam und Daddys Welt! Dann musst du immer mit mir zusammen spielen.«

Auf einmal fühle ich mich unendlich schuldig. Daddy. Der Daddy, der dich angeschrien und dir gesagt hat, wie lästig du bist.

»Klingt super«, sage ich.

Wir tippen die Worte zusammen ein und wählen die »Friedlich«-Einstellung. Nach einigen Sekunden erscheint eine neue Landschaft auf dem Bildschirm. Wir befinden uns auf einer hügeligen Wiese, die zu einem langen, breiten Strand führt. Rechts erheben sich zerklüftete Berge mit großen Höhleneingängen. Irgendwie sieht es schön aus, auch wenn die Grafik im Vergleich zu Dans *Grand Theft Auto* total primitiv ist. Ein majestätisches Panorama, allein zu unserem Vergnügen erschaffen. Dazu erklingt die vertraute sanfte Klaviermusik, begleitet vom freundlichen Muhen der klobigen Kühe, die durch die Gegend hoppeln.

Sam gibt mir den zweiten Controller, und als ich ins Spiel komme, teilt sich der Bildschirm in zwei Hälften, sodass wir beide unsere eigene Sicht der Welt haben. Wir drehen uns um und stehen uns nun einander gegenüber. Sam hat die Standardversion von Steve als Spielfigur, mit blauem T-Shirt und Jeans. Mein Steve trägt dagegen ein eng anliegendes weißes Tennisoutfit mit Stirnband auf dem Quadratkopf. Toller Look.

Wir nicken uns mehrere Male auf dem Bildschirm zu, dann laufen und springen wir herum, um unsere gemeinsame Welt zu erforschen. Da ich mit dem Controller allerdings noch nicht so gut umgehen kann, falle ich blöderweise von einer Klippe und verliere kostbare Herzen.

»Das war Absicht«, sage ich und klettere wieder hoch. »Ich wollte nur kurz sehen, was da unten ist.«

»Lass uns mit der Burg anfangen«, ruft Sam. Er hat meinen peinlichen Fehltritt anscheinend gar nicht mitbekommen.

»Wir müssen ein geeignetes Stück Land finden«, erkläre ich, um zu beweisen, wie gut ich mich auskenne.

Bald entdecken wir eine flache, von Bäumen umgebene Stelle mit Blick übers Meer. Die perfekte Stelle, um eine

Burg zu errichten. Wir beginnen, Bäume zu fällen, um Holzblöcke zu sammeln. Dann bauen wir eine Werkbank und stellen Spitzhacken her. Sam kommentiert das Spiel leise: »Wir brauchen Holz, jetzt brauchen wir Stein, jetzt haben Sam und Daddy Spitzhacken, jetzt gehen wir zu den Bergen, jetzt ist Daddy wieder in ein Loch gefallen, jetzt hackt Sam den Stein …«

Ich geselle mich zu Sam auf das Plateau und hacke dutzendweise Steinblöcke. Da bemerke ich eine seltsame Kreatur, die sich von hinten an mich heranschleicht. Sie sieht aus, als bestünde sie aus übereinandergestapelten grünen Kisten.

»Hey Sam, was will dieser Typ denn?«, frage ich, als sich die bedrohliche Kreatur uns nähert.

»Daddy! Das ist ein Creeper! Wenn der zu nah kommt …«

Das Geräusch einer angezündeten Lunte ertönt, gefolgt von einem lauten Knall. Auf einmal stehe ich allein in einem Riesenkrater.

»… explodiert er. Creeper sind ziemlich fies.«

Wir sammeln die losen Steinblöcke, die unser explodierender Freund unbeabsichtigt hinterlassen hat, und wenden uns wieder unserer Aufgabe zu. Sam baut die Steinblöcke systematisch in Reihen ab. Meine Abbautechnik ist spontaner, ich hacke einfach wild auf alles, das in Reichweite ist.

Als wir genug gesammelt haben, beginnt das Bauprojekt.

»Lass uns mit einer großen Eingangshalle anfangen«, sage ich. Sam nickt.

Er hat ganz klar ein System: Jede Wand ist zwanzig Blöcke breit und acht Blöcke hoch; er zählt flüsternd mit. Er geht schnell, geschickt und methodisch vor, wirft Blöcke auf die Landschaft und baut identisch aussehende Wände, während ich mich abmühe und kaum etwas schaffe. Bei mir ragen

Blöcke aus der Wand oder sie fallen auf den Boden, weil es mir anfangs nicht gelingt, sie zu platzieren. Mit meiner Spitzhacke komme ich auch nicht klar. Sam ist ein Profi, aber ich bin wie einer dieser Baupfuscher, die bei einem klingeln und anbieten, die Auffahrt für zweihundert Pfund neu zu pflastern.

»Daddy, du bist zu langsam«, schimpft Sam. Und sobald ich einen Abschnitt fertig habe, zählt er die Blöcke und ändert, was ich falsch gemacht habe.

Als die Wände unserer Eingangshalle endlich stehen, gehen wir hinein. »Ich kümmere mich um die Tür«, sage ich. »Und du kannst…« Doch Sam ist längst dabei, das Dach in Angriff zu nehmen. Anschließend entfernt er an jeder Wand zwei Blöcke, um Fenster einzusetzen. Ich will gerade die Tür platzieren, da hüpft ein Schwein in die Halle. Die nächsten fünf Minuten verbringe ich damit, es zu jagen, bis es schließlich versucht, aus einem von Sams Fenstern zu entkommen und dort stecken bleibt. Der Anblick ist so komisch, dass Sam und ich beide lachen müssen.

»Wow, ich habe ein Schwein gefangen«, sage ich. »Heute Abend können wir wie Könige speisen.«

»Daddy, kümmere dich um die Tür«, sagt Sam. Dann springt er wieder zum Dach.

Als die Sonne untergeht, haben wir die erste Bauphase der Burg geschafft. Genauer gesagt, Sam hat das meiste geschafft, während ich unverhofft zum Star meiner eigenen Slapstick-Komödie wurde. Aber immerhin, der Anfang ist gemacht. Draußen füllen kleine Quadratsterne den Nachthimmel, und die eckigen Silhouetten der Bäume heben sich vor der Dunkelheit ab. Wir haben noch keine Betten gebaut, also können wir nicht schlafen gehen, was uns zum nächsten

Tag bringen würde. Stattdessen stehen wir auf dem Dach und schauen zu, wie große schwarze Wolken über den Himmel ziehen.

Als die Würfelsonne wieder aufgeht und ihre Lichtpixel über das blockartige Panorama schickt, sage ich Sam, dass wir das Gebiet erforschen sollten; vielleicht finden wir eine Höhle oder sogar ein Dorf mit lustigen kleinen Bewohnern, die Handel mit uns treiben wollen.

»Ja«, sagt er. »Wir müssen die Kronjuwelen finden und sie in den Tower bringen!«

»Und wie machen wir das?«

»Wir müssen Gold, Diamanten und Smaragde finden, die wir dann wegschließen können, so wie hier.«

Er schnappt sich das London-Buch und zeigt mir das Foto mit den Kronjuwelen in ihren Glasvitrinen. Dieses Ziel können wir garantiert schnell erreichen. Wenn wir ein bisschen graben, haben wir bestimmt Glück. Außerdem habe ich gelesen, dass in den Dörfern und Tempeln, die hier und da in der Landschaft stehen, manchmal Edelsteine gelagert werden. Das ist *Minecraft*-Anfängerstufe – sogar ich schaffe das.

»Gut, dann lass uns losgehen«, sage ich. »Lass uns die Kronjuwelen finden und zum Tower bringen.«

Wir machen uns auf den Weg durch das Waldgebiet in Richtung Berge. Es macht uns richtig Spaß, einfach nur durch die Landschaft zu streifen. Jedes Mal, wenn wir einen Apfel auf dem Boden sehen, erklärt Sam: »Heb ihn auf, dann können wir Hungerpunkte sammeln!« Ob er wohl auch im wirklichen Leben Äpfel essen würde, wenn sie überall im Haus verstreut wären?

Bald stoßen wir auf eine kleine Gruppe Schafe. Sam ruft: »Komm, wir fangen sie!« Aber wir sind zu ungeschickt, und sie verschwinden im Wald. Sam rennt ihnen hinterher und wedelt dabei mit einem Holzschwert. Doch ein paar Sekunden später habe ich Glück: Ein ängstliches Schaf läuft direkt vor uns aus dem Wald. Plötzlich gerate ich in Rage und schlage im Adrenalinrausch wieder und wieder mit der Spitzhacke auf das Schaf ein. Es ist fast wie die Duschszene aus *Psycho*, nur dass Janet Leigh ein Schaf aus sechs weißen Blöcken ist. Das arme Viech fällt um, dann verschwindet es. Nur ein Wollblock bleibt übrig.

»*Dafür* habe ich ein Schaf gekillt?«, frage ich.

Sam kommt aus dem Wald gesaust und hebt den Wollblock auf.

»Gut gemacht, Daddy«, sagt er. »Wir können die Wolle benutzen, um Betten herzustellen!«

Jetzt bin ich doch ein bisschen stolz auf mich.

Beim Spielen verlieren wir uns mehr und mehr in dieser Welt, bis wir völlig in ihr eingetaucht sind. Wir vergessen, dass wir vor einem Bildschirm sitzen und digitale Figuren in einer Computerwelt steuern. Es fühlt sich an, als wären es wirklich *wir*, die in die gezackten Höhlen spähen und unter der strahlenden Quadratsonne über die Grasebene wandern. Es fühlt sich an, als wären wir frei von uns selbst.

Nach zwei Stunden gebe ich das Signal, dass wir aufhören und etwas anderes machen müssen. Zuerst gebe ich Sam eine Noch-zehn-Minuten-Warnung und nach fünf Minuten eine weitere Warnung; eine Vorbereitungstaktik, von der ich gelesen habe. Plötzliche Veränderungen sind überhaupt nicht gut. Sam braucht viele Warnungen. Als ich das Spiel schließlich speichere und schließe, verdüstert sich Sams Stimmung, und ich spüre, dass sich ein Trotzanfall anbahnt. Doch diesmal kann ich ihn abfangen, indem ich ihm sage, dass wir ins Café gehen und auf dem Weg dorthin über unsere Baupläne sprechen können. Zu meiner Überraschung nickt er und sucht dann von allein seine Schuhe und seine Jacke. Ich kann nur kopfschüttelnd »Danke, *Minecraft*« murmeln.

Im Café ist viel los. Überall sitzen zeitunglesende Paare mit riesigen Latte macchiatos vor sich, die Jukebox spielt Soulklassiker. Ich beneide sie einen Augenblick lang, weil sie so entspannt ihre Freiheit genießen können. Unser üblicher Platz ist von einer Mutter mit ihrem Sohn besetzt, also nehmen wir einen freien Tisch in der Nähe mit einem zerschlissenen Ledersessel und einem Hocker. Sam klettert zielstrebig auf den Sessel.

»Was sollen wir als Nächstes bauen?«, frage ich, als ich mich auf den Hocker setze.

»Eine große Mine«, sagt Sam. »Wir brauchen Gold, Diamanten, Smaragde und Redstone!«

Der Barista bringt uns unsere Getränke. Er stellt Sam den Kaffee hin und mir die geschäumte Milch.

»So ist es doch richtig, oder?«, fragt er Sam. Sam kichert.

Ich hole das *Minecraft*-Buch heraus, und wir blättern es durch, betrachten die detaillierten Beschreibungen aller Materialien, die in dem Spiel verfügbar sind: Eisenbarren, Redstone, Lapislazuli – keine Ahnung, was das sein soll. Manchmal tue ich so, als würde ich eine Bezeichnung falsch lesen, damit Sam mich korrigieren und mit seinem wachsenden Spiel-Knowhow angeben kann. Im Hintergrund bekomme ich allerdings mit, dass es unruhig wird. Eine der Bedienungen hat eine Bestellung an unseren üblichen Tisch gebracht, aber der Junge dort macht ein unglückliches Gesicht. Er ist sechs oder sieben, hat schmuddeliges blondes Haar und ein schmales blasses Gesicht, sein Teenage-Mutant-Ninja-Turtle-T-Shirt ist mit Farbklecksen und anderen Flecken übersät. »Das ist okay«, sagt seine Mutter. »Es ist dieselbe Kekssorte, genau dieselbe Sorte.« Aber der Junge schüttelt den Kopf und stöhnt. Dann schlägt er auf den Tisch, sodass der Kaffee, den die Bedienung gebracht hat, auf einen Zeitschriftenstapel schwappt. Die anderen Paare schauen flüsternd von ihren Zeitungen auf.

Ich schaue zu der Mutter. Sie ist etwa Ende zwanzig und sehr schmal; sie hat die Art von Figur, für die Männerzeitschriften so schreckliche Bezeichnungen wie grazil oder zierlich finden. Ihr rotbraunes, blond gesträhntes Haar hat sie nachlässig zu einem Pferdeschwanz gebunden, das dunkelgrüne Spitzenkleid und die dick gerahmte schwarze Brille sind im Fifties-Look. Ihre Miene spiegelt die übliche Mischung aus Erschöpfung und Entschlossenheit wider. Wahrscheinlich sehen alle Eltern so aus, aber das Verhalten ihres Sohnes kommt mir ebenfalls sehr vertraut vor. Sein Autismus ist noch viel ausgeprägter als der von Sam, aber er scheint auch erst dichtzumachen und dann zu explodieren, wenn etwas nicht richtig läuft. Ich kenne das, denn ich habe auf dem Sofa, wo sie jetzt sitzt, schon oft das Gleiche erlebt.

Als ich mich erneut Sam zuwende, fliegt eine Actionfigur des unglaublichen Hulk über den Tisch und stößt dabei gegen meine Tasse, sodass sich ein ganzer Schwall Kaffee auf mein Hemd ergießt. Sam schaut erst mich und dann die Figur an, die auf dem Boden gelandet ist. Ich bücke mich, hebe sie auf und stehe auf. Okay, das ist jetzt reiner Freestyle, im Grunde habe ich keine Ahnung, was ich jetzt tun soll, aber egal, ich gehe trotzdem zu ihnen herüber. In Sams Fall kann eine überraschende, aber freundliche Einmischung manchmal ganz hilfreich sein. Ich ignoriere die Mutter zunächst und nähere mich vorsichtig dem Jungen.

»Hallo, ist das dein Hulk? Ich hab heute jedenfalls keinen Superhelden bestellt. Hat er vielleicht gerade einen Schurken gejagt?«

Der Junge hört auf, auf den Tisch zu schlagen und sieht mich an.

»Ich dachte, dass ich ihn besser zurückbringe, damit er auf deinen Tisch aufpassen kann. Ich setze ihn hier hin. Hulk, du musst auf diesen ganzen Bereich hier aufpassen, flieg nicht wieder weg, okay? Ehrlich, er ist ganz schön frech. Wo sind eigentlich seine restlichen Klamotten? Er muss ja total frieren.«

Der Junge starrt mich noch immer völlig verblüfft an, aber wenigstens ist er abgelenkt. Ich wende mich seiner Mutter zu.

»Falscher Keks?«

»Na ja, eigentlich ist es schon die richtige Kekssorte«, sagt sie mit unverkennbarem Bristol-Akzent. »Aber es ist nicht genau der Keks, auf den er gezeigt hat. Danke, dass Sie den Hulk zurückgebracht haben. Tut mir leid wegen Ihrem Hemd.«

»Ach, dieses alte Teil? Ich hab vier andere, die genau gleich aussehen. Sie gefallen mir nicht mal. Wer trägt heute noch klein kariert? Ich sehe aus wie eine Cath-Kidston-Tischdecke.«

Sie lächelt. Ihr Lächeln ist ehrlich, warmherzig und offen. Wow, jetzt komme ich auch noch ganz zufällig mit einer schönen Frau ins Gespräch.

»Ich bin Isobel«, sagt sie. »Das ist Jamie.«

»Ich bin Alex, und das ist Sam. Er ist acht und steht übrigens ebenfalls auf Superhelden.«

Die beiden Jungs beäugen sich misstrauisch.

»Wohnen Sie hier in der Nähe?«

»Ein Stück die Straße hoch, wir sind gerade in eine der kleinen Wohnungen über dem Supermarkt gezogen. Es ist zwar ein bisschen eng, aber okay für uns beide. Aber ich fürchte, bei den Nachbarn sind wir nicht besonders beliebt.«

»Das kommt mir bekannt vor. Ist Jamie …«

»Autist? Ja. Ich wusste es, seit er anderthalb war, aber es hat etwa vier Jahre gedauert, bis wir die Diagnose hatten. Sein Vater hatte irgendwann die Nase voll und ist abgehauen. Meine Lebensgeschichte in fünf Sekunden! Wollen Sie mit Ihrem restlichen Kaffee nicht rüberkommen? Aber ich kann verstehen, wenn Sie lieber nicht in der Nähe des Hulk sein wollen.«

Ich hole meinen Kaffee, lasse mich auf den Sessel neben dem Sofa fallen und ziehe den Hocker für Sam an den Tisch herüber. Sam setzt sich widerstrebend hin. Dann greift er nach der Hulk-Figur, aber Jamie springt sofort vom Sofa und schnappt sie ihm weg. Das sieht nicht gerade nach dem Beginn einer wunderbaren Freundschaft aus. Dennoch erzähle ich Isobel von meiner momentanen Situation, von Jody und unserer »Trennung auf Probe«, die bald vermutlich nicht mehr »auf Probe« sein wird. Ich erwähne auch unsere eigenen Schwierigkeiten, spreche von der Autismus-Diagnose und wie dieser ganze Prozess unsere Beziehung belastet hat. Es wirkt befreiend, jemandem, den ich gar nicht kenne, davon zu berichten – und Isobel hat eine Art, die es mir irgendwie leicht macht. Sie wirkt offen und aufrichtig.

Ich erfahre, dass ihre Familie in Eastville wohnt, der früheren Heimstätte der Bristol Rovers, bis das Stadion abgerissen wurde, um dort einen Ikea hinzustellen (»An der Trostlosigkeit hat sich aber trotzdem nichts geändert«, sagt sie). Seit sie achtzehn ist, arbeitet sie in einem Secondhandladen auf der Park Street; inzwischen ist sie auch Miteigentümerin. Ich erzähle ihr, dass ich mich beruflich gerade in einer ziemlich frustrierenden Phase der Umorientierung befinde. Sam schmökert derweil in unserem *Minecraft*-Buch und schielt ab und zu neidisch zum Hulk. Jamie, dem Sams Interesse nicht entgeht, lässt den Hulk daraufhin auf dem Tisch herumspazieren, wobei er mehrmals leise »Jamie und Hulk, Jamie und Hulk« sagt. Die Jungs schauen sich jedoch kaum an.

Schließlich muss Isobel sich auf den Weg machen, zum Abendessen bei ihrer Mutter. Wir stehen auf und verabschieden uns ein wenig unbeholfen.

»Vielleicht sieht man sich hier ja mal wieder?«, sagt Isobel.

»Ja, das hoffe ich doch. Sag tschüss, Sam.«

Sam murmelt in sein Buch. Jamie drängelt sich durch die Warteschlange an der Kasse, springt dann über einen Beistelltisch und fegt dabei die Zeitungen weg.

»Er ist schon wieder dabei, sich beliebt zu machen«, sagt sie schulterzuckend, dann folgt sie ihrem Sohn nach draußen, anscheinend völlig unbeeindruckt von den finsteren Blicken, die sich an ihren Rücken heften.

Auf dem Weg zum Park reden Sam und ich über unsere *Minecraft*-Pläne. Ich versuche zwar mehrmals, das Thema zu wechseln, aber da Sam dann jedes Mal verstummt, bleibe ich schließlich dabei, stelle ihm Fragen, damit er weiterredet, und lausche seinen sprunghaften Schilderungen von *Minecraft*-Erlebnissen, Vorhaben und Beobachtungen. Er erzählt mir vom Nether, der Unterwelt von *Minecraft*. Im Park tun wir so, als wären das Klettergerüst ein *Minecraft*-Haus und die Rutsche ein Durchgang zu einer Höhle, und als es anfängt zu dämmern, jagen wir Schafe zwischen den Bäumen. Er springt freudig im Gebüsch hin und her, ganz in seine Fantasiewelt vertieft – keine Spur von der üblichen Vorsicht oder Angst vor Hunden und anderen Kindern.

Nach dem Abendessen gelingt es mir tatsächlich, Sam um halb acht ins Bett zu bringen, ohne dass einer von uns beiden einen Wutanfall hat. Ich lese ihm eine Geschichte vor, danach gebe ich ihm einen Gute-Nacht-Kuss. Ob sich normales Elterndasein so anfühlt? Mir kommt es jedenfalls ziemlich komisch vor. Als ich aus seinem Zimmer gehe, setzt er sich wieder auf.

»Wann ist Mummy wieder da?«, fragt er.

»Morgen Abend.«

»Ich vermisse Mummy, wenn sie nicht da ist.«

»Ich auch.«

Jetzt bin ich auf das Schlimmste gefasst. Aber er legt sich wieder hin und schließt die Augen.

Dafür, dass der Tag so mies begonnen hat, ist er ziemlich gut gelaufen. Er hat sogar richtig Spaß gemacht. Jetzt muss ich nur noch dafür sorgen, dass es morgen genauso läuft. Ich schnappe mir eins von den Bieren, die Jody mir dagelassen hat, und mache es mir vor dem Fernseher bequem. Ihre Anweisungen liegen ungelesen auf dem Tisch.

Die gute Stimmung lässt allerdings ein wenig nach, als ich entdecke, dass Jody das Bett im Gästezimmer für mich bezogen hat. Ich hätte es mir zwar denken können, aber es versetzt mir trotzdem einen Stich, dass ich hier nur noch ein Gast bin.

Aber wenigstens bleibt mir die Luftmatratze erspart.

Kapitel 14

Sonntagmorgen steht Sam erst um 6:25 Uhr auf, ziemlich spät für seine Verhältnisse. Er kommt in mein Zimmer, klettert aufs Bett und haut mir den London-Bildband auf die Brust.

»Im Tower wurde vor langer Zeit mal ein Eisbär gehalten«, sagt er.

Ich stöhne und drehe mich zu ihm.

»Guten Morgen, Sam.«

»Vielleicht wurde ihm ja der Kopf abgeschlagen.«

»Kann ich bitte fünf Minuten zum Aufwachen haben?«

»Daddy, warum wurde dem Eisbär der Kopf abgeschlagen?«

»Hör mal, ich weiß nicht, wovon du redest. Gib mir fünf Minuten, dann gehen wir dem Eisbärgeheimnis auf den Grund, okay, Sammy? Du kannst dir ja vielleicht schon Frühstück machen.«

»Okay.«

Sekunden später werde ich durch einen Höllenlärm in der Küche schlagartig wach.

»Daddy«, sagt eine Stimme von unten. »Ein paar Coco Pops sind runtergefallen.«

Eine Stunde später habe ich den Schokoladenmilchsee weggewischt und helfe Sam so enthusiastisch wie möglich bei den Mathehausaufgaben. Danach wenden wir uns der

Rechtschreibung zu. Sam müht sich mit einer Liste sehr einfacher Wörter ab. Er braucht viel Zeit, bevor er sie auswendig aufschreiben kann. Vor einer Weile sagte uns eine Unterrichtsbegleiterin, dass er oft die Hausaufgaben bekommt wie die Kinder in der Klasse unter ihm. Aber die Schule behauptet weiterhin, »er macht Fortschritte«. Unwillkürlich muss ich an Matts Tochter Tabitha mit ihren *Harry-Potter*-Büchern denken. Vor Kurzem meinte jemand zu Jody, dass Sam vielleicht auch Legastheniker ist; anscheinend soll das bei Autisten häufig auftreten. Das würde eine weitere Diagnose bedeuten, mit der wir kämpfen müssen.

Als Sam die Worte nach Dutzenden vergeblicher Versuche endlich richtig schreibt, bin ich regelrecht k.o. Aber wenigstens können wir diesen Punkt jetzt von der Liste streichen.

»Was machen wir als Nächstes?«, frage ich.

»*Minecraft*?«, fragt er. Und schon stürmen wir beide die Treppe hoch, wobei wir uns gegenseitig anrempeln, um als Erster oben zu sein.

»Ich finde, wir sollten die Monster einschalten«, sage ich. »Wenn wir sie töten, bekommen wir Erfahrungspunkte.«

»Aber die erwischen uns. Das mag ich nicht.«

»Das ist okay, es ist doch bloß ein Spiel, Sam.«

»Naaaa guuuut.«

Wir bauen die Burg weiter aus, fügen zwei Stockwerke hinzu und verbinden sie mit Steintreppen. Dann teilen wir Räume ein, stellen Böden aus Eichenholz her und hängen Fackeln an die Wände. Sam achtet penibel darauf, dass die Zimmer genau gleich groß sind und genau die gleiche Form haben. Bei jeder Kleinigkeit, die von seinem Plan abweicht, korrigiert er mich. Im Umfeld der Burg errichten wir eine Festungsmauer, ebnen Hügel ein und überbrücken Abgründe, um den Weg freizumachen. Zudem setzen wir die Fundamente für die vier Ecktürme, damit unser Tower allmählich so ausschaut wie der Tower in Sams Buch. Irgendwann sehen wir durch die kleinen Fenster, die wir eingesetzt haben, dass der blaue Himmel sich orange färbt und dann schwarz wird.

»Oh nein«, sagt Sam ängstlich und aufgeregt zugleich. »Gleich tauchen die Monster auf!«

»Das ist okay, wir kriegen das hin«, sage ich und stupse Sam an der Schulter.

Eine Weile hören wir nur das Muhen der Kühe auf den Feldern und die melancholische Klaviermusik. Doch plötzlich ertönen Geräusche aus unmittelbarer Nähe, ein seltsames Stöhnen, gefolgt von einem Knurren. Sam hält sich die Ohren zu und schaut weg. Ein Zombie erscheint an der Tür, er streckt seine Stumpfarme aus und starrt uns aus toten Augen an. Sam springt auf und kreischt.

»Ich geh raus«, sage ich, um den Nervenkitzel noch zu steigern.

»Nein!«, schreit er. »Die Zombies erwischen dich sonst!«

Ich foppe ihn weiter, gehe langsam zur Tür.

»Ich will, dass der Zombie mein Freund wird«, sage ich.

»Nein, Zombies mögen keine Freunde!«

»Komm rein, Zombie, willst du etwas Kuchen haben?«

»Nein!«

Sam wirft seinen Controller zu Boden und versucht, mir meinen wegzunehmen. Wir ringen kurz um ihn, doch dann sehe ich, dass die Nacht im Spiel vorbei ist; die aufgehende Sonne taucht die Räume der Burg in warmes Licht, und der

Zombie, der noch immer draußen ist, geht plötzlich in Flammen auf.

»Mein Freund«, heule ich. »Wir haben uns so gut verstanden, und jetzt ist er einfach explodiert!«

Nachdem wir uns beim Mittagessen mit Käseecken, Vollkornkeksen und Donuts gestärkt haben, verwandeln wir unseren Zuckerrausch in Bauwut und stellen die vier großen Türme fertig. Dabei tricksen wir so lange herum, bis die Türme einigermaßen rund aussehen. Wieder vergessen wir, dass wir durch einen Bildschirm von dieser Welt getrennt sind; wir haben das Gefühl, als wären wir wirklich mitten *in* ihr. Wir gehen ganz oben auf die Türme hinauf, um von den Zinnen aus über das Tal und hinunter aufs Meer zu schauen. Als Sam ein Schwert herstellt, sage ich ihm, dass er seinem Schwert einen Namen geben muss, wie die Krieger in *Game of Thrones*. Er nennt es Kopfabschlager.

Und während wir so voll und ganz in *Minecraft* versunken sind, wird mir auf einmal etwas klar. Wenn wir uns mit anderen Spielen beschäftigen, fühlt es sich in den kostbaren Momenten, wo er überhaupt bereit ist, sich zu konzentrieren, immer so an, als wären wir gemeinsam einsam: Ich schaue ihm dann zu, sage ihm, was er tun soll, und mache mir dauernd Sorgen. Spielen wir zum Beispiel mit Lego-Steinen, bin ich stets derjenige, der etwas baut, und entweder spielt Sam dann ein paar Minuten damit oder er tritt es kaputt. Aber bei diesem Spiel fühlt es sich ein paar Stunden lang so an, als würden wir tatsächlich etwas zusammen machen – zumindest wenn ich das mache, was er von mir erwartet. Trotzdem ist das eine sehr positive Entwicklung. In dieser Welt, die eindeutige Regeln hat und einer klaren Logik folgt, fühlt Sam sich wohl, denn hier hat er die Kontrolle.

Doch ich bin ungeduldig, ich will mehr von der Welt sehen und mit unserer Kronjuwelen-Mission beginnen.

»Komm«, sage ich. »Lass uns auf eine Expedition gehen. Wir müssen Gold und Diamanten finden.«

»Dann sollten wir aber in den ›Friedlich‹-Modus wechseln«, sagt Sam. »Und wir brauchen Rüstungen und Fackeln.«

»Vergiss es. Wir passen einfach auf.«

Sam zuckt die Achseln, schließlich nickt er. Vielleicht spürt er meine Frustration und will mich davon abhalten, dass ich mit dem Spielen aufhöre und nach unten gehe. Wir stellen ein paar Spitzhacken her, dann gehen wir Richtung Berge, schlagen uns den Weg durch die Bäume und sammeln dabei Äpfel und Pilze. Wir klettern einen Steilhang hoch, springen von Block zu Block, an Schweinen und Kühen vorbei, balancieren auf Felsvorsprüngen herum. Als wir oben angelangt sind, blicken wir auf eine riesige Ebene in grellen Farben hinunter, die sich bis hin zu einem nebligen Horizont erstreckt; sie sieht aus wie eine expressionistische Landschaft.

Danach klettern wir weiter, einen steinigen Pfad herunter, bis wir einen Höhleneingang entdecken. Wir gehen hinein, es ist eine große Felsenhöhle. Ganz weit hinten ist ein langer dunkler Spalt zu erkennen, der an eine tiefe Narbe erinnert.

»Schau mal!«, ruft Sam und zeigt auf die östliche Wand. Zwischen dem grauen Gestein nehme ich einige rötliche Punkte wahr – Eisenerz. »Das benötigen wir, damit wir nach Diamanten graben können.«

Als wir die Wand aufgeregt mit unseren Spitzhacken bearbeiten, stoßen wir auf schwarze Adern, die tief in den Berg hineinführen – Steinkohle. Fieberhaft graben wir weiter und vergleichen unsere Entdeckungen.

»Ich habe zwölf Blöcke Eisenerz!«

»Ich habe zwanzig Blöcke Steinkohle!«

»Vielleicht finden wir da drinnen einen Schatz!«

Ich wage mich weiter vor und überlege gerade, ob ich ein paar Fackeln herstellen soll, als wir merken, dass sich draußen die Himmelsfarbe ändert.

»Es wird dunkel, es wird dunkel!«, schreit Sam.

»Wir haben Zeit«, sage ich.

Doch da irre ich mich. Die Sonne geht überraschend schnell unter. Jetzt sollten wir rasch eine Hütte bauen und auf den Morgen warten, aber Sam rennt aus der Höhle, den Hang hoch.

»Warte!«, rufe ich.

Wir laufen zusammen Richtung Burg, im Zickzack durch den Wald, dabei schauen wir uns nach Kreaturen um, die dort lauern könnten. Bald ist es so dunkel, dass wir kaum noch etwas sehen. Sam rennt dennoch weiter, und plötzlich hat ihn die Dunkelheit verschluckt.

»Ich weiß nicht mehr, wie wir gehen sollen!«, rufe ich.

Auf einmal höre ich ein seltsames Klicken. Dieses Geräusch habe ich zuvor noch nie gehört. Etwas tritt aus dem Dickicht auf mich zu. Vielleicht ein Huhn? Doch dann trifft mich etwas von hinten.

»Oh nein, Skelette!«, brüllt Sam. »Die haben Pfeile und Bögen!«

Ich erblicke eines auf der rechten Seite, es ist hinter einer Birke versteckt; sein Kopf sieht wie die hässliche Karikatur eines Totenschädels aus. Es schießt erneut auf mich und zielt diesmal ins Bein. Ich verliere immer mehr Lebenspunkte. Plötzlich taucht neben mir eine weitere Figur auf. Zuerst halte ich sie auch für ein Monster, aber es ist Sam, der genau zum falschen Zeitpunkt aus dem Wald kommt.

»Lauf!«, schreie ich, verblüfft darüber, wie panisch ich klinge.

Doch es ist zu spät – ich werde von zwei weiteren Pfeilen getroffen und verliere meine übrigen Lebenspunkte. Der düstere Wald umzingelt mich, ich habe keine Chance, zu entkommen. Ich falle zu Boden, die Nahrungsmittel und alles andere, was ich gesammelt habe, liegen verstreut herum. Sam überlebt nur ein paar Sekunden länger, dann wird er ebenso von einem Pfeil getroffen.

Kurze Zeit später sind wir auf einmal in der Burg: lebendig, aber mit leeren Händen. Aber wenn wir zu der Stelle zurückgehen, wo wir gestorben sind, können wir alles, was wir verloren haben, wieder einsammeln.

»Welchen Weg sind wir gegangen?«, frage ich. »Weißt du das noch?«

Doch in der Dunkelheit ist es unmöglich, unsere Beute wiederzufinden. Wir hören das leise Stöhnen eines Zombies. Heute Nacht können wir nirgendwo mehr hin, wir müssen zurück in die Burg, uns in Sicherheit begeben. Unsere Beute ist verloren.

Sam vergräbt das Gesicht in den Händen.

»Unsere ganzen Sachen«, stöhnt er. »Alles weg! Und das Schwert, das ich gemacht habe. Ich habe Kopfabschlager verloren. Das war deine Schuld, Daddy!«

»Das ist doch nicht so schlimm, wir ziehen einfach erneut los und sammeln weiter«, sage ich. Aber mir ist klar, dass ihn das nicht trösten wird.

»Meine ganzen Sachen! Du hast gesagt, dass nichts passiert.«

Ich versuche, den Arm um ihn zu legen, aber er weicht enttäuscht und frustriert zurück. Also drehe ich mich zum

Bildschirm, um unser Spiel zu speichern. Im Grunde ein sinnloses Unterfangen. Der Schaden ist nicht wiedergutzumachen.

Den restlichen Nachmittag verbringen wir schweigend unten. Ich mache ihm Toast und lasse ihn fernsehen. Die Zeichentrickfilme heben seine Stimmung zwar ein wenig, aber ich bin trotzdem ziemlich erleichtert, als ich Jody an der Haustür höre.

»Mummy!«, schreit Sam.

Jody öffnet die Tür und schließt Sam in die Arme. Sie sieht entspannt und schön aus, ihr langes Haar legt sich wie ein schützender Mantel um unseren Sohn. Als sie mich sieht, verdüstert sich ihre Miene sofort.

»Wie geht es meinem Jungen?«, fragt sie.

»Wir haben *Minecraft* gespielt«, sagt Sam. »Wir haben eine Burg gebaut, aber dann wurden wir von Skeletten getötet, und Daddy war schuld.«

Schulterzuckend nehme ich die Schuld auf mich.

»Ich habe schon gesagt, dass es mir leidtut.«

»Und was habt ihr sonst noch gemacht?«, fragt Jody.

»Wir waren im Park und haben so getan, als ob es *Minecraft* wäre«, sagt Sam. »Ich habe dich vermisst.«

Als sie sich aufs Sofa setzt, klammert er sich an sie, er will sie gar nicht mehr loslassen, als möchte er Abstand zu mir bekommen.

»War er ein guter Junge, Daddy?«, fragt Jody.

»Ja, alles lief prima.«

Von dem kleinen Trotzanfall erzähle ich ihr lieber nichts. Sie ist zurück, seine Stimmung ist besser, und ich will sie nicht gleich wieder verderben.

»Und wie geht's dir?«, frage ich. »Wie war die Hochzeit?«

»Sehr schön«, sagt sie. Dann wendet sie sich wieder Sam zu und holt etwas aus ihrer Tasche. »Ich habe dir eine neue DVD mitgebracht, wenn du willst, kannst du sie dir oben in deinem Zimmer anschauen.«

»Cool!«, sagt Sam, und im nächsten Moment ist er weg.

Das hat Jody absichtlich eingefädelt. Irgendetwas ist los. Sie steht auf und geht zum Fenster, die Arme verschränkt. Eine Schutzhaltung.

»Ist was passiert?«, frage ich.

»Alex, die letzten Monate waren so schwierig und anstrengend, ich … Ja, es ist etwas passiert.«

Es wird still, schrecklich still. Ich habe das seltsame Gefühl, dass das alles gar nicht passiert, oder dass es schon vor Jahrhunderten passiert ist und wir gerade vergeblich versuchen, uns daran zu erinnern. Ich fühle mich wie in einer dunklen Höhle, in der ich nach Halt suche.

»Was denn?«, bringe ich heraus.

»Richard war da, ein ehemaliger Kommilitone, und …«

Ich muss laut schlucken, es klingt wie bei einer geschockten Comicfigur.

»Hast du mit ihm geschlafen?«

»Nein! Nein. Wir saßen am selben Tisch. Wir waren auf einer Wellenlänge, haben die ganze Zeit nur geredet. Und als der Abend zu Ende ging, haben wir uns geküsst. Und dann ist jeder zurück in sein Zimmer gegangen. Es tut mir leid. Es ist einfach geschehen.«

»Ist das … Bist du … Was willst du damit sagen?«

»Ich weiß es nicht.« Jetzt weint sie, und das macht es noch schlimmer. Es ist also etwas Ernstes, und anscheinend hat sie sich schon entschieden.

»Alex, wir haben seit so langer Zeit Probleme. Ich kann nicht mehr. Zuerst dachte ich, dass wir bloß mal eine Pause brauchen und dann alles wieder gut werden würde. Aber ehrlich gesagt, fühlt es sich für mich gar nicht wie eine Pause an, sondern eher wie das Ende.«

Sie spricht so leise, dass sie kaum noch zu verstehen ist, dann senkt sie den Kopf.

»Du lässt dich einmal betrunken auf einer Hochzeit küssen, und das war's dann?«, frage ich.

»Es geht doch nicht bloß darum«, sagt sie. »Ich hatte die Möglichkeit, für kurze Zeit Abstand von allem zu gewinnen, auch von dir, und alles mit anderen Augen zu sehen. Jetzt komm, du weißt, wie schwierig alles ist! Als wir uns begegnet sind, waren wir fast noch Kinder. Wir kannten uns kaum, und dann wurden wir plötzlich Eltern.«

»Ich kannte dich sehr wohl«, stoße ich hervor. Es klingt vorwurfsvoller als beabsichtigt.

»Wirklich?«, sagt sie. »Hör zu, es tut mir leid. Es tut mir wirklich leid.«

Ich schaue sie an und sehe plötzlich wieder das Mädchen vor mir, dem ich damals auf der Apfelfarm begegnete, das Gesicht vom goldenen Sonnenlicht umrahmt. Damals hatte sie auch die Arme verschränkt, als sie sich gegen den Zaun lehnte und von ihren Zukunftsplänen erzählte. Was wäre wohl passiert, wenn wir nicht zusammengekommen wären? Wie wären unsere beiden Leben dann verlaufen? Was hätte sie alles erreichen können? Ich fühle mich beraubt, aber auch schuldig. Plötzlich schäme ich mich dafür, was ich in der Vergangenheit zu unserem Leben beigetragen habe. Und was nicht.

»Ich gehe jetzt«, sage ich schließlich. »Was auch immer du mir sagen willst, ich bin noch nicht bereit, es zu hören.«

Danach gehe ich langsam durch die offene Tür nach draußen, wo die Dunkelheit mich willkommen heißt. Der Wind bläst mir kalt ins Gesicht. Ich nehme es schicksalsergeben hin.

Lass mich in Ruhe, Alex. Lass mich endlich in Ruhe.

Kapitel 15

Ich ziehe mich wieder von der Welt zurück. Wie gelähmt liege ich in Dans Gästezimmer, genauso schlaff und nutzlos wie seine verdammte Luftmatratze. Ab und zu kommt Dan rein, um mir Tee, Schokokekse und Bechernudeln zu bringen. Wenn er mir anbietet zu reden, drehe ich mich zur Wand wie ein schmollender Teenager. Emma ist zu einer Freundin namens Posie gezogen, deren Eltern eine riesige viktorianische Villa in Sneyd Park besitzen, dem reichsten Vorort von Bristol. Jody schickt mir ein paar SMS, aber ich lösche alle ungelesen. Stattdessen verbringe ich die Tage mit Schlafen und Grübeln, und ich versuche, möglichst viel zu schlafen, damit ich möglichst wenig grübeln muss. Eigentlich sollte ich traurig sein, aber ich fühle mich vor allem leer. Und ich schaffe es nicht, dieser Leere zu entfliehen; ich probiere es erst gar nicht.

Ich bin zu einem wandelnden Sartre-Essay mutiert.

Am dritten Tag meines selbst auferlegten Exils taucht Emma auf. Sie kommt rein, ohne zu klingeln; Dan hat ihr offensichtlich einen Schlüssel gegeben. Als sie mich in T-Shirt und Jogginghose vor dem Fernseher auf dem Sofa liegen sieht, seufzt sie laut. Bestimmt wirft sie mir gleich eine witzige Beleidigung an den Kopf oder fragt, ob ich mit in den Pub will. Doch nein – sie geht in die Küche und setzt Tee auf.

»In Australien hab ich ein paar Monate Therapie gemacht«, sagt sie. »Das war gut, wir haben viel geredet. Die meiste Zeit natürlich über mich – das ist ja schließlich mein Lieblingsthema, wie du weißt. Zum Schluss wurde es allerdings ein wenig langweilig. Aber geholfen hat es trotzdem. Danach bin ich nach Malaysia in eine Strandkommune gezogen. Solltest du auch mal probieren. Therapie, meine ich. Malaysia wäre nicht so dein Ding.«

»Auch hallo«, sage ich.

»Ich mein es ernst, Alex. Das hilft dir vielleicht. Mit George zum Beispiel.«

»Ich weiß nicht. Das wäre doch ziemlich komisch, nach so vielen Jahren.«

»Therapeuten finden aber nichts komisch, das ist ihr Job. Du musst dich öffnen, Alex. Und wenn du schon mal dabei bist, kannst du auch gleich das Fenster öffnen – hier stinkt's nach traurigen Männern.«

Irgendwann bringt sie mich dazu, nach Therapeuten zu googeln. Wir suchen jemanden aus, der meinen Anforderungen entspricht (etwas weiter weg, kein Hippie), dann hält sie mir das Telefon hin. Ich vereinbare einen Termin mit einer freundlich klingenden Frau aus Bath, die sich dafür entschuldigt, dass sie erst in ein paar Monaten Zeit für mich hat. Kein Problem – das gibt mir zumindest genug Zeit, mich auf mein glanzvolles neues Leben beim Seelenklempner vorzubereiten.

Am fünften Tag schlurfe ich, eingewickelt in die Bettdecke, ins Wohnzimmer und lasse mich aufs Sofa fallen. Zuerst spiele ich mit dem Gedanken, mir eine von Dans bescheuerten Sci-Fi-Serien reinzuziehen, aber dann sehe ich die Xbox 360 unter dem Fernseher. Träge schalte ich sie ein und lade *Minecraft* hoch. Ich will nicht viel machen, vielleicht eins meiner gespeicherten Spiele checken oder meine Spielfigur in den Abgrund springen lassen. Doch dann erscheint auf dem Bildschirm die Nachricht, dass SamCraft04 gerade online ist. Das ist Sams Xbox-Name. Der Anblick schlägt wie ein Blitz in meine düstere Stimmung. Sofort muss ich an letzten Sonntag denken, an das lange Schweigen nach meinem idiotischen Alleingang in unserer gemeinsamen Welt. Ob Sam wohl jemals wieder mit mir spielen will? Ich rufe das *Minecraft*-Hauptmenü auf, um zu schauen, ob irgendwelche Xbox-Freunde vielleicht Welten haben, in denen man mitspielen darf.

Wie sich herausstellt, gibt es nur eine, aber sie ist die einzige, die mich überhaupt interessiert. Sam und Daddys Welt. Und Sam spielt gerade.

Ich klicke die Welt an und warte, als sie geladen wird. Keine Ahnung, was jetzt passiert und ob es überhaupt funktioniert. Der Bildschirm bleibt statisch. Das funktioniert garantiert nicht. Doch dann fängt es an zu flimmern.

Ich lande in der Welt, die ich erst vor ein paar Tagen zusammen mit Sam gebaut habe. Ich stehe in einem Birkenwald, der Waldboden ist mit gelben Blumen übersät. Auf einmal fühle ich mich so lebendig wie schon seit Tagen nicht mehr – als würde ich nach langer Krankheit zum ersten Mal wieder nach draußen in die Sonne gehen. Doch ich weiß nicht, wo die Burg ist oder wie ich Sam finden kann.

Als ich gerade überlege, in welche Richtung ich gehen soll, bekomme ich die Info, dass SamCraft04 mir eine Nachricht gesendet hat. Ich rufe das Menü auf und lese: *Dady, setz kopfhörer auf.* Schnell durchwühle ich die Plastikkisten neben

Dans Fernseher, bis ich unter dem Wirrwarr aus Kabeln und Controllern ein Headset mit Mikrofon finde. Ich verbinde es mit dem Controller und setze es auf.

»Hallo?«, sage ich.

Zuerst höre ich nichts. Dann ein flirrendes Echo, dann wieder nichts. Doch schließlich ertönt schwach, aber deutlich, wie bei einem Ferngespräch, eine vertraute Stimme. Mein Herz macht einen Hüpfer.

»Daddy!«

Dieser helle, wunderschöne Klang schafft es, die graue Mauer tagelangen Schweigens zu durchdringen. Mein Sohn ist meilenweit von mir entfernt, aber plötzlich doch ganz nah, unter demselben Pixelhimmel. Und es klingt sogar, als wäre er froh darüber, mich bei sich zu haben, trotz allem, was passiert ist. Er hat mich in seine Welt gelassen. Ich bin so aufgeregt, dass ich gar nicht weiß, was ich machen soll. Er will noch immer mit mir spielen. Ich bekomme noch eine Chance.

»Sam! Wo bist du?«

»Du musst unsere Karte finden! Unsere Burg ist darauf. Ich baue gerade.«

Ich checke mein Inventar. Da ist die Karte! Sie sieht aus wie eine Mosaik-Darstellung unserer gemeinsamen Welt. Unsere Burg erscheint als großes Viereck in der nordöstlichen Ecke.

Ich haste vorwärts, springe über eine ganze Reihe von Abgründen, bis ich an einen sanft ansteigenden Hang gelange, der auf einer grasbewachsenen Klippe endet. Von hier aus kann ich unsere Burg sehen, die sich majestätisch in der Ebene erhebt. Ich komme mir vor wie ein König, der aus dem Exil in sein Reich zurückkehrt, nur dass keine treuen Untertanen seinen Weg säumen. Dafür hüpft eine Kuh an mir vorbei. Aber irgendwas an der Burg ist jetzt anders. Zwei der Außenmauern, die aus öden grauem Bruchstein bestanden, sind jetzt mit gelblich schimmernden Blöcken bedeckt, die das Sonnenlicht einzufangen scheinen. Als ich näher trete, entdecke ich Sam ganz oben auf der dritten Mauer; er ist gerade dabei, sie systematisch, Stein für Stein, um eine neue Schicht zu ergänzen. Dann sieht er mich und klettert sofort herunter. Ich erreiche unseren Festungswall, den wir zum Schutz vor Wölfen errichtet haben, und renne durch das Tor, Sam entgegen. Schade, dass es keinen Umarmungs-Button gibt. Den sollte man unbedingt einführen.

»Hallo Sam!«, schreie ich überschwänglich. »Wie geht es dir? Was tust du da?«

»Daddy! Ich mache die Farbe vom Tower of London. Wie auf dem Foto. Das ist Sandstein!«

Jetzt erkenne ich es. Doch die hellere Farbe ist nicht die einzige Veränderung. Er hat ein weiteres Stockwerk hinzugefügt und die Fenster so angebracht, dass sie dem tatsächlichen Tower gleichkommen. Dafür muss er Stunden gebraucht haben.

»Das ist ja toll«, sage ich. »Kann ich helfen?«

»Ja! Es ist *unsere* Burg!«

»Sam, es tut mir so leid wegen Sonntag. Es tut mir leid, dass wir unsere Sachen verloren haben. Ich mache es immer falsch.«

»Ist schon okay. Mummy hat gesagt, dass man, wenn man auf Abenteuer geht, auch Sachen verliert, das ist normal. Weißt du, dass es im Tower of London einen Bloody Tower gibt? Das klingt schlimm.«

»Ja, ich weiß. Mummy hat also mit dir gesprochen, als ich weg war?«

»Ja, ich war traurig, aber Mummy hat gesagt, das ist nicht so schlimm. Sie hat gesagt, dass Abenteuer gefährlich sind, deshalb sind es ja auch Abenteuer, keine Spaziergänge.«

Typisch Jody: Sie hat schon immer gewusst, wie sie Sam die Welt so erklären kann, dass er sie versteht. Ich vergesse oft, dass er in vielerlei Hinsicht ein Tourist in unserer Welt ist, ein verwirrter Reisender, der von regionalen Eigenarten oder Gebräuchen keine Ahnung hat. Jody ist seine Übersetzerin. Während ich ins Stocken gerate, zurückweiche oder aufgebe, nimmt Jody ihn an der Hand und führt ihn. Ich krieg's einfach nicht hin. Aber ich muss es endlich hinkriegen.

»Okay, lass uns die Burg fertigbauen!«, rufe ich.

Ich schnappe mir mein Handy und suche auf Google Images nach einem Foto vom Tower. Wir müssen die vier Ecktürme etwas kleiner machen und auch ihre Form ein wenig umgestalten, also fange ich damit an, baue Leitern, um oben auf jede Mauer zu gelangen und mich von dort aus nach unten zu arbeiten. Seit Tagen tue ich endlich mal wieder etwas Sinnvolles. Ich schüttele die Bettdecke ab und setze mich gerade hin, um mich voll konzentrieren zu können. Wieder habe ich das seltsame Gefühl, durch den Bildschirm direkt in diese Welt einzutauchen. Nach allem, was passiert ist, erscheint mir das wie eine Flucht – als würde ich den Wandschrank öffnen und eine Pixelversion von Narnia betreten, nur dass es hier keine religiösen Allegorien und keinen sprechenden Löwen gibt.

Während Sam und ich beim Bauen und Umgestalten sind, unterhalten wir uns. Zuerst reden wir nur über die Aufgabe, die vor uns liegt, über die benötigten Materialien und Werkzeuge, und darüber, dass wir uns gegenseitig warnen müssen, unbedingt hereinzugehen, sobald es dunkel wird. Doch irgendwann fangen wir an, auch über andere Dinge zu sprechen.

»Daddy, baust du Häuser auf der Arbeit?«

»Nicht direkt. Ich habe in einem Laden gearbeitet, wo wir Leuten Häuser verkauft haben. Aber das mache ich jetzt nicht mehr.«

»Wenn ich groß bin, will ich Häuser bauen.«

»Du willst Architekt werden? So nennt man das.«

»Ja, ich will Artitekt werden. Dann baue ich so eine Burg.«

»Na, dann viel Glück mit der Baugenehmigung!«

Das soll ein Witz sein, aber ich habe dabei einen dicken Kloß im Hals. Denn dieser Gesprächsmoment, so flüchtig und banal er erscheinen mag, ist vermutlich die tiefsinnigste Unterhaltung, die wir jemals hatten. *Sam weiß, was ich beruflich gemacht habe.* Das ist wie eine Offenbarung für mich. Ich war immer davon ausgegangen, dass er Dinge, die über seine eigenen Erfahrungen hinausgehen, entweder nicht versteht oder nicht wissen will. Und wir haben auch noch niemals zuvor über seine Zukunft, Hoffnungen oder Pläne gesprochen.

Sam hat Pläne!

Wir arbeiten weiter, tauschen die Steine aus und tricksen, damit die Türme glatt aussehen. Sam zeigt mir, wie man einen Ofen baut, mit dem wir Sand in Glas verwandeln können, um richtige Fenster herzustellen. Als wir fertig sind, treten wir etwas zurück und bewundern unser Werk.

»Ich glaube, wir sind jetzt bereit«, sage ich. »Ich glaube, es ist Zeit, dass wir unsere Schwerter und Fackeln nehmen und uns auf die Schatzsuche begeben. Wir müssen die Kronjuwelen finden und in die Burg zurückbringen. Wer steht mir bei?«

»Hä?«, sagt Sam.

»Hilfst du mir bei der sagenhaften Suche nach Diamanten, Gold und Smaragden?«

»Ja«, sagt Sam.

»Wir sind tapfere Abenteurer, und nichts kann uns aufhalten!«

»Ja! Nichts!« Dann höre ich gedämpfte Stimmen. »Mummy sagt, ich soll Gute Nacht sagen.«

»Verstehe. Nichts kann uns aufhalten, außer Schlafenszeit. Gute Nacht, Sam.«

»Können wir bald nach London fahren? Ich möchte so gern dahin.«

»Bestimmt. Das machen wir. Dann schauen wir uns den Tower und viele andere coole Bauten an. Vielleicht kann ich dir dort auch noch etwas anderes zeigen. Etwas, das mir und deiner Tante Emma sehr wichtig ist.«

»Sagenhaft!«, sagt Sam.

Dann höre ich nichts mehr, und die Welt verschließt sich wieder. Ich sitze noch lange da, starre auf die Menüleiste und denke nach. Mein Gehirn scheint wieder auf Touren zu kommen. Plötzlich muss ich an *The King's Speech* denken, diesen Kinofilm über Georg VI., der sein Stottern dadurch überwand, dass er beim Sprechen Musik hörte. Vielleicht lenkt dieses seltsame Blockspiel Sam auf ganz ähnliche Weise ab. Vielleicht ist *Minecraft* ja seine Musik.

Vielleicht kriege ich es ja damit hin.

Später schickt mir Jody erneut eine SMS. Diesmal lese ich sie. Jody erinnert mich geschäftsmäßig daran, dass wir am Montag den Termin bei der Autismus-Schule haben. Doch wir wissen beide, wie gering die Chance ist, dass Sam dort einen Platz erhält. Sein Autismus gilt als schwach ausgeprägt, obwohl er in der Schule Jahre zurückliegt und einen sehr begrenzten Wortschatz hat. Letztes Jahr gingen wir zu einer örtlichen Autismus-Gruppe. Der Berater vom Bildungsamt sagte uns, dass es viele Kinder mit weitaus komplexeren Bedürfnissen gäbe und es daher sehr unwahrscheinlich wäre, dass wir für Sam einen Platz an einer speziellen Schule bekommen. Aber wir müssen es wenigstens versuchen. Als Eltern haben wir schon sehr früh gelernt, dass das Gesundheits- und Bildungssystem wie ein großes kompliziertes Spiel funktioniert: Wenn unser Kind spezielle Hilfe benötigt, müssen wir die Regeln lernen und sie zu unserem Vorteil nutzen. Wir müssen um alles kämpfen, um jede Untersuchung, jeden Test, jeden Spezialisten; wir müssen die richtigen Begriffe kennen, sämtliche Formulare, Erklärungen und Verfahren ausfindig machen, die wir brauchen, und wenn es Dinge gibt, die nicht durch das öffentliche System abgesichert sind, müssen wir sie notfalls selbst bezahlen, sofern wir uns das leisten können. Wenn wir etwas erreichen wollen, müssen wir selbst aktiv werden; warten bringt gar nichts.

Dan trudelt gegen elf ein. Er hilft gerade mal wieder einer hippen jungen Kreativagentur. Diesmal soll er eine »Offline-Marketingkampagne« (anders ausgedrückt: Broschüren) für einen neuen biologischen Brathähnchen-Imbiss namens Birdhouse gestalten. Bio-Brathähnchen liegen nämlich gerade voll im Trend. So etwas gibt's wohl nur in Bristol.

»Du bist ja aufgestanden«, sagt er beim Reinkommen. Er sieht ungewöhnlich erschöpft aus.

»Ja, ich habe *Minecraft* gespielt. Mit Sam. Online.«

»Willkommen im einundzwanzigsten Jahrhundert. Und wie geht's dir?«

»Geht so. Besser. Keine Ahnung. Meine Ehe ist am Ende.«

»Quatsch. Jody braucht einfach nur ein bisschen Zeit, das ist alles.«

»Zeit für ein Date mit Richard, meinst du?«

Dan hat offenbar keine Ahnung, wovon ich rede. Er tut so, als würde er kurz über den desolaten Zustand meiner Beziehung nachdenken, dann zieht er sein MacBook Pro aus der Tasche und stellt es auf den Beistelltisch. Auf dem Display erscheint das halbfertige Photoshop-Design einer grellen Werbung mit dem Spruch: »Birdhouse: for your soul« – eine Anspielung auf den Song von They Might Be Giants, die allerdings an 85 Prozent der Zielgruppe glatt vorbeigehen dürfte. Noch schlimmer ist jedoch, dass das Menü im Sonderangebot, zweifach gebratener Chicken Burger mit Süßkartoffelfritten und großer Cola, Chick Beater heißt.

»Dan, soll das Menü wirklich Chick Beater heißen?«

»Ja, das haben sie mir gesagt.«

»Dann musst du ihnen erklären, dass das nicht geht.«

»Wieso?«

»Meine Güte, weil das ein Wortspiel über Gewalt gegen Frauen ist! Wie kann man überhaupt auf so eine Idee kommen und sie auch noch gut finden? Kannst du dir vorstellen, was dann auf Twitter los ist? Dann können die ihre Hähnchenbude sofort wieder dichtmachen!«

»Ach, wirklich?«

Dan findet mein kritisches Feedback anscheinend nicht so klasse.

»Sag mal, wolltest du dich nicht weiter in deiner Depression suhlen?«

»Ja, aber dann habe ich *Minecraft* gespielt, und jetzt bin ich hellwach und kreativ frustriert.«

»Dann lass das gefälligst nicht an mir aus, klar?«

Er lässt das Notebook zuschnappen und rauscht in sein Zimmer. Ich wende mich wieder dem Spiel zu und lade mir eine neue Welt hoch. Eine hügelige Graslandschaft erscheint auf dem Bildschirm, die in der Ferne in einen schneebedeckten Wald übergeht. Unberührtes Gebiet im wahrsten Sinne des Wortes. Neuland. Wenn doch jeder Neuanfang im Leben so einfach wäre.

Das Handy klingelt und reißt mich aus meinen Grübeleien. Matt ist dran.

»Hey, Alex, wie geht's dir?«

»Frag nicht.«

»Tut mir leid. Aber hör mal, ich hab was, das dich vielleicht aufheitern könnte. Zwei Karten für das Spiel Saints gegen Chelsea. Hast du Lust, morgen mitzukommen? Wenn du willst, kannst du Dan mitbringen.«

»Moment mal. Meine Ehe zerbricht gerade, und du lädst mich zu einem Fußballspiel ein?«

»Jetzt komm schon, Mann.«

Eigentlich habe ich gerade nicht die geringste Lust, zusammen mit dreißigtausend schreienden Fußballfans in einem Stadium zu sitzen. Andererseits habe ich Matt schon lange nicht mehr gesehen, und vielleicht wäre es ja ganz unterhaltsam, ihn mal in seinem natürlichen Umfeld zu treffen. Zumindest würde es mich für eine Weile ablenken.

»Na gut«, sage ich. »Aber Dan hat bestimmt keine Lust. Fußball ist nicht sein Ding.«

In diesem Moment stolziert Dan durchs Wohnzimmer Richtung Küche.

»Dan, willst du morgen mit zum Fußball kommen?«

»Zum Fußball?«, fragt er.

»Ich glaube, das war ein Nein«, sage ich zu Matt.

»Nein, warte, vielleicht inspiriert mich das ja, wenn ich mal ganz woanders bin. Ich komme mit.«

Fünfzehn Stunden später sitzen wir drei auf der Haupttribüne vom FC Southampton in einem Meer aus rot-weißgestreiften T-Shirts. Zusammen mit zigtausend anderen Männern schmettert Matt voller Stolz »When The Saints Go Marching In«. Es ist ein kalter, aber strahlender Nachmittag, die Sonne taucht einen Teil des Spielfelds in ein goldenes Licht. Dan blättert durch das Programm und meckert über das Design und das Layout, während ich über meine zerrüttete Ehe nachdenke, die mir der FC Southampton mit seiner unvermeidlichen Niederlage gegen Chelsea gleich live symbolisieren wird. Als der Gesang aufhört, fängt Matt an, sich mit anderen Fans zu unterhalten. Jetzt lassen sie die Art von bierernsten Sportanalysen vom Stapel, die bestimmt gerade in ganz England, wenn nicht sogar weltweit in den Büros und an den Fließbändern stattfinden: »Spieler X ist momentan in der Form seines Lebens, ein wirklich würdiger Nachfolger für Spielerlegende A«, »Das Duell von Spieler Y gegen Spieler Z könnte ziemlich interessant werden«, »Es war ein Riesenfehler, Mourinho zu feuern«, »Gut, dass der Wichser weg ist«, »Den Premier-League-Titel kann man sich nicht kaufen« … Das ist, als säße man im *Match of the Day*-Studio mit fünftausend Alan Shearer-Imitatoren fest.

Der Anpfiff ertönt, die Menge jubelt und in der nächsten Viertelstunde wird der Ball ziellos hin und her gekickt, während die Mannschaften sich gegenseitig abchecken. Matt sitzt nach vorn gebeugt, das Kinn auf die Hand gestützt wie *Der Denker* von Rodin, nur dass er eine gestreifte

Strickmütze trägt. Dan gibt einen Stoßseufzer von sich, dann fischt er sein MacBook Pro aus der Tasche und klappt es auf. Matt schaut ihn entsetzt an.

»Dan! Du kannst doch bei einem Match nicht deinen verdammten Laptop rausholen!«

»Was? Wieso nicht?«

»Weil wir hier im St. Mary's Stadium sind, nicht bei Starbucks! Und wenn wir ein Tor schießen, fliegt er ohnehin sofort durch die Luft.«

»Also, ich bin ja kein Fußballexperte, aber glaubst du im Ernst, dass Southampton ein Tor schießt?«

In diesem Moment köpft ein Chelsea-Verteidiger nach einer Ecke ins Tor. Die kleine Fangruppe der gegnerischen Mannschaft kriegt sich vor Begeisterung gar nicht mehr ein, während um uns herum beklommenes Schweigen herrscht. Dan klappt wortlos seinen Laptop zu, steckt ihn zurück in die Tasche und wirft mir einen resignierten Blick zu.

Nach der ersten Halbzeit lassen wir uns pflichtschuldig vom Pulk zur Bar treiben, umgeben von kopfschüttelnden Southampton-Fans, die sich grummelnd über die Halbglatzen streichen. Dan und ich trinken dünnes Lager aus Plastikbechern, während Matt in der Warteschlange am Burger-Stand steht und die schwache Abwehr der Mannschaft mit einem hünenhaften Skinhead analysiert. »Schon schade, dass es hier keinen Starbucks gibt«, sagt Dan.

Die zweite Halbzeit ist stinklangweilig, beide Seiten wagen sich kaum ins gegnerische Feld. Sogar Matt wirkt abgelenkt, checkt immer wieder sein Handy und murmelt vor sich hin. In den letzten zehn Minuten drehen die Heimspieler aber plötzlich auf.

Ein geschickt ausgeführter Freistoß führt zum Ausgleichstor und lässt die Menge begeistert applaudieren. Matt springt jubelnd auf, dann setzt er sich wieder und lehnt sich zu Dan herüber. »Von wegen kein Tor!«, stichelt er. In der zweiten Minute der Nachspielzeit startet Chelsea einen Angriff, doch der Ball prallt an der Latte ab; drei Southampton-Spieler jagen ihm nach und brechen aus dem Mittelfeld aus. In unserem Block sind die Nerven jetzt zum Zerreißen gespannt. Matt hockt gebannt auf seinem Sitz, selbst Dan fiebert jetzt mit. Ein gegnerischer Verteidiger wird mit einem Doppelpass ausgetrickst, der Stürmer hat freie Bahn – und rammt den Ball ins Netz! Tor! Die Menge tobt, Matt springt brüllend auf und stößt triumphierend die Faust in die Luft.

»Meine Fresse, Matt hat 'nen Orgasmus!«, schreit Dan.

Matt umarmt jetzt alle: uns, die Leute neben uns, die Sicherheitsleute, und das Umarmen geht auch nach dem Schlusspfiff noch weiter. Ich schaue mich um und genieße die Stimmung: überall begeisterte Gesichter, weil ein erwachsener Mann es geschafft hat, einen Ball zwischen zwei Metallpfosten zu kicken. Dann sehe ich ein paar Reihen unter uns einen Mann Arm in Arm mit seinem Sohn, beide in identischen T-Shirts; sie schlagen die Fäuste gegeneinander und unterhalten sich aufgeregt. Was auch immer dieses Match für den Club, die Premier-League-Tabelle und die Fußballwelt ganz allgemein bedeuten mag, für diese beiden ist es jedenfalls eine kostbare Erinnerung, die sie ihr Leben lang verbinden wird. Gleich werden sie nach Hause gehen und den Rest ihrer Familie mit ihrer Begeisterung langweilen, und wenn der Junge schlafen geht, wird sein Vater an seinem Bett sitzen, um noch einmal zusammen mit ihm darin zu schwelgen. Mitten in diesem Siegestaumel, so vergänglich er auch ist, gibt es überall in unserem Block gerade ähnliche Momente. Und ich muss an das denken, was ich seit George nicht mehr besitze und vielleicht auch nie wieder besitzen werde: diese unbeschwerte, selbstverständliche Gewissheit, einander zu haben und Sachen zusammen erleben zu können, ohne Komplikationen. Zwischen Sam und mir hat es von Anfang an Probleme gegeben, und es werden immer mehr.

»Komm, Alter«, sagt Dan und gibt mir einen Klaps auf die Schulter. »Lass uns zurück nach Bristol fahren, hier ist zu viel Testosteron, mir reicht's langsam.«

Kapitel 16

Als ich am Montagmorgen vor unserem Haus halte, wartet Jody schon im Wollmantel und Schal. Sam steht im Schulanorak neben ihr, Strickmütze auf dem Kopf, er wirkt bedrückt. Alle sind schlecht drauf, alle wären lieber nicht in dieser Situation. Es ist ein kalter Oktobermorgen, aber die Stimmung zwischen uns lässt ihn noch frostiger erscheinen.

»Ich will mir die Schule nicht ansehen«, sagt Sam, als er auf den Rücksitz steigt und sich anschnallt. »Ich will nicht, ich will nicht.«

»Lass es uns hinter uns bringen«, sagt Jody und knallt die Autotür zu.

»Ist das jetzt etwa deine Antwort auf alles?«, murmele ich. Sie schüttelt den Kopf.

Die Avon-Schule, eine spezielle Einrichtung für autistische Kinder, liegt am Rande eines Vororts im Grünen, umgeben von kleinen Feldern. Das Gebäude sieht sehr modern, fast schon futuristisch aus, mit großen Glaspaneelen an der Eingangsfassade. Eine atriumartige Empfangshalle führt zu einem breiten weißen Flur, der bis zum hinteren Ende des Gebäudes reicht. Diesmal steigt Sam von allein aus dem Auto, vielleicht weil ihn der Anblick der Schule fasziniert, aber als wir auf den Anmeldebereich zugehen, greift er nach Jodys Hand und sagt immer wieder: »Fester, Mummy, halt meine Hand fester.« Ein klares Zeichen, dass er Angst hat. Wenn ich mit ihm in der Stadt bin und der Verkehr sehr laut ist, tut mir immer die Hand weh, weil ich ihm seine noch fester drücken soll. Die Dame bei der Anmeldung hat uns schon gesehen. Sie sieht eher wie eine Bankkauffrau aus; kaum zu glauben, dass das hier eine Schule sein soll.

»Mr und Mrs Rowe? Dann bist du Sam, oder? Setzen Sie sich doch bitte. Unser stellvertretender Direktor ist gleich bei Ihnen.«

Wir haben kaum Zeit, die ungewöhnlich stille Umgebung auf uns einwirken zu lassen, da kommt auch schon ein großer Mann um die fünfzig mit grau gesträhntem Haar und blauem Anzug aus einem Büro neben dem Anmeldebereich und geht auf uns zu.

»Ich bin Tristan Foster, stellvertretender Direktor«, sagt er und schüttelt erst mir, dann Jody die Hand. Danach geht er vor Sam in die Hocke.

»Hallo Sam«, sagt er. »Kommen Sie, wir machen einen Rundgang.« Er richtet sich wieder auf.

Als wir ihm durch eine Doppeltür auf den Hauptflur folgen, erzählt er uns, dass der Bau der Schule teils durch Regierungsgelder und teils durch Spenden finanziert wurde. Die Innenarchitektur wurde sorgfältig geplant; es gibt keine beengten Räume oder schmalen Flure. Die Wände sind kahl, weil die vielen bunten Bilder, die die Mauern üblicher Schulen schmücken, für viele Schüler eine Überflutung mit visuellen Signalen bedeuten würden. Die Klassen sind klein, alle Lehrer und Unterrichtsbegleiter sind speziell ausgebildet. Die Atmosphäre ist ruhig und locker, das genaue Gegenteil von dem, was gerade zwischen Jody und mir abläuft. Ob der stellvertretende Direktor die Spannungen zwischen uns bemerkt?

Sam läuft zwischen uns und hält sich abwechselnd an Jodys Hand oder an ihrem Mantel fest. Ich versuche, ihn zu ermutigen, sage »Schau mal Sam, hier wird mit iPads gespielt« oder »Schau mal, hier gibt es einen großen Fernseher«, aber er starrt mich nur betrübt an oder sieht weg.

Auf dem Rundgang erklärt Tristan, dass die Kinder an dieser Schule unterschiedlich stark ausprägte Autismus-Störungen haben und dass einige von ihnen eine sehr intensive Begleitung benötigen. In einer Klasse sehen wir einen Jungen an einem Schreibtisch, der beim Lesen immer wieder die Hände gegen den Kopf schlägt und leise stöhnt. Sam schaut weg, will weiter. Doch wir kommen auch an einem kleinen AV-Schnittraum vorbei, wo ein paar ältere Schüler gerade einen Podcast erstellen. Als Tristan sie fragt, woran sie gerade arbeiten, antworten sie ihm höflich, sie wirken fröhlich und selbstsicher. Anschließend gibt Tristan uns noch einige Tipps zum Antragsverfahren und zum Prozedere des örtlichen Schulamts. Wir versuchen, uns alles zu merken, aber es ist sehr viel. Als unser Rundgang sich dem Ende nähert, sagt er:

»Wir verfolgen das Ziel, allen Schülern ausreichende Fähigkeiten zu vermitteln, damit sie ein unabhängiges Leben führen können.«

Der nüchterne Realitätsbezug dieser Aussage lässt mich schlucken. Bisher haben Jody und ich kaum über Sams Zukunft gesprochen. Und jetzt werden wir unvermittelt damit konfrontiert. Ist ein bisschen Unabhängigkeit denn das höchste Ziel, das Sam erreichen kann? Ehrlich gesagt, können wir uns noch nicht einmal das vorstellen. Ich versuche, mir Sam an einem Arbeitsplatz vorzustellen, wie er Anweisungen befolgt, wie er sich anpasst, wie er das Leben und die

Beziehungen erwachsener Menschen in ihrer ganzen Vielschichtigkeit begreift. Aber ich kann es mir nicht vorstellen. Ich kann es einfach nicht. Der Gedanke, dass Sam irgendwann allein leben, für sich selbst sorgen und vielleicht sogar eine Freundin haben könnte, erscheint mir im Moment absolut unvorstellbar.

Tristan gibt Jody und mir zum Abschied die Hand. Dann kniet er sich noch einmal vor Sam hin.

»Ich glaube, es würde dir hier gefallen«, sagt er.

Als wir wieder draußen sind, ist Sam weiterhin still und apathisch. Die Automatiktür geht hinter uns zu. Mit kummervollen Mienen stehen wir nun auf der blitzblanken Betonauffahrt.

»Was denkst du?«, frage ich Sam.

»Da waren ein paar gruselige Jungen. Das mag ich nicht.«

»Da waren aber auch Computer. Und es war schön und ruhig dort«, sagt Jody.

Sam schaut sich mit angespannter Miene um, als würde er verzweifelt nach einem Weg suchen, etwas Wichtiges mitzuteilen, das aber zu komplex für ihn ist, um es in Worte zu fassen.

»Aber … ich will Artitekt werden«, sagt er schließlich. Dann geht er langsam zum Auto.

Ich blicke Jody an.

»Und?«, frage ich sie.

»Sieht ziemlich beeindruckend aus«, sagt sie.

»Ja. Aber Sam hat gemerkt, dass diese Schule anders ist. Er weiß es jetzt, oder? Wenn er hierhin wechselt, muss das für ihn heißen, dass er auch anders ist.«

Wir sind beide zu sehr in unsere eigenen Gedanken und Probleme vertieft, um das Thema fortzuführen. Stattdessen folgen wir unserem Sohn bibbernd zum Auto, während der Herbstwind an uns zerrt.

Abends treffen Sam und ich uns in *Minecraft*. Wir haben Steinschwerter und Fackeln hergestellt und genug Eisen gefunden, um Rüstungen zum Schutz zu schmieden. Jetzt entfernen wir uns weiter von der Burg, um Nahrungsmittel zu sammeln, felsige Hänge hochzuklettern und Höhlen zu erforschen. Wir finden Steinkohle, die wir voller Enthusiasmus abbauen. Manchmal wagen wir uns noch tiefer in die Höhlen hinein in der Hoffnung, irgendwo funkelndes Gold zu finden. Doch an einem bestimmten Punkt macht Sam immer einen Rückzieher, tiefer will er nicht gehen.

»Da sind Spinnen und Skelette. Das mag ich nicht«, sagt er.

Östlich der Burg gibt es eine riesige Höhle, die wie das klaffende Maul einer gewaltigen Klippe aussieht. Dort ist bestimmt eine verlassene Mine – und das bedeutet, dass wir in ihr Schätze finden können. Aber Sam will auf keinen Fall dahin. Denn wo Minen sind, existieren auch Monster.

Es frustriert mich zwar, aber ich dränge ihn nicht. In der Welt draußen habe ich ständig das Gefühl, Sam in Richtung Normalität drängen zu müssen. Aber hier ist das egal. Hier spüre ich nicht so viel Druck. Hier hat Sam die Freiheit, Angst zu haben. Wir können uns Zeit lassen.

Also gehen wir stattdessen nach Norden, auf ein Wüstengebiet zu, das sich wie ein endloser gelber Teppich ausbreitet. Hier sind wir bislang nie gewesen, weil alles so flach und öde aussah, aber man kann ja nie wissen. Wir schaffen Steine herbei, um eine Hütte zu bauen, falls wir eine brauchen. Außerdem haben wir Brot und Schweinefleisch für die Energiezufuhr dabei. Wir haben gelernt, uns gut vorzubereiten.

Lange Zeit laufen wir einfach nur auf Sand und an zerklüfteten Felsen mit kleinen Kakteen vorbei, die wie grüne Kisten mit Stacheln aussehen. Ich will Sam gerade vorschlagen, wieder umzukehren, weil hier nichts ist, da entdecken wir am Horizont eine Reihe rechteckiger Formen. So etwas haben wir zuvor noch nie gesehen. Sie schauen nicht wie Hügel oder Felsen aus, eher wie Gebäude.

»Ein Dorf!«, ruft Sam.

Von Dörfern habe ich gelesen. In jeder *Minecraft*-Landschaft gibt es welche, und sie werden von seltsamen Kreaturen bewohnt. Beim Näherkommen entdecken wir eine ganze Ansammlung von Häusern, die an Lego Duplo erinnern. Dazwischen schlurfen bizarre Bewohner mit Quadratschädeln und hervorstehenden Nasen in langen braunen Umhängen wie Mönche eines Schweigeordens umher. Sam mischt sich unter die Dorfbewohner.

»In meinem Buch habe ich gelesen, dass sie mit uns Handel treiben, wenn wir Smaragde haben«, sagt er. »O, jetzt fällt es mir wieder ein: Der Schmied hat manchmal Gold!«

Eilig suchen wir nach der Schmiede, einem schlichten Gebäude mit Lavabecken davor. Als Sam und ich hereinstürmen, entdecken wir in einer Ecke eine Truhe.

»Öffne du sie«, sage ich und trete zurück.

Sam geht zu der Truhe, reißt sie auf und schaut hinein.

»Da ist gar kein Gold«, sagt er. Ich bin richtig enttäuscht. »Warte«, sagt er dann. »Da ist ein Diamant! Ein Diamant, Daddy!«

»Nimm ihn dir!«, rufe ich. Doch dann dämmert mir, dass ich ihn gerade dazu ermutigt habe, etwas zu stehlen.

»Normalerweise dürfen wir natürlich keine Sachen mitnehmen, die uns nicht gehören«, sage ich streng. »Aber das hier ist ja ein Abenteuer, und da darf man manchmal gegen die Vorschriften verstoßen. Aber nur ein bisschen.«

»Sollen wir den Sattel da drin lassen?«

»Nein, nimm ihn mit. Und die Eisenbarren auch. Den Apfel kannst du dalassen. Nein, warte, vielleicht brauchen wir ihn noch. Nimm alles mit, wir hinterlassen eine Nachricht und entschuldigen uns.«

Wir finden noch ein paar weitere Truhen mit Brot, Eisenbarren und Rüstungsteilen. Außerdem entdecken wir eine Bibliothek. Wir stehlen alle Bücher von den Regalen. Dann gehen wir in ein weiteres Gebäude, das aus einem großen Raum mit kleinen Tischen besteht. Wir stellen gleichzeitig fest, dass es wie ein Klassenzimmer aussieht.

»Sam, setz dich irgendwo hin, dann bin ich der Lehrer«, sage ich.

Sam stellt sich neben einen der Holztische.

»Hier sitze ich in der Schule«, sagt er. »Am Fenster. Aber Ben ist nicht da.«

»Ist das der Junge, der neben dir sitzt?«

»Ja.«

»Ist er dein Freund?«

»Nein.«

»Warum nicht?«

An dieser Stelle schweigt Sam normalerweise, oder er weicht der Frage aus, oder er rennt weg. Diesmal schweigt er lange. Dann sagt er:

»Er tritt mich immer unterm Tisch. Er will mich immer zum Weinen bringen. Aber niemand sieht das.«

»Hast du dem Lehrer davon erzählt?«

»Nein.«

»Warum nicht, Sam?«

»Mir hört nie jemand zu. Ich will weg, aber ich kann nicht.«

Dann schweigt er wieder.

Er wird also doch schikaniert, regelmäßig, aber so subtil, dass es niemand erfährt. War die Schule für ihn etwa von Anfang an so? Bei diesem Gedanken könnte ich kotzen. Jody und ich haben oft überlegt, eine versteckte Kamera in der Schule zu installieren, um zu sehen, wie es dort für ihn ist, wie er zurechtkommt und ob die anderen Kinder nett zu ihm sind. Aber insgeheim sind wir froh, es nicht getan zu haben.

Sam und ich übernachten in einem der anderen Dorfhäuser. Am nächsten Morgen klauen wir uns Karotten vom Feld und laufen zur Burg zurück. In der Eingangshalle graben wir eine geheime Kammer unter dem Eichenholzboden. Eine Schatzkammer. Dann fertigen wir eine Truhe an, und Sam legt den Diamanten hinein. Anschließend klettern wir aus der Kammer, decken die Öffnung zu und markieren sie mit einem Birkenholzbrett.

»Jetzt ist der Diamant sicher«, sagt Sam. »Die Monster können ihn nicht finden.«

»Und der Schmied auch nicht«, sage ich. »Hör mal, wir waren ganz schön tapfer, den weiten Weg bis zum Dorf zu laufen. Ich glaube, wenn wir Schwerter und Rüstungen mitnehmen, sind wir jetzt bereit dafür, ganz tief in eine Höhle zu gehen.«

»Ja«, sagt Sam. »Okay. Ich glaube, ich bin bereit.«

»Du bist ein tapferer Junge«, sage ich. »Manche Leute glauben das vielleicht nicht, aber du bist wirklich tapfer.«

Es klingelt an der Tür. Auf dem Display sehe ich, dass Clare draußen am Haupteingang wartet; sie trägt eine Schafslederjacke und kaut nervös an den Fingernägeln. Ich kann mich nicht erinnern, sie je gesehen zu haben, ohne dass Matt oder Jody dabei waren. Ist sie wegen Jody und mir hier? Oder etwa wegen Jody und Richard? Hat sie vielleicht noch mehr Horrornachrichten von Gemmas Hochzeit?

»Sam, ich muss leider aufhören. Tut mir leid, aber wir müssen an einem anderen Tag weiterspielen.«

»Oh«, sagt er enttäuscht. Wie kann ich es ihm nur leichter machen? Ich überlege fieberhaft.

»Hör mal, willst du nicht einen Stall für die Burg bauen? Wir haben ja jetzt einen Sattel. Dann können wir bald ein Pferd zähmen.«

»Okay. Ich baue ihn neben die Mauer.«

»Klasse. Das ist toll. Tschüss, Sam.« Ich schalte die Konsole aus, gehe wieder in den Flur und drücke auf die Gegensprechanlage.

»Hallo Alex«, sagt Clare. »Bitte entschuldige, dass ich dich störe. Hast du kurz Zeit?«

»Klar. Komm hoch.«

Als sie da ist, fangen wir mit verlegenem Small Talk an. Ich erzähle ihr von der Schule, die wir Sam gezeigt haben, und von meiner Jobsuche. Sie berichtet von den Zwillingen. Als ich nach Matt frage, stockt das Gespräch auf einmal.

»Deshalb bin ich hier«, sagt sie dann.

Fast instinktiv gehe ich zur Küche. Das ist eine typisch britische Reaktion: Jetzt wird es ernst, also schnell Teewasser aufsetzen. Clare sitzt im Sessel, sie hat noch ihren Mantel an. Sie fummelt mit ihrem Handy herum. Damit, dass es um Matt gehen könnte, habe ich überhaupt nicht gerechnet. Wieso Matt? Was sollte mit diesem intelligenten Homer-Simpson-Klon, dessen Leben nur aus Arbeit, Schlafen, seinen Kindern und Sport besteht, schon los sein? Ist er vielleicht krank? Ich frage Clare erst gar nicht, ob sie Tee will, ich mache ihr einfach einen. Sie nimmt ihn dankbar an.

»Also, was ist los?«, frage ich.

»Hast du in den letzten Wochen mit Matt gesprochen?«

»Nicht viel, wir haben uns ab und zu eine SMS geschickt. Und wir waren zusammen bei einem Fußballspiel.«

»Hat er irgendwas zu dir gesagt? Ich weiß, er ist dein Freund, Alex, aber ich muss es wissen.«

»Nein. Was soll er mir denn gesagt haben? Clare, was ist denn los?«

Sie sieht mich kurz abschätzend an, dann schaut sie wieder auf ihre Tasse. Ich nehme einen Schluck Tee aus meiner.

»Ich glaube, er hat eine Affäre.«

Ich pruste den Tee vor Schreck wieder aus.

»Was??? Matt??? Wie kommst du denn auf so was, Clare?«

»Er war letzten Monat drei Tage in London auf einer Software-Konferenz, in einem Hotel mit ein paar Kollegen. Er ist jedes Jahr dort, das ist normal. Aber seit er diesmal zurück ist, verhält er sich sehr merkwürdig. Er sagt kaum noch was und ist auch ziemlich barsch zu den Kindern. Und als er letztens abends Fußball schaute, ist er auf einmal ausgeflippt und hat die Fernbedienung durchs Zimmer geschleudert. Und dann hat er den Fernseher ausgeschaltet. Alex, du kennst ihn doch, er würde nie einfach so eine Fußballsendung ausmachen.«

»Scheiße.«

»Sag ich doch! Hat er wirklich nichts zu dir gesagt?«

»Nein. Wirklich nicht, Clare. Ich hab ihm ein paar SMS

geschickt, wegen Sam und wegen Jody. Aber er hat nichts gesagt.«

»Ich werde noch verrückt, Alex! Ich habe heimlich sein Handy genommen, aber in seinem Speicher sind so gut wie keine SMS. Ich habe es aber piepsen hören. Ich glaube, er hat sie alle gelöscht.«

»Clare, das solltest du nicht …«

»Ich weiß, aber was soll ich denn sonst machen? So etwas ist vorher noch nie passiert, und nach der Sache mit Jody und …«

Als ihr bewusst wird, was sie da gerade gesagt hat, läuft sie rot an.

»Jody und Richard?«

»Ja. Tut mir leid.«

»Was weißt du eigentlich darüber?«

»Nur, dass sie ihm auf der Hochzeit wiederbegegnet ist, sie haben was getrunken, eins führte zum anderen … Sie hat Schuldgefühle. Aber viel mehr ist nicht passiert.«

»Und jetzt machst du dir Sorgen. Denn wenn so etwas *so leicht* passieren kann, dann …«

»Tut mir leid.«

Wir trinken eine Weile schweigend unseren Tee, jeder in sein eigenes Beziehungsdrama vertieft. Von draußen dringt schwach der Verkehrslärm von weit unten hoch; in einer anderen Wohnung läuft ein Fleetwood-Mac-Song. Was Matt wohl angestellt hat? Wenn überhaupt? Was mich aber viel mehr interessiert, ist, was Clare von Jody erfahren hat. Sie wirft mir einen kurzen Blick zu, als könnte sie meine Gedanken lesen.

»Hör mal, ich glaube nicht, dass es was Ernstes ist«, sagt sie schließlich. »Jody ist einfach fertig. Sie hat sich rund um die Uhr um Sam gekümmert, und du warst nicht für sie da. Tut mir leid, aber so ist es nun mal.«

»Ich weiß. Ich weiß.«

»Alex, ich bitte dich wirklich nur ungern darum, aber kannst du mit Matt reden?«

»Natürlich. Aber hör mal, Clare, du bist in einer ganz anderen Situation als ich. Ich kann mir beim besten Willen nicht vorstellen, dass Matt dir so was antun würde! In seinem Leben gibt es nur drei Dinge: die Kinder, dich und den FC Southampton. Und diese drei Dinge würde er niemals aufgeben. Verstehst du?«

»Ja. Gut, ich geh dann besser. Ich muss Tabitha von ihrem Breakdance-Kurs abholen. Und ihre blöde Kostüm-Geburtstagsparty müssen wir auch noch organisieren. Kommt Sam eigentlich?«

Stimmt, Jody hatte erwähnt, dass Sam eingeladen ist. Horden von Kindern, die schreiend in bescheuerten Verkleidungen herumrennen … Willkommen in der Super-GAU-Zone. Überlebende: nur einer, Sam.

»Wir schauen mal«, sage ich.

Clare steht auf, checkt kurz ihr Gesicht in einem Taschenspiegel. Danach begleite ich sie in den Flur.

»Mach dir wegen Matt keine Sorgen«, sage ich. »Ich find raus, was los ist.«

Sie nickt und betritt den Aufzug.

»Hör zu, soweit ich weiß, trifft Jody sich diese Woche mit Richard in irgendeiner Kneipe, um über alles zu reden. Mehr weiß ich wirklich nicht. Aber mach dir keine Sorgen. Er ist ein Wichser. Halt durch.«

Die Aufzugtür geht zu. Ich stehe wieder allein da und betrachte mein Spiegelbild in dem polierten Stahl.

»Du musst was tun«, sage ich. »Du musst endlich was unternehmen!«

Sekunden später geht die Aufzugtür abermals auf, und Emma kommt mir entgegen. Sie hat einen Riesenrucksack und zwei Supermarkttüten mit Lebensmitteln dabei. Wir starren uns verblüfft an.

»Ich bin da!«, sagt sie. »Schon wieder!«

Plötzlich fällt mir ein, was ich tun kann.

»Ich will mit Sam nach London fahren«, sage ich. »Kommst du mit?«

Kapitel 17

Zu meiner Überraschung ist nicht nur Jody von der London-Idee angetan, sondern auch Sam. Zwei Tage später hole ich ihn morgens um acht zusammen mit Emma ab. Jody überreicht mir an der Tür einen Spider-Man-Rucksack.

»Da drin ist alles, was er braucht. Sandwiches, Wasser, seine Ohrenschützer, ein paar Stifte und ein Notizblock.«

»Alles klar. Wie geht es ihm?«

»Er ist aufgeregt, aber auch ein bisschen ängstlich.«

»Es wird bestimmt okay für ihn sein.«

»Vielleicht nicht.«

»Ich weiß. Wenn es nicht okay für ihn ist, kriegen wir das aber auch irgendwie hin.«

Sam schlurft langsam die Treppe runter. Er trägt seine schwarze Cargohose und einen Parka mit fellumrahmter Kapuze.

»Ist London weit weg?«, fragt er.

»Ungefähr zwei Stunden mit dem Zug. Das wird dir bestimmt gefallen.«

»Kann ich auf deinem iPad spielen?«

»Na klar. Und es gibt ein Café im Zug, da können wir uns was zu trinken kaufen.«

»Cool!«

Jody schaut zu mir, dann zum Auto. Emma winkt ihr vom Beifahrersitz zu.

»Wie bist du eigentlich auf die Idee gekommen?«, fragt Jody.

»Er hat gefragt, ob er mal dorthin darf«, antworte ich. »Und jetzt ist der Moment gekommen. Sam, lass uns losfahren.«

Jody umarmt ihn und setzt an, noch etwas zu sagen, verkneift es sich dann aber. Ich nehme seine Hand und führe ihn zum Auto.

»Bist du bereit für ein Abenteuer?«, fragt Emma, als er hinten einsteigt.

»Ich glaube schon, Tante Emma.«

»Super. Aber bitte nenn mich nicht Tante. Ich bin ja nicht siebzig.«

Wir parken am Bahnhof Temple Meads und laufen durch die Eingangshalle, in der es ziemlich hektisch zugeht, zu den Gleisen. Der Lärm der Züge, der Menschenmassen und knisternden Durchsagen, die von der hohen Decke widerhallen, bringen mich dazu, Sams Ohrenschützer aus dem Rucksack zu holen. Ich helfe ihm, sie aufzusetzen.

»Halt meine Hand«, sagt er. »Fester. Fester.«

Unser Zug ist schon da, wir können direkt einsteigen. Wir suchen uns einen Tischplatz. Sam setzt sich ans Fenster und schaut hinaus auf die düstere Bahnhofshalle. Emma zieht eine Ausgabe der *Marie Claire* aus ihrer zerschlissenen Stofftasche.

»Alles okay bei dir?«, frage ich Sam.

»Fahren wir gleich schnell?«

»Ja, ziemlich schnell.«

»Müssen wir uns nicht anschnallen?«

»Nein, das müssen wir nicht.«

»Ist das denn sicher?«

»Ja. Du brauchst dir keine Sorgen zu machen.«

Er blickt wieder aus dem Fenster.

Ich sehe ihn an, meinen kleinen Jungen, sein langsam dunkler werdendes blondes Haar ist ganz zerzaust, seine großen Augen wandern von einem unvertrauten Anblick zum nächsten, während seine Hände an den Ohrenschützern herumfummeln. Als weitere Passagiere einsteigen, dreht er sich um, um sie genau zu beobachten; die ungewohnte Förmlichkeit dieses Rituals fasziniert ihn. Dann ertönt das Signal zur Abfahrt. Die Türen schließen sich, und der Zug setzt sich in Bewegung. Langsam fahren wir aus dem Bahnhof ins trübe Sonnenlicht hinaus.

Zuerst rührt Sam sich kaum, er hat die Stirn an die Scheibe gepresst und schaut auf die vorbeiziehende Stadt. Nach einer Weile langweilt ihn das aber. Er wird unruhig und vertreibt sich die Zeit abwechselnd damit zu zeichnen, mit meinem iPad zu spielen und die anderen Leute im Abteil anzustarren. Er kann nicht stillsitzen, und jedes Mal, wenn die Abteiltür aufgeht, springt er von seinem Sitz hoch. Immer wieder fragt er »Sind wir gleich da?« oder »Wo geht die Frau denn hin?« Ich habe einen Plan gemalt, was wir in London unternehmen werden, er sieht fast so aus wie Jodys Tagespläne. Im Gegensatz zu Jodys Zeichnungen sind meine allerdings furchtbar. Trafalgar Square, Houses of Parliament, Tower und dann noch die Museen. Wir müssen den Plan mehrere Male durchgehen; Sam wiederholt die Reihenfolge, als wollte er sich beruhigen. Er hat sein London-Buch dabei, und wir sehen uns die Bilder an, während draußen endlose Felder an uns vorbeiziehen. Dann setzt er sich neben Emma und hört ihr dabei zu, wie sie die Artikel und Fotos in der *Marie Claire* kommentiert.

»Was trägt sie denn da bloß? Er sieht unglaublich fit aus. So einen Hut hab ich mir in Australien gekauft. Sie sind wieder zusammen, sie waren früher schon mal verheiratet.«

Sam scheint das interessant zu finden, sogar als sie anfängt, sein Wissen über die Namen berühmter Leute zu testen. Als der Zug in Reading hält, steigen ein paar Rugby-Fans mit Bierdosen ein und unterhalten sich laut. Da krabbelt Sam wieder zu mir herüber und umklammert meinen Arm, und so bleibt er für den Rest der Zugfahrt sitzen.

Am Bahnhof Paddington, wo wir schließlich aussteigen, ist die Hölle los; die Luft ist schwer vom Schmutz und Gestank der Stadt. Reisende versammeln sich in Massen vor den Anzeigetafeln und bahnen sich dann hastig ihren Weg durch das Gewühl zu den Gleisen. Trauben von Touristen zerren riesige knallbunte Koffer in Kühlschrankgröße aus den Heathrow-Expresszügen; Spendensammler klappern mit ihren Dosen. Ich nehme Sam an der Hand und folge Emma durch den pulsierenden Strudel auf die Straße hinaus. Sam klammert sich mit der anderen Hand an seinen Kopfhörer, als ich ihn halb zum Bus führe, halb ziehe.

»Wenn die Tower-Raben den Tower verlassen, kippt er um«, sagt er.

Wir erwischen einen Doppeldeckerbus und stürmen nach oben. Wir haben Glück, die vorderen Plätze sind frei, also stürzen wir uns auf sie. Ich nehme Sam auf den Schoß, damit er besser sehen kann. Die lärmende Hektik der Stadt ist zu viel für ihn, er sitzt still vor Schreck da und starrt um sich, wobei er abwechselnd nach dem Sitz, nach mir und nach seinen Ohrenschützern greift – dieses Ritual beruhigt ihn. Plötzlich habe ich Angst, die falsche Entscheidung getroffen zu haben und Sam nur noch mehr zu traumatisieren. Vielleicht sollten wir besser auf der Stelle umkehren? Ich schaue zu Emma, die mir gegenübersitzt, aber sie ist in ihr Handy vertieft. Der Bus kriecht die Edgware Road hoch, an Shisha-Lounges und Elektrogeschäften vorbei, und biegt dann auf die Oxford Street, wo sich Massen von Shoppenden über die breiten Gehwege wälzen. Schließlich landen wir auf der Regent Street, wo eine endlose Kette von Bussen an den großen Kaufhäusern vorbeizieht.

»Alles okay bei dir, Sam?«, frage ich.

Er antwortet nicht, also klopfe ich vorsichtig an seine Ohrenschützer. Er dreht sich erschrocken zu mir.

»Was?«

Ich hebe die Ohrenschützer an.

»Bist du okay? Wie gefällt dir London?«

»Alles passiert gleichzeitig!«, ruft er. »Ich habe Angst!«

Er wühlt sich regelrecht in meine Seite, seine Finger graben sich in die Knopflöcher meines Mantels.

»Es ist okay, es ist wie Bristol, nur größer«, sage ich.

»Und es gibt viel mehr gruselige Typen hier«, sagt Emma, während sie weiter auf ihrem Handydisplay herumtippt.

Wir steigen aus und spazieren langsam zum Trafalgar Square hinunter. Sam klammert sich an meine Hand. Er ist den Tränen nah, doch als er die Nelsonsäule erblickt, ist er so fasziniert, dass er sich sofort auf den Brunnenrand setzen will, um das London-Buch herauszuholen und die echte Säule mit derjenigen auf dem Foto abzugleichen. Ich erzähle ihm, dass man hier früher Vogelfutter für die Tauben kaufen konnte, es dann aber verboten wurde, weil die Tauben zu viel auf die Leute gekackt haben. Solche historischen Fakten gefallen bestimmt allen Achtjährigen. Emma fotografiert

Sam und mich vor dem Brunnen. Als ich so tue, als ob ich ihn hineinschubsen will, kreischt er auf. Dann spazieren wir zu den Houses of Parliament herunter und ärgern die anderen Fußgänger damit, dass wir Hand in Hand in einer Reihe laufen. Auch dort will Sam das reale Bauwerk mit dem Foto in seinem Buch vergleichen. Als er feststellt, dass der Big Ben auf dem Foto eine andere Uhrzeit anzeigt, ist er enttäuscht. »Wir werden hier jetzt aber nicht sieben Stunden warten«, ruft Emma. Schon bald gehen wir weiter, weil die lärmende, drängende Menschenmenge Sam überfordert.

»Das ist zu schnell«, sagt er. »Das ist alles so schnell.«

Wir nehmen einen anderen Bus, fahren die Themse entlang und beobachten die Ausflugsboote auf dem Fluss. Jedes Mal, wenn der Bus anhält, schaut Sam aus dem Fenster und fragt, warum die Leute aussteigen und wohin sie gehen. Emma gibt ihm ihr Handy und zeigt ihm unsere Route auf Google Maps.

Der nächste Halt ist unser. Wir steigen aus und laufen ein Stück. Als der Tower in Sichtweite kommt, zeigt Sam aufgeregt Richtung Festung. Dort ragt es in den Nachmittagshimmel: das Gebäude, das wir zusammen in *Minecraft* erbaut haben.

»Der Tower of London!«, schreit er entzückt und greift nach Emmas Arm.

»Sollen wir reingehen?«, frage ich.

Zuerst nickt er begeistert. Doch als wir näher kommen, wird die Menschenmenge um uns herum immer dichter. Brüllende und balgende Kinder laufen herum; eine Gruppe von Touristen, die Fotos mit ihren Handys machen, steht uns im Weg. Sam wird ständig gestoßen und weggedrängelt. Seine Stimmung schlägt schnell um.

»Ich mag das nicht«, sagt er leise.

Emma nimmt ihn bei der Hand.

»Geh doch mal vor und schau, wie lang die Schlange ist«, sagt sie.«

Vor uns ragt das Eingangstor auf und wirft einen langen Schatten. Ich folge der Menge vorwärts, dann drehe ich mich um, um mich zu vergewissern, dass Emma und Sam noch zusammen sind. Emma entdecke ich auf Anhieb, sie nimmt gerade ein Selfie mit einem Beefeater auf. Doch Sam kann ich nirgends sehen. Ich bleibe stehen. Plötzlich ergreift mich Panik. Ich schaue mich um, doch er ist verschwunden. Dann laufe ich zurück, bahne mir verzweifelt meinen Weg durch die Touristenmenge.

»Sam!«, rufe ich. Als ich bei Emma ankomme, bin ich kurz vorm Ausflippen. »Wo ist Sam?«, schreie ich. »Du solltest doch auf ihn aufpassen!«

»Er ist bestimmt ganz in der Nähe«, sagt sie.

Wir scannen den Touristenpulk nach Sam ab. Fieberhaft überlege ich, was ich tun soll, als ich etwas Vertrautes am Wegesrand entdecke. Sams Ohrenschützer. Oh nein. Ich renne hinüber und hebe sie auf. Ich befürchte das Schlimmste.

»Sam!«, brülle ich wieder.

Verzweifelt raufe ich mir den Kopf. Läuft er auf eine Straße zu? Oder zum Fluss? Soll ich die Polizei rufen? Hat ihn jemand entführt? Plötzlich wird mir eiskalt, die Zeit scheint zu gefrieren, alles wird totenstill. Es gibt nur noch dieses schreckliche Gefühl, das alle Eltern kennen: die überwältigende Angst, ihr Kind zu verlieren. Einmal ist uns das schon passiert, in einem Supermarkt, wir rannten zehn Minuten lang von Gang zu Gang, aber das war bei uns in der Nähe, in Bristol. Jetzt sind wir in London, und es gibt keinen Service, wo wir Sam ausrufen lassen können.

»Verdammt, Emma, du hast ihn doch an der Hand gehalten!«

»Ich hab kurz losgelassen«, sagt sie trotzig, aber ich kann ihrer Stimme entnehmen, dass auch sie panisch wird.

»Ich fass es nicht, wie du so unverantwortlich sein kannst!«

Dann höre ich in der Nähe ein Schluchzen: Sam. Mir fällt ein Riesenstein vom Herzen. Er steht mit einer älteren Frau an einer Mauer, sie stellt ihm Fragen und schaut sich besorgt um. Ich laufe hinüber, und endlich sieht er mich. Er entwindet sich seiner Helferin und rennt weinend auf mich zu, in meine Arme. Ich hebe ihn hoch und drücke ihn an mich.

»Ich will weg, ich will weg!«, schreit er. Mir fehlen die Worte, meine Beine fühlen sich, als würden sie gleich nachgeben. Ich sehe mich nach der Frau um, aber sie ist schon in der Menge verschwunden. Dann steht Emma auf einmal neben uns.

»Gott sei Dank!«, ruft sie. »Da seid ihr ja!«

Sie will den Arm um mich legen, aber ich drehe mich weg.

»Alex, alles ist gut, er ist doch hier. Es wird nicht wieder passieren.«

Ich schaue sie an, sage aber nichts. Meine Kehle ist trocken und ich weiß nicht, was ich Emma in der Aufregung noch alles an den Kopf werfen würde.

»Kommt mit«, sagt sie schließlich. »Ich habe eine Idee.«

Sie führt uns vom Tower weg, Richtung Flusspromenade, und dann hoch zur Tower Bridge. Ich folge ihr wie betäubt, Sam schluchzt noch immer. Er hat die Ohrenschützer wieder aufgesetzt, wie eine Art Talisman.

»Wir können über die Brücke laufen und auf der anderen Seite ein Picknick machen«, sagt sie. »Von dort aus haben wir den besten Blick.«

»Gut«, sage ich. »Okay.«

Wir gehen über die Brücke. An einem Straßenimbiss kaufen wir Kaffee und Burritos. Anschließend suchen wir uns eine Bank mit Blick auf die Themse. Sam ist jetzt ganz still. Doch als ich ihm sein Käse-Senfpickles-Sandwich und Zwiebelchips reiche, wird er langsam etwas munterer.

»Das ist ja ein Abenteuer«, sage ich zu ihm. »Manchmal ist so ein Abenteuer ziemlich aufregend, was?«

»Deshalb ist es ja auch kein Spaziergang«, sagt er.

Dann schweigen wir und beobachten die Tauben, die ein Stück von uns entfernt versammelt sind und jedes Mal aufschrecken, wenn Jogger oder Spaziergänger vorbeikommen.

»Wir haben die Fenster falsch«, sagt Sam nach einer Weile. Er schaut über den Fluss, zum White Tower herüber. Ich brauche einige Sekunden, um zu kapieren, dass er von unserer *Minecraft*-Version spricht.

»Ja, es ist schwer, Bögen zu bauen, wenn man nur viereckige Blöcke hat«, sage ich. Danach wende ich mich Emma zu. »Wir spielen zusammen *Minecraft*, und wir haben den Tower nachgebaut.«

»Ihr Mega-Nerds«, sagt Emma.

»Ich mag London, außer wenn ich mich verlaufe«, sagt Sam.

»London ist meine drittliebste Stadt«, sagt Emma. »Nach New York und Tokio.«

»Warum lebst du in der ganzen Welt?«, fragt Sam. »Daddy sagt, du machst das, weil du Angst hast.«

»Sam!«, sage ich mit gespieltem Entsetzen.

»Dein Daddy ist Amateurpsychiater.«

»Amateur… was?«, fragt Sam.

»Ach, vergiss es«, sagt Emma. »Das Beste am Reisen ist, dass du sein kannst, wer du willst. Du kannst dich jeden Tag neu erfinden.«

»Wie in einem Videospiel!«, ruft Sam.

»Ja, so ungefähr. Aber je länger du wegbleibst, desto schwerer wird es, wieder zurückzukommen. Außerdem wusste ich, dass dein Daddy ziemlich sauer auf mich war.«

Sie grinst und stupst mich mit dem Ellbogen am Arm. Ich grinse unwillkürlich zurück.

»Bist du sauer auf Tante Emma?«, fragt Sam zwischen zwei großen Bissen Chips.

»Ich war sauer. Na gut, ich bin noch immer sauer. Ein bisschen. Aber nicht viel. Nur, weil ich sie vermisst habe. Sie ist einfach abgehauen und hat mich mit deiner Oma alleingelassen – und die ist ziemlich hart drauf.«

»Hart drauf!«, wiederholt Sam.

»Wie geht's Mum eigentlich?«, fragt Emma.

»Hast du sie nicht angerufen?«

»Nein«, sagt sie. »Und du?«

»Nein. Ist schon 'ne Weile her. Sie weiß noch nichts von Jody und mir. Das wäre nur eine weitere Katastrophe für sie, die sie stoisch ertragen müsste.«

»Lass die Vergangenheit endlich los, mein Junge«, sagt Emma im schlimmsten Westküstenakzent. »Du kannst sic sowieso nicht ändern. Die Zukunft aber schon.«

»Danke, Mum«, sage ich.

»Sie hat aber recht. Es ist nicht alles aus. Du machst dir ständig nur Sorgen, Alex. Du verhältst dich, als wärst du dreiundsechzig und nicht dreiunddreißig. Dabei bist du eigentlich gar nicht so übel. Wenn du dir ein bisschen Mühe gibst, kannst du sogar ziemlich sympathisch sein.«

»Danke. Soll ich dich als meine neue Lebensberaterin engagieren?«

»Bist du verheiratet, Tante Emma?«, fragt Sam.

»Nein«, sagt Emma, isst ihren Burrito auf und knüllt die Alufolie zusammen. »Männer sind blöd. Außer dir natürlich.«

»Aber mal ehrlich, wie soll das mit dir weitergehen?«, frage ich. »Willst du wirklich für immer durch die Welt jetten?«

»Meine Güte, das klingt aus deinem Mund so deprimierend. Vielleicht. Ich weiß es nicht. Ein Teil von mir liebt das Chaos. Dann weiß ich, dass ich noch lebe.«

»Vietnam sah toll aus auf deinen Fotos. Vielleicht sollte ich auch mal verreisen.«

»Du?«, sagt Emma lachend. »Alex, vor fünf Minuten hast du dir noch in die Hose gemacht, weil du deinen Sohn zwei Sekunden lang aus den Augen verloren hast. Der Dschungel wäre überhaupt nichts für dich, glaub mir.«

Wir sitzen weiter da und beobachten die Boote. Der Wind lässt Müll und abgestorbenes Laub über die Promenade wirbeln.

»Tante Emma, wo ist Onkel George?«, fragt Sam.

»Komm«, sage ich. »Es gibt noch einen Ort, wo ich hinmuss. Wenn wir dort sind, kann ich dir mehr von George erzählen.«

Mit der Trauer ist das so eine Sache. Jeder, der Trauer erlebt hat, weiß das. Die Trauer begleitet uns nämlich das ganze Leben lang. Die Zeit kann sie nicht heilen. Nach ein paar Monaten oder Jahren zieht die Trauer sich vielleicht in die dunkelsten Winkel unserer Erinnerungen zurück, aber sie wird für immer dort lauern. Sie durchdringt unser gesamtes Tun und Fühlen und überfällt uns, wenn wir es am wenigsten erwarten. Sie sucht uns in unseren Träumen heim. Selbst zwanzig Jahre nach seinem Tod träume ich noch von George. Manchmal träume ich, dass wir beide Kinder sind und dass nichts passiert ist. Dann fahren wir mit unseren Rädern herum oder erkunden ein Museum. Das sind die besten Träume. Manchmal werden die Fakten aber durcheinandergebracht. Dann träume ich, dass George plötzlich in meinem jetzigen Leben auftaucht, aber weiterhin ein Kind ist. In diesen Träumen weiß ich von dem Unfall, aber es ergibt trotzdem Sinn, dass George wieder da ist. »Es geht dir gut«, sage ich. »Du bist in Sicherheit.« Und dann umarme ich ihn und weine und kann gar nicht mehr aufhören. Oft wache ich in der festen Überzeugung auf, dass der Traum wahr ist. Erst viel später wird mir in der grausamen Dunkelheit klar, dass ich doch nur geträumt habe. Die Zeit kann unsere Trauer nicht heilen, sie stumpft uns nur ab.

Emma und ich haben nie über solche Dinge geredet. Als Teenies waren wir zu sehr mit uns selbst beschäftigt. Im Schatten unseres toten Bruders mussten wir versuchen, unsere eigenen Persönlichkeiten zu finden. Und dann ging Emma weg. Die drei oder vier Male, wo sie zwischendurch heimkam, behandelten wir einander wie entfernte Verwandte, betrieben höflichen Small Talk, machten fadenscheinige Insiderwitze und blieben dabei immer schön an der Oberfläche. Wären wir in einer Reality-TV-Show, würde ich vor laufender Kamera zugeben: Wir haben weder »über unsere Probleme gesprochen« noch haben wir uns »mit der Vergangenheit auseinandergesetzt« oder sonst irgendwas.

Wahrscheinlich werden wir das auch nie machen, denn a) ist es jetzt etwas zu spät dafür und b) sind wir schließlich Briten. Und außerdem hat uns unsere Mutter beigebracht, dass wir uns auf die Zukunft konzentrieren sollen, nicht auf die Vergangenheit, denn nur die Zukunft können wir ändern. Trotzdem will ich mit Emma zu diesem Café in London gehen, damit wir ihn noch einmal zusammen erleben können – unseren letzten perfekten Tag.

Wir nehmen die U-Bahn nach South Kensington. Sam besteht darauf, dass wir uns alle an den Händen halten, was bei den Rolltreppen zu einer wahren Herausforderung wird. Als wir auf die Straße treten, dämmert es schon. Vom Ausgang der U-Bahn-Station sind es nur noch fünf Minuten zu Fuß, vorbei an herrschaftlichen Stuckvillen und prächtigen Reihenhäusern aus rotem Backstein. Dann biegen wir in eine kleine Seitenstraße ein, und Emma und ich werden plötzlich langsamer. Vor vielen Jahren sind wir hier an einem warmen Frühlingstag mit unseren Museumssouvenirs entlanggelaufen; George und ich rannten voraus. Und dort, ein Stück die Straße herunter, zwischen zwei viktorianischen Straßenlaternen, ist das Palace Café.

Es sieht genauso aus wie damals; die knallrote Markise ist zwar ein wenig ramponiert, aber immer noch da. Drinnen erkennt man den schachbrettartig angeordneten schwarzweißen Fliesenboden, die lange Holztheke und das Regal mit den Secondhand-Taschenbüchern; die Wände sind mit gerahmten Ausstellungsplakaten vom Victoria and Albert Museum dekoriert. Die Speisekarte an der hinteren Wand bestand früher aus einem Schild mit austauschbaren Plastikbuchstaben, jetzt verkündet eine große Tafel das Angebot an Getränken und Sandwiches in Handschrift. Draußen befinden sich keine Stühle und Tische, dafür ist es heute zu kalt. Als wir dort stehen und das Café anstarren, blickt Sam fragend zu uns hoch.

»Gehen wir rein und trinken was? Kann ich mit dem iPad spielen?« Der Stimmungswechsel verwirrt ihn.

»Sam«, sage ich. »Wir gehen gleich rein. Hör mal, dieses Café ist ein wichtiger Ort für mich. Vor langer Zeit kamen wir mal hierher, mit Oma und unserem Bruder George. Er war damals ein bisschen älter als ich, und er war sehr clever und lustig. Aber einen Tag, nachdem wir hier waren, hatte er einen Unfall und ist gestorben. Ich war lange Zeit sehr traurig, aber ich habe ein Foto von George und mir, wie wir draußen vor dem Café stehen, und …«

»Können wir reingehen und geschäumte Milch bestellen?«

»Ja, gleich, Sam. Ich wollte dir davon erzählen, weil das zu unserer Familiengeschichte gehört. Verstehst du? Das, was am nächsten Tag passierte, als mein Bruder starb, war sehr, sehr schwer. Und es ist auch heute noch schwer. Ich glaube, deshalb werde ich manchmal so nervös und mache mir Sorgen.«

»Ich will an einen Tisch am Fenster«, sagt Sam. Dann rennt er voraus, zieht die schmale Holztür auf und verschwindet im Café. Ich sehe Emma achselzuckend an. Sie legt den Kopf an meine Schulter.

»Er ist noch zu klein, um das zu verstehen«, sagt sie.

»Ich weiß«, sage ich. »Manche Sachen kann er richtig gut. Er erkennt Fischstäbchen-Marken mit nur einem Biss, weiß Infos über Fluggesellschaften auswendig, und die Kindersicherung von unserem Digitalreceiver kann er so gut knacken, dass wir selbst nicht mehr fernsehen können. Aber so etwas versteht er nicht. Ich dachte, wenn er es mal sieht, macht es vielleicht Klick bei ihm. Keine Ahnung, ob er es jemals begreifen wird.«

»Also, ich bin jedenfalls froh, dass wir hierhergekommen sind. Es fühlt sich zwar komisch an, aber ich bin trotzdem froh. Seit damals sind wir doch beide immer nur davongelaufen, oder? Bloß in verschiedene Richtungen. Was soll's. Lass uns reingehen und heiße Schokolade trinken, es ist verdammt kalt hier draußen.«

Ob Sam drinnen noch Fragen über George stellt? Aber nein, er sitzt nur still da, schaut sich um und nippt geistesabwesend an seiner geschäumten Milch. Emma und ich versuchen, uns an den damaligen Tag zu erinnern, daran, was wir anhatten, worüber wir sprachen, was wir machten. Dann sage ich, dass ich Mum diese Woche anrufen will.

»Bitte, sag ihr nicht, dass ich wieder in England bin«, sagt Emma.

»Warum?«

»Weil … ich mich erst vorbereiten muss. Bitte, sag's ihr nicht.«

Und als ich sie anschaue, sehe ich meine Schwester von damals – schlaksig und ständig in Abwehrhaltung. Die selbstbewusste, sorglose Weltenbummlerin ist auf einmal nicht mehr existent. Und jetzt, wo wir wieder in diesem Café sitzen, wird mir eines so klar wie nie zuvor: Als George starb, mussten wir uns selbst neu erfinden. Meine Methode bestand darin, alles zu kontrollieren und für Ordnung zu sorgen; Emma beschloss, wegzulaufen und jemand anders zu sein. Aber kein Fluchtplan ist unfehlbar, es gibt immer einen Preis, den man zahlen muss.

Als wir das Café verlassen, ist es dunkel. Die Straßenlaternen sind jetzt an. Eine von ihnen flackert schwach vor sich hin.

Auf der Rückfahrt im Zug schläft Sam die meiste Zeit an meine Schulter gelehnt. Emma und ich sprechen nur wenig, wir sind beide in unsere eigenen Erinnerungen vertieft und starren ziellos durch die Fensterscheibe auf die Nacht da draußen. Ich denke über Sam nach und darüber, wie das Leben für ihn sein wird, wenn er älter ist. Ich frage mich, ob er jemals jemanden richtig kennenlernen wird. Können sich Autisten verlieben? Ich habe keine Ahnung.

Ich lege meinen Arm um ihn und ziehe ihn sanft näher. Seine Ohrenschützer gleiten herunter und fallen in meinen Schoß.

Kapitel 18

Als Emma und ich ausgezogen waren, ging Mum nach Cornwall zurück. In Bristol fühlte sie sich eigentlich nie so richtig heimisch. Und als ich mein Studium begann und Emma sich auf ihre Weltreise begab, hatte sie endlich einen Grund, die Stadt zu verlassen. Sie kaufte sich ein kleines Cottage am Rande von Fowey mit Blick auf die Mündung. Im Laufe der Jahre sind wir mehrmals dort gewesen, das letzte Mal, als Sam noch klein war. Damals nahmen wir ihn auf lange Spaziergänge durch den Nieselregen mit. In seinem kleinen roten Regenoverall sah er aus wie der unheimliche Killerzwerg in *Wenn die Gondeln Trauer tragen.* Manchmal kam Mum auch zu uns nach Bristol hoch, obwohl sie und Jody sich nie besonders gut verstanden haben. Beide sind stur und eigensinnig, vor allem was ihre Ansichten über Kindererziehung betrifft; das lieferte immer jede Menge Zündstoff. Mum ist ziemlich respekteinflößend und nimmt kein Blatt vor den Mund, und wenn sie eine Meinung hat, muss man sie sich anhören – unzählige Politessen, Lehrerinnen, Arbeitskolleginnen, Ärzte, entfernte Verwandte und Zugbegleiter können ein Lied davon singen. Deshalb bin ich nicht gerade scharf auf ein Telefonat mit Mum.

Der Abend ist ruhig. Dan und Emma sind nicht da, im Fernsehen läuft nur Mist. Also ist jetzt wohl ein guter Zeitpunkt, zumindest fällt mir kein Grund mehr ein, es aufzuschieben. Ich suche im Wohnzimmer nach Dans kaum benutztem Festnetztelefon und wähle die Nummer. Sie antwortet schon nach dem ersten Klingelton.

»Hallo, können Sie kurz warten, ich schaue gerade die Nachrichten, wer ist denn da?«

»Hallo Mum, ich bin's.«

»Ach, Alex! Hallo! Wie geht's dir? Na, ich kann mir die Nachrichten ja auch später noch ansehen.«

»Mir geht's gut, und dir?«

»Alex, den Tonfall kenn ich.«

»Welchen Tonfall?«

Und schon sind wir wieder mittendrin.

»Das kann ich dir sagen: Du hast monatelang nicht angerufen und klingst wie ein schmollender Teenager. Da muss man keine Miss Marple sein, um zu wissen, dass was nicht stimmt.«

»Jody und ich haben uns getrennt«, platzt es aus mir heraus. »Keine Ahnung, ob es nur vorübergehend ist. Ich wohne gerade bei Dan.«

»Alex – was ist denn passiert? Was hast du angestellt?«

»Was ich angestellt habe? Na, vielen Dank, Mum!« Ich hole kurz Luft. Dann sage ich: »Wenn es bloß so einfach wäre. Es ist wahnsinnig anstrengend mit Sam, und ich habe ständig Überstunden gemacht. Wir haben kaum noch miteinander geredet.«

»Also hat Jody dich rausgeworfen.«

»So ungefähr.«

»Oh je. Und wie geht es Sam?«

»Ganz gut. Wir versuchen gerade, eine andere Schule für ihn zu finden, weil er in seiner jetzigen nicht gut klarkommt. Wir haben uns bislang zwei angeschaut, sind uns aber noch nicht sicher. Sam mag keine von beiden. Keine Ahnung, was wir jetzt machen sollen. Ach übrigens, ich wurde entlassen.«

»Ach, Alex«, seufzt sie. »Du hast schon immer die Last der ganzen Welt auf deinen Schultern getragen.«

Würde ich »Klischee-Bingo mit Mum« spielen, hätte ich jetzt mein erstes Kreuzchen auf dem Schein gemacht.

Wir reden eine halbe Stunde und umgehen die heiklen Themen vorerst mit Familientratsch (einer von Mums Cousins sitzt wegen Betrug im Knast, ein anderer ist mit seinem schwulen Lover nach Norwegen abgehauen) sowie mit Neuigkeiten über die Fehden, die Mum sich mit ihren Nachbarinnen liefert. Ich erzähle ihr, dass ich Sam jetzt zweimal pro Woche von der Schule abhole und ihn jeden Samstag habe, und dass wir in London waren, in dem Café. Und dass ich Sam von George erzählen wollte, Sam es aber nicht verstanden hat.

»Du kannst nicht in der Vergangenheit leben, und er auch nicht«, sagt sie. Noch ein Kreuzchen auf dem Bingo-Schein.

Schließlich nähern wir uns dem Ende unseres Gesprächs. Auf Ratschläge oder Unterstützung warte ich vergebens.

»Und wie geht es Emma?«, fragt sie dann völlig unvermittelt. Mir verschlägt es kurz die Sprache. Weiß sie etwa Bescheid?

»Gut, soweit ich weiß.«

»Aha, sie ist also wieder da. Das merke ich an deiner Reaktion. Du kannst nichts vor mir verbergen. Ich bin wie Kylo Ren.«

»Meine Güte, Mum, du solltest wirklich bei der Kripo anfangen. Hast du eigentlich *Das Erwachen der Macht* gesehen?«

»Ja, Alex, es gibt Kinos in Cornwall, und sogar DVD-Player. Aber zurück zu Emma. Will sie nicht mit mir reden?«

»Sie glaubt, dass wir alle sauer auf sie sind.«

»Recht hat sie! Ich sitze hier allein in einer kalten Hütte inmitten von Bauern und Kuhfladen, und sie jettet um die Welt und lässt sich mit heißen Typen fotografieren.«

»Mum.«

»Stimmt doch. Ich hab's auf Facebook gesehen.«

»Mum, bitte.«

»Alex, sag ihr, dass sie mich anrufen soll. Nein, sag ihr besser, dass sie direkt herkommen soll. Ich werde nicht sauer auf sie sein und ihr auch keine Predigt halten. Also, zumindest werde ich nicht sauer sein. Und wenn wir schon mal dabei sind, warum kommst du nicht gleich mit? Sam kannst du auch mitbringen. Der weiß bestimmt gar nicht mehr, wie ich aussehe.«

»Ja, das sollten wir machen«, sage ich. In diesem Moment kommt Dan herein und winkt mir zu, er hat ein Fourpack mit japanischem Bier dabei. Ich gebe ihm das Daumenhoch-Zeichen.

»Sam gewöhnt sich übrigens gerade ans Zugfahren«, erzähle ich Mum. »Ich muss das natürlich erst mit Jody besprechen. Aber wir sollten dich wirklich mal wieder besuchen.«

»Ja, das solltet ihr. Und mach dir nicht so viele Sorgen, Alex. Du nimmst dir immer alles so zu Herzen. Das ist nicht gut für dich. George hätte das bestimmt nicht gewollt.«

Ich kann mich nicht erinnern, dass sie je so von ihm gesprochen hat. Darüber, was George womöglich gewollt hätte.

»Ich muss jetzt aufhören, mein Sohn. Pass auf dich auf. Sag Bescheid, wann ihr kommt. Aber lass dir noch eine Woche Zeit. Erinnerst du dich an Mr Davis, der ein Stück weiter unten wohnt? Er repariert gerade mein Dach. Ich weiß zwar nicht, was er da oben treibt, aber er macht einen Höllenlärm.«

»Er muss ja inzwischen um die achtzig sein.«

»Er ist achtundsiebzig und fit wie ein Turnschuh. Er schuldet mir noch einen Gefallen, seit er mit seinem Land Rover mein Blumenbeet plattgemacht hat.«

»So so. Pass auf dich auf. Und nimm deine armen Nachbarn nicht so hart ran, hörst du?«

Die Zeit ist reif. Wir können es nicht länger aufschieben. Es ist an der Zeit, in der großen Höhle auf Schatzsuche zu gehen. Sam und ich bereiten uns schon seit Tagen darauf vor. Wir haben genug Eisenbarren gesammelt, um Schwerter und Rüstungen herzustellen, wir haben zwanzig Steaks gebraten und zwanzig Brote gebacken, damit wir uns unterwegs stärken können. Wir haben einhundert Fackeln, um uns den Weg zu leuchten. Besser können wir auf diese Expedition nicht vorbereitet sein.

»Wir schaffen das«, sage ich zu Sam, als wir durch eines der kreuzförmigen Burgfenster in den Nachthimmel schauen.

»Vielleicht finden wir Gold«, sagt er. »Oder sogar einen Smaragd!«

Sobald die Sonne aufgeht, machen wir uns auf den Weg. Sam rennt los, doch als die Berge und der gezackte Höhlenschlund näher kommen, drosselt er sein Tempo. Aber er hält nicht an, er jammert nicht und will auch nicht zurückgehen.

»Wie war es in der Schule?«, frage ich, als wir an den Bäumen vorbei durch das Gras laufen.

»Gut«, sagt er. »Ich habe einen Sticker für Mathe gekriegt, weil ich mir so viel Mühe gegeben habe.«

»Hast du in der Pause mit jemandem gespielt?«

»Nein, ich spiele allein. Aber das macht mir nichts aus. Manchmal kommt die Frau, die immer das Essen verteilt, um mit mir zu reden.«

Meine Güte, das darf nicht wahr sein. Aber nein, es geht ihm gut, es geht ihm gut.

Wir springen die treppenartigen Felsen hoch zum Höhleneingang, der so riesig und dunkel ist, dass wir uns ganz winzig vorkommen. Ich stecke Fackeln an die Wände, um das Innere zu erleuchten. Jetzt sehen wir den zerklüfteten Tunnel, der tief in den Berg hineinführt. Langsam gehen wir voran. Schon entdecken wir ein paar Kohleadern an den Wänden. Nach einigen Metern erweitert sich der enge Durchgang zu einer kleinen Höhle. Als ich weitere Fackeln platziere, bemerke ich ein klaffendes Loch im Boden, ein eckiger Abgrund, der tief hinunter in die totale Finsternis führt.

»Da unten sind bestimmt Spinnen, Daddy«, sagt Sam.

»Das macht nichts«, sagte ich. »Ich denke, wir können ohne Probleme da runterklettern. Aber ich werde natürlich vorsichtig sein. Ich habe schließlich meine Lektion gelernt.«

Die Kanten der Höhlenwand bilden eine Art Treppe, sodass wir ein paar Meter hinuntersteigen und dabei Fackeln anbringen können, die die Kluft unter uns allmählich erhellen. Ich gehe vor und hacke dabei Felsstücke weg, um Treppenstufen für uns freizulegen. Sam folgt mir vorsichtig.

Nach einer Weile erreichen wir eine weitere Höhle, längst nicht so groß wie die vorherige, mit mehreren schmalen Gängen, die in verschiedene Richtungen abzweigen. Wir hören ein Plätschern, und als ich eine Fackel platziere, sehen wir einen kleinen Bach, der einen der dunklen Gänge hinunterfließt.

»Lass uns dort entlanggehen«, sagt Sam.

»Machen wir. Du bist wirklich sehr mutig«, sage ich. »Das ist schon ein bisschen unheimlich, oder? Aber zusammen schaffen wir das.«

Wir lassen einen Abhang hinter uns, folgen einem Durchgang. Plötzlich entdecke ich nach etwa zweihundert Metern ein orangefarbenes Glühen in der Dunkelheit. Lava. So tief unten sind wir noch nie gewesen.

Wir bewegen uns auf die Lichtquelle zu, aber dann versperrt uns eine Felswand den Weg. Nur durch einen schmalen Spalt dringt das Licht von der anderen Seite hindurch.

»Bist du bereit?«, frage ich.

»Mmmh. Ja!«

Mühsam quetschen wir uns durch den Spalt.

»Wow«, sagt Sam.

Wir befinden uns in einer gigantischen Höhle, die von zwei großen Lavaströmen erleuchtet wird. Die Lava fließt aus großer Höhe kaskadenartig die steilen Felswände hinab. Der Anblick ist atemberaubend, wie ein riesiges Höllengemälde, die Finsternis unter dem feurigen Fluss scheint sich in die Unendlichkeit zu erstrecken. Unter uns fließt die Lava, bis sie auf ein Wasserbecken neben einer gezackten Linie von tiefschwarzem Gestein trifft.

»Obsidian!«, rufe ich aufgeregt. Im Guide habe ich gelesen, dass Obsidian das härteste Material in *Minecraft* ist und zum Bau von Netherportalen benötigt wird.

Ich schaue zu Sam herüber, aber er starrt auf die Wand

jenseits des gigantischen Grabens. Ich folge seinem Blick, dann sehe ich, was er entdeckt hat: zwei Gesteinsblöcke, die mit grünen Punkten übersät sind.

»Das ist Smaragd«, sagt Sam. »Smaragd für unsere Kronjuwelen!«

»Ja!«

Jubelnd geben wir uns High five.

»Aber wie kommen wir da rüber?«, frage ich.

Wir schauen beide auf den kochenden Lavastrom hinunter. Wenn einer von uns da hineinfällt, verliert er seine gesamten Gegenstände, alles, und der andere bleibt allein in der Höhle zurück.

»Wir müssen eine Brücke bauen«, sagt Sam.

»Aber das geht nicht, es gibt nichts, woran man die Steine befestigen könnte, du müsstest die Brücke beim Überqueren bauen, das ist so gut wie unmöglich.«

»Ich schaffe das«, sagt Sam.

Er begibt sich bedenklich nah an die Kante heran, lehnt sich über den Abgrund und platziert vorsichtig einen Steinblock, der über den Abgrund ragt.

»Kannst du das bis drüben zur anderen Seite machen?«, frage ich.

»Ich weiß nicht.«

»Ich glaube, du schaffst das, Sam. Du bist gut darin.«

Plötzlich höre ich einen schwachen, aber unverkennbaren Zischlaut. Ich wirbele herum. Ein Stück weiter rechts von mir erkenne ich die unverwechselbaren roten Quadrataugen einer Spinne. Aber da ist nicht nur ein Augenpaar, da sind mindestens drei. Vorsichtig gehe ich ein paar Schritte zurück in ihre Richtung und bringe eine Fackel an der Wand an. Jetzt sind sie deutlich zu sehen: drei riesige Höhlenspinnen, die ganz versessen darauf sind, Sam und mich zu erwischen.

»Sam«, sage ich so ruhig wie möglich. »Da sind Spinnen. Bau die Brücke weiter. Ich kümmere mich um die Spinnen.«

»Sie werden mich in die Lava werfen«, sagt Sam.

»Nein, das werden sie nicht«, sage ich. »Bau einfach weiter.«

Sam antwortet nicht, aber ich registriere, dass er sich über die Kante des Blocks beugt, den er eben platziert hat. Langsam setzt er den nächsten Steinabschnitt der Brücke, ohne hinunterzufallen. Ich wende mich wieder den Spinnen zu. Ich habe nur ein Eisenschwert. Wenn die Spinnen sich auf mich stürzen, könnten sie mich in die Lava hinunterstoßen. Ich weiß, es ist nur ein Spiel, aber ich spüre die Anspannung, die drohende Gefahr. Ein Teil von mir ist sich bewusst, dass das Ganze längst mehr als nur ein Spiel ist. Es ist ein psychologisches Rätsel, das ich allerdings gerade nicht lösen kann, weil ich zuerst drei Riesenspinnen mit dem Schwert erledigen muss.

Sam steht bereits auf dem vierten Block, seine schmale Brücke reicht schon fast bis zur anderen Seite. Nur noch einen Schritt und er kann einen Block auf der anderen Seite setzen, sofern die Spinnen ihn nicht vorher erwischen.

Jetzt stürzen sie sich auf mich, ihr unheimliches Zischen hallt an den düster aufragenden Höhlenwänden wider. Ich schlage wild mit dem Schwert um mich, ohne genau zu zielen oder hinzuschauen, wie ein Psychokiller in einem Horrorfilm. Eine Spinne stürzt in die Lava, ihr knolliger Körper versinkt in der glühenden Masse. Aber eine andere attackiert mich immer wieder mit Bissen. Meine Lebensenergie nimmt mehr und mehr ab. Dann lasse ich auch noch mein Schwert fallen und muss verzweifelt nach meiner Spitzhacke greifen. Mit letzter Kraft versetze ich der Spinne einen Hieb und treffe sie an der Seite. Sie zuckt, dann fällt sie zappelnd in die Lava. Ich will gerade aufatmen, da entdecke ich, dass die dritte Spinne die Wand hochgekrabbelt ist und über mich hinweg direkt auf Sams Brücke zusteuert.

»Oh nein!«, ruft er.

»Der Smaragd!«, schreie ich.

Er fängt an, die Wand mit seiner Spitzhacke zu bearbeiten. Die Spinne krabbelt auf die Brücke. Ich renne los, aber ich bin zu weit weg. Da fällt mir ein, dass ich noch Pfeil und Bogen habe. Zwar bin ich sehr ungeschickt damit, doch jetzt ziele ich auf die Spinne. Sam hackt weiter, und endlich lockert sich der Smaragdblock und er nimmt ihn an sich. Ich ziele auf den Raum zwischen Sam und der Spinne. Sam dreht sich um und sieht, dass die Spinne verdammt nah bei ihm ist.

»Daddy!«, schreit er.

Ich schieße den Pfeil ab. Er schwirrt nahezu unsichtbar durch die Höhle. Ich kneife die Augen zu. Dann höre ich einen dumpfen Aufschlag. Weit unten fällt etwas zischend in die Lava. Langsam öffne ich wieder die Augen. Dort, wo eben noch der Smaragd war, ist jetzt ein Loch in der Wand. Aber Sam ist nicht zu sehen. Die Spinne auch nicht.

Oh nein – habe ich sie etwa beide getroffen?

»Daddy, ich habe den Schatz!«

Auf einmal ist Sam neben mir, stolz und aufgeregt.

»Die Spinne hat mich einmal gebissen, aber dann habe ich versucht, sie mit meiner Axt zu erschlagen. Ich glaube, ich habe sie getroffen.«

Ich verstecke meinen Bogen.

»Ja, du hast sie erwischt. Auf jeden Fall. Du hast den Smaragd geholt und das Monster erledigt.«

»Lass uns den Smaragd zur Burg bringen. Wir haben ein Kronjuwel!«

Wir kraxeln zurück durch die Höhle und hinterlassen Fackeln, um unsere Route zu markieren. Ab und zu halten wir an, um Eisen und Kohle von den Wänden zu hacken. Dann sind wir wieder draußen. Es ist noch Tag, die Sonne blendet fast am blauen Himmel.

»Daddy, wir sind ein Team«, sagt Sam.

»Ja, das sind wir. Wir sind ein tapferes Team von Abenteurern.«

»Wir müssen den Smaragd jetzt in unsere Truhe legen, zu dem anderen Kronjuwel.«

Als Sam auf die Burg zuläuft, schaue ich mich noch einmal um. Da entdecke ich etwas am Höhleneingang – kein Monster, sondern eine Spielfigur in einem orangefarbenen Anzug, die zu mir herüberschaut. Doch als ich einen Schritt auf die Höhle zugehe, verschwindet sie im Dunkeln.

Kapitel 19

Am folgenden Nachmittag bin ich an der Reihe, Sam von der Schule abzuholen. Ich werde mit einer Extraaufgabe konfrontiert, völlig unerwartet: Sam bekommt Besuch von Olivia, seiner Freundin aus dem Kindergarten. Sie ist an der Schule, die uns so gefallen hat. Also ein sehr wichtiger sozialer Kontakt. Was, wenn ich es verbocke? Oder wenn Sam es verbockt? Aber warum mache ich mir eigentlich schon wieder solche Sorgen? Das sind doch nur zwei Kinder, die sich zum Spielen treffen, das wird keine königliche Hochzeit, bei der zwei verfeindete Sippen aufeinandertreffen.

Als ich auf das Schultor zugehe, steigt die übliche Angst in mir hoch. Immer mehr Eltern versammeln sich dort und schwatzen miteinander. Da ist es wieder, das Alptraumszenario, das mich seit so vielen Jahren verfolgt. Hinzu kommt die Anspannung wegen Sam: In welcher Stimmung wird er sein? Wird er von einem Lehrer nach draußen begleitet, der mir zuraunt, dass es abermals einen Streit gab, bei dem man leider wieder nicht genau sagen kann, wer angefangen hat? Noch so ein Moment, wo ich am liebsten eine Kamera in der Schule verstecken würde, um zu sehen, was dort wirklich passiert. Doch dann bin ich erleichtert, dass das nicht geht.

Die Schulglocke ertönt. Zu meiner Überraschung ist Sam unter den Ersten, die herausströmen. Er rennt durch die Elternmenge direkt in meine Arme.

»Holen wir Olivia ab? Wir wollen *Minecraft* spielen!«

»Ja, wir holen sie gleich ab. Wie war die Schule?«

»Gut.«

»Was hast du gelernt?«

»Nichts.«

»Gar nichts?«

»Nö.«

»Na toll.«

Durch den quälend langsamen Nachmittagsverkehr fahren wir zu St. Peter's. Kinder in anderen Uniformen strömen lachend aus der Schule, winken mit selbst gemalten Bildern und originellen Kunstwerken, die sie aus Klorollen gebastelt haben. Vielleicht bilde ich es mir ja nur ein, aber diese Kinder wirken viel netter als die Brut an Sams jetziger Schule. Leider weiß ich überhaupt nicht mehr, wie Olivia aussieht, also kann ich nur hoffen, dass Sam sie erkennt. Vorsichtshalber schicke ich Jody eine SMS. *Halt nach dem hübschesten Mädchen Ausschau*, schreibt sie. Haha, sehr hilfreich. Nur gut, dass sie in einer Stunde von der Arbeit zurück ist und sich dann selbst um dieses soziale Top-Event kümmern kann.

»Olivia!«, ruft Sam und rennt zu einem Mädchen, das am Tor wartet. Olivia ist etwas größer als Sam, hat langes, glattes, schwarzes Haar und ein Gesicht von elfenhafter Schönheit. Sie begrüßt ihn begeistert und redet auf ihn ein. Er nickt mit ernster Miene. Eine Frau kommt auf mich zu, bestimmt Olivias Mutter; sie trägt ein teures Burberry-Kostüm und hat das gleiche makellos schöne Gesicht wie ihre Tochter. Sie strahlt die lässig distanzierte Selbstsicherheit der Superreichen aus.

»Hallo, sind Sie Sams Vater?«, fragt sie. Ihr Tonfall ist knapp und geschäftsmäßig.

»Ja, ich bin Alex.«

»Ich bin Prudence, Olivias Mutter. Olivia will Sam heute besuchen. Gestern habe ich mit Jody gesprochen, das geht doch in Ordnung, oder?«

Ich bin kurz sprachlos. Sam hatte noch nie Freunde zu Besuch – und jetzt hat er plötzlich eine Freundin, deren Familie die Klatschseiten des *Tatler* zieren könnte?

»Klar«, sage ich schließlich. »Soll ich sie anschließend nach Hause bringen?«

»Nein, ich hole sie ab. Kann sie bei Ihnen denn etwas zu Mittag essen?«

»Äh … also Sam ist sehr eigen, was das angeht. Würde sie sich mit Spaghetti auf Toast zufriedengeben?«

Prudence zuckt kaum merklich zusammen.

»Aber natürlich.«

»Prima.«

»Olivia war ganz versessen darauf, Sam zu besuchen. Sie spielt ja dieses Computerspiel, wie heißt es doch gleich? *Mindcraft*? Sam ist wohl sehr gut darin. Vermutlich werden sie das zusammen spielen wollen.«

»Kann gut sein. Das Spiel kenne ich.«

»Olivias Bruder Harry ist auch ganz wild darauf.« Prudence schaut zu dem überheblich dreinblickenden Jungen, der hinter ihr steht. »Und seine Freunde ebenfalls. Ich kenne mich mit Computerspielen ja überhaupt nicht aus, aber in diesem werden wohl wenigstens keine Terroristen abgeknallt, das ist schon mal beruhigend. Also dann, bis später.«

Sie nimmt Olivias Schultasche und stöckelt mit ihrem Sohn die Straße entlang zu einem großen, makellos weißen Range Rover. Ich schaue zu, wie der Wagen losfährt und hinter den Reihenhäusern verschwindet.

»Ich will Olivia zeigen, wie man eine Burg baut«, sagt Sam.

»Hallo, Mr Rowe«, sagt Olivia. »Welches ist denn Ihr Auto?«

»Der furchtbar hässliche Kombi dort drüben«, sage ich. »Wollt ihr zuerst ins Café, geschäumte Milch trinken?«

Beide rufen gleichzeitig »Jaaa!« und hüpfen begeistert herum, danach laufen sie zu unserer Schrottkarre.

Als wir am Café sind, mache ich ihnen die Tür auf. Sie gehen hinein, völlig in ihr Gespräch vertieft (genauer gesagt, Olivia redet ununterbrochen und Sam nickt dazu). Während sie eines der gemütlichen Sofas im hinteren Teil in Beschlag nehmen, gehe ich zur Theke, wo Sams Lieblingsbarista gerade einer älteren Dame die Speisekarte vorliest. Als sie anschließend mit verwirrter Miene auf einen der Tische zusteuert, gebe ich meine Bestellung auf.

»Sie haben ja heute einen Gast mitgebracht«, sagt der Barista und schaut zu Sam herüber. »Ist das seine Freundin?«

Ich folge seinem Blick. Sam und Olivia sitzen plaudernd zusammen und blättern dabei die Comics und Zeitschriften durch, die auf dem Tisch liegen. Sie sehen wie ganz normale Kinder aus. Aber für uns ist das nicht normal. Am liebsten würde ich voller Stolz die Faust in der Luft schwingen, so wie Judd Nelson am Ende von *The Breakfast Club.*

»Dieses Café bringt eben das Beste in ihm zum Vorschein«, sage ich.

»Tja, leider sind die schönen Zeiten bald vorbei«, sagt der Barista.

Auf einmal rutscht mir das Herz in die Hose.

»Wie meinen Sie das?«, frage ich.

»Der Besitzer hört auf. Er ist jetzt mit einer Frau liiert, die hier Stammgast war. Mit ihr will er eine Pension in Italien eröffnen. Der Mietvertrag läuft in ein paar Monaten aus, und das war's dann.«

»Das ist ja schrecklich«, sage ich.

»Wem sagen Sie das. Mir hat's hier immer gut gefallen. Es ist schön hier. Eigentlich fühlt es sich gar nicht wie Arbeit an, sondern eher so, als wäre man mit Freunden zusammen. Mir wird das Café fehlen. Aber nehmen Sie doch bitte Platz. Ich bringe Ihnen gleich Ihre Bestellung.«

Hinter mir warten noch andere Leute, also trete ich zur Seite. Aber ich bin völlig geschockt. Das ist unser Café, unsere Zuflucht. Besser, ich sage Sam erst einmal nichts davon. Zumindest nicht heute, wo er sein Date mit Olivia hat. Besser, wir genießen unseren gemeinsamen Besuch. Ich setze mich zu den beiden. Olivia plaudert unentwegt über ihren Schultag, erzählt uns, was sie gemacht, mit wem sie gespielt und worüber sie mit den anderen geredet hat – lauter Sachen, die wir von Sam nie zu hören bekommen. Zwischendurch versucht Sam, das Gespräch auf *Minecraft* zu bringen.

»Ich kann mit Sandstein bauen«, verkündet er unvermittelt.

Plötzlich fällt Olivia etwas ein. Sie ist ganz aufgeregt und unterbricht ihn, indem sie ihm sanft die Hand auf den Arm legt. Sam zuckt nicht zurück. Ich bin verblüfft.

»Weißt du was, mein Bruder hat mir von einem *Minecraft*-Bauwettbewerb erzählt«, sprudelt es aus ihr heraus. »Der soll in ein paar Monaten stattfinden. Da musst du unbedingt mitmachen, Sam. Das ist auf einem Videogame-Festival in London. Jeder hat vier Stunden Zeit zum Bauen, und der Beste gewinnt einen Preis.«

»Darf ich mitmachen, Daddy?«, fragt Sam.

Ich kann es vor mir sehen: eine riesige Ausstellungshalle

voller kreischender Teenies, Spielkonsolen und ohrenbetäubender Musik. Ein Super-GAU auf Tabhitas Party wäre gar nichts dagegen.

»Mal schauen. Das können wir entscheiden, wenn es so weit ist. Es wird dort bestimmt sehr laut sein.«

»London war wirklich laut«, sagt Sam. »Aber ich habe es geschafft.«

»Wenn wir bei dir zu Hause sind, können wir meinen Bruder auf der Xbox suchen«, sagt Olivia. »Und dann können wir alle in derselben *Minecraft*-Welt spielen.«

»Daddy, dürfen wir?«

»Ja«, antworte ich, erleichtert über den Themenwechsel.

Als wir am Haus sind, stürmen beide aus dem Auto, dann die Treppe hoch und schalten sofort die Xbox ein. Ich gehe in die Küche, stelle Milch und Kekse aufs Tablett und bringe es zu ihnen in der Hoffnung, Olivia gegenüber die Illusion aufrechterhalten zu können, dass a) ich der perfekte Vater bin und b) Sam andauernd Besuch von Freunden bekommt, also gerade nicht im Geringsten ein Wunder stattfindet.

Sam ist dabei, Olivia unsere Burg zu zeigen. Er hat Felder angelegt, wo er Weizen und Karotten anbaut. Olivia ist beeindruckt. Ich stelle das Tablett ab und schaue zu, aber dann sieht Sam zu mir hoch. Das gibt's ja nicht – es scheint ihm tatsächlich peinlich zu sein, dass ich noch da bin. Na gut, dann gehe ich eben. Als ich mich zur Tür wende, fängt Olivia abermals damit an, dass Sam unbedingt bei dem *Minecraft*-Wettbewerb mitmachen soll. Sam nickt begeistert. Dass ich auch nicke, merke ich erst, als ich auf der Treppe bin.

Kapitel 20

Wir fangen mit Small Talk an. Es ist gegen sieben Uhr abends und ich sitze mit Matt in einem Pub im Stadtzentrum. Er ist hier, um sich das entscheidende Champions-League-Spiel zwischen Manchester United und Porto anzuschauen; ich bin hier, um herauszukriegen, ob er eine Affäre hat. Natürlich kann ich nicht gleich mit der Tür ins Haus fallen. Ich muss es langsam und clever angehen. Am besten diskutiere ich mit ihm erst einmal über Manchesters Unfähigkeit, endlich einen ebenbürtigen Ersatz für Roy Keane im Mittelfeld zu finden. So regeln Männer das.

Nach einer etwa zehnminütigen Analyse der aktuellen Lage des Clubs wage ich einen Vorstoß: »Sag mal, wo wir gerade über Krisen und Frust reden, wie läuft's eigentlich zwischen dir und Clare?«

Matt schaut von seinem Bier hoch.

»Gut, gut. Wir bereiten gerade Tabithas Geburtstagsparty vor. Kommst du mit Sam vorbei?«

»Vielleicht. Mal sehen, wie er drauf ist. Und sonst? Ist alles okay bei dir?«

»Wieso fragst du?«

»Na ja, in letzter Zeit bist du irgendwie anders als sonst, du checkst ständig dein Handy, sogar mitten im Spiel. Das ist auffällig …«

Immer schön langsam. Das streitet er jetzt garantiert ab,

aber das war bloß die Einleitung. Der Abend ist ja noch lang…

»Sag bloß Clare nichts davon!« Voller Panik platzt es aus ihm heraus.

Ach du Scheiße, er kapituliert schnell. Er hat tatsächlich eine Affäre.

»Okay«, sage ich. »Und wovon soll ich Clare nichts sagen?«

»Ich hab ein kleines Problem. Ein Geldproblem.«

»Was? Wieso?«

Er holt ein paarmal tief Luft und schaut weg. Ein Mann in einem Manchester-T-Shirt geht mit einem Riesentablett Pints an uns vorbei.

»Ich wette. Hauptsächlich Fußball, aber auch Rugby, Cricket, Motorsport, was mir gerade unter die Finger kommt. Die Wetten laufen übers Handy.«

»Seit wann denn?«

»Seit 'nem Jahr ungefähr. Ich war damals ständig auf Dienstreisen und hab mich tierisch gelangweilt. Hab im Hotelzimmer nonstop Sport geschaut. Wenn immer Kinder um einen herum sind, redet man ja permanent davon, wie toll es wäre, mal seine Ruhe zu haben, aber wenn man sie dann hat, weiß man überhaupt nicht, was man machen soll. Also hab ich angefangen, ab und zu auf Spiele zu wetten, damit mir nicht mehr so öde ist. Irgendwann konnte ich mir kein Spiel mehr ansehen, ohne vorher zu wetten – wer schießt das erste Tor, wie viele Tore, wie viele Ecken und so weiter. Und das wurde schließlich mehr und mehr. Tja, und wenn du dann morgens um sechs in San Francisco in deinem Hotelzimmer sitzt und hundert Pfund auf ein Spiel der dritten Liga setzt, weißt du, dass du ein Problem hast.«

»Heißt das etwa, du hast Schulden?«

Matt schnaubt verächtlich.

»Könnte man sagen, ja.«

»Wie viel?«

»Ungefähr fünfzehn Riesen. Eigentlich war es weniger, aber letztens, beim Teambuilding-Wochenende meiner Firma, hab ich versucht, alles an einem Tag zurückzugewinnen. Hab rund fünfzigmal gewettet. Ging leider total in die Hose. Tja.«

»Ach du Scheiße.«

Matt lässt den Kopf sinken. Zuerst denke ich, er schämt sich, aber dann sehe ich, dass er sein Handy checkt.

»Sag mal, wettest du etwa gerade auf das Spiel hier?«

»Nein, natürlich nicht. Doch.«

Ich nehme ihm das Handy weg.

»Hey, was soll das?«, ruft er.

»Verdammt, Matt, was denkst du dir dabei?«

»Keine Ahnung. Vielleicht fünfzig Pfund auf das erste Tor für Porto?«

»Matt, das ist kein Witz.«

»Ja. Sorry.«

Wir sind eine Weile still. Im Hintergrund hören wir den Anpfiff und halbherzige Jubelschreie von einer Horde Manchester-Anhänger.

»Was ist mit eurem Haus? Kannst du die Hypothek noch bezahlen?«

»Im Moment ja. Aber es ist hart. Scheiße, ich hab Mist gebaut.«

»Du musst es Clare sagen.«

Er schaut mich verzweifelt an.

»Ich hab's ja versucht. Aber wenn ich es heimlich zurückzahlen kann, braucht sie es vielleicht gar nicht zu erfahren.«

»Matt, Clare glaubt, dass du eine Affäre hast.«

»Was?!«

»Sie kam letzte Woche bei mir vorbei, weil sie glaubt, dass du fremdgehst. Sie ahnt natürlich, dass da was nicht stimmt. Sie ist ja nicht blöd.«

»Scheiße.«

»Du musst es ihr sagen.«

»Ich hab Angst, Alex. Ich kann den Gedanken, sie und die Kinder zu verlieren, einfach nicht ertragen. Ich weiß nicht, was ich dann machen würde.«

Im Hintergrund bricht Jubel aus. Wir schauen beide auf den Bildschirm. Porto hat das erste Tor geschossen. Matt schielt unwillkürlich nach seinem Handy.

Am nächsten Tag spaziere ich durch die Stadt. Ich bin noch dabei, das groteske Gespräch mit Matt zu verdauen. Fieberhaft überlege ich, was ich Clare sagen soll, die mir schon zwei SMS geschickt hat. Ich musste raus aus dieser Wohnung, aus diesem deprimierend kleinen Zimmer. Das einzig Gute ist, dass ich nach einem Stress-Trip zu Ikea jetzt auf einem schmalen Wackelbett schlafen kann, statt auf der Luftmatratze. Eine Lampe habe ich auch noch besorgt (bei Ikea kauft man immer mehr, als man eigentlich vorhat) und dazu einen billigen Teppich, der so viel Reibungselektrizität erzeugt, dass es bestimmt für die Lampe reicht.

Ziellos und gelangweilt schlendere ich durch die feuchten Gassen von St. Nicholas Market, vorbei an gerammelt vollen Buchläden und kleinen Ständen, wo Kiffer-Zubehör und veganes Fastfood verkauft wird. Bei der Bank halte ich an, um meinen Kontostand zu checken. Ich bin schon knietief im Dispo. Was mich allerdings nicht davon abhält, mir im Musikladen auf der Park Street ein paar Vinylalben zu kaufen, damit Dans sauteurer Plattenspieler endlich mal ein paar Runden drehen kann. Zu Mittag gönne ich mir einen saftigen Gourmet-Burger. Als ich weiterschlendere, komme ich plötzlich an dem Vintage-Klamottenladen vorbei, wo Isobel arbeitet. Na so was. Spontan gehe ich rein.

Drinnen herrscht nostalgisches Chaos: An den Kleiderständern hängen Fifties-Kleider, Collegejacken und abgetragene Levi's-Jeans, die Wände sind mit den Titelbildern alter Starzeitschriften plakatiert, aus den Lautsprechern trällern die Supremes, und alles wird von einem schweren Räucherstäbchen-Duft eingehüllt, wie in einer Studentenbude.

Ich entdecke Isobel hinten im Geschäft, wo sie gerade einer Kundin Wechselgeld aus einer klingelnden Sixties-Registrierkasse und eine große Papiertüte überreicht. Sie trägt eine pinkfarbene Strickjacke über einem schwarzen Kleid und eine Bobfrisur. Sie sieht toll aus, als käme sie gerade aus einer Fotosession mit David Bailey. Ob sie mich wohl wiedererkennt? Zu meiner Überraschung lächelt sie mich genauso strahlend an wie vor zwei Wochen im Café.

»Hi«, sagt sie. »Was machen Sie denn hier?«

»Ich kam gerade zufällig hier vorbei«, sage ich. Die todlangweiligste aller Antworten. Wenn ich so fortfahre, schläft sie gleich ein. »Wie geht's denn so?«

»Super! Mein Dad hat Jamie zum Angeln mitgenommen. Das ist ziemlich genial, denn wenn man einen hyperaktiven autistischen Jungen an einen tiefen See setzt und mit scharfkantigen Angelhaken hantieren lässt, kann eigentlich nichts schiefgehen, oder? Heute ist glücklicherweise nicht viel los hier, also falls doch ein Anruf vom Krankenhaus kommt, kann ich schnell den Laden schließen und hinfahren. Schön, Sie zu sehen.«

»Schön, *Sie* zu sehen. Wann haben Sie denn Feierabend?« Die Frage sollte eigentlich ganz lässig rüberkommen, aber in der räucherstäbchenduftgeschwängerten Luft klingt sie wie ein Antrag.

»Soll das etwa ein Date werden?«, fragt sie.

»Nein«, sage ich. Sie sieht enttäuscht aus. »Doch. Es war eigentlich nicht so gedacht, aber … ähm … warum eigentlich nicht … O Gott, können wir bitte wieder zurück auf Anfang?«

»Ich arbeite bis sechs. Wenn Sie wollen, können wir danach zusammen einen Kaffee trinken. Ich muss aber so gegen acht wieder zu Hause sein.«

»Großartig. Ich hole Sie hier ab. Um sechs. Auf einen Kaffee.«

Ich verlasse den Laden und bleibe eine Weile an der Ecke stehen. Mir ist seltsam zumute, als stünde ich neben mir. Euphorie vermischt sich mit schlechtem Gewissen und Angst, das reinste Gefühlswirrwarr. Am besten gehe ich weiter zum Museum, Abteilung »Altes Ägypten«, um mich wieder zu beruhigen. Die nächste Stunde verbringe ich damit, Artefakte einer längst untergegangenen Zivilisation zu betrachten und mir vorzunehmen, rational zu bleiben. Ich gehe nicht fremd, ich werde nicht fremdgehen, das ist nur ein kleines Experiment, wir sind bloß Bekannte, weiter nichts. Alles ist gut. Ich lache mich schlapp. Meine Ehe ist total am Ende, und die Frau, die ich liebe und mit der ich zehn Jahre meines Lebens verbracht habe, sitzt vielleicht gerade irgendwo mit einem Typen namens Richard in einer Bar. Gar nichts ist gut. Aber vielleicht kann ich dieser ganzen Scheiße eine kleine Glückssträhne abtrotzen.

Um kurz vor sechs stehe ich nervös vor der Tür. Zehn

Minuten später kommt Isobel mit einer Kollegin heraus. Sie schließen den Laden ab und umarmen sich zum Abschied. Die Kollegin sieht mich misstrauisch an, als sie an mir vorbeigeht, die Park Street hinunter.

»Also«, sage ich möglichst lässig. »Wohin gehen wir?«

»Am Triangle ist ein nettes Café«, sagt sie. »Kommen Sie.«

Der Wind bläst uns ins Gesicht, als wir mit gesenkten Köpfen nebeneinander hergehen, schön auf Abstand, und den uns entgegenkommenden Studentenhorden ausweichen. Das kleine Café liegt zwischen einer Pizzeria und einem Bio-Supermarkt. Drinnen empfängt uns Pariser Chic mit Sepia-Fotografien an den Wänden; im Hintergrund läuft Jacques Brel. Überall sitzen müde aussehende Shopper. Die Fensterreihe ist von Mittzwanzigern in coolen T-Shirts belegt, die sich mit ernsten Mienen über ihre MacBooks beugen; bestimmt Kumpel von Dan. Wir bestellen Lattes und belegen einen freien Tisch an der Theke.

»Dad hat mir vorhin eine SMS geschickt«, sagt Isobel. »Jamie ist nicht ertrunken, was schon mal gut ist, aber er wurde sehr ungeduldig und hat die ganze Ausrüstung ins Wasser geworfen. Das war's dann mit dem Angeln. Und wie geht's Sam so?«

»Ich denke, er ist in Ordnung. Eigentlich ist es immer dasselbe. An manchen Tagen ist er total mies drauf, an manchen total gut. Ich lese gerade Bücher über Autismus, um herauszufinden, wodurch diese Wutanfälle ausgelöst werden und wie man sie verhindern kann.«

»Und?«

»Man soll alles Ungewohnte oder Unerwartete vermeiden. Ist natürlich ganz einfach, weil im Leben ja bekanntlich alles genau nach Plan läuft.«

»Klar. Jamie hat letzte Woche das Wohnzimmer zertrümmert, weil seine Lieblingsserie *Horrible Histories* zehn Minuten später anfing. Wie soll ich so etwas bitteschön verhindern? Früher stand er auf *Thomas, die kleine Lokomotive*, jetzt interessieren ihn mittelalterliche Folterwerkzeuge, Katapulte und Beulenpest. Erst letzte Woche musste ich bei Waterstones nachfragen, ob sie zufälligerweise Kinderbücher über die Pest haben.«

»Sam ist gerade verrückt nach *Minecraft*. Und wenn er nicht spielt, liest er Bücher darüber oder schaut sich Tutorials auf YouTube an. Aber eigentlich ist es okay, es beruhigt ihn, und wir können sogar zusammen spielen, das ist richtig toll. Demnächst findet ein *Minecraft*-Wettbewerb in London statt, und er will unbedingt dort hin. Das ist ein Wahnsinnsfortschritt. Doch ich mache mir etwas Sorgen, weil er so besessen davon ist.«

»Aber das klingt gut, es ist was Kreatives. Jamie verbringt Stunden damit, mit seinem Chemiebaukasten Zaubertränke zu brauen. Das ist die einzige Sache, bei der er ruhig bleibt. Wenn er groß ist, will er Alchemist werden.«

»Wäre ja cool, wenn es dafür eine Ausbildung gäbe.«

So verläuft unsere Unterhaltung. Ganz gleich, worüber wir reden, wir kommen immer wieder auf unsere Söhne und ihren Autismus zurück und darauf, wie unglaublich nervig es ist, jeden Ausflug bis ins kleinste Detail genau zu planen, immer wieder dieselben Fragen zu beantworten und mit extremer Sturheit den verständnislosen Blicken anderer Eltern, unnützen Ratschlägen und schlaflosen Nächten klarkommen zu müssen. Aber wir sprechen auch darüber, wie einzigartig und witzig unsere Söhne sind: Wie sie die Welt wahrnehmen und wie das unsere eigene Weltsicht verändert hat, was sie alles wissen und wie sie sich Sprüche aus Fernsehsendungen merken, die sie dann in völlig unpassenden Situationen zum Besten geben. Irgendwann komme ich mir vor wie in der Szene aus *Der weiße Hai*, wo Robert Shaw und Richard Dreyfuss ihre Narben vergleichen, nur dass wir uns stattdessen Super-GAU-Stories erzählen:

»Einmal mussten wir Sam von der Schule abholen, weil er einen Lehrer in die Eier trat.«

»Jamie hat mal eine Bedienung mit Essen bespuckt und sich dann in die Hose gemacht.«

»Sam hat in einem Geschäft einen Fernseher umgeworfen. Da hab ich ihn gepackt und bin ganz schnell mit ihm rausgelaufen.«

»Jamie hat mit einem Tennisschläger das nagelneue Terrassenfenster meiner Eltern zertrümmert.«

»Okay, ich würde sagen: Gleichstand.«

Isobel ist witzig und schlagfertig. Obwohl sie als alleinerziehende Mutter eines autistischen Kindes bestimmt eine Menge durchgemacht hat, strahlt sie einen unglaublichen Optimismus aus. Bei ihr ist das Glas nicht halb leer oder halb voll, es läuft über. Ihre Augen funkeln mich hinter der dick gerahmten Brille an. Ich bin völlig gefangen von diesem Blick.

»Was machen Sie denn sonst noch so, wenn Sie nicht gerade arbeiten und sich um Jamie kümmern?«, frage ich.

»Sollen wir uns nicht duzen?«, fragt sie.

»Okay«, sage ich.

»Hab ich dir schon von den Clubnights erzählt, die ich veranstalte? Ich steh total auf die Sixties, ist dir vielleicht schon aufgefallen. Die Musik, die Mode, die Filme und Theaterstücke – das war alles so neu und aufregend, es gab so viele

Möglichkeiten. Heute haben wir diesen modernen Hightech-Kram, den sich damals überhaupt noch keiner vorstellen konnte, und alle leben zynisch und einsam nebeneinander her.«

»Und Jamies Vater? Stand er auch auf die Sixties?«

»Der? Nein, überhaupt nicht. Ich weiß noch nicht mal mehr, ob er überhaupt auf Musik stand. Wir sind uns an der Uni begegnet. Ich hab Modedesign studiert, war ja klar, und er hat bei Fernsehproduktionen gearbeitet. Und dann bekam er ein Jobangebot als Runner in London und ist einfach abgehauen. Inzwischen ist er wohl Regieassistent oder so was Ähnliches.«

»Ich frage mich manchmal, ob Sam jemals … na ja …«

»Regieassistent wird und einfach abhaut?«

»Nein … ob er wohl jemals eine Beziehung haben wird.«

»Darüber habe ich auch schon nachgedacht. Na ja, Jamie ist krankhaft egozentrisch, aber womöglich liegt das gar nicht am Autismus, sondern an seinem Geschlecht. Das war jetzt nur ein Witz. Es wäre natürlich gut, wenn es jemanden gäbe, der ihm Männerkram beibringen kann. Leider hab ich mir dafür einen total ungeeigneten Lehrer ausgesucht.«

»Sam mag Mädchen, aber Flugzeug-Apps und *Minecraft* interessieren ihn definitiv mehr. Ich schätze, daran wird sich auch in zehn Jahren nichts ändern. Andere Menschen sind ihm einfach zu kompliziert und zu anstrengend.«

»Das kenne ich von Jamie. Und was ist mit dir?«

»Ähm … meinst du mit Jody und mir? Ich …«

»Nein, ich meinte, was mit *dir* ist. Was machst du sonst so?«

»Ach, keine Ahnung … Ich war in den letzten acht Jahren so viel mit Arbeiten und Vatersein beschäftigt, da blieb keine Zeit mehr für irgendwas anderes …«

Ich lasse den Blick schweifen. Wofür interessiere ich mich eigentlich? Inzwischen ist es ruhiger im Café geworden, nur noch ein paar Shopper und Büroleute sind da. In Fensternähe sitzt eine Mutter mit Kind. Sie kommt mir vage bekannt vor. Eine ehemalige Hypotheken-Kundin?

»Also – irgendwas *muss* dich doch interessieren?«

Ach ja, Isobels Frage. Ich erzähle ihr einfach das Erste, was mir in den Sinn kommt.

»Hmm … damals, an der Uni, bin ich voll auf elektronische Musik abgefahren. Ich hab darüber gebloggt, selbst aufgelegt und sogar 'nem Freund dabei geholfen, ein Plattenlabel zu gründen, das allerdings total gefloppt ist. Kaum zu glauben, dass ich so was mal gemacht habe. Aber heute hab ich mir tatsächlich zwei Vinylscheiben gekauft, das ist schon mal ein Anfang.«

»Genau! Komm doch mal zu meiner Clubnight. Dann stell ich dich dem Pub-Besitzer vor. Vielleicht kannst du dort selbst mal auflegen.«

»Nee, das geht nicht. Auf keinen Fall. Aber ich will gern mal vorbeischauen, wenn du deine Clubnight hast.«

»Klasse, ich schick dir die Info. Komm vorbei, wenn du Lust hast. Kannst auch gern jemanden mitbringen. Es war schön, mit dir zu reden.«

»Das fand ich auch.«

»Mach's gut, Alex!«

Sie umarmt mich zum Abschied, dann läuft sie die Park Street hoch, Richtung Uni. Ich gehe in die entgegengesetzte Richtung und denke an ihre Umarmung – an ihr Vintage-Kleid, das sich ein wenig rau anfühlte, und an den Kokosduft in ihrem Haar.

Kapitel 21

Jody ruft mich wegen des *Minecraft*-Wettbewerbs an. Sam redet darüber, als würde er auf jeden Fall dabei mitmachen. Wir sind uns allerdings längst nicht so sicher wie er.

Doch seine Begeisterung für das Spiel ist ungebrochen. Wann immer wir können, spielen wir zusammen online, manchmal eine Stunde, manchmal nur ein Viertelstündchen, bevor Sam ins Bett muss. Wenn ich sehe, dass er online ist, bin ich plötzlich aufgeregt, so wie damals, als George und ich unsere Lieblingsbrettspiele hervorholten. Sofort versinken wir in unserer Welt, bauen weiter an unserer Burg, erschließen neues Land und freuen uns darüber, wie unser Königreich jedes Mal ein bisschen größer wird. Entweder chatten wir dabei oder wir vertiefen uns schweigend in unsere Aufgaben, glücklich darüber, unsere Welt gemeinsam zu erleben. Sam sagt mir oft, was ich machen soll, zum Beispiel Zäune ausbessern oder Zombies jagen. Sein Selbstvertrauen wächst, und wer weiß – womöglich ist es ja langsam auch stark genug für die Welt da draußen.

»Vielleicht kann er ja mit zu Tabhitas Party kommen«, schlage ich Jody vor. »Dann können wir sehen, ob er inzwischen mit einer Horde von lärmenden Kindern klarkommt. Das letzte Mal ist ja schon eine Weile her.«

Innerlich stöhnen wir beide, wenn wir an die Große-Eiscreme-Kotz-Katastrophe denken, mit der sein letzter Geburtstagsparty-Besuch endete. Aber das war vor ein paar Monaten gewesen, jetzt ist Oktober, wir haben gerade Herbstferien. Und nachdem Jody die letzten Tage damit verbracht hat, Sam an ein Xbox-Limit von zwei Stunden zu gewöhnen und trotzdem bei Laune zu halten, ist sie vielleicht offener für dieses Experiment. Zudem: Wenn wir beide mitgehen, hilft das bestimmt.

»Na gut«, sagt Jody. »Viel Glück.«

Na toll. Ich soll also allein mit ihm hin.

Am Tag der Party hole ich Sam schon früh am Morgen ab. Er blickt skeptisch drein, aber als ich ihn frage, ob er wirklich zu der Party will, nickt er langsam. Jody hat ihn damit geködert, dass er mit meinem iPad spielen darf.

»Als was willst du dich denn verkleiden?«, frage ich ihn. »Als Pilot? Oder Superheld?«

»Hmmm … als Creeper«, sagt Sam.

»Oh … okay. Warum als Creeper?«

»Weil ich wie ein Creeper bin.«

»Ach so … wenn Leute auf dich zukommen, explodierst du?«

»Ja!«, kreischt er.

Wir beide müssen lachen, auch wenn wahrscheinlich nur ich die metaphorische Ebene dieses Witzes erkenne. Doch unabhängig davon bedeutet Sams Vorschlag, dass wir nicht einfach ein Kostüm von der Stange kaufen können, sondern selbst eins basteln müssen. Und ich muss das Ganze in die Hand nehmen, was sonst. Jetzt bräuchte ich nur noch ein normales Kind, das Spaß am Basteln hat.

»Gut, Sam, dann haben wir jetzt aber viel zu tun«, warne ich ihn.

Zuerst fahren wir ins Stadtzentrum und verbringen eine Stunde damit, von einem Kinderbekleidungsladen zum nächsten zu laufen. Sam fragt natürlich die ganze Zeit dasselbe: Wo gehen wir denn hin? Was machen wir hier? Die übliche Nervenzerreißprobe. Schließlich finden wir eine grüne Pyjamahose und ein langärmeliges grünes T-Shirt.

»Ist das mein Kostüm?«

»Nein, das trägst du *unter* deinem Kostüm.«

»Warum trage ich überhaupt ein Kostüm?«

»O Gott …«

Auf dem Rückweg zu Dan besorge ich noch Farben und Pappkartons in verschiedenen Größen und Formen. Als wir in Dans Wohnung sind, bedecke ich den Sofatisch mit Zeitungsblättern und lege Scheren, Pinsel und Klebeband bereit. Dann bemalen wir zusammen die Kartons in verschiedenen Grüntonen. Zu meiner Verblüffung schafft Sam es über eine halbe Stunde lang, sich ununterbrochen zu konzentrieren, bis er wieder hibbelig wird. Doch dann komme ich auf die clevere Idee, ihm Fragen über Creeper zu stellen und ihn so zum Weitermachen zu bewegen. Abgesehen von *Minecraft* ist es das erste Mal, dass wir so lange etwas derart konzentriert am Stück zusammen gemacht haben – und plötzlich dämmert mir, worauf ich verzichtet habe, als ich mich ständig in die Arbeit flüchtete, statt Quality Time mit Sam zu verbringen.

Tja. Es stimmt schon, niemand sagt auf dem Sterbebett: »Ich wünschte, ich hätte mehr Zeit mit Arbeit verbracht.« Jedenfalls bin ich ziemlich stolz auf mich, zumindest bis Sam den Wasserbecher für die Pinsel nimmt und ihn auf Dans Boden gießt. Während Dan mir hilft, alles mit ein paar ungewaschenen T-Shirts aufzuwischen, erzähle ich ihm von dem

Wettbewerb und frage ihn, ob er schon einmal auf so einem Games-Event war.

»Soll das ein Witz sein?«, antwortet er. »Das ist die Gen X Games Convention! Da geh ich jedes Jahr hin. Ich hab schon mein Ticket. Das ist voll geil!«

Oh, jetzt habe ich aus Versehen den Pubertierenden in ihm geweckt.

»Gen X?«, sage ich. »Heißt das etwa, da gehen nur frustrierte Mittdreißiger hin?«

»Quatsch, Mann. Gen X steht für Generation Xtreme!«

»Ach so. Klar.«

Dann ist das Kostüm endlich fertig: ein großer Karton für den Creeper-Körper und vier kleinere für Arme und Füße. Einen Creeper-Pappkarton-Kopf habe ich schon vorher besorgt. Aber der Rest ist auch nicht übel geworden. Ich helfe Sam, alles überzuziehen. Lange wird er es nicht darin aushalten, weil es so ungewohnt für ihn ist. Aber egal, ich schiebe ihn ins Dans Zimmer vor den großen Spiegel. Warum zum Teufel hat Dan überhaupt so ein Ding? Wenigstens hat er keinen an der Decke. Oder etwa doch? Jetzt muss ich doch mal hochschauen. Gott sei Dank, da ist nichts. Ich wende mich wieder Sam zu. Er ist völlig begeistert.

»Ich bin ein Creeper!«, kreischt er. »Ich jage dich gleich in die Luft!«

»Nein, geh weg!«, schreie ich und laufe in den Flur. Sam rennt hinterher und prallt dabei gegen die Wand. Als ich mich umdrehe, sehe ich ihn kurz taumeln und schließlich auf den Rücken fallen. Ich rechne damit, dass er in Tränen ausbricht, doch er lacht nur und rappelt sich wieder auf. Slapstick scheint ihm zu liegen. Vielleicht wird er auf der Party ja doch ganz gut klarkommen.

Mittags fahren wir zu Matt und Clare. Schon auf der Auffahrt hören wir die Kinder im Haus krakeelen, aufgeputscht von Haribo und Limonade. Als ich klingele, versteckt Sam sich hinter mir. Die Tür wird von Archie aufgerissen, der sich als Batman verkleidet hat.

»Cooles Outfit«, bellt er und rennt schreiend davon.

Wir gehen ins Haus. Überall tollen verkleidete Kinder herum. Zwei Figuren aus der *Eiskönigin* rennen mit überschäumenden Cola-Flaschen die Treppe rauf und runter, und Dracula jagt einen Roboter durch den Flur ins Wohnzimmer, wo ein paar Minions Fangen spielen; der Teppich ist mit zertretenen Cheeseballs übersät. Clare steht in einem Hexenkostüm und mit grün geschminktem Gesicht in der Küche, sie ist gerade damit beschäftigt, Becher mit Kirschlimonade zu füllen. Sam greift nach meiner Hand, als wir uns den Weg bahnen. Wir steigen über Iron Man und Robin Hood, die auf dem Boden liegen und Nintendo spielen.

»Hallo Clare, super Outfit«, sage ich.

»Gott, ist das ein Chaos hier«, sagt sie. »Fünf Jahre als Restaurantmanagerin hätten mich eigentlich darauf vorbereiten sollen, aber na ja. Pass auf, Alex, da drüben tropft Wackelpudding von der Decke. Dabei habe ich ihnen das Zeug noch gar nicht gegeben. Ich dachte, der Pudding wäre im Kühlschrank. Das kann ich jetzt gerade gar nicht gebrauchen!«

Sie verteilt die Becher an ein paar Superhelden, Prinzessinnen und Polizisten, die damit in den Garten laufen und eine rote Limonadenspur hinterlassen.

»Wie geht's dir?«, frage ich.

»Nicht so gut. Matt hat mir alles erzählt … Hallo Sam, du hast ja ein tolles Kostüm! Willst du zu den anderen gehen?«

Sam klammert sich an mein Bein.

»Wann fahren wir nach Hause?« Er schaut mich flehend an, als Archie und Tabitha hereinstürmen.

»Nehmt Sam mit nach drüben, ihr zwei«, sagt Clare. »Wir machen gleich Partyspiele!«

»Komm, Sam«, rufen die beiden und greifen nach seiner Hand. Er folgt ihnen langsam.

»Dieser dämliche, selbstsüchtige Mistkerl!« Clare stopft ein paar Tassen in den Geschirrspüler. »Ich meine natürlich Matt, nicht Sam.«

»Ach so. Ja. Das war wirklich dämlich von ihm.«

»Wie konnte er nur?«, zischt sie. »Er hat einen guten Job, er verdient eine Menge ... Warum zum Teufel hat er angefangen zu wetten?«

»Er war wohl viel unterwegs und hat sich zu Tode gelangweilt. Und Wetten geht inzwischen ganz leicht, das ist wie ein Computerspiel.«

»Ja, ja, das hat er mir auch schon erzählt. Aber ich versteh es einfach nicht – warum hat er sich dann nicht mit einem Computerspiel begnügt, verdammt noch mal? Wie konnte er unser Leben nur so aufs Spiel setzen? Und es zudem noch so lange vor mir geheim halten?«

»Was willst du jetzt machen?«

»Keine Ahnung. Im Moment bin ich so sauer, dass ich nicht mal mehr seinen Anblick ertragen kann. Wenn du ihm Hallo sagen willst, er ist drüben. Ich komm gleich nach, um diese blöden Partyspiele zu machen.«

Ich gehe hinüber ins Wohnzimmer, wo die Minions inzwischen abwechselnd auf dem Schaukelstuhl herumhopsen. In der Ecke sitzt Matt über einen tragbaren CD-Spieler gebeugt, er sieht wie der traurigste Pirat der Welt aus. Der

Knoten seines rosa gepunkteten Halstuchs hat sich gelöst, die Knöpfe seiner Weste sind aufgegangen, seine Augenklappe hängt auf dem Kinn. Selbst der Plüschpapagei, den er sich mit Klebeband auf die Schulter gepappt hat, sieht wie ein Häufchen Elend aus. Vor ihm tanzt ein kleines Mädchen, sie will, dass er Songs von One Direction spielt und bewirft ihn mit Cheeseballs.

»Hey«, sagt er. »Ich bin der DJ-Pirat.«

»Das sehe ich. Wie geht's dir?«

»Scheiße. Clare redet nicht mehr mit mir. Die Stimmung ist total im Keller. Ich hab Angst, dass ich sie und die Kinder verliere. Dass ich alles verliere.«

Da fällt ihm der Papagei von der Schulter.

»Du wirst sie schon nicht verlieren.« Ich bemühe mich, den Niedergang des Papageis und dessen metaphorische Bedeutung zu ignorieren. »Clare ist wütend, aber sie schmeißt dich schon nicht raus.«

»Hat sie dir das gesagt?«

»Das musste sie gar nicht.«

»Aber passieren kann es trotzdem, oder?«

Natürlich spielt er damit auf Jody und mich an. Clare hat das ja auch schon getan. Großartig, dass die beiden unsere Beziehung jetzt als Worst-Case-Szenario benutzen.

»Hör mal, das ist doch was vollkommen anderes«, sage ich. Das Ganze kommt mir vor wie ein Déjà-vu-Erlebnis. »Ihr zwei seid eine Einheit. Was auch passiert, ihr beide schafft es, immer eine Lösung zu finden. Nur so ist es euch gelungen, vier Kinder großzuziehen, ohne euch an die Gurgel zu gehen. Ihr zwei kriegt alles wieder hin, so läuft das bei euch! Aber du musst mit dem Wetten aufhören und dir Hilfe holen. Zeig ihr, dass du ein Vollidiot warst, es jetzt aber unter Kontrolle hast.«

»PARTYSPIELE!«, schreit Clare.

Sofort stürmen ungefähr zwanzig Kinder ins Wohnzimmer und kabbeln sich um die besten Bodensitzplätze. Sam trottet hinter ihnen her und klammert sich erneut an mein Bein. Auch ein paar andere Eltern kommen herein, bleiben aber im Hintergrund stehen und unterhalten sich angeregt, während sie an Plastikweingläsern nippen. Für sie scheint das alles völlig normal zu sein.

»Wer will ›Päckchen weitergeben‹ spielen?«, ruft Clare.

Alle Kinder schreien begeistert Ja. Sam hält sich die Ohren zu. Clare geht herum und ruft den Kindern zu, dass sie sich in einen großen Kreis setzen sollen, einigen hilft sie dabei. Ich versuche, Sam zwischen Spider-Man und eine Fee zu quetschen, denn ich will unbedingt, dass er mitmacht oder mich zumindest nicht dadurch blamiert, dass er schmollend in der Ecke steht. Natürlich verspüre ich bei diesem Gedanken sofort Schuldgefühle, aber ich kann die missbilligenden Blicke der anderen Eltern eben auch nicht immer aushalten.

»Jetzt komm schon, es ist doch nur ein Spiel«, sage ich.

Clare nimmt ein großes Päckchen vom Schrank, das mit mehreren Lagen Geschenkpapier umwickelt ist, und gibt es Archie.

»So, ihr wisst ja alle, was ihr jetzt tun sollt«, sagt Clare. »Ihr gebt das Päckchen weiter, bis die Musik aufhört. Und wenn ihr es zu lange in den Händen haltet, ist mein Piratenhelfer zur Stelle und schneidet euch mit dem Entermesser den Kopf ab – falls er es nicht schon verwettet hat.«

Matt nickt bekümmert.

Als die Musik losgeht, wirft Archie das Päckchen in hohem Bogen weg und trifft Belle aus *Die Schöne und das Biest* mitten ins Gesicht. Sofort fangen ein paar Kinder an zu balgen; das kleine Mädchen wirbelt jetzt begeistert in der Mitte des Kreises herum. Das Päckchen landet wieder im Kreis und wird von den Kindern schnell weitergegeben, doch vorher zerrt natürlich jedes an dem knallbunten Geschenkpapier. Als das Päckchen bei Sam ankommt, will er es gar nicht mehr loslassen, aber Spider-Man drückt ihn zu Boden und die Fee reißt es ihm aus den Händen. Ich schaue mit offenem Mund zu. Das Ganze hat was von einem alptraumhaften Steinzeit-Ritual mit gellendem Gesang, grellen Gewändern und unverblümter Gewalt. Ein Becher Kirschlimonade fliegt auf Cinderellas Schoß, woraufhin sie so laut brüllt, dass ein paar andere Kinder in Tränen ausbrechen. Ich schaue zu Matt und Clare herüber. Plötzlich fangen beide an zu lachen, und er legt ihr die Hand auf die Schulter. Wow. Niemand sonst würde es fertigbringen, sich inmitten dieses wilden Durcheinanders aus Polyester und Süßigkeiten wieder zu vertragen. Ich spüre einen Stich Neid. Ihre unverwüstliche Zuneigung füreinander und ihre Fähigkeit, die Dinge einfach so zu nehmen, wie sie sind – ob es nun ein ruinierter Teppich oder eine Schuldenkrise ist –, hat etwas zutiefst Berührendes.

Die Musik hält an, die erste Schicht Geschenkpapier wird in Fetzen gerissen. Dann geht das Ritual weiter. Sams Interesse nimmt zu, er hat den Blick auf das Päckchen geheftet, das weiter im Kreis herumgereicht wird. Als die letzte Runde angesagt ist, hört die Musik auf, kurz bevor das Päckchen bei ihm ankommt. Spider-Man hat Glück, es ist bei ihm gelandet; er reißt die letzte Schicht Geschenkpapier weg und hält nun ein kleines Lego-Set in den Händen. Sam versucht, es ihm wegzunehmen, aber als ich dazwischengehe, bricht er in

Tränen aus und stürmt in die Küche. Ich bringe ihn zurück und lächle die anderen Eltern an, es ist mir peinlich. Dabei kenne ich sie gar nicht und will sie auch gar nicht kennen. Trotzdem schikaniere ich bereitwillig mein Kind, nur um ihnen zu gefallen.

So geht es in der nächsten Stunde weiter. Auf »Reise nach Jerusalem« (was einer Disneyland-Straßenschlacht nahekommt) und »Musikstandbilder« (dauert noch nicht mal eine halbe Minute) spielen alle noch dreimal »Päckchen weitergeben«. Sam bricht mehrmals in Tränen aus, und irgendwann bete ich nur noch, dass es vorbeigeht. Immer wieder schaue ich zu Matt und Clare herüber, aber die beiden sind zu sehr mit ihren CDs beschäftigt, als dass sie meine Blicke bemerken.

Als die Partyspiele endlich geschafft sind, strömen die Kinder in den Garten oder nach oben.

»Sam, willst du mit hochkommen und dir unsere Discolampen anschauen?«, fragt Tabitha.

»Komm mit«, sagt Archie.

Sie haken sich bei ihm ein, und ehe er begreift, was passiert, schleppen sie ihn mit in den Flur und die Treppe hinauf. Matt nutzt die Gelegenheit, eine seiner Coldplay-CDs aufzulegen. Clare kommt mit einem Glas Wein auf mich zu.

»Hier, für dich«, sagt sie. »Wie geht's *dir* denn eigentlich so?«

»Ach, lass uns jetzt nicht darüber reden, ihr habt gerade selbst genug Probleme.«

»Du machst es genau richtig – du kümmerst dich um Sam, übernimmst Verantwortung, bist für ihn da. Und dadurch hat Jody die Möglichkeit, etwas für sich selbst zu tun.

Warst du schon in der Galerie? Es ist grandios, was sie alles auf die Beine gestellt hat.«

»Noch nicht. Da sollte ich vielleicht mal hin. Aber wir reden ja kaum noch miteinander. Ich habe gegoogelt, ob es für Trennungen auf Probe eigentlich bestimmte Regeln gibt. Das war ein Fehler. Ich habe dabei nämlich herausgefunden, dass man schon nach sechs Monaten die Scheidung einreichen kann.«

»Ach Alex, man sollte nie über Gesundheits- oder Beziehungsthemen googeln – du weißt doch, der Datenkrake hat dich im Visier.«

»Danke, grüne Internet-Hexe.«

Plötzlich ertönt ohrenbetäubender Lärm von oben; jemand hat die Musik auf volle Lautstärke gedreht. Dann kommt ein lang gezogener Schrei, gefolgt von ein paar dumpfen Schlägen, einer zuknallenden Tür und Getrampel auf der Treppe.

»Mummy!«, ruft Tabitha. »Archie hat Sam Angst gemacht.«

»Das war keine Absicht«, stöhnt Archie. »Ich hab die Anlage aus Versehen zu laut gestellt.«

Ich höre Sam oben weinen.

»Wo ist er?«, frage ich.

»Er hat sich im Badezimmer eingeschlossen«, kichert Tabitha.

»Das ist nicht lustig«, sagt Clare.

Ich haste in den Flur, nehme drei Treppenstufen auf einmal. Jetzt nehme ich Sam deutlich wahr, er heult und schlägt anscheinend mit der Klobrille auf die Schüssel. Die vertraute Panik steigt in mir hoch. Lähmende Angst. Ich stehe auf dem Treppenabsatz, die Hand am Geländer. Was mache ich jetzt bloß? Normalerweise regelt Jody solche Situationen. Warum ist sie zu Hause geblieben? Verdammt. Ich versuche die Tür zu öffnen, doch Sam hat sie abgeschlossen.

»Sam«, sage ich sanft. »Sam, komm raus. Es ist alles in Ordnung.«

»Nein!«, schreit er. »Ich mag den Lärm nicht!«

»Der Lärm hat aufgehört. Komm raus.«

»Nein! Ich mag das nicht! Ich will Mummy!«

Ich lehne den Kopf gegen die Tür. Er lässt die Klobrille wieder auf die Schüssel knallen. Dann haut er ein paar Sachen vom Regal oder Schrank; sie landen im Waschbecken oder in der Wanne. Ich kenne dieses Muster und weiß genau, dass die Situation eskalieren wird, wenn es mir nicht gelingt, ihn abzulenken. Als ich fieberhaft nachdenke, was ich unternehmen könnte, höre ich, wie irgendetwas aus Glas zerbricht. Da verliere ich die Beherrschung.

»SAM, HÖR SOFORT AUF!«, brülle ich, obwohl ich genau weiß, dass das ein großer Fehler ist. Jetzt wirft er Gegenstände an die Tür – ich habe seine Angst nur noch verstärkt. Ich hab's mal wieder vergeigt. »Sei still!«, kreischt er. »Sei still!«

Wie würde Jody ihn jetzt beruhigen? Ich weiß es nicht, denn ich war nie da, oder wenn ich doch da war, bin ich wütend davongestürmt und habe sie machen lassen. Da bemerke ich Clare hinter mir, sie kommt vorsichtig die Treppe hoch.

»Ich weiß einfach nicht, was ich tun soll, tut mir leid«, sage ich und lasse mich mit dem Rücken gegen die Wand fallen, sinke verzweifelt in mich zusammen. Clare geht zur Tür und klopft leise.

»Sam, hier ist Clare. Willst du auf meinem iPad spielen? Da sind ein paar gute Spiele drauf. *Angry Birds*, *Candy* …«

Die Tür geht auf, und da steht mein kleiner Junge in seinem ramponierten Kostüm; der Creeper-Kopfkarton liegt hinter ihm auf dem Boden. Er hat verweinte Augen und ist ganz rot im Gesicht, sein Haar ist wild zerzaust. In der Wanne liegen mehrere Deos, Rasierschaumdosen und ein zerbrochener Parfümflakon; ein schwerer, penetranter Blütenduft breitet sich aus. Clare reicht Sam das iPad. Er nimmt es, setzt sich auf den Boden und fängt an, damit zu spielen.

Clare dreht sich zu mir um und zuckt die Schultern.

»Funktioniert bei meinen Kindern immer«, sagt sie.

»Tut mir leid wegen dem Badezimmer. Das war der Autismus. Manchmal kann man einfach nichts dagegen tun.«

Sie schüttelt den Kopf.

»So was machen andere Kinder auch. Tabitha hat schon mehrmals ihr Zimmer zertrümmert. Manchmal benimmt sie sich wie ein betrunkener Rockstar. Deshalb hat sie auch keinen eigenen Fernseher, sonst schmeißt sie ihn womöglich noch aus dem Fenster.«

»Ich räum das jetzt auf und ersetze alles.«

»Ach Quatsch, ich wollte da drin sowieso ausmisten, und das Parfüm stinkt ohnehin entsetzlich. Hat Matts Mutter mir geschenkt. Ehrlich, Sam hat mir einen Riesengefallen getan.«

Später, auf der Rückfahrt, schaue ich immer wieder zu Sam herüber. Ich sehe dieses Kindergesicht mit den schönen traurigen Augen, und zum millionsten Mal versuche ich mir vorzustellen, was wohl im Kopf meines Sohnes vorgeht. Bisher habe ich Sams Autismus immer als Rivalen betrachtet, mit dem ich ständig darum kämpfen muss, wer die Kontrolle über Sam hat. Aber vielleicht ist es an der Zeit, dass wir Frieden schließen. Letztendlich trägt sowieso keiner von uns den Sieg davon.

»Weißt du was?«, sage ich. »Vielleicht sollten wir etwas anderes machen. Etwas, wo wir unsere Ruhe haben. Nur du und ich.«

Sam antwortet nicht, er blickt aus dem Fenster.

»Wir könnten zum Beispiel zelten. Ja genau, mal aufs Land rausfahren. Als Junge war ich oft mit Tante Emma und Grandma zelten. Natürlich im Sommer, nicht im Herbst, dann ist es viel zu nass und kalt.«

Als wir am Haus ankommen, macht Jody die Tür auf. Sam stürmt sofort an ihr vorbei, die Treppe hoch. Ich bleibe draußen stehen.

»Ihr seid aber früh zurück«, sagt sie. »Wie ist es denn gelaufen?«

»Nicht so toll. Archie hat die Anlage zu laut aufgedreht, woraufhin Sam durchgedreht ist. Daraufhin hat er sich im Bad eingeschlossen. Inzwischen hat er sich wieder halbwegs beruhigt. Aber was den *Minecraft*-Wettbewerb angeht, hab ich so meine Zweifel. Ich bin nicht sicher, ob er das durchsteht.«

»Gib ihn nicht gleich auf«, sagt Jody. Es klingt friedfertig, aber ich reagiere trotzdem gereizt.

»Natürlich gebe ich ihn nicht auf, er ist ja auch mein Sohn, Herrgott noch mal!«

»So hab ich das doch gar nicht gemeint! Was regst du dich denn so auf?«

»Was glaubst du denn? Wie es aussieht, läuft unsere Trennung auf Probe auf eine Scheidung hinaus, und ich habe keine Ahnung, wie ich mit meinem Sohn reden kann oder ob es ihm überhaupt etwas ausmacht, dass ich nicht mehr hier wohne. Also ist es vielleicht verständlich, dass ich mich ein wenig aufrege.«

»Ich hab versucht, mit dir darüber zu reden, aber du bist einfach weggelaufen, so wie immer.«

Plötzlich sehe ich nur noch rot. Keine Ahnung, woher diese irrsinnige Wut auf einmal kommt. Ich weiß nur, dass ich mich in die Ecke getrieben und an den Pranger gestellt fühle.

»Ich hab ständig nur versucht, das Richtige zu tun! Acht Jahre lang hab ich in diesem Scheißbüro gearbeitet, damit wir uns ein Zuhause und alles andere leisten konnten!«

»Und was habe ich getan? Mich rund um die Uhr um unseren Sohn gekümmert! Soll ich dich jetzt bemitleiden, bloß weil Sam auf einer Party einen Trotzanfall hatte? Du kannst mich mal, Alex! So was erlebe ich jeden Tag!«

Sie hat recht. Ich schaue weg, sehe zu, wie mein Atem sich in der kalten Abendluft in eine Wolke verwandelt.

»Tut mir leid. Aber ich verstehe überhaupt nicht mehr, was los ist. Ich weiß einfach nicht mehr weiter.«

»Ich auch nicht.«

Von oben ertönt eine Stimme.

»Mummy, ist jetzt Schlafenszeit? Wie spät ist es?«

»Ich muss jetzt rein«, sagt Jody. »Hör zu, ich finde, er sollte auf jeden Fall bei diesem Wettbewerb mitmachen. Natürlich kann das total in die Hose gehen, aber was würde denn schlimmstenfalls passieren?«

»Soll ich da jetzt wirklich ins Detail gehen? Ich kann dir gern 'ne Liste geben, wenn du willst.«

»Und die Sache mit der Schule müssen wir auch noch klären. Wir müssen uns diesen Monat entscheiden. Am besten fände ich es, wenn er selbst entscheidet. Aber im Moment sagt er nur, dass er in gar keine Schule mehr will.«

»Hat er mir auch schon zu verstehen gegeben«, sage ich.

Jetzt ist unser Tonfall wieder ruhiger. Ist das bei Trennungen etwa normal? Dieses ständige verwirrende Hin und Her zwischen Streiten und Versöhnen?

»Hör mal, Alex, du machst das alles wirklich gut. Ich weiß, dass das nicht leicht für dich ist.«

Einen Augenblick lang habe ich das Gefühl, dass sie die Hand nach mir ausstrecken will, um mein Gesicht zu berühren oder mich zu sich zu ziehen. Aber nichts geschieht, und dann ist der Moment auch wieder vorbei. Vielleicht ist er auch schon eine Ewigkeit her. Stattdessen reibt sie sich die Hände und schaut die Straße hinunter. Das Licht aus dem Wohnzimmer bringt ihr Gesicht zum Leuchten. Ich vermisse sie so.

Kapitel 22

Am folgenden Abend telefoniere ich mit Jody. Wir reden über die Sache mit der Schule, aber ebenso über Sams Verhalten auf der Party und unser Gefühl, dass er jedes Mal, wenn er einen Fortschritt macht, gleichzeitig zurückgeworfen wird.

»Sam hat gemeint, dass du mit ihm zelten willst«, sagt Jody schließlich.

»Was? Ja, das hatte ich ihm auf der Rückfahrt vorgeschlagen, aber ehrlich gesagt dachte ich, dass er mir gar nicht zuhört, weil er noch immer sauer war.«

»Tja, anscheinend hat er dir doch zugehört. Seinen Rucksack hat er jedenfalls schon an die Tür gestellt.«

»Wirklich?«

»Na, das dürfte ziemlich saukalt werden. Also wenn ich mir eine Entschuldigung für dich ausdenken soll …«

Das war ja klar. Natürlich geht sie davon aus, dass ich kneifen will. Mich macht das wütend, weil ich nämlich tatsächlich am liebsten kneifen würde.

»Nein, nein! Ist schon in Ordnung. Wir nehmen einfach ein paar Bettdecken mit und schlafen in unseren Pullis. Das ist kein Problem. Ich kenne einen guten Campingplatz, wo wir hinfahren können.«

Nach unserem Telefonat schnappe ich mir sofort das iPad und googele fieberhaft nach Campingplätzen. Ich habe Jody nichts vorgemacht, ich kenne tatsächlich ein paar Campingplätze, auf denen wir mit Mum früher oft waren, in Devon. Damals hatten wir ein uraltes Pfadfinderzelt, das total undicht war. Wenn wir nach einem nassen, windigen Tag am Strand zurückkehrten, mussten wir unsere Schlafsäcke erst einmal von diversen Schnecken befreien, mit denen wir Emma bewarfen, die dann schreiend weglief. Mum nahm immer einen kleinen Gaskocher mit, um Würstchen und Bohnen zu kochen, die wir unter dem Sternenhimmel verschlangen. Und wenn Schlafenszeit war, erfand George Gruselgeschichten, in denen kopflose Reiter vorkamen. Zelten auf typisch britische Art eben.

Wer weiß, vielleicht kann ich dieses Erlebnis ja auch mit Sam teilen, zumindest ansatzweise. Wenn man irgendwo in der Pampa zusammen im Matsch hockt, schweißt einen das doch eigentlich unweigerlich zusammen. Aber wenn Sam in einem ungewohnten Zelt übernachten muss, werden wir bestimmt die ganze Nacht kein Auge zumachen. Doch was wäre Zelten ohne schlaflose Nächte, dadurch wird es erst richtig lustig.

Schließlich finde ich einen preiswerten Campingplatz bei Sidmouth, der sich als familienfreundlich bezeichnet. Ich interpretiere das einfach mal im Sinne von »Macht nichts, wenn Ihr Kind die ganze Nacht laut heult«. Es gibt nur ein Problem: Ich habe kein Zelt und will mir auch keins besorgen. Nicht, dass das dann mein neues Zuhause wird.

Als ich Dan später frage, ob er ein Zelt hat, kriegt er sich vor lauter Lachen gar nicht mehr ein.

»Nee, aber du kannst gern meinen Porsche haben«, stößt er schließlich hervor.

»Im Ernst?« Ich kann mein Glück kaum fassen.

Da fängt er wieder an zu lachen.

Na gut, dann schicke ich eben Emma, die noch bei ihrer Freundin wohnt, eine SMS.

Hast du in deinem Reisegepäck zufällig auch ein Zelt?

Sie antwortet:

Nee, Bruderherz, ich hab immer jemanden zum Kuscheln gehabt ;)

Aber Matt und Clare haben natürlich ein Zelt, genauer gesagt ein riesiges Rundzelt, das Platz für die gesamte Familie bietet. Eine mobile Küche haben sie auch, aber die lehne ich dankend ab.

Am nächsten Morgen hole ich Sam also mehr oder weniger unvorbereitet mit seinem Rucksack ab und fahre mit ihm zu Matt und Clare. Er wirkt gut gelaunt und entspannt, das genaue Gegenteil von dem Kind, das sich zwei Tage zuvor still in sein Bett verkrochen hat. Auf einmal werde ich zuversichtlich – und obendrein bin ich sogar merkwürdig ruhig. Normalerweise bin ich bei so einem Vorhaben vor lauter Angst und Sorge das reinste Nervenbündel, und ich spüre auch einen Hauch der altvertrauten Anspannung, aber irgendetwas hat sich verändert. Wahrscheinlich liegt es daran, dass ich das Ganze jetzt als väterliche Mission betrachte. Wenn ich Sam nicht nur in der Computerspielwelt, sondern auch in der realen Welt kennenlernen will, ist eine gemeinsame Nacht mitten im Nirgendwo vielleicht genau das Richtige für uns.

Matt hat das Zelt zur Auffahrt gebracht, zusammen mit

einem Kocher und einem Plastikkoffer, in dem sich ein Klapptisch und vier Klappstühle verbergen.

»Du bist völlig verrückt«, sagt er, als ich den Kram im Auto verstaue. »Heute Nacht soll es eiskalt werden.«

»Ich weiß. Wird schon schiefgehen.« Jetzt klinge ich doch ein wenig gereizt. »Wie läuft's denn mit dir und Clare? Auf der Party habt ihr euch ja anscheinend wieder angenähert.«

»Ja, ist wirklich erstaunlich, wie totales Chaos, Popmusik und etwas Wein eine Beziehung retten können, was? Aber so richtig klasse läuft es trotzdem nicht. Wir müssen auf jeden Fall an der Sache arbeiten. Zeit zum Reden finden. Ist alles nicht so einfach.«

»Wem sagst du das.«

»Na dann, viel Glück.« Matt klopft mir auf die Schulter. »Wenigstens ist das Zelt schnell aufgebaut.«

Kurz darauf sind wir auf dem Weg nach Devon. Sam sitzt neben mir. Ich gebe ihm den Stundenplan, den ich gemalt habe und auf dem alles steht, was wir heute machen werden. Innerhalb von zwanzig Minuten haben wir Bristol hinter uns gelassen und auch den Flughafen. Sam will zwar dort anhalten, aber ich vertröste ihn auf ein anderes Mal. Während wir an den Mendip Hills vorbei Richtung M5 fahren, fummelt Sam abwechselnd am Radio und an der Heizung herum und stellt alle zehn Minuten dieselben Fragen.

»Wohin fahren wir?«

»Nach Devon. Schau mal auf den Stundenplan.«

»Sind wir bald da?«

»Nein, wir sind ja gerade erst losgefahren.«

»Wo ist unser Zelt?«

»Im Kofferraum. Wir bauen es auf, wenn wir da sind.«

»Wann fahren wir wieder nach Hause?«

»Morgen wahrscheinlich. Wir schauen einfach, wie es uns gefällt.«

»Okay … Wohin fahren wir?«

Unsere Fahrt vergeht wie im Flug.

Nachdem wir unterwegs bei einem Supermarkt Halt gemacht haben, um Lebensmittel, Plastikbesteck und alles andere zu kaufen, was ich vergessen habe, kommen wir gegen Mittag auf dem Campingplatz an. Er ist nichts Besonderes, ein großer Platz auf einer Anhöhe, der an einen Bauernhof grenzt. Auf der Südseite können wir in der Ferne, zwischen den Bäumen, das graue, kalte, wogende Meer sehen. Auf dem Platz stehen ein Dutzend Zelte, dazwischen spielen ein paar kleinere Kinder Fußball. Als ich langsam auf den tristen Rasen fahre, gehe ich mental die fünf Alptraumszenarien durch, die mir auf der Fahrt hierher eingefallen sind:

Campingplatz entpuppt sich als Sumpfgebiet. (Sieht okay aus, kann ich also streichen.)

Ekelhaftes Öko-Plumpsklo im Freien. (Ganz hinten auf dem Platz steht ein Backsteingebäude, wo es hoffentlich normale Toiletten gibt, also hebe ich mir die Panik für später auf.)

Blasierte Profi-Camper-Familien mit Hightech-Ausrüstung. (»Schatz, hast du die tragbare Pastamaschine gesehen?«)

Ungewohnte nächtliche Wildtiergeräusche. (»Daddy, was ist das?« – »Keine Ahnung, lass alles liegen und steig sofort ins Auto.«)

Riesiger frei laufender Hund. (Noch keiner zu sehen, aber eigentlich unvermeidlich.)

Wir parken ein Stück von den anderen Familien entfernt, und ich hieve die Zelttasche aus dem Kofferraum. Zum Glück enthält sie wirklich ein Zelt und nicht das, wonach es sich anfühlt (zwei in eine Decke gewickelte Leichen), und das Zelt lässt sich tatsächlich leicht aufschlagen: Ich muss nur den Mast aufstellen, die Plane darüberlegen und sie mithilfe von Heringen spannen, die ich durch die Schlaufen stecke und in den Boden ramme. Sam schnappt sich den großen Stahlhammer und fragt, ob er die Heringe in den Boden schlagen darf. »Ja, in Ordnung«, sage ich. Als ich den ersten Hering für ihn in den Boden ramme, muss ich allerdings an *Emergency Room* denken. Gut, dass er schon nach dem zweiten Hering keine Lust mehr hat und ich allein weitermachen kann. Anschließend legen wir die Bodenplane aus. Dann entdecken wir in der Tasche noch zwei Must-haves für Campingspießer: Wimpelketten mit Blümchen drauf und fünf Meter lange Solarlichterketten. Sam will unbedingt beides aufhängen. Am Ende stehen wir nicht in dem kargen winterfesten Wigwam, der mir eigentlich vorschwebte, sondern in einem Festzelt.

Aber alles läuft gut. Alles ist ruhig. Um unser gemeinsames Abenteuer gebührend zu feiern, wärmen wir Dosenspaghetti auf Matts winzigem Campingkocher auf und essen sie anschließend aus Plastikschüsseln, wobei wir uns genüsslich bekleckern. Sam lässt schweigend den Blick über den Platz wandern.

»Alles okay bei dir?«, frage ich.

»Ja. Wohnen die Leute in den Zelten?«

»Manche Menschen wohnen tatsächlich in Zelten, aber diese Leute nicht, die machen bloß Urlaub. Als wir früher mit Grandma zelten waren, hatten wir auch alles dabei: Tische,

Stühle, einen Herd, sogar einen Fernseher und einen Kühlschrank. Grandma hat das Ganze sehr ernst genommen.«

»Wo wohnst du denn gerade, Daddy?«

»Im Moment bei meinem Freund Dan.«

»Kommst du bald wieder nach Hause?«

»Ich weiß nicht. Ich glaube, Mummy und ich brauchen noch mehr Zeit zum Reden.«

»Worüber müsst ihr denn reden?«

»Darüber, wie lieb wir uns haben. Wir haben uns viel gestritten, und das hat uns traurig gemacht. Aber wir haben uns trotzdem lieb. Das ist ziemlich kompliziert.«

»Zu Hause mag ich am liebsten. Und *Minecraft* am zweitliebsten. Aber Zelten mag ich auch.«

Wow. Wir führen ein richtiges Gespräch! Vielleicht ist das ein guter Zeitpunkt, mit ihm über die Schule zu sprechen.

»Und die Schule, magst du die?«, frage ich.

»Nein, die Schule mag ich nicht«, sagt er.

»Ich weiß. Was findest du denn am schlimmsten an der Schule?«

Doch statt sich weiter zu öffnen, schaut Sam zu dem Bauernhof, wo eine kleine Kuhherde hinter dem Zaun entlangtrottet.

»Wo gehen die Kühe hin?«

»Vielleicht in den Stall, um gemolken zu werden. Aber was ist denn mit der Schule? Du wolltest mir doch gerade erzählen …«

»Können wir zu den Kühen gehen?«

»Ja, wenn du mir sagst, was du an der Schule nicht magst.«

»Ich weiß nicht. Manchmal werde ich böse. Ich bin so böse wie ein Creeper. Manchmal mach ich auch was falsch, und dann weine ich.«

»Was denn? Was machst du denn falsch?«

»Alles.«

Dann läuft er davon, zu dem Zaun, seine Gummistiefel versinken in der weichen Erde. Ich stelle die Schüssel weg und gehe ihm nach. Was hat er gerade gesagt? *Alles.* Das heißt, für ihn ist alles schwer. Er muss ständig kämpfen, weil er pausenlos das Gefühl hat, von einer verwirrenden Situation zur nächsten geschleudert zu werden. Kein Wunder, dass er *Minecraft* so mag, denn dort ist es klar und logisch, dort kann er jede Landschaft so gestalten, wie er es möchte. Das kann er in seinem sonstigen Leben nicht.

Vorsichtig nähern wir uns den Kühen. Ein paar von ihnen bleiben stehen und starren uns an. Sam geht dichter heran, als ich es für möglich gehalten habe, und streckt seine Hand aus. Ich will gerade »Pass auf«, sagen, als eine von ihnen schnaubt und ihren Kopf zurückwirft. Sam springt lachend nach hinten. Doch unbeirrt streckt er wieder die Hand aus, und diesmal streichelt er die Kuh an der Flanke. Ich bin überrascht von seiner Tapferkeit.

Wir spazieren am Zaun entlang, am Eingang vorbei und anschließend auf eine Lichtung. Von hier haben wir einen freien Blick aufs Meer, das unmerklich mit dem schiefergrauen Horizont verschmilzt. Wir setzen uns eine Weile auf einen alten Baumstumpf. Sam greift nach meiner Hand.

»Das Meer sieht aus, als würde es ewig weitergehen, aber das stimmt nicht«, sagt er. »Am Ende taucht eine Insel oder ein Land auf, aber es kann passieren, dass man es nicht findet. Und dann geht man unter und ertrinkt.«

»Soso. Komm, du Genie, lass uns jetzt Holzschwerter suchen.«

Wir laufen durch ein Wäldchen. Jeder von uns hebt einen

Stock auf, dann attackieren wir lärmend ein paar Bäume und Büsche und stoßen dabei Atemwolken in die kalte Luft. Ansonsten hören wir nur den Wind, der über uns durch das kahle Geäst raschelt. Es ist, als gäbe es nur uns beide auf der Welt.

Irgendwann gehen wir zum Zeltplatz zurück. Eines der Kinder, die wir vorhin gesehen haben, ein Junge in Rangerhose und Parka, läuft auf uns zu und fragt, ob wir Fußball spielen wollen. Sam blickt zu Boden und schüttelt schweigend den Kopf.

»Trotzdem danke, dass du fragst«, sage ich.

Als wir im Zelt sind, schauen wir uns eine Weile Comics an. Schließlich kommt ein kleiner Junge, vielleicht zwei oder drei Jahre alt, aus einem anderen Zelt getapst und wirft uns einen bunten Ball zu. Sam steht auf und kickt ihn vorsichtig zurück. Der Junge juchzt vor Freude.

»Stört er Sie?«, ruft uns ein Mann in Rangershorts und Polohemd aus dem anderen Zelt zu.

»Nein, ist okay«, sage ich.

Der Junge rollt den Ball wieder zu Sam, der sich jetzt hinsetzt und ihn gezielt zurückrollt. Mit jüngeren Kindern ist Sam immer gut klargekommen, ihnen gegenüber verhält er sich wie ein nachsichtiger Beschützer. Vielleicht fühlt er sich wohl mit ihnen, weil sie kleiner sind als er und ihn wie einen älteren Jungen behandeln, nicht wie eine Memme, die sofort losheult, wenn es auf dem Spielplatz nicht nach ihrer Nase geht. Wer weiß. Jedenfalls sitzen sie lange so da und spielen mit dem Ball, während ich auf einem von Matts Camping-Klappstühlen sitze und gemütlich Zeitung lese.

Später holen wir unsere Kulturbeutel aus dem Auto und gehen zum Sanitärgebäude herüber, wo ich Sam die Spaghetti-

Soße abwasche. Wieder zurück, setzen wir uns auf eine Decke vor dem Zelt, essen Chips, Sandwiches und Schokoladenkekse und betrachten den frühen Sonnenuntergang. In den anderen Zelten werden allmählich die Laternen angemacht.

»Jetzt können wir zuschauen, wie die Nacht anbricht«, sage ich.

Das machen wir ein paar Minuten lang. Wir reden nicht, sondern erleben einfach nur zusammen diesen ungewohnten Ort. Es ist erst später Nachmittag, aber nach der Fahrt bin ich ziemlich müde und genieße die friedliche Stille. Sie währt jedoch nicht lange. Als die Dunkelheit hereinbricht, wird Sam unruhig und rückt näher zu mir heran.

»Ich habe Angst«, sagt er. »Hier draußen ist so viel Platz. Das mag ich nicht.«

»Mach dir keine Sorgen. Wir sind auf dem Land. Nachts ist hier alles genauso wie tagsüber.«

»Nein, das stimmt nicht. Können wir wieder zurückfahren? Ich will nach Hause. Hier ist zu viel Platz, Daddy.«

»Wie meinst du das?«

»Ich mag nicht, dass hier so viel Platz ist. Ich mag das Gefühl nicht. Ich kann nicht sehen, was um mich herum ist. Ich mag das nicht.«

Jetzt verstehe ich, was er meint, und ich kann es sofort nachvollziehen. Diese Angst vor zu viel Platz, vor der Freiheit, vor dem Ungewissen kenne ich selbst – seit drei Monaten schon, denn seitdem ist alles, was mir je etwas bedeutet hat, in der Schwebe. Kann es vielleicht sein, dass Autismus eine intensive, sehr konzentrierte Form der Ängste ist, die wir alle haben? Der Unterschied besteht womöglich nur darin, dass wir sie mithilfe von Verdrängung und sozialer Konditionierung verbergen können.

Ich öffne den Zelteingang und klettere hinein. Die Lichterkette taucht das Innere in ein sanftes Leuchten.

»Komm rein, hier ist es wärmer«, sage ich.

»Ich will nach Hause!«, schreit Sam.

Ein paar Momente lang spüre ich die vertraute Mischung aus Anspannung und Panik in mir aufsteigen, die mich jedes Mal packt, wenn Sam kurz vor einem Wutanfall steht – dieses Gefühl totaler Hilflosigkeit. Alle Eltern in unserer Autismus-Gruppe haben Ähnliches erlebt, sie überlegen dann auch immer fieberhaft, was sie sagen oder tun können, um das Problem schnell zu lösen. Und mir fällt fast nie schnell genug etwas ein.

Sam sitzt jetzt mit übereinandergeschlagenen Beinen vor dem Zelt, hält die Hände vors Gesicht und schaukelt leicht hin und her. Das ist die Ruhe vor dem Orkan. Aber plötzlich fällt mir etwas ein, das einen Versuch wert sein könnte.

»Komm her«, sage ich. »Wenn wir unsere Augen schließen, können wir uns vorstellen, dass wir in *Minecraft* sind. Und wir richten es so ein, dass es keine Creeper oder Zombies gibt, nur Schweine und Kühe. Kannst du sie auch hören? Wir haben ein Zelt aus … ähm … Sandstein gebaut. Es steht oben auf einem sehr steilen Berg, und in der Ferne können wir das Meer sehen. Wir sind viele Tage gereist, um an diesen Ort zu gelangen, denn draußen auf dem Meer ist eine kleine Insel, und auf dieser Insel ist ein Tempel, in dem sich Unmengen von Gold befinden. Wir können die leise Musik hören, und schau mal, der Himmel wird orangerot. Mach mit, lad das Spiel! Lass uns auf Entdeckungstour gehen!«

Langsam krabbelt Sam ins Zelt.

»Ich bin draußen«, sagt er und legt sich die Hände über die Augen. »Von dort kann ich die Sonne sehen.«

Und schon nehmen wir beide sie wahr, ein leuchtendes, langsam sinkendes Sechseck. Als es hinter dem Horizont verschwindet, verdunkelt sich der Himmel in Pixelwellen.

»Was sollen wir machen?«, frage ich.

»Ich gehe runter zum Meer und suche ein Boot«, sagt Sam.

Wir stellen uns vor, dass wir auf das dunkle Feld hinauslaufen, an den kantig geformten anderen Zelten vorbei. Wir wandern weiter und weiter, suchen nach Höhlen und Gruben und folgen dem aufgehenden Mond, der den Schnee auf den fernen Berggipfeln schimmern lässt.

»Los, wir müssen den Abhang runter«, sagt Sam.

Wir klettern die Klippe hinunter, von einem Steinblock zum nächsten, bis wir unten am Strand sind. Auf dem grobkörnigen Sand halten wir an und betrachten den grauweißen Pixelmond, der jetzt über uns schwebt. Sam bewegt sich schließlich auf zwei Boote zu, die im Wasser herumdümpeln.

»Lass uns hinaussegeln.«

Ich laufe ihm hinterher. Er steigt in das eine Boot, ich in das andere.

»Siehst du irgendwo eine Insel?«

»Ja, ganz weit draußen.«

Das Meer glitzert um uns herum, während das Land hinter uns allmählich im Dunst verschwindet. Aber wir haben keine Angst. Denn wir kennen die Regeln dieser Welt. Und am Ende unserer Reise, schon sehr bald, werden wir eine Insel voller Schätze finden. Ganz bestimmt.

Als ich die Augen öffne, sehe ich verwundert, dass Sam neben mir eingeschlafen ist. Er liegt ruhig da und lächelt sogar ein bisschen. Und auf einmal trifft mich die seltsame und auch schockierende Erkenntnis, dass Sam ein Mensch ist – ein selbstständiges Individuum, unabhängig von mir und auch von Jody. Er ist kein Problem, das gelöst werden muss, kein lästiger Punkt auf meiner täglichen To-do-Liste, den ich abhaken muss. Er ist ein Mensch, eine Persönlichkeit, die eigene Ideen, Prioritäten und Zukunftspläne hat. Ich kann nicht fassen, wie leicht es mir gefallen ist, das so lange zu übersehen und stattdessen jeden Tag als Schlacht zu begreifen, als Kampf mit dem Autismus, mit ständigen Auseinandersetzungen wegen der Schule, dem Essen, der Kleidung. Sam ist ein Mensch – und wie jeder Mensch hat er eigene Wünsche und versucht, seinen Platz in der Welt zu finden. Und meine Aufgabe besteht darin, ihm zu helfen.

Sam ist nicht bloß etwas, das mir zugestoßen ist.

Ich streiche ihm eine Haarsträhne aus dem Gesicht und küsse ihn sanft auf die Stirn. Dann nehme ich seine Hand. Sie zittert kurz, dann umklammert sie meine.

Kapitel 23

Um sechs ist Sam hellwach. Das schwache Sonnenlicht dringt durch den Eingangsspalt zu uns herein. Ich ermuntere ihn, sich ein Comicheft anzuschauen, damit ich noch ein bisschen länger schlafen kann, aber das interessiert ihn nicht.

»Willst du noch eine Nacht bleiben?«, frage ich.

»Nein«, sagt er. »Das ist zu gruselig.«

Der *Minecraft*-Trick funktioniert wahrscheinlich kein weiteres Mal. Besser aufhören, wenn es am schönsten ist.

»Okay, wie wär's, wenn wir etwas anderes machen?«

»Was denn?«

Wir begeben uns zur einzigen Stelle des Campingplatzes, wo es ein schwaches Funksignal gibt, und ich rufe Jody an.

»Ist alles in Ordnung?«, fragt sie. »Habt ihr die Nacht überlebt?«

»Ja, uns geht's prima. Hör mal, vielleicht bleiben wir noch eine Nacht weg. Bist du einverstanden?«

Jody antwortet nicht sofort. Ich checke, ob die Verbindung abgebrochen ist.

»Ich weiß nicht«, sagt sie dann. »Bist du sicher, dass es ihm dafür gut genug geht?«

»Ja. Und ich habe eine Idee, die ihm garantiert gefallen wird.«

»Okay. Übrigens: Gut gemacht! Sorry, das klang jetzt ziemlich oberlehrerhaft.«

»Ich weiß, was du meinst. Wir kommen morgen Nachmittag zurück.«

»Danke, Alex. Viel Glück!«

Ich drücke auf »Anruf beenden« und stecke das Handy zurück in die Tasche.

»Also«, sage ich zu Sam, »wenn du Lust hast, können wir Folgendes machen.«

Mums Cottage liegt etwas zurückgelegen an einer einsamen Landstraße, die sich endlos durch die Felder im Osten von Cornwall windet. Es ist das erste in einer Reihe von malerischen Häuschen, das perfekte englische Idyll. Dahinter führt ein überwucherter Pfad zu den Klippen, wo man sich über bröckelnde Steinstufen auf den Weg zu einer einsamen Bucht machen kann. Ein halsbrecherisches Unterfangen. Das erste Mal waren wir mit Sam hier, als er noch ein Baby war, aber Mums ständiges Einmischen trieb Jody irgendwann in den Wahnsinn. Schlaflose Nächte und ungebetene Erziehungstipps am Ende der Welt sind keine gute Kombination.

Als wir vor dem Cottage anhalten, steht Mum gerade mit ihrer Schürze im Garten und sammelt Laub vom Rasen auf.

»Na, das ist ja eine Überraschung«, sagt sie, als ich die Autotür öffne. Sam springt heraus, rennt zu ihr hin und umarmt sie. »Was macht ihr zwei denn hier?«

»Wir waren in Devon zelten. Und da dachte ich, wenn wir schon mal in der Gegend sind, können wir dir ja Hallo sagen.«

Sie schaut mich misstrauisch an.

»Das ist aber eine lange Strecke, nur um mal eben Hallo zu sagen«, sagt sie nach einer Weile. Sofort fühle ich mich wie ein ertappter Zehnjähriger.

»Also, wenn es im Moment nicht passt …«, sage ich, aber sie winkt nur ab.

»Sei nicht albern, jetzt seid ihr ja da. Komm her, Sam.«

Sie geht mit uns durch die Seitentür in die Küche mit obligatorischem AGA-Herd und dunklem Schieferboden. Auf der Fensterbank stehen Zinnvasen mit getrockneten Blumensträußen, neben denen sich alte Kochbücher stapeln. Mir ist, als würden wir in eine Fotosession für *Country Living* hereinplatzen.

»Entschuldigt bitte die Unordnung, ich hab nicht mit Besuch gerechnet«, sagt sie, als sie uns ins pieksaubere Wohnzimmer mit fleckenfreiem Sofa und glänzendem Eichenparkett führt. Auf dem Sims über dem Holzofen stehen ein paar Bilderrahmen. Das Foto von George und mir vor dem Londoner Café springt mir sofort ins Auge. Von Dad sind keine Fotos aufgestellt.

Als Mum das Cottage damals kaufte, war es die reinste Ruine. Sie hat Jahre damit zugebracht, es zu renovieren und den Garten wieder in Schuss zu bringen; teils machte sie es selbst, teils schikanierte sie örtliche Handwerker. Die meiste Zeit des Jahres lebt sie allein hier, denn die anderen Häuser sind vorwiegend Zweitwohnsitze von wohlhabenden Stadtmenschen, die nur im Sommer mit ihren polierten SUVs hier auftauchen. Einige von ihnen bezahlen Mum dafür, sich während ihrer Abwesenheit um Haus und Garten zu kümmern, gelegentlich durchzulüften und zu checken, ob die Weinkühlschränke noch die richtige Temperatur haben.

Mum macht uns Käsesandwiches zu Mittag und denkt natürlich an Sams Senfpickles. Danach sucht sie in der Scheune nach Netz und Eimer und schlägt vor, mit Sam zu den Gezeitentümpeln zu gehen. Und obwohl bisher alles gut gelaufen ist, nehme ich ihr Angebot erleichtert an.

Eine Weile hänge ich herum, lese Zeitungen (Mum hat die *Times* abonniert, aber in der Not frisst der Teufel auch Fliegen) und surfe ziellos auf meinem iPad herum. Irgendwann stehe ich auf und schaue mich um, schlendere durch die Küche ins Esszimmer, steige die Treppe hoch in das adrette Gästezimmer mit den beiden gemütlichen Einzelbetten. Alles sieht nett und ordentlich aus. In einem Alkoven unter der Treppe entdecke ich einen kleinen Schrank, der hinter einer Reihe von Gummistiefeln versteckt ist.

Irgendetwas bringt mich dazu, ihn zu öffnen.

Zuerst stoße ich auf Dutzende von Grußkarten, die zu Stapeln zusammengebunden sind, die meisten mit Blumenaquarellen auf der Vorderseite. Ich nehme mir einen solchen Stapel. Sieht nach Glückwunschkarten aus. Doch dann sehe ich, dass auf allen derselbe Spruch aufgeprägt ist: »Herzliches Beileid«. Ich bringe es nicht über mich, die Karten aufzuklappen.

Danach entdecke ich einen alten Kinderschuhkarton. Als ich ihn nehme, rappelt etwas darin. Vorsichtig hebe ich den Deckel hoch. Im Innern liegen ein paar Fotos von George: auf dem Fahrrad, irgendwo am Strand, in seiner Schuluniform, lächelnd. Dazwischen steckt ein gefaltetes Formular, die handschriftlichen Einträge sind durch das dünne weiße Papier klar zu erkennen. Ich weiß, das ist sein Totenschein, ich weiß, der Unfall ist darin mit medizinischer Nüchternheit zusammengefasst. Rasch lege ich ihn zurück. Gerade will ich den Karton wieder zumachen, als etwas meine Aufmerksamkeit erregt. Anscheinend ein altes, zerkratztes und schmutziges Plastikarmband. Doch als ich es ins Licht halte, erkenne ich Georges digitale Armbanduhr, die er permanent trug, das Display ist zerborsten und zerkratzt. Lange hatte er dafür gespart; er hortete sein Taschengeld und das, was er sich mit Autowaschen und anderen Hilfsdiensten über Monate hinweg dazuverdiente. Eines Samstags nahm Mum ihn schließlich mit zu Argos, wo er sich dann diese Uhr kaufte. Er legte sie tagelang nicht mehr ab, auch nicht zum Baden. Daraus wurde ein Familienwitz, ständig fragten wir ihn: »George, wie viel Uhr ist es?« Am Tag seines Unfalls hatte er sie auch getragen.

Ich umschließe sie mit den Händen und drücke sie an mein Gesicht. »Es tut mir leid, George«, sage ich.

Dann lege ich die Uhr vorsichtig zurück in den Karton, stelle alles wieder so hin, wie es war, mache den Schrank zu und platziere die Gummistiefel wieder in Reihe. Eine Weile halte ich mich am Treppengeländer fest, atme schwer, verloren im Damals.

Es wird schon dunkel, als Mum und Sam zurückkommen. Ich sehe sie durchs Fenster. Sam hat ein Handtuch um die Taille gewickelt, wie einen Sarong, Mum hat seine Hose über dem Arm.

»Ich bin in einen Tümpel gefallen«, ruft er, als sie in die Küche treten.

»Alles in Ordnung«, sagt Mum. »Er war sehr tapfer.«

»Wir haben ein paar Fische gefangen und einen großen Krebs. Ich habe eine Einsiedlerkrabbe gesehen.«

»Einen Einsiedlerkrebs«, korrigiert Mum.

Ich beuge mich zu Sam herunter und umarme ihn, aber ich halte ihn zu lange fest und er stößt mich ungeduldig weg.

»Daddy, du musst dir unbedingt die Gezeitentümpel ansehen!«, kreischt er.

»Mach ich! Aber jetzt setze ich erst mal Teewasser auf.«

»Schau mal, ob du ein Spiel für uns findest«, sagt Mum. »Die Spiele sind im Schrank neben dem Holzofen.«

Sam rennt ins Wohnzimmer.

Schweigend fülle ich den Kocher mit Wasser und hole Tassen. Mum beobachtet mich.

»Geht es dir gut?«, fragt sie.

»Ja. Alles okay.«

»Mach mir nichts vor. Ich sage nur: Schrank unter der Treppe, hinter den Gummistiefeln.«

Sie ist die weibliche Version von Inspektor Columbo.

»Oh. Tut mir leid.«

Sie schüttelt den Kopf. »Ich weiß nie, wohin mit den Sachen. Ich hatte sie jahrelang auf dem Dachboden, aber mir war nicht wohl dabei, sie zu verstecken. Jetzt sind sie wenigstens in Reichweite, auch wenn man sie nicht sofort entdeckt. Ich dachte mir schon, dass du sie irgendwann findest. Wir reden später darüber.«

Den Rest des Abends verbringen wir damit, den Stapel mit alten Kinderbrettspielen durchzugehen, die Sam hervorgekramt hat: Cowboyschreck, Fang die Maus, Kerplunk, die ganzen Klassiker. Irgendwie hat Mum es geschafft, sie mehr oder weniger beisammenzuhalten, obwohl bei Doktor Bibber ein lustiger Knochen fehlt und Junior Scrabble nur noch sieben Vokale übrig hat. »Wir können es ja auf Walisisch spielen«, schlägt Mum vor.

Dann ist es Zeit fürs Abendessen. Sam bekommt wieder Spaghetti, aber für Mum und mich gibt es zwei Riesenportionen Fish & Chips vom nächsten Dorfimbiss. Mum unterhält sich mit Sam, stellt ihm Fragen und stört sich nicht an seinen knappen Antworten. Ob sie sich in ihm wiederfinden kann? Sie gibt genauso wenig von sich preis wie er. Doch als sie das Gespräch auf *Minecraft* bringt, sprudelt es plötzlich nur so aus Sam heraus, begeistert erzählt er ihr, welche Materialien, Tiere und Monster es gibt. Er berichtet ihr sogar von dem Wettbewerb in London und dass er dort mitmachen will. Das Ganze ist für ihn offenbar ein sehr reales Vorhaben geworden. Auch in der Badewanne redet er munter weiter. Als ich ihn ins Bett bringe, schläft er fast sofort ein. Ob das mit anderen Kindern, mit normalen Kindern jeden Abend so läuft? Gehen die einfach ins Bett und schlafen ein? Kann eigentlich nicht sein.

Später öffnet Mum eine Flasche Wein und macht den Ofen im Wohnzimmer an. Wir sitzen eine Weile schweigend davor und hören zu, wie die Holzscheite in den Flammen knistern und zischeln.

»Also«, sagt sie. »Jody.«

»Ja, Jody.«

»Was ist eigentlich los?«

Sie klingt neutral, als würde sie sich nach einem kaputten Boiler erkundigen, nicht nach meinen Eheproblemen. Aber so war es früher auch schon, ob ich als Kind vom Fahrrad fiel, Emma mit einem Freund Schluss machte oder sie mit George redete.

»Ich weiß auch nicht. Wir waren ja nur noch fertig, ich hab immer Überstunden gemacht und Jody hat sich die ganze Zeit um Sam gekümmert. Ständig gab es Spannungen zwischen uns. An einem Sonntag hatten wir wieder mal Streit, und das war's dann. Sie wollte, dass ich gehe. Trennung auf Probe.«

Ich erzähle ihr, dass ich entlassen wurde, von dem Hochzeitswochenende, wo Jody Richard wiederbegegnete, mit dem sie sich vielleicht noch immer trifft. Als ich all das schildere, klingt es, als wäre es schon vor langer Zeit passiert und auch gar nicht mir, sondern einem Fremden.

»Und was hast du vor?«, fragt Mum schließlich.

»Keine Ahnung. Ich versuche irgendwie, mein Leben auf die Reihe zu bringen. Ich unternehme jetzt mehr mit Sam, und wir haben sogar Spaß miteinander. Langsam habe ich das Gefühl, Zugang zu ihm zu bekommen. Wenn wir *Minecraft* spielen, sind wir in einer Welt, wo wir ohne Stress und Probleme zusammen sein können. Jedenfalls weiß ich jetzt, dass ich viele Fehler gemacht habe. Und dass es Sachen gibt, die ich ändern muss.«

»Sprich doch mal mit Jody. Erzähl ihr davon.«

»Ich weiß nicht. Ich glaube, dafür ist es zu spät.«

»Quatsch. Es ist noch nicht zu spät. Glaub mir, das wüsste ich.«

»Aber es ist so viel passiert. Und ich habe sie nicht genug unterstützt. In der Vergangenheit habe ich …«

»Ach, jetzt geht *das* wieder los. Die Vergangenheit. Da hältst du dich ja am liebsten auf. Wenn ich dir einen Rat geben kann, dann den: Lass die Vergangenheit endlich los. Das ist wirklich kein Ort zum Leben.«

»War das deine Strategie, um mit allem klarzukommen?«

»Es ging gar nicht anders. Welche Wahl hatte ich denn? Da war niemand, der mich aufgefangen hat. In meinem Leben bin ich nur ein einziges Mal weggelaufen, aber das war mein größter Fehler – auch wenn viel Gutes dabei herausgekommen ist.«

»Aber mit George und allem … Wie hast du denn überhaupt durchhalten können? Wie konntest du es schaffen, unsere Familie zusammenzuhalten?«

Sie schaut nachdenklich auf ihr Weinglas, dann nimmt sie einen kleinen Schluck.

»Wenn du in einem großen Haus wohnst, kannst du im Winter nicht das komplette Gebäude heizen, das wäre zu mühselig und zu teuer. Also überlegst du dir, welche Zimmer du zum Wohnen brauchst. Die heizt du dann. Und die übrigen nicht. Du sperrst sie zu und lässt sie kalt werden. Aber du nimmst dir vor, diese Zimmer im nächsten Frühling wieder zu bewohnen. So ging es mir, als George nicht mehr am Leben war, Alex. Ich hatte das Gefühl, dass ich alles zusperren musste, was ich nicht brauchte oder womit ich nicht fertigwurde. Und dann habe ich auf den Frühling gewartet.«

Wir schweigen wieder. Mir ist, als würde ich weit entfernt in der Dunkelheit eine Eule rufen hören. Aber vielleicht ist es auch nur der Wind, der oben durch die klapprigen Fenster pfeift.

»Tut mir leid, dass ich dich so selten besucht habe«, sage ich nach einer Weile.

»Jetzt hör aber auf! Komm eben in Zukunft öfter, ganz einfach. Bring Jody mit. Oder deine Schwester. Aber was auch immer du vorhast, Alex – du musst endlich anfangen zu leben. Im Jetzt zu leben. Das würde Georgie sich jedenfalls wünschen. Wahrscheinlich brüllt er dir das schon seit Monaten vom Himmel aus zu.«

Erneut versinken wir in Schweigen. Nur das leise Prasseln des Ofens ist zu hören. Ansonsten herrscht Stille, eine Stille, die uns einhüllt wie Nebel. Die friedliche Ruhe ist herrlich, aber nach ein paar Tagen würde ich verrückt werden. Irgendwann hören wir tatsächlich eine Eule, schwach, aber deutlich, und wir rühren uns wieder.

»Hast du schon mal darüber nachgedacht, irgendwo hinzuziehen, wo mehr los ist?«, frage ich.

»Manchmal. Aber ich weiß nicht so recht. Als ihr beide, du und Emma, ausgezogen seid, wollte ich fort aus der Stadt, fort von den Leuten. Und es ist schön hier. So ruhig. Aber mehr und mehr Familien sind weggezogen, und die Häuser wurden von Bankern gekauft. Hier ist gar kein richtiges Dorf mehr, es ist eher wie eine Ferienanlage und ich bin die Hausmeisterin. Aber ich will ja nicht so enden wie Jack Nicklaus und alle mit der Axt ermorden.«

»Das ist der Golfspieler, Mum. Du meinst bestimmt Jack Nicholson aus *Shining*, oder?«

»Eine Axt hab ich jedenfalls. Eine Schreibmaschine übrigens auch.«

»Oh-oh. Sollte ich mit Sam besser die Flucht ergreifen?«

Sie schüttelt lachend den Kopf.

»Ach, ich bin so eine Heuchlerin. Ich sage dir, wie du dein Leben leben und dass du den Moment genießen sollst. Dabei verstecke ich mich ja selbst hier draußen. Wie eine alte Jungfer. Na ja. Ich glaub, ich geh jetzt besser ins Bett.«

Sie steht auf, füllt mir noch etwas Wein nach, dann geht sie in die Küche. Ich höre, wie sie den Geschirrspüler füllt. Danach kommt sie noch einmal zurück und bleibt in der Tür stehen.

»Hör zu, mein Sohn«, sagt sie. »Ich werde dir nun etwas sagen, was ich dir danach nie wieder sagen werde. Es war schon immer die Wahrheit und wird auch immer die Wahrheit bleiben. Und du schreibst dir das jetzt ein für alle Mal hinter die Ohren, du Dickschädel.«

»Okay«, sage ich.

»Du warst für den Unfall nicht verantwortlich. Was auch

immer an dem Tag zwischen dir und George vorgefallen ist, es spielt keine Rolle, es hat nie eine Rolle gespielt. Der Junge war immer zwei Schritte voraus, er war nie im Jetzt, er war schon in der Zukunft. So war er von Anfang an. Sobald er laufen konnte, machte er lauter verrückte Sachen. Weißt du noch, als wir in Leigh Woods waren und er auf diese riesige Eiche kletterte, um sich wie Tarzan von einem Ast zu schwingen? Du hast ihn damals angefleht, das nicht zu tun, du hast so lange geweint, bis er wieder runterkam. Wenn du nicht gewesen wärst, hätte er es garantiert gemacht, und dann wäre der Ast bestimmt durchgebrochen. Einmal wollte er von unserem alten Küchendach auf den Schuppen springen …«

»Er hat es nur deshalb nicht gemacht, weil ich gedroht habe, ihn zu verpetzen.«

»Genau. Er war mutig und clever, aber er war auch sehr unbesonnen. Als ich den Anruf von der Schule bekam, hieß es nur: ›Ihr Sohn hatte einen schrecklichen Unfall.‹ Dabei hatte ich zwei Söhne. Aber ich wusste sofort, dass er gemeint war. In all den Jahren habe ich so oft versucht, dir das klarzumachen, Alex. Du bist nicht schuld daran. Hör auf, dir Vorwürfe zu machen. Du konntest überhaupt nichts dafür.«

Plötzlich steigen mir die Tränen in die Augen und ich spüre einen dicken Kloß im Hals.

»Okay, Mum.«

»Hast du verstanden?«

»Ja.«

»Gut. Dann hör jetzt endlich auf, Trübsal zu blasen, und bring dein Leben in Ordnung.«

Kapitel 24

Ich treffe mich wieder mit Isobel. Genauer gesagt: Sie hat mich zu einer ihrer Sixties-Clubnights eingeladen, am Donnerstag, im Nordosten von Bristol, in St. Werburghs. Die Adresse hat sie mir per SMS geschickt. Ich habe ihr geantwortet, dass ich komme, aber danach dachte ich sofort, a) o Gott, was mach ich denn da?, und b) was trägt man überhaupt auf so einem Event? Ich habe nur drei langweilige Anzüge und eine Sporttasche voller Jeans und Pullis. Das Einzige, was vielleicht als Vintage durchginge, wäre ein Chemical-Brothers-T-Shirt von 1997. Zuerst hatte ich überlegt, vorher noch zu Isobels Laden zu gehen, um dort etwas zu kaufen, aber das hätte zu verzweifelt gewirkt. Auf eBay finde ich schließlich einen blauen Anzug von Aquascutum, der ungefähr meine Größe hat und 125 Pfund kostet, sofern ich die Auktion nicht abwarten will. Spontan klicke ich auf den »Sofort-Kaufen«-Button. Dann googele ich »Sixties Schuhe Männer« und finde ein passendes Paar Chelsea-Boots. Ziemlich viel Geld, um wie Austin Powers, der gerade dienstfrei hat, in einem Pub herumzustehen und kurz mit einer Frau zu plaudern, die ich erst zweimal getroffen habe.

Zwei Tage später trudelt der Anzug mit den Boots ein. Die Hose ist ein bisschen zu kurz und der Bund so eng, dass ich wahrscheinlich den ganzen Abend die Luft anhalten muss, aber im Großen und Ganzen sehe ich nicht übel aus. Okay, vielleicht falle ich in Ohnmacht, aber dieses Risiko nehme ich gern in Kauf. Außer Isobel kenne ich dort sowieso niemanden. Dan hat schon was anderes vor, Emma findet Partys dieser Art peinlich, und wenn ich Matt frage, würde Clare gleich fragen, was los ist und es sofort Jody erzählen. Das will ich auf gar keinen Fall. Nein, das Ganze ist bloß ein Experiment. Das rede ich mir jedenfalls ein. Ich bin von meinen eigenen Wünschen inzwischen dermaßen abgekoppelt, dass ich mir selbst laut vorsagen muss, was auf dem Programm steht: »So, du hast jetzt ein Date, beweg deinen Hintern.«

Der Club ist ein rechteckiger Fertigbau gegenüber von ein paar kleinen tristen Reihenhäusern. Er sieht aus wie ein Container oder wie der erste Versuch, bei *Minecraft* eine Hütte zu bauen.

Ich denke viel zu oft an dieses Spiel.

Beim Näherkommen sehe ich bunte Discolichter in den ansonsten dunklen Fenstern aufblitzen. Ein Motown-Song dringt gedämpft in die feuchte Nachtluft hinaus. Vor dem Eingang stehen ein paar gelangweilt aussehende Teenies und rauchen. Ich gehe an ihnen vorbei, und als ich eine weitere Tür öffne, schlägt mir eine Woge aus Sound und schwüler Hitze entgegen. Drinnen sind rund vierzig tanzende und trinkende Leute, die meisten Ende zwanzig, Anfang dreißig, doch es gibt auch einige ältere Paare, die die Swinging Sixties bestimmt live erlebt haben. Alle Frauen tragen stilechte Kleider, Frisuren und Make-up. Erleichtert stelle ich fest, dass die meisten Männer ebenfalls Anzug tragen, mit Ausnahme einiger Typen, die in Jeans und Fred-Perry-Poloshirts neben der Tanzfläche stehen und wie eine Blur-Tribute-Band aussehen.

Am Eingang sitzt ein alter Mann an einem Klapptisch. Als ich an ihm vorbeigehe, schreit er: »Fünf Pfund, bitte!« Ich suche den Raum nach Isobel ab und entdecke sie in der hinteren Ecke. Sie spricht gerade mit dem DJ, der mit seinem modernen Equipment ziemlich deplatziert inmitten der Beehive- und Brylcreem-Frisuren wirkt. Also spaziere ich erst einmal zur Bar und bestelle bei einer der beiden Bardamen, die wie Stewardessen aussehen, ein Pint Lager, das ziemlich schal schmeckt. Der Motown-Song ist inzwischen von einem Kinks-Track abgelöst worden. Ein paar Leute fangen an, mit abgehackten Bewegungen zu tanzen.

Das ist so gar nicht meine Welt.

Daran ist zum Teil meine Mutter schuld. Sie hasst die Musik der Sechziger, weil sie dabei an schreckliche Tanzabende in ihrer Kirchengemeinde denken muss, wo sie von jungen Bauern begrapscht wurde – noch so ein Beispiel für ihre beharrliche Weigerung, sich mit der Vergangenheit zu beschäftigen. Plötzlich tippt mir jemand auf die Schulter. Als ich mich umdrehe, steht Isobel vor mir und strahlt mich an. Sie trägt ein schwarz-weiß kariertes Minikleid und ist ganz in ihrem Element.

»Hi!«, schreit sie. »Toll, dass du da bist! Bist du allein?«

»Ja, ich dachte, ich schau mal, was du so treibst.«

»Super Anzug«, sagt sie.

»Danke. Hab mir einfach irgendetwas übergezogen. Kennst du eigentlich alle hier?«

»Die meisten schon. Ich stell sie dir später vor. O, da ist Rachel, der muss ich schnell Hallo sagen. Bin gleich wieder da!«

Und schon ist sie wieder im Gewühl verschwunden, grüßt und umarmt Leute, tanzt ein bisschen und lacht. Ich lehne mich verlegen an die Bar und nippe an meinem Bier. Nach einer Weile hole ich mein Handy raus, aber auf einer Vintage-Party könnte das ein kolossaler Fehler sein, also stecke ich es doch lieber weg und versuche, lässig in der Gegend herumzustehen, ohne dabei wie ein Säufer auf Fleischbeschau zu wirken. Nach Pop wird Mod gespielt, dann Psychedelic Rock und schließlich Northern Soul. Nach zehn wird es immer voller, und die Bar mutiert zum Hotspot für flirtende Pärchen. Irgendwann steht Isobel wieder neben mir.

»Hey! Tut mir leid, heute sind so viele Leute da, die ich ewig nicht gesehen habe. Amüsierst du dich?«

»Ja, klar, die Musik gefällt mir«, lüge ich.

»Bin gleich wieder da, versprochen.«

Sie legt mir die Hand in den Nacken, zieht meinen Kopf zu sich und gibt mir einen Kuss. Er dauert ein paar Sekunden, und er ist mehr als ein rein freundschaftlicher Kuss. Irgendwie schaffe ich es, das Bier auf der Bar abzustellen, aber ich weiß nicht, was ich machen soll, also halte ich sanft ihre Taille. Meine Augen sind geschlossen, die Musik klingt weit entfernt und mein Kopf ist plötzlich leer. Es gibt nur noch uns beide und diesen Kuss. Schließlich weicht sie zurück, aber dann gibt sie mir schnell noch einen Kuss. Als ich die Augen öffne, schaut sie mich an.

»Bis später«, haucht sie mir ins Ohr, und ich spüre ihren Atem auf meiner Haut.

Als sie abermals in der Menge verschwindet, komme ich schlagartig zur Besinnung, und meine Überraschung und mein Begehren werden durch Schuldgefühle und Panik verdrängt. Das ist nicht richtig. Das ist ein Fehler. Mir wird ganz flau im Magen. Was zum Teufel mache ich eigentlich hier? Ungeduldig bahne ich mir einen Weg zum Ausgang, vorbei an tanzenden Paaren in seltsamen Retro-Klamotten. Ich bin schon fast an der Tür, als mich jemand am Arm packt, hoffentlich nicht Isobel. Doch es ist nur der Mann, der den Eintritt kassiert hat.

»Nach zehn Uhr kommt keiner wieder rein«, warnt er.

»Das will ich auch gar nicht«, erwidere ich.

Und dann bin ich draußen in der Kälte. Schnell laufe ich fort, die Straße entlang, um die Ecke und zur Hauptstraße, um mir dort ein Taxi zu rufen. Als es mir endlich gelingt, eins anzuhalten, gebe ich dem Fahrer unwillkürlich die Adresse von dem Haus, in das ich vor neun Jahren mit Jody zog, als sie schwanger und alles neu und aufregend war, von dem Haus, wo sie jetzt allein mit Sam wohnt. Ich korrigiere mich sofort und nenne dem Fahrer stattdessen Dans Adresse. Zehn Minuten später halten wir vor dem riesigen Wohnungskomplex, dieser antiseptischen Monstrosität, diesem Todesstern coolen Stadtlebens. Ich will nicht mehr hier sein. Ich muss mich regelrecht zwingen, aus dem Taxi zu steigen und zum Eingang zu gehen. Als ich die Tür öffnen will, vibriert mein Handy. Ich ziehe es aus der Tasche. Isobel hat mir eine SMS geschickt.

Wo bist du?

Der einzige Gedanke, der mir kommt, ist: Ich weiß es nicht. Ich weiß wirklich nicht, wo ich bin. Aber wo auch immer das sein mag, es ist nicht der Ort, an dem ich jetzt sein sollte.

»Jody«, flüstere ich. »Es tut mir so leid. Ich bringe das wieder in Ordnung, ich verspreche es.«

Am nächsten Morgen klingelt mein Wecker um sieben. Ich habe kaum geschlafen, sondern den Großteil der Nacht damit verbracht, aufs Fenster zu starren und alte Erinnerungen heraufzubeschwören. Meine gesamte Geschichte mit Jody ist mir dabei durch den Kopf gegangen, von der ersten Begegnung auf der Apfelfarm über die wunderbaren ersten Monate unserer Beziehung, den Urlaub und die Schwangerschaft bis hin zu Sam. Seltsam, wie sich ein Leben in einer Reihe von Augenblicken festhalten lässt und wie wir diese Augenblicke ohne nachzudenken in eine Geschichte verwandeln, die einen Sinn ergibt und etwas zu bedeuten scheint. Eigentlich erfinden wir unsere eigenen Geschichten ständig neu. Aber manchmal machen wir Fehler. Ein Teil von mir hatte das Gefühl, dass die Trennung von Jody unvermeidlich war und dass es irgendwann unweigerlich dazu kommen musste. Doch heute Morgen gegen halb fünf wurde mir klar, dass ich mich geirrt habe und dass es einen Ausweg gibt. Und dieser Ausweg beginnt damit, dass ich mit Jody reden muss. Ich muss ihr erzählen, dass ich versuchen möchte, alles auf die Reihe zu kriegen. Ich habe zwar noch keine Antworten, aber wenigstens weiß ich, dass es Fragen gibt. Irgendetwas in dieser Richtung muss ich ihr sagen, auch wenn ich alles andere als ein Beziehungsexperte bin.

Ich grübele noch immer darüber nach, was ich ihr sagen will, als ich mich eine Stunde später im dichten Verkehr auf den Weg zu unserem Haus mache, vorbei an Baustellen und ausscherenden Radfahrern. Am liebsten würde ich »Aus dem Weg! Ich muss meine Ehe retten!« schreien. Stattdessen trommle ich auf das Lenkrad und versuche, das Auto vor mir durch schiere Willenskraft anzuschieben.

Irgendwann biege ich in unseren Vorort ab, fahre an geparkten Autos und Kindern auf dem Weg zur Schule mit übermüdeten Eltern im Schlepptau vorbei. Als ich unser Haus erreicht habe und auf der anderen Straßenseite halte, geht unsere Tür auf. Gleich kommt bestimmt Sam in seinem blauen Polohemd und der grauen Hose heraus, die an den Knien schon ganz dünn ist, um sich tapfer der Herausforderung eines weiteren unvorhersehbaren und verwirrenden Schultags zu stellen.

Doch statt Sam tritt ein Mann heraus, den ich nicht kenne. Er trägt ein schwarzes Jackett, dunkle Röhrenjeans und einen braunen Karoschal. Das muss Richard sein, wer sonst. Er grinst breit, und als er sich umdreht, erscheint Jody auf der Türschwelle. Sie reden miteinander, er zuckt die Schultern, dann beugt sie sich zu ihm und küsst ihn. Ich schaue zu. Auf einmal wird alles still, die Stille dröhnt, eine so laute Stille habe ich noch nie gehört, sie ist so ohrenbetäubend, dass sie fast mein Trommelfell zerfetzt. Richard geht nun, Jody schaut ihm nach, winkt. Anschließend geht sie wieder ins Haus hinein und schließt die Tür. Und Richard steigt in einen schneeweißen BMW und braust davon. Er war also die ganze Nacht da. Vielleicht ist er sogar schon bei ihr eingezogen.

Ich sitze da, die Hände auf dem Lenkrad, vor Entsetzen gelähmt. Dann schlucke ich, das Geräusch ist unerträglich laut. Meine Augen brennen. Als ich blinzele, spüre ich, wie eine große Träne an der Nase entlang zum Mundwinkel läuft.

Ich schere in Zeitlupe aus der Parklücke, dann presche ich an unserem Haus vorbei. Ich fahre schnell, viel zu schnell, vorbei an Eltern und Kindern, die sich an den Händen halten, miteinander reden, losrennen. An einer Fußgängerampel bremse ich scharf und schlage fast auf die Hupe, als ein altes Paar mühsam über die Straße schlurft. Kaum springt die Ampel auf Grün, rase ich weiter, zum Haus von Matt und Clare.

Als ich die Auffahrt hochbrettere, sehe ich Archie, der gerade im Garten spielt.

»Hallo Alex!«, ruft er.

Ich beachte ihn gar nicht, renne direkt zur Haustür, schlage wild dagegen und klingele gleichzeitig.

»Schon gut, ich komme ja schon!«, ruft Matt von drinnen.

Er öffnet die Tür. Er trägt einen schlecht sitzenden Marks & Spencer-Anzug mit scheußlich gepunkteter Krawatte.

»Alex, was machst du denn hier?«

»Wo ist Clare?«

»Sie ist in der Küche, aber …«

Ich drängele mich einfach an ihm vorbei, stürze durch den Flur ins Esszimmer. Clare sitzt im Nachthemd am Tisch, neben ihr thronen die Zwillinge auf identisch aussehenden Hochstühlen.

»Du hast mir doch gesagt, es ist nichts Ernstes«, stoße ich wütend hervor. Meine Stimme ist so laut, dass die Zwillinge erschrocken zusammenzucken und mich anstarren. Clare dreht sich zu mir um.

»Was …«

»Jody und Richard! Du hast gesagt, es ist nichts Ernstes!«

»Ja, ich weiß. Was ist denn eigentlich los?«

»Ich hab ihn gerade aus unserem Haus kommen sehen!«

Jetzt ist auch Matt in der Küche, er hat Tabitha im Schlepptau.

»Alex«, sagt er ruhig. »Ich weiß ja nicht, was los ist, aber …«

»Deine Frau weiß es aber, verdammt noch mal!«, schreie ich. Ich wollte gar nicht so laut werden, aber bei mir knallt die Sicherung durch und es gibt kein Zurück.

»Alex«, wiederholt Matt, und er klingt ziemlich genervt. »Du kannst hier nicht einfach reinplatzen und Clare anschreien. Was zum Teufel ist eigentlich los?«

Tabitha fängt an zu weinen. Unser Geschrei jagt ihr Angst ein.

»Du hast mir doch versichert, dass zwischen den beiden nichts läuft! Und jetzt sehe ich, dass dieser Mistkerl die ganze Nacht in meinem Haus mit meiner Frau verbracht hat!«

»Ich will, dass du jetzt gehst«, sagt Matt.

Er legt mir die Hand auf die Schulter, aber ich stoße sie weg.

»Ich meine es ernst«, sagt er.

Clare steht auf.

»Alex, keine Ahnung, was du da gesehen hast, aber ich habe nichts damit zu tun. Und es ist auch völlig egal, was Jody mir gesagt hat und was nicht. Das gibt dir nicht im Geringsten das Recht, hier hereinzustürmen und mich vor meinen Kindern anzuschreien. Bist du eigentlich noch ganz bei Trost?«

Einen Moment lang herrscht Stille. Tabitha umschlingt Matts Bein und wimmert leise. Eines der Zwillingsmädchen schlägt mit dem Plastiklöffel auf sein Tischchen.

»Entschuldige«, sage ich schließlich kleinlaut. »Tut mir leid.«

»Geh endlich«, grollt Matt. »Sonst schmeiß ich dich eigenhändig raus.«

Ich sehe ihn verwirrt und erstaunt an. Ich erkenne ihn nicht wieder. Was habe ich bloß angerichtet, dass dieser gutmütige Mensch, mein Freund, plötzlich so wild entschlossen ist, seine Familie vor mir zu schützen?

Langsam und wie betäubt weiche ich zurück. Als ich durchs Wohnzimmer gehe, rutsche ich auf einem Comicheft aus, das auf dem Boden liegt, aber ich kann mich gerade noch fangen. Als Archie mich sieht, rennt er die Treppe hoch. Draußen höre ich, wie die Tür mit voller Wucht hinter mir zugeschlagen wird. Ich bin wieder allein. Ich wage es nicht, mich umzudrehen. Stattdessen steige ich in mein Auto und boxe mehrmals mit aller Kraft gegen das Lenkrad. Als ich sehe, dass die Tür wieder aufgeht, starte ich den Motor und brettere rückwärts auf die Straße. Eine Frau auf der anderen Straßenseite hält ihre Kinder schützend zurück, schreit mich an und schlägt mir auf den Kofferraum. Plötzlich muss ich an den Fahrer denken, der vor zwanzig Jahren viel zu schnell an unserer Schule vorbeiraste, an die schrecklichen Folgen seiner Gedankenlosigkeit. So läuft es immer. Irgendwie läuft alles unweigerlich auf damals hinaus.

Kapitel 25

Dan und ich betreten einen kleinen Burrito-Laden in der Nähe seiner Arbeit. Am Schaufenster sind noch zwei Barhocker frei. Wir nehmen Platz und betrachten schweigend die Autos, die sich durch Stokes Croft den Weg ins Stadtzentrum bahnen. Ich gehe den Tag im Detail durch und versuche zu begreifen, was passiert ist, aber ich schaffe es nicht, Ordnung in das Chaos zu bringen. Nur die beiden Höhepunkte laufen als Wiederholungsschleife vor meinen Augen ab: Jodys Kuss und Matts Zorn. Ich spüre eiskalt die Panik, die wie ein Monster am Rande meines Sichtfelds lauert – ich bringe es einfach nicht fertig, ihr ins Gesicht zu sehen. Der Burrito hängt schwer in meinen Händen, die Füllung tropft in den recycelten Pappbehälter. Jody hat Richard zur Tür gebracht und zum Abschied geküsst. Aber wo war Sam? Wo war mein Junge? Wollen sie ihn mir wegnehmen?

Neben mir nagt Dan verzagt an seinem Burrito, auch er ist ganz in Gedanken versunken. Eigentlich sollte ich ihn fragen, was los ist, aber ich bin zu sehr in mein eigenes Elend vertieft. Wir müssen einen tollen Anblick für die Passanten abgeben. Gleich klopft uns bestimmt ein Mitarbeiter auf die Schulter und deutet auf ein Schild mit der Aufschrift: *Bitte keine Nervenzusammenbrüche auf den Fensterplätzen.*

Irgendwann drehe ich mich doch zu Dan.

»Stimmt was nicht? Hast du Ärger bei der Arbeit?«

»Was? Nein, nein, bei der Arbeit ist alles gut.«

»Was ist es dann?«

»Glaubst du, dass Emma wieder abhaut?«

»Es würde mich jedenfalls wundern, wenn sie bleiben würde«, sage ich. Das scheint aber nicht die Antwort zu sein, die Dan hören wollte.

»Ich hoffe, sie bleibt hier«, sagt er, mehr zu sich selbst.

O Gott. Ich fasse es nicht. Wie konnte ich nur so viele Jahre auf dem Schlauch stehen?

»Dan«, sage ich. Er dreht sich langsam zu mir. »Bist du etwa in meine Schwester verliebt?«

Er nippt an seiner Diet Coke und starrt auf das riesige Banksy-Graffiti auf der anderen Straßenseite.

»Ja«, sagt er dann. »Seit ich ihr zum ersten Mal begegnet bin.«

»Warum hast du mir denn nichts gesagt?«

»Ich hab's doch versucht, Mann. Keine Ahnung, wie oft. Aber du hast es einfach nicht peilen wollen.«

Er hat völlig recht. Ich war viel zu sehr mit meinem eigenen Kram beschäftigt, um das mitzubekommen. Jeder andere hätte es sofort geschnallt. Seit zehn Jahren liked er jedes Foto, das sie auf Facebook oder Instagram postet, er fragt ständig nach ihr. Er war derjenige, der mich dazu gedrängt hat, sie über Skype anzurufen. Dann steht sie plötzlich vor seiner Tür, er ist total happy, und auf einmal verschwindet sie wieder. Spektakuläre Auftritte waren ja schon immer ihr Ding, aber ihre Abgänge kriegt sie fast noch besser hin.

Die Tür wird geöffnet, ein junger Vater hält sie auf, damit seine Partnerin den Kinderwagen hineinschieben kann. Sie manövriert ihn an den Stühlen vorbei und entschuldigt sich lächelnd. Der Vater strahlt seine Tochter im Kinderwagen an. Dan und ich beobachten die glückliche Familie auf ihrem Weg zur Theke. Danach wenden wir uns wieder unseren kalten, faden Burritos zu.

»Tut mir leid, Dan«, sage ich.

»Na ja, du hattest ja auch viel um die Ohren. Hast du anscheinend immer noch, wie es aussieht.«

»Yep.«

»Hat's mit dieser Frau zu tun? Isobel?«

»Nein. Das war ein Fehler. Ich bin noch nicht bereit für was Neues. Aber Jody anscheinend schon. Heute Morgen hab ich gesehen, wie Richard aus unserem Haus kam.«

»Im Ernst? Hast du denn mit ihr gesprochen? Hast du sie gefragt, was los ist?«

»Bislang nicht.«

»Warum nicht?«

»Weil ich die Antwort nicht hören will.«

»Verstehe. Das kenn ich.«

Es ist sechs, ich schaue gerade Nachrichten und schlürfe heiße Nudelsuppe auf Dans Eichenparkett, als Jody anruft.

»Hallo Jody. Sorry, ich hab gerade den Mund voll. Moment.«

Aber sie hört gar nicht zu.

»Alex, es ist wegen Sam.«

Sie klingt panisch. Ich sitze plötzlich kerzengerade und stelle die Schüssel auf dem Sofatisch ab.

»Was ist los?«

»Es ist was mit dem Spiel, irgendwas ist da passiert.«

Ich entspanne mich. Er hatte keinen Unfall, er ist nicht auf der Intensivstation. Dann werde ich plötzlich stocksauer. Warum macht sie so einen Wirbel, wenn es bloß um das verdammte Spiel geht? Sie hat mir einen Riesenschrecken eingejagt.

»Okay, jetzt beruhig dich mal, was ist überhaupt geschehen? Ist das Spiel abgestürzt? Das ist doch nicht so schlimm ...«

»Nein, es ist nicht abgestürzt. Hör mal, du weißt ja, dass Sam jetzt online mit Olivias Bruder und seinen Kumpels befreundet ist, oder? Irgendwas ist da vorgefallen, ich glaube, sie haben seine Burg zerstört. Er liegt völlig regungslos auf dem Bett, er sagt nichts, starrt nur noch an die Decke. Alex, ich hab Angst.«

»Bin schon unterwegs.«

Wir haben gehört, dass das manchmal passieren kann. Wenn Menschen mit Autismus etwas nicht mehr aushalten, weil es ihnen zu viel wird, können sie sich sozusagen selbst abschalten. Das ist eine Bewältigungsstrategie, eine Methode, um die Welt auszublenden. Bei einem unserer Elterntreffen sagte mal jemand, das wäre so, als würde man einen Computer ausschalten und irgendwann wieder neu starten. Aber Sam hat sich bisher noch nie so verhalten. Ich springe ins Auto und fahre los.

Unterwegs fallen mir andere Situationen ein. Einmal rief Jody mich von der Notfallambulanz an, ich saß in meinem Büro, Sam war kopfüber von einem Stuhl auf den harten Küchenboden gefallen. Ich hatte gerade ein Kundengespräch wegen einer Hypothek, aber ich unterbrach es sofort. In solchen Situationen entwickelt man einen Tunnelblick, dann zählt nur die Familie, alles andere wird plötzlich egal. Bei Sam ist es obendrein so, dass ihn schon der kleinste Kratzer völlig aus der Fassung bringt, weil er entsetzliche Angst vor Schmerzen hat. Andere Jungs fallen hin, stehen wieder auf und klopfen sich den Dreck ab, doch für Sam ist schon ein aufgeschürftes Knie eine schlimme Verletzung. Gar nicht auszumalen, wie schrecklich es für ihn sein muss, in ein Krankenhaus gebracht zu werden.

Ich komme vor unserem Haus an, parke, renne zur Haustür und hämmere dagegen. Jody macht auf, sie sieht gestresst und verwirrt aus.

»Er ist oben. Ich weiß nicht, was ich tun soll. Soll ich den Arzt rufen?«

»Lass mich erst mal sehen.«

Ich sprinte die Treppe hoch in Sams Zimmer. Dort ist es mucksmäuschenstill. Auf dem Bildschirm flimmert das Spiel, aber ich erkenne nur den Gebirgszug, den wir von unserer Burg aus in der Ferne sehen können. Sam liegt zusammengerollt auf dem Bett, mit dem Gesicht zur Wand. Seine Augen blicken starr, er ist ganz bleich. Sein Körper ist regungslos, seine Hände, mit denen er sonst ständig herumfuchtelt, hat er um die Knie geschlungen. Sein Anblick ruft eine furchtbare Erinnerung in mir wach. Die Erinnerung an einen anderen regungslos daliegenden Jungen. Ich verbanne sie wieder in die hinterste Ecke meines Gedächtnisses.

»Sam? Sam, Daddy ist hier.«

Nichts, noch nicht einmal ein winziges Nicken. Ich lege ihm die Hand auf die Stirn, der standardmäßige elterliche Fiebercheck. Aber seine Stirn fühlt sich kühl an. Ich bin erleichtert, dass er noch atmet.

»Sam, was ist passiert?«

Jody steht in der Tür, das Haar zurückgebunden, die Wimperntusche verschmiert. Sie legt mir die Hand auf die Schulter. Ich lege meine Hand eine Sekunde lang auf ihre, dann lasse ich sie verlegen wieder los.

Wir gehen raus in den Flur. Das kleine Fenster oben auf der Treppe ist offen. Ich höre Autos vorbeifahren.

»Was sollen wir machen?«, fragt sie.

»Am besten lassen wir ihn eine Weile in Ruhe, er muss da von allein wieder herausfinden. Ich kann eine Weile bei ihm sitzen und mir das Spiel ansehen, vielleicht kriege ich ja raus, was passiert ist.«

»Olivias Mutter hat mehrmals versucht anzurufen. Ich könnte bei ihr vorbeifahren, vielleicht weiß sie ja, was los ist. Sollten wir nicht besser den Arzt rufen?«

»Ich glaube nicht. Lass uns abwarten.«

»Ich habe aber Angst.«

»Ich weiß.«

Ich gehe zurück in Sams Zimmer, setze mich auf die Bettkante und lege ihm die Hand auf den Rücken, damit er spürt, dass ich bei ihm bin. Mehr mache ich nicht. Er blinzelt, doch sein Blick bleibt starr.

Dann wende ich mich zum Bildschirm und nehme den Controller in die Hand.

Als ich mich zu unserer Burg drehe, sehe ich sofort, was passiert ist. Sie ist eine einzige Ruine. Die Umzäunung steht zwar größtenteils noch, aber das Gebäude selbst ist fast völlig zerstört. Zwei Stockwerke sind verschwunden, die unteren Etagen verwüstet. Die Türme ähneln skelettartigen Fingern, die gekrümmt zum Himmel zeigen. Überall entdecke ich Explosionskrater. Wer auch immer dafür verantwortlich ist, hat TNT-Blöcke benutzt, um die Burg zu zerstören. Das war Absicht. Verdammt. Und ich war nicht bei ihm, um das zu verhindern und ihm zu helfen. Ich war nicht hier.

»Ach, Sam«, sage ich. Keine Antwort. »Sam, hör mal, wir

können das wieder aufbauen. Wir schaffen das. Du bist so gut darin.«

Er reagiert weiterhin nicht. Ich bin unsicher, was ich tun soll. Am besten fange ich an, die Trümmer zu beseitigen und die Krater mit Erde zu füllen. Dafür brauche ich Werkzeuge, also schaue ich in der Ruine nach, ob die Aufbewahrungstruhen noch dort sind. Fehlanzeige. Aber ein paar von unseren Sachen liegen verstreut herum: Spitzhacken, Schaufeln, etwas Brot. Viel ist es nicht. Die Bemühungen unserer wochenlangen gemeinsamen Arbeit wurden mit einem Schlag zunichtegemacht. Plötzlich fallen mir die Kronjuwelen ein, die in unserer geheimen Truhe versteckt sind.

Ich renne in die Kammer und grabe fieberhaft nach ihr. Ich atme auf, die Truhe ist zum Glück noch dort, niemand hat sie angerührt.

Ich höre, wie unten die Haustür geöffnet und dann leise wieder geschlossen wird. Jody schleicht auf Zehenspitzen die Treppe hoch, ins Zimmer.

»Ich habe mit Olivias Mutter gesprochen«, sagt sie. »Anscheinend hat Sam Olivias Bruder Harry und seine Freunde zum Mitspielen eingeladen. Wenn ich es richtig verstanden habe, hat Harry seine Freunde eine Weile allein spielen lassen. Sie wurden dann ziemlich übermütig und haben ein paar Bomben oder so was gelegt. Sie dachten, es wäre Harrys Burg. Harry ist deswegen total fertig. Er will herkommen und sich entschuldigen.«

»Im Moment ist das wohl keine so gute Idee.«

»Olivia ist auch ganz fertig.«

»Aber sie kann doch nichts dafür.«

»Hat Sam inzwischen etwas gesagt?«

»Nein. Jody, das ist alles meine Schuld. Ich habe das Spiel

als unser gemeinsames Projekt durchgedrückt, und jetzt das … Ich habe ihm zu viel zugemutet.«

»Nein, es ist nicht deine Schuld. Er liebt dieses Spiel über alles, er redet ständig darüber. Und bisher lief es doch super! Ich hab beobachtet, wie er online mit dir gespielt hat. Er steht total darauf.«

Schweigend sitzen wir neben unserem Sohn auf dem Bett, jeder in seine eigenen Gedanken vertieft. Wir sind zusammen in diesem winzigen Zimmer mit den kaputten Spielsachen und ramponierten Postern wie eine Familie, nah beieinander und doch Galaxien voneinander entfernt. Ich möchte etwas sagen, doch mir fällt nichts ein, das helfen oder die Stimmung aufhellen könnte.

So vergeht ungefähr eine halbe Stunde.

»Mach das Spiel aus«, sagt er auf einmal.

»Was? Sam?«, frage ich.

»Mach es aus«, wiederholt er.

Jody will ihn umarmen, aber er umklammert seine Knie noch fester. Plötzlich muss ich an die Szene aus *Alien* denken, wo John Hurt von dem außerirdischen Raumschiff zurückgebracht wird, der Facehugger sitzt auf seinem Gesicht, doch als sie versuchen, ihn zu entfernen, schlingt er seinen Schwanz um Hurts Hals. Jody zieht ihre Hand weg.

»Ich speichere es ab«, sage ich.

»Mach es aus«, sagt Sam erneut. »Es ist mir egal. Es ist mir egal.«

»Aber …«

»Ich will es nicht. Ich will es nie mehr spielen.«

»Aber Sam, wir können das wieder hinkriegen.«

»Ich will aber nicht. Die haben es einfach kaputtgemacht, dabei war es doch meins. Andere Leute machen alles kaputt.«

Von unten dringt ein Geräusch zu uns hoch. Ob Olivia gekommen ist, um sich zu entschuldigen? Nein, es ist Emma.

»Hallo?«, ruft sie.

»Wir sind hier oben«, antwortet Jody.

Emma steigt die Treppe hoch und bleibt in der Tür stehen.

»Dan hat mir gesagt, dass Sam irgendwas zugestoßen ist. Ich war sowieso gerade in der Gegend und dachte, ich schau mal vorbei. Ist alles in Ordnung? Hallo Sam!«

»Ein paar Jungs haben seine *Minecraft*-Burg zerstört«, erklärt Jody.

»Oh nein!«, ruft Emma theatralisch. Ihre lautstarke Aufdringlichkeit nervt, aber erstaunlicherweise kann sie Sam damit aus der Reserve locken. Endlich hört er auf, seine Beine zu umklammern, und setzt sich auf.

»Ich will nie wieder spielen«, sagt er.

»Jungs sind schrecklich«, stimmt Emma zu. »Du natürlich nicht, aber die meisten anderen schon. Ich bleibe immer möglichst auf Abstand. Die machen wirklich alles kaputt, oder?«

Sam nickt düster. Aber er ist nicht in der Stimmung, sich aufheitern zu lassen. Er lässt sich wieder aufs Bett sinken und schließt die Augen.

»Die Kronjuwelen sind in Sicherheit«, sage ich ihm.

»Ist mir egal«, antwortet er.

Später sitze ich auf dem billigen Bett in Dans winzigem Gästezimmer. Hier gibt es nichts, das zu mir oder meinem Leben gehört, nur einen Stapel mit Klamotten und ein Foto, das an Dans Computer lehnt – das Foto von mir und George, wie wir lächelnd vor dem Café stehen, eine glorreiche Zukunft vor uns, oder wenigstens dachten wir das.

Dann war sein Leben plötzlich zu Ende, und jetzt sitze ich wieder allein hier. Schon komisch, wie die Trauer einen ständig zurückkatapultiert und alte Erinnerungen wie Fotos aus einem zerfledderten Album herauspurzeln lässt. Ich dachte, ich hätte einen sicheren Ort für Sam und mich gefunden, doch ich habe mich geirrt. Was kann ich denn überhaupt für ihn tun, wenn ich hier bin und er dort? Was er braucht, ist Stabilität, aber die kann ich ihm nicht aus Steinblöcken und Schatztruhen bauen, die es nur auf dem Bildschirm gibt. Nichts ist wirklich sicher – diese Lektion habe ich gelernt. Eine Lektion, die man seinem Kind so lange wie möglich ersparen will. Aber wenn man zu lange damit wartet, vermittelt das Leben sie sowieso.

Kapitel 26

Das einzige Geräusch kommt von der großen Wanduhr, ihr lautes Ticken schallt durch den Raum und betont das peinliche Schweigen zwischen den vier Anwesenden. Auf der einen Seite des großen Eichenholztischs sitzt Mr Jones, der Rektor von Sams derzeitiger Schule, ein finster aussehender Mann mit beginnender Glatze, das noch vorhandene Haar trägt er sehr kurz geschnitten und dazu einen übertrieben ernst wirkenden schwarzen Anzug. An seiner Seite ist Jan Parker, die Bildungsamt-Beauftragte für sonderpädagogischen Förderbedarf, eine spindeldürre Frau in den Sechzigern, die mich und Jody feindselig anschaut. Wir sitzen den beiden gegenüber, zusammen, aber zugleich auf Abstand.

Alle schweigen. Mr Jones hat den Brief vor sich, den wir beziehungsweise Jody ihm letzte Woche geschickt hat, um ihm mitzuteilen, dass wir Sam auf eine andere Schule schicken werden. Sein Blick wandert zu uns, dann wieder auf das DIN A4-Blatt.

»Ich verstehe Ihre Besorgnis, aber ich bin mir nicht sicher, ob ein Schulwechsel die beste Lösung ist«, sagt er schließlich.

»Ich habe ihn mehrmals besucht«, sagt Mrs Parker, wobei sie einen großen Aktenordner auf ihrem Schoß durchblättert. »Er macht Fortschritte im Rechnen und auch im Lesen und Schreiben, er ist …«

»Er ist unglücklich«, sagt Jody.

»Welches Kind ist schon glücklich in der Schule«, sagt Mr Jones beschwichtigend, es klingt fast höhnisch.

»Ach, Sie meinen, wir sollen das einfach so hinnehmen?«, fragt Jody.

»Nein, natürlich nicht, ich …«

»Es ist nicht gewiss, ob ein Schulwechsel sich positiv auf sein Wohlbefinden auswirken wird«, sagt Mrs Parker. »Es würde für ihn bedeuten, dass er sich an neue Strukturen und an neue Kinder gewöhnen muss.«

Jody und mir ist klar, dass wir Einigkeit demonstrieren und als Paar auftreten müssen. Aber nach allem, was passiert ist, sind wir dazu nicht in der Lage. Wir können noch nicht einmal mehr so tun. Anstatt heute Morgen gemeinsam mit mir zum Termin zu fahren, hat Jody mir eine SMS geschickt, dass sie sich allein auf den Weg macht. Und als wir uns im Anmeldebereich trafen, haben wir kaum ein Wort miteinander gewechselt. Zu groß war die Angst, dass Sam aus einem Klassenzimmer kommen und uns vielleicht sehen könnte. Womöglich wäre er durchgedreht. Und jetzt sitzen wir hier wie unartige Schüler, die darauf warten, zurechtgewiesen zu werden.

»Die neuen Kinder werden ihn aber vielleicht nicht schikanieren«, sage ich schließlich. »Möglicherweise wird Mobbing an der Avon-Schule ja ernster genommen.«

»Wir haben den Vorfall mit dem anderen Jungen doch besprochen«, sagt Mr Jones und klopft mit seinem Stift gegen den Tisch. »Aus unserer Sicht ist die Angelegenheit erledigt.«

»Und abgesehen davon ist es sehr unwahrscheinlich, dass Sie einen Platz an der Avon bekommen«, sagt Mrs Parker. »Die Schule ist schon jetzt überbelegt, und außerdem brauchen Sie eine Stellungnahme zu Sams Autismus.«

»Von Ihnen?«, fragt Jody.

»Nun, ich werde natürlich am Ablauf beteiligt sein«, erwidert Mrs Parker.

»Ablauf?«, frage ich. »Wir reden hier über ein Kind! Wir wollen kein Auto zum TÜV anmelden.«

»Was ist mit der anderen Schule, St. Peter's?«, fragt Jody. »Dort gibt es freie Plätze.«

»Aber das grundsätzliche Problem wird dadurch nicht gelöst«, erklärt Mrs Parker. »Sam muss lernen, Freundschaften zu schließen und mit gleichaltrigen Kindern klarzukommen. Und dieses Problem verschwindet nicht einfach, wenn Sie ihn auf eine andere Schule schicken. Ich denke wirklich, dass Sie auf den Schulwechsel verzichten sollten. Sam braucht eine Umgebung, die er kennt und in der er sich sicher fühlt.«

Schweigen.

Der Raum scheint sich auf uns zuzubewegen, als wollten die Wände uns herausscheuchen. Ich bin es dermaßen leid, mich so zu fühlen – hilflos und orientierungslos von einer unbewältigten Krise zur nächsten zu treiben wie ein steuerloses Schiff auf hoher See, das im Sturm den Wellen ausgeliefert ist. Aber eins wird mir langsam klar. Wenn ich schon nicht derjenige bin, der Sam helfen kann, muss ich wenigstens dafür sorgen, dass er mit Menschen zusammen ist, die dazu in der Lage sind.

»Also, warum warten Sie nicht ab, wie sich das Ganze weiterentwickelt«, sagt Mr Jones. Er nimmt den Brief und lässt ihn in das Ablagefach seines Schreibtisches fallen. Damit will er wohl sagen, die Besprechung ist vorbei, Sie können gehen.

Jody zieht die Schultern hoch, schaut mich an und beißt sich auf die Lippe. Das bedeutet, sie ist den Tränen nah. Sie versucht, sich zusammenzureißen.

Ich wende mich Mr Jones zu.

»Nein, das werden wir nicht tun. Wir sorgen dafür, dass Sam so schnell wie möglich die Schule wechseln kann. Sie haben gesagt, dass Kinder manchmal unglücklich sind. Glauben Sie mir, das wissen wir. Aber als wir uns St. Peter's angeschaut haben, hat uns die Rektorin gesagt, dass das wichtigste Ziel dieser Einrichtung glückliche Schüler sind. Verstehen Sie? Wir wollen, dass Sam glücklich ist. Und wenn es sein muss, werden wir für den Schulwechsel kämpfen. Wenn Sam es will, werden wir alles dafür tun. Wenn wir ihm nicht helfen können, werden wir ihn zu einem Ort bringen, wo er die Hilfe bekommt, die er braucht. *So* wird das Ganze ablaufen. Einen schönen Tag noch.«

Ich stehe auf und strecke unwillkürlich die Hand nach Jody aus, eine automatische Geste der Zusammengehörigkeit. Einen Moment lang kommt es mir vor, als würde ich Sam gerade über eine stark befahrene Straße lotsen. Doch als ich die Hand verlegen wegziehen will, greift Jody überraschend danach und steht ebenfalls auf. Gemeinsam verlassen wir das Büro des Rektors. Das Ticken der Uhr verebbt, als wir die Tür hinter uns zuziehen. Draußen schweigen wir uns erst genauso unsicher an wie bei unserer Ankunft.

»Und wie geht es jetzt weiter?«, fragt Jody dann mit Tränen in den Augen.

»Wir warten ab, was Sam dazu sagt, und dann überlegen wir, was wir machen. Die können uns ja nicht …«

»Nein, Alex, ich rede nicht von Sam, sondern von uns. Wie geht es jetzt mit *uns* weiter?«

Die Empfangssekretärin sitzt an ihrem Schreibtisch und wirkt sehr beschäftigt, aber bestimmt belauscht sie unser kleines Ehedrama, es findet schließlich direkt vor ihrer Nase statt. In diesem Moment steigt eine ungeheure Wut in mir hoch. Ich will nur noch weg, raus aus dieser Schule, raus aus dieser Situation.

»Du hast dich doch längst entschieden«, zische ich, das Bild vor Augen, als sie Richard den Kuss gab.

Ich gehe Richtung Ausgang und schaue nicht zurück.

»Du nimmst Sam doch heute Abend, oder?«, ruft sie mir nach.

»Nein, ich habe zu tun.«

Am liebsten würde ich sagen: »Lass Richard auf ihn aufpassen.« Aber wenn ich seinen Namen laut ausspreche, würde ich anerkennen, dass er sich in unserem Leben breitgemacht hat, und das will ich auf gar keinen Fall.

»Alex!«, ruft Jody.

Aber ich bin schon weg. Ich bin so was von weg. Ich haste an einem Klassenzimmer vorbei, renne zu einem Pfad, der am Rand des kleinen Schulspielfelds entlangführt. Ich sprinte geradezu. Als George starb, bin ich fast jeden Tag aus der Schule gerannt; ich rannte, so schnell und so weit ich konnte, bis mir schlecht wurde. Ich musste Abstand zu dem Unfall gewinnen. Doch manchmal reicht Abstand nicht aus, so sehr man sich auch bemüht. Alles, was im Leben Bedeutung für einen hat, auch das, was wehtut, unterliegt nämlich dem Gesetz der Schwerkraft. Und wenn man es schafft, sich davon loszureißen, ist es vorbei. Dann schwebt man für immer durch den Weltraum. Und kann nie wieder zurück.

»Jody«, murmele ich vor mich hin. Als ich vom Pfad auf die Straße stürme, bleibe ich stehen, die Hände auf den Knien, als müsste ich gleich kotzen. Es ist eine ruhige Straße mit kleinen viktorianischen Reihenhäusern, hier sieht es fast genauso aus wie in der Straße, in der ich mit Jody und Sam gewohnt habe. Ich stolpere ein paar Schritte zurück und setze mich auf eine niedrige Mauer, die einen gepflegten Garten umgibt. Ich weiß gar nicht genau, wo ich bin.

Später liege ich in Dans Wohnzimmer auf dem Sofa, das Licht ist aus, ich bin allein. Eine leere Flasche Billigrotwein steht neben mir, ich bin kurz davor einzuschlafen. Aber dann raffe ich mich spontan auf und schalte die Xbox ein. Das Bildschirmlicht taucht die Wände in ein seltsames Grün, bei dem mir kurz übel wird. Ich klicke auf das *Minecraft*-Symbol und schwinge mich wieder aufs Sofa, während das Spiel lädt. Als ich »Beitreten« wähle, sehe ich zu meiner Überraschung, dass Sam und Daddys Welt verfügbar ist. Aber es ist Mitternacht, er kann unmöglich online sein. Wahrscheinlich hat er vergessen, die Xbox auszuschalten. Ich klicke auf den Button.

Es ist früh am Morgen, der Himmel ist grau und es regnet. Außer dem prasselnden Regen höre ich nur muhende Kühe in der Nähe; seltsamerweise gibt es keine Musik im Hintergrund. Ich gehe über die Ebene Richtung Burg. Irgendwie hoffe ich, dass unsere Burg wieder in ihrer ganzen Größe vor mir steht. Doch sie ist weiterhin eine Ruine, die übrig gebliebenen Steine heben sich schwarz vor den grauen Wolken ab.

Plötzlich bemerke ich etwa hundert Meter vor mir eine Gestalt, dort, wo früher die Farm stand. Erst bewege ich mich nur langsam vorwärts, denn es könnte ja ein Zombie oder ein anderes Monster sein. Aber die Gestalt rührt sich nicht, und als ich näherkomme, erkenne ich sie. Es ist Sams Spielcharakter. Wie eingefroren steht er da und starrt auf die Burgruine.

Er sieht aus wie ein König, der eine Schlacht verloren hat und nun das zerstörte Schloss seiner Vorfahren anstiert.

Mir ist klar, dass Sam unmöglich um diese Zeit spielt, aber ich stöpsele trotzdem das Headset ein.

»Sam?«, sage ich.

Doch seine Spielfigur steht völlig bewegungslos da, den Blick auf die zerstörten Türme geheftet.

Ich drehe mich schnell weg, ihr gespenstischer Anblick macht mir Angst.

Da sehe ich eine orangefarbene Gestalt, die in einen Birkenwald zurückweicht. Instinktiv renne ich durch den Regen auf den Wald zu, erreiche einen schmalen Felsgrat, laufe an Bäumen vorbei, schlage Äste ab, springe über Hindernisse und gehe dabei mehrmals in Deckung. Langsam lichtet sich der Wald, und der Regen wird schwächer. Doch als ich die letzten Bäume hinter mir gelassen habe, sehe ich nur eine Steinwüste vor mir, die bis ans Ufer eines großen Sees reicht. Die Gestalt ist verschwunden. Vielleicht ist sie mir im Wald entwischt oder in Richtung Berge geflohen. Falls dort überhaupt eine Gestalt war. Auf einmal wird mein Kopf schwer und die Sicht verschwimmt; es muss am Wein und an der Erschöpfung liegen. Soll ich zu Sam zurücklaufen? Nein, ich kann diese einsame Kreatur nicht ertragen, auch wenn in diesem Moment die Sonne durchbricht und die grauen Wolken vom Himmel verdrängt.

Ich schließe die Augen. Als ich sie wieder öffne, bin ich ganz woanders und habe keine Ahnung, wie ich dort gelandet bin. Ich will vom Sofa aufstehen, aber ich schaffe es nicht. Auf meinem T-Shirt sind Rotweinflecken, meine Mundwinkel fühlen sich trocken und verkrustet an.

Ich schalte die Xbox aus und rolle mich auf dem Sofa zusammen. Plötzlich klingelt mein Handy, danach piepst es. Ein verpasster Anruf von Mum, schon der dritte in dieser Woche.

Aber ich kann jetzt niemanden ertragen.

Kapitel 27

Am Samstag muss Jody nachmittags zu einem Galerie-Event. Da mir keine Ausrede einfällt und ich ohnehin ein furchtbar schlechtes Gewissen habe, erkläre ich mich bereit, auf Sam aufzupassen. Sie bringt ihn nach dem Mittagessen bei Dan vorbei. Um vier soll ich unseren Sohn zu Olivia bringen, weil sie zum Spielen verabredet sind. Sam hat einen Rucksack mit Büchern und Actionfiguren dabei, aber er sieht müde aus. Als Jody ihn zum Abschied umarmt und in meine Richtung stupst, geht er nur zögernd auf mich zu. Ich komme mir vor wie bei einem Geiseltausch. Anschließend fährt Jody los. Ich schaue ihr nach, dann schiebe ich Sam sanft durch die automatische Eingangstür ins Wohnhaus, raus aus der eisigen Kälte. Ich gebe ihm einen Kuss auf den Kopf, sein zerzaustes Haar duftet schwach nach Johnson's Baby Bath.

Emma und Dan sind im Old Ship, also haben wir die Wohnung für uns. Eine Weile sitzen wir gemeinsam auf dem Sofa und schauen uns Sams Bücher an. Den London-Bildband hat er auch dabei, aber das Foto vom Tower of London mag er sich nicht anschauen. Irgendwann schlage ich vor, dass wir Flight Track hochladen und nach Flugzeugen schauen, die über uns hinwegfliegen. Sam findet die Idee zuerst gut, springt vom Sofa hoch und rennt zum Fenster, aber dann sehen wir, dass der Himmel mit dicken grauen Wolken verhangen ist. Ich versuche, mir eine Geschichte auszudenken, die zu den Actionfiguren passt, aber meine Gedanken wandern ständig zu denselben Fragen: Ist Jody in diesem Augenblick bei Richard? Wann sagt sie es mir endlich? Ich fühle mich gerade, als wäre alles in der Schwebe, als wäre ich gefangen zwischen zwei Daseinsebenen – meinem alten Leben mit Jody und Sam und einer völlig ungewissen Zukunft.

»Hey, worauf hast du Lust?«, frage ich. »Sollen wir *Minecraft* spielen und ein bisschen für den Wettbewerb üben?«

»Nein, ich will das nicht!«, schreit er.

Okay, besser keinen Druck machen.

»Worauf hast du dann Lust?«

»Ich weiß nicht. Wo ist Tante Emma?«

»Sie ist im Pub.«

»Wo ist der Pub?«

»Er ist ein Stück die Straße runter.«

»Was macht sie da?«

»Wahrscheinlich betrinkt sie sich mit Dan.«

»Können wir zu Tante Emma und Dan gehen?«

Hm. Warum eigentlich nicht.

Im Old Ship ist erstaunlich viel los, es sitzen tatsächlich Leute an den Tischen, als wir eintreten. Ein altes Paar blättert die *Daily Mail* durch, und eine Gruppe von Bauarbeitern in grellfarbigen Schutzwesten verbringt hier ihre Pause. Sid sitzt wie üblich vor seinem Schachbrett, das halbe Pint Guinness neben sich. Dan und Emma hocken schlaff in einer Ecke am Fenster, leere Biergläser und Chipstüten vor sich auf dem Tisch. Ich lege den Arm um Sam. War wohl doch keine so gute Idee hierherzukommen.

»Sam!«, schreit Emma. Sie steht schwankend auf und torkelt auf ihn zu. Sam sucht bei mir Deckung, aber sie schnappt ihn sich einfach und drückt ihm einen fetten Lippenstift-Kussmund auf die Stirn. Er versteckt den Kopf an meiner Brust, aber er grinst. Jetzt steht Dan ebenfalls auf.

»Wollt ihr was trinken?«, fragt er.

»Zwei Cokes«, sage ich.

Als Dan zur Bar geht, beobachte ich, wie einer der Bauarbeiter, ein untersetzter, aber gutmütig aussehender Typ, zu Sid herüberschlurft, ein Pint in der Hand.

»Komm, wir spielen 'ne Runde«, sagt er und klatscht sein Glas auf den Tisch.

Aber Sid weicht wie immer zurück, senkt den Kopf und schüttelt ihn langsam. Der Arbeiter zuckt die Achseln, nimmt sein Glas, schaut zu seinen Kollegen rüber und tippt sich mit dem Finger an die Stirn. Emma bringt Sam zu ihrem Tisch und bietet ihm den Stuhl neben sich an. Ich nehme vorsichtig auf dem wackeligen Stuhl gegenüber Platz.

»Und, worüber redet ihr beiden so?«, frage ich.

»Ach weißt du«, sagt Emma und schwenkt lässig ihr Glas. Sie hat definitiv beschlossen, erst morgen wieder nüchtern zu werden. »Über alte Zeiten …«

»Oh-oh«, sage ich.

»Oh-oh, oh-oh«, wiederholt Sam.

Dan bringt die Getränke und drei weitere Chipstüten. Er reißt sie schwerfällig auf und schüttet den Inhalt auf den Tisch, so wie es sich in einem Pub gehört. Sam nimmt sich sofort eine Handvoll.

»Hey«, sage ich. »Die Chips sind für alle da.«

»Schon okay«, sagt Dan.

Ich starte den Versuch, Emma ihre aktuellen Pläne zu

entlocken, aber das Vorhaben erweist sich als sinnlos, also starre ich stattdessen auf den alten Fernseher in der Ecke, der Fußballergebnisse anzeigt. Plötzlich denke ich an Matt und Clare. Wie es ihnen wohl in diesem Moment ergeht? Im Hintergrund bekomme ich mit, wie Dan versucht, mit Sam zu reden. Das wird bestimmt lustig.

»Sam, worauf fährst du denn so ab? Stehst du noch immer auf Flugzeuge?«

Sam nickt verlegen, er hat den Mund voll mit Chips.

»Auch auf Computer?«

Sam nickt erneut.

»Willst du Programmierer werden, wenn du groß bist?«

»Nein«, sagt Sam. »Pilot oder Artitekt. Was bist du denn geworden?«

Ich schaue verblüfft auf. Bilde ich mir das nur ein oder stellt Sam gerade spontan eine interessierte Frage? Ich muss wirklich so ziemlich alles falsch gemacht haben in den letzten acht Jahren. Wahrscheinlich hätte ich mich öfter betrinken sollen.

»Designer. Ich designe Sachen auf meinem Computer. Websites und Poster und Zeitschriften. Und manchmal auch Musik. Alles auf einem großen Bildschirm.«

»Du baust Sachen«, sagt Sam. »Aber mit flachen Formen.«

»Ja«, sagt Dan. »Formen und Farben. Am wichtigsten ist, dass man weiß, welche Formen am besten zusammenpassen, und welche Farben.«

»Wenn man sie falsch kombiniert, sieht das nicht schön aus«, bemerkt Sam.

Dan beugt sich vor.

»Genau«, sagt er. »Beim Design geht es darum, eine Reaktion bei jemandem hervorzulocken. Und je nachdem, wie man die Formen und Farben kombiniert, kann man verschiedene Gefühle auslösen. Es ist fast egal, welche Worte benutzt werden oder welche Fotos auf der Seite sind.«

»Worte sind nicht wichtiger als Formen, sie sind selbst nur Formen.«

»Manchmal schaue ich aus dem Fenster auf die Stadt, und alles ist… das Design stimmt einfach nicht. Es ist schrecklich.«

»Menschen sind Formen und Farben. Sie wissen es nur nicht.«

»Richtig! Es geht ausschließlich um Design. Eigentlich sind alle Leute wie Layouts, je nachdem, was sie anziehen und wie sie reden.«

»Manche Leute sind ein sehr unordentliches Layout.«

Dan und Sam fangen zu lachen an. Emma und ich wechseln verblüffte Blicke.

»Was zum Teufel war das denn gerade?«, fragt Emma.

Dan hebt die Hand, und Sam gibt ihm High five.

Der Bauarbeiter, der mit Sid Schach spielen wollte, steht nun hinter uns an der Jukebox und checkt die veraltete Auswahl an Songs. Nach einer Weile wirft er Geld ein und wählt ein paar Lieder aus. Während er zu seinem Platz zurückschlurft, beginnt Frank Sinatra »My Way« zu singen.

»Hey, das hab ich mir aber nicht ausgesucht«, sagt er zum Wirt.

»Tja, seit ich die Jukebox vor ein paar Jahren repariert habe, funktioniert sie nicht mehr richtig«, sagt der Wirt. »Sie spielt jetzt nur noch, was sie will. Tut mir leid.«

Die Arbeiter schauen sich feixend an. Zurück auf der Baustelle raten sie ihren Kollegen bestimmt, einen großen Bogen um diese Kneipe und ihre Loser zu machen.

Als die erste Strophe des Songs beginnt, fängt Dan an, laut mitzuschmettern.

»Regrets, I've had a few …«

Sam hält sich die Ohren zu. Emma eifert ihm nach, und Dan schließlich auch, was Sam sehr lustig findet.

»Es gibt drei Dinge, die ich bereue«, lallt Dan schließlich. Emma blickt fast unmerklich auf. »Erstens bereue ich, dass ich mir Weihnachten 1996 keine PlayStation, sondern einen N64 gewünscht habe. Zweitens bereue ich, dass ich nicht an der Uni studiert habe – die Kunstakademie war nur was für Wichser. Und drittens bereue ich, dass ich in einem Oxfam-Laden die *Drill* EP von Radiohead nicht gekauft habe. Dabei war sie total neuwertig und hat nur fünfzig Pence gekostet. Das ist alles.«

Er hebt sein Glas und nimmt einen großen Schluck.

»Alex?«, sagt er dann.

»Ja.«

»Was bereust du?«

Ehrlich gesagt habe ich nicht die geringste Lust, jetzt darüber zu reden. Es ist Samstagnachmittag, Sam sitzt neben mir und alle anderen um uns herum sind betrunken.

»Ach Dan, dafür reicht die Zeit nicht.«

»Nun komm schon, Alex.«

»Nee, lass mal. Emma?«

Emma denkt schwankend nach. Sam steht auf und geht zu dem Spielautomaten neben Sids Tisch. Ich kann es kaum erwarten, von Emma zu hören, was sie wohl bereut.

»Hmm … die Sache mit *König der Löwen.*« Sie zuckt die Achseln. »In der Woche, als George starb, wollte Mum eigentlich mit mir ins Kino gehen. Alle meine Freundinnen hatten den Film schon gesehen, alle redeten darüber. Und ich wollte so gern mitreden können. Aber wir sind dann nie hingegangen. Und ich konnte das einfach nicht loslassen, ich weiß nicht warum. Ich war so wütend auf Mum. Ich bereue, dass ich so gemein und egoistisch war. Ich hab den Film übrigens bis heute nicht gesehen.«

Plötzlich zuckt sie zusammen, als ob sie zu viel verraten hätte, und lacht verlegen.

»Ja, und sonst …« Jetzt klingt sie fast heiter. »O, ich bereue es wirklich sehr, dass ich bislang nicht in Südamerika war – Brasilien, Argentinien, Peru. Ich wollte hin, aber irgendwie hab ich's nicht geschafft. Aber da sollte ich wirklich noch hin, auf jeden Fall.«

Sie haut mit der Hand auf den Tisch und greift theatralisch nach ihrem Handy.

»Ich such jetzt nach Flügen«, verkündet sie. »Scheiß drauf.«

»Ist das dein Ernst?«, fragt Dan mit stockender Stimme.

In seinem Blick ist etwas, das ich noch nie gesehen habe: Angst. Richtige Angst. Sie flackert kurz auf, dann unterdrückt er sie geschickt, indem er lächelnd auf sein Bier starrt. Ich schaue auf Emmas Handy und bemerke, dass sie einen verpassten Anruf hat. Die Nummer kenne ich. Mum. Doch bevor ich Emma darauf aufmerksam machen kann, hat sie den Browser aufgerufen und tippt »Flüge nach Brasilien« ins Suchfeld.

Erst da fällt mir auf, was sich gerade auf der anderen Seite des Raums abspielt. Das gibt's ja nicht. Ich blicke Dan an, um seine Aufmerksamkeit zu erregen, und deute Richtung Spielautomat. Dan dreht sich langsam um. Dann fällt ihm die Kinnlade herunter.

Sam sitzt bei Sid und spielt mit ihm Schach.

Beide sind ganz still dabei. Sid starrt auf das Schachbrett,

Sam aus dem kleinen Fenster neben sich. Sie wechseln sich ab, um schnell und wortlos ihre Züge zu machen.

Wir sind nicht die Einzigen, die bemerkt haben, was los ist. Der Barmann steht mit einem Bierglas und einem Geschirrtuch in der Hand da und schaut verblüfft zu. Und plötzlich fällt mir an Sid etwas auf: Beim Nachdenken klopft er immer wieder, fast rhythmisch, gegen sein Ohr. Jetzt kapiere ich. Warum ist mir das nicht früher aufgefallen? Sid ist Autist. Natürlich! Ich habe davon gelesen, dass Menschen mit Autismus sich oft selbst stimulieren; sie schlagen sich auf die Arme, wiederholen bestimmte Geräusche oder fassen sich ans Gesicht. Wieso habe ich Autismus eigentlich nur mit Kindern in Verbindung gebracht? Wie dumm von mir. Dieser arme Mann wird wahrscheinlich schon sein ganzes Leben lang stigmatisiert. Und Jody und ich regen uns darüber auf, dass das Bildungsamt zwei Jahre gebraucht hat, um bei Sam Autismus zu diagnostizieren. Bei Sid wurde diese Diagnose anscheinend nie gemacht.

»Ach so«, sagt Dan schließlich. »Er will mit Leuten spielen, aber nicht mit ihnen reden.«

»Das kann ich gut nachvollziehen«, sagt Emma.

Das Spiel dauert nicht lange. Sid ist viel zu gut, er braucht nur etwa zwanzig Züge, um Sam beide Türme, einen Springer und die Dame wegzunehmen. Schließlich legt Sam seinen König hin. Beide stellen ihre Figuren schweigend in die Ausgangspositionen zurück. Dann steht Sam auf, kommt zu uns herüber, setzt sich und nimmt sich eine Handvoll Chips. Dan und ich starren ihn noch immer an.

»Was?«, fragt er mit vollem Mund. »Was ist denn?«

»Alles gut«, sage ich. »Lass uns jetzt zu Olivia fahren.«

Auf dem Weg zum Auto haben wir den Wind im Rücken,

er schiebt uns fast über den nassen, glitschigen Bürgersteig. Sam ist jetzt richtig heiter und redselig. Zum ersten Mal nach der *Minecraft*-Katastrophe wirkt er munter.

»Fliegt Tante Emma wieder weg?«

»Sieht ganz danach aus.«

»Kann ich mitfliegen?«

»Nein.«

»Warum nicht?«

»Weil sie nicht zurückkommt.«

»Warum fliegt sie denn weg?«

»Ich glaube, es frustriert sie hier.«

»Frustriert es dich hier manchmal auch?«

»Ja, manchmal schon.«

»Fliegst du auch weg?«

»Nein.«

»Warum nicht?«

»Weil ich doch dich und Mummy habe und euch bestimmt vermissen würde.«

Er denkt darüber nach, als wir in Dans Straße einbiegen und die seltsam künstlichen Wohngebäude sehen, die etwas von der Straße zurückgesetzt sind, jedes schön geometrisch und ordentlich mit eigenem Parkplatz. Schon absurd, dass die Bauherren im Grunde nur einen alten Industriekomplex durch einen neuen ersetzt haben; der einzige Unterschied besteht darin, dass in den neuen Gebäuden Menschen statt Waren gelagert werden. Ich muss wirklich so schnell wie möglich hier raus.

»Warum ist Emma denn zurückgekommen?«, fragt Sam auf einmal.

Ich brauche kurz, um aus meinen eigenen Grübeleien aufzutauchen und auf seine Frage zu reagieren.

»Wie meinst du das?«

»Wenn sie so gern fliegt und an neuen Orten ist, warum ist sie dann zurückgekommen?«

»Ich weiß es nicht. Zuerst dachte ich, dass sie Grandma wiedersehen wollte, aber es ist was anderes. Ich glaube, sie ist zurückgekommen, weil sie was klären wollte. Und jetzt hat sie es geklärt und kann wieder weg.«

»Ich verstehe nicht, was das bedeutet.«

»Ich auch nicht, Sam.«

Wir sind jetzt am Parkplatz vor Dans Wohnhaus angelangt und steigen in unseren alten Kombi, der neben Dans Porsche und all den blank polierten BMWs, Audis und Mini Coopers wie ein Freak wirkt. Peinlich. So geht es weiter, als wir bei Olivia eintreffen und unsere Schrottkarre hinter dem riesigen Range Rover der Familie parken, bei dem natürlich nirgendwo der Lack ab ist.

Als Sam an der Tür klingelt, öffnet Olivia kurz darauf die Tür, um ihn zu begrüßen.

»Sam!«, kreischt sie. »Komm mit hoch!«

Sie verschwinden in der Villa. Ich bin mir nicht sicher, welche Etikette ich hier befolgen muss, also bleibe ich am Eingang stehen.

»Hallo«, sagt Prudence. Sie steht hoheitsvoll in der Empfangshalle, heute im dunkelgrünen Tweed-Blazer und Rollkragenpulli. »Treten Sie doch ein.«

Widerwillig gehe ich hinein, an der breiten Treppe und einer Eichenkommode vorbei. Bei uns zu Hause würden sich Schlüssel, ungeöffnete Post und schmutzige Tassen darauf stapeln, doch diese Kommode sieht picobello aus. Nur zwei sehr teuer aussehende Vasen stehen darauf, zur Deko. Der Boden besteht aus versiegeltem Eichenparkett, und die Wände sind in edlem Farrow & Ball-Oliv gestrichen.

»Kann ich Ihnen einen Tee anbieten?«, fragt Prudence.

Aber ich will keinen Tee, sondern einfach so schnell wie möglich wieder von hier verschwinden, ohne etwas umzuwerfen, umzuschütten oder, schlimmer noch, Small Talk mit ihrem Gatten halten zu müssen, einem Komponisten und Cambridge-Absolventen, der Jody zufolge wie Doc Brown aus *Zurück in die Zukunft* aussieht, nur noch einen Touch exzentrischer. Oben höre ich die Kinder rennen, dann auf einem Bett herumspringen.

»Nein danke«, sage ich. »Ich mache mich jetzt besser auf den Weg, wenn Sie nichts dagegen haben.«

»Aber natürlich nicht«, sagt sie. Sie wirkt erleichtert. »Bitte entschuldigen Sie, dass es hier so unordentlich ist, wir lassen gerade hinten die Küche ausbauen. Ein fürchterliches Durcheinander.«

Ich schaue mich um, kann aber nirgends Anzeichen für Bauarbeiten oder ein Durcheinander entdecken.

Plötzlich schreit Sam: »NEIN, ICH WILL NICHT!«, dann ertönt ein gellender Schrei. Prudence und ich starren uns an, sie sieht völlig entsetzt aus. Ich drehe mich zur Treppe, doch da drängt sie sich schon an mir vorbei und hastet die Stufen hinauf. Oben steht Olivias Bruder, Harry.

»Sam hat den Controller nach Olivia geworfen!«, ruft er.

Olivia kommt kleinlaut aus einem der Zimmer, die Hand auf dem Kopf. Als sie die Hand wegnimmt, ist Blut auf ihrem ordentlich gekämmten Haar.

»Ist schon okay, Mummy«, sagt sie leise.

»Olivia!«, ruft Prudence erschrocken.

»Sam!«, schreie ich.

Er ist in dem Zimmer, aus dem Olivia gekommen ist, offenbar ihres, dafür sprechen jedenfalls die auf dem Boden verstreuten Puppen und das One-Direction-Poster an der Wand. Auf dem Flachbildfernseher am Fußende des großen schmiedeeisernen Bettgestells flimmert *Minecraft*. Sam liegt zusammengerollt auf dem Bett, den Kopf zwischen den Armen versteckt.

»Sam, was hast du gemacht?«

»Sie wollte, dass ich *Minecraft* spiele, aber ich will nicht, ich will nicht! Weil ER meine Burg kaputtgemacht hat! Und jetzt habe ich keinen Platz mehr.«

Ich höre gar nicht zu, sondern zerre ihn vom Bett herunter. Er versucht, sich am Laken festzukrallen, aber ich reiße es ihm aus der Hand.

»Du entschuldigst dich jetzt sofort.«

Ich ziehe ihn aus dem Zimmer, zu Olivia und Prudence ins Badezimmer. Prudence hält ein nasses Tuch an Olivias Kopf und streicht ihr beruhigend übers Haar.

»Es tut mir so leid«, sage ich. »Ist sie okay?«

»Sie blutet«, sagt Prudence leise, aber vorwurfsvoll.

»Sag, dass es dir leidtut«, befehle ich Sam.

Doch er schluchzt vor sich hin.

»Ich denke, es ist am besten, wenn ich ihn jetzt nach Hause bringe«, sage ich.

»Nein«, sagt Olivia. »Es war ein Unfall. Das hat er nicht absichtlich gemacht. Nein, Mummy.«

Aber Prudence sieht mich mit dem kaum verhohlenen Zorn einer Mutter an, die ihr Kind schützen will.

»Ich denke auch, das wäre am besten«, zischt sie.

»Komm, Sam«, sage ich. Ein Teil von mir weiß, dass ich mich jetzt ebenfalls schützend vor meinen Sohn stellen sollte. Er hat den Controller sicher nur aus Frust geworfen, er wollte Olivia nicht treffen. Aber ich bin gestresst, wütend, beschämt und vollgepumpt mit Adrenalin – und wie üblich lasse ich mich vom altvertrauten Gefühlsstrudel mitreißen.

Ich packe Sam am Arm und ziehe ihn hinter mir die Treppe herunter, durch die Tür, auf die Straße. Und dann brülle ich: »DU VERDIRBST EINFACH ALLES! VERDAMMTE SCHEISSE!« Ich merke gar nicht, wie kalt es draußen ist, mein Tunnelblick nimmt nur das Auto wahr. Ich reiße die Beifahrertür auf, stoße Sam auf den Sitz, schlage die Tür zu und stürme zur Fahrerseite. Ich bin total in Rage, steige ein und schaue zu ihm herüber, um ihn weiter anzuschreien. Und dann sehe ich, wie er sich mit dem Sicherheitsgurt abmüht, mit zitternden Händen daran zieht. Und dieser Anblick zerreißt mir das Herz. Plötzlich werde ich von einer übermächtigen Woge der Schuld erfasst.

»Ich wollte ein einziges Treffen, das nicht so endet«, sage ich leise, mehr zu mir selbst. »Nur ein einziges. Verstehst du, Sam?«

»Ich habe Hunger«, sagt er.

»Ich weiß, aber verstehst du, warum Daddy sich so aufregt?«

»Wo ist Mummy?«

»Ich weiß es nicht, Sam. Ich weiß es nicht.«

Wir fahren zu Dan zurück, ich parke den Wagen, schalte den Motor aus. Dann drehe ich mich zu Sam und lege ihm die Hand auf die Schulter. Manchmal zuckt er zusammen, wenn ich das mache, aber diesmal hebt er den anderen Arm und legt seine Hand auf meine.

»Es tut mir leid«, sage ich. »Es tut mir leid, dass ich gebrüllt und ein Schimpfwort benutzt habe.«

»Du hast das SCH-Wort gesagt. Das ist am schlimmsten. Das ist noch schlimmer als Kacke oder Pisse.«

»Ich weiß. Es tut mir leid. Ich hab dich lieb, Sam.«

Wir sitzen eine Weile still da.

»Ich habe Hunger«, sagt er dann wieder.

Kapitel 28

An diesem Abend bleibt Sam bei mir, in Dans Wohnung. Ich bereite ihm ein kleines Bett neben mir auf dem Boden, mit Kissen, Schlafsäcken und Decken. Eine Zeit lang lege ich mich neben ihn und wir schauen uns zusammen die Flug-App an, verfolgen wahllos die Strecken diverser Jets, die gerade durch die Welt düsen.

»Übrigens, deine Eintrittskarte für den *Minecraft*-Wettbewerb ist da«, sage ich irgendwann. »Willst du sie mal sehen?«

Es bringt bestimmt nichts, diesen Köder auszuwerfen, aber ich will es wenigstens versuchen. Doch Sam schüttelt den Kopf und vertieft sich weiter in die App.

»Die maximale Passagierzahl für eine Boeing 747 sind sechshundertsechzig Leute«, sagt er.

Vielleicht ist jetzt wirklich nicht der richtige Zeitpunkt. Hm. Ich fürchte, die Sache mit dem Wettbewerb hat sich tatsächlich erledigt.

Am nächsten Morgen fahre ich Sam zurück nach Hause, wo ein weiterer wortloser Transfer mit Jody stattfindet. Ich sehe unsere Sohn-Übergaben demnächst schon in einer leeren Tiefgarage ablaufen, wie in einem Spionagethriller.

»Haben Sie das Kind?«

»Ja. Sind Sie allein gekommen?«

»Ja.«

»Haben Sie das Geld in unmarkierten, nicht durchnummerierten Scheinen dabei?«

Statt direkt zu Dans Wohnung zurückzukehren, mache ich eine spontane Tour durch die ruhigen Straßen. Ich fahre zum Bedminster-Bridge-Verteilerkreis, der mich wie üblich mit seinen vielen Spuren und Ausfahrten verwirrt, und von dort aus den Fluss entlang, am Bahnhof Temple Meads vorbei bis nach Totterdown. Früher waren Dan und ich dort oft in einem Pub mit Neonröhren und Linoleumboden, der eine geile Jukebox mit alten Punk- und Reggae-Singles hatte. Doch der Pub ist längst weg, jetzt stehen an dieser Stelle ebenfalls Wohnkomplexe. Ich muss an das Café – unser Café – denken, dem bald wohl ein ähnliches Schicksal droht. Danke, Immobilienboom.

Schon erstaunlich, wie wenig Kontrolle wir über unser Leben haben, wenn man einmal darüber nachdenkt. Theoretisch könnte ich jetzt zurück in die Stadt fahren und dann auf die M32, M5 und M6. Heute Abend könnte ich schon in Schottland sein! Aber dazu wird es nicht kommen. Familie, Verantwortung, Angst, vom ekelhaften Fraß der Tankstellenrestaurants ganz zu schweigen. Am besten akzeptiert man einfach seine Rolle als Beifahrer und begnügt sich damit, das Auf und Ab der Landschaft durchs Fenster zu betrachten, während die Jahre wie Autos an einem vorbeiziehen.

Schließlich fahre ich Richtung Bedminster zurück, vorbei an viktorianischen Häusern in engen, zugeparkten Straßen, wo ich mich nur noch im Schleichtempo fortbewegen kann. Inständig bete ich, dass mir kein anderes Fahrzeug entgegenkommt. Irgendwie habe ich das Gefühl, Entschlossenheit unter Beweis stellen zu müssen. Egal bei was. Ich checke mein Handy. Wieder ein verpasster Anruf von Mum. Das ist es! Ich muss Mum und Emma zusammenbringen. Genau. Ich lade Mum nach Bristol ein. Dann muss ich es nur noch irgendwie hinkriegen, dass sie und Emma sich endlich zusammensetzen und klären, was zu klären ist. Ein für alle Mal. Vielleicht kann ich ja wenigstens das in Ordnung bringen, wenn mir sonst schon nichts gelingt.

Als ich Dans Wohnung betrete, hängt Emma auf dem Sofa herum, ihr iPad auf dem Schoß, aus Dans Bluetooth-Lautsprechern dröhnt Musik. Als sie mich sieht, schnappt sie sich sofort die Fernbedienung und schaltet die Lautsprecher aus. Auf dem Boden liegen ihre Klamotten in Stapeln geordnet: Röcke, Jeans, Oberteile, Kleider. Sie schaut mich an, als hätte ich sie gerade bei etwas Verbotenem ertappt.

»Hi, Alex«, sagt sie. »Wie geht's dir? Was hast du gemacht?«

»Ich hab Sam nach Hause gebracht und bin danach noch ein bisschen rumgefahren«, sage ich und versuche abzuchecken, wie sie gerade drauf ist.

»Schön«, sagt sie.

Hm. Die Stimmung ist irgendwie komisch. So still. Der Kühlschrank summt, aus der Wohnung über uns dringt das gedämpfte Geräusch eines Fernsehers.

»Hör mal«, sage ich. »Ich überlege, Mum nach Bristol zu holen, vielleicht über Neujahr. Ich würde ihr gern ein nettes Hotel suchen und ihr die Stadt zeigen. Und ihr beide hättet dann vielleicht mal Zeit zum Reden. Was meinst du?«

»Ähm …«, sagt sie.

»Was?«

»Alex …«

Plötzlich hören wir die Wohnungstür auf- und wieder zugehen. Dan kommt in Riesenparka und Röhrenjeans rein, er hat eine Plastiktüte mit Frühstückssachen mitgebracht.

»Perfektes Timing, Alter«, sagt er. »Speck-Sandwiches und Tee.«

Ich reagiere nicht auf ihn.

»Was, Emma?«, sage ich. »Was denn?«

Dan kapiert sofort, dass er gerade einen unpassenden Moment erwischt hat.

»Ich hab 'nen Flug nach Rio gebucht«, sagt sie. »Ich flieg in drei Wochen. Anschließend geh ich nach Peru, dann Mexiko. Danach weiß ich noch nicht.«

»Du haust wieder ab?«, fragt Dan geschockt.

»Ja«, sagt sie. »Tut mir leid, dass ich es euch erst jetzt sage. Ich hab einfach das Gefühl, dass ich nicht hierhergehöre.«

»Und du bist dir da ganz sicher, obwohl du erst drei Monate hier bist«, sage ich.

»Alex …«

»Was soll das, Emma?«

Dan stellt die Plastiktüte auf der Küchenanrichte ab und schält sich langsam aus dem Parka. Er schaut sich um, als hätte er etwas verloren, dann geht er raus.

»Was ist mit Mum?«, frage ich. »Findest du nicht, dass du sie wenigstens mal besuchen solltest?«

»Warum denn, Alex?«

»Warum? Weil du seit acht Jahren kaum mit ihr geredet hast. Und ihre verdammten Facebook-Fotos zu liken zählt nicht.«

»Ich weiß. Ich weiß es. Aber ich kann einfach nicht.«

Sie dreht sich weg und schaut aus dem Fenster. Sie flieht schon wieder. Ich gehe zu ihr, stelle mich direkt vor sie hin.

»Emma, was ist los? Warum willst du nicht mit ihr reden? Warum willst du sie nicht sehen?«

Sie dreht sich zu mir. Sie ist jetzt rot im Gesicht, in ihren

Augen blitzt etwas auf. Ich bin mir nicht sicher, ob es Wut oder Schmerz ist.

»Weil mir was passiert ist, Alex!« Sie schweigt kurz, um sich zu beruhigen und ihre Lässigkeit wiederzufinden, dann redet sie weiter. »Letztes Jahr hab ich 'nen Typen kennengelernt. Es war bloß eine Affäre, nichts Ernstes. Aber wir haben nicht aufgepasst, und dann bekam ich meine Tage nicht mehr. Also hab ich einen Schwangerschaftstest gemacht, und dann dachte ich, scheiße, was mach ich denn jetzt? Ich war zwei Wochen lang wie betäubt, ich hatte keine Ahnung, was ich tun sollte. Aber dann hat sich das Ganze von selbst geregelt. Ich hatte eine Fehlgeburt. Eigentlich hätte ich total erleichtert sein sollen. Ich meine, ich hab da in einer Strandhütte gehaust, verdammt! Ich bin direkt ins Krankenhaus gefahren, die haben mich untersucht, und ich sagte ihnen, es wäre gut so, ich wäre okay. Aber als ich zurück in meiner Hütte war, hab ich zwei Tage lang nur geheult. Ich wollte nur noch zu Mum. Ich wollte, dass meine Mum sich um mich kümmert. Und dann musste ich an alles denken, was sie durchgemacht hatte, und ich kam mir so gemein vor, weil ich abgehauen war, so egoistisch. Ich wusste es damals einfach nicht besser. Ich war so dumm! Deshalb bin ich hergekommen, um sie zu sehen und mich dafür zu entschuldigen, dass ich damals einfach weggelaufen bin und alles noch schwerer gemacht habe. Aber jetzt, wo ich hier bin, bring ich's einfach nicht fertig.«

»Warum nicht? Sie wird das verstehen. Sie wird dir nicht böse sein.«

»Ach, Alex, das ist es nicht.«

»Was dann? Warum ist das so schwer?«

»Weil ich weiß, was dann passieren wird. Small Talk und

um den heißen Brei herumreden. So läuft das doch schon seit zwanzig Jahren! Ich will aber, dass sie mal richtig mit mir redet. Aber in dieser Familie redet ja nie jemand über irgendwas. Wenn es überhaupt noch eine Familie ist.«

Sie steht auf und geht raus. Im Flur kommt ihr Dan entgegen. Er hat alles mitangehört und starrt sie fassungslos an, als wäre er gerade bei einer polizeilichen Gegenüberstellung falsch identifiziert worden. Er ist unentschlossen, ob er zur Seite treten oder sie aufhalten soll, sein Mund bewegt sich, aber er bringt kein Wort heraus. Schließlich macht er ihr schweigend Platz. Sie geht an ihm vorbei. Dann dreht sie sich um.

»Niemand redet über irgendwas«, ruft sie verzweifelt.

Dann schüttelt sie den Kopf, stürmt aus der Wohnung und schlägt die Tür so fest hinter sich zu, dass das ganze Gebäude wackelt.

Dan und ich stehen da und blicken uns an.

»Sie hatte eine Fehlgeburt«, sage ich kopfschüttelnd. »Sie hatte ein Leben, von dem wir gar nichts wissen.«

Ich lasse mich aufs Sofa fallen. Dan pflanzt sich neben mich. Lange Zeit sitzen wir einfach nur so da.

»Ich hätte ihr sagen sollen, dass ich in sie verliebt war und es noch immer bin«, sagt er. »Ich bin so ein Idiot. Bevor sie das erste Mal abgehauen ist, hab ich ihr einen Brief geschrieben. Ich saß die ganze Nacht am Computer und schrieb ihr, dass sie nicht gehen soll. Schrieb alles auf, was ich ihr nicht ins Gesicht sagen konnte. Ich wollte nicht, dass sie mich auslacht. Also hab ich mein Herz in diesem Brief ausgeschüttet. Ich hab sogar extra die Rechtschreibung gecheckt. Dann hab ich ihn ausgedruckt, in einen Umschlag gesteckt und eine Briefmarke drauf geklebt. Aber ich hab ihn nicht abgeschickt. Ich dachte, nach allem, was sie schon durchmachen musste, war es nicht so wichtig. Ich hatte kein Recht, sie mit meinen Gefühlen zuzutexten. Das hätte auch gar nichts gebracht. Und jetzt ist es wieder so.«

Ich drehe mich langsam zu ihm.

»Natürlich hätte es was gebracht, du Vollpfosten«, sage ich. »Und daran hat sich auch nichts geändert. Wenn es überhaupt jemanden gibt, der zu ihr durchdringen kann, dann du. Verdammt, wir müssen aufhören, in diesem Leben nur Beifahrer zu sein. Wir müssen … keine Ahnung, wir müssen den Fahrer rauszerren, ihm eins aufs Maul geben, ihm die Karre klauen und selbst aufs Gaspedal treten.«

Er denkt kurz darüber nach, dann legt er den Arm um meine Schulter.

»Mensch, Alter, ich hätte dich nie *Grand Theft Auto* spielen lassen dürfen«, sagt er.

Kapitel 29

Es ist schon dunkel, als ich Sam von der Schule abhole. Auf der Fahrt nach Hause reden wir kaum. Da *Minecraft* leider kein Thema mehr ist, fallen mir nur die üblichen Fragen ein: »Wie war dein Tag?«, »Ist was passiert?«, »Waren alle nett?« Und wie üblich geht er nicht darauf ein. Ich weiß, dass Sam auf unsere Stimmungen reagiert, er wird nervös und noch unnahbarer als sonst, vor allem wenn er nicht versteht, was los ist. Seit Sams Diagnose habe ich mich schon mehrmals gefragt, ob ich nicht vielleicht selbst Autist bin. Vielleicht bin ich ja deshalb nicht in der Lage, mit George und allem anderen klarzukommen. Als wir im Haus sind, trotten wir in sein Zimmer hoch und setzen uns auf sein Bett, jeder für sich und bedrückt.

Aber verdammt, ich bin nicht bereit aufzugeben. Ich werde nicht kapitulieren. Auf keinen Fall! Wir haben so viele Stunden zusammen mit diesem Spiel verbracht, so viele Abenteuer gemeinsam erlebt – das bedeutet etwas. Das hat uns verändert. Ich habe Sam dadurch besser kennengelernt und etwas Wichtiges über ihn erfahren: Er ist clever, kreativ und erfinderisch. Wir haben beide viel zu viel erreicht, um jetzt wieder in alte Routinen zurückzufallen.

Der Xbox-Controller liegt auf dem Boden. Ich hebe ihn auf und schalte die Konsole ein. Vielleicht werde ich Sam nicht für ein neues Bauprojekt begeistern können, aber wenn ich in seiner unmittelbaren Nähe spiele, mischt er sich vielleicht irgendwann ein.

Das Spiel lädt. Sam und Daddys Welt steht noch im Menü. Ich wähle sie aus. Die Festplatte der Xbox surrt, und ich denke an den Tag zurück, als wir diese Datei, dieses ganze Universum erschaffen haben – wie aufgeregt und verbunden wir dabei waren. Ich schaue zu Sam herüber, aber er versteckt sich hinter einem großen Buch. Also wende ich mich wieder dem Bildschirm zu. So leicht kommt er mir nicht davon.

Im Spiel herrscht trügerische Ruhe. Die Klaviermusik klimpert langsam und friedlich im Hintergrund. Die Sonne ist aufgegangen. Vor der Hügelkette sind Schafe in Herden versammelt. Vor mir sehe ich unsere zerstörte Burg – ein jämmerlicher Anblick, die Überreste des Fundaments versinken im Gras wie eine alte Klosterruine. Ich könnte sie wieder aufbauen, aber das würde eine Ewigkeit dauern, und eigentlich geht es auch gar nicht um die Burg an sich. Aber was kann ich sonst machen?

Als ich auf die zerbombte Vorderseite zugehe, um nach unserer Schatztruhe zu suchen, erscheint eine Nachricht auf dem Bildschirm. Olivia spielt mit! Zuerst kann ich sie nicht sehen, aber dann taucht sie hinter ein paar lädierten Bäumen auf. Ich trage keine Kopfhörer, ihre Stimme erklingt klar und laut über den Fernsehlautsprecher.

»Sam?«

Ich schaue erneut zu ihm, gestatte mir ein Fünkchen Hoffnung, aber er reagiert noch immer nicht. Schade. Ich wende mich wieder dem Bildschirm zu.

»Nein, hier ist Sams Dad«, sage ich. »Hallo, Olivia.«

»Oh, hallo.«

Sie geht an mir vorbei auf die Ruine zu und blickt hoch. Dann schaut sie sich um.

»Ist Sam bei Ihnen?«, fragt sie.

»Ja, aber er liest ein Buch.«

»Wir warten schon die ganze Zeit auf ihn.«

»Ach, das tut mir leid. Er will nicht mehr spielen, weißt du.«

»Wir wollen ihm sagen, dass es uns leidtut.«

»Das ist sehr lieb von dir, Olivia. Er weiß, dass es nicht deine Schuld ist. Aber ich sag's ihm noch mal.«

»Nein«, sagt sie. »Wir wollen es ihm nicht nur sagen, sondern auch zeigen.«

Dann taucht plötzlich ein weiterer Name auf dem Bildschirm auf. Ein Junge im Superheldkostüm ist jetzt hinter den Bäumen zu erkennen wie Olivia eben. Er schaut mich an, nickt mir zu und begibt sich dann zielstrebig zu Olivia. Ich höre, wie sie tuscheln, aber es klingt weit weg, als wäre das Gespräch nicht für meine Ohren bestimmt.

»Das ist mein Bruder, Harry«, sagt Olivia schließlich.

Harry geht an mir vorbei, Richtung Berge. Er hat eine Spitzhacke in der Hand. Olivia hebt die Überreste des Zauns auf, der früher unsere Farm umgab.

»Was macht ihr da?«, frage ich.

»Wir räumen auf«, sagt sie. »Moment.«

Weitere Stimmen ertönen, es klingt wie ein leises, weit entferntes Gespräch, als würden sich Gespenster unterhalten. Vielleicht redet sie ja gerade mit ihren Eltern, oder sie fängt an, sich zu langweilen. Harry ist spurlos verschwunden. Mir reicht's langsam, ich bin müde und frustriert. Als ich gerade abschalten will, erscheinen zwei Nachrichten auf dem Bildschirm: *BatBOY03 ist beigetreten. PoTTer45 ist beigetreten.* Zwei, drei weitere Namen blitzen auf, die viel zu schnell wieder erlöschen. Ich laufe weg, will fort von der Burgruine. Ich habe keine Ahnung, was ich tun soll, begreife nicht, was gerade passiert. Was wollen die alle? Etwa noch mehr zerstören? Dann sehe ich sie hinter den Bäumen auftauchen, eine kleine Bande bunt angezogener Figuren wie aus einem Disney-Zeichentrickfilm. Alle haben Äxte dabei, einige gehen Richtung Berge, die meisten aber hinunter zum Strand.

»Was habt ihr vor?«, frage ich.

Niemand antwortet. Sam versteckt sich noch immer hinter seinem Buch, aber er hat aufgehört, Seiten umzublättern. Er hat Olivia vernommen und weiß, dass jetzt mehrere Kinder im Spiel sind. Langsam werde ich ärgerlich. Hat ihnen denn nicht gereicht, was sie angerichtet haben? Ich greife nach meinem Handy, um Olivias Eltern anzurufen. Warum zum Teufel passen sie nicht auf ihre Kinder auf?

Dann sehe ich, wie die Figuren wieder von den Bergen und vom Strand zurückkehren und sich versammeln. Die Musik wird ein bisschen lauter, jetzt kommt schöne Geigenmusik dazu.

»Okay«, sagt Olivias Bruder. »An die Arbeit.«

Und plötzlich wuseln alle um die Burgruine herum und fangen an zu bauen.

Sie platzieren neue Steinblöcke auf die Stellen, die sie vorher zerstört haben – dieselbe Kombination aus Bruch- und Sandstein. Sie errichten Schicht für Schicht, schnell, geschickt und akkurat, wie perfekt aufeinander abgestimmte Ameisenarbeiterinnen.

»Sam«, sage ich leise.

Olivia baut derweil die Umzäunung der Farm wieder auf und fügt Tore hinzu, alles in genau derselben Größe, wie Sam es gemacht hatte.

»Sam.«

Zwischen den Burgmauern entstehen Eichenholzböden, die von verschiedenen Ausgangspunkten Stück für Stück angelegt werden. Aus der Ruine wird allmählich wieder eine richtige Burg! Die Fenster fehlen noch, aber der Bautrupp schätzt ab, wo sie waren und schlägt dort Löcher in die Mauern.

»Ich weiß nicht, welche Form die Fenster haben sollen«, sagt eine Stimme.

»Lass sie einfach so«, meint eine andere Stimme. »Sam weiß es bestimmt.«

Als Sam seinen Namen hört, legt er sein Buch endlich weg und schaut auf den Bildschirm. Zuerst begreift er nicht, was passiert. Er geht näher ran und reibt sich die Augen.

Die Türme sind jetzt klar zu erkennen, sie werden immer höher. Sie sind zwar nicht ganz richtig nachgebaut, aber die Absicht dahinter ist trotzdem erkennbar.

»Sie bauen sie wieder auf«, sage ich. »Sie reparieren alles.«

»Sam?«, ruft Harry. »Sam, bist du da?«

Ich reiche Sam das Headset. Er nimmt es zögernd und setzt es auf.

»Das… das stimmt so nicht ganz«, sagt er. »Die Türme haben acht Blöcke waagerecht. Acht.«

»Tut mir leid. Jay, die Türme haben acht Blöcke waagerecht, verstanden?«

Sofort macht sich eine Figur an die Arbeit und fügt die fehlenden Blöcke hinzu. Auf dem Farmgelände kümmert sich Olivia nun um den Stall, setzt Steinblock auf Steinblock. Sam nimmt mir vorsichtig den Controller weg und rückt noch näher an den Bildschirm. Er läuft zu Olivia.

»Ich erinnere mich nicht mehr…«, sagt sie.

»Zehn waagerecht, acht senkrecht«, sagt er. »Ich helfe dir.«

Und ich grinse. Ich grinse über beide Ohren, als ich sehe, wie er Olivia hilft, den Stall wieder aufzubauen. Die Musik wird ein bisschen lauter, sie klingt richtig ergreifend. Ich beiße mir auf die Lippe. Dann lege ich meine Hand auf Sams Schulter und sehe ihm beim Bauen zu. Er ist ganz in das Spiel vertieft. Um ihn herum bauen die anderen Kinder, und die Burg ragt höher und höher in den klaren blauen Himmel.

»Wir brauchen deine Hilfe«, sagt jemand zu Sam.

»Ich weiß, wo die Fenster waren«, sagt Sam. »Ich kann es dir zeigen.«

»Ja, bitte, Sam.«

Schon ist er auf den Zinnen und gibt den Arbeitern Anweisungen. Die Fenster müssen Kreuzform haben, auf jedem Stockwerk drei. Innerhalb einer Stunde – vielleicht dauert es auch länger, ich weiß es nicht genau – ist die Burg, die wir zusammen errichtet haben, fast vollständig wiederhergestellt. Einer der Jungs hat angefangen, Weizen zu pflanzen. Schon bald kann der Weizen für Kühe und Schafe genutzt werden. Die Farm wird wieder zum Leben erweckt.

Zum Leben erweckt!

Sam lacht und redet. Manchmal bringt er die Worte durcheinander. Aber niemand verbessert ihn. Sie verstehen ihn auch so. Sie sind hier, um ihren Fehler wiedergutzumachen, aber sie lernen auch etwas dabei. Sam konstruiert einen Ofen und fängt an, Glas herzustellen. Er zeigt den anderen die versteckte Truhe, sagt ihnen, dass sie Gemälde aufhängen und eine Bibliothek mit einem Zaubertisch in der Mitte bauen können, der ihren Waffen und Rüstungen magische Kräfte verleiht. Dann können sie auch Redstone benutzen, um richtige Schiebetüren und Geheimräume zu errichten. Das weiß er aus den Büchern und Zeitschriften, die bei ihm herumliegen, und aus dem *Minecraft*-Guide, den ich damals gekauft habe.

Als die Kinder fertig sind, treten sie zurück und bewundern die Burg. Sie ist sogar schöner als vorher. Steinfundamente sorgen dafür, dass der Holzzaun höher ist, und es gibt einen großen neuen Torbogen. Im Innern der Burg sind Himmelbetten, Kronleuchter und große Kamine. Dann reden die Kinder eine Weile über neue Projekte wie ein eingeschworener Architektentrupp.

»Wir haben einen Plan«, sagt einer schließlich. »Hast du schon vom Enderdrache gehört?«

»Ja«, sagt Sam ganz aufgeregt. »Er lebt im Ende. Es ist sehr schwer, ihn zu finden. Er wohnt in einer großen Höhle.«

»Wir wollen ihn besiegen«, sagt Olivia. »Willst du mitkommen? Du musst mitkommen, du bist der beste Spieler.«

»Ja, bitte komm mit, Sam!«

»Aber dann brauchen wir Pfeil und Bogen«, sagt Sam zögernd. »Und Diamanten und ganz viel Eisen, um Rüstungen zu bauen.«

»Jaaaa!«, rufen alle begeistert.

Ich stupse Sam sanft.

»Wir schaffen das, Sam. Ich hab viel über den Nether gelesen, wie man an die notwendigen Teile kommt und sich mit Enderperlen teleportieren kann. Ich kann das Obsidian abbauen, das wir dafür benötigen, und du …«

Sam legt mir sanft die Hand aufs Knie. Zuerst glaube ich, er signalisiert mir sein Einverständnis und will mich einbeziehen. Aber dann stelle ich zu meiner großen Verblüffung fest, dass er mich nur beschwichtigen will.

»Schon gut, Daddy, schon gut. Danke.«

»Los, wir treffen uns in der großen Halle«, sagt Olivia.

»O ja!«, ruft eine andere Stimme.

Und schon stürmen die Kinder durch die Burg, eine der neuen Treppen aus glattem Sandstein hoch, in einen großen, mit vielen Fackeln erleuchteten Saal. Plötzlich fühle ich mich, als hätte man mir die Tür vor der Nase zugeschlagen. Sam plaudert über sein Headset mit seinem Helfer-Clan, seiner neuen Armee, und ich bleibe allein zurück. Na toll. Ich stehe langsam vom Bett auf, warte darauf, dass er »Geh nicht, ich brauche dich« sagt. Immerhin war ich es, der Abend für Abend mit ihm diese Burg gebaut hat; wie oft haben wir gemeinsam im *Minecraft*-Buch geschmökert und Pläne geschmiedet.

Früher, als Matt und ich uns über das Elterndasein austauschten, sagte er oft, dass Kinder sich beim Älterwerden allmählich von einem wegbewegen, so langsam und still, dass man es kaum mitbekommt, und dann sind sie plötzlich selbstständig und benötigen einen nicht mehr. Jody und ich haben nie zu hoffen gewagt, dass Sam es jemals schaffen würde, sich abzunabeln.

Doch jetzt, in dieser Welt, die wir zusammen erschaffen haben und in der nun die Sonne untergeht, passiert es gerade. Ganz unerwartet, wie bei einem Kind, das sich an einem festklammert und dann auf einmal loslässt, um sich freizuschwimmen. So ist es, darauf wartet man, und wenn es geschieht, muss man loslassen.

Einmal fuhr Mum mit George und mir zu einem großen Abenteuerspielplatz. Ich weiß gar nicht mehr, wo das war, wahrscheinlich waren wir gerade bei irgendwelchen Verwandten zu Besuch. Mum saß auf einer Bank und las eine

Zeitschrift, und George rannte zu einem Klettergerüst. Ich lief ihm hinterher, wie üblich. Erst hangelten wir uns hintereinander das Gerüst entlang, und dann wechselten wir uns ab; der eine versuchte, so lange wie möglich zu hangeln, während der andere ihn an den Beinen zog. Irgendwann fielen wir immer herunter und lachten uns dabei kaputt. Danach beschlossen wir, Verstecken zu spielen. Ich baumelte weiter an dem Gerüst, schloss die Augen und zählte.

Als ich die Augen wieder aufmachte, standen drei größere Jungs um mich herum. Ich war total erschrocken. Sie hatten kurz geschorenes Haar, wie Skinheads, und blickten mich böse an. Dann boxte einer mich in den Bauch. Ich fiel herunter. Sie lachten. Ein anderer holte mit dem Fuß aus, um mich zu treten. Ich legte die Arme um den Kopf und rollte mich zusammen wie ein Ball. Doch der Tritt blieb aus. Stattdessen hörte ich ein Klatschen, wie von einer Ohrfeige, und als ich hochschaute, sah ich, dass George den Jungen, der mich geboxt hatte, verprügelte. Mein Bruder sah furchterregend aus, sein Gesicht war ganz verzerrt vor Wut. Er schlug immer wieder zu, und dabei lief ihm Spucke aus dem Mund. Die beiden anderen Jungs rannten weg und überließen ihren Kumpel seinem Schicksal. In diesem Moment blickte Mum von ihrer Zeitschrift auf und bemerkte, wie George auf sein kauerndes Opfer einschlug.

»Hör auf!«, brüllte sie. »Hör sofort auf!«

Als George zu ihr hinübersah, ergriff der dritte Junge seine Chance und humpelte heulend davon.

Mum hielt George eine minutenlange Standpauke. Sie schrie ihn an, erklärte zornig, dass Kinder niemals versuchen sollten, ohne die Hilfe eines Erwachsenen mit solchen Situationen fertigzuwerden. Und während sie mit ihm schimpfte, schlich ich mich zu George und griff hinter seinem Rücken nach seiner Hand. Wir schauten uns an, und in diesem Moment wussten wir es. Sie war unsere Mum, wir hatten sie lieb und wollten auf sie hören. Aber manchmal gab es eben Augenblicke, in denen wir ohne sie klarkommen mussten.

Und auf einmal begreife ich etwas, das so offensichtlich ist, dass ich fast lachen muss. Mum regte sich damals deshalb so auf, weil sie es auch wusste.

Kapitel 30

Einige Tage später will ich mit Sam nach der Schule ins Café gehen. Noch immer bin ich ein wenig fassungslos über Sams neu entdeckte Unabhängigkeit. (Da half es auch nicht viel, dass Dan mich ungläubig fragte: »Sag mal, schiebst du jetzt ernsthaft 'ne Depri-Nummer, nur weil Sam mit anderen Kindern *Minecraft* spielt? Alter, was stimmt nicht mit dir?«) Hand in Hand schlendern wir durch die winterliche Kälte, bahnen uns den Weg an anderen Eltern und Kindern vorbei. Ich beschließe, meine übliche Frage zu stellen.

»Wie war die Schule, Sam?«

»Ganz okay. Ben hat mir mit einem Lineal aufs Bein gehauen. Aber ich habe es dem Lehrer gesagt, und dann hat der Lehrer ihn weggesetzt. Jetzt sitzt Gracie neben mir.«

»Das ist gut. Das hast du wirklich gut gemacht.«

»Ich habe jetzt Freunde. Wie Olivia. Ich weiß, was Freunde machen. Sie sind nett.«

»Das stimmt. Freunde sind nett.«

»Kann ich geschäumte Milch haben, wenn wir im Café sind?«

»Klar. Aber ist sonst noch was in der Schule passiert? Hast du was Interessantes gelernt?«

»Ich weiß jetzt, wie man einen funktionierenden Türhebel herstellt.«

»Redest du jetzt von der Schule oder von *Minecraft*?«

»*Minecraft.*«

»Das zählt eigentlich nicht. Na ja. Trotzdem gut gemacht.«

Kleine Schritte, sage ich mir. Kleine Schritte.

Als wir am Café ankommen, hängt schon ein *Zu vermieten*-Schild am Eingang. Ein paar Eltern sitzen mit Kindern in Schuluniformen da, außerdem sehe ich den üblichen Stammgast, einen Typ mit Schal und Kord-Jackett, und ein junges Paar, das schweigend zusammensitzt; beide starren auf ihre Smartphone-Displays. Sams Lieblingsbarista ist hinter der Theke und schlägt auf die Kaffeemaschine, als wäre sie ein defekter Fernseher. Als er uns sieht, grinst er und winkt Sam zu.

»Das Übliche?«, ruft er.

Sam nickt fröhlich. »Ich weiß jetzt, wie man einen Türhebel baut«, sagt er.

Als wir nach hinten durchgehen, sehe ich plötzlich ein bekanntes Gesicht und bleibe kurz stehen. Isobel sitzt auf einem der verschlissenen Sessel. Jamie liegt bäuchlings auf dem Tisch vor ihr und schiebt ein Spielzeugauto über den Boden. Mann, ist das peinlich. Natürlich muss ich sofort wieder an ihre Clubnight denken, an den aufregenden Kuss und daran, dass ich mich wie ein Idiot davonschlich. Ich werde knallrot vor Scham, doch gerade als ich beschließe, schnell wieder zu verschwinden, zieht Sam mich am Arm und zeigt in ihre Richtung.

»Guck mal, Daddy, deine Freundin!«, ruft er.

Isobel blickt auf, strahlt uns sofort an und winkt uns zu sich herüber. Und schon stehe ich wie das Kaninchen vor der Schlange, nur dass ich ein besonders feiges Kaninchen bin, das bei einem Date einfach davongehoppelt ist. Jetzt bleibt mir nichts anderes übrig, als mit gesenktem Kopf zu ihr zu schlurfen. Sam klettert bereits zu Jamie auf den Tisch. Isobel trägt wieder ein schönes Vintage-Kleid, dieses Mal mit einem bauschigen Rock in einem schimmernden Dunkelblau.

»Hallo«, sagt sie, und ihre Freundlichkeit klingt ehrlich. »Wie geht's dir?«

»Ganz gut«, sage ich vorsichtig, als ich ihr gegenüber Platz nehme.

Ich habe keine Ahnung, wie ich mich verhalten soll. Tun wir einfach so, als wäre nichts passiert? Erinnert sie sich überhaupt noch daran?

»Seit der Clubnight hab ich gar nichts mehr von dir gehört«, sagt sie.

Aha. Sie erinnert sich doch noch.

»Nein«, stottere ich. »Tut mir leid.«

Ich schaue zu Sam, der gerade versucht, Jamie ein Spielzeugauto wegzunehmen. Sie folgt meinem Blick, und als ich wieder zu ihr sehe, lächelt sie nachsichtig.

»Schon in Ordnung«, sagt sie leise. »Ich verstehe. Das ging alles ein bisschen zu schnell, oder?«

Eine Stimme in meinem Kopf raunt: »Sag jetzt bloß nicht: *Es liegt nicht an dir, sondern an mir.* Sag es bloß nicht!«

»Es liegt nicht an dir, es liegt an mir«, sage ich. Verdammt, was soll's. »Sorry, dass es so klischeehaft klingt.«

Sam und Jamie raufen sich nun auf dem Boden, wobei unklar ist, ob es sich um ein freundschaftliches Balgen oder den Beginn einer Prügelei handelt. Ich ignoriere sie, so gut ich kann. Als sie an meine Füße stoßen, hebe ich sie hoch, damit die beiden sich ungehindert weiter herumwälzen können.

»Du hättest mir aber trotzdem Bescheid sagen können«, rügt sie mich. »Ich kam mir ganz schön blöd vor.«

»Tut mir leid. Ich hab mich geschämt. Aber ich war auch geschmeichelt und ziemlich durcheinander. Ich hab so was schon ziemlich lange nicht mehr erlebt.«

»Lass uns Freunde sein«, sagt sie. »Wir haken es einfach als Erfahrung ab.«

»Danke. Ich bin so ein Idiot.«

»Ja, das stimmt. Aber dein Sohn scheint meinen Sohn zu mögen, also lass uns einfach erwachsen sein.«

Der Barista bringt unsere Getränke. Sam steht vom Boden auf und springt aufs Sofa, er freut sich auf seine Milch und den Keks.

»Bitte sehr, Monsieur«, sagt der Barista und stellt Sam die Milch hin. »Das ist vermutlich Ihr letzter Besuch bei uns, oder?«

»Machen Sie bald zu?«

»Ja, Ende dieser Woche. Der Laden konnte zwar noch nicht vermietet werden, aber wir hören trotzdem auf.«

»Das ist wirklich sehr schade«, sage ich.

»Ja, es ist wirklich schön hier. Mit der Zeit lernt man alle kennen. Man bekommt mit, wie Beziehungen anfangen, wie Familien entstehen, wie Kinder spielen …«

Er schaut Jamie und Sam an.

»… und sich die Schädel mit Actionfiguren einschlagen. Das gehört alles dazu. Wir sind keine trendige Coffee Bar, in die man reinstürmt, einen Moccacino mit fettarmer Milch bestellt und kurz danach wieder rausstürmt. Wir haben Gäste, die den ganzen Tag bleiben. Es gibt nicht mehr viele Orte, an denen das möglich ist.«

»Haben Sie mal darüber nachgedacht, das Café zu übernehmen? Sie sind ziemlich gut«, sage ich.

»Nein«, lacht er. »Ich mache gerade meinen Doktor. Sobald ich den habe, bin ich weg. Aber dann steht hier bestimmt schon ein Komplex mit Luxuswohnungen, so wie überall in der Gegend.«

»Bitte sagen Sie das nicht!«, ruft Isobel. »Das Café ist der einzige Platz, an dem Jamie und ich uns entspannen können.«

Jamie hüpft jetzt auf einem Sessel herum und wirft Schachfiguren gegen das Fenster.

»Hey, vielleicht kann ja einer von Ihnen den Laden übernehmen«, sagt der Barista. »Sie sind jedenfalls öfter hier als manche unserer Mitarbeiter.«

»Ja, das ist eine tolle Idee«, sagt Isobel und dreht sich zu mir. »Das solltest du dir wirklich überlegen.«

»Was? Nein! Ich habe überhaupt keine Ahnung davon, wie man ein Café managt. Ich würde sofort die Kaffeemaschine kaputtmachen!«

»Die ist unzerstörbar.« Der Barista lächelt. »Und ein Café zu managen ist eigentlich ziemlich einfach, sagt zumindest der jetzige Besitzer – vorausgesetzt, man macht gern Überstunden und hat kein Problem damit, dass man ständig knapp bei Kasse ist.«

»Das klingt nach dem absoluten Traumjob«, sage ich.

»Jetzt mal ernsthaft«, sagt Isobel. »Diese Gegend braucht ein gutes Café. Sonst gibt es bald nur noch die großen Ketten oder einen von diesen supercoolen Läden, wo man ein Kaffeediplom braucht, um überhaupt was bestellen zu können, und wo sie einen komisch ansehen, wenn man nach Zucker fragt. Oder nach Keksen zum Eintunken.«

»Also, ich weiß nicht …«

»Was meinst du?«, fragt der Barista Sam. »Könnte dein Daddy ein Café managen?«

»Ja«, sagt Sam. »Wir könnten eine Xbox hier reinstellen und alle dürften spielen. Aber ich zuerst.«

»Siehst du«, sagt Isobel. »Es gibt sogar schon einen Businessplan. Und ich versteh was von Einzelhandel, ich könnte dich unterstützen. Als mir angeboten wurde, den Klamottenladen zu übernehmen, hab ich erst einmal eine Riesenliste mit Pro und Contra gemacht. Die Contras waren weit in der Überzahl, sie passten gar nicht auf ein Blatt. Aber dann hab ich mir diesen Raum voller schöner Vintage-Kleider vorgestellt, ein Grammofon, auf dem eine alte Rock 'n' Roll-Single läuft, Filmplakate an den Wänden ... Ich hatte eine solche Sehnsucht nach diesem Ort. Es ist zwar harte Arbeit, aber ich hätte es ein Leben lang bereut, es nicht wenigstens zu versuchen.«

»Das ist genau der Punkt. Du hattest eine Vision und hast sie mit Leidenschaft umgesetzt. So leidenschaftlich bin ich nicht.«

»Oh doch«, sagt sie. »Sonst hättest du nicht so küssen können.«

Ich werde wieder knallrot. Schnell halte ich nach Sam Ausschau.

»Keine Sorge«, sagt sie. »Er ist da hinten mit Jamie und liefert sich einen Schwertkampf mit Zeitschriftenrollen.«

»Hör mal«, sage ich. »Es tut mir wirklich leid.«

»Vergiss es, du Dummkopf. Was ich meine, ist: Du würdest das bestimmt hinkriegen. Du verstehst, wie wichtig dieser Ort für Sam, Jamie und mich ist. Und die Leute brauchen einen Ort, wo sie hingehen können – eine Zuflucht, die keinem Riesenkonzern gehört, der seine Kunden wie Vieh behandelt. Du würdest dafür sorgen, dass die Leute sich willkommen fühlen – besonders seltsame Leute wie wir. Du brauchst einfach nur ein bisschen Unterstützung von Menschen, die sich mit Gastronomie auskennen.«

Sofort fällt mir Clare ein. Clare hat Gastronomieerfahrung. Aber ich verdränge den Gedanken sofort, weil diese Unterhaltung sowieso total lächerlich ist, und außerdem reden Matt und Clare nicht mehr mit mir. Noch eine zerbrochene Beziehung, die ich zusammenflicken muss. Das ist wohl mein neuer Vollzeitjob.

Während die beiden Jungs herumtoben, erzähle ich Isobel von *Minecraft* und dem Wettbewerb, beim dem wir eigentlich mitmachen wollten, was wohl jetzt aber nicht mehr der Fall sein wird, obwohl Sams zerstörte Burg neu aufgebaut wurde, er wieder begeistert spielt und ich das Thema auch schon ein paarmal angesprochen habe, leider vergeblich. Isobel berichtet von ihrem Laden und den Clubnights. Irgendwie schaffen wir es, dass unsere gemeinsame Eskapade in den Hintergrund rückt. Trotzdem muss ich den ganzen Nachmittag an unseren Kuss denken. Und an das schlechte Gewissen dabei. Obwohl ich von Jody und Richard weiß, habe ich das Gefühl, etwas Verbotenes getan zu haben. Ich weiß auch, woran das liegt. Ich will einfach nicht loslassen.

Nach einer Weile sitzen wir schweigend da und beobachten Sam und Jamie, die auf dem Boden hocken und immer wieder zwei Spielzeugautos ineinanderkrachen lassen. Das Ganze wird zunehmend heftiger, die Stimmung kippt und sie fangen an, sich zu schlagen.

»Okay, das reicht jetzt, Jungs«, sage ich. »Sam, ich glaube, es wird Zeit, dass ich dich zu Mummy bringe.«

»Komm, Jamie«, sagt Isobel. »Wir wollen doch nicht wegen eines Anschlags mit dem mörderischen Hot Wheels Truck festgenommen werden.«

Wir stehen alle auf, und ich gehe zur Theke, um zu zahlen.

»Geben Sie sich einen Ruck, mieten Sie das Café«, sagt der Barista.

»Wir können hier wohnen«, sagt Sam.

»Ruhe jetzt«, stöhne ich.

Auf halbem Weg nach Hause fällt mir ein, dass ich vor ein paar Wochen einen Termin bei der Therapeutin vereinbart habe – morgen, um genau zu sein. Sam schaut mich stirnrunzelnd an, als würde er gerade versuchen, meine Gedanken zu lesen. Er sieht sehr ernst aus.

»Daddy, was machst du? Ich glaube, du klebst fest.«

»Wie meinst du das?«

»Manchmal klebe ich an einem Gedanken fest, und ich komme nicht mehr davon los, ganz lange nicht. Er will einfach nicht weggehen. Klebst du an einem Gedanken fest?«

Ich bleibe stehen.

»Weißt du was?«, sage ich. »Ich glaube, du hast recht. Du hast völlig recht. Ich klebe tatsächlich an einem Gedanken fest. Eigentlich sogar an ziemlich vielen Gedanken. Wow, du bist ganz schön clever.«

Ich bin völlig perplex. Einblicke in Sams Innenleben sind nur sehr selten möglich und gehen meist so schnell vorüber, dass sie mir wie kostbare Juwelen vorkommen, die ich wie einen Schatz aufbewahren muss. Ich bin so gerührt, dass ich vor ihm niederknie.

»Danke, dass du dir Gedanken über mich machst«, sage ich. »Danke, Sam.«

Er schaut weg, zum Bürgersteig, um meinem Blick und meiner Dankbarkeit auszuweichen. Ich fahre ihm sanft durchs Haar, aber er duckt sich weg. Unser Gespräch wird ihm zu viel. Er hat nicht damit gerechnet, dass ich so emotional reagiere.

Ich richte mich wieder auf, nehme seine Hand und wir laufen weiter. Der kleine Augenblick der Verbundenheit ist vorbei, wie es scheint. Doch als wir an einer Ampel stehen, lässt er kurz meine Hand los, um mir auf den Rücken zu klopfen.

»Mein Daddy«, sagt er.

Dieser Moment ist so perfekt, dass ich die ganze Welt umarmen könnte.

Kapitel 31

Die Praxis der Therapeutin in Bath befindet sich hinter dem Royal Crescent im Assembly Centre, einem Komplex aus zwei Häusern im georgianischen Stil in einer Straße mit vielen Bäumen. Hier hat sie ihr »nicht bedrohlich wirkendes und sehr gemütliches Besprechungszimmer«, wie sie es am Telefon formulierte. Wahrscheinlich erwarten mich gleich Sitzsäcke und Lavalampen. Bath war mir lieber als Bristol, weil ich hier keine Bekannten habe, die mich aus der Praxis kommen sehen und mich dann fragen können, was mit mir nicht stimmt. Damit will ich nicht konfrontiert werden. Gut, dass Diskretion im Assembly Centre offenbar ernst genommen wird. Lediglich eine kleine Messingplakette am Eingang liefert einen dezenten Hinweis auf den Besuchsanlass. Durch die großen Fenster sieht man kaum etwas, die Spitzenvorhänge sind zugezogen, nur ein teures Chesterfield-Sofa ist schemenhaft zu erkennen. Keine Ahnung, was ich eigentlich erwartet habe – vielleicht dass jemand auf der Couch liegt, dahinter ein Sigmund-Freud-Klon, der sich auf einem Klemmbrett Notizen macht.

Ich drücke die Eingangstür auf. Das große Wartezimmer ist leer, abgesehen von dem edlen Ledersofa, über dem eine viktorianische Stadtansicht von Bath hängt. Das Eichenparkett knarrt laut, als ich den Raum betrete, und wie auf Kommando geht eine Tür auf. Eine leger gekleidete Frau Ende vierzig im schwarzen Rollkragenpulli und Karo-Rock erscheint, das blonde Haar von grauen Strähnen durchzogen. Sie wirkt überaus smart und selbstbewusst.

»Alex?«, fragt sie.

»J… ja«, stottere ich.

»Ich bin Jennifer. Schön, dass Sie gekommen sind. Haben Sie gut hierhergefunden? Großartig, und nun folgen Sie mir bitte.«

Durch die Tür geht es in einen Flur, dessen Wände mit kleineren Gemälden von Bath dekoriert sind. Jennifers Praxis liegt am Ende des Flurs, das Zimmer ist klein, aber luftig und einladend, mit zwei Sesseln (auf Sitzsäcke habe ich mich umsonst gefreut), einem Bücherregal und einem Fenster, das den Blick auf einen Innenhofgarten freigibt.

»Setzen Sie sich doch bitte«, sagt sie.

O Gott, jetzt wird es real. Ich bin in Therapie. Gleich werden mir bestimmt lauter Fragen über meine Mutter gestellt. Muss ich etwa einen Persönlichkeitstest ausfüllen? Ich habe keine Ahnung.

Jennifer nimmt auf dem Sessel gegenüber Platz. Sie hat ein kleines Notizbuch in der Hand. »Fangen wir also an«, sagt sie. »Diese Sitzung dient dazu, dass wir uns erst einmal kennenlernen. Ich werde Ihnen ein paar Fragen stellen, und selbstverständlich können Sie mir auch welche stellen. Und wenn wir beide zufrieden sind, können wir überlegen, einen weiteren Termin zu vereinbaren. Einverstanden?«

»Ja. Das hört sich gut an. Danke.«

Als Erstes will sie von mir wissen, wie es mir im Moment geht und warum ich überhaupt gekommen bin. Ich liefere ihr eine kurze Zusammenfassung der letzten fünf Monate, rede von der wachsenden Erschöpfung, Anspannung und

Frustration, von der daraus resultierenden Trennung von Jody und mir. Danach möchte sie von mir mehr über meinen Hintergrund erfahren, meine Beziehungen und meine Familie. Zuerst sind meine Antworten kurz und unsicher, ich gerate immer wieder ins Stocken. Es ist mir unangenehm, in dieser ungewohnten Umgebung zu sitzen und einer völlig Fremden so viel Persönliches zu erzählen. Aber ihre Fragen sind freundlich und einfühlsam, und langsam gewöhne ich mich daran. Schließlich kommen wir auf Sam zu sprechen.

»Ich wollte lange überhaupt nichts von Autismus hören«, gestehe ich. »Mir erschien das wie eine Schublade, wie ein Etikett. Ich dachte, Sam würde so langsam reden, weil seine Ohren entzündet waren und er uns deshalb nicht hören konnte. Oder dass er einfach nur ängstlich und schüchtern war. Ich wollte mich nicht damit auseinandersetzen. Ich wollte mich im Grunde mit gar nichts auseinandersetzen.«

»Und wie geht es Ihnen jetzt damit?«

»Ich habe das Gefühl, dass zwischen ihm und der Welt eine Mauer ist. Sie ist zwar nicht unüberwindlich, aber sie ist permanent da. Als würden alle, die auf der anderen Seite sind, eine Sprache sprechen, die er nicht versteht und mühsam lernen muss, damit er nicht völlig ausgeschlossen ist. Keine Ahnung, wie viel er tatsächlich begreift. Aber er überrascht mich ständig. Zum Beispiel wenn er etwas Witziges sagt oder ein bisschen Zuneigung zeigt. Dann bin ich immer sehr gerührt.«

»Reden Sie mit ihm? Fragen Sie ihn, wie es ihm geht?«

»Ich versuche es. Immer wieder. Und dann denke ich: Wenn es bei seinem eigenen Vater schon so schwer ist, wie läuft es dann mit anderen Leuten? Wie ist es für ihn in der Schule? Er muss sich doch furchtbar einsam fühlen. Im Pub bei uns um die Ecke gibt es einen alten Mann. Ich glaube, er ist auch Autist. Er sitzt allein an seinem Tisch. Keiner weiß, wie man mit ihm ins Gespräch kommen kann. Ich habe Angst, dass Sams Zukunft genauso aussieht. Es heißt, er sei ›hochfunktional‹, als wäre er ein Computer oder Kühlschrank. Aber im Vergleich zu gleichaltrigen Kindern ist er weit zurück. Jody und ich haben in den vergangenen Jahren eigentlich nur darüber geredet, abgesehen von meinen vielen Überstunden.«

»Denken Sie, dass Sie so viele Überstunden gemacht haben, um sich nicht um Sam sorgen zu müssen?«

»Ich weiß es nicht. Das wäre ja schrecklich, oder?«

Jennifer schüttelt den Kopf. »Jeder hat seine eigenen Methoden, um sich zu schützen.«

Dann sprechen wir über meine Kindheit und über George, betrachten das tiefe Meer der Trauer, seine fast spiegelglatte Oberfläche. Nach neunzig Minuten, die mir höchstens wie eine halbe Stunde vorgekommen sind, ist die Sitzung zu Ende. Jennifer schreibt noch etwas in ihr Notizheft, anschließend schaut sie auf.

»Wenn Sie möchten, können wir zusammenarbeiten. Was meinen Sie?«

»Gern, wenn es für Sie passt? Ich war etwas unsicher, wie es laufen würde, aber es war okay. Es ging schneller vorbei, als ich dachte.«

Meine Güte, das klingt, als hätte ich gerade eine Wurzelbehandlung hinter mir.

»Schön«, sagt Jennifer, steht auf und klappt ihr Notizbuch zu. »Dann lassen Sie uns einen weiteren Termin vereinbaren. Und ich habe eine Hausaufgabe für Sie. Bevor Sie das nächste Mal zu mir kommen, möchte ich, dass Sie spontan etwas machen, was Sie normalerweise nicht tun würden. Sie haben über das Elterndasein gesprochen. Ich möchte, dass Sie sich wie ein Kind verhalten. Wenigstens einmal. Und dann reden wir darüber. Einverstanden?«

»Einverstanden«, sage ich.

Als ich durch die breiten Straßen von Bath zurück zum Bahnhof laufe, fühle ich mich auf einmal ganz leicht. Als hätte ich gerade trainiert, nur dass ich keine Jogginghose anhabe und nicht nach miefiger Männerumkleide stinke. Ich habe dieser Fremden mehr erzählt als irgendeinem anderen Menschen in den letzten Jahren. Sie weiß genauso viel über mich wie Jody, wahrscheinlich sogar noch mehr. Warum habe ich das eigentlich vorher nie gemacht?

Die Frage ist rein rhetorisch, klar. Irgendwas kam immer dazwischen. Ich war zu sehr damit beschäftigt, vor der Dunkelheit davonzulaufen. Aber die Dunkelheit ist unausweichlich, so sehr man auch rennt. Irgendwann muss man sich umdrehen und ihr entgegentreten.

In Bristol mache ich mich auf den Weg zu Dan. Unterwegs schickt er mir eine SMS, fragt, ob wir uns im Old Ship treffen können. Klingt perfekt, nach der Therapie kann ein Bier nicht schaden.

»Hör mal, ich hab 'ne Idee«, sagt er, als ich mich zu ihm setze.

Wir hocken wie üblich in der Ecke und bemühen uns, einen Typ in einer Fransenlederjacke zu ignorieren, der dem Spielautomaten ein paar Kopfstöße verpasst. Sid sitzt an seinem Tisch und schaut gelegentlich zu uns rüber, aber gleich darauf wieder weg.

»Aha«, sage ich. »Dann lass mal hören.«

»Es geht um Emma.«

»Oh.«

»Eigentlich ist eh alles zu spät, aber … du weißt ja, dass sie am Mittwoch Geburtstag hat.«

»Klar«, lüge ich.

»Also, ich will was für sie tun, aber dafür brauch ich deine Hilfe.«

Wow. Das hat mir gerade noch gefehlt.

»Verstehe«, sage ich. »Was soll ich machen?«

Details will er mir zwar nicht verraten, aber ich soll sie unter einem Vorwand in ein nettes Café locken. Natürlich lasse ich mich breitschlagen. Als wir gerade gehen wollen, kommt Sid zu uns herüber.

»Ist dein Junge nicht da?«, fragt er. Dabei schaut er weder mich noch Dan an, sondern eine Stelle am Boden, ein paar Meter neben uns.

»Nein«, sage ich und tue so, als wäre es das Normalste der Welt, dass Sid mit mir redet. »Er ist wahrscheinlich gerade zu Hause und spielt am Computer.«

»Guter Schachspieler, der Kleine«, sagt Sid.

»Das hat er von seiner Mutter. Aber er würde bestimmt gern wieder mit dir spielen, wenn du willst.«

Sid nickt.

»Guter Schachspieler, der Kleine.«

»Ich sag's ihm. Er heißt übrigens Sam.«

»Sam«, wiederholt er. »Sam. Guter Schachspieler.«

Als er zurück zu seinem Tisch schlurft, wechsele ich einen Blick mit Dan. Dann gehen wir. Wie schwer muss es für Sid gewesen sein, uns anzusprechen – ich sehe es ja bei Sam, dieses ständige Ringen darum, der Welt ein Stückchen entgegenzukommen. Und die Welt verlangt jeden Tag mehr –

doch Sam versucht trotzdem tapfer, ihr gerecht zu werden und die Kluft zu überbrücken, die ihn von Olivia und den anderen trennt. Das kann ich von ihm lernen. Die Tapferkeit, die man braucht, um sich immer wieder auf die Welt einzulassen.

Kapitel 32

Am nächsten Tag ruft Matt an. Er klingt kleinlaut und vorsichtig.

»Sag mal, Alex, hast du dieses Wochenende vielleicht Zeit?«, fragt er, noch bevor ich mich dafür entschuldigen kann, dass ich letztens so wütend in sein Haus gestürmt bin und alle angebrüllt habe.

»Ich glaub schon. Hör mal, Matt, ich …«

»Ich frag deshalb, weil … ähm … Clare und ich brauchen Zeit zum Reden. Und deshalb würden wir gern wegfahren. Die Zwillinge können wir mitnehmen, aber wir wollten dich fragen, ob du rüberkommen könntest, um auf die anderen beiden aufzupassen. Von Samstagmorgen bis Sonntagnachmittag. Natürlich nur, wenn du nichts anderes vorhast.«

Fieberhaft überlege ich. Ich schulde ihnen einen Riesengefallen. Und ich habe auch schon ab und zu auf Tabitha und Archie aufgepasst, allerdings waren sie dann meistens im Bett, oder es war nur für eine Stunde. Aber noch nie habe ich das einen ganzen Tag lang getan, geschweige denn ein Wochenende.

Matt scheint meine Gedanken zu lesen.

»Ich weiß, Babysitten ist überhaupt nicht dein Ding. Aber wir vertrauen dir total, und die Kinder lieben dich. Und wir brauchen dich dringend.«

Wie sich herausstellt, haben sie jeden gefragt, den sie kennen: Jody (ist auf einem Kunstfestival in Exeter), Eltern, Nachbarn, entfernte Verwandte, sogar den Typen, der ihnen ein Sky-Abo andrehen wollte … obwohl, Letzteres war sicher nur ein Witz. Jedenfalls hat niemand Zeit. Sie haben also gar keine andere Wahl gehabt, als mich zu fragen.

»Die üblichen Elternregeln vergessen wir einfach«, sagt Matt. »Damit es für dich so leicht wie möglich ist. Die Kinder können Filme sehen, Xbox spielen und zwei Tage lang nur Chips essen – ist uns egal. Um den Rest kümmern wir uns, wenn wir wieder da sind.«

»Aber ich habe Sam am Samstag …«

»Bring ihn mit«, sagt Matt. »Bring mit, wen immer du willst. Ich füll den Kühlschrank mit Bier – du kannst es entweder selbst trinken oder den Kindern geben.«

Vor ein paar Monaten hätte ich mir sofort eine Entschuldigung ausgedacht. Allein die Vorstellung, auf Sam aufzupassen, hätte mich schon total in Panik versetzt, aber auf drei Kinder gleichzeitig? Ein ganzes Wochenende lang? Wahnsinn. Die Kids mutieren bestimmt fröhlich zu Anarchisten wie in *Herr der Fliegen*, während ich mich in Fötus-Haltung in der Garage verschanze. Andererseits ist Tabitha alt genug, um auf sich selbst aufzupassen, und Archie ist weitaus weniger herausfordernd, als Sam es in seinem Alter war. Auf einmal höre ich die Stimme von Jennifer in meinem Kopf, wie Obi-Wan Kenobi in Frauengestalt: »Seien Sie spontan, vertrauen Sie Ihren Gefühlen, sagen Sie ja zum Leben!« Klingt eigentlich gar nicht so verrückt. Für einen Freund könnte ich das schon machen.

»Na gut«, sage ich. »Ich komme.«

Ich rufe Jody an, um zu fragen, ob sie einverstanden ist, dass ich Sam mitnehme. Als ich ihr erzähle, wie ernst Matt sich anhörte, ist sie völlig überrascht.

»Das ist ja komisch«, sagt sie. »Erst gestern habe ich Clare getroffen. Da meinte sie noch, dass sie alles geklärt hätten. Sie kontrolliert jetzt das gemeinsame Bankkonto, er hat ihr seine Kreditkarten gegeben. Sie klang eigentlich recht zuversichtlich. Sie meinte, sie hätten sich zusammengesetzt und alles durchgesprochen. Wie zwei Erwachsene.«

»Ach, wirklich?«, sage ich und tue so, als hätte ich Jodys spitze Schlussbemerkung nicht gehört. »Vielleicht haben sie ja doch noch nicht alles geklärt.«

Am Samstagmorgen hole ich Sam ab. Geduldig warte ich, als er so lange mit den Klettverschlüssen seiner Schuhe herumprobiert, bis sie ihm stramm genug sind. Dann steigen wir ins Auto und fahren los. Auf dem Weg fragt er immer wieder, warum wir bei Matt und Clare übernachten, wo er schlafen wird und was der genaue Plan für die nächsten zweiunddreißig Stunden ist.

»Ich weiß es nicht, wir werden wohl flexibel sein müssen«, sage ich.

»Was bedeutet flexibel?«, fragt er.

Es hat schon eine gewisse Ironie, dass er ausgerechnet mir diese Frage stellt.

»Das bedeutet, dass wir schauen müssen, wie die Dinge sich entwickeln, und dass wir nicht so viel planen können.«

»Das mag ich nicht.«

»Ich weiß, aber manchmal kann man nicht genau sagen, was passieren wird, und dann muss man sehen, was man macht.«

Er denkt kurz darüber nach.

»Wenn ich groß bin, werde ich auf jeden Fall alles sehr gut planen«, sagt er.

»Das Leben ist aber manchmal kein Wunschkonzert«, erwidere ich.

»Dann setze ich einfach meine Ohrenschützer auf«, sagt er.

Als wir bei Matt und Clare ankommen, verfrachtet Matt gerade die Zwillinge in seinen silbernen Kombi. Als er mich sieht, winkt er freudig. Er scheint begeistert, aber auch überrascht zu sein, dass ich tatsächlich aufgetaucht bin.

»Hey«, rufe ich, als ich aus meinem Auto steige, das neben seinem Audi besonders schäbig aussieht. »Sorry für die Verspätung.«

»Hi«, sagt er. »Super, dass ihr da seid. Die Kinder sind oben und schauen sich gerade *Abenteuerzeit mit Finn und Jake* an. Sie haben schon gefrühstückt. Clares Mum hat sich zum Glück bereit erklärt, auf die Zwillinge aufzupassen. Wir haben also dreißig Stunden nur für uns. Leider müssen wir sofort los. Ist ’ne lange Fahrt bis zu den Cotswolds. Wir übernachten in dem Pub in Burford, wo ich Clare den Heiratsantrag gemacht habe. Clare, komm endlich!«

Clare stürmt mit einem kleinen Koffer aus dem Haus und schleudert ihn in den Kofferraum. Ich hole Luft, um mich zu entschuldigen.

»Hallo Alex, vielen Dank, dass du uns hilfst.«

»Hallo Clare. Hör mal, tut mir total leid wegen neulich, ich hätte gar nicht erst kommen sollen.«

Sie sieht mich nachsichtig an und legt mir die Hand auf den Arm.

»Ein paar Infos liegen für dich auf dem Tisch. Danke, Alex.«

Im nächsten Augenblick ist sie im Auto verschwunden.

Sam und ich stehen wie betäubt daneben, als Matt eilig den Kofferraum zuknallt, in den Wagen steigt und die Tür zuschlägt. Er startet den Motor, lässt den Audi rückwärts auf die Straße rollen und prescht davon. Was hat Jody gesagt? Matt und Clare hatten kein einziges Wochenende mehr für sich allein, seit die Zwillinge auf die Welt kamen …

»Na toll«, murmele ich vor mich hin. »Versöhnungssex hätte ich jetzt auch gern.«

»Was ist Versöhnungssex?«, fragt eine Kinderstimme neben mir. Tabitha hat sich herangeschlichen, sie steht neben mir und schaut ebenfalls dem Audi hinterher.

»Äh … vergiss es«, sage ich. »Wo steckt denn dein Bruder?«

Wie auf Kommando springt Archie aus dem Haus und rennt im Kreis um uns herum.

»Wir gucken gerade *Abenteuerzeit mit Finn und Jake!*«, schreit er. »Und danach dürfen wir *Minecraft* spielen!«

Ich schaue Sam an. Er greift nach meiner Hand.

»Die sind so laut. Das macht mir Angst«, sagt er.

»Die freuen sich bloß. Willst du auch fernsehen? Ich komm gleich nach.«

»Okay.«

Wir gehen ins Haus. Sam folgt Tabitha und Archie vorsichtig die Treppe nach oben, die mit Spielzeugautos, Inlineskates und Legosteinen übersät ist. Matt muss aber etwas aufgeräumt haben, denn unter dem knallbunten Durcheinander kann man hier und da tatsächlich die Stufen sehen.

Im Wohnzimmer finde ich ein paar Zeitungen, eine Flasche Wein und einen Zettel von Clare. Darauf steht:

Du hast völlig freie Hand. Essen ist im Kühlschrank, die Kinder können mehrere Tage mit Chicken Nuggets überleben.
Du kannst es dir sparen, sie zu baden. Schlafenszeit ist normalerweise gegen sieben. Ruf an, wenn es ein Problem gibt. Ach ja, und ich vergebe dir.

Verstehe. Das hier ist also meine Strafe. Jetzt muss ich nur noch die nächsten dreißig Stunden überleben.

Wie jeder verantwortungsvolle Erwachsene lasse ich die Kinder erst mal zwei Stunden lang Zeichentrickserien schauen, dann mache ich Sandwiches mit Chips für alle und rufe sie, damit sie herunterkommen. Tabitha will unbedingt neben Sam sitzen. Sie schnattert die ganze Zeit, stellt ihm Fragen, und es scheint ihr nichts auszumachen, dass er nur mit einem Grunzen oder Kopfschütteln antwortet. Aber er lächelt, er scheint es zu genießen, dass sie sich so für ihn interessiert. Archie murmelt derweil still vor sich hin, zerpflückt sein Sandwich und klatscht es sich ins Gesicht.

»Alex, stimmt es eigentlich, dass du nicht mehr bei Jody wohnst?«, fragt Tabitha.

Das klingt so höflich und neutral, als hätte sie sich gerade nach meiner Lieblingsfarbe erkundigt. Wahrscheinlich hat sie mitbekommen, wie Matt und Clare darüber geredet haben. Ich schaue zu Sam herüber. Ob er ihre Frage gehört hat?

»Ja, das stimmt«, sage ich vorsichtig.

»Mummy sagt, dass du viel Druck hast.«

Sam beobachtet uns jetzt, wenn auch mit gleichgültiger Miene. So deutlich hat er bisher noch nie reagiert, wenn es um Jodys und meine Beziehungskrise ging. Ich weiß nach wie vor nicht, wie viel er überhaupt davon mitbekommt. Jedenfalls muss ich aufpassen, was ich jetzt sage. Man hört ja ständig, dass Kinder sich selbst die Schuld daran geben, wenn ihre Eltern sich trennen. Ob Sam das auch schon gedacht hat?

»Wir hatten ein paar ziemlich große Probleme, um die wir

uns kümmern mussten«, sage ich schließlich. »Deswegen haben wir uns oft gestritten. Und dann haben wir gedacht, dass es besser ist, wenn wir uns eine Weile nicht sehen.«

Sam betrachtet inzwischen eingehend die Schüssel mit den Chips. Ich warte, dass er etwas fragt, aber er schweigt mit undurchdringlicher Miene.

»Mummy hat Daddy angeschrien, weil er gefurzt hat«, sagt Archie dann.

Die Kinder brechen sofort in Gelächter aus. Was bin ich froh über diese Ablenkung. Ein paar Minuten später erhalte ich die erste SMS von Clare: *Alles okay? Hier ist es traumhaft.* Ich antworte: *Alles okay! Soll der Gartenschuppen eigentlich komplett abgefackelt werden?*

Nach dem Mittagessen steht *Minecraft* auf Matts brandneuer Xbox One auf dem Programm. Bevor die Kinder die Controller in die Hände nehmen dürfen, checke ich aber zuerst, dass an ihnen keine Sandwichreste kleben. Matt würde das gar nicht gern sehen. Er hat extra eine Packung Wischtücher neben den Fernseher gestellt. Tabitha kennt das Spiel offenbar und ruft das Menü auf, Archie testet die Knöpfe. Wir starten eine neue Survival Map und teilen den Bildschirm in vier Fenster, sodass jeder von uns eine eigene Spielansicht hat. Die nächste Stunde verbringen wir damit, Sachen auszuprobieren und wild durcheinander zu bauen. Zusammen gelingt es uns, einen bizarren Gebäudekomplex mit seltsam geformten Anbauten aus Bruchstein, Holz und Erde zu errichten. Das Ganze sieht wie eine *Mad Max*-Kulisse aus. Tabitha und Sam fügen einen Swimmingpool mit Sprungbrett hinzu. Ich versuche, aus Loren und Schienen eine Achterbahn herzustellen, aber Archie zertrümmert sie mit der Spitzhacke. Es ist laut und lustig. Irgendwann muss ich den Kids sagen, dass es Zeit ist, die Xbox auszuschalten. Ich ködere sie damit, dass sie im Esszimmer eine *Minecraft*-Hütte bauen dürfen, und schaffe einen Garderobeständer und ein paar Decken herbei. Sam und Tabitha hängen die Decken über den Esstisch und befestigen sie mit Wäscheklammern. Ich suche in der Garage nach Laternen, bastele eine Werkbank aus Karton und helfe Tabitha, ihre Spielküche herüberzutragen, damit sie als Ofen dienen kann.

»Wir müssen aber Platz für den Eingang lassen«, schreit Tabitha.

»Nein, wir müssen eine Tür bauen, sonst werden wir von Zombies und Skeletten angegriffen«, erklärt Sam.

Sie akzeptiert, was er sagt, und Sam macht weitere Vorschläge, geht sogar ausführlich auf Fragen ein. Zusammen verwandeln sie den Garderobeständer in einen Turm, und Sam stellt einen Hocker dahinter, um alles von oben betrachten zu können.

»Ich sehe viele Schafe, wir können Betten bauen«, sagt er.

»Ich will den Enderdrachen töten«, sagt Tabitha.

»Dann brauchen wir Ob… Obsidian für das Portal. Ich weiß, wie man das baut.«

»Du bist gut in *Minecraft*, Sam!«

Ich stelle den Backofen an und sage Tabitha, dass sie ein Buch aussuchen soll, damit ich es ihnen in unserer *Minecraft*-Hütte unter dem Esszimmertisch vorlese. Als ich anfange, kriecht Sam zu mir herüber und legt seinen Kopf auf mein Knie. So unbefangen ist er fast nie – ich bin so verblüfft, dass ich kurz innehalten und ihn angrinsen muss.

Ich weiß noch, wie ich ihm früher vorlas, als er noch ganz klein war und ihn dabei im Arm hielt. Er liebte Reime und Satzwiederholungen; er versuchte immer, sie nachzusprechen, aber es kam nur Kauderwelsch dabei heraus. Irgendwann wurde er dann zappelig und rückte von mir weg, es war ihm zu viel Nähe. Aber die Bücher behielten wir trotzdem. Manchmal schlich ich mich in sein Zimmer, wenn er schon schlief, um ihm ganz leise etwas vorzulesen.

Als das Essen fertig ist, bringe ich es in unsere Hütte, und wir stärken uns mit Chicken Nuggets und Fischstäbchen mit Tomatenketchup. Tabitha schafft es sogar, Sam zu überreden, ein Nugget zu probieren, aber er fängt sofort zu würgen an und kotzt es mir in die Hände, worüber Archie sich köstlich amüsiert. Sam kriegt erstaunlicherweise keinen Wutanfall, sondern lacht mit. Derweil krieche ich unter dem Tisch hervor, um die Junkfood-Kotze ins Klo zu befördern. Später frage ich die Kinder, was sie mal werden wollen, wenn sie groß sind.

»Ich will Schauspielerin oder Computerprogrammiererin werden«, sagt Tabitha.

»Ich Batman«, verkündet Archie.

»Architekt!«, ruft Sam.

»Was bist du denn geworden?«, fragt Tabitha und stellt erneut ihr sagenhaftes Talent unter Beweis, den Finger in die Wunde zu legen.

»Das frage ich mich auch gerade«, sage ich. »Vielleicht werde ich demnächst Cafébesitzer. Was haltet ihr davon?«

Als ich diese verrückte Idee laut ausspreche, hüpft mir plötzlich das Herz vor Freude.

»Können wir dann alle kommen und deine Kekse essen?«, fragt Tabitha.

»Na klar. Was denkst du, Sam?«

»Ja«, ruft er. »Dann sagst du: ›Guten Tag, Sir, welches Getränk hätten Sie gern, setzen Sie sich bitte.‹«

Er spricht mit einer komischen Erwachsenenstimme, was die anderen sehr lustig finden.

»Findest du die Idee denn gut?«, frage ich in der Hoffnung, ihm eine vernünftige Antwort entlocken zu können. Er nickt begeistert.

»Dann könnte ich dich nach der Schule immer besuchen!«, ruft er. Es macht ihm solchen Spaß, im Mittelpunkt zu stehen, dass er abermals zu der komischen Stimme wechselt. Macht er etwa *mich* nach? »Hallo Sam, willst du Kekse? Setz dich hin. Wer ist jetzt dran? Ruhe! Wer will geschäumte Milch?«

Die anderen kichern vergnügt.

Ein paar Stunden später bringe ich sie nach oben in Tabithas Zimmer, wo für Sam und Archie ein Bett auf dem Boden bereitet ist. Zusammen erfinden wir eine aufregende Geschichte, die von Hexen, Superhelden, dem Tower of London und magischen Diamanten handelt. Mittendrin erhalte ich die zweite SMS von Clare. Ich antworte ihr, dass immer noch alles okay ist und wir uns gerade *Kettensägenmassaker* reinziehen. Ich bleibe bei den Kindern, bis sie fast schlafen.

Als ich Sam einen Gutenachtkuss gebe, schaut er mich kurz an.

»Wirst du wirklich Cafébesitzer?«, fragt er.

»Vielleicht. Mal sehen. Ich bin mir nicht sicher, ob ich das schaffe.«

»Ich glaube schon«, sagt er. »Ich glaube, du schaffst das.«

»Du machst mich aber nicht noch mal nach, oder?«

Um sechs sind alle hellwach und toben verkleidet durchs Haus. Ich werde von Sam geweckt, der mit einer Iron-Man-Maske und einem Vampirumhang ins Gästezimmer stürmt.

Ich schaue auf die Uhr. Mindestens acht Stunden habe ich noch zu überstehen. Ich muss an Jody denken. Wo sie wohl gerade steckt? Ob jemand bei ihr ist? Und was passiert mit uns? Dann kommt mir plötzlich Isobel in den Sinn. Was hat das zu bedeuten? Doch in diesem Moment packt Sam mich am Arm und zieht mich von meinen Gedanken weg. Ich gehe mit ihm nach unten, und zusammen mit Tabitha und Archie verwandeln wir die Küche in eine fröhliche Müllhalde aus verschüttetem Frühstücksmüsli, Fingerabdrücken voller Marmelade und Milchpfützen.

»Okay«, sage ich schließlich, obwohl es eigentlich keine gute Idee ist. »Sollen wir in den Park gehen?«

Es dauert eine Stunde, bis alle fertig angezogen sind. Danach bugsiere ich sie ins Auto und fahre mit ihnen durch die stillen Straßen. Sam sitzt neben mir, die anderen beiden haben hinten Platz genommen. Kaum haben wir geparkt, stürmen sie schon los, durch das Tor zum Spielplatz. Ich scanne automatisch die Gegend nach Hunden und Horden von älteren Kindern ab. Dabei hält Sam sich gar nicht ängstlich an mir fest, sondern tollt mit Tabitha und Archie herum.

»Das Klettergerüst ist unsere Burg«, ruft er.

»Ich bin die Königin«, ruft Tabitha.

Ich kann mich hinsetzen und zuschauen, so wie andere Eltern auch. Sam sieht sich nicht einmal nach mir um, er hat mich völlig vergessen, genauso wie seine üblichen Tics und Routinen. Er ist ganz in die Welt vertieft, die er gerade gemeinsam mit Tabitha und Archie erschafft.

Matt und Clare kommen nachmittags um zwei zurück. Die Kinder haben schon zu Mittag gegessen und schauen sich oben einen Film an.

»Waren sie überhaupt schon unten?«, fragt Matt.

»Meine Güte, was ist denn hier passiert?«, fragt Clare, als sie das Esszimmer betritt.

»Das ist jetzt Teil der *Minecraft*-Welt«, erkläre ich. »Warte erst mal, bis du die Küche siehst.«

»Schaut zumindest so aus, als hättet ihr Spaß gehabt«, sagt sie, nachdem sie einen Blick in die Küche geworfen hat. »Vielen Dank, Alex.«

»Bin ich jetzt begnadigt?«, frage ich.

»Nur, wenn du die Reinigungskosten übernimmst.«

»Clare, kann ich dich mal was Blödes fragen?«

»Klar, schieß los.«

»Du kennst doch das Café, wo ich immer mit Sam hingehe, oder? Der aktuelle Besitzer will den Mietvertrag nicht verlängern. Na ja, und da kam mir die bescheuerte Idee, das Café zu übernehmen. Das Ganze ist natürlich völlig verrückt, aber …«

»Ich finde das überhaupt nicht verrückt.«

»Im Ernst? Aber ich hab doch gar keine Ahnung von so was.«

»Ach. Und da ist dir eingefallen, dass ich Ahnung habe.«

»Na ja, ich hab ’nen Besichtigungstermin vereinbart. Hast du vielleicht Lust mitzukommen? Um es dir mal anzusehen?«

»Sicher, warum nicht. Aber du weißt, dass ich schon seit Jahren aus der Gastronomie raus bin.«

»Ja. Aber es wäre trotzdem toll, wenn du mich begleiten würdest. Und wenn du mir überhaupt bei der ganzen Sache helfen könntest.«

Sie mustert mich kurz, als wollte sie abwägen, ob ich es wirklich ernst meine oder nur eine verfrühte Midlifecrisis habe.

»Eins nach dem anderen«, sagt sie dann. »Lass uns den Laden erst mal ansehen.«

Auf dem Rückweg zu Jody sitzt Sam still neben mir.

»Hat es dir Spaß gemacht?«, frage ich.

»Ja«, ruft er. »Du warst lustig, Daddy. Es hat mir gefallen, die *Minecraft*-Hütte zu bauen.«

»Mir auch.«

»Daddy?«

»Ja?«

»Ich will doch bei dem Wettbewerb mitmachen.«

»Ehrlich?«

»Ja.«

»Ganz sicher?«

»Ganz sicher.«

Das Wochenende war eigentlich gar nicht so schlimm, es lief sogar ziemlich gut – ich musste einfach nur ein bisschen loslassen. Hat es vielleicht etwas mit Improvisation und Spontaneität zu tun, ein guter Vater oder eine gute Mutter zu sein? Geht es vielleicht darum, wirklich *bei* seinem Kind zu sein?

Manchmal geht es jedenfalls darum, im richtigen Moment Kotze aufzufangen.

Kapitel 33

»Hast du kurz Zeit?«, frage ich.

Jody weicht zur Seite, um Sam vorbeizulassen. Er stürzt sofort die Treppe hoch in sein Zimmer.

»Klar«, sagt sie.

Ich folge ihr ins Haus. Sie hat ein altes T-Shirt von mir an, es ist inzwischen ziemlich zerschlissen und hat lauter kleine Löcher. Ihre schwarze Jeans ist an den Knien zerrissen, die Haare hat sie mit einem ausgefransten roten Band zusammengebunden. Entweder ist heute Waschtag oder es ist ihr scheißegal, wie sie aussieht, weil sie kein Date mit Richard hat. Der Gedanke an diesen Typen treibt meinen Adrenalinspiegel in die Höhe, aber ich will nicht schon wieder ausflippen. Ich will friedlich bleiben.

»Wie läuft's in der Galerie?«, frage ich.

»Gut«, sagt sie. »Ich übernehme immer mehr Aufgaben. Planungen, Treffen mit Künstlern und so was. Es macht richtig Spaß. Und wie läuft's bei dir?«

Ich erzähle ihr vom Café und von meiner bescheuerten Idee. Sie reagiert gar nicht geschockt. Hm.

Ich schaue mich im Wohnzimmer um. Überall stapeln sich Bücher, der Beistelltisch versinkt in einem Meer aus Comics und Zeitschriften. Alles scheint unverändert. Mein Gesicht wurde noch nicht aus den Familienfotos auf dem Kaminsims geschnitten. Und es hängt auch kein großes Richard-Porträt über dem Kamin. Von oben höre ich, wie die Xbox eingeschaltet wird und die vertraute Musik erklingt. Sam will für den Wettbewerb üben.

»Und, lief alles gut bei Matt und Clare?«

»Ja, es war sogar ziemlich lustig.«

»Ich hab schon gesehen, Clare hat mir ein Foto von der Hütte geschickt, die ihr alle gebaut habt.«

»Wow, das ging aber schnell.«

»Ja, sie ist ziemlich beeindruckt.«

Jody geht weiter zur Küche und ich folge ihr. Sie füllt den Wasserkocher, schaltet ihn ein und holt zwei Tassen aus dem Schrank, ganz selbstverständlich. Sie fragt nicht, ob ich Tee oder Kaffee will, weil sie es weiß – es ist nach zwei, also Tee, am liebsten mit einem Ingwerkeks. Und schon zieht sie eine Packung aus dem Glas auf der Anrichte.

»Du erinnerst dich ja noch«, witzele ich.

»Wie könnte ich den Keks vergessen.«

Wir grinsen, aber wir wissen beide, das ist nur Vorgeplänkel. Small Talk, um das Terrain auszuloten, die Stimmung zu testen. Einer von uns muss jetzt in den nächsten Gang schalten.

»Übrigens … ähm … ich geh jetzt zur Therapie«, sage ich. »Die Therapeutin ist ganz nett, ziemlich mütterlich – aber ganz anders als Mum. Zuerst war ich mir nicht sicher, aber ich versuch's mal.«

»Wow«, sagt Jody. Sie scheint sich ehrlich zu freuen. »Klasse, dass du das machst.«

»Ich werde ja sehen, wie es läuft«, sage ich. »Und was machst du so, wenn du nicht gerade arbeitest?«

»Ach, nicht viel. Ich denke oft über die Sache mit der Schule nach und darüber, was das Beste für Sam ist. Diese

Woche habe ich von beiden Schulen Briefe bekommen, sie wollen bald eine Antwort.«

»Hattest du denn noch vor, mir das zu erzählen?«, frage ich. »Werde ich in die Entscheidung überhaupt noch mit einbezogen?«

Mein Adrenalinpegel steigt munter weiter. Vor meinem inneren Auge sehe ich, wie Richard Sam von der Schule abholt.

»Ich sag es dir doch gerade, Alex, was soll das?«

Ich antworte nicht. Der Wasserkocher fängt an zu brodeln. Jody drückt auf den Aus-Knopf, reißt den Kocher hoch und gießt das Wasser mit solcher Wucht in die Tassen, dass sie die Arbeitsplatte überflutet. Dann drängt sie sich an mir vorbei, schnappt sich Milch aus dem Kühlschrank und gießt sie mit der gleichen Wucht wie das Wasser in die Tassen.

»Schön, dass du dich noch für uns interessierst!«, zischt sie, als sie die Arbeitsplatte wütend mit einem Tuch abwischt. »Lottie hat dich letztens mit deiner neuen Freundin im Café gesehen!«

Ach, dann war das also eine Mutter aus der Schule gewesen. Und zack werden die Rollen getauscht. Plötzlich bin ich der Beschuldigte. Darauf war ich jetzt gar nicht gefasst, ich habe keine Strategie parat. Eiskalte Panik überkommt mich. Die schlimmste aller schlimmen Horrorvisionen erscheint vor meinen Augen: Ich könnte Jody für immer verlieren – und Sam auch.

Am besten bleibe ich cool, aber das vergeige ich gründlich.

»Du meinst Isobel?«, platze ich heraus. »Sie hat auch einen autistischen Sohn. Wir sind uns zufällig im Café begegnet, und später haben wir uns noch einmal ohne die Kinder getroffen. Ich war auch mal bei einer Sixties-Clubnight, die sie veranstaltet hat, aber das lief nicht so gut – wir haben uns geküsst, aber mir war sofort klar, dass das ein schrecklicher Fehler war. Ich bin dann abgehauen … Der Ingwerkeks ist übrigens richtig gut. Schön scharf.«

Jody schaut mich an, nimmt ihren Tee und setzt sich an unseren winzigen Esstisch.

»Du bist abgehauen?«, fragt sie.

»Yep. Das kann ich noch immer gut.«

Sie denkt darüber nach, während sie ihren Keks in den Tee tunkt und mich dabei taxiert.

»Richard war der reinste Alptraum«, sagt sie schließlich. »Er managt einen Kunstverein in London. Ich hatte schon ein paar Gläser Prosecco intus, da hat mich das wohl ziemlich beeindruckt. Nach der Hochzeit haben wir uns noch einige Male getroffen, aber da war ich zum Glück wieder nüchtern und hab schnell gemerkt, was für ein arroganter Idiot er ist. Er redete pausenlos und ließ mich überhaupt nicht zu Wort kommen. Du kennst solche Typen, wenn man sie fragt, wie es ihnen geht, wird daraus ein stundenlanger Monolog.«

Mir fällt ein riesiger Stein vom Herzen. Clare hatte also recht, Richard ist wirklich ein Wichser. Doch dann erinnere ich mich an den Moment, als Jody ihn küsste. Sie redet weiter, als könne sie meine Gedanken lesen.

»Das letzte Mal sah ich ihn, da stand er plötzlich frühmorgens hier vor der Tür, auf dem Rückweg nach London. Er wollte mir einen Job in seinem Büro anbieten, als seine persönliche Assistentin oder so was in der Art.«

»Und was hast du dann gemacht?«

»Ach, Alex, das weißt du doch, du hast direkt gegenüber

in deinem Auto gesessen. Ich hab ihm einen Abschiedskuss gegeben, mehr nicht.«

»Du hast mich gesehen?«

»Kann sein«, sagt sie. »Kann aber auch sein, dass Clare mich kurz darauf wütend anrief, weil du in ihrem Haus rumgebrüllt hast, dass ich mit Richard fremdgehe. Sie hat mir übrigens gesagt, dass ich mich bloß nicht mit diesem Typen einlassen soll.«

»Tatsächlich?«, sage ich. »Tja, Clare war mir schon immer sehr sympathisch.« Mir wird ganz schwindelig, als würden wir gerade Achterbahn fahren. Ich kralle mich an der Arbeitsplatte fest, die Teetasse in meiner anderen Hand schwappt fast über. »Und was machen wir jetzt?«

»Ich weiß es nicht«, antwortet sie. »Tut mir leid. Lass uns noch eine Weile schauen, wie sich alles entwickelt, ja? Ich glaube, im Moment braucht jeder von uns noch etwas Zeit.«

»Wie wär's denn, wenn wir uns mal zum Kaffee treffen?«, schlage ich vor. »Es gibt ein paar schöne Cafés in der Nähe meiner früheren Firma. Oder wir treffen uns in deiner Nähe. Oder irgendwo dazwischen?«

»Ja, gern. Das fände ich gut.«

»Großartig! Dann können wir über den Schulwechsel reden.«

»Oder zur Abwechslung mal über uns?«

Ihre Frage kommt mir wie ein Schlusspunkt vor, aber wie ein positiver. Jetzt ist ein guter Moment zu gehen. Ich trinke meinen Tee aus. Zum ersten Mal seit einer Ewigkeit spüre ich nicht diesen Wahnsinnsdruck, so schnell wie möglich die Flucht zu ergreifen. Zugleich habe ich aber Angst, dass sich das ganz schnell ändern könnte, wenn wir noch länger reden. Also rufe ich: »Mach's gut, Sam!«, und dann gehe ich mit

Jody zur Tür. Es fühlt sich irgendwie natürlich an, als würde ich nur übers Wochenende verreisen. Wir verabreden uns vage, es gibt sogar eine Umarmung. Als die Tür hinter mir zugeht, habe ich zwar nicht das Gefühl, dass mir die Welt zu Füßen liegt, aber ich bin nicht mehr so pessimistisch wie sonst. Wenigstens ist es ein Anfang. Seltsam, wie das Leben spielt: Erst war alles am Ende, jetzt steht alles auf Anfang.

Kapitel 34

Es regnet in Strömen. Auf dem holprigen Bürgersteig vor dem Café haben sich tiefe Pfützen gebildet, und jedes Mal, wenn ein Auto vorbeifährt, spritzt mir ein Schwall schmutzigen Wassers entgegen; ich bin schon an der bröckelnden Backsteinwand in Deckung gegangen. Die Fenster sind mit Brettern vernagelt, und durch die Glastür kann ich ungeöffnete Briefe und Zeitungen ausmachen, die auf dem Boden verstreut liegen. Die gesamte Einrichtung ist entfernt worden, nur die Holztheke und ein paar kaputte Sessel sind noch übrig. Es macht mich traurig, Sams und meine Zufluchtsstätte so zu sehen.

Jetzt stehe ich also hier mit der verrückten, aus einer Laune heraus entstandenen Idee, dieses Café zu übernehmen. Fast habe ich ein schlechtes Gewissen, weil ich Clare gefragt habe, ob sie mit zur Besichtigung kommt. Sie ist vierfache Mutter, ihr Mann hat Spielschulden, sie hat gerade Besseres zu tun, als ihre kostbare Zeit mit meiner Spinnerei zu verplempern. Aber sie will sich das Café trotzdem anschauen. Hat sie zumindest gesagt. Ich blicke auf die Uhr. Sie ist zehn Minuten zu spät, der Immobilienmakler auch. Ich sehe die Straße hinunter und blinzele das Regenwasser weg. Etwa hundert Meter weiter parkt ein grellfarbiger Corsa. Ich weiß genau, welche Art Mensch so einen Wagen fährt. Und da steigt auch schon ein junger Typ im grauen

Anzug aus, ausgestattet mit XXL-Schirm und Klemmbrett. Er könnte genauso gut: »Hey, ich bin Immobilienmakler!« in ein Megafon brüllen. Als er näher kommt, erkenne ich ihn sogar. Mein Ex-Lieblingskollege.

»Hi Daryl«, sage ich.

»Oh, hallo! Wie geht's?« Er lächelt peinlich berührt und schaut auffällig in alle Richtungen, wie ein drittklassiger Provinzdarsteller. Dann kapiert er.

»Ach, *du* bist der Interessent?«

Ich nicke langsam.

»Viel passiert in den letzten Monaten«, sage ich.

Wir sehen uns schweigend an.

»Tja …«, seufzt er und klappt den Schirm zusammen. Dabei erhängt er sich fast am gigantischen Gestänge.

Als ich mich gerade frage, ob es noch peinlicher werden kann, taucht Clare endlich auf. Sie schiebt einen Doppelkinderwagen vor sich her, die Zwillinge stecken unter einer durchsichtigen Plastikplane.

»Sorry für die Verspätung«, ruft sie.

»Das ist meine Freundin Clare«, sage ich. »Clare, das ist mein alter Kollege Daryl.«

»Guten Morgen«, strahlt Daryl. Und schon mutiert er wieder zum aalglatten Supermakler. »Übrigens bin ich seit 'nem Monat nicht mehr bei Stonewicks. Die Übernahme ging total in die Hose. Egal, ich vermiete jetzt Gewerbeimmobilien. Das läuft sowieso viel besser.«

Er grinst Clare schmierig an und lässt dabei den Schlüsselring um den Finger wirbeln. Natürlich fliegt er in hohem Bogen auf die Straße, und als Daryl ihn aufheben will, wird er beinahe von einem Bus geköpft.

»Du willst also ein Café eröffnen?«, fragt er dann, als wäre nichts passiert. »Guter Zeitpunkt. Toplage, dynamische Gegend, viele junge Leute ziehen hierher… Am besten lass ich uns mal rein, bevor wir ertrinken, was?«

Er fummelt am Schloss herum und muss die Tür schließlich mit der Schulter aufstemmen, um den Poststapel auf dem stumpfen Holzboden beiseitezuschieben.

»Danke, dass du gekommen bist«, sage ich zu Clare.

»Aber gern, spannende Sache«, sagt sie.

»Wie läuft's denn zu Hause?«

»Besser. Ich bin immer noch sauer auf Matt, aber seit dem Wochenende schleicht er wenigstens nicht mehr wie ein Hund mit eingezogenem Schwanz herum. Die Sache hätte auch sowieso nie das Aus für unsere Ehe bedeutet, aber ich werde lange brauchen, um ihm wieder zu vertrauen. Unser ganzes Geld ist jetzt auf dem gemeinsamen Konto, sodass ich alles unter Kontrolle habe. Ist zwar blöd, ihn derart zu gängeln, aber die Anspannung ist jetzt weg, und das ist gut. Grace und Amelie sind seitdem viel ruhiger. Kinder spüren so was ja auch, oder?«

»Keine Ahnung, ich kann das nicht beurteilen.«

»Tut mir leid«, sagt sie. »Mit Sam ist es anders. Entschuldige.«

»Komm, lass uns reingehen, Geschäftspartnerin. Mal sehen, was du von dem Laden hältst.«

Wir bugsieren den Doppelkinderwagen durch die Tür. Drinnen steigt mir sofort der vertraute Geruch von Kaffee und Möbelpolitur in die Nase. Hier haben wir so viele Wochenenden verbracht, erst als Familie, dann nur Sam und ich. Hier haben wir es uns auf den bequemen Sesseln und Sofas gemütlich gemacht, wie all die anderen Familien, und es einfach nur genossen, für ein paar kostbare Minuten Entspannung zu finden und Zufriedenheit zu spüren. Ohne die Möbel wirkt der Raum riesig und kalt. Als ich herumgehe, nehme ich am Rande wahr, wie Daryl seine übliche Routine abzieht.

»Das Objekt bietet viel Potenzial, es nach eigenen Vorstellungen zu gestalten«, leiert er herunter. »Du könntest 'nen American Diner draus machen, das ist gerade total in. Oder wir hatten ein Objekt in Clifton, aus dem jetzt ein japanisches Katzencafé geworden ist – du weißt schon, wo du in Ruhe deinen Cappuccino schlürfen und dabei 'nen Stubentiger kraulen kannst. Allerdings hat das Gesundheitsamt den Laden mal für zwei Wochen dichtgemacht, die Viecher scheißen halt überall hin. Würde ich also nicht unbedingt empfehlen.«

Clare hat sich vorgewagt, um sich die Küche anzusehen. Die Zwillinge sitzen friedlich in ihrem Kinderwagen und schauen sich mit großen Augen um. Plötzlich sehe ich vor mir, wie wir geschäftig hier herumlaufen, die Wände neu gestrichen, der Holzboden geschliffen. Keine grelle Kunst an den Wänden, keine laute Musik, keine Katzen, vielleicht ein paar Brettspiele und Bücher – ein Ort, wo die Leute sich wohlfühlen und relaxen können. Ich werde vor Aufregung richtig kribbelig.

»Die Küche sieht gut aus«, sagt Clare, als sie zurückkehrt. »Sie steht gerade leer, aber sie hat viel Platz, es gibt keine feuchten Stellen, sie hat genug Anschlüsse, und soweit ich es beurteilen kann, entspricht sie den Gesundheits- und Sicherheitsvorschriften. Schönes Café, Alex!«

Daryl schaut mich erwartungsvoll an.

»Was meinst du, was es kosten würde, das alles herzurichten?«, frage ich Clare.

»Na ja, die Installationen müssten erneuert werden, dann

brauchst du eine Kaffeemaschine, eine Kühlvitrine für Kuchen und so weiter, einen Geschirrspüler, eine Mikrowelle, Mobiliar, Tassen, Teller, Gläser, Besteck, Alarmanlage, Feuerlöscher, den Boden solltest du schleifen lassen, dann noch die Kosten für den Klempner und den Elektriker … ich würde sagen, fünfzehntausend Pfund, um auf der sicheren Seite zu sein.«

»Du müsstest drei Monatsmieten im Voraus zahlen«, fügt Daryl hinzu. »Aber die Miethöhe ist okay für die Gegend, im Ernst. Wir sind ja nicht mitten in Bristol, die Leute kriegen mit, dass du keine Costa-Coffee-Filiale eröffnest, sondern dein eigenes Ding machst.«

Seine Stimme klingt plötzlich ganz anders – richtig menschlich. Und er meint es sogar ehrlich.

»Also, ich würde dir wirklich gern helfen, auch finanziell, aber …« Clare zuckt mit den Schultern. »Im Moment ist das leider keine Option.«

Vor der Besichtigung habe ich meinen Kontoauszug gecheckt. So viel habe ich nicht. Ein Großteil der Abfindung ist für die Hypothek des Hauses draufgegangen.

»Du könntest es mit einem Geschäftskredit versuchen.« Daryl hat sofort gemerkt, was Sache ist. »Das würde bestimmt klappen.«

Wir stehen noch eine Weile schweigend da und schauen uns in dem riesigen, leer stehenden Raum um.

»Also, ich muss dann mal wieder los«, sagt Clare schließlich. »Das Mittagessen ruft. Aber ich helfe dir gern, Alex, soweit ich das mit den Kindern schaffe. Ich bin jedenfalls da. Melde dich, wenn du mich brauchst, okay?«

»Danke, mach ich«, sage ich.

Sie nickt und wendet sich dem Kinderwagen zu. Die Zwillinge strahlen und zappeln aufgeregt. Clare bringt den Regenschutz wieder in Position. Ich helfe ihr, dann halte ich ihr die Tür auf.

»Nochmals danke, Clare«, sage ich. »Und es tut mir wirklich leid, dass ich bei euch reingeplatzt bin und rumgebrüllt habe. Ich schäme mich dafür.«

»Schon okay. Ich platze auch immer bei uns rein und brülle rum, die Kids sind das gewohnt.«

Als sie den Kinderwagen durch die Tür schiebt, zurück in den strömenden Regen und lärmenden Verkehr, dreht sie sich noch einmal um.

»Alex, ich denke, das wäre genau das Richtige für dich. Ich kann mir gut vorstellen, wie du hier Latte und Kekse servierst.«

»Im Ernst? Aber eigentlich ist es total verrückt, ich hab doch überhaupt keine Erfahrung. Ich kann Kekse ja noch nicht mal backen.«

»Nein, es ist nicht verrückt. Um die Kekse könnte ich mich ja kümmern. Das Wichtigste ist, eine schöne Atmosphäre zu schaffen. Alle haben diese identisch aussehenden Coffee Shops satt, die Leute wollen was Persönliches. Und dir sind Menschen wichtig, Alex. Das merkt man einfach. Sogar wenn du dich wie ein Vollidiot benimmst. Weißt du, was Jody mal zu mir gesagt hat? ›Ich bin stolz darauf, dass ich mit ihm zusammen bin.‹ Und das hat sie nicht gesagt, weil du so gut aussiehst, das wäre ja auch gelogen. Aber jetzt mal im Ernst: Die Leute mögen dich. Keine Ahnung, wieso. Deshalb ist die Sache mit dir und Jody ja auch so traurig. Das musst du unbedingt wieder in Ordnung bringen. Eröffne also bitte dieses Café und jag Starbucks zum Teufel, ja?«

Meine Augen tränen auf einmal. Verdammte Möbelpolitur. Wir verabschieden uns, und ich schließe die Tür hinter Clare. Daryl ist mit seinem Handy zugange.

»Kann ich mich noch mal umschauen?«

»Klar, Kollege, nur zu.«

Ich schlendere nach hinten, wo Sam und ich immer gesessen haben. Auf dem Boden erkenne ich die Schrammen, wo früher das Sofa stand. Ich lasse mich in den Schneidersitz sinken. Als Sam noch klein war, bin ich manchmal mit ihm in dieses Café gegangen, habe mich aufs Sofa fallen lassen und dem Barista meine Bestellung zugerufen. Danach habe ich zusammen mit Sam in den Zeitschriften geblättert. Ich erfand Geschichten, um die Fotos miteinander zu verbinden. Oft war er schon nach zehn Minuten gelangweilt, oder es wurde ihm zu laut und er fing an zu weinen. Aber samstags hierherzukommen und sich mit ihm aufs Sofa zu setzen und ein Stück Normalität zu erleben, auch wenn es nur für ein paar Minuten war, hatte etwas Magisches. Es hatte puren Erholungswert. Eine Woche voller Auseinandersetzungen, Tränen und Sorgen wurde durch eine Viertelstunde auf dem Sofa, umgeben von Menschen, wieder wettgemacht.

Das könnte ich tun, ich könnte dieses Gefühl hier wieder entstehen lassen, für andere Leute. Ich würde es jedenfalls gern versuchen. Ich muss nur irgendwie einen Haufen Geld auftreiben.

Daryl schlendert zu mir herüber. »Alles okay?«, fragt er. »Hör mal, ich muss leider zum nächsten Termin.«

»Ja, alles okay.« Ich stehe auf.

»Und? Was denkst du?«, fragt er.

»Ich bin interessiert, aber …«

»Geld?«

Ich nicke.

»Sprich mit deiner Bank, Kollege. Oder besuch ein paar reiche alte Tanten. Wenn andere Interessenten sich melden, werde ich sie eine Weile hinhalten. Aber erzähl das bloß nicht herum, ja? Ich hab schließlich einen Ruf zu verlieren.«

Plötzlich würde ich ihn am liebsten umarmen, aber ich kann es mir gerade noch verkneifen.

»Danke, Daryl«, sage ich nur.

Wieder draußen, schlägt er die Tür hinter uns zu und sprintet die Straße hoch zu seinem Corsa. Ich bleibe noch stehen. Ich fühle mich ziemlich klein, aber auch seltsam glücklich. Auf einmal fällt mir das Café in London ein – ein weiterer Ort, an dem ich einmal glücklich war, auch wenn mir das erst viel später bewusst wurde. Ich sehe George und mich draußen mit Emma und Mum in der strahlenden Sonne sitzen, wir genießen Kuchen und Limonade. Ich spüre die Wärme auf meinem Gesicht, sie dringt durch den kalten, strömenden Regen.

Die Erinnerung überwältigt mich einen Moment lang, und ich lege die Hand an die Backsteinwand, um Halt zu finden. Schließlich schaue ich zu dem Schild hoch oder, besser gesagt, zu der Stelle, wo das Schild bis vor Kurzem noch hing. Ich weiß längst, wie ich das Café nennen würde, wenn es meins wäre.

Kapitel 35

Dan ruft an. »Mission: Emma« hat begonnen. Ich sage ihm, dass »Mission: Emma« bescheuert klingt, aber er hört nicht zu. Er will, dass ich Emma anrufe und sie ins The Box locke, ein kleines Kunstzentrum beim Studentenwohnheim in Stokes Croft. Dort gibt es ein nettes Café mit Live-DJ. Typisch Dan – ich sehe ihn schon vor mir, wie er hinter dem Mischpult steht und mit Rosenstrauß unterm Arm an den Reglern dreht.

»Aber Dan«, protestiere ich. »Heute Nachmittag passe ich doch auf Sam auf. Ich muss jetzt auch los, ihn von der Schule abholen.«

»Bring ihn einfach mit«, sagt Dan. »Kein Problem.«

Als ich Sam am Schultor treffe (na gut, etwa fünfzig Meter davon entfernt, aber ich wage mich jedes Mal ein Stückchen weiter vor), erwähne ich also ganz beiläufig, dass Dan eine Überraschung für Emma vorbereitet und dafür später unsere Hilfe braucht.

»Ist das wie ein Spiel?«, fragt Sam.

»Irgendwie schon. Ich weiß nicht genau. Aber eine geschäumte Milch springt dabei auf jeden Fall für uns raus.«

»Au ja! Lass uns Dan helfen.«

Auf dem Weg zum Auto rufe ich Emma an. Aber wie zum Teufel soll ich ihr verklickern, warum ich sie ausgerechnet im The Box treffen will?

»Hi Emma, hier ist Dan … Quatsch, ich bin's, Alex. Alles Gute zum Geburtstag! Wie geht's dir?«

»Ganz gut«, sagt sie. »Und wie geht's dir? Du klingst so gestresst. Rufst du wegen Mum an? Ist was passiert?«

»Nein, nichts ist passiert, Mum geht's gut. Hör mal, ich fahre gleich mit Sam in die Stadt. Ich will nämlich einen kleinen Bummel mit ihm machen.«

»Ich dachte, wir wollen Dan helfen«, sagt Sam.

»Schhhhh!«, mache ich.

Dann sage ich zu Emma: »Hast du nicht Lust, dich kurz auf einen Geburtstagskaffee mit uns zu treffen? Sam würde dich vor dem Wettbewerb gern noch mal sehen. Damit du ihm Glück bringst. Natürlich nur, wenn du Zeit hast.«

O Mann, ist das lächerlich.

»Klar habe ich Zeit«, sagt sie. »Ich bin gerade noch bei meiner Freundin Pacha. Wo sollen wir uns denn treffen?«

»Wie wär's um fünf? The Box? Das ist unser Lieblingscafé.«

»The Box? Wirklich? Okay. Bis dann.«

Ich lege auf und schicke Dan schnell die verabredete SMS: *Spiel läuft.*

Er antwortet fast sofort. *Danke!!!*

Als wir im Auto durch Bedminster und dann Richtung Stadtzentrum kriechen, stellt Sam viele Fragen.

»Wohin fahren wir?«

»Zu einem Café namens The Box.«

»Warum ist es eine Box?«

»Das ist nur der Name. Wie läuft's denn mit *Minecraft*? Übst du?«

Er hat einen kleinen Rucksack dabei, der mit Sandwiches,

einem *Minecraft*-Buch, Lego-Teilen und einer Vogelfeder vollgepackt ist, die er gestern im Park gefunden hat und Emma zeigen will. Er holt die Feder heraus und streicht sich damit sanft über den Handrücken.

»Daddy, warum fahren wir zu der Box?«

»Weil wir dort Tante Emma treffen und Dan vielleicht auch. Weißt du noch? Wir wollen ihm doch helfen. Er möchte Tante Emma etwas sagen, aber er hat ein bisschen Angst, also braucht er unsere Hilfe.«

Das ist bestimmt zu komplex für Sam, also mache ich das Radio an in der Hoffnung, dass es ihn ablenkt. Fehlanzeige. Er will mich lieber weiter mit Fragen löchern. Nach einer gefühlten Ewigkeit erreichen wir endlich das teure Parkhaus am Cabot-Circus-Einkaufszentrum. Dort stellen wir den Wagen ab und gehen weiter zu Fuß Richtung Kunstzentrum. Sam greift nach meiner Hand, aber er fordert mich nicht wie sonst auf, seine Hand fester zu halten – stattdessen plaudert er munter. Er erzählt mir von *Minecraft* und erklärt mir sehr sorgfältig etwas ganz Besonderes: Er und Olivia haben ein Leuchtfeuer gebaut, das einen weißen Lichtstrahl nach oben sendet.

»Das Licht reicht bis in den Himmel«, meint er. »Ich glaube, dahin gehen die Leute später, wenn wir sie nicht mehr sehen dürfen. Es ist schön.«

Ob er weiß, was das bedeutet? Oder wiederholt er nur, was Olivia ihm gesagt hat? Aber bevor ich ihn fragen kann, hat er das Thema gewechselt. Er will mehr über Emma und ihre Reisepläne wissen und welche Fluglinie sie nimmt. Erst als wir fast da sind, hört er auf zu reden. Endlich kann ich mir über Dans Geheimniskrämerei Gedanken machen. Was hat er überhaupt vor? Was hat er geplant? Warum hat er ausgerechnet diese Location ausgesucht? Und wie wird Emma reagieren? In ein paar Tagen ist sie wieder fort. Wer weiß, wie lange sie diesmal wegbleibt. Was könnte es geben, das er ihr nur im The Box sagen kann und nicht beispielsweise im Old Ship bei einem netten kleinen Fish-&-Chips-Abend? Aber gut, er ist ein Neuling in Sachen Romantik. O Gott, das könnte gleich richtig peinlich werden. Und jetzt habe ich auch noch Sam hierher geschleppt.

Als wir im Café ankommen, wartet Emma schon auf uns. Sie hat sich einen Latte bestellt und sitzt in Jeans und Schlabber-Sweatshirt vor ihrem iPad, das kurze Haar zerzaust, das Gesicht vom Display beleuchtet. Als sie uns sieht, grinst sie breit und winkt uns zu sich. Sam rennt zu ihr, bleibt abrupt vor ihren ausgebreiteten Armen stehen, lässt sich dann aber doch von ihr drücken.

»Tante Emma, ich habe eine Feder gefunden«, sagt er.

»O wie schön, willst du sie mir mal zeigen? Hallo Alex.«

»Hallo und Happy Birthday!«, sage ich und schaue mich um, kann Dan aber nirgends entdecken. Das Café ist ziemlich klein, ein Kasten aus Glas und Beton. Viel ist nicht los. In einer Ecke weiter hinten sitzt eine kleine Gruppe von Studenten, die Fotos auf ihren Smartphones herumzeigen; eine Mittvierzigerin im Sonic-Youth-T-Shirt liest eine zerfledderte *Vanity-Fair*-Ausgabe. Wahrscheinlich Stammgäste. Aber Dan ist nicht dabei. Auch kein verkleideter Dan. Verdammt. Wo steckt er denn? Emma und Sam schauen auf ihr iPad und unterhalten sich über Flüge und Flugzeuge. Ich tue so, als würde ich zuhören, während ich weiter den Raum scanne. Als Emma zur Toilette geht, checke ich schnell mein Handy. Aber keine SMS von Dan. Hat er die Mission etwa abgebrochen?

Dann entdecke ich ihn endlich. Er kommt gerade aus einer Tür an der Theke. Er trägt einen perfekt sitzenden himmelblauen Anzug, darunter ein strahlend weißes Hemd – er sieht aus wie ein Supermodel-Playboy auf Beutezug in Monaco. Er winkt mich zu sich.

»Hi Dan«, sage ich. »Alles klar?«

»Alles klar«, sagt er. »Wie sehe ich aus?«

»Wie der Typ aus der Dolce & Gabbana-Werbung.«

»Aha. Ist das gut?«

»Klar, warum nicht. Bist du okay?«

»Ja, ja. Wo ist Emma?«

»Sie ist gerade zur Toilette gegangen.«

»Ah, okay. Kannst du sie hierherbringen, wenn sie wieder zurückkommt?«

»Sicher. Ist wirklich alles klar bei dir?«

»Ich bin etwas nervös.«

»Hey, das wird schon. Ist doch bloß Emma, du Schwachkopf. Ich bring sie hierher. Mach dich locker.«

Er atmet ein paarmal tief ein und aus. Als ich zum Tisch zurückgehe, stoppt die Hintergrundmusik kurz und ich höre, wie er zu sich selbst sagt:

»Okay, los geht's.«

Zurück am Tisch, sehe ich Emma die Toilette verlassen. Jetzt wird es ernst.

»Ähm … Emma«, sage ich. »Da drüben ist ein Freund von mir. Ich stell ihn dir mal vor.«

Sie schaut mich misstrauisch an. Sam blickt konzentriert auf den Bildschirm des iPads.

»Jetzt komm, ich will dich vorstellen.«

»Okaaaaay«, sagt sie gedehnt.

Dan ist nicht zu sehen. Ich nehme Sam an der Hand und schnappe mir Emmas iPad. Sie schaut mich fragend an. Ich gehe auf die Tür hinter der Theke zu. Emma folgt mir zögernd. Zwei Mitarbeiter, die hinter der Theke stehen, flüstern sich irgendetwas zu. Als wir vor der Tür angelangt sind, drücke ich sie leicht auf. Vor mir erblicke ich einen Flur, dann eine geöffnete Doppeltür, die in einen dunklen Raum führt. Ich bin hier noch nie zuvor gewesen und habe daher keine Ahnung, was mich erwartet, aber ich bewege mich einfach weiter vorwärts, Sam und Emma im Schlepptau.

»Wo gehen wir denn hin?«, stöhnt sie. »Was soll das überhaupt?«

»Komm einfach mit«, antworte ich.

Sie sieht aus, als würde sie sich gleich umdrehen und wegrennen, aber dann steht auf einmal Dan vor uns und grinst sein Grinsen.

»Was machst du denn hier?«, kreischt Emma.

»Hallo Emma«, sagt Dan. »Ich habe eine kleine Geburtstagsüberraschung für dich. Ich hoffe, das ist okay für dich. Bevor du wieder wegfliegst, wollte ich dir nämlich unbedingt noch was sagen. Aber komm erst mal mit.«

»Was soll das, du Schwachkopf?«, fragt sie. Aber als er ihr die Hand reicht, nimmt sie sie und geht zusammen mit ihm durch die Doppeltür. Ich folge ihnen mit Sam, denn natürlich will ich auch wissen, was Dan vorhat. Als wir den Raum betreten, bin ich verblüfft.

Wir sind im Kinosaal. Ich hatte ganz vergessen, dass es hier einen gibt. Er ist klein, aber im Gegensatz zum Café ist alles opulent mit rotem Samt verkleidet. Vor der Leinwand hängt ein Vorhang wie in einem Dreißigerjahre-Filmtheater, die Sitze sind breit und gemütlich.

Außer uns ist niemand hier.

Dan führt Emma in die Mitte des kleinen Auditoriums, drückt sie sanft in einen der Sitze, setzt sich neben sie, hebt eine Riesentüte Popcorn vom Boden auf und stellt sie auf sein Knie.

»Wird jetzt ein Film gezeigt oder was?«, fragt Emma. »Dan, was schauen wir uns an? Und warum sind wir allein hier?«

»Weil ich den Saal gemietet habe. Ich kenne die Besitzer. Okay, Emma, ich wollte dir was sagen. Also: Als wir damals zusammen ausgingen, war ich nicht bloß ein bisschen in dich verknallt. Ich war total in dich verliebt. Es hatte mich richtig erwischt. Aber du hast es wahrscheinlich nicht gemerkt. Und dann hast du beschlossen abzuhauen, und das konnte ich verstehen, ehrlich. Und ich dachte, dass ich irgendwann schon über dich hinwegkommen würde. Aber das ist einfach nicht passiert, Emma. Ich bin nicht über dich hinweggekommen, und ehrlich gesagt, kann ich mir auch nicht vorstellen, dass das jemals geschieht. Und als du dann zurückgekommen bist, konnte ich es nicht fassen. Ich konnte nicht fassen, was für ein Glück ich hatte. Eigentlich hätte ich es dir sofort sagen sollen, aber ich dachte, für dich wäre sowieso alles aus und vorbei. Doch jetzt, wo du wieder wegwillst, spielt das keine Rolle mehr. Ich habe nichts zu verlieren. Also wollte ich dir sagen: Wo auch immer du gerade steckst, was auch immer du gerade machst … du bist die Welt für mich.«

Es wird ganz still. Dann fragt Emma: »Du fängst jetzt aber nicht an zu singen, oder?«

»Doch, hinter dem Vorhang wartet eine Jazzband. Ich muss ihnen nur noch das Stichwort geben.«

»O Gott!«

»Das war nur ein Witz. Emma, es ist mir egal, ob du in

Brasilien, Vietnam, Thailand oder sonst wo bist – ich denke die ganze Zeit an dich. Ich kann gar nicht anders. So war das schon immer, und so wird es auch immer sein. Und wenn du irgendetwas brauchst, ganz gleich, was es ist, dann werde ich da sein. Klingt das jetzt verrückt? In meinem Kopf klang es jedenfalls nicht verrückt, aber ich bin mir gerade nicht mehr sicher. Was soll's! Bevor du wegfliegst, wollte ich dir noch etwas schenken. Es ist wahrscheinlich albern, aber ich glaube, du wirst es verstehen.«

Dan hebt den Arm. Irgendjemand reagiert auf sein Signal, denn plötzlich geht der Vorhang auf und gibt die Leinwand frei. Ein Logo erscheint, und plötzlich erklingt die vertraute Disney-Melodie »*When You Wish Upon A Star*«.

Und dann fängt der Film an. Und natürlich ist es *Der König der Löwen.*

»Was ist das?«, flüstert Sam. »Was passiert da gerade?«

Er drängelt sich an mir vorbei und schaut in den Saal.

»Ein Film? Können wir ihn anschauen? Ist der gruselig? Wo sind meine Ohrenschützer?«

»Nein, Sam, wir können uns den Film nicht anschauen, er ist für Emma und Dan. Wir müssen die beiden jetzt allein lassen.«

Als ich ihn wieder hinausführe, drehe ich mich noch einmal um. Die Tür geht langsam zu, aber durch den Spalt sehe ich, dass Emma zittert und Dan ihr mit besorgter Miene die Hand auf die Schulter legt. Doch dann dreht sie sich plötzlich zu ihm, schlingt die Arme um seinen Hals und küsst ihn. Und er umarmt sie auch, während auf der Leinwand vor ihnen die Sonne wie ein Feuerball aufgeht. Sie bekommen gar nicht mit, dass die Popcorntüte herunterfällt und der Inhalt wie Konfetti auf den Boden rieselt.

Die beiden. Wahnsinnig liebenswert, aber auch ganz schön bescheuert. Ein halbes Leben haben sie gebraucht, um wieder zusammenzukommen – und jetzt knutschen sie bei einem Disney-Film.

Ich denke daran, wie sie damals als Kinder waren, was seither alles geschah und wie unbeständig und zerbrechlich das Glück ist. Man kann es so leicht verpassen. Manchmal spaziert es direkt an einem vorbei, ohne dass man es bemerkt. Aber wenn der Zufall es will und man viel Geduld hat, kommt es vielleicht noch einmal vorbei.

»Was ist denn los?«, fragt Sam. »Kann ich auf dem iPad weiterspielen?«

Ich antworte nicht.

»Daddy? Du weinst ja.«

Kapitel 36

Auf der Fahrt zu Matt und Clare gehe ich das Ganze noch einmal durch. Jody, Sam, Schule, Arbeit – das will alles jongliert werden, und wir reden hier nicht von Ping-Pong-Bällen, sondern von Bowlingkugeln, die mit Zement gefüllt sind. Heute Morgen hatte ich wegen des Cafés ein ungemein aufmunterndes Gespräch mit einem Businessberater. Mit der Trauermiene eines Leichenbestatters klärte er mich über sämtliche Risiken auf, die mit der Gründung eines Gastronomiebetriebs verbunden sind: Er sprach von Misserfolgsquoten, vielen Überstunden und Belastungen für das Privatleben. Zum Schluss überreichte er mir eine Infomappe mit Antragsformularen für staatliche Zuschüsse sowie einen Businessplan und meinte, ich sollte mir das gründlich überlegen. Eigentlich hätte ich mir genauso gut ein Smiths-Album anhören können, das hätte den gleichen Motivationseffekt gehabt.

Clare öffnet die Tür.

»Komm rein«, sagt sie. »Wie war der Termin?«

»Ach, ganz gut«, lüge ich und stolpere beinahe über Inlineskates, die im Weg liegen.

»Oh sorry, Vorsicht!«, sagt Clare. »Die Putzkraft pausiert leider gerade.«

Drinnen herrscht das übliche Chaos. Archie und Tabitha rennen mit ein paar anderen Kids in wilden Kostümen durchs Haus – ein Vampirumhang hier, ein Astronautenhelm da, wie eine schräge Avantgarde-Show während der Pariser Fashion Week. Die Küche ist voller Dunstschwaden, Matt ist am Herd mit vier dampfenden Töpfen zugange.

»Und?«, fragt Clare. Sie räumt ein paar Bücher vom Wohnzimmersofa, um Platz für uns zu schaffen.

»Ich weiß auch nicht, Clare. Wahrscheinlich könnte ich einen Gründerzuschuss bekommen, und ein bisschen hab ich gespart, aber das Vorhaben ist verdammt riskant. Am Anfang muss ich sehr viel investieren. Und dazu kommt, dass ich null Erfahrung habe. Aber vor allem hab ich keine Ahnung, wie ich in kurzer Zeit so viel Geld auftreiben soll.«

Ich schaue unwillkürlich zu Matt, der gerade ins Wohnzimmer treten wollte, bei meinen Worten aber wieder in die Küche zurückweicht.

»Geld hab ich leider auch keins, aber dafür Erfahrung«, sagt Clare. »Und ich weiß, dass du es schaffen kannst. Das Café war sehr beliebt, und es ist klein, davon kannst du nur profitieren. Du willst ja keinen riesigen Laden im Stadtzentrum neu eröffnen.«

»Das ist richtig, aber ehrlich gesagt …«

Mein Blick fällt auf den Boden und registriert eine halbe Banane, die in den Teppich gestampft wurde.

»Ehrlich gesagt, ich traue mir das nicht zu«, sage ich schließlich. »In den letzten Monaten lief ziemlich viel schief bei mir …«

»Willkommen im Club«, sagt Clare gutmütig. »Vor zwei Jahren hätte ich mir nicht träumen lassen, dass ich mal mit Zwillingen und Wettschulden klarkommen muss. Uns ging es ganz gut. Nettes Haus, nettes Auto, nette Gegend … Aber so ist das Leben. Es schüttelt dich immer wieder durch, verpasst dir 'ne Ohrfeige, tritt dir in die Eier und …«

»Schon gut, ich verstehe, was du meinst.«

»Du hast deinen Bruder verloren, aber du hast es überlebt und eine wunderbare Familie gegründet. Vor fünf Monaten hatte Sam noch fürchterliche Angst vor Lärm und Menschenmengen, und jetzt will er an einem Riesenwettbewerb teilnehmen. Du packst das, Alex. Ich finde, du solltest das unbedingt machen.«

»Danke«, sage ich. Mehr bringe ich vor lauter Rührung nicht heraus. Zum Glück kommt Tabitha plötzlich schreiend hereingestürmt, gefolgt von ihrem Bruder, der mit einem Plastikschwert und einer Laserwaffe herumfuchtelt.

»Sicherheit ist eine Illusion«, sagt Clare, als die Parade an uns vorbeigezogen ist. »Man kann alles haarklein durchplanen, aber letztendlich ist das Leben unberechenbar. Und dann muss man das Beste draus machen. Man muss herausfinden, was wirklich wichtig ist, und sich dann darauf konzentrieren.«

Wir sitzen eine Weile still da und hören zu, wie Matt in der Küche Pasta serviert.

»Sag mal, Clare«, sage ich leise. »Hast du etwa wieder Motivationssprüche auf Facebook gelesen?«

Den Rest der Woche verbringe ich hauptsächlich vor meinem Notebook, um eine Kostentabelle zu erstellen und alles aufzulisten, was ich für das Café brauche: Mobiliar, Betriebsausstattung, Mitarbeiter. Abends schaue ich bei Jody und Sam vorbei, aber die meiste Zeit verbringe ich mit Sam. Je näher der Wettbewerb rückt, desto mehr lassen wir ihn spielen, und inzwischen ist er fast jeden Abend online mit Olivia verabredet, um zu üben. Sie bauen viel, probieren neue Sachen aus und konstruieren einfache Maschinen. Doch gemeinsam mit den anderen Freunden kommen sie auch dem furchterregenden Enderdrachen immer näher. Zusammen durchstreifen sie die Landschaft, töten Monster und sammeln Schätze, die sie brauchen, um das sagenumwobene Endportal zu finden. Denn nur dort können sie ins Ende vordringen, in die geheimnisvolle Dimension, die tief unter der Oberwelt von *Minecraft* verborgen liegt.

Dort wartet der Drachen.

Kapitel 37

Morgen findet endlich der *Minecraft*-Wettbewerb statt. Die Autostrecke nach London habe ich schon mit Google Maps geplant. Außerdem habe ich Dan gefragt, ob er uns am Veranstaltungsort am Eingang abholen und hineinbegleiten kann. Nachher will ich noch bei Sam vorbeischauen und ihm beim Training zuschauen. Ja, beim Training. Wir nehmen das nämlich sehr ernst. Ich kann noch immer nicht fassen, dass es morgen so weit ist. Clare hatte recht: Vor ein paar Monaten war es für ihn unvorstellbar, an einem solchen Event teilzunehmen. Im Netz habe ich Fotos von früheren Wettbewerben entdeckt, sie fanden in einer gigantischen Halle statt, wo fast völlige Dunkelheit herrschte. Überall tummelten sich Teenies vor riesigen Bildschirmen, um Games zu spielen. Das wird bestimmt höllisch laut werden. Wenn wir dort ankommen, ist damit zu rechnen, dass Sam sich panisch an meinen Arm klammert und sofort wieder nach Hause will. Sollte das passieren, haken wir es als weitere Erfahrung ab, so wie immer. Aber irgendetwas sagt mir, dass er die Sache durchziehen wird.

Jetzt sitze ich gerade in Dans Wohnung und schaue auf Bristol. Neuerdings stelle ich mir jedes Gebäude als *Minecraft*-Modell vor. Ob Sam und ich es wohl schaffen würden, die Clifton Suspension Bridge oder das Wills Memorial Building oder wenigstens den Cheese Lane Shot Tower zu bauen? In der Hand halte ich ein Buch mit dem vielversprechenden Titel *Caféeröffnung – ein Traum geht in Erfüllung*. Auf Amazon hatte es gute Rezensionen. Aber immer, wenn ich anfangen will, es zu lesen, funken mir Erinnerungen dazwischen. Das Gedränge der Eltern, das Geräusch der quietschenden Reifen. Lasst ihn nicht durch, er darf das nicht sehen. Diese Bilder kommen jedes Mal, wenn ich darüber nachdenke, mit dem Leben weiterzumachen, etwas Neues anzufangen. George hatte nie die Chance dazu.

Aber irgendetwas hat sich verändert. Vielleicht liegt es an der Therapie. Oder an der Entschlossenheit, die ich seit einiger Zeit in Bezug auf Sam, mich selbst und Jody entwickele. Keine Ahnung. Aber wenn ich früher an George dachte, musste ich geradezu zwanghaft den Tag des Unfalls aufleben lassen. Die überwältigenden Schuldgefühle ließen keine anderen Erinnerungen zu. Doch heute Morgen habe ich in den schönen Augenblicken geschwelgt, die wir zusammen erlebten: beim Fußballspielen im Park an einem sonnigen Nachmittag, beim Herumbalgen vor dem Fernseher, beim stundenlangen gemütlichen Comiclesen auf unseren Betten nach der Schule. Ich muss lächeln. An Georges Stimme kann ich mich nicht mehr richtig erinnern, aber sein Lachen, sein übermütiges Gekicher, klingt mir noch immer in den Ohren.

Und dann denke ich an Sam, an die Lebensfreude, die bei ihm zum Vorschein gekommen ist. Sie war bestimmt auch früher schon da, aber ich hatte ständig Scheuklappen auf, war viel zu sehr mit dem »Problem namens Sam« beschäftigt. Doch jetzt weiß ich, dass er die Welt völlig anders wahrnimmt als ich. Für ihn steckt sie voller Strukturen, Überraschungen und Schönheiten, die ich nicht sehe und nicht begreifen kann. Als er noch klein war, hatten wir eine Wochenend-Routine: Ich steckte ihn in den Buggy und spazierte mit ihm zu einer ganz bestimmten Bank, die auf einem schmalen Grünstreifen an einer der Hauptstraßen steht, die sich durch Bedminster schlängeln. Dort saßen wir dann eine Stunde, manchmal auch länger. Er zeigte auf die Autos, Lieferwagen und Busse und fragte: »Daddy, wohin fahren?« Ich dachte mir dann jedes Mal ein Ziel aus. Auf der Anhöhe konnten wir eine bunte Häuserreihe erkennen. Ich zeigte dann abwechselnd auf die Häuser, und er sagte: »Blau, gelb, rot, blau.« Die Farben, die er nannte, stimmten zwar fast nie mit den Häusern überein, auf die ich gewiesen hatte, aber darum ging es auch gar nicht. Ich liebte diese Momente der Ruhe und des Zusammenseins. Lange dachte ich, dass es nur ein albernes Spiel war, eine Abfolge beruhigender Wiederholungen. Aber ich habe mich geirrt. Das war sein Versuch, die Welt zu verstehen und die Wahnsinnsflut an Eindrücken zu ordnen. Er brauchte Systeme, egal wie unbeholfen sie auch sein mochten, um das, was um ihn herum geschah, verarbeiten zu können. Der Lärm der Stadt war für ihn kein Hintergrundgeräusch, das er einfach ausblenden konnte. Stattdessen erlebte er die Welt als pausenlose Attacke auf seine Sinne, und er bemühte sich verzweifelt, sie zu begreifen.

Jetzt wird allmählich alles klarer. Die Sonne ist hervorgekommen und taucht das unbekannte Terrain in strahlendes Licht. Sam ist kein Problem, er ist großartig. Er ist mein wunderbarer Sohn. Er ist witzig, clever und sehr wissbegierig. Und er stellt Zusammenhänge auf eine Art und Weise her, die mir oft seltsam erscheint, die aber trotzdem brillant ist. Seine Vorstellungskraft funktioniert wie eine gigantische

Laborapparatur, die aus dem lärmenden Chaos einen Sinn destilliert. Warum habe ich das nicht schon viel früher kapiert? Und was besonders beschämend ist: Während ich die ganze Zeit wie ein Riesentrampel herumirrte, fanden clevere Kids wie Olivia und Tabitha auf Anhieb Zugang zu Sam. Immer dachte ich, dass es an ihm lag, dass er stur war und sich in seiner eigenen Welt verbarrikadierte. Aber es lag an mir.

Mein Handy vibriert. Eine SMS von Emma, keine Ahnung, wo sie gerade steckt:

Hab einen verpassten Anruf von Mum, hast du mit ihr gesprochen?

Später fahre ich zum Haus, parke ein Stück weiter weg und laufe die vertraute Straße hoch. Der wolkenverhangene Himmel hüllt den Tag in ein steinernes Grau, aber durch das Wohnzimmerfenster funkeln die warmen Lichter des Weihnachtsbaums, und in Sams Schlafzimmer im oberen Stock flimmert es bunt. Er spielt gerade *Minecraft*. Als ich klingele, öffnet Jody die Tür und umarmt mich zur Begrüßung.

»Wie geht's dir?«, fragt sie. »Morgen ist der große Tag.«

Ich trete ins Haus ein und nicke. »Wahnsinn, oder?«

Das Wohnzimmer ist aufgeräumt, die Bücher stapeln sich nicht mehr auf dem Boden, sondern auf den Regalen, und an den Wänden hängen Dutzende von Weihnachtskarten an langen Bindfäden. Es gibt einen neuen Beistelltisch, unter dem genügend Platz für eine Kiste ist, in der man Spielzeug und Comics unterbringen kann. Auf der Fensterbank flackern Kerzen und im Kamin brennt sogar ein Feuer; es wirkt sehr gemütlich bei diesem trostlosen Wetter.

»Wow, das sieht ja schön aus«, sage ich.

»Danke. Ich hab wieder mehr Zeit, in der Galerie ist gerade nicht so viel los – und du glaubst es nicht, aber Sam hat jetzt richtige Freunde! Olivia und ihr Bruder kommen ihn oft besuchen, und dann lesen sie zusammen Computerspielmagazine, reden über *Minecraft*, aber auch über Lego und *Adventure Time* und viele andere Dinge, von denen ich keine Ahnung habe. Es fällt ihm zwar immer noch schwer, ihnen zu folgen, und er sagt auch nicht viel, aber das scheint ihnen nichts auszumachen. Mein Gott, wie einsam er sich oft gefühlt haben muss. Er wusste einfach nicht, wie er sich uns mitteilen konnte.«

»Hast du mit ihm schon über die Schule gesprochen?«

»Im Moment lasse ich das Thema aus, damit er sich ganz auf den Wettbewerb konzentrieren kann. Aber nächste Woche müssen wir Bescheid geben. Ich will nicht, dass er länger an der alten Schule bleibt. Endlich geht es mit ihm voran, oder? Große Sprünge macht er zwar nicht, aber dafür viele kleine Schritte.«

Wir stehen zusammen in dem kleinen Zimmer, nur einen Meter voneinander entfernt. Der goldene Schein des Kaminfeuers tanzt auf ihrem Haar und lässt ihr Gesicht leuchten, er spiegelt sich in ihren Augen, in ihrem Lächeln. Einen Moment lang ist mir, als wäre ich nie weg gewesen. Dann legt sie mir sanft die Hand auf den Arm.

»Geh rauf zu ihm.«

Als ich die Treppe nach oben steige, höre ich zuerst die Musik. Diese dahinfließende, auf- und abschwellende Klaviermelodie, die den Spieler dazu einlädt, die Welt in Ruhe zu erforschen, sich Zeit dabei zu lassen. Als ich die Tür öffne, sitzt Sam von Büchern und Zeitschriften umgeben auf seinem Bett, nur das LCD-Display und die kleine Leselampe spenden Licht.

»Ich stelle gerade Fackeln her, um Gebiete nachts zu beleuchten«, sagt er, als er mich sieht. »Monster vermeiden die Gebiete um die Fackeln herum.«

»Hallo Sam. Was machst du sonst noch?«

»Ich baue. Ich habe jetzt eine Mauer. Eine große Mauer, die um den Tower of London herumgeht, wie auf dem Foto.«

Er zeigt mir die riesige Mauer, die er um das Gebäude gezogen hat, das wir vor vielen Wochen zusammen errichtet haben. Er hat sie kunstvoll aus Bruch- und Pflasterstein erbaut. In die Mauer hat er schmale Fenster und ein paar Eingangstore eingefügt.

»Willst du ein Abenteuer erleben?«, fragt er.

Ich nehme den Controller, und dann sind wir wieder gemeinsam in der Welt.

Die Pixelsonne scheint warm auf uns herab, über uns raschelt das Laubdach, ein leichter Wind weht. Wir entfernen uns von der Burg, wandern tiefer in den Wald hinein.

»Ich werde Schienen bauen«, sagt Sam. »Sie sollen von der Burg bis ins Dorf reichen. Dann kann ich eine Lore benutzen, wenn ich wieder Karotten stehlen muss.«

»Das ist eine gute Idee«, sage ich.

Wir kommen an einem Graben vorbei, der zu einem Höhlen- und Tunnelnetzwerk führt, aber das wollen wir an einem anderen Tag erforschen. Zwischen den Birken liegt ein See mit einer kleinen Insel in der Mitte. Ich muss sofort an die Insel denken, die wir uns auf dem Zeltplatz vorstellten, als Sam Angst hatte und nicht schlafen konnte. Und jetzt ist sie auf einmal hier. Die Nacht zieht langsam herauf.

Gleich fängt Sam bestimmt an, sich zu fürchten. Nein, falsch gedacht. Er zieht ein Schwert.

»Es ist aus Eisen und verzaubert. Es ist sehr stark.«

»Okay, aber vielleicht sollten wir umkehren, bevor wir uns verirren.«

Er folgt mir nur widerwillig; die Bäume sehen im Dämmerlicht schon ganz grau aus.

»Wir hatten viel Spaß hier, oder?«, sage ich.

»Ja. Danke, Daddy.«

Die Burgmauer ist schon in Sichtweite, da höre ich in der Nähe das vertraute Geräusch klappernder Knochen, dann einen vorbeischießenden Pfeil, anschließend noch einen.

»Ein Skelett«, sagt Sam.

Ich flüchte zwischen die Bäume, mit der Axt schlage ich mir im Laufen einen Weg durch das Dickicht. Sam ist ebenfalls im dunklen Gestrüpp verschwunden. Das unheimliche Knochenklappern ist jetzt in unmittelbarer Nähe. Dann sehe ich das Skelett im bleichen Mondlicht, es steht mit gezücktem Bogen zwischen mir und dem Burgtor.

»Ich sitze in der Falle!«, schreie ich, und schon treffen mich zwei Pfeile. Ich kann spüren, wie die Energie, die Lebenskraft aus mir heraussickert. Wird unser Abenteuer so enden? Tödlich? Direkt vor unserer Burg?

Plötzlich prescht Sam mit gezücktem Schwert aus dem Wald. Das Skelett dreht sich um, doch es ist zu langsam. Sam schwingt die Klinge, das Schwert kracht auf die Knochen hernieder, das Monster ist getroffen, es zuckt zurück.

»Lauf!«, schreit Sam. Als er wieder zuschlägt, zerbricht jedoch sein Schwert, und er muss selbst um sein Leben rennen.

Mit letzter Kraft stürze ich vorwärts, ich habe nur noch

ein halbes Herz Lebensenergie übrig, der sichere Toreingang ist vor mir.

Das Skelett zielt abermals auf mich, ich höre einen Pfeil durch die Luft surren, gleich werde ich sterben, ich registriere, wie der Pfeil etwas trifft – aber ich bin es nicht, ich lebe noch.

Als ich mich umdrehe, sehe ich Sam, der jetzt auch mit einem Bogen bewaffnet ist, neben dem getöteten Monster stehen.

»Ich hab rechtzeitig die Waffen gewechselt. Ich hab dich gerettet.«

»Das war super, Sam!«

Als wir uns dem Skelett zuwenden, fällt uns auf, dass es seine Beute fallen gelassen hat, einen schimmernden Gegenstand, der zwischen dem Gras und den Blumen liegt. Beim Näherkommen erkennen wir, was es ist: ein goldener Helm.

»Das letzte Kronjuwel!«, ruft Sam.

»Wir haben es geschafft!«, verkünde ich. »Unsere sagenhafte Suche ist nun beendet.«

Sam geht voran und ich folge ihm durch das imposante Burgtor. Drinnen sehe ich, dass die große Eingangshalle völlig verändert wurde: Gemälde hängen an den Wänden, die jetzt mit Eichenholz vertäfelt und mit Steinsäulen verstärkt sind.

»Komm mit«, sagt er.

Wir steigen zusammen die Treppe hinunter, durchqueren einen langen Flur, von dem mehrere kleinere Kammern abgehen. Ich fühle mich wie ein Tourist bei einer Schlossbesichtigung, der jedes Detail fasziniert unter die Lupe nimmt. Schließlich führt Sam mich eine kleine Wendeltreppe hoch, die nach draußen führt, zu den Zinnen. Wir stellen uns an den Rand, so dicht nebeneinander, dass sich unsere Hände fast berühren. Schweigend betrachten wir die Landschaft, die sich unter den mächtigen polygonalen Wolken vor uns ausbreitet, bis zu den Bergen hinten am Horizont. Von der Koppel unter uns hören wir die Pferde und Kühe, aber sonst nichts. Gemeinsam genießen wir das wunderbare Gefühl, dieses Universum ganz für uns zu haben.

»Sam, was denkst du, bist du bereit für morgen?«

»Was ist denn morgen?«

»Der *Minecraft*-Wettbewerb.«

»Ach ja! Ich muss etwas Gutes bauen. Das ist meine Aufgabe. Olivia kommt und will zuschauen.«

»Ist dir klar, dass dort viele Leute sein werden?«

»Dort gibt es Computer, also brauche ich meine eigene Konsole nicht mitzubringen.«

»Weißt du noch, als du in London warst? Mit mir und Tante Emma?«

»Wir haben den Tower angeschaut. Aber ich habe mich verlaufen und Angst bekommen.«

Er tritt von den Zinnen zurück und geht wieder die Wendeltreppe herunter. Ich folge ihm.

»Aber glaubst du, die Veranstaltung ist okay für dich? Sollen wir vielleicht deine Ohrenschützer mitnehmen?«

»Ja. Aber ich werde ganz bestimmt nicht traurig sein.«

»Es ist toll, dass du so mutig bist, Sam. Aber egal was passiert, es ist völlig okay, wenn du traurig bist. Jeder ist manchmal traurig.«

»Du auch?«

»Ja, sicher.«

»Worüber denn?«

»Manchmal ist er wegen seinem Bruder traurig«, sagt Jody.

Wir drehen uns beide um. Jody steht mit einer Tasse Tee und einem Glas Milch an der Tür. »Sein Bruder George ist gestorben, als er noch klein war. Deshalb ist Daddy manchmal traurig. Aber wir passen schon auf ihn auf.«

Sam schaut wieder auf den Bildschirm.

»Wenn Wölfe einbrechen, fressen sie die Schweine und Schafe«, sagt er. »Ich darf das Tor nicht offen lassen. Daddy, lass das Tor nicht offen, wenn du reingehst.«

»Okay.«

»Wenn du den Kühen Weizen gibst, verlieben sie sich ineinander.«

»Aha. Klingt plausibel.«

Ich schaue zu Jody hoch. Sie zuckt mit den Achseln. Ich lächle und gebe Sam einen Kuss auf die Stirn. Er weicht nicht zurück.

»Kann ich mitmachen?«, fragt Jody.

»Du meinst mitspielen?«, frage ich.

»Ja. Sam hat mir gezeigt, wie das geht.«

Sie nimmt sich einen Controller, setzt sich neben uns und drückt auf den Startknopf. Auf dem Bildschirm erscheint eine dritte Figur in einem orangefarbenen Overall. Moment mal… das gibt's ja nicht.

»Du warst das!«, sage ich. »Du warst die Figur in Orange!«

»Ich wollte sehen, was ihr macht. Erst hab ich Sam nur beim Spielen zugeschaut, und irgendwann hab ich dann auch mitgemacht. Aber ich wollte nicht, dass du denkst, ich will mich einmischen, also hab ich mich versteckt.«

»Mummy hat mir gesagt, ich soll es dir nicht erzählen«, sagt Sam.

»Du hast uns in *Minecraft* hinterherspioniert?«, frage ich mit gespieltem Entsetzen.

»Na ja. Nicht besonders geschickt. Aber ja. Tut mir leid!«

»Das braucht dir doch nicht leidzutun. Ich bin froh, dass du es warst. Nächstes Mal können wir alle zusammen was bauen.«

»Wir können was Neues anfangen«, sagt Sam.

»Ja«, sage ich. »Aber ich möchte, dass du Folgendes weißt: Wenn wir bei dem Wettbewerb sind und du doch nicht mitmachen willst, ist das in Ordnung. Dann können wir wieder gehen und uns stattdessen ein Eis holen.«

Sam seufzt tief.

»Nein. Ich mache mit. Olivia hat gesagt, dass ich bestimmt gewinne, weil ich weiß, wie man ein Leuchtfeuer baut.«

»Dann steht es fest«, sagt Jody. »Wir fahren nach London.«

»Du kommst mit?«, frage ich.

»Natürlich! Das will ich auf keinen Fall verpassen. Wir fahren alle zusammen. Das wird ein Abenteuer.«

Später gehen Jody und ich zusammen nach unten. Als ich mich umschaue, fallen mir noch mehr Veränderungen auf – Veränderungen, die ohne mich passiert sind.

»Sprichst du mit deiner Therapeutin auch über uns?«, fragt Jody.

Ich sehe sie verblüfft an.

»Sorry«, sagt sie hastig. »Ich weiß, das ist alles vertraulich. Ich hab kein Recht, dich das zu fragen.«

»Nein, ist schon okay«, sage ich. »Ja, ich spreche mit ihr auch über uns.«

»Und? O, tut mir leid!«

»Alles ist gut. Aber ich hatte erst zwei Sitzungen. Da hab

ich ihr von der Arbeit erzählt, und von Sam natürlich, und davon, wie alles immer komplizierter und anstrengender wurde. Sieht aus, als hätte ich ziemlich viel falsch gemacht. Aber aus den richtigen Gründen.«

Jody will etwas sagen, aber ich unterbreche sie.

»Ich weiß. Du hattest recht. Ich hätte nicht so viele Überstunden machen, sondern lieber öfter hier sein sollen. Aber selbst wenn ich hier war, war ich woanders. Ich wünschte, ich hätte das früher gemerkt.«

»Du warst schon immer etwas langsam«, sagt sie.

Wir stehen ganz nah zusammen. Ich spüre ihren Atem auf meiner Haut, rieche ihr Parfüm. Unsere Gesichter nähern sich vorsichtig. Im Kamin knistert das Feuer. Wir schließen die Augen. Passiert das gerade wirklich?

Plötzlich knackt das Feuer so laut, dass wir vor Schreck zurückzucken. Was eben zum Greifen nah schien, ist auf einmal vorbei.

»Okay, ich geh dann jetzt besser«, sage ich.

Sie wirft mir einen unergründlichen Blick zu.

»Ja«, sagt sie und streicht sich eine Locke aus den Augen. Aber wir rühren uns nicht von der Stelle. Aus dem Flur hinter mir dringt kalte Zugluft herein, in der Ferne dröhnt leise der Verkehr. Wir schauen uns an.

»Wie lange bleibst du noch bei Dan?«, fragt Jody.

»Mal sehen«, erwidere ich. »Das ist so wie mit der Schule und dem Café und … uns. Das muss ziemlich bald entschieden werden.«

»Ja, das muss es«, sagt sie.

Ganz weit weg hupt jemand. Ein Windstoß bauscht den Vorhang.

»Tja«, sagt sie. »Also ich dachte … wenn du willst, dann …«

»Dann was?«

Jody lacht verlegen und schaut weg. Spannung liegt in der Luft, überall wirbeln unsichtbare Funken durch die Luft.

»Ich dachte …«

In diesem Augenblick fängt mein Handy an zu vibrieren. Fast erleichtert checke ich das Display. Wahrscheinlich eine SMS von Dan, der wissen will, wo ich gerade stecke. Aber die SMS ist nicht von Dan.

»Was ist denn?«, fragt Jody. »Du bist ja ganz blass.«

»Mum hat mir gerade eine Nachricht geschickt«, antworte ich. »Sie liegt im Krankenhaus.«

Kapitel 38

Ich wollte George nicht noch einmal sehen. Daran erinnere ich mich.

Mum fragte mich, sie sagte, es wäre meine Entscheidung. Wenn ich wollte, könnte ich reingehen und mich ein allerletztes Mal verabschieden. Er lag in einem kleinen Raum in der Leichenhalle, ganz allein, auf einer Metallbahre. Aber ich blickte auf meine Schuhe und schüttelte den Kopf. Es lag nicht an der Trauer – ich hatte Angst. Ich fürchtete mich davor, wie er ausschauen würde, ich hatte ja vorher noch nie einen Toten gesehen. Ich hatte Angst, dass er blutüberströmt war, dass es ein Horror für mich sein würde. Als Mum meine Hand nahm und mich wegführte, schämte ich mich.

Ich weiß nicht, wie es mir heute mit dieser Entscheidung geht – vielleicht rede ich ja irgendwann mit meiner Therapeutin darüber. Aber ich weiß, dass meine Einstellung, was Krankenhäuser betrifft, zutiefst von diesem Tag und dessen Folgen geprägt wurde. Krankenhäuser sind Orte der Finsternis, Orte des absoluten Entsetzens. Geliebte Menschen kommen nie wieder aus ihnen heraus.

Ich rufe Mum sofort zurück.

»Hallo?« Ihre Stimme klingt etwas zittrig, verströmt aber nach wie vor Stärke und Selbstvertrauen.

»Mum, ich bin's.«

»Ja, ich weiß, Junge, dein Name steht auf dem Display.«

»Was ist passiert? Geht es dir gut?«

»Ach, ich bin gestern Abend hingefallen, nichts Dramatisches. Ich wollte eine Glühlampe auf dem oberen Treppenabsatz durch eine von diesen neuen Energielampen ersetzen. Sind ganz schön teuer, was?«

»Ja. Aber was genau ist denn geschehen, Mum?«

»Na ja, der Hocker ist umgekippt, und da bin ich eben hingefallen und hab mir das Handgelenk gebrochen. Ich hab das Bewusstsein verloren, lag wohl ziemlich lange da, aber dann kam Mrs Ferris, die ein Stück weiter die Straße hoch wohnt, zu mir, um zu fragen, ob ich ein paar Stunden auf ihren Hund aufpassen könnte, sie spielt donnerstagabends nämlich immer Bridge. Zum Bridge lädt sie mich nie ein, aber um ihre Töle darf ich mich kümmern, typisch. Na ja, als ich nicht reagierte, kam sie ins Haus, die neugierige Kuh. Sie fand mich auf dem Boden und brachte mich ins Krankenhaus. Die wollten mich unbedingt über Nacht dabehalten. Aber wie geht es dir denn eigentlich, Junge?«

Das ist typisch Mum. Mach dir keine Sorgen um mich, ich liege bloß mit einer Gehirnerschütterung und Knochenbrüchen im Krankenhaus, kein Drama, lass uns über was anderes reden. Trotzdem kriege ich sofort ein schlechtes Gewissen, weil ich sie so lange nicht zurückgerufen habe.

»Eine Krankenschwester ist gerade hier, kannst du mal mit ihr sprechen?«

»Ja, natürlich.«

Ich höre, wie das Telefon weitergereicht wird.

»Mr Rowe?«, fragt eine beflissene Stimme.

»Ja. Geht es meiner Mutter gut?«

»Wir denken schon. Sie hat sich eine Colles-Fraktur zugezogen, das kommt recht häufig bei älteren Menschen vor, die hinfallen. Die Fraktur haben wir heute Vormittag reponiert. Da ihr aber schwindelig wurde, bevor sie hinfiel, haben wir vorsichtshalber einige Tests durchgeführt. Vielleicht hat es nichts zu bedeuten, aber möglicherweise war es ein Anzeichen für etwas anderes, zum Beispiel Diabetes oder eine transitorische ischämische Attacke.«

»Eine was?«

»Eine transitorische ischämische Attacke. Ein Mini-Schlaganfall.«

Sie wird still. Im Hintergrund fängt Mum an, sich über die Bezeichnung »ältere Menschen« zu beschweren. Die Krankenschwester geht ein Stück von ihr weg.

»Ein Schlaganfall?«, wiederhole ich. Jody legt mir die Hand auf den Arm.

»Wie gesagt, wir wissen es noch nicht«, sagt die Krankenschwester. »Wir haben ein paar Tests gemacht und müssen jetzt erst einmal auf die Ergebnisse warten. Vielleicht ist ja alles in Ordnung. Aber wegen ihres gebrochenen Handgelenks braucht sie auf jeden Fall Hilfe. Ist Ihr Vater zu Hause?«

»Nein. Der ist leider schon vor langer Zeit von uns gegangen.«

Habe ich das gerade wirklich gesagt?

»Das tut mir leid. Könnten Sie oder ein anderer Verwandter denn eine Weile bei ihr bleiben?«

»Ich komme, so schnell ich kann. Auf Wiederhören.«

Ich schaue Jody an und versuche, mir die aufsteigende Panik nicht anmerken zu lassen. Dann höre ich eine Stimme von der Treppe.

»Was ist mit Grandma passiert?«

Sam ist heruntergekommen und steht auf der untersten Stufe, den Controller in der Hand.

»Es ist alles in Ordnung«, sagt Jody und geht zu ihm. »Grandma ist hingefallen und liegt jetzt im Krankenhaus, aber sie ist okay.«

»Ich fahre zu ihr«, sage ich. »Wenn ich mich jetzt auf den Weg mache, bin ich noch vor dem Abend dort.«

»Soll ich dich begleiten?«, fragt Jody. »Clare und Matt können solange auf Sam aufpassen. Ich komme mit, wenn du mich brauchst.«

Ich nicke schweigend, weiß gar nicht, was ich sagen soll.

»Ich will auch mitkommen!«, ruft Sam. »Ich will Grandma sehen.«

»Und was ist mit dem Wettbewerb?«, sage ich zu beiden.

Kurzes Schweigen.

»Emma und Dan können mit ihm hinfahren«, sagt Jody.

»Ich will Grandma sehen!«

»Mist«, sage ich. »Emma! Sie weiß ja noch gar nichts davon.«

Als sie ans Telefon geht, klingt ihre Stimme ganz belegt und undeutlich.

»Hallo? Alex? Ich bin im Bett. Ich hab ’nen Kater.«

»Emma, Mum ist im Krankenhaus. Sie ist hingefallen und hat sich das Handgelenk gebrochen, aber die Ärzte haben auch einige Tests gemacht und glauben, dass sie vielleicht einen Mini-Schlaganfall hatte.«

Im Hintergrund höre ich jemanden unzusammenhängendes Zeug murren, anscheinend im Tiefschlaf. Das ist sicher Dan, aber ich habe jetzt keine Zeit, Emma zu ihrer neu entfachten Romanze zu befragen.

»Emma, ich fahre zu ihr. Ich wollte dir nur Bescheid geben.«

»Ich komme mit«, sagt sie.

Ich höre sie herumwühlen, sie sucht bestimmt was zum Anziehen.

»Was? Bist du sicher?«

»Ja. Scheiße. Ja! Ich hätte sie schon vor Wochen besuchen sollen, verdammt! Alex, kannst du mich abholen? Bitte, Alex, ich muss unbedingt mit.«

Ich schaue Jody an. Sie hat alles mitgehört und nickt.

»Okay«, sage ich. »Ich bin in zehn Minuten da.«

Ich schaue zu Sam herunter. Wie viel er wohl mitbekommt? Immer wieder dieselbe Frage. Versteht er, dass wir den Wettbewerb verpassen, wenn wir zu Mum fahren? Wird er begreifen, dass sie krank ist? Ich gehe vor ihm in die Hocke.

»Sam, deine Tante will auch mit uns fahren, aber Dan könnte dich zum *Minecraft*-Wettbewerb bringen. Du kannst immer noch mitmachen, wenn du willst.«

»Nein, ich will bei dir und Mummy sein. Ich will Grandma sehen. Ich will nicht, dass sie weggeht.«

»Sie geht nicht weg, sie hatte einen Unfall, das ist alles.«

»Das ist mir egal. Ich will mitkommen!«

»Wir können ja nächstes Jahr am Wettbewerb teilnehmen«, sagt Jody und schaut nicht Sam, sondern mich an. »Lass uns alle zu Grandma fahren, okay?«

Wir suchen schnell Klamotten und Waschzeug zusammen und stopfen die Sachen in einen Koffer. Alles geht so schnell, dass der Strudel an Gefühlen kaum zu bewältigen ist. Aber tief in mir drin spüre ich neben der Sorge und Verwirrung noch etwas anderes: Enttäuschung. Enttäuschung, weil es mir für Sam leidtut – aber auch, weil ich unbedingt wollte, dass er bei diesem albernen Wettbewerb irgendetwas beweist. Erst jetzt merke ich, wie wichtig mir das war.

Gequetscht sitzen wir im Auto, fahren durch Bristols Vororte und dann auf die M5. Sam sitzt hinten, neben ihm eine extrem verkaterte Emma; sie drückt eine große Thermoskanne mit Kaffee an ihre Brust und winselt vor sich hin. Sie und Dan waren gestern in verschiedenen Clubs unterwegs gewesen und sind erst gegen drei Uhr morgens in seine Wohnung zurückgekehrt. Sam beobachtet sie fasziniert.

»Muss sie sich gleich übergeben?«, fragt er.

»Neeeeiiiiin«, stöhnt Emma.

»Was wirst du Mum sagen?«, frage ich.

»Ich weiß nicht«, sagt Emma. »Jedenfalls kann ich ihr nicht von Du-weißt-schon-was erzählen. Das ist jetzt wohl kaum der richtige Zeitpunkt, oder?«

»Stimmt.«

»Es geht ja schließlich um sie, nicht um mich.«

»Ich weiß.«

»Am besten bleib ich einfach ganz cool.«

»Wie du meinst. Aber erzähl ihr nicht von Sams *Minecraft*-Wettbewerb. Ich will nicht, dass sie denkt, dass wir wegen ihr auf irgendwas verzichten. Okay?«

»Von mir aus. So, ich muss jetzt pennen.«

Den Rest der Fahrt kann ich nur noch an eins denken: Schlaganfall. *Schlaganfall.* Mag sein, dass es Mum im Moment gut geht, aber wo führt das hin? Bekommt sie vielleicht noch einen? Alle möglichen Horrorvisionen schießen mir durch den Kopf. Für mich war es immer völlig selbstverständlich, dass Mum da war, sie war einfach unverwüstlich. Das war die einzige Gewissheit, die ich je hatte. Und jetzt?

Was wird jetzt?

»Soll ich fahren?«, fragt Jody.

»Nein, mir geht's gut. Ich schaffe das schon.«

Vier Stunden später erreichen wir den Parkplatz der kleinen Klinik. Mit ihren modernen Backsteingebäuden, die ordentlich um einen gepflegten kleinen Rasen platziert sind, sieht sie wie ein Seniorenheim aus und ist auch genauso totenstill. Wir steigen aus. Emma lehnt sich ein paar Sekunden schwer atmend gegen die Beifahrertür; Sam rennt zu einer Bank und setzt sich. Jody steuert entschlossen auf den Eingang zu, sie übernimmt die Führung und streckt ihre Hand nach Sam aus, als sie an ihm vorbeigeht. Wir folgen ihr alle.

Sobald die Tür aufgeht, trifft uns der vertraute Krankenhausgeruch – diese erlesene Mischung aus Desinfektionsmittel und gekochtem Gemüse, die einen sofort an alle vorherigen Male erinnert, wo man in einer Klinik war. Ein olfaktorischer Schlag in die Gedächtnis-Magengrube. Hinter der Theke sitzt eine Rezeptionistin, daneben steht eine sehr junge Krankenschwester, die Unterlagen auf einem Klemmbrett studiert. Sie sieht müde und gestresst aus. Ich stelle uns vor, danach führt sie uns über einen hellen Flur mit Kinderbildern an den Wänden durch eine Doppeltür in ein Vierbettzimmer. Zwei der Betten sind leer. Im dritten liegt eine uralte Frau in einem Nachthemd, das aus der viktorianischen Epoche zu stammen scheint. Sie redet mit einem noch älteren Mann, der neben ihr auf einem Plastikstuhl sitzt und anscheinend vor sich hindöst. Im vierten Bett, in der hinteren rechten Ecke, entdecke ich Mum. Sie hat schon ihren Mantel umgelegt, hält eine Tasche auf dem Schoß und sitzt kerzengerade am Fußende ihres Betts. Hand und Arm stecken in einem dicken Gips.

Bei ihrem Anblick überfällt mich ein vertrautes Gefühl. Zuerst rede ich mir ein, dass ich nur müde bin und mir Sorgen mache, aber dann wird mir klar, dass eine Erinnerung hochgekommen ist, die tief in meinem Unterbewusstsein verborgen war, die Erinnerung an einen ganz ähnlichen Moment, der schon viele Jahre her ist. Mum wartet im Krankenhaus, allein und verwirrt. Eine Stimme sagt ihr, dass man leider nichts mehr tun konnte. Möchten Sie sich verabschieden?

Die Trauer packt mich wie eine Strömung, die unter der Oberfläche eines tiefen, dunklen Meeres lauert. Die Krankenschwester schaut mich leicht besorgt an.

»Ihre Mutter hat uns gestern ganz schön auf Trab gehalten«, sagt sie dann lächelnd.

»Was ist mit den Tests?«, frage ich.

»Der Arzt wird Ihnen gleich alles erklären«, sagt sie. Und schon verschwindet sie. Der Arzt wird uns gleich alles erklären? Was soll das denn jetzt heißen? Ist das ein gutes oder ein schlechtes Zeichen? Warum hat sie nichts weiter gesagt? Das ist schlecht. Das muss ein schlechtes Zeichen sein.

Wir schlurfen zu Mums Bett herüber. Sie winkt uns erwartungsvoll zu und verzieht dabei den Mund, als wäre sie in der Klinik völlig fehl am Platz.

»Hallo Junge!«, begrüßt sie mich. »Die wollen mich erst gehen lassen, wenn der Arzt da war. Hier ist es wie in einem Kriegsgefangenenlager, nur das Essen ist nicht ganz so gut. Wie geht's dir? Hallo Jody, hallo Sam. Ach, hallo Emma. Was für eine schöne Überraschung. Da musste ich mir also erst die Hand brechen, damit du mich mal besuchst. Warum ist mir das nicht schon früher eingefallen?«

»Hallo«, sagt Emma und umarmt Mum unbeholfen.

Wir stehen verlegen vor ihr, wissen nicht so recht, was wir als Nächstes sagen sollen. Mum sitzt auf dem Bett, als gehörte sie irgendwie nicht dazu, und auf einmal wirkt sie gar nicht mehr so resolut, sieht alt, blass und ängstlich aus.

»Ich möchte endlich nach Hause«, sagt sie.

Ihr Blick irrt durch den Raum, zu den öden grünen Wänden, den piepsenden Geräten, den geschäftigen Krankenschwestern. Ich weiß, dass ihre Angst nichts mit ihrem gestrigen Unfall zu tun hat, sondern mit dem anderen Unfall, der uns alle bis heute verfolgt.

Ein Mann in den Vierzigern tritt auf uns zu, weiße Kittelärmel hochgekrempelt, Brille auf der Nasenspitze. Das muss der Arzt sein.

»Mr Rowe?«

»Ja«, antworte ich. Meine Stimme klingt verzagt und leise wie die eines Kindes.

»Wir haben die Testergebnisse Ihrer Mutter.«

Man sieht diese Momente immer in Fernsehdramen. Die große Enthüllung. Der Patient wartet im Arzt- oder Krankenzimmer, besorgt, angespannt. Lange dramatische Pause, die Kamera schwenkt auf sein Gesicht, um auch die kleinste Gefühlsregung einzufangen. Doch wenn so etwas im wirklichen Leben passiert, laufen diese Augenblicke der Furcht und Unsicherheit ganz anders ab, fast beiläufig. Da gibt es keine anschwellende Musik, keine choreografierten Gefühle. Nur einen Mann im weißen Kittel, der einem gleich das Schlimmste mitteilen wird. Und dann muss man damit fertigwerden. Die Szene ist nicht einfach vorbei wie im Film. Sie geht endlos weiter. Jemand zieht an meinem Ärmel. Bestimmt Sam. Ich drehe mich um. Es ist Emma.

Der Arzt blättert die Akte durch.

»Ihrer Mutter geht es den Umständen entsprechend gut«, sagt er. »Sie hat nur eine leichte Gehirnerschütterung.«

Plötzlich fällt mir ein Stein vom Herzen. Emma atmet erleichtert auf.

»Aber was ist mit dem Schwindel?«, frage ich.

»Tja, Ihre Mutter hat gestern Abend vergessen, uns zu sagen, dass sie nachmittags eine halbe Flasche Wein mit ihrer Nachbarin getrunken hatte«, erwidert der Arzt. »Das hat den Schwindel ausgelöst.«

»Mum«, sage ich. »Du warst betrunken?«

»Quatsch!«, sagt sie. »Wir haben bloß nett zu Mittag gegessen. Kann ich jetzt bitte endlich gehen?«

Als sie aufsteht, schwankt sie ein wenig. Ich springe sofort zu ihr, um sie am Ellbogen zu halten.

»Schön langsam«, sage ich.

Ich schaue hilfesuchend zu Emma – und bin völlig irritiert. Sie weint.

»Es tut mir leid, Mum«, schluchzt sie. »Es tut mir so leid.«

Und dann umarmt sie Mum so ungestüm, dass sie beide fast das Gleichgewicht verlieren und aufs Bett fallen. Jody und ich schauen uns verdutzt an.

»Was ist denn los?«, fragt Sam.

»Alles in Ordnung«, sage ich. »Tante Emma ist bloß gerade zu Tränen gerührt.«

Die Fahrt zu Mums Haus verläuft leicht angespannt. Familie Rowe, nach langer Zeit wieder vereint, sitzt zusammengequetscht mit Jody und Sam in einem alten Kombi. Reue und Ungewissheiten sind solange hinten im Kofferraum gestapelt. Unterwegs halten wir an, um Fish & Chips zu besorgen.

Als wir in Mums Kiesauffahrt einbiegen, ist es stockfinster, die Bäume vorm Haus schimmern bläulich im blassen Halbmond.

Emma hilft Mum im Haus, ein paar Teller zu holen, danach stellen wir die Papiertüten mit den dampfenden Fish & Chips auf den Tisch. Zum Glück hat Jody Käse-Senfpickles-Sandwiches für Sam eingepackt. Er verspeist sie schweigend und schaut zu, wie die alte Familiendynamik erneut auflebt.

Als wir am Tisch sitzen, stellt Mum meiner Schwester ein paar zaghafte Fragen zu ihren Reisen. Emma ist sofort in ihrem Element und liefert eine detaillierte Zusammenfassung ihrer letzten zehn Jahre als Weltenbummlerin. Sie sucht Anekdoten aus, die sowohl für Mum als auch für Sam geeignet sind. Das meiste davon haben wir zwar schon gehört, aber wir lassen sie trotzdem reden, weil es eine Erleichterung ist, nach einem schweren Tag nur zuzuhören, ohne selbst etwas sagen zu müssen. Dann kommt sie auf ihre Rückkehr zu sprechen, ihren halbherzigen Versuch, es noch einmal in England zu versuchen, und schließlich auf ihre Zukunftspläne, bei denen mein bester Freund vielleicht mit von der Partie sein wird, vielleicht aber auch nicht.

»Du bist wieder mit Dan zusammen?«, fragt Mum verblüfft.

»Ja«, sagt Emma. »Wieso? Hast du was gegen Dan?«

»Nein, überhaupt nicht. Aber der arme Junge war nach deinem Abflug ein Jahr lang völlig fertig. Ich hoffe, du tust ihm das nicht noch einmal an.«

Emma wirft mir einen Blick zu, sagt aber nichts.

Dann übernimmt Mum das Reden. Zuerst bringt sie Emma über ihr Leben in Cornwall auf den neuesten Stand.

Danach fragt sie Jody nach der Galerie und mich nach dem Café.

»Und was machst du so, Sam?«, fragt sie schließlich.

»Nichts«, antwortet er.

»Was magst du denn?«

»*Minecraft* und Flugzeuge und keine Schule. Geht es dir jetzt besser?«

Mum lacht. O Gott, hoffentlich fängt er nicht von dem Wettbewerb an.

»Mir geht's gut«, sagt sie. »Aber ich werde nicht mehr jünger. Vielleicht verkaufe ich das Haus und ziehe wieder in die Nähe von Bristol. Mal sehen.«

»Im Ernst?«, sage ich. »Das wäre wirklich nicht schlecht.«

»Nur wenn es euch nichts ausmacht. Ihr müsst aber nicht unbedingt in der Gegend bleiben.«

»Doch, ich bleibe auf jeden Fall in Bristol«, sage ich.

»Muss er auch«, sagt Jody. »Schon wegen Sam und mir.«

Wir schauen uns an. Mir fällt ein, dass sie mir etwas sagen wollte, bevor ich Mums SMS bekam. Aber ich fange besser nicht an, darüber zu spekulieren. Ich will mir nicht umsonst Hoffnungen machen.

»Wenn ich umziehe, hast du bestimmt schon dein Café«, sagt Mum.

»Schön wär's! Das Ganze ist unglaublich teuer und riskant. Ich brauche allein zwanzigtausend Pfund, um überhaupt loslegen zu können. Dummerweise bin ich gerade ziemlich knapp bei Kasse.«

»Aber du willst das unbedingt machen?«

»Ja. Das wäre toll. Das Café ist ja auch ein Teil unseres Lebens geworden, oder, Sam?«

Er nickt schweigend.

»Na«, sagt Mum. »Dann musst du es probieren. George würde das bestimmt wollen. Er würde sagen: ›Hey, versuch's doch mal, was kann denn schon schiefgehen?‹«

Sam setzt an, etwas zu sagen, bleibt dann aber still.

»Na gut«, sagt Mum. »Dann geh ich jetzt mal spülen.«

»Du hast dir die Hand gebrochen, Mum«, ruft Emma. »Lass mich das machen.«

»Meine Güte«, sagt Mum. »Sie hat sich wirklich verändert.«

»Ich muss dir noch etwas sagen. Es tut mir verdammt leid, dass ich damals einfach abgehauen bin. Aber das ist noch nicht alles. Mir ist etwas passiert. Es ist etwas sehr Persönliches. Aber das will ich dir lieber unter vier Augen erzählen.«

Gleich kommt bestimmt wieder so ein typischer Mum-Spruch. Aber nein – sie schaut Emma nur an. Sie spürt, dass es Emma Überwindung gekostet hat, ihr das zu sagen, und dass es um etwas Ernstes geht. Sie legt den Arm um meine Schwester, führt sie in die Küche, und die Tür geht hinter ihnen zu.

Später machen wir die Betten. Jody und Sam schlafen im Gästezimmer, ich im winzigen Raum nebenan, Emma auf dem Sofa im Wohnzimmer.

»Und wie geht es nun weiter?«, fragt Emma, als wir ihren Schlafsack aufrollen.

Mum ist in der Küche zugange, und Jody hilft Sam im Bad beim Zähneputzen.

»Wir bleiben morgen noch alle hier und schauen, wie es ihr geht. Dein Flug geht Sonntagfrüh, oder? Kannst du den Zug nehmen? Oder kann Dan dich zum Flughafen bringen?«

»Da kümmere ich mich drum. Aber was ist denn mit dem Wettbewerb?«

»Ach, das ist schon okay. Ich kann dich jetzt nicht mit Mum allein lassen, das wäre nicht fair. Wir können nächstes Jahr mitmachen. Ehrlich gesagt, bin ich auch gar nicht sicher, ob er das überhaupt gepackt hätte. Klingt nach 'ner perfekten Entschuldigung, ihm diesen Stress zu ersparen.«

Sie nickt, scheint aber nicht überzeugt.

»Na dann, gute Nacht«, sagt sie.

Kapitel 39

Jemand klopft leise an meiner Tür. Dann wird das Klopfen lauter und beharrlicher.

»Ja? Was ist?«, stöhne ich verschlafen.

»Ich bin's«, sagt Emma.

Ich checke mein Handy. Es ist sieben. Mein erster Gedanke: Mum.

»Ist was passiert?«, frage ich alarmiert.

»Nein, alles bestens«, sagt Emma. »Aber es gibt eine kleine Planänderung.«

Plötzlich taucht Sam in der Tür auf. Er ist angezogen und hat ein *Minecraft*-Buch unterm Arm. Jody steht hinter ihm.

»Wir haben etwas beschlossen«, sagt Emma. »Ihr fahrt jetzt zu dem Wettbewerb.«

»Was?«

»Mum geht's gut. Ich bleibe heute bei ihr und nehme morgen früh den Zug. Ihr dürft den Wettbewerb auf keinen Fall verpassen. Aber ihr müsst sofort los. Ich erklär ihr alles, wenn sie aufwacht. Jetzt steh schon auf und mach dich fertig.«

»Aber …«

»Alex, es ist okay. Jetzt bring Sam zu diesem Wettbewerb. Jody, sag du's ihm.«

Jody schaut zu mir rein.

»Alex, sie bequatscht mich schon seit 'ner Stunde. Ich glaube, wir müssen tun, was sie sagt.«

Sam macht einen Schritt auf mich zu.

»Jetzt komm endlich, Daddy.«

»Na gut.« Ich schäle mich aus der Bettdecke. »Dann ziehen wir das jetzt durch. Wo sind meine Boxershorts?«

Kurze Zeit später sind wir auf dem Weg nach London. Jody sitzt im Auto neben mir, Sam ist hinten in sein *Minecraft*-Buch vertieft. Der Wettbewerb beginnt um dreizehn Uhr. Wir brauchen fünf Stunden bis London. Das wird knapp. Wenn es einen Stau gibt, werden wir es nicht schaffen.

Wir reden nicht viel, jeder hängt seinen eigenen Gedanken nach. Ich würde gern wissen, was Jody mir sagen wollte. Wollte sie mich vielleicht fragen, ob ich wieder nach Hause komme? Ich möchte ihr sagen, dass mir vieles klar geworden ist. Ich weiß jetzt, dass es ein Fehler war, mich so zurückzuziehen und alles für mich zu behalten. Und ich weiß auch, dass uns wahrscheinlich schon immer etwas getrennt hat, das auf den kalten Nachmittag zurückgeht, an dem der schreckliche Unfall passierte – lange bevor wir uns kennenlernten. Meine Therapeutin sprach von der Überlebensschuld: Sie meinte, dass ich mich für den Unfall verantwortlich fühle und davon überzeugt wäre, dass es eigentlich mich hätte treffen sollen – und dieses Schuldgefühl hätte mich wie ein Dornendickicht überwuchert.

Wir fahren durch Somerset, als mein Handy vibriert. Ich ziehe es aus der Tasche und werfe es Jody zu.

»Dan«, sagt sie.

»Mist, wir sollten uns vor einer halben Stunde mit ihm auf dem Event treffen.«

»Weiß er denn, was passiert ist?«

»Nur wenn Emma es ihm gesagt hat.«

»Wahrscheinlich hat sie es nicht getan.«

Sie nimmt Dans Anruf entgegen und schaltet auf laut.

»Hallo?«, rufe ich.

»Hallo«, sagt Dan. »Wo steckt ihr denn? Der Wettbewerb fängt in zwei Stunden an.«

»Sorry, uns ist was dazwischengekommen. Wir sind ein bisschen spät dran.«

»Hier ist ganz schön was los, Alter. Sam muss sich anmelden, wenn er mitmachen will. Soll ich mich darum kümmern?«

»Ja!«

»Okay. Aber kommt in die Gänge. Ist Emma bei euch? Sie ist gestern einfach verschwunden, und sie antwortet auch nicht auf meine SMS.«

»Nein, bei uns ist sie nicht«, sage ich.

Während ich uns weiter durch den doppelspurigen Verkehr manövriere, erklärt Jody ihm, dass Mum im Krankenhaus war und dass Emma bei ihr in Cornwall geblieben ist.

»Warum hat sie mir das denn nicht selbst erzählt?«, sagt Dan.

Nach drei Stunden sind wir auf der A303 und preschen durch Wiltshire, an endlosen Schlammfeldern vorbei, die hier und da von Dörfern unterbrochen werden. Ich schlängele uns an Lkws vorbei und blicke immer wieder auf die Uhr. Bald fängt der Wettbewerb an. Ich schaue in den Rückspiegel zu Sam, der ganz still ist. Er ist in seiner eigenen Welt, so viel habe ich inzwischen verstanden. Aber ich weiß jetzt auch, dass es einen Zugang zu seiner Welt gibt. Schon komisch, dass ich das erst durch ein Videospiel herausgefunden habe. Wenn wir rechtzeitig ankommen, werden wir das

Spiel zusammen mit hundert anderen Leuten spielen. Und trotz allem, was ich inzwischen weiß, habe ich keine Ahnung, wie er reagieren wird.

Die M3 führt uns problemlos an einem Gewirr aus identisch aussehenden Vororten und Waldstücken vorbei, aber als wir uns London nähern, wird der Verkehr dichter und es geht langsamer voran. Jody checkt ihr Navi und sagt, dass wir noch etwa vierzig Minuten brauchen. Wir sind kurz vor der M25, als Dan sich erneut meldet.

»Leute, in zwanzig Minuten geht's los! Ich halte Sam einen Platz frei, aber ich glaube nicht, dass die warten werden.«

»Sind wir schon da?«, fragt Sam.

»Fast«, sage ich. »Dan, kannst du das Ganze nicht irgendwie hinauszögern?«

»Äh, wie denn?«

»Keine Ahnung. Sag ihnen, dass wir extra wegen des Wettbewerbs kommen.«

»Hab ich schon. Ist denen egal.«

Ich drücke aufs Gaspedal und presche an ein paar Bussen und anderen Fahrzeugen vorbei. Dabei erwische ich fast den Seitenspiegel eines BMWs, der Fahrer hupt und schreit herum.

»Der Mann ist aber böse«, sagt Sam.

»Komm schon, Dan, denk dir was aus!«

Dicht an dicht fahren die Wagen auf der Autobahn, aber mit waghalsigen Manövern gelingt es mir, uns an Lkws und Bussen vorbeizumogeln. Jody krallt sich am Armaturenbrett fest, Sam wird nach links und rechts geschleudert. Schließlich erreichen wir den Stadtrand von London, ein endloses, rußgeschwärztes Patchwork aus Industrieanlagen und eng aneinandergeklatschten Wohnhäusern. In der Ferne ragen Sechzigerjahre-Wohnblöcke wie Grabsteine empor. Sam starrt fasziniert aus dem Fenster.

Vor der Autobahnabfahrt, die wir eigentlich nehmen wollen, ist ein Stau. Sam lehnt sich nach vorn und schaut auf Jodys Navi.

»Es gibt noch einen anderen Weg«, sagt er. »Die Straße und dann diese da.«

»Können wir da lang?«, fragt Jody mich.

»Was soll's, wir versuchen es einfach«, antworte ich.

Mit kreischenden Reifen schlittern wir zwei Spuren weiter auf eine Seitenstraße. Dan ruft wieder an.

»Ich hab euch ungefähr fünfzehn Minuten verschafft«, sagt er.

»Wie hast du das denn hinbekommen?«, fragt Jody.

»Ich hab meinen Kumpel Jay gebeten, das Netzwerk zu hacken und den Server lahmzulegen. Ist aber kein großes Ding, die kriegen das schnell wieder hin.«

Endlich sehen wir das Kongresszentrum: eine Art Hangar in einem bizarren Hinterland aus hypermodernen Bürowolkenkratzern, eingebettet in einen gigantischen Car Park. Das Ganze sieht aus wie ein düsterer Militärkomplex.

»Sind wir jetzt da?«, fragt Sam.

»Fast«, sage ich.

Als wir in das Car-Park-Labyrinth fahren, sehen wir Scharen von Teenies, aber auch ältere Nerds auf den Hangar zuströmen. Die meisten tragen Jeans und Kapuzenshirts, einige haben sich aber auch als Krieger und Zombies verkleidet und bibbern vor Kälte.

Apathische Mitarbeiter in Warnwesten leiten uns zu einem Parkplatz. Wir steigen aus dem Auto, recken und strecken uns und betrachten die bunt zusammengewürfelte Spieler-

Prozession. Über dem Eingang hängt ein großes Schild mit der Aufschrift »GEN X GAMES CON«, flankiert von gigantischen Werbebannern für Spiele, von denen ich noch nie gehört habe, mit Weltraumkämpfern und muskulösen Typen, die Maschinengewehre tragen.

»Wir müssen uns beeilen«, sage ich und ziehe Sam hinter mir her.

Wir schließen uns der Menge an, die langsam vorwärtskriecht. Schließlich befinden wir uns in der riesigen Eingangshalle mit Erfrischungsständen, Garderoben und Merchandise-Shops. Überall wimmelt es von lärmenden und lachenden Menschen, die mit Handheld-Konsolen vor den Ständen stehen oder darauf warten, in die Hallen gelassen zu werden.

»Die Leute sind laut«, sagt Sam. »Das mag ich nicht.«

Er bleibt stehen, starrt auf seine Schuhe und weigert sich weiterzugehen. Das ist mir vertraut von unzähligen Versuchen, ihn morgens für die Schule fertig zu machen. Wie oft habe ich dann mit ihm herumdiskutiert, bis ich irgendwann so wütend wurde, dass ich ihn einfach gepackt und ins Auto gesteckt habe.

Aber nicht heute.

Stattdessen gehe ich vor ihm in die Hocke, damit er mich inmitten der Menschenmasse gut sehen kann.

»Sam«, sage ich. »Es ist okay, wenn du Angst hast. Aber Mummy und ich sind bei dir, und ich hab deine Ohrenschützer dabei. Wir können uns ja vorstellen, das hier ist ein Spiel, bei dem wir versuchen müssen, uns einen Weg durch die Menge zu bahnen, wie Spione. Weißt du noch, wie wir das letzte Mal in London waren? Am Ende hast du es geschafft, nicht wahr?«

Er nickt. »Ich habe meine Angst besiegt.«

»Das gelingt dir jetzt auch. Wir besiegen unsere Angst gemeinsam, okay?«

»Okay.«

Er steht einen Moment still da und schlägt sich mit der Hand sanft auf den Kopf, um nachzudenken. Jetzt weiß ich, dass ich ihm genug Zeit geben muss, um das Ganze zu verarbeiten. Ich taste nach den Ohrenschützern in meiner Jackentasche und schaue mich nach dem richtigen Eingang um. Als Sam bereit ist, nimmt er meine Hand.

»Hier entlang«, sage ich zuversichtlich.

»Gut gekontert«, flüstert Jody mir zu, als wir weitergehen.

Wir lassen so schnell wie möglich den Sicherheitscheck hinter uns und gelangen in einen riesigen Flur, der zu den verschiedenen Hallen führt. Hier wird es richtig laut – stampfende Basslines und ohrenbetäubende Electronic Sounds senden Schockwellen aus, die die polierten Steinböden vibrieren lassen. Drinnen herrscht das totale Chaos.

Im Hangar ist es fast stockdunkel. Ein Stand reiht sich an den nächsten, jeder gehört einem anderen Spielehersteller. Hunderte von gigantischen Bildschirmen sind aufgestellt, und auf jedem läuft ein lärmendes Videogame. Zuschauer stehen in Horden um die flimmernden, hypnotisierenden Monitore, lachen, geben sich High fives. Unzählige Soundsysteme wetteifern in einer Kakophonie aus Dance, Rock und Baller-Effekten darum, welches am lautesten dröhnen kann – ein heilloses akustisches Bombardement mit irrem Stroboskopgewitter. Als wir kurz stehen bleiben, rempeln uns sofort von allen Seiten Leute an, die sich auf die neuesten Spiele stürzen wollen. Ich schaue zu Sam herunter. Er sagt etwas, aber ich kann ihn nicht verstehen. Also beuge ich mich zu ihm herunter.

»Wie bitte?«, brülle ich.

Seine Antwort ist unverständlich.

»WIE BITTE?«

»OHRENSCHÜTZER, DADDY, OHRENSCHÜTZER!«

Die Ohrenschützer, natürlich! Hastig hole ich sie hervor und setze sie ihm auf. Sofort umklammert er sie verzweifelt. Dann checke ich den Hallenplan auf der Rückseite der Programmbroschüre, die mir am Eingang in die Hand gedrückt wurde. Jody entdeckt den *Minecraft*-Stand und zeigt zu einer Ecke ganz weit hinten. Wir bahnen uns den Weg durch Horden von Besuchern in Game-T-Shirts und Mitarbeitern, die sich als Pac-Man und Sonic the Hedgehog verkleidet haben. Als ich das *Minecraft*-Schild mit der typischen Steinschrift sehe, dränge ich vorwärts.

Endlich stehen wir vor einem großen Bereich, der durch hohe Trennwände von der Haupthalle abgeschirmt und mit großen Pappaufstellern von Steve, Creepern und Zombies dekoriert ist. Sam grinst. Wir werden das schaffen.

Hinter den Trennwänden herrscht eine ruhigere Atmosphäre. Es gibt viele Reihen mit Tischen und Stühlen, wobei auf jedem Tisch ein Bildschirm steht wie im Computerraum einer Schule. Die Wände sind von großen angemalten Kisten gesäumt, die wie *Minecraft*-Blöcke aussehen und zu kleinen Hütten aufgestapelt sind. Es gibt eine Zone mit Kunststoffrasen, der mit Bean Bags übersät ist. In einer Ecke kriecht eine große Spinne mit Leuchtaugen über eines der Wandpaneele. Sie wird Sam bestimmt Angst einjagen, also stelle ich mich davor, aber er entdeckt sie trotzdem.

»Das ist okay, die Spinne ist nicht real«, sage ich.

»Spinnen attackieren tagsüber nicht, außer man greift sie an«, erwidert er.

Hier sind die Gamer sichtlich jünger. An den Tischen sitzen hauptsächlich Teenies mit zerzaustem Haar, viele tragen *Minecraft*-T-Shirts. Sie tippen auf Keyboards herum oder halten Gamepads in den Händen und starren konzentriert auf *Minecraft*-Bildschirme. Zum ersten Mal, seit ich aus dem Auto gestiegen bin, habe ich das Gefühl, mich auf halbwegs vertrautem Terrain zu befinden. Ich schaue zu Sam herunter, der meine Hand jetzt losgelassen hat und einen Bildschirm nach dem anderen inspiziert.

Wie es aussieht, spielt jede Tischreihe ein eigenes *Minecraft*-Minigame, bei dem die Gamer gegeneinander antreten. Sie rufen durcheinander und kommentieren pausenlos, was passiert als wären sie YouTuber.

»Ich hab ein Diamantschwert!«

»Ich brauch 'ne Spitzhacke!«

»Ich versteck mich in 'ner Höhle, lass mich in Ruhe.«

»Ich habe 'ne Schatztruhe gefunden!«

Alle kennen die Sprache des Spiels, seine Materialien und Abläufe in- und auswendig. Das Spiel ist ihr natürlicher Lebensraum. Sie sind alle wie Sam.

Ich gehe auf eine Frau zu, die ein grünes *Minecraft*-Top mit der Aufschrift PERSONAL trägt und sich gerade zu einem der Spieler hinunterbeugt.

»Wir sind wegen dem Wettbewerb hier«, sage ich.

»Oh, ist das Sam? Euer Freund Dan hält euch schon die ganze Zeit den Tisch frei. Kommt, ich zeig euch, wo er ist.«

Wir folgen ihr in einen noch viel größeren Bereich, der Platz für etwa hundert Spieler bietet; hier stehen die Bildschirme auf langen Tischen. Es sind bereits sehr viele Spieler da, sie bauen eifrig Gebäude oder rennen durch die Landschaft. Schließlich entdecke ich Dan. Er sitzt an einem Tisch und hantiert mit einem Nintendo 3DS. Er trägt ein *Call-of-Duty*-T-Shirt und eine *Tomb-Raider*-Kappe, und neben seinem Stuhl stehen diverse Tüten mit weiteren T-Shirts und Postern.

»Meine Güte«, murmele ich. »Das nenn ich mal die perfekte Tarnung.«

Als er uns sieht, springt er auf, gibt Sam High five und mir einen Klaps auf den Rücken.

»Na endlich«, ruft er. »Die Server laufen wieder, es kann jede Sekunde losgehen.«

»Danke«, sage ich.

»Wofür?«

»Dafür, dass du hier bist und mal eben die gesamte Online-Infrastruktur lahmgelegt hast, um uns zu helfen.«

»Kein Thema.«

Sam nimmt Platz. Links und rechts neben ihm sitzen zwei etwa gleichaltrige Mädchen, die ganz in ihre Spiele vertieft sind. Sam klammert sich an seinen Rucksack. Es ist ein Wunder, dass er es überhaupt bis hierher geschafft hat, aber jetzt wird es ihm wohl doch zu viel, zu real. Aber für diesen Moment bin ich vorbereitet.

»Ich hab ein paar von deinen Spielsachen dabei, die wir auf deinen Tisch stellen können«, sage ich.

Auch Jody greift in ihre Tasche und holt ein paar Actionfiguren heraus.

»Gedankenübertragung.« Sie grinst.

»Sieh mal, ich habe Hulk und ein Flugzeug mitgebracht«, sage ich.

»Und ich Batman, ein Lego-Auto und ein Foto von uns dreien am Strand«, sagt sie.

»Ehrlich? Wow!«

Als wir die Sachen neben den Bildschirm stellen, fällt uns auf, dass hier die PC-Version des Spiels läuft, nicht die Xbox-Version, die Sam gewohnt ist. Die Versionen sind größtenteils identisch, aber die Steuerung und die Menüs sind anders. Doch Sam greift schon nach der Maus und lädt eine Karte hoch.

»Ich wusste gar nicht, dass er einen PC bedienen kann«, sagt Jody.

»Olivias Bruder hat einen«, sagt Sam. »Das ist ganz einfach.«

»Weißt du noch, als er vier war und den Kabelreceiver so eingestellt hat, dass er jede Folge der *Oktonauten* aufgenommen hat? Das hatte er sich von uns abgeguckt. Und unsere Smartphone-Passwörter wusste er auch.«

»Sogar die Zahl von meinem Mountainbike-Kombinationsschloss«, sagt Jody.

»Er wollte es hinten im Garten verstecken, weil er Angst hatte, dass du vom Rad runterfällst.«

»Ja, das weiß ich alles noch. Ich bin ganz überrascht, dass du dich auch daran erinnerst.«

»Mir sind inzwischen viele schöne Sachen wieder eingefallen«, sage ich.

»Geht mir nicht anders«, sagt Jody.

Eine Mitarbeiterin verbindet uns jetzt mit dem Netzwerk.

»Bist du okay?«, frage ich Sam.

»Ich überwinde gerade meine Angst.«

Es scheint beinahe eine Ewigkeit her zu sein, dass wir Sam und Daddys Welt zusammen erschaffen haben. Die Zuflucht, wo wir uns treffen konnten, als wir voneinander getrennt waren. Die Zuflucht, durch die wir weiterhin verbunden waren. Unser Leben versank im Chaos, aber wir schufen gemeinsam einen Ort, an den wir uns retten und den wir erforschen konnten – einen Ort, wo Logik, Regeln und klare Grenzen herrschten. Dort wussten wir genau, wo wir waren. Dort waren wir sicher und konnten alles machen, was wir wollten. Und jetzt sind wir hier. Auf einmal wird mir klar, was wir alles erreicht haben – und diese Erkenntnis haut mich fast um.

Während Sam damit beschäftigt ist, sich vorzubereiten, trete ich ein Stück zurück und stelle mich neben Dan, der anscheinend meine Gedanken lesen kann.

»Wir haben es geschafft«, sagt er. Dann legt er mir kumpelhaft den Arm um die Schulter.

»Ja«, sage ich. »Das ist ein Riesending für Sam. Ich kann's noch gar nicht fassen, dass wir tatsächlich hier sind.«

»Ich schon«, sagt Dan. »War doch klar, dass das klappt. Ich war mir völlig sicher, dass du das hinkriegst.«

»Aber ich hab gar nichts gemacht«, sage ich.

»Das denkst du immer. Und jedes Mal liegst du falsch. Du hast wirklich keine Ahnung, was ich dir zutraue, oder? Dabei ist das schon so, seit wir damals Nachbarn wurden. Du hast mein Rad repariert, du hast mir gesagt, welchen Computer ich kaufen soll, und du hast mir nicht die Fresse poliert, als ich anfing, mit deiner Schwester zu flirten. Ich war mir hundertprozentig sicher, dass du Sam hierherbringen würdest. Und du wirst immer dafür sorgen, dass er am richtigen Ort ist.«

»Wow«, sage ich. »Was ist denn mit dir los? Wohl zu viele Disneyfilme in letzter Zeit gesehen, was?«

»Kann sein.«

Dann schauen wir uns an und überlegen schweigend: Sollen wir uns in die Arme fallen oder lieber doch nicht? Wie

Männerfreunde sich halt so abquälen. Zu Jodys Verblüffung umarmen wir uns schließlich tatsächlich. Eigentlich will ich Dan sagen: »Ich hoffe, wir bleiben immer Freunde«, aber stattdessen rutscht mir das heraus: »Ich hoffe, wir bleiben immer zusammen.« Aber er weiß, wie ich das meine. Als ich völlig fertig vor seiner Tür stand, hat er mich mit seiner Ungezwungenheit und seiner Großzügigkeit wieder aufgepäppelt. Ich wohne schon seit Monaten bei ihm, aber er hat mich nicht ein einziges Mal gefragt, wann ich vorhabe, wieder auszuziehen. Ich glaube, das würde er nie tun.

Dann wird es uns beiden zu viel. Dan entdeckt in der Nähe ein freies Sofa, rennt hin und lässt sich auf die grünen Polster fallen. Auf den Sofas daneben sitzen lauter Eltern. Einige schauen sich fasziniert um, andere lesen mit ausdruckslosen Mienen Zeitschriften oder checken ihre Handys, als wären sie im Wartezimmer einer Arztpraxis. Als würde gar nichts Besonderes passieren.

Sam übt gerade mit der Steuerung, rennt durch die virtuelle Landschaft, jagt Nutztiere, saust zwischen den Bäumen umher. Das Mädchen links neben ihm ist zehn oder elf, sie trägt eine dicke Brille, Zöpfe und ein Creeper-Sweatshirt. Jetzt zeigt sie auf Sams Bildschirm und sagt etwas. Er kann sie nicht hören, also hebt sie vorsichtig seine Ohrenschützer auf einer Seite hoch. Ich kriege direkt wieder Panik: Wie wird er reagieren? Hoffentlich schlägt er aus Angst oder Wut nicht um sich! Aber er hört zu und nickt. Das lerne ich auch gerade: einfach abzuwarten und ihm zu vertrauen.

Vorn steigt jetzt eine Mitarbeiterin mit einem Mikrofon in der Hand auf die kleine Bühne.

»Hallo zusammen, wir fangen jetzt mit dem Bauwettbewerb an. Wenn ihr mitmachen wollt, hört bitte auf zu spielen und stellt auf den Kreativmodus um. Wir kommen jetzt zu euch mit der Namensliste. Anschließend geben wir euch das Thema unseres diesjährigen Wettbewerbs bekannt. Ihr habt vier Stunden Zeit, euer Gebäude zu errichten.«

Ich nehme Sam die Ohrenschützer ab und wiederhole, was die Sprecherin gerade gesagt hat.

»Willst du, dass ich bei dir bleibe?«, frage ich.

»Nein. Ich kann Mummy auf dem Sofa sehen. Sitzt du auch die ganze Zeit auf dem Sofa?«

»Ja, wir bleiben dort sitzen. Bist du okay?«

»Ja, alles okay. Daddy, was muss ich jetzt machen?«

»Das sagen sie euch gleich, Sam. Sie geben euch ein Thema, und dann baust du etwas, das dir dazu einfällt.«

»Kann ich eine Burg bauen?«

»Ich glaube, das hängt von dem Thema ab.«

»Was ist ein Thema?«

Ich hocke mich neben ihn und lege meine Hand auf seine.

»Sam, das ist nicht so wichtig. Bau einfach, was du willst, irgendwas Cooles. Du bist gut darin, du kannst alles bauen, was du willst. Hab Spaß.«

»Aber ich will gewinnen.«

»Ich weiß. Das ist toll, Sam. Aber mach dir keine Sorgen. Wenn dich irgendwas stört, schau einfach zu mir rüber. Ich bin dann sofort bei dir.«

Ein junger Typ mit Klemmbrett kommt jetzt zu uns. Ich trete zurück. Er checkt den Bildschirm und fragt Sam nach seinem Namen. Um uns herum herrscht nun große Hektik, Kinder laufen zu den Tischen, um auch mitzumachen, klettern auf die Stühle, stöpseln Laptops und Konsolen ein. Inzwischen sind an die siebzig Teilnehmer versammelt, hauptsächlich Kids, die sich mit Faust-Check begrüßen und aufgeregt reden. Aber es gibt auch ein paar Ältere Anfang zwanzig, die total lässig und selbstsicher dasitzen. Am liebsten würde ich an ihnen vorbeischlendern und aus Versehen ihre Kabel herausziehen. Stattdessen gehe ich zum Sofa zurück. Jody rückt beiseite, um Platz zu machen.

»Alles okay bei ihm?«, fragt sie.

Doch bevor ich antworten kann, ertönt eine Stimme aus den Lautsprechern.

»Seid ihr alle bereit?«, ruft die Sprecherin.

Die Teilnehmer reagieren mit einem verhaltenen »Ja«.

»Ich kann euch nicht hören – SEID IHR BEREIT?«

»JA!«, schreien jetzt alle.

Sam ist ganz erschrocken. Er nimmt die Ohrenschützer ab und schaut sich um. Das Mädchen neben ihm sagt etwas und zeigt zur Bühne. Sam legt die Ohrenschützer auf seinen Schoß.

»Okay, das Thema für den diesjährigen GEN-X *Minecraft*-Bauwettbewerb lautet …«

Die Sprecherin macht eine dramatische Pause. Alle Teilnehmer starren sie an, die Hände auf den Tastaturen und Controllern. Sie haben alle die Anweisung bekommen, eine Flachland-Welt zu erstellen, in der es keine Berge, Felsen oder Bäume gibt, und auf Dutzenden von Bildschirmen flimmern nun diese platten, leeren Welten auf, bereit für den Funken göttlicher Kreativität, für eine völlig neue Schöpfungsgeschichte.

»Das Thema lautet: Das wichtigste Gebäude in London! LOS GEHT'S!«

Sofort bricht fieberhafte Betriebsamkeit aus, alle Teilnehmer öffnen nahezu gleichzeitig ihre Inventare, um darin nach Materialien suchen. Einige googeln »London Gebäude«, andere fangen direkt mit dem Bauen an. Auf einmal gesellt sich Optimismus zu meiner Aufregung. Sam hat sich intensiv mit Londoner Gebäuden beschäftigt, den Tower of London hat er sogar schon gebaut, das schafft er bestimmt noch einmal. Er schaut zu mir herüber, aber ich kann seinen Gesichtsausdruck nicht deuten. Inzwischen patrouillieren Mitarbeiter den Bereich, bilden eine Absperrkette um die Teilnehmer. Ich gebe Sam das Okay-Zeichen und lächle ihm ermutigend zu. Aber er sieht mich weiter an, Jody hat es auch bemerkt. Sein Blick ist seltsam starr. Diesen Gesichtsausdruck kenne ich: Er denkt nach. Gleich fragt er bestimmt, ob er gehen darf. Oder doch nicht? Jetzt fängt er an zu lächeln. Er wendet sich wieder dem Bildschirm zu.

Und dann legt er los.

Kapitel 40

Während Sam eifrig mit Bauen beschäftigt ist, entdecke ich am Eingang plötzlich eine vertraute Gestalt, die sich suchend umschaut: Emma! Sie wirkt nervös und verwirrt. Hat sie Mum etwa allein in Cornwall zurückgelassen? Aber dann erkenne ich Mum direkt hinter ihr. Das gibt's ja nicht. Dan sieht die beiden jetzt auch und winkt ihnen aufgeregt zu, doch auf einmal hält er inne und dreht sich zu Jody und mir.

»Hat Emma ihr von uns erzählt?«

Jody und ich werfen uns einen Blick zu, dann schauen wir ihn gleichzeitig an und nicken.

»O Gott«, sagt er.

Emma läuft zu uns und fällt Dan in die Arme. Ich bahne mir den Weg durch die Zuschauer zu Mum.

»Hallo, geht es dir gut? Sorry, dass wir gefahren sind, Emma hat uns mehr oder weniger dazu gezwungen.«

»Mir geht's wunderbar«, sagt Mum und greift nach meinem Arm. »Warum habt ihr mir denn nicht davon erzählt? Ich hätte auf keinen Fall gewollt, dass Sam das verpasst. Wo steckt er überhaupt?«

Ich zeige in die Richtung, wo er seinen Platz hat. Er scheint prima mit Maus und Keyboard zurechtzukommen, ist ganz in das Spiel vertieft, ist glücklich.

»Schau ihn dir an«, sagt Mum. »Er ist total bei der Sache!«

»Ja! Er hat sich sogar mit seiner Sitznachbarin angefreundet.«

Ich könnte platzen vor Stolz. Das kenne ich gar nicht von mir.

»Ich bin so froh, dass du hier bist«, sage ich. »Ich bin so froh, dass du das sehen kannst.«

Emma zieht Dan zu uns herüber. Er trottet wie ein verlegener Schuljunge hinter ihr her.

»Hallo Mrs Rowe«, sagt er.

»Na so was! Hallo Dan!«, sagt Mum. Sie ist sichtlich angetan. »Wie ich höre, bist du wieder hinter meiner Tochter her. Machst du diesmal eine ehrbare Frau aus ihr?«

»Ähhh …«, sagt Dan. Ich kann sehen, dass er knallrot wird, obwohl es in der Halle ziemlich dunkel ist.

»Mum!«, ruft Emma entsetzt.

»Das war doch nur ein Witz. Schön, dich wiederzusehen, Dan. Und Emma hat recht, du bist verdammt scharf!«

»MUM!«, ruft Emma erneut. Das wird zweifellos die Nummer Eins der peinlichsten Mum-Sprüche.

»Kommt, wir setzen uns da hinten aufs Sofa«, sage ich. »Was gibt es Spannenderes, als siebzig Kindern zuzusehen, die in einer finsteren Halle vor ihren Computern hocken?«

Da sitze ich also mitten im Dunkeln, pulsierender Lärm um mich herum, mit meiner Frau, meiner Mutter, meiner Schwester und meinem besten Freund, um meinem Sohn dabei zuzuschauen, wie er etwas in *Minecraft* baut. Nur dass ein Wahnsinnsgetümmel herrscht und wir aufgrund der vielen Mitarbeiter, Juroren, Kinder und Eltern kaum mitbekommen, was er überhaupt macht. Also kauern wir auf dem breiten Plüschsofa, schreien uns sinnloses Zeugs in die Ohren, und ab und zu holt jemand von uns überteuerte Becher mit abgestandenem Kaffee, der schmeckt, als wäre er mit ungefiltertem Themse-Wasser zubereitet worden.

»Wenn du wirklich ein Café eröffnest, musst du dir unbedingt dieses Rezept besorgen!«, schreit Jody.

Mum blättert in einer Zeitschrift, während Emma und Dan sich in der Haupthalle umschauen. Als sie zurückkommen, trägt Emma das gleiche *Call-of-Duty*-T-Shirt wie Dan. Ich rücke an die Sofakante vor und versuche zu erkennen, was auf Sams Bildschirm passiert.

Meine Gedanken schweifen umher. Auf einmal taucht die Erinnerung in mir auf, als ich das letzte Mal so mit Mum dasaß und wartete. Ich kann das Bild kaum ertragen, aber es kommt trotzdem hoch. Ich blende es weg und denke an die unzähligen Male, als Jody und ich in Kliniken oder Praxen saßen, um auf Testergebnisse von Sam zu warten. Zuerst ließen wir sein Gehör testen, dann seine motorischen Fähigkeiten und Gedächtnisfunktionen. So viele Tests. Die meisten brachten kein Ergebnis, weil Sam sich geweigert hatte, die erforderlichen Übungen zu machen. Seit fast einem Jahrzehnt warten wir eigentlich immer wieder auf Sam, mal hier, mal dort. Ich schaue zu Jody herüber, aber sie versucht ebenfalls zu erkennen, was sich auf Sams Bildschirm tut.

»Ich kann gar nicht sehen, was er baut«, sagt sie zu niemand Bestimmtem. »Sein Bildschirm sieht leer aus.«

Zack, schon bin ich wieder besorgt. Was, wenn er untätig vor dem Computer hockt, weil ihn das Ganze zu sehr verwirrt? Was, wenn es nicht so klappt, wie er will? Aber dann registriere ich, dass er die Maus bewegt und auf der Tastatur herumtippt. Irgendetwas macht er also doch. Und das reicht mir, mehr muss ich nicht wissen. Es ist großartig genug, dass er überhaupt an diesem Ort ist, mitten in diesem irren Durcheinander aus Bildschirmen, Lärm und Hektik. Er ist hier, genau wie die anderen Kinder.

Obwohl er ganz anders ist als sie. Deshalb bin ich so stolz, aber auch voller Bewunderung. Er wollte unbedingt an diesem Wettbewerb teilnehmen. Er hat den Kampf mit seinen Ängsten aufgenommen, um das zu schaffen. Er nimmt unsere Welt sehr feinfühlig wahr, oft kommt sie ihm chaotisch vor, und das macht ihm Angst. Aber irgendwie hat er in sich selbst die Kraft gefunden, jetzt hier zu sein. Ich muss an den Jungen denken, der früher allein im Park spielte, ständig auf der Hut vor Gefahren, und daran, wie ich mir immer wünschte, dass er so selbstsicher wie die anderen Kinder wäre und zusammen mit ihnen herumtollen würde. Aber das will ich alles nicht mehr. Sam ist so, wie er ist; er wird sich seine eigene Welt bauen. Sie wird anders als meine sein, wesentlich systematischer und durchdachter. Aber ich muss mir deswegen keine Sorgen machen, ich muss es einfach nur akzeptieren.

»Alles okay bei dir?«, fragt Jody.

»Ja. Ich denke bloß gerade nach. Schon komisch, wie einem manches klar wird. Sam und ich haben an so vielen Abenden online gespielt – wir waren allein und an verschiedenen Orten, aber trotzdem zusammen, richtig zusammen, auf eine Art, wie wir es vorher nie waren.«

»Ich weiß«, sagt Jody, den Blick noch immer auf Sams Bildschirm geheftet. »Ich war ja auch da, schon vergessen?«

»Noch eine Stunde!«, ruft ein Mann ins Mikrofon.

Als er von der Bühne geht, steht Jody auf und winkt jemanden zu uns herüber. Prudence bahnt sich mit Olivia und Harry den Weg durch die Menge.

»Hallo!«, schreit Olivia. »Sam hat gesagt, dass ihr hier seid!«

Jody und Prudence küssen sich mit routinierter Distanziertheit auf die Wangen, aber als ich aufstehe, um Olivias Mutter zu begrüßen, wird es hochnotpeinlich: Während ich davon ausgehe, dass ein Bussi reicht, will sie mir noch ein zweites geben, was fast mit einem Kopfstoß endet. Ein weiterer beschämender Fauxpas für meine Sammlung. Eigentlich hatte ich ja gedacht, den bisherigen Rekord nicht mehr übertreffen zu können.

»Wir waren letztes Jahr schon hier, die Kinder fanden es toll«, ruft Prudence und tut so, als wäre gar nichts passiert. »Sie wollten unbedingt kommen, um Sam zuzusehen.«

»Wo ist er?«, schreit Olivia. Ich zeige zu ihm hinüber.

»Was baut er denn?«, brüllt Harry.

»Keine Ahnung, ich kann nichts erkennen. Thema ist das wichtigste Gebäude in London.«

»Vielleicht baut er ja den Tower!« Olivia klatscht aufgeregt in die Hände.

Wer weiß? Wer weiß, was Sam gerade durch den Kopf geht? Ich stelle mir sein Gehirn in Abschnitte unterteilt vor, mit separat gespeicherten Gedanken und Gefühlen, wie in einem Raum, in dem früher die Post sortiert wurde. Nichts darf die gewohnte Ordnung stören, doch jedes Mal, wenn er etwas wahrnimmt, wird das System mit neuen Informationen gefüttert, die er allerdings nicht schnell genug ablegen kann. Wie kann es sein, dass er überhaupt hier ist?

Mum liest noch immer in ihrer Zeitschrift, und Jody unterhält sich laut mit Prudence. Emma und Dan halten Plastikbecher mit schalem Bier in den Händen. Die Zeit läuft langsam ab. Die Teilnehmer starren mit unbewegten Gesichtern auf ihre Bildschirme, wie Fluglotsen. Im Hintergrund dröhnen Technorhythmen, begleitet vom Stakkato unzähliger Schusssalven.

»Noch zehn Minuten!«

Zwischendurch kann ich Blicke auf verschiedene Bildschirme erhaschen. Ich sehe eine Nachbildung des Buckingham Palace, ein paar nicht identifizierbare Wolkenkratzer und eine ziemlich phallische Gherkin-Version. Die Aufgabenstellung ist ganz schön komplex. Ein bedeutendes Gebäude in nur vier Stunden mit groben Pixelblöcken nachbauen. Was haben die Veranstalter sich bloß dabei gedacht? Bestimmt kann Sam sich gar nicht mehr genau daran erinnern, was wir in London und in seinem Buch gesehen haben. Oder er verwechselt London mit Bristol. Wenn die Menge beiseitetritt, wird auf seinem Bildschirm bestimmt ein klobiger Nachbau der SS *Great Britain* zu sehen sein. Plötzlich habe ich ein schlechtes Gewissen – und dazu mischt sich die vertraute Panik. Was habe ich Sam da bloß zugemutet?

»So, die Zeit ist jetzt abgelaufen!«, ruft jemand ins Mikrofon. »Hört bitte auf zu bauen! Und lasst eure Computer so, dass die Juroren sich alles anschauen können.«

Sam steht auf und kommt zu uns herüber. Als er Olivia sieht, winkt er ihr zu. Jody schließt ihn zuerst in die Arme.

»Das hast du toll gemacht, Sam. Ich bin so stolz auf dich!«

»Was hast du denn gebaut?«, rufen Olivia und ihr Bruder fast gleichzeitig.

»Das ist ein Geheimnis«, sagt Sam. Und dann greift er nach meiner Hand.

Die Juroren gehen jetzt von Bildschirm zu Bildschirm, murmeln miteinander und machen sich Notizen. Was für eine seltsame Veranstaltung. Sie nehmen das Ganze so ernst, als ginge es um die Verleihung des Nobelpreises. Auf der großen Leinwand hinter der Bühne erscheinen das GEN-X-Logo und die Aufschrift »*Minecraft* – Bestes Bauwerk des Jahres«. Techniker kämpfen mit einem Kabelsalat, der von der Rückseite der Leinwand zu einer Gruppe von Servern und Computern führt. Aufregung macht sich breit, als die Wettbewerbsteilnehmer mit ihren Familienangehörigen und Freunden darüber reden, was sie gebaut haben. Ich stehe da und schaue mich blinzelnd und unsicher um. Dan drückt mir einen Becher Bier in die Hand und klopft mir auf den Rücken. Jody hakt sich bei mir unter.

»Du hast es geschafft«, sagt sie. »Du hast ihn hierhergebracht.«

»Glaubst du, er hat überhaupt etwas gebaut?«

»Ich weiß es nicht. Ist mir aber auch egal. Sieh ihn dir an.«

Wir schauen zu ihm herüber. Er steht gerade mit Olivia und Harry zusammen und schaut bei einem *Minecraft*-Wettbewerb zu, der unter dem Motto »Die Tribute von Panem« steht. Er lacht, zeigt auf die Bildschirme und ist ganz damit beschäftigt, Olivia zu beeindrucken, die ihm bewundernd zuhört. Alles ist gut. Er ist glücklich.

Dann betritt ein Mann, der sich als Steve verkleidet hat, die Bühne, er trägt eine dunkelblaue Hose und ein himmelblaues T-Shirt. Begleitet wird er von zwei weiteren Mitarbeitern, die Creeper-Masken tragen. Die Menge jubelt erwartungsvoll und rückt näher an die Bühne heran. Jetzt ist es so weit.

»Die Qualität war dieses Jahr sehr hoch«, sagt der Steve-Mann. »Wir haben viele tolle Bauwerke gesehen. Eine Runde Applaus für alle Arbeiten!«

Das Publikum klatscht höflich, hier und da ertönt ein anerkennender Pfiff.

»Aber es kann nur einen Sieger geben! Und der Siegerbeitrag ist wirklich etwas ganz Besonderes. Wollt ihr wissen, wer gewonnen hat?«

Aus der Menge ertönen »Ja!«-Rufe. Ein Vater ruft: »Jetzt macht schon!« und erntet ein paar Lacher. Ich werde immer aufgeregter, mein Herz hämmert richtig.

»Der Sieger unseres diesjährigen *Minecraft*-Bauwettbewerbs heißt…«

Der Steve-Mann legt eine dramatische Pause ein. Ich schaue zu Sam herüber. Er wirkt scheinbar gelangweilt, aber auch fasziniert.

»Hannah James! Hannah hat eine spektakuläre Version von Big Ben und den Houses of Parliament gebaut. Bitte komm auf die Bühne, Hannah.«

Eine etwa fünfzehnjährige Jugendliche mit schwarzer Stachelfrisur und grün-schwarz gestreiftem Pulli springt auf die Bühne und winkt ihren Freunden zu. Auf der großen Leinwand erscheint jetzt ihr Bauwerk, das in seiner detailgenauen gotischen Pracht tatsächlich überaus beeindruckend ist. Ich sehe Jody an. Sie zuckt die Schultern. Auf einmal wird mir ganz schwer ums Herz. Sam sucht wieder unsere Nähe, stellt sich zwischen uns und schaut zu, wie Hannah auf der Bühne interviewt wird, aber es scheint ihn nicht besonders zu interessieren. Ich denke fieberhaft nach, wie ich ihn trösten könnte. Wahrscheinlich hat er noch gar nicht begriffen, dass der Wettbewerb nun vorbei ist.

Ich bin so in Gedanken versunken, dass ich fast überhöre, was als Nächstes kommt.

»Wir sind aber noch nicht ganz fertig«, sagt der Steve-Moderator. »Es gibt nämlich ein weiteres Bauwerk, das uns sehr beeindruckt hat. Wir wissen zwar nicht genau, was es sein soll und warum es das wichtigste Gebäude von London ist, aber es hat uns wirklich sehr gefallen. Deshalb haben wir beschlossen, dafür einen Spezialpreis zu vergeben.«

Ein Raunen geht durchs Publikum. Eltern ermahnen ihre Kinder, ruhig zu sein, und schauen wieder zur Bühne.

Ich sehe nach unten. Oh. Halte ich gerade wirklich Jodys Hand? Sam steht inzwischen bei Mum und inspiziert ihren Gips. Olivia und ihr Bruder sitzen auf dem Boden und stöbern in ihren prall gefüllten Tüten mit Freebies, die sie an verschiedenen Ständen ergattert haben. Die Scheinwerfer blenden mich. Jody umfasst meine Hand fester. Plötzlich scheint sich alles zu verlangsamen, Kinder ziehen in Zeitlupe an uns vorbei.

»Sam Rowe, kommst du bitte auf die Bühne?«

Ich höre es nicht. Oder besser gesagt, mein Gehirn registriert es nicht. Ich nehme nur einen schrillen Ton wahr, wie bei einem Tinnitus. Dann hält Jody plötzlich Sam in den Armen, Mum umarmt ihn ebenfalls, und Dan legt mir seinen Arm um die Schultern und ruft irgendwas. Auf einmal bricht der Lärm wieder über mich herein.

Die Musik, die Menschenmenge, das Wunder, überhaupt hier zu sein.

»Mummy?«, fragt Sam. Jody schaut zu mir, dann zur Bühne. Der Steve-Mann wartet, er schaut sich suchend im Publikum um.

»Sam?«

»Willst du hochgehen?«, fragt Jody. »Du musst aber nicht, ich kann es ihnen sagen.«

Sam weicht ein Stück zurück. Olivia ist aufgesprungen und kommt angelaufen, um ihn zu umarmen. Sam sieht jetzt ganz verwirrt aus, er klammert sich an mein Bein.

»Daddy, du kommst mit mir.«

Ich nicke stumm. Er setzt sich seine Ohrenschützer auf, dann gehen wir zusammen Richtung Bühne. Ich versuche, den Mitarbeitern pantomimisch zu signalisieren, dass Sam Autist ist und ich leider keine Ahnung habe, wie er sich nun verhalten wird. Die Menge applaudiert, es klingt wie prasselnder Regen.

Schließlich sind wir vorn. Langsam steigt Sam auf die Bühne. Als der Steve-Mann zu ihm gehen will, winke ich ihn hektisch zu mir herüber. Er ist Anfang zwanzig und sehr enthusiastisch. Er läuft zu mir.

»Sam ist Autist«, schreie ich. »Mein Sohn ist Autist. Das wird ihm vielleicht zu viel!«

Er nickt, geht zu den anderen und redet kurz mit ihnen. Schließlich schaltet er das Mikrofon aus, hockt sich neben Sam und sagt etwas, das ich nicht verstehe. Sam nickt. Er schaut zu Boden, aber er lächelt. Dann schaltet der Steve-Moderator das Mikrofon wieder an.

»Hier ist Sams Bauwerk«, sagt er.

Ich schaue jedoch nicht auf die Leinwand, sondern sehe Sam an. Was geht in ihm vor? Fühlt er sich wohl? Er steht jetzt auf der Bühne vor Hunderten von Leuten, was dermaßen weit außerhalb seiner Komfortzone ist, dass er genauso gut auf einem anderen Planeten sein könnte. Und so weit weg von mir, von uns. Aber das war er vielleicht schon immer.

Die Leute um mich herum murmeln, betrachten sein Gebäude, zeigen darauf und stellen Fragen. Schließlich trete ich ein paar Schritte zurück und blicke auch zur riesigen Leinwand. Ich brauche ein paar Sekunden, um zu verstehen, was ich da sehe, aber dann erkenne ich es. Mein Herz verrät mir, was er gebaut hat.

»Das gibt's ja nicht«, flüstere ich. »Sam. Mein Junge.«

Da spüre ich eine Hand auf der Schulter. Es ist Jody. Ich schließe sie in die Arme.

»Woher wusste er davon?«, frage ich. »Und wie hat er das überhaupt hingekriegt?«

»Weil du ihm davon erzählt hast«, sagt Jody. »Und weil du ständig dieses Foto bei dir hast. Er hat es schon immer gewusst.«

Auf der Leinwand leuchtet das Palace Café in Kensington. Georges Café. Bei seinem wunderschönen Nachbau hat Sam kein einziges Detail vergessen.

Ich sehe die rote Markise, die Fensterfassade, die kleine Holztür. An den Seiten stehen die beiden Straßenlaternen, eine flackert sogar, wie an dem Tag, als ich mit Sam und Emma dort war. Drinnen erkenne ich das Bücherregal, die schwarz-weißen Fliesen und die Bilder an den Wänden. Sam hat sogar die angrenzenden Häuser gebaut, auch die Straße davor. Er hat seine Spielfigur vor dem Café stehen lassen, wie auf dem Foto, und daneben hat er ein Leuchtfeuer platziert, das einen weißen Lichtstrahl in den Himmel sendet. Ich bin total gerührt.

Und dann kann ich nichts mehr sehen, weil meine Augen voller Tränen sind, sie laufen mir wie Sturzbäche die Wangen herunter.

»Sam«, sagt eine Stimme irgendwo am Rand meiner Wahrnehmung. »Möchtest du uns erklären, was das für ein Bauwerk ist? Aber nur, wenn du willst. Wenn nicht, ist das auch okay.«

Es herrscht Stille. Sam steht auf der Bühne und schaut suchend ins Publikum. Jody winkt ihm zu. Als er uns entdeckt, winkt er ebenfalls. Dann nimmt er vorsichtig die Ohrenschützer ab.

»Das ist das Café«, sagt er.

»Welches Café?«

»Das Café, wo mein Daddy war. Mit seinem Bruder. Sie hatten einen schönen Tag.«

»Ist das Café in London?«

»Ja. Aber ein paar Tage später ist Daddys Bruder gestorben. Mein Daddy hat ein Foto von dem Café und nimmt es überall mit hin. Er zeigt es dir, wenn du willst.«

»Ist das Café deshalb so wichtig?«

»Ja, weil Daddy immer daran denkt. Es macht ihn traurig und glücklich. Manche Gebäude sind wichtig, weil sie groß sind, aber manche sind wichtig, weil darin Erinnerungen stecken. Ich glaube, der Bruder von meinem Daddy lebt darin.«

»Das muss ja sehr schwer für deinen Daddy gewesen sein.«

»Ja, das war schwer, aber Daddy hat weitergemacht. Wenn ich Angst habe, dann sagen er und Mummy zu mir …«

Er schaut wieder nach uns, und diesmal winke ich ihm zu. Und als er mich im Dunklen in der Menschenmenge entdeckt, sieht er mich direkt an – er schaut nicht nach unten oder zur Seite. Er sieht mich direkt an. Das hat er noch nie gemacht. Und ich weiß, was er jetzt sagen wird. Und als er weiterspricht, spreche ich die Worte stumm mit.

»Das Leben ist ein Abenteuer, kein Spaziergang. Darum ist es manchmal so schwer.«

Mir ist, als würde mein Herz gleich vor lauter Liebe und Stolz wie eine Feuerwerksrakete in den Himmel schießen.

Darum ist es manchmal so schwer – weil das Leben etwas Außergewöhnliches ist, weil es etwas bedeutet und weil es verlangt, dass man sich darauf einlässt. Und dafür braucht man viel Geduld und Kraft. Und bei diesem Abenteuer bin ich sehr lange unglaublich ignorant gewesen, weil ich in Sam nur ein Hindernis gesehen habe, das ich irgendwie überwinden muss. Aber das war falsch. Sam hat mir die ganze Zeit den Weg gezeigt.

Er wendet sich dem Moderator zu.

»Darf ich jetzt bitte wieder zu meiner Mummy und meinem Daddy gehen?«

»Ja, natürlich. Das hast du toll gemacht, Sam.«

Sam steigt vorsichtig die Stufen herunter. Die Leute beginnen abermals zu applaudieren, erst verhalten, dann immer lauter. Er blickt um sich, die Leute treten zur Seite, um ihn durchzulassen. Jemand zeigt zu uns herüber, er läuft auf uns zu, und als ich mich hinunterbeuge und die Arme ausbreite, lässt er sich bereitwillig von mir auffangen.

»Das habe ich für dich gemacht«, sagt er.

»Ich weiß.«

»Ich habe fast gewonnen.«

»Nein, nicht nur fast. Du hast richtig gewonnen.«

Jubelnder Beifall umtost uns, aber alles, was ich in diesem Moment sehe und spüre, ist mein Sohn.

Kapitel 41

Heathrow, Sonntagmorgen. Gestern Abend, als die Aufregung langsam nachließ, beschlossen wir, in einem Hotel am Flughafen zu übernachten, damit wir uns von Emma verabschieden können. Jetzt stehen wir alle übermüdet und zerzaust in der riesigen Abflughalle von Terminal 5. Um uns herum hasten Reisende zu den Check-in-Schaltern, schieben Gepäckwagen vor sich her, auf denen sich klobige Plastikkoffer stapeln. Verschlafene und verwirrte Kinder trotten ihren Eltern hinterher und versuchen, die ungewohnten Geräusche und Anblicke zu verarbeiten. An Flughäfen herrscht immer eine seltsame, aufgeregt-ängstliche Stimmung; sie erfasst sogar diejenigen, die nirgendwo hinwollen.

»Ich hasse lange Abschiede«, protestiert Emma, als wir alle verlegen um sie herum stehen. Bei ihrem schlabbrigen Kapuzenshirt und der Jogginghose weiß man gar nicht, ob sie nun nach Rio fliegen oder zu einem Pilates-Kurs gehen will. Mum kriegt sich vor lauter Fürsorge gar nicht mehr ein, kaum hat sie ihre Tochter endlich wiedergesehen, haut die auch schon wieder ab. Also will sie ihr jetzt so viele Ratschläge wie nur möglich mit auf den Weg geben.

»Hast du Feuchtigkeitscreme für den Flug eingepackt? Und feuchte Tücher?«, fragt sie. »Und hast du diese Spezialstrümpfe? Du weißt schon, diese Dinger zur Vorbeugung gegen… wie heißt das noch mal? Toxisches Schocksyndrom?«

»Ich glaube, du meinst Flugthrombose, Mum«, sagt Emma. »Hör mal, ich bin schon oft geflogen, ich weiß, was ich tue. Aber trotzdem danke.«

Sam steht ein Stück weiter vor einem großen Fenster und schaut zum Himmel hoch, wo gerade ein Flugzeug über uns hinwegdonnert. Heute Morgen hat er uns die ganze Zeit vom *Minecraft*-Wettbewerb erzählt. Er fing beim Aufwachen damit an, redete beim Frühstück von nichts anderem und dann auch noch auf der Fahrt hierher, wahrscheinlich, um das alles zu begreifen. Doch jetzt ist er seltsam still und distanziert – vielleicht haben wir ihm in den letzten vierundzwanzig Stunden doch etwas zu viel Liebe und Stolz aufgebürdet.

Plötzlich räuspert Dan sich theatralisch und fragt mit stockender Stimme: »Emma, kann ich mal kurz mit dir sprechen?«

Er führt sie fort durch die Drehtür, nach draußen. Wir schauen ihnen verdutzt nach. Er redet auf sie ein, zeigt ihr ein Papier. Sie nickt, danach umarmt sie ihn stürmisch, kurz hebt er sie hoch.

»Was machen die denn da?«, fragt Sam.

»Ich habe keine Ahnung«, sage ich.

»Ich schon«, bemerkt Jody.

Dann kommen Dan und Emma zurück. Sie sehen beide ziemlich aufgeregt aus.

»Tja«, sagt Dan. »Ich fliege nach Brasilien!«

Er hält das Papier in die Höhe: ein irrsinnig teures, aber wahnsinnig romantisches Last-Minute-Ticket nach Rio.

»Er hat es gestern online gekauft«, erklärt Emma. »Aber er wollte den richtigen Zeitpunkt abwarten, um es mir zu sagen – zwei Stunden vor Abflug!«

Alle lachen und umarmen sich, niemand scheint überrascht – abgesehen von Sam und mir. Wir stehen wie betäubt da und schauen zu.

»Ich weiß nicht, was los ist«, sagt Sam.

»Ich auch nicht«, sage ich.

»Pass mir bloß auf diesen jungen Mann auf«, sagt Mum zu Emma.

»Mach ich«, verspricht Emma. »Tut mir leid, Mum. Ich melde mich bestimmt. Diesmal mach ich's wirklich.«

»Ich weiß. Vielleicht komm ich nach und wir treffen uns irgendwo. Man kann nie wissen.«

»Tu das«, sagt Emma.

Während Mum ihre Checkliste weiter mit Emma durchgeht, nehme ich Dan beiseite.

»Wie geht's dir?«, frage ich.

»Gut! Na ja, abgesehen davon, dass mein Leben gerade total auf dem Kopf steht. Letzte Woche hatte ich um diese Zeit noch einen Job und eine Wohnung, und jetzt bin ich auf einmal auf dem Weg nach Brasilien!«

»Wie meinst du das, du *hattest* eine Wohnung?«

»Alex, ich werde die Wohnung verkaufen. Ich weiß nicht, wie lange wir fort sein werden, und ich will sie nicht vermieten, das ist mir viel zu stressig. Ich will lieber ganz von vorn anfangen. Sorry. Es dauert natürlich ein paar Monate, bis der Verkauf über die Bühne gegangen ist. Aber mehr Zeit brauchst du auch nicht.«

»Mehr Zeit für was?«

»Um die Sache mit Jody zu regeln.«

»Ach so.«

»Mann, du Dumpfbacke, Jody gibt dir noch 'ne Chance! Also, du weißt, was du zu tun hast.«

»Ich hoffe, du hast recht.«

»Klar! Und mach das mit dem Café. Du packst das. Wie Darth Vader schon sagte: ›Es ist deine Bestimmung!‹«

»Hm. Ist es denn auch meine Bestimmung, dass mir jemand das nötige Kapital dafür gibt?«

In diesem Augenblick grinst er mich schief an und gibt mir einen Klaps auf den Rücken.

»Ich finde deinen Mangel an Glauben beklagenswert«, sagt er.

Nach diesen Worten gehe ich zu Emma. Als ich sie in die Arme schließe, flüstert sie mir ungefähr dasselbe ins Ohr wie Dan: Geh wieder nach Hause, übernimm das Café, genieß endlich mal das Leben. Sam kommt angerannt, und zum ersten Mal umarmt er Emma ganz spontan.

»Jetzt müssen wir nur noch herausfinden, von welchem Gate es losgeht«, sagt Emma. »Sam?«

»Ihr müsst zu Gate S48«, sagt Sam. »Das sind fünfzehn Minuten zu Fuß.«

»Danke«, sagt sie.

Es gibt keine Tränen, keine Last-Minute-Planänderungen, keine verzweifelten Appelle, zu bleiben oder sich das Ganze noch einmal zu überlegen. So läuft das in unserer Familie nicht. Wir haben schließlich schon viel durchgemacht. Und wahrscheinlich ist uns allen inzwischen klar geworden, dass Emmas Abreise auch diesmal unvermeidlich ist. Natürlich hatte ich nicht damit gerechnet, dass sie meinen besten Freund ins Schlepptau nimmt, aber es ist okay, ich komme damit schon klar. Uns bleibt ja noch das Old Ship Inn. Sam und ich wollen sogar am Nachmittag dorthin. Ich habe Sam versprochen, dass er mit dem alten Sid Schach spielen kann – vielleicht wird ja etwas Regelmäßiges daraus.

Sicherheit und Freundschaft sind wichtig, aber für manche Menschen sind diese Dinge schwieriger zu erreichen als für andere. Wir sollten ihnen helfen, wenn wir können.

Als unsere beiden Reisenden sich auf den Weg zur Sicherheitskontrolle machen, stehen wir schweigend da und schauen ihnen nach, bis sie im Gewühl verschwunden sind. Jody legt mir ihre Hand auf die Schulter.

»Geht's dir gut?«, fragt sie.

»Abgesehen davon, dass meine Schwester gerade meinen besten Freund entführt hat, geht's mir gut.«

»Sollen wir nach Hause fahren?«

Ich lege meine Hand auf ihre, und als ich mich zu ihr beuge und wir uns küssen, fühlt es sich aufregend und zugleich vertraut an. Für einen Moment scheint alles um uns herum zu verschwinden. Die Stimmen sind nur noch Gemurmel, die Düsenflieger schweben lautlos über uns hinweg. Alles, was ich in diesem Augenblick spüre, ist das, was ich verloren hatte – diese Verbindung, die vor langer Zeit auf einer Apfelfarm begann. Ich schwöre mir: Wenn wir es tatsächlich schaffen, unsere Beziehung zu retten, werde ich diese Vertrautheit nie wieder als etwas Selbstverständliches betrachten.

Doch wo steckt Sam? Jody und ich haben anscheinend denselben Gedanken, denn wir fangen beide gleichzeitig an, nach ihm zu suchen. Schließlich entdecken wir ihn vor der Abflugtafel, wo er Mum vorliest, welche Airline um welche Uhrzeit zu welchem Zielflughafen startet. Sie hört ihm geduldig zu und hält seine Hand.

Fester, höre ich ihn sagen. Etwas fester. Noch ein bisschen fester. Jetzt weiß ich, dass er uns nicht mit Pingeligkeit nerven will. Er hat einfach eine andere Methode als wir, die Welt in den Griff zu bekommen, und er fühlt sich in ihr nicht so sicher wie wir. Wir müssen ihm zeigen, dass wir nicht loslassen. Dann geht es ihm gut.

»Okay«, rufe ich und reiße mich von diesen Gedanken los. »Lasst uns zum Auto gehen.«

Mum nickt und zieht Sam spielerisch in unsere Richtung. Hoffentlich kann ich sie überzeugen, nach Bristol zu ziehen, oder wenigstens in die Nähe. Nicht zuletzt, weil sich dann ganz neue Babysitter-Möglichkeiten auftäten.

Als wir zum Ausgang zurückgehen, schaue ich mich noch einmal um, Richtung Sicherheitskontrolle. Ganz hinten gehen Dan und Emma gerade Arm in Arm zu den Gates. Wann ich sie wohl wiedersehen werde? Und was sich bis dahin alles verändert hat?

Kapitel 42

Der erste Tag des neuen Halbjahrs, der erste Tag an der neuen Schule, die Sam selbst ausgesucht hat, mit unserer Unterstützung. Früher hätte ich große Angst davor gehabt und am liebsten die Flucht ergriffen. Doch jetzt parke ich um sieben vor unserem Haus und gehe eilig zur Tür, denn ich will unbedingt mit dabei sein.

Weihnachten war ruhig, doch viel schöner, als ich es mir noch vor wenigen Wochen ausgemalt hatte. Heiligabend übernachtete ich in unserem Haus und verpackte bis spätabends zusammen mit Jody Geschenke für Sam: *Minecraft*-Bücher, Spielzeug und Lego-Sets. Und dann verbrachten wir den Weihnachtstag als Familie. Ein paar Tage später übernachtete ich wieder dort, und daraus wurde dann irgendwie ein ganzes Wochenende. Ich schlafe noch immer im Gästezimmer. Wir gehen es vorsichtig an, wir wollen nichts überstürzen. Wir lernen gerade als Familie, Dinge gemeinsam zu machen und uns gegenseitig zuzuhören.

Als ich klingele, macht Sam fast sofort die Tür auf. Sein neues Schulhemd steckt unordentlich in der Hose und ist schon ganz knittrig.

»Wir haben meine neuen Schuhe verloren!«, ruft er.

»Warte, ich helfe euch.«

Als ich hereinkomme, saust Jody an mir vorbei die Treppe hoch, eine Tasse in der Hand, der Kaffee schwappt auf die

Holzstufen. Das Radio dröhnt, überall liegen Spielsachen, Pyjamas und Handtücher.

»Hallo, er hat noch nicht gefrühstückt«, sagt sie, ohne anzuhalten. »Wir können seine Schuhe nicht finden!«

»Kann ich dir meine Bilder zeigen?«, fragt Sam. »Ich habe einen Creeper gemalt, der mit Spider-Man kämpft.«

»Die würde ich mir sehr gern anschauen. Aber lass uns zuerst deine Schuhe finden. Komm schnell. Wir suchen einen Schatz!«

Wir laufen durchs Wohnzimmer, schleudern Kissen, Decken und Spielsachen weg. Ich tue so, als wäre ich Hulk und hebe das Sofa an, damit er darunter nachschauen kann; er lacht, als ich es mir auf den Fuß stelle. In der Küche kriechen wir unter den Tisch, bewerfen uns mit Cornflakes und Cheerios, die auf dem Boden gelandet sind, und bleiben zwischen den Stuhlbeinen stecken. Sam ist schon wieder ein Stück gewachsen. Er wird langsam groß.

Als wir uns aufrappeln, steht Jody mit gespielter Ungeduld vor uns, die Schuhe in der Hand.

»Sie waren im Wäschekorb«, sagt sie nur und gibt sie Sam. »Zusammen mit ein paar Büchern und Actionfiguren.«

»Ahhhhh!«, sagt Sam, als würde er sich erinnern.

»Im Wäschekorb?«, frage ich.

»Ja, ich habe gespielt«, sagt Sam. »Das war meine Schatztruhe.«

Jody bereitet gerade eine neue Ausstellung vor, die bisher größte der Galerie. Der Künstler verwendet Videospielgrafiken, die auf Wände projiziert werden, um digitale Tapeten zu erzeugen. Jody hat sein Ansatz auf Anhieb gefallen – er hat sie an Sam erinnert und daran, wie ein Videospiel ihm geholfen hat, seine eigene Welt zu erschaffen und zu entdecken. Während sie ihre Notizen und Papiere sammelt, kümmere ich mich um Sams Schuluniform, stecke ihm das Hemd ordentlich in die Hose und helfe ihm, den Pullover überzuziehen. Dabei fangen seine Haare an zu knistern und stehen plötzlich in alle Richtungen ab, worüber wir uns sehr amüsieren.

»Du gehst jetzt auf eine neue Schule«, sage ich.

»Ich weiß.«

»Wie ist das für dich?«

»Ich habe ein bisschen Angst. Der Flughafen, der mir am meisten Angst macht, ist Gibraltar, weil die Landebahn sehr kurz ist und das Flugzeug am Ende runterfallen kann.«

»Alles klar. Da würde ich auch Angst bekommen.«

Als wir schließlich aus dem Haus treten, verlassen wir es als Familie – eine normale Familie, deren Mitglieder sich aufgeregt unterhalten, ohne sich gegenseitig anzuschreien oder voneinander genervt zu sein.

Dann befinden wir uns vor dem Schuleingang. Es ist ein bitterkalter Morgen. Sam wird still, als er die anderen Kinder an sich vorbeiziehen sieht; um uns herum sind lauter unbekannte Gesichter, die anderen Eltern stehen in Gruppen zusammen. Erneut steigt die vertraute Panik in mir auf. Doch diesmal überwinde ich sie und gehe zusammen mit Sam und Jody durch das Tor.

Jetzt sind wir also hier. Hoffentlich haben wir die richtige Entscheidung getroffen. Hoffentlich wird Sam hier akzeptiert. Hoffentlich wird er es hier besser haben.

»Bist du okay?«, frage ich ihn und fahre ihm durchs Haar.

»Ja«, sagt er.

»Und das hier ist die richtige Schule für dich?«, fragt Jody.

»Ich glaube schon«, sagt er.

Frischgebackene Eltern hoffen das Beste für ihr Kind. Sie wünschen sich, dass es erfolgreich und beliebt sein wird, dass es eine strahlende Zukunft vor sich hat. Aber je nachdem, wie das Leben spielt, werden diese Wünsche manchmal auf etwas Schlichteres, aber sehr Wesentliches zurückgeschraubt. Glück. Wir wünschen uns einfach nur, dass Sam glücklich ist. Es gab Zeiten, wo das so unerreichbar schien wie ein ferner Planet. Und dann hat uns ausgerechnet ein Videospiel gezeigt, dass es doch zum Greifen nah war. Sam hat uns gesagt, welche Schule ihn glücklich machen würde, und wir haben ihm geglaubt.

Unser Junge zittert, als er sich auf dem Schulhof umschaut. Sein Blick gleitet über die Kinder, die in kleinen Gruppen herumtoben, und die Eltern, die nervös zuschauen oder miteinander plaudern. Wonach er wohl sucht? Wahrscheinlich sammelt er gerade Mut, um die letzten Schritte zu wagen, damit er über die Schwelle treten kann. Vielleicht wird er einen sanften Stups von uns brauchen. An dieser Gabelung auf seinem Lebensweg haben wir ihm die Entscheidung überlassen. Aber vielleicht müssen wir ihn ein bisschen vorwärtsschieben, damit er sich traut.

Auf einmal dämmert mir, dass er sich aus einem völlig anderen Grund umschaut: Olivia rennt durch die Menge auf ihn zu und winkt mit ihrer neuen Schultasche.

»Sam!«, schreit sie und umarmt ihn begeistert. »Gehst du jetzt auch hier zur Schule?«

»Ja«, sagt er schüchtern, aber nicht minder stolz. Er grinst verlegen.

Ja. Er ist jetzt ebenfalls auf St. Peter's. Das ist die Schule, die Jody und ich vor ein paar Monaten besichtigt hatten, als wir kaum noch ein Wort miteinander wechselten. Die Schule, die das Ziel hat, dass die Kinder dort glücklich sind, wie die Leiterin Miss Denton uns sagte. Und trotz unserer Beziehungskrise begriffen wir sofort, wie wichtig uns dieses Ziel war. Vielleicht haben wir Sam das ja deutlicher zu verstehen gegeben, als wir dachten. Vielleicht ist er aber auch allein zu dieser Entscheidung gelangt. Oder Olivia, seine Freundin und Verbündete, hat ihm geholfen. Wer weiß. Da tauchen Harry und seine Freunde hinter Olivia auf, sie begrüßen Sam und geben ihm Klapse auf den Rücken. Und schon nehmen sie ihn in ihre Mitte, und er geht mit. Es passiert so schnell, dass wir gar nicht darauf gefasst sind.

»Oh«, sagt Jody leise.

Ich lege den Arm um ihre Schulter. Jetzt fühlt es sich wieder ganz natürlich an.

»Ist schon okay«, sage ich. »Das ist gut, ein gutes Zeichen.«

Aber als die Kinder in einem wilden Durcheinander aus übergroßen Rucksäcken und Winterjacken zur Eingangstür stürmen, bricht Sam plötzlich aus der Menge aus und rennt zurück in unsere Arme.

»Tschüss, Mummy, tschüss, Daddy! Holt ihr mich von der Schule ab?«

»Natürlich«, sagt Jody.

»Daddy auch?«

»Klar«, sage ich.

Dann geht er langsam wieder zur Eingangstür zurück, und die anderen ziehen ihn mit hinein.

»Kaffee?«, frage ich Jody.

»Klingt gut«, sagt Jody. »Ein bisschen Zeit hab ich noch. Wohin gehen wir?«

Als wir zum Auto schlendern, lasse ich mir ihre Frage

durch den Kopf gehen. Und was ich darauf alles antworten könnte.

Später, als ich die Tür zu Dans moderner Designerwohnung öffne, trifft mich die Stille wie ein Schlag. Ohne Dan ist es hier kalt und leer. Plötzlich muss ich daran denken, wie ich vor Monaten von einem Tag auf den anderen heimatlos wurde und mit meiner Sporttasche hier auftauchte. Ich befand mich in einem Schockzustand. Damals dachte ich, das wäre das Ende der Welt. Aber das war ein Irrtum. Ich gehe ins Gästezimmer, wo noch immer meine Sachen überall verstreut herumliegen. In einer Ecke sehe ich die grässliche Luftmatratze, eine Erinnerung an meine ersten Wochen hier, als ich an die Decke starrte und versuchte, mir über meine Sorgen und Nöte klar zu werden. Damals konnte ich es noch nicht erkennen, aber inzwischen ist mir bewusst, dass ich vollkommen in meiner Trauer gefangen war. Ich war nur noch von Angst erfüllt und schreckte vor allem zurück – auch vor Jody und Sam. Ich konnte mir keine Zukunft mehr vorstellen.

Erst durch meinen Sohn fand ich wieder zu mir, aber damit das geschehen konnte, musste ich erst einmal von zu Hause fort. Schon seltsam, wie das Leben so spielt. Damals war ich fest davon überzeugt, dass Sam von einer Mauer umgeben war und dass es keinen Zugang zu ihm gab. Es erschien mir unmöglich, einen engeren Kontakt zu ihm aufzubauen. Ich hatte nicht begriffen, dass wir das nur gemeinsam schaffen konnten und dass er mir zeigen würde, wie das geht.

Ich gehe durch den schmalen Flur ins Wohnzimmer mit dem Riesenfernseher und der ausgestöpselten Konsole daneben. Auf dem kleinen Tisch liegt der *Minecraft*-Guide, den ich damals so nebenbei gekauft habe; inzwischen ist er schon ganz zerfleddert. Zerknirscht muss ich mir eingestehen, dass ich die Autismus-Bücher, die ich am selben Tag besorgte, nur durchgeblättert, aber nie richtig gelesen habe. Letztendlich habe ich sie aber auch kaum gebraucht.

Auf dem Weg nach draußen checke ich noch Dans Postfach. Ich finde Rechnungen, eine Lokalzeitung und einen Brief, der an mich adressiert ist. Komisch. Die Handschrift kommt mir bekannt vor, aber erst als ich den Brief öffne, dämmert mir, dass Dan ihn mir geschrieben hat.

Lieber Alex,
Frohes neues Jahr aus Rio! Ich hoffe, du hattest schöne Weihnachten und versuchst es noch einmal mit Jody. Oder muss ich tatsächlich zurückkomen, um das für dich wieder auf die Reihe zu bringen, Alter?
Übrigens, vor meinem Abflug hab ich noch mein Auto verkauft (tut mir leid, ich weiß, du bist total drauf abgefahren), außerdem kamen noch ein paar fette Honorarüberweisungen rein. Und die Wohnung kann ich sogar für den doppelten Preis loswerden, den ich damals selbst bezahlt habe.
Anbei findest du eine Kleinigkeit. Das ist nicht nur ein Geschenk, es ist eine Investition. Bitte lies die Anweisung auf der Rückseite – und befolge sie. George würde das bestimmt so wollen. Halt die Ohren steif.
Dein Freund
Dan

Ich schaue in den Umschlag und fische ein Stück Papier heraus. Erst ein paar Sekunden später registriere ich, dass ich einen Scheck in der Hand halte. Werden diese Dinger wirklich noch benutzt? Von Dan hätte ich das am allerwenigsten erwartet. Der Scheck ist auf mich ausgestellt. Zwanzigtausend Pfund. Mir wird schwindelig. Dan, du verrückter Spinner. Ich drehe den Scheck um.

Auf der Rückseite steht etwas in Großbuchstaben. Eigentlich genau das, womit ich gerechnet habe. Mir ist sofort klar, warum es da steht und was ich jetzt tun muss – für mich, für Jody, für Sam, für unsere Zukunft. Es sind nur drei Worte.

OKAY, LOS GEHT'S!

Dank

Ein Buch zu schreiben ist gar nicht so einfach. Ich hätte es jedenfalls nicht ohne Hilfe geschafft. Deshalb möchte ich mich gern bei einigen Leuten bedanken, die für mich da waren, als ich sie brauchte.

Sehr hilfreich waren die vielen praktischen Tipps, die ich bekommen habe. Jake Mattock hat mir Einblicke in die Arbeit von Immobilienmaklern gewährt, und Liz Andrews hat mir erklärt, was man alles benötigt, um ein Café zu eröffnen. Außerdem habe ich lange Gespräche über Autismus und das Dasein von Eltern mit einem autistischen Kind geführt, vor allem mit Brigid und Adam Moss, John Harris und Ginny Luckhurst. Danke für eure Zeit und dass ich an euren Erfahrungen teilhaben durfte.

Außerdem möchte ich meinen Kolleginnen und Kollegen vom *Guardian* danken, die es mir ermöglicht haben, mehrmals spontan monatelange Auszeiten zu nehmen, um dieses Buch zu schreiben. Danke, Jemima Kiss und Jonathan Haynes. Danke, Alex Hern und Samuel Gibbs (so ein Zufall, dass meine Hauptfiguren eure Namen tragen). Danke, Stuart Dredge, Hannah Jane Parkinson und Shiona Tregaskis.

Fest steht, dass es dieses Buch ohne den Erfinder von *Minecraft* nie gegeben hätte. Ich danke Markus »Notch« Persson und dem gesamten Team von Mojang für dieses wunderbare Spiel und dafür, dass ihr die Leben so vieler

Menschen damit bereichert. Besonders danken möchte ich Paddy Burns und 4J Studios, die die Xbox 360-Version von *Minecraft* konzipiert haben – das ist die Version, die ich zuerst entdeckt und dann auch mit meinen beiden Söhnen gespielt habe.

Ebenfalls möchte ich Roger Carpenter von Microsoft danken, der sich die Zeit nahm, mir das Spiel bei einer überfüllten Vorführungsveranstaltung in San Francisco zu erklären und seitdem mit mir in Kontakt geblieben ist. Paddy und Roger, ihr sollt wissen, dass ihr das Leben meiner Familie zum Besseren verändert habt.

Außerdem möchte ich all meinen Freundinnen und Freunden sowie Kolleginnen und Kollegen in der Games-Branche danken. João Diniz Sanches hat das Büro mit mir geteilt, als ich das Buch geschrieben habe – er blieb immer freundlich, obwohl ich ihn regelmäßig bei der Arbeit unterbrach, um ihn mit Fragen zu nerven oder um meinen Kopf auf die Tischplatte zu schlagen. Simon Parkin, Christian Donlan und Will Porter waren genauso wunderbar. Ebenfalls Ann Scantlebury, Simon Byron und Ste Curran von der Radiosendung *One Life Left* sowie Ellie Gibson und Helen Thorn vom fantastischen Podcast *Scummy Mummies* – danke, dass ich bei euch auftreten und von meinem Buch erzählen durfte, als es noch gar nicht fertig war. Nicht vergessen will ich Ellie – danke für Weißwein, Eins-a-Fernsehunterhaltung und Eins-a-Unterkunft.

Mein unendlicher Dank gilt meinem Lektor Ed Wood, der mich wegen dieses Buchs zuerst kontaktierte, dann freundlich nachhakte, als ich auf seine E-Mail nicht reagierte, und mich schließlich unglaublich warmherzig, geduldig und enthusiastisch durch den gesamten Entstehungsprozess begleitete. Er ist einfach grandios, und ich werde für immer in seiner Schuld stehen.

Ebenfalls danken möchte ich meiner Mutter und meinen Schwestern Catherine (die auch als meine medizinische Beraterin fungierte) und Nina. Ich wünschte, mein Vater könnte das jetzt alles miterleben. Ich wünschte, er wäre hier. Punkt.

Zum Schluss möchte ich meinen Söhnen Zac und Albie und meiner Frau Morag unendlich danken – ich liebe euch. Morag hat dieses Buch während seiner Entstehung immer wieder gelesen, mir tolle Tipps gegeben und mich zu einigen der besten Szenen inspiriert. Morag ist wirklich die Beste. Punkt.

Die wahre Geschichte hinter Tage mit Sam

Als unser Sohn Zac zwei Jahre alt war, las meine Frau, dass die meisten Kinder in seinem Alter ein Vokabular von etwa fünfzig Wörtern haben. Das war für uns der erste Hinweis darauf, dass etwas nicht stimmte. Nein, eigentlich war es gar nicht der erste Hinweis. Wie Sam, das Kind, von dem dieses Buch handelt, hat auch Zac viel geschrien – und zwar im wahrsten Sinne des Wortes. In seinen ersten drei Lebensjahren konnten wir kaum eine Nacht durchschlafen, weil er zwischendurch immer wieder aufwachte und wir dann Stunden brauchten, um ihn zu beruhigen. Schon als Baby schien er sehr viel Angst zu haben.

Erst als er sieben Jahre alt war, wurde bei ihm offiziell Autismus diagnostiziert. Zu diesem Zeitpunkt waren wir uns allerdings schon ziemlich sicher, dass er Autist war. Sein Sprach- und Arbeitsgedächtnis war noch immer sehr eingeschränkt, er hasste Änderungen bei gewohnten Abläufen, es fiel ihm schwer, mit anderen in Kontakt zu kommen, und die Schule schien der reinste Spießrutenlauf für ihn zu sein. Immer wieder bemühten wir uns herauszufinden, warum er so anders war. Doch parallel dazu nahm eine andere Entwicklung ihren Gang.

Ich schreibe hauptberuflich über Videospiele, weshalb es bei uns zu Hause sehr viele Spiele und Spielkonsolen gibt. Schon als Zweijähriger kletterte Zac auf meinen Schoß, um einfache Spiele mit mir zu spielen – es machte ihm Spaß, auf die Knöpfe des Controllers zu drücken und zu sehen, was daraufhin auf dem Bildschirm passierte. Als er sechs war, besorgte ich *Minecraft*, die Bausimulation, die von Markus »Notch« Persson und seinem Team vom schwedischen Spieleentwicklerstudio Mojang kreiert wurde. *Minecraft* ist kein Videospiel im engeren Sinne – es ähnelt Lego, ist aber in einer weitläufigen Landschaft angesiedelt, die man erforschen und verändern kann. In *Minecraft* kann man Gebäude bauen, Sachen zerstören, Gruben graben, Tiere jagen und Monster töten, aber das Wichtigste ist, dass einem nicht vorgeschrieben wird, was man tun muss und wie. Man kann machen, was man will.

Zac war völlig begeistert von diesem Spiel. Zusammen mit seinem Bruder Albie verbrachte er so viel Zeit wie möglich, um durch die blockartige Landschaft zu wandern, kleine Hütten zu bauen oder nach wertvollen Materialien wie Eisen und Gold zu graben. Es war schön, ihn glücklich und so vertieft zu sehen. Endlich hatte er etwas gefunden, das er genauso gut konnte wie sein Bruder und die Freunde, etwas, wo er nicht hinterherhinkte. Und obendrein lernte er dabei eine Menge, nicht zuletzt neue Wörter. Auf einmal fing er an, begeistert davon zu erzählen, was er gerade baute und was er als Nächstes machen wollte. Wenn wir ihn fragten, wie es in der Schule war oder wie es ihm ging, reagierte er normalerweise nur sehr wortkarg oder mit einem Schulterzucken oder gar nicht, aber wenn wir ihm Fragen zu *Minecraft* stellten, sprudelten die Antworten nur so aus ihm heraus. Das war eine Offenbarung für uns.

Zacs Erlebnisse mit dem Spiel lieferten die Inspiration zu diesem Buch. Ich wollte zeigen, was für einen enorm positiven Einfluss *Minecraft* auf Zacs Leben hatte, wie das Spiel ihm half, sich selbst auszudrücken – und wie es auch uns half, ihn und sein Verhalten besser zu verstehen. Unser Leben war jahrelang von ständigen Untersuchungen, regelmäßiger Ergotherapie, wiederholten Hörtests und Kinderarztbesuchen beherrscht gewesen, sodass wir uns irgendwann fast nur noch auf Zacs Probleme konzentrierten. Durch *Minecraft* gelang es uns, Zac als humorvolles, fantasievolles und aufmerksames Kind wahrzunehmen, wir fanden durch das Spiel einen Zugang zu unserem Sohn.

Sam ist nicht mit Zac identisch, aber vieles, was ihm in diesem Buch passiert, ist geprägt von dem, was wir in unserer Familie erlebten. Für den *Guardian* habe ich oft über Zac und *Minecraft* geschrieben und daraufhin zahlreiche Reaktionen von Eltern bekommen, die ebenfalls ein autistisches Kind haben oder eines, das auf andere Weise ein bisschen anders ist. Diese Eltern haben Gefühle von Erleichterung, Glück und freudiger Aufregung geschildert, ganz ähnlich jenen, die wir hatten, als Zac anfing, sich für *Minecraft* zu begeistern und es als Weg nutzte, uns etwas von sich selbst zu erzählen. Videospiele werden oft verteufelt; viele Eltern denken, dass sie den Umgang ihrer Kinder damit kontrollieren und beschränken müssen. Aber Videospiele können auch eine konstruktive Plattform sein – Kinder können dadurch lernen, können sich begegnen und ihrer Fantasie freien Lauf lassen, ohne dabei beurteilt oder eingeschränkt zu werden.

Zac besucht inzwischen die Mittelstufe. In vielerlei Hinsicht mag er nicht so weit wie seine Altersgenossen sein, aber er kommt trotzdem ganz gut zurecht. Wer weiß, vielleicht wird er eines Tages sogar selbst Videospiele erfinden – was sie angeht, ist er jedenfalls ein wahrer Meister. Aber egal was passiert, ich werde nie vergessen, wie er auf *Minecraft* reagierte und wie dieses Spiel ihm half, sich wohlzufühlen. Das Leben legt Menschen, die anders sind, so viele Hindernisse in den Weg. Jedes Mittel, das uns helfen kann, Menschen, die anders sind als wir, zu wertschätzen, ist kostbar – wer auch immer diese Menschen sind und wie auch immer sie sich von uns unterscheiden mögen. Das ist jedenfalls die Lektion, die ich gelernt habe. Davon handelt dieses Buch.

Keith Stuart
März 2016